AtV

Barbara Krohn, 1957 geboren und als neues Talent der deutschsprachigen Kriminalliteratur gefeiert, studierte Germanistik und Italianistik und verbrachte vier Jahre als Lektorin in Neapel. Als Übersetzerin, Literaturkritikerin, freie Autorin und Mutter zweier Kinder lebt sie heute in Regensburg. Ihr erster Roman »Der Tote unter der Piazza« erschien 1998 ebenfalls bei AtV.

Kaum hat der gutaussehende Literaturprofessor Paul Breitkreuz seine Lesung vor den Damen eines Literaturzirkels begonnen, wird er durchs offene Fenster erschossen – und das in einer Gasse der idyllischen Regensburger Altstadt.

Kommissarin Freya Jansen, eigensinnig, attraktiv und von einem Kollegen besonders verehrt, übernimmt die Ermittlungen. Hatte der Mord politische Motive? Könnte die mißglückte Prüfung eines Studenten Hintergrund der Tat sein? Oder war es ein Mord aus Eifersucht? Letzteres kann sich Freya eigentlich nicht vorstellen, aber »Hier wird nicht gespürt, sondern aufgespürt«, lautet die Devise bei der Mordkommission. Es müssen schnell Beweise her …

Zum Glück wurde Ines, frischgebackene Mutter mit Lust auf Abwechslung, Zeugin des Mordes. Sie hat auf eigene Faust begonnen zu recherchieren, und bald weiß sie einiges, was Freya nicht weiß. Für die Frauen beginnt ein atemberaubender Wettlauf mit der Zeit, denn alles spricht dafür, daß der Mörder bald ein zweites Mal zuschlagen könnte. Äußerst schmutzige Geheimnisse kommen ans Licht – und das in der vermeintlich so reinen Welt der Literaten!

Barbara Krohn

Weg vom Fenster

Roman

Aufbau Taschenbuch Verlag

ISBN 3-7466-1595-X

2. Auflage 1999

Einbandgestaltung Torsten Lemme unter Verwendung eines Fotos
von Karl & Nigel Afford, Transglobe Bildagentur GmbH
Satz LVD GmbH, Berlin
Druck Elsnerdruck GmbH, Berlin
Printed in Germany

Meinen drei Männern

»Lesefrüchte, anhand derer wir frei phantasieren –«

Peter Weiss, Notizbücher 1971–1980

1

Das gleichmäßige Rauschen der beiden Springbrunnen hatte etwas Prickelndes und zugleich Beruhigendes. Johnny jedenfalls schlief. Auf dem Bismarckplatz gab es etwas umsonst: einen Hochsommerabend, der leichtbekleidet zelebriert wurde. Das Geräusch des Wassers dämpfte die Gespräche. Alle Stühle und Bänke waren belegt, man stand und hockte auf den Stufen, saß dicht an dicht auf der steinernen Umrandung des Brunnens. Ein paar jüngere Leute tauchten die Füße hinein, die meisten aber drehten dem Geplätscher den Rücken zu.

Getränke mußte sich jeder selbst besorgen. Schlechte Karten für Ines, die unmöglich mit dem Kinderwagen bis zum Tresen vordringen, geschweige denn Johnny mutterseelenallein inmitten der von was auch immer trunkenen Menge zurücklassen konnte. Außerdem mußte der Wagen in Bewegung gehalten werden, sonst wachte der Kleine auf. Aber Ines hatte Durst. Sie wollte auch dabeisein, wollte teilhaben an diesem Sommerabend, sich an den Brunnen setzen, schauen, Gedanken freilassen und andere dafür einfangen. Sie sprach eine Frau an, die soeben mit einem leeren Bierglas in der Hand auf den Kneipeneingang zusteuerte. Ob sie ihr ein Alsterwasser mitbringen könne?

»A wos?«

»Ein Alsterwasser«, wiederholte Ines, korrigierte sich dann selbst: »Ein Radler.«

»Ah so. Paßt scho.«

Ines drückte ihr ein Fünfmarkstück in die Hand. Sie hatte dazugelernt. Inzwischen wußte sie, daß es sich bei Donauwellen nicht um ein bräunliches Getränk handelte, sondern um Gebäck, daß ein Blödmann ein Depp war und der Schnuller Dutzel hieß, daß Rundstücke als Semmeln verkauft wurden, Wurzeln als gelbe Rüben und Bratklopse als Fleischpflanzerl. Kleinigkeiten. Zumal das Ding an sich gleichblieb. Manchmal fühlte Ines sich mit ihrer klaren, unschnörkeligen norddeutschen Aussprache wie eine Fremde. Wie eine, die hörbar nicht dazugehört. Eine Zugereiste, wie es hier hieß. Ein Fischkopf, wie Toms Mutter bei der ersten Begegnung festgestellt hatte. Ohne es böse zu meinen: Sie denkt sich nichts dabei, hatte Tom, nur halb überzeugt, später richtigzustellen versucht.

Ein Pärchen am Springbrunnen stand auf. Schnell schob Ines den Kinderwagen wie eine Barrikade an den Brunnenrand, um zu verhindern, daß jemand ihr den Platz wegschnappte. In den meisten Situationen stellte der Kinderwagen eine Behinderung dar. Also galt es, Nachteile in Vorteile zu verwandeln. Schon saß sie zufrieden auf der Steinumrandung und wippte den gut gefederten Wagen mit dem Fuß auf und ab. Sie kam sich dabei ein wenig vor wie an der altmodischen, pedalbetriebenen Nähmaschine, die ihre Mutter im Herbst und im Frühjahr hervorgeholt hatte, um zu große Mädchenkleider zu kürzen und enger zu nähen, bei zu klein gewordenen Kleidern den Saum herauszulassen und so viele Stoffzentimeter wie möglich aus der Naht herauszuholen. Ines hatte fast alle Kleider von Marlen geerbt, der älteren Schwester. Ines war die zweite. Die dritte und jüngste, Karolin, hatte Glück gehabt: nach zwei Vorbenutzerinnen waren die Kragen der Kleider meist durchgescheuert, die Farben verblaßt, die Ellbogen dünn geworden, so daß die Mutter bei bestem Geschick kein ›hübsches Kleidchen‹ mehr daraus zaubern konnte – Karolin bekam etwas Neues, Gnade der späten Geburt. Und ein Grund, weshalb Ines trotz chronisch leeren Bankkontos um Second-Hand-Läden einen Bogen machte. So hatte jeder seine Delle weg. Oder wie sagte man hierzulande?

Die Frau brachte ihr das Radler und den Rest von den fünf Mark. Ines bedankte sich. Und wieder: »Paßt scho.«

Paßt scho – der erste, zugegebenermaßen kurze Satz der ersten Lektion eines imaginären Sprachlehrbuchs, in dem Ines seit ihrer Ankunft im Freistaat zu blättern gezwungen war. *Paßt scho*, mit weichem P oder hartem B, konnte, je nach Situation, soviel heißen wie: *Ist schon in Ordnung* oder: *Danke, gut* oder *Macht nichts* und wurde vor allem dann aktiviert, wenn jemand keine Lust hatte, ausführlicher zu antworten.

»Wie geht's?« – »Paßt scho!«

Ein verblüffend oft benutzter Kurzsatz, um jemanden formvollendet abzubügeln.

»Wie sind die Nächte mit dem Kleinen?«

»Paßt scho!«

Von wegen: eine Katastrophe! Da paßte aber auch rein gar nichts. Die Nächte waren immer zu kurz, zerrissen, die Nerven blankgelegt, der Kraftvorrat allmählich erschöpft. Auch deshalb war Ines jetzt unterwegs. Um die Katastrophe in andere Bahnen zu lenken, Schlaflosigkeit umzumünzen in Stadtansichten. Johnny war vor kurzem zweieinhalb Monate alt geworden und litt nach wie vor unter den Dreimonatskoliken. Fehlte demnach ein halber Monat, genaugenommen nur noch elf Tage und morgen nur noch zehn. Läppische zehn Tage, bis die Tortur für Kind und Eltern ausgestanden sein dürfte. Aber diese konkrete Zeitvorgabe war nur ein schwacher Trost, denn es hatte auch geheißen, nach drei Schwangerschaftsmonaten sei es mit der Übelkeit schlagartig vorbei. Ines hatte sich satte fünf Monate damit herumgequält, und ihr wurde ganz anders bei der Vorstellung, mit den Blähungen ihres Sohnes könnte es sich ähnlich verhalten.

Zum Glück war Sommer. Ines mochte sich gar nicht ausmalen, wie es gewesen wäre, wenn sie ihr Kind durch Novembernebelschwaden oder eiskalte Winternächte hätte schieben müssen. Denn zuverlässig schlief Johnny nur, wenn er im Kinderwagen geschoben wurde. Er wurde ruhig, wenn er in Bewegung war. Was umgekehrt zur Folge hatte, daß Ines oder Tom wach sein mußten, wenn der Nachwuchs schlafen sollte. Tom fand es eine Zumutung, aber als noch größere Zumutung sah er den Vorschlag seiner Mutter an, das Baby nachts schreien zu lassen, um ihm auf diese brutale Weise von Anfang an einzutrichtern, wie es zuging im Leben. So war es früher üblich gewesen – »und aus dir ist doch auch ein Mensch geworden.«

Mit diesem Vorschlag hatte sich die Hilfsbereitschaft der Oma diesbezüglich leider erschöpft, denn wer nicht auf ihren Rat hörte, mußte alleine klarkommen und »in den sauren Apfel beißen«. »Geschenkt« werde einem im Leben nichts, es sei an der Zeit, daß ihr Sohn diese Erfahrung auch mache, alt genug sei er ja. Leider gehörte auch Toms Vater nicht zu der potentiell einsatzfreudigen Sorte von Großvätern, die die eigenen Versäumnisse in späten Jahren, eine Generation später, nachholen wollten. Zumal Johnny das dritte Enkelkind war. Ohne den Reiz des Neuen also. Alles schon mal dagewesen. Ihr schafft das schon. Das haben schon andere vor euch geschafft. Wir doch auch.

Aber wann schliefen die frischgebackenen, trotz allem natürlich überglücklichen Eltern? Was vorher eine Selbstverständlichkeit gewesen war, eine Nebensache, der mehr oder weniger intensive nächtliche Schlaf, den man, zumindest am Wochenende, nach Belieben verkürzen oder verlängern konnte, wurde zum Mittelpunkt des Begehrens. Zum Dauermangel. Mit Mitte Zwanzig, der Ansicht war zumindest Tom, hätte er das lässig weggesteckt, aber mit Ende Dreißig?

So anstrengend hatten beide sich die Sache nicht vorgestellt. Genaugenommen hatten sie sich gar nichts vorgestellt. Und wenn man den bereits erfahrenen Elternpaaren Glauben schenkte, dann konnte man sich das Elterndasein auch gar nicht vorstellen: es sei eine Erfahrung, die sich nicht einmal annäherungsweise vermitteln lasse. Recht hatten sie. Und Tom und Ines hatten sich in dieser Unvorstellbarkeit eingerichtet.

Wenn Tom abends im *Oblomow* hinter der Theke stand, kam er zwischen eins und halb zwei nach Hause, schlief eine Runde, übernahm gegen halb sieben Uhr den Wach- und Schiebedienst für seinen Sohn, drehte eine Runde durch den Dörnbergpark, ging Semmeln kaufen. Nach bewegter Nacht konnte Ines wenigstens von sieben bis halb elf ungestört schlafen. Das machte für jeden von ihnen rund vier Stunden Schlaf am Stück. Früher, in Berlin, waren sie Nachtschwärmer gewesen und oft erst ins Bett gegangen, wenn die Vögel frühmorgens erwachten. Jetzt träumten sie bereits davon, abends mit den Vögeln zu Bett gehen zu können. Auszuschlafen. Wenigstens einmal. Solange Johnny Blähungen hatte: undenkbar.

An fünf Abenden und an einem Nachmittag stand Tom hinter der Theke und mindestens an einem der beiden freien Abende in der Dunkelkammer, zu der das kleine Badezimmer jedesmal eigens umgebaut wurde. Fotografieren war seine alte Leidenschaft. Und das Zillefahren seine neue. Ines hingegen hatte alle Leidenschaften über Bord geworfen. Aber war nicht Johnny ihre neue Liebe?

Ines ging jeden Abend mit Johnny in die Altstadt, abgrundtief müde und hellwach zugleich, um nicht zu Hause mit ihm im Arm immer wieder dieselben Wände abzulaufen, immer im Kreis, zum Durchdrehen. Sie war froh, daß es die Altstadt gab und nicht nur Hauptverkehrsachsen und öde Wohnviertel und den Slalom durch die diversen Häufchen Hundescheiße. Sie erlief sich Schritt um Schritt die fremden Straßen, studierte Speisekarten, Inschriften an Häusern, Schaufenster, Plakate, sie blieb vor den Auslagen der Geschäfte stehen, las Straßennamen, vergaß sie gleich wieder.

Das sei auf das Stillen und den Schlafentzug zurückzuführen, hatte eine mit dieser Art von Gedächtnisschwund erfahrene Mitmutter berichtet, das gehe wieder vorbei. Was nur zu hoffen war! Ines schätzte diese abendlichen Spaziergänge sehr. Es tat nichts zur Sache, daß sie sich Straßennamen nicht merken konnte. Sie hatte noch keine eigene Geschichte in und mit dieser Stadt, an der ihr Gedächtnis hätte anknüpfen können. Hier gab es keine Alster, auf der sie im Winter als Kind zusammen mit den Schwestern Schlittschuh gelaufen war, keine Elbe mit tutenden Nebelhörnern und Docks und Containerschiffen. Die Donau war ein dunkler Fluß, auf dem man nach Wien fahren konnte, was Tom sich mit besagter Zille, seinem kürzlich von einem Donaufischer erworbenen, an die acht Meter langen Holzkahn, fest vorgenommen hatte. Die Donau war ein Kindheitsecho aus Toms Leben, nicht aus dem von Ines. Die Häuser in der Altstadt waren wirklich alt, mittelalterlich, romanisch, frühgotisch, hochgotisch, spätgotisch, barock, und somit waren sie für Ines neu. Hier gab es nicht diese flächendeckenden Backsteinbauten, die für den Wiederaufbau in der zerstörten Hansestadt standen, auch nicht die dunkelroten Wohnblocks aus den zwanziger Jahren, Quartiere für Seeleute, Arbeiter, Handwerker, jedenfalls nicht in der Altstadt. Keine Erinnerungen auf Schritt und Tritt. Ines genoß dieses erinnerungslose Gehen und Schauen an einem Ort, der Geschichte geradezu sinnlich wahrnehmbar ausdünstete, so daß man selbst automatisch Teil davon wurde, selbst wenn man sich wie Ines nicht auskannte, weder mit dem Fürstenwesen noch mit Standfiguren wie beispielsweise dem Don Juan d'Austria vor dem Rathaus. Es überstieg auch ihren Erfahrungshorizont, daß eine Stadt am Ende des zwanzigsten Jahrhunderts außer Privatleuten und Wohnungsgesellschaften zu zwei Dritteln dem Bischof, also der Kirche, und dem ortsansässigen Fürstenhaus gehören konnte. Für Tom, der bei der Wohnungssuche beide Großgrundbesitzer angeschrieben hatte, eine Selbstverständlichkeit.

Und nun hockt er, dachte Ines, während sich letzte Spuren von Bedauern und gleichzeitig aufsteigendem Ärger verflüchtigten, an diesem herrlichen Sommerabend in der Dunkelkammer und zieht sich Chemikalien rein, statt sich an der lauen Luft zu berauschen. Wenigstens einen der beiden kneipenfreien Abende hätte sie gern mit ihm zusammen verbracht. Aber Tom hatte Angst, sein früheres, freieres Leben liefe ihm davon. Er arbeitete wie besessen daran, möglichst nichts von all den Dingen aufgeben zu müssen, die sein Leben vor Johnny geprägt hatten. Keinen Verzicht, wenn sonst schon alles anders wurde. Und sie und er? Es ging doch nicht an, daß die bloße Existenz eines Fünfeinhalb-Kilo-Zwergs sie jetzt bereits voneinander entfernte –

oder war das etwa auch eine der berühmten neuen Erfahrungen, die sich nicht vermitteln ließen? Das Ende der Zweisamkeit mit Beginn der Dreisamkeit?

Wie aus heiterem Himmel sackte die Fontäne des Springbrunnens in sich zusammen. Eine seltsame Stille trat ein, in der Gelächter und Gesprächsfetzen nun deutlicher in den Vordergrund rückten, als hätte jemand einen Verstärker angeschaltet. Die schützende Intimität war vorbei. Und wie von einem jähen Geräusch aufgeschreckt, regte sich Johnny mit leisem Gewimmer. In einem Zug leerte Ines ihr Glas und machte sich auf den Weg.

Bis vor zwei Monaten hatte sie keinen Gedanken an die Beschaffenheit einer Straßenoberfläche verschwendet – nun im wahrsten Sinne des Wortes die Grundlage ihres Wohlbefindens. Die neugepflasterte Gesandtenstraße bewährte sich bisher als verläßliches Beruhigungsmittel für ihren Sprößling: kein grobes Kopfsteinpflaster, das den Kinderwagen zu heftig rumpeln ließ und den Transportierten eher wach rüttelte, als ihn sanft in den Schlaf zu gondeln. Und auch nicht diese glatten, jeden Widerstand einebnenden Steinplatten der Einkaufszonen, Markenzeichen der modernen Republik, die schon einem Säugling das Gefühl vermitteln mußten, in einer Art ICE zum Shoppen auf den Mond zu fliegen. In der Regensburger Altstadt gab es sie noch, die alten, mit schwarzgrauem Granitgestein gepflasterten Gassen: optimaler Bodenbelag, um ein Kind in den Schlaf zu schaukeln. Und Anlaß zu allerlei Tagträumen, Nachtträumen vielmehr, getragen vom Rhythmus der gleichmäßigen Schritte des leise ratternden Kinderwagens.

Tagsüber steuerte Ines die Parks an. Der knirschende Sand unter den Gummireifen hatte ebenfalls eine beruhigende Wirkung. Doch nach Einbruch der Dunkelheit mied sie die Parks. Ines war ein Großstadtkind, das im Dunkeln hinter jedem dicken Baum und in jedem raschelnden Busch Übelgesinnte vermutete. Ines erinnerte sich gut an die Strecke von der Hochbahnhaltestelle Wagnerstraße zum Klinikweg, die sie als Kind auch im Dunkeln oft zurücklegen mußte. Zusammen mit den Schwestern alberte man sich zu zweit oder zu dritt Mut zu. Furchtbar war es, wenn eine von ihnen allein unterwegs war, mit betont locker baumelndem Turnbeutel und gespitzten Ohren, inmitten einer Phalanx aus dichtem Gebüsch, dahinter auf der rechten Seite eine Autowerkstatt und links die Hochbahnmauer. War diese erste Hürde genommen, unterquerte man die nach Pisse, Staub, feuchtem Gemäuer stinkende Brücke, auf deren Eisenverstrebungen Tauben nisteten – und wenn sich im Bereich der Brückenpfeiler kein Mann verbarg (natürlich waren es Männer, die einem auflauerten), dann war man bereits halb gerettet. Denn die Hochbahnmauer, in der ein Altmetallhändler und ein Sattler ihr Gewerbe trieben, verlief nun rechter Hand weiter, und links das rostige Rautengitter des Sportplatzes, der, wenn Ines Glück hatte, vom Flutlicht hell erleuchtet war, was allerdings ebenfalls ein wenig gespenstisch wirkte, unwirklich. Und dennoch: die heiseren Ausrufe der Fußballspieler, das Getrappel der Füße, das Pfeifen des Schiedsrichters strahlten Sicherheit aus, da waren Menschen, wenn auch weit weg, wenn auch mit etwas ganz anderem beschäftigt, aber: Menschen. Gleich darauf war der schützende dunkelrote Häuserblock erreicht. Wieder einmal umsonst gefürchtet.

Bäume und Gebüsch gab es in der Regensburger Altstadt kaum. Statt dessen jede Menge Häuser, Torwege, Hauseingänge, versteckte Ecken, Gassen, in denen sich wie in einer Schlucht jedes Geräusch verstärkte, das Geruckel des Kinderwagens machte da keine Ausnahme. Doch solange Ines von Häusern umgeben war, nicht von Bäumen und Gebüsch, hatte sie keine Angst.

Tom fand das bescheuert. Irrational. Unvernünftig. Die Wahrscheinlichkeit, im nächtlichen Wald überfallen zu werden, sei mit Sicherheit geringer als irgendwo in der Stadt. Ines hielt ihm dann vor, es gehe nicht um Statistik und logische Argumente. Und überhaupt, was war denn schon vernünftig? Etwa sein übertriebener Abgrenzungsdrang an einem der herrlichsten Sommerabende des Jahrhunderts? Hier, mitten in der Altstadt, hatte sie keine Angst, auch wenn in der Zeitung immer wieder kleinere Überfälle erwähnt wurden. Verglichen mit der geschäftigen Millionenmetropole Hamburg kam ihr diese mittelgroße Stadt geradezu paradiesisch friedlich vor. Und noch etwas: Seit sie Mutter geworden war, fühlte Ines sich zwar verletzlicher, aber auch stärker und kampfbereiter als zuvor. Als sei der Kinderwagen eine Art Panzer, den sie vor sich herschob, und der kleine Mensch darin ihre allerbeste Waffe. Wer würde schon eine Frau mit einem Kinderwagen belästigen? Wirkte nicht eine Frau mit Kinderwagen als Mischung aus Heiligkeit, Strenge und löwenhafter Kampfbereitschaft automatisch abschreckend? So ausgerüstet, würde sie heute sogar den dunklen Kindheitsweg an der Hochbahn erneut auf sich nehmen. Außerdem trug sie ohnehin weder eine Handtasche noch viel Bargeld bei sich. Und schließlich war sie sicher, daß Johnny so nervenzerreißend brüllen würde, daß selbst abgebrühte Kerle das Messer fallen lassen und die Beine in die Hand nehmen würden.

Sie überquerte den Kohlenmarkt und schob den Kinderwagen am Rathaus entlang zum Haidplatz: ein Idyll aus Cafétischen, Kerzen, flanierenden Menschen, in der Mitte des Platzes der Marktbrunnen, über dem monumental die Justitia thronte, und auf den Steinstufen zu ihren Füßen eine Gruppe grölender, betrunkener Jugendlicher. Eine Bierflasche kullerte über die Stufen zu Boden und zerbrach. Ines drehte eine Runde über den Platz, bog in eine der dunklen Seitengassen ein. Lautes Geschepper in einem Hauseingang ließ sie aufhorchen. Ein schwarzes Etwas huschte blitzschnell um die Ecke davon. Eine Ratte? Sie blieb stehen. Das schwarze Etwas traute sich wieder hervor – eine Katze, die sich an eine umgekippte, halbvolle Dose heranpirschte. Ines ging weiter. Der Wagen ratterte.

An einem Abend wie diesem waren die meisten Fenster halb oder ganz geöffnet. Aus einigen drang Licht, die meisten lagen im Dunkeln. Oft kam Ines sich vor wie eine Späherin, die en passant Ausschau hielt nach irgendeinem alltäglichen, völlig banalen Augenblick aus dem Leben anderer Menschen, der sich nach Belieben deuten ließ.

Beugte sich der Mann dort im ersten Stock über die Frau, um sie zu küssen, oder befand er sich in Wirklichkeit einen Meter weiter vorn auf der anderen Seite des Wohnzimmertisches und schenkte sich ein Bier ein, während die Frau auf dem Sofa saß und auf den flimmernden Bildschirm starrte?

Sie hörte Stimmen, laute Stimmen, die aus einem der Häuser kamen, es klang nach Streit, Wut, Eskalation, dann ein gellender Schrei. Diesmal zuckte Ines trotz aller Großstadterfahrung zusammen. Sie blieb erneut stehen, ihr Herz klopfte. Was war dort oben los? Ein Ehestreit? Verprügelte ein Mann seine Frau? Sollte sie vielleicht vorsichtshalber die Polizei ... Einsetzendes Sirenengeheul beendete diesen Gedanken. Die Sirene klang eindeutig amerikanisch: Entwarnung. Ohne Bilder konnte sich so ein Fernsehfilm verdammt echt anhören. Erleichtert setzte Ines das Rattern des Kinderwagens dagegen, bevor Johnny aufwachen, protestieren und seinerseits einen gellenden Schrei in die Nacht entlassen würde, der wiederum die Fernsehzuschauer vom Bildschirm weg zum wirklichen Leben ans Fenster riefe.

Sie schob den Kinderwagen die Gasse hinunter bis zur Keplerstraße. Vor ihr lag jetzt nur noch die Donau mit einem Uferweg aus grob behauenen, von Gebüsch gesäumten Steinplatten. Sollte sie bis zur Steinernen Brücke schieben und wieder zurück? Plötzlich fühlte Ines sich erschöpft, verzagt. Die Müdigkeit gewann die Oberhand. Jäher Stimmungswechsel. Das passierte ihr in letzter Zeit häufiger. Tom schob es auf die Hormone. Und was war, wenn sie einfach die Nase voll davon hatte, jeden Abend allein loszuziehen? Sie kniff die Augen zusammen und beschloß, ihn anzurufen: daß er ihr entgegenkäme, gleich im zweifachen Sinne, sie könnten irgendwo, nur nicht im *Oblomow*, draußen sitzen und zusammen etwas trinken. Betonung auf *zusammen*. Aber wo war die nächste Telefonzelle? Seit die Telekom die gelben, weit in die Nacht leuchtenden Telefonhäuschen großteils abmontiert und durch diese hellgrau-pink verstylten Zellen für postmoderne Kommunikation ersetzt hatte, war es wie verhext: Ines fand einfach kein Telefon mehr, wenn sie eines suchte.

Ein Pärchen kam vorbei. Ines fragte um Rat.

»Karten- oder Münztelefon?«

»Münztelefon.«

»Auf dem Haidplatz, gegenüber von der Arch.«

Also die nächste Quergasse wieder hinauf. Ines machte sich, den Kinderwagen vor dem Bauch, an den Aufstieg, vielmehr an den Aufschub. Nach einem Drittel der Strecke blieb sie erschöpft stehen.

Wieder hörte sie eine Stimme, eine Männerstimme. Wieder aus einem Fernsehfilm? Im ersten Stock eines gelb getünchten Hauses war ein Raum hell erleuchtet, das Fenster sperrangelweit geöffnet. Die Stimme mußte von dort kommen. Der Mann, zu dem die Stimme gehörte, sprach gleichmäßig, wie gedruckt. Ein Vortrag? Eher ein Buch, dachte Ines. Der Mann sprach wie ein Buch. Er las. Er las vor. Seiner Frau, seiner Freundin, seinem Freund, seiner Mutter, seinem Vater, seinen Kindern? Womöglich las er einfach für sich oder sprach einen Text auf Band? Ines trat so weit von dem gelb getünchten Haus zurück, bis sie mit dem Rücken an die gegenüberliegende Häuserwand stieß. Jetzt konnte sie ihn sehen. Seinen Hinterkopf, die Schultern.

Der Mann drehte dem Fenster den Rücken zu, und Ines stand unten, an die Hauswand gelehnt, die noch die Wärme des Tages gespeichert hatte, schuckelte sachte den Kinderwagen und hörte zu, nicht mehr Späherin, sondern heimliche Lauscherin, die städtische Variante des Zaungasts. Das hatte sie lange nicht mehr gemacht, einfach zuhören und die Bilder innen entstehen lassen. In den Zeiten vor dem ersten Fernseher, auf dessen Bildschirm man gemeinsam die erste Mondlandung verfolgt hatte, war das Zuhören noch üblich gewesen: das Hocken vor dem Radioapparat, das Suchen nach einem anderen Sender und das Einfangen fremder Stimmen, das Lauschen, ein Hörspiel, das Wunschkonzert, *Zwischen Hamburg und Haiti*. Natürlich stand es jedermann frei, nach wie vor Radio zu hören, aber es war nicht mehr üblich, sich auf nur ein Sinnesorgan zu konzentrieren. Jetzt verteilte man die Aufmerksamkeit auf Augen und Ohren, auch den Geschmackssinn bezog man ein: Glotze, Abendbrot, Chips, Bier, Cola. Ob die einzelnen Sinne dabei außer Übung kamen?

Diesen Gedanken sprunghaft folgend, merkte Ines, wie schwer es ihr selbst fiel zuzuhören. Wann war das Vorlesen eingestellt worden, das Vorlesen abends am Bett? Als sie selbst lesen gelernt hatte? Warum las man den Kindern nicht weiter vor, auch wenn sie ohne fremde Hilfe durch eine Geschichte fanden? Mußte wachsende Eigenständigkeit denn auf allen Gebieten mit Verzicht verbunden sein – man lernte allein zu essen, sich allein die Schuhe zu binden, allein zu Hause zu bleiben, allein zu lesen. Mit siebzehn oder achtzehn hatte Ines zu einer Clique von Freunden gehört, die, auch aus Protest gegen die Fernsehriten in den elterlichen Wohnungen, abends zusammengekommen waren, um zu lesen, zu diskutieren. Zwei von ihnen studierten schon und schüttelten lässig das Flair der Universität aus dem Parka, sie waren es auch, die Bücher mitbrachten, von denen am backsteinernen Gymnasium, das Ines besuchte, nie die Rede war: Toller, Mühsam, Koeppen, Weiss, Bachmann, Johnson, dazu wurde viel Rotwein getrunken, der Kopfschmerzen machte. Ines hatte nicht immer zugehört und noch viel weniger alles verstanden, zuweilen war sie sogar eingeschlafen, aber die Stimmung von damals hatte, auch in der Erinnerung, etwas Magisches. Und selbst wenn die Männerstimme dort oben am Fenster nicht ihr galt, so weckte sie doch eine Sehnsucht. Ines schloß die Augen, um in dieser unerwarteten Gute-Nacht-Geschichte zu versinken.

»… Wieder blickten wir hinauf zu ihr, die sich aus dem Boden streckte. Die Wellen des aufgelösten Haars umflossen sie …«

Tagte dort oben ein Club für schöngeistige Erotikfreunde? Es wurden Granatäpfel genannt, Weintrauben … Nein, denn nun sprach die Stimme von einer Wunde, einem zersplitterten Bein, von Rippen, Schilden, Schuppenpanzern, Kriegern, Todesschmerz, es ging um die Medusa, die Nachtgöttin Nyx, Zeus, Eos, Helios – las der Mann aus einer griechischen Tragödie? Übte er für eine Theateraufführung?

»… wandten wir uns dem Relief zu, das in seinen Bändern überall die Sekunde aufzeigte, in der gewaltsame Veränderung bevorstand …«

Auch kein Theaterstück also. Die Worte kamen Ines bekannt vor, aber letztlich waren alle Worte schon einmal, nein, mehrfach ausgesprochen worden, es ging um die Kombination, wie bei einem Safe, nur daß sich, kaum hatte man die Kombination erraten, dahinter ein weiterer Safe verbarg, und die Zahlen gerieten Ines im Kunterbunt des Halbschlafs restlos durcheinander. Vielleicht sollten sie und Tom die Tradition des Vorlesens wieder beleben, dachte sie benommen, was bei ihrem Erschöpfungszustand wahrscheinlich eher die Wirkung eines Schlaftrunks haben würde …

Sie schrak zusammen. Da hatte doch etwas geknallt. Eine Fehlzündung? Automatisch schuckelte sie den Kinderwagen, ein fast schon zur zweiten Natur gewordenes Zucken der Hand, doch Johnny schlief so friedlich wie schon lange nicht mehr. Gleichzeitig blickte sie zum erleuchteten Fenster hoch, sah, wie der Vorleser in die Knie ging, noch ein Stück in sich zusammensackte und dann mit einem Ruck aus der Sicht verschwand. Ein Paternoster, dachte sie augenblicklich und erwartete beinahe, den Mann nach einer verlängerten Fahrt durch den Keller ein Stück weiter rechts wieder auftauchen zu sehen, zuerst den Kopf, dann den Oberkörper, die Beine, die Füße, bis er gen Himmel entschwinden würde. Zugleich spürte sie deutlich, daß etwas geschehen war. Daß der Mann nicht mehr auftauchen würde. Nie mehr.

In dem Raum hinter dem Fenster wurden jetzt Stimmen laut. Eine Frau begann hysterisch zu schreien. Ines blieb zunächst wie angewurzelt stehen, rieb sich die Augen. War das alles ein Traum? Dann setzte sie sich fast automatisch in Bewegung, langsam, fort aus dem Lichtkreis des geöffneten Fensters, konnte aber den Blick nicht abwenden. Die Gasse lag wie ausgestorben da. Nichts rührte sich. In der Ferne ertönte die Sirene eines Krankenwagens. War sie echt oder gehörte sie in einen Fernsehfilm? Hatte der Mann einen Herzinfarkt erlitten? Aber da war dieser Knall gewesen, nicht nur im Traum oder auf dem Bildschirm, sondern tatsächlich, und zwar sehr laut, ein Schuß vielleicht.

Etwas war geschehen, womit sie nichts zu tun hatte. Nichts zu tun haben wollte. Alle Neugier war wie fortgeblasen, das Vorlesen wieder ein Genuß aus anderen Zeiten. Die Sirene kam näher, vervielfachtes Lalüla, das für Johnnys Schlaf dann doch zu laut war. Er wachte auf, brüllte los. Ines ergriff panikartig die Flucht und rannte, daß Johnny auf dem holprigen Pflaster nur so durchgerüttelt wurde, um die nächste Ecke, bog in eine enge, noch dunklere Gasse. Aus dem Augenwinkel sah sie noch das Blaulicht, das von der Keplerstraße aus näher kam. Kein Gedanke mehr daran, Tom in dieser lauen Nacht aus dem Haus zu locken. Im Laufschritt schob Ines den Kinderwagen mit dem brüllenden Baby, dem diese rasante Fahrweise ganz und gar nicht behagte, durch dunkle Gassen um diese und die nächste Ecke, bis sie schließlich hinter dem *Garbo* herauskam, dann an der Bushaltestelle und an den besoffenen, röhrenden Männern vor dem *Kneitinger* vorbei hetzte. Sie passierte die Polizeiwache am Jakobstor und war völlig außer Atem, als sie in die Dechbettener Straße einbog. Als sie endlich, nach Luft schnappend, in der Wohnungstür stand und ihrem Lebensgefährten, der sie mit dunkelkammermüden Augen ansah, als habe sie ihn aus dem Tiefschlaf gerissen, das schreiende Kind in den Arm drücken konnte, war sie heilfroh.

2

Ungefähr zur gleichen Zeit klingelte bei Hauptkommissarin Freya Jansen das Handy. Aber konnte man da überhaupt noch von »Klingeln« sprechen? Der elektronische Signalton, der soeben aus ihrer Handtasche drang, hatte keinerlei Ähnlichkeit mehr mit dem unheilverkündenden, gleichwohl sinnlichen Schrillen der schwarzen Telefonapparate in alten amerikanischen Krimis, fand Freya. Ein Handy piepte höchstens, aber das nicht minder penetrant und obendrein in den unpassendsten Situationen: auf der Rolltreppe, im Supermarkt in der Schlange vor der Kasse, beim Flirt in der Kneipe. Erreichbarkeit hieß das Zauberwort. Warum jedoch Leute, die nicht im Krankenhaus, an der Börse oder bei der Kripo arbeiteten, unbedingt rund um die Uhr abrufbereit sein wollten – im Zug, in der Bahn, sogar im Wald und auf der Haid, ja, mitten im Konzertsaal –, war Freya schlichtweg ein Rätsel. Es mußte etwas mit vermeintlichem Fortschritt zu tun haben. Und natürlich mit Wichtigkeit. Ein Piepen in der Jackettasche – die Markenjacketts waren neuerdings mit Innentaschen in Handyformat bestückt –, und schon verwandelte sich der nichtssagende buchstäblich in einen viel gefragten Mann. Der schlenderte dann über den Haidplatz, ließ sich informieren, erteilte Anweisungen, gestikulierte und war an vielen Orten gleichzeitig präsent. Da waren ihr Leute, die Selbstgespräche führten, längst nicht so unheimlich. Freya nahm das Handy nur mit, wenn sie Rufbereitschaft hatte.

Es hatte sie in letzter Zeit aber auch allzu oft getroffen. Als ob die Messer immer dann gewetzt würden, wenn Hauptkommissarin Jansen Rufbereitschaft hatte, vorzugsweise am Wochenende, abends, mitten in der Nacht. Außerdem schoben kinderlose Leute wie Freya, Wegener und Popp oft zu unbeliebten Zeiten Dienst: im August, zu Ostern, Silvester, über Weihnachten. Beim Fest der Liebe ging es besonders hoch her, da schmorte nicht nur die Gans im Backofen, sondern in den Familien ein Sud aus unguten Gefühlen, und immer wieder kam es vor, daß sie überkochten – weil die

Gans im Ofen angebrannt oder der Weihnachtsbaum im Wohnzimmer abgebrannt war, weil die Geschenke auf dem Gabentisch eben doch nicht alle unerfüllten Wünsche abdeckten oder zudeckten. Und überhaupt: weil man so eng zusammenhockte. Von wegen stille Nacht, heilige Nacht.

Jetzt aber war Sommer. Und was die kriminelle Energie betraf, herrschte normalerweise Flaute. Es war viel zu heiß, um Verbrechen auszubrüten oder in die Tat umzusetzen; trotzdem blieb für Freya mehr als genug Papierkram auf dem Schreibtisch. Was hingegen Hochsaison hatte, waren die sinnlichen Seiten des Lebens. Als das Handy piepte, saßen Freya und Viktor im Eiscafé am Neupfarrplatz – natürlich nicht wegen der Shopping-Kulisse, sondern weil das Eis phantastisch war. Und weil Viktor am nächsten Morgen auf Radtour gehen würde: Begegnung mit Böhmen, eine Woche durchs Moldautal mit einer alternativen Reisegruppe. Es sollte ein Abend ohne Zwischenfälle werden, wie früher oder wenigstens fast so wie früher. Denn seit Freya vor vier Wochen das größte ihrer drei Zimmer für Viktor freigeräumt hatte und er mit Sack und Pack bei ihr eingezogen war – zunächst auf Probe, wie sie einander viel zu oft versicherten –, standen die Zeichen auf Sturm. Sie waren einander ständig im Weg, und das galt auch für die Dinge, die jeder von ihnen im Laufe der Jahre angeschafft hatte. Dabei waren alle doppelten Gegenstände sowieso im Keller gelandet, eine Art Gebrauchtwarenlager für den Fall, daß der CD-Player, der Videorecorder, die Joghurtmaschine, die Halogenstehlampe den Geist aufgeben sollten. Ein materieller Reichtum, der jedoch in keiner Weise als Bereicherung für ihre neue Art von Zweisamkeit fungierte. Es war in jeder Hinsicht enger geworden. Jeder von ihnen hatte seine eigene Art abzuwaschen, Knoblauch zu schälen, Zahnpastatuben auszudrücken oder das Klingeln des Telefons zu ignorieren, und beide hatten sich über Jahre hinweg in ihren Eigenheiten eingerichtet. Es war keine böse Absicht gewesen, daß Viktor Freyas neues Seidenkleid zusammen mit seinen Jeans in die Waschmaschine gesteckt oder daß Freya einen Stapel alter, mit

Staubflusen bedeckter Zeitungen entsorgt hatte, die sich als unschätzbare Sammlung von Regensburg-Artikeln entpuppten. Es war eher Gedankenlosigkeit. Die Schwierigkeit, sich daran zu gewöhnen, daß man nicht nur auf sich selbst Rücksicht nehmen mußte.

Wahrscheinlich wären Freya und Viktor auch im siebten Jahr ihrer Beziehung von sich aus nicht auf die Idee gekommen, daß sie ja auch zusammenwohnen könnten. Aber dann war das alte, zugige, baufällige, aber sympathische ehemalige Mauthaus in der Keplerstraße verkauft worden, nach jahrzehntelangem Dornröschenschlaf hatte ein Investor den Wert der Immobilie begriffen, deren Rückseite zur Donau hin lag. Jetzt wurde das Gebäude saniert. Viktor hätte sich rechtzeitig eine neue Wohnung suchen können, es gab kleine Abfindungen und Umzugsbeihilfen für die ehemaligen Mieter, aber er hatte die drohende Veränderung stur ignoriert. Er hatte seine Wohnung erst einen Tag vor Beginn der Sanierungsarbeiten geräumt und war zu Freya gezogen. Als sich auch dort die Lage zuzuspitzen begann, hatte er sich kurzerhand für die Radtour angemeldet, um eine Weile aus der Schußlinie zu sein. Freya und er konnten Luft schnappen, bevor ihnen beiden die Luft ausging. Und vorher noch ein süßes Eis zum kurzen Abschied, ein Abend wie früher, und als krönenden Abschluß eine Nacht wie früher, als man sich leidenschaftlich lieben und hinterher ebenso leidenschaftlich gerne in die eigenen vier Wände zurückziehen konnte. So der Plan. Doch Freya tauchte gerade die Waffel in die Sahnehaube ihres Surabaya-Eisbechers, als sich ihr Handy leise, aber unerbittlich zu Gehör meldete.

»Bei dir piept's«, witzelte Viktor, doch ihm schwante schon, daß ihre Pläne wieder einmal gründlich durchkreuzt würden.

Freya drückte auf den Empfangsknopf des schwarzen, länglichen, handlichen Kastens. »Jansen …«

Viktor sah, wie sie die Stirn runzelte. Ihre Augen beschlugen, wie er das nannte. Kein gutes Zeichen.

»Und Popp? … Wegener? Habt ihr die Spurensicherung …? Bin in fünf Minuten da … Laßt alles so, wie es ist, und – laßt niemanden weg.«

Überflüssige Maßregel, dachte sie, als sie das Handy ausschaltete, denn die Kollegen von der Streife wußten selbst am allerbesten, was zu tun und, vor allem, was zu lassen war. Sie kam sich vor wie eine Mutter, die ihrem Kind zum x-ten Male einbleut, es solle vorsichtig sein, wenn es über die Straße geht. Dennoch, laut Statistik wurde die Hälfte aller Spuren von den eigenen Leuten verwischt, unabsichtlich natürlich, aber: was weg war, war weg und Vorsicht war nach wie vor die Mutter der Porzellankiste.

»Du mußt fort?«

Sie nickte. »Leider. Mist. Aber das ist nun mal mein Beruf.«

Er sah entnervt zur Neupfarrkirche hinüber.

»Was ist es diesmal?«

»Worauf tippst du?«

»Einbruch mit tödlicher Gewaltanwendung«, sagte Viktor aufs Geratewohl, ohne rechte Begeisterung. »Die Leute sind unterwegs, die Fenster sperrangelweit geöffnet, der Einbrecher braucht nur reinzuklettern, der Hausherr kommt überraschend zurück, weil er die Präser vergessen hat und …« Er gähnte.

»Fünf Mark ins Schweinderl!« grinste sie.

»Du hast ja gar keine Handbewegung gemacht«, protestierte er.

Daß Viktor den abrupten Abbruch solch eines Abends nicht zum ersten Mal erlebte, hieß nicht, daß er sich daran gewöhnt hätte. Einmal – aber das lag ein paar Monate zurück – hatte es sie beide sogar im Bett erwischt, ein doppelter Selbstmord, wie sich später herausstellte. Und Anfang Juli im Kino. Er hatte Freya am nächsten Tag bis ins letzte Detail berichten müssen, wie *Die Mutter des Killers* ausgegangen war. Er fand es anstrengend, eine Kommissarin als Freundin zu haben. Wenn Viktor sich extrem ärgerte, wünschte er sich sogar eine radikal andere Freundin. Eine, die verfügbarer war, berechenbarer, weniger eigensinnig. Die sich mehr auf ihn einstellte. Er mochte es nicht, wenn die Dinge anders liefen, als er sie sich ausgedacht hatte. Als Taxifahrer und -besitzer war er sein eigener Herr und Meister. Nur Leute wie Freya machten ihm dann und wann einen Strich durch die Rechnung. Was ihm andererseits so schlecht nicht gefiel. Das war ja das Unerträgliche. Daß eine weniger eigensinnige Frau ihn tödlich gelangweilt hätte.

Freya hatte den Eisbecher inzwischen zu Dreiviertel ausgelöffelt. »Was fällt dir noch ein?«

»Ein Drogentoter?«

Sie schüttelte den Kopf. »Weiter.«

»Was weiß ich ... Einer ist in die Donau gehüpft, um sich kurz mal abzukühlen, und in den Strudeln unter der Brücke ist er dann abgesoffen«, sagte er. »Einer hat seine Freundin mit seinem besten Freund erwischt und ist durchgedreht. Die Tochter ermordet die Mutter, um ihre Bratpfannen zu erben. Der Sohn erschießt den Geliebten der Mutter, ein kombiniertes Kindheitstrauma und Eifersuchtsdrama. Oder was hältst du davon: Einer hat eine Kommissarin zur Freundin, und als sie ihn zum x-ten Mal sitzenläßt, kriegt er mords Mordgedanken.«

Sie lächelte ihn milde an. »Würde garantiert nur als Totschlag geahndet.«

Er verzog maliziös das Gesicht: »Wie findest du das hier: Einer ist zu seiner Freundin gezogen, er mag Fünfminuteneier, sie mag Viereinhalbminuteneier, ein Wort gibt das andere, die Geschichte endet schlecht ...«

Freya grinste. »Er stapelt das dreckige Geschirr, bis alle Teller schmutzig sind, sie macht sich ans Abwaschen, er schleicht sich von hinten an, will sie umarmen, sie hält ein Messer in der Hand, das rutscht ihr aus ...«

»Bei mir in der Keplerstraße hast du nie abgewaschen ...«, begann Viktor zu klagen. »Ich dachte immer, du magst meine Unordnung. Und daß ich so anders bin als dein gestriegelter, gebügelter Vater.«

»Dachte ich ja auch«, sagte sie mißmutig. »Aber vielleicht lieber doch nur aus der Entfernung.«

»Deshalb fahre ich ja jetzt eine ganze Woche weg.«

Sie schlürfte mit dem Strohhalm das geschmolzene Eis aus dem schmalen Becher.

Er hielt sich die Ohren zu. Er hatte noch gar nicht gewußt, daß ihm das Schlürfen von flüssigem Eis auf die Nerven ging. Er freute sich immer mehr auf die Radtour.

»Vor zwei komme ich sicherlich nicht nach Hause. Bist du dann noch wach?«

Viktor machte schmale Lippen. »Kaum. Um sechs wollen wir los, damit wir um acht an der Grenze sind.«

»Klar.« Sie stand auf, suchte nach Worten für einen zumindest freundschaftlichen Abschied, wenn es an diesem Abend schon keinen leidenschaftlichen geben würde. »Tut mir wirklich leid, Viktor. Ein Mann ist erschossen worden. Du weißt ja, wie das läuft. Ich kann's nicht ändern. Wenn wir uns nicht mehr sehen sollten, wünsch ich dir eine gute Tour.« Dann fügte sie hinzu: »Genieß es.«

»Kannst du Gift drauf nehmen«, erwiderte er spöttisch.

Sie ging um den Tisch herum und flüsterte ihm eine Zärtlichkeit ins Ohr. Viktor mußte nun doch ansatzweise lächeln, bemühte sich aber, es nicht zu zeigen. Und sie bemühte sich, das nicht zu sehen.

Den Helm ans Lenkrad gehängt, als wolle sie die Kollegen von der Streife herausfordern, knatterte sie auf der gelben Vespa mit den schwarzen Streifen durch die Untere Bachgasse zum Tatort in der Weingasse. Auch sie war enttäuscht über diese unerwartete Wendung des Abends. Zugleich war sie aber auch erleichtert, sich Viktor eine Weile entziehen zu können. Oft verspürte sie nach einem nächtlichen Einsatz keinerlei Lust auf körperliche Nähe, und sei es nur das trauliche Anschmiegen an ein anderes, schlafwarmes Wesen. Und in anderen Fällen war es wiederum genau das, was sie suchte und brauchte: jemanden zum Festhalten, zum Verkriechen, zum Reden, zum Stillen sexueller Gelüste – zur Ablenkung, als Trost, um die Bilder zu vergessen, die sie in ihrem kriminellen Alltag unvermeidlich zu Gesicht bekam. Denn Tote sahen selten rosig aus. Aber sie hatte gern die Wahl. Fahren wir zu dir oder zu mir? Das war jetzt identisch. Und sollten sie und Viktor weiterhin zusammenwohnen wollen, würden beide von der Pike auf lernen müssen, wie man zu zweit allein blieb.

3

Nicht zu übersehen, daß etwas Dramatisches passiert war: zwei Streifenwagen, ein Krankenwagen, das Auto des Notarztes und zwei weitere Zivilfahrzeuge versperrten den unteren Teil der Weingasse. Vor dem Haus Nummer sechzehn hatte sich rund ein Dutzend Leute versammelt, Schaulustige aus der Nachbarschaft, man rauchte, redete, warf neugierige Blicke hinauf zum Fenster im ersten Stock. Ein Polizeibeamter bewachte die Haustür. Als Freya von der Vespa stieg, hörte sie, wie der Streifenpolizist einen jungen Mann nach seinem Ausweis fragte und wie dieser die Stimme hob und insistierte, er wohne hier und sein Wort müsse ihnen genügen, woraufhin drei der Umstehenden in schallendes Gelächter ausbrachen.

»Gib's auf, Max, die sind zäher als du«, rief einer, und ein anderer stachelte ihn an: »Laß dich von denen nicht unterkriegen.«

»Bitte entschuldigen Sie«, sagte Freya freundlich, aber bestimmt und bahnte sich einen Weg zum Hauseingang.

»He, Sie dürfen da nicht rein!« Der junge Mann, knallgelb gefärbte Haare, Ohrring, Jeans mit Schlitzen an den Knien, hatte spaßeshalber die Fronten gewechselt und baute sich neben dem Polizeibeamten auf.

Freya ignorierte ihn. Sie wandte sich den Schaulustigen zu. »Hat jemand von Ihnen etwas Ungewöhnliches gesehen oder gehört?« Ihr Tonfall war verbindlich und zugleich so unpersönlich wie eine Durchsage auf dem Flughafen. »Wenn das der Fall sein sollte, dann wenden Sie sich doch bitte an meinen Kollegen. Er wird alles notieren, und wir setzen uns mit Ihnen in Verbindung, wenn die Ermittlungen angelaufen sind. Vielen Dank im voraus.«

Dann faßte sie den jungen Mann ins Auge, der jetzt unsicher geworden war, was für ein Spielchen hier eigentlich gespielt wurde. Jedenfalls nicht mehr das seine, dessen Witz darin bestand, sich auf Kosten anderer zu amüsieren.

»Wohnen Sie in diesem Haus?« fragte sie.

»Er wohnt zwei Häuser weiter«, kommentierte mit sonorer Stimme ein älterer Mann, der sich im Nebenhaus aus dem Fenster beugte und von dort aus das Geschehen verfolgte. »Ist völlig harmlos. Und wer sind Sie?«

»Jansen«, sagte Freya schlicht. »Hauptkommissarin Jansen.« Sie warf dem Kollegen von der Streife, der ein wenig ratlos dreinschaute, einen amüsierten Blick zu. Der junge Mann machte umstandslos den Weg frei. Alle Blicke folgten der mittelgroßen, vollschlanken Frau mit der lindgrünen Hose, der ebenfalls lindgrünen Leinenbluse und den mahagonifarbenen, schulterlangen, gelockten Haaren. Man hätte ein Streichholz fallen hören können, und Freya überlegte kurz, was die Leute in diesem Moment mehr beschäftigte: die Tatsache, daß in dem Haus ein Mord geschehen war, oder das Phänomen einer leibhaftigen weiblichen Kommissarin.

Sie fand es ohnehin erstaunlich, welche Macht ein Titel besaß, ob Doktor, Professor, Kommissar, Direktor oder Bürgermeister, aber noch erstaunlicher fand sie die Macht der weiblichen Form eines Titels. Die Leute ließen sich davon noch immer beeindrucken. Entwaffnen. Daß eine Frau sich mit so was schmückte, zumal sie so unstandesgemäß angezogen war.

Unter ihren bayerischen Kollegen hatte Freya vor allem in den ersten Monaten einen schweren Stand gehabt. Eine Frau in der Mordkommission. Im Fernsehen waren Kommissarinnen der letzte Renner, aber in der Wirklichkeit …

»Weiber in diesem Geschäft – der letzte Heuler«, hatte Wegener seinerzeit zu Popp gesagt, als Freya gerade aus dem Zimmer gegangen war, aber sie hatte es gehört, und Wegener hatte es ja auch darauf angelegt. Im ersten Moment hätte sie ihm am liebsten eine reingehauen, aber das war auch bei der Kripo nicht erlaubt und wäre natürlich höchst unklug gewesen. Frauen wurden von der Mehrzahl der Beamten für »nicht leichenfest« gehalten und deshalb in andere Kommissariate verfrachtet: Sitte, Raub, Betrug, Brand – Delikte, die für Frauen als zumutbar galten. Tote waren da ausgenommen. Leichensachen seien keine Frauenarbeit, lautete lange Zeit die Devise, die Freya scheinheilig fand. Denn dann dürfte man auch keine Frauen in die Operationssäle lassen. Und keine Klageweiber ans Totenbett, fand Freya. Typische Doppelmoral: bei Trauer und Tränen waren Frauen willkommen, bei knallharten Mordfällen nicht. Eine reine Machtfrage. Es passierte, davon abgesehen, immer wieder, daß man mit Leuten von Anfang an nicht klarkam. Bei Wegener und Freya beruhte das auf Gegenseitigkeit. Sie gingen einander, wenn möglich, aus dem Weg. Nur in der Ferienzeit, wenn sämtliche Kollegen mit schulpflichtigen Kindern im Urlaub waren, war das nicht möglich.

Am oberen Ende der knarrenden, halbkreisförmigen Treppe stand Popp und grinste ihr entgegen. Wie gut, daß Popp heute abend Dienst hat und nicht Wegener, dachte Freya erleichtert. Im Gegensatz zu Wegener war der jungenhafte Wolfgang Popp meistens gut gelaunt und steckte voller Ideen – was die Lösung der Fälle nicht immer auf dem direktesten Weg vorantrieb, die Ermittlungen aber wenigstens amüsant gestaltete.

»Na«, feixte er von oben herab, »mal wieder ein Stelldichein verpatzt?«

Sie lächelte säuerlich. »Wie kommst du denn darauf?«

»Du bist heute abend mal wieder todschick ...«

»Ich habe mich für dich schick gemacht«, säuselte sie ironisch.

»Für den Toten lohnt es sich auch nicht mehr ...«

»Wer ist es?«

»Paul Breitkreuz, Professor für Literatur an der Uni. Ein Schuß durchs offene Fenster. Hat ihn von hinten erwischt.« Popp wies mit dem Kopf in Richtung Wohnungstür. »Drinnen warten jede Menge Zeuginnen. Wird wohl 'ne lange Nacht werden ...«

»Zeuginnen, sagst du? Nur Frauen?«

»Kein einziger Mann. Tut mir für dich wirklich leid.«

Das alte Haus war perfekt restauriert. Abgeschliffene alte Türen und Türstöcke, freigelegte Balken, weiß getünchte, krumm und schief belassene Wände. Freya betrat den Vorraum der Wohnung, registrierte im Vorbeigehen den goldumrandeten Spiegel, den orientalischen Läufer, das Ikebana-Gesteck auf der Jugendstilkommode. An den Vorraum schloß sich ein langgestrecktes, ebenfalls weiß getünchtes Zimmer an, gediegene alte, knarrende Holzdielen, darauf weitere orientalische Läufer, eine Bücherwand, die sich über die gesamte Länge des Raumes erstreckte – offenbar das Wohnzimmer. Links waren drei zweisitzige Sofas um einen niedrigen Tisch gruppiert. Zwei Streifenbeamte waren damit beschäftigt, ein Grüppchen Frauen von der Leiche fernzuhalten und die Personalien aufzunehmen. In der rechten Hälfte des Raumes standen Stühle in einem Halbkreis und bildeten gewissermaßen die Arena für ein Stehpult. Und am Rande dieser Arena lag der Tote.

Der Notarzt hatte die Untersuchung bereits beendet. Er sah Freya und Popp über seine Brille hinweg an. »Der Schuß ist offenbar direkt ins Herz gegangen«, sagte er sachlich. »Als ich eintraf, war schon nichts mehr zu machen.«

»Wann war das?«

Ein Beamter namens Zirngibl reichte Freya einen handgeschriebenen Notizzettel.

»Der Zeitpunkt des Schusses liegt nach den Aussagen der Damen zwischen 22.25 Uhr und 22.30 Uhr. Um 22.32 Uhr ging der Notruf bei uns ein. Eintreffen des Notarztwagens 22.36 Uhr, Eintreffen der Beamten 22.40 Uhr.« Er räusperte sich. »Jetzt ist es ...«

»Eintreffen von Hauptkommissarin Jansen um 22.52 Uhr. Tragen Sie das ruhig nach. Damit alles seine Richtigkeit hat.«

Sie zwinkerte Popp zu. Eine ihrer Gemeinsamkeiten bestand in einer Aversion gegen streng formgerechte Protokolle und sonstigen bürokratischen Spießrutenlauf. Die Berichte, die Hauptkommissarin Jansen ablieferte, waren des öfteren Stein des Anstoßes, weil sie sich nicht an die vorgefertigten Formulierungen hielt, weil sie nicht nur sachlich die Fakten zusammenstellte, sondern Wahrnehmungen, Eindrücke, Überlegungen hinzufügte. Was das mit dem objektiven Tatbestand zu tun habe, wurde sie dann mißbilligend gefragt – woraufhin sie auszuholen pflegte und darauf hinwies, daß es vor allem in der Kriminalistik keine objektiven Tatbestände gebe, nur Raster unzusammenhängender Fakten, daß subjektive Faktoren nicht nur Ausgangspunkt von kriminellen Handlungen seien, sondern auch zu ihrer Aufklärung beitrugen, zum Verknüpfen der Fakten, vom Zufall, auf den die Ermittler geradezu angewiesen waren, einmal ganz zu schweigen, und ob denn das Bürokratentum sämtliche Entwicklungen der letzten fünfzig Jahre unverbesserlich an sich abgleiten lasse wolle?

Mit einem entsprechend subjektiven Blick – wie auch anders? – sah Freya sich den Toten jetzt genauer an. Der Mann war nicht leichenblaß, sondern braungebrannt. Mindestens eins achtzig groß. Durchtrainiert. Dafür sprachen jedenfalls die Arme, die unter dem kurzärmeligen Leinenhemd hervorschauten. Das Hemd selbst war dunkelrot, so daß der Blutfleck in Herzhöhe auf den ersten Blick nicht auffiel. Mund sinnlich, etwas schmal, Nase leicht gebogen, dunkelbraune Augen, die starr die Decke fixierten.

Freya mußte ihr vorgefaßtes Bild von einem Geisteswissenschaftler – blaß, mager, hohe Stirn, vielleicht Halbglatze, Brille – revidieren. Mit seinen kurzgeschnittenen, graubraunen Haaren und den Lachfalten um die Augen hätte Professor Breitkreuz bestens in eine Stuyvesant-Reklame gepaßt: Segeltörn in Jeans und Windjacke, Freundin im Arm, Fluppe zwischen den Fingern, Weltgefälligkeit auf den Lippen, der ultimative Genußtrip – nur nicht als Leiche, versteht sich.

Freya richtete sich auf. »Gutaussehender Mann.«

»Kommt ganz drauf an«, sagte Popp leicht indigniert.

»Worauf denn?«

»Auf die Sichtweise: Alles ist subjektiv, wie unsere hochgeschätzte Kollegin Jansen so schön zu sagen pflegt.«

»Ich habe ja nicht gesagt, daß er mein Geschmack gewesen wäre.«

»Dann hab ich ja noch 'ne Chance.«

Freya sah ihn herausfordernd an. »Gut möglich.«

Hoppla, was war denn heute abend mit ihnen los? Es kam zwar oft vor, daß Freya und Popp irgendein lockeres Spruchgeplänkel vom Stapel ließen, das jedoch immer ironisch ausfiel. Jetzt aber war diese Ironie einen Augenblick lang ausgefallen – wie manchmal der Strom in einer stürmischen Nacht. Und plötzlich wurde alles möglich. Sie merkten, daß Zirngibl sie irritiert anstarrte. Der Notarzt räusperte sich. Er hatte den Tod des Opfers festgestellt. Mehr war für ihn nicht zu tun, und situationsferne Kommentare von Kriminalbeamten fielen zum Glück nicht in sein Ressort.

Freya deutete mit dem Kopf zu den Frauen im hinteren Teil des Raumes. »Was war hier überhaupt los?«

»Eine Art Lesekränzchen«, sagte Zirngibl.

»Ein Literaturkreis«, verbesserte ihn Rilke, ein Polizist um die Fünfzig, der soeben zu Freya, Popp und Zirngibl getreten war, um seine Informationen weiterzugeben. »Mit dem Professor waren sie insgesamt zu acht. Er war der einzige Mann.«

»War er verheiratet?« fragte Freya.

»Geschieden«, sagte Rilke. »Zwei erwachsene Kinder, ein Kind im Grundschulalter. Es lebt bei der Mutter. Sie heißt Vera Bach.«

Freyas Blick fiel auf die langen, schlanken Hände des Professors. »Was ist das zwischen seinen Fingern?«

»Ein Stück Papier«, sagte Zirngibl, froh, etwas Konkretes beisteuern zu können.

Sie bückte sich und versuchte, den Papierfetzen, der dem Toten zwischen Daumen und Zeigefinger steckte, herauszuziehen. Dabei wäre der Zettel beinahe zerrissen, so energisch umklammerte der Professor das Papier. Als wäre es sein letzter Wille. Oder sein einziger Halt. Ein Stück Buch.

Der Papierfetzen war beidseitig bedruckt. Es handelte sich offensichtlich um ein Stück einer herausgerissenen Seite. Freya entzifferte: *Aufhebung des Unrechts, Beendigung der Verarmung, Übergangszustand, gemeinsamen Besitz* und auf der Rückseite: *Peitschenschläge, Ausgeplün-*

derten, Herrschsucht, Erniedrigung, Kunst. »War das etwa ein subversiver Polittreff?«

Popp hielt ihr ein graues Buch hin. »Lag auf dem Stehpult. PETER WEISS DIE ÄSTHETIK DES WIDERSTANDS ROMAN SUHRKAMP«, las er laut vor. »Aufgeschlagen auf Seite 14, 15. Die linke Ecke von Seite 14 fehlt.«

»Hier ist sie«, sagte Freya. »Wahrscheinlich hat er sie im Fallen herausgerissen.«

»Vielleicht hat er versucht, sich an dem Buch festzuhalten.«

»Sehr tiefsinnig ...«

»Ein bekannter Schriftsteller«, wußte Rilke.

»Nie gehört«, sagte Popp.

Auch Freya zuckte die Achseln. »Lebt der noch?«

Rilke schüttelte den Kopf. »Er ist Anfang der achtziger Jahre gestorben.«

»Woher wissen Sie das?«

»Ich lese leidenschaftlich gern«, sagte Rilke und errötete ein wenig, als sei ihm dieses Eingeständnis peinlich, vor allem das Wort »leidenschaftlich«, das ihm herausgerutscht war.

»Ein Polizist, der gern liest?« frotzelte Popp. »Dein Freund und Helfer, das unbekannte Wesen ...«

Rilke ließ sich nicht beeindrucken. »Lesen ist mein Hobby.«

»Kennen Sie diesen Schmöker hier etwa auch?«

Rilke schüttelte den Kopf. »Leider nicht. Aber das ist kein Schmöker. Wenn Sie Peter Weiss kennen würden, dann wüßten Sie, daß er keine Unterhaltungsliteratur geschrieben hat.«

»Und wenn Sie mich kennen würden, dann wüßten Sie, daß ich lieber Schach spiele oder Formel-Eins ansehe«, ulkte Popp. »Nein, Witz beiseite. Vielleicht könnten Sie das Buch mal lesen und uns sagen, was drinsteht.«

»In der Freizeit oder in der Dienstzeit?«

»Sie werden schon ein ruhiges Plätzchen finden«, grinste Popp.

Freya wurde ungeduldig. Buch hin, Buch her, Rilke hatte

ihnen anderes mitteilen wollen als seine Kenntnisse in Sachen Literatur. Was hatte die erste Befragung der Zeuginnen ergeben?

Keine der sieben Frauen habe etwas Auffälliges gehört oder gesehen, berichtete Rilke. Der Literaturkreis komme vierzehntägig zusammen. Früher habe man sich reihum bei den Mitgliedern zu Hause getroffen, seit einem halben Jahr sei man dazu übergegangen, sich regelmäßig in dieser Wohnung zu versammeln.

»Die Mieterin heißt Susanne Riepl, sie ist Psychologin. Die Treffen beginnen um halb acht, man ißt eine Kleinigkeit, danach stellen drei Teilnehmer jeweils ein Buch vor, das sie gelesen haben. Dann wird diskutiert. Zum Abschluß des Abends liest Professor Breitkreuz aus einem Buch vor. Heute abend aus dem Werk von Peter Weiss.« Er zeigte auf das Buch, das auf dem Stehpult lag. »Zum Tatverlauf: Der Professor stand also an diesem Stehpult, mit dem Rücken zum Fenster. Er hatte ungefähr zehn Minuten gelesen, als die Damen einen lauten Knall hörten. Der Professor ist nach vorn auf das Stehpult gesackt, dann leblos zu Boden gestürzt. Die sechs Damen saßen zu dem Zeitpunkt dort.« Er wies auf den Halbkreis aus Stühlen. »Zuerst hat sich keine von ihnen vom Fleck gerührt. Schock, Angst vor weiteren Schüssen, das übliche. Dann hat eine von ihnen die Polizei informiert.«

»Sie sprechen immer von sechs Frauen«, sagte Popp stirnrunzelnd. »Ich sehe aber eindeutig sieben. Oder habe ich etwa Halluzinationen?«

»Die siebte ist die Freundin des Ermordeten«, erklärte Rilke. »Sie wohnt in der Engelburgergasse. Sie ist ebenfalls Mitglied im Literaturkreis. Heute abend war sie aber nicht dabei.«

»Wieso ist sie dann jetzt hier?« fragte Freya.

»Eine der Damen hat sie benachrichtigt. Sie traf zeitgleich mit dem Notarzt ein. Sie steht offensichtlich unter Schock.«

»Welche ist es?«

»Die im gelben Kleid.«

»Nicht schlecht«, sagte Popp. »Hatte einen guten Geschmack, dieser Professor.«

»Wer sagt denn, daß er ihr das Kleid gekauft hat«, funkelte Freya ihn mit gespielter Entrüstung an.

Dann wandte sie sich an Zirngibl. »Ist schon geklärt, wer die Obduktion durchführt?«

»Schmidt ist im Urlaub.«

»Wir können die Kollegen aus Erlangen anrufen«, sagte Popp. »Oder die Angelegenheit an die Pathologie Ritzinger weitergeben. Die arbeiten zuverlässig und gut. Auch mitten in der Nacht.«

»Rufen Sie bitte dort an und veranlassen sie alles Nötige«, wies Freya Zirngibl an. »Sobald die Spurensicherung fertig ist, wird die Leiche hingebracht. Vermutlich gegen zwei oder drei.«

Sie trat ans Fenster. Professor Breitkreuz hatte vor dem Stehpult gestanden, also mit dem Rücken zu dem noch immer offenen Fenster. Sie beugte sich hinaus. Die Gruppe Schaulustiger vor dem Haus hatte sich aufgelöst. Im gegenüberliegenden Haus waren alle Fenster geschlossen und dunkel, bis auf die Wohnung im – sie zählte nach – dritten Stock, wo zwei Männer und zwei Frauen sich am Fenster drängelten und versuchten, etwas von dem Geschehen hier drüben zu erhaschen. Ein kleiner, dunkler Gegenstand wurde herumgereicht, vermutlich ein Opernglas. Wegener, der mit Vorliebe Sachinformationen am Tatort sammelte, würde allen Hausbewohnern am nächsten Tag mehr Aufmerksamkeit zukommen lassen. Sonst war auf der Straße niemand mehr zu sehen. Um Genaueres über den Einschußwinkel zu erfahren, mußten sie die Untersuchungen der Ballistiker sowie die Obduktion abwarten. Der Schuß mußte nicht unbedingt vom Haus gegenüber abgegeben worden sein. Die beiden Häuser rechts und links davon kamen ebenso in Betracht. Genausogut konnte jemand auf der Straße gestanden haben oder mit dem Fahrrad oder dem Moped vorbeigefahren sein. Außerdem war die Frage zu klären, ob der Professor zufällig oder absichtlich in der Schußlinie gestanden hatte.

Popp trat neben sie. »Nehmen wir uns einmal die Frauen vor.«

»Aber ich nehme die im gelben Kleid«, lächelte Freya.

»Ich nehme lieber dich«, murmelte Popp, aber so leise, daß sie es nicht hörte.

4

Das Kind hat eine blühende Phantasie, hatte der Deutschlehrer vermerkt und wie als logische Konsequenz eine Fünf unter ihren Aufsatz gesetzt. Bedauernd oder mit Genugtuung? War eine blühende Phantasie auf Gedeih und Verderb verknüpft mit dem unteren Drittel der Notenskala? Galt eine welke Phantasie entsprechend als primusverdächtig? Wäre der Deutschlehrer womöglich insgeheim gern über den eigenen Schatten gesprungen und hatte nur aufgrund der Vorschriften und Regeln die schlechte Note vergeben?

Nein, nein, es hatte alles seine Richtigkeit. Ines hatte alles noch genau in Erinnerung: sechste Klasse, der allererste freie Aufsatz. Frei. Die Vorgabe klang vielversprechend. Hatte sie es allzu wörtlich genommen? Die Schulstunde war nur so verflogen – eine ihrer ersten bewußten Erfahrungen mit der Relativität von Zeitgefühl, fünfundvierzig Minuten konnten sich zu unendlich langen Stunden ausdehnen oder zusammenziehen zu einem Atemzug. Sie stand noch im Bann dieses einen Atemzugs, war tief über das Heft gebeugt, als man es ihr beim Klingeln der Schulglocke mitten im Satz unter der Hand weggezogen hatte. Eine häßliche, krakelige Tintenspur, die vom zuletzt geschriebenen Buchstaben bis zur rechten unteren Ecke der Heftseite führte.

Sie habe kein Ende finden können. Sei außer Rand und Band geraten. Überhaupt gehe der Geschichte jegliche Ordnung ab, fehle ein roter Faden. Immerhin, eine blühende Phantasie. Aber. Und daher. Leider: eine glatte Fünf.

Der rote Faden? Wieso ein roter Faden? Wieso kein gelber, grüner, blauer? Die Tintenpatrone hinterließ blaue

Spuren im Heft, an Zeigefinger, Mittelfinger. Einen Rotstift benutzte doch nur der Lehrer, um sein besseres Wissen unter die Schülerproduktionen zu setzen. Die elfjährige Ines war ratlos gewesen. Beleidigt. In Tränen aufgelöst. Wie sollte sie in nur fünfundvierzig Minuten all das zu Papier bringen, was sich logischerweise ergab, wenn man den Worten freien Lauf ließ? Sie hatte einfach angefangen, und schon waren die Figuren drauflosgaloppiert in dieser Welt aus blauer Tinte, aus der der Schulaufsatz entstand, und sie selbst war hinterhergerannt und hatte dabei im Heft Spuren hinterlassen.

Aber offensichtlich ging es nicht um den freien Lauf. Man mußte sich zügeln. Figuren, Worte, Gedanken, Geschichten – gezügelt, gestriegelt, mit rotem Faden aufgezäumt: So war es richtig. Die vorgegebene Dreiviertelstunde war das Zaumzeug und die schlechte Note die Gerte.

Fortan hing die »blühende Phantasie« wie ein drohendes Schwert über ihrem Kopf, wenn Ines sich über das Schulheft beugte. Sie gab sich eine Zeitlang aufrichtig Mühe, die Worte zu zügeln, der Geschichte eine Struktur zu geben, eine Ordnung mit Anfang, Höhepunkt, Ende und rotem Faden. Was dabei herauskam, war eher farblos. Alle Höhen- und Tiefflüge eingeebnet, alle Abweichungen verhindert. Es mußte in den Rahmen passen, in das Schulheft, in die fünfundvierzig Minuten, und zwar nach allgemeinverbindlichem Schulmaß. Der Anpassung erster Schritt. Und zur Belohnung gab es eine Drei minus, manchmal sogar eine Drei plus. Ist doch eine schöne Note: befriedigend, oder?

»Du bist übermüdet, schlaf dich mal richtig aus ... Deine Phantasie geht mit dir durch ... Das mit dem Schuß hast du dir doch nur eingebildet ... War garantiert eine Fehlzündung ... Im Sommer knattern haufenweise Motorräder durch die Gegend ... Komm, ich mach dir einen Kamillentee ...«

Sie fuhr aus dem Dämmerschlaf hoch. Träum ich oder wach ich? Sie rieb sich die Augen. Sollte Tom etwa ...? Neben dem Bett – oder besser gesagt, neben der Matratze, denn zu einem richtigen Bettgestell hatten sie es noch nicht gebracht – stand der Becher mit dem Porträtfoto von Diana und Charles, den Karolin ihr von einer Londonreise mitgebracht hatte. Ines schnupperte an dem Rest der grünlichen Lösung, stellte den Becher angewidert weg. Kamillentee war eine Sache und Träume bekanntlich ein unberechenbares Stückwerk aus Wirklichkeitsfragmenten, Sehnsüchten, Ängsten. Aber sollten diese Gasse, diese unerwartete Vorlesestunde, diese Männerstimme, dieser Knall, dieser Mann im Paternoster nichts als ein Traum gewesen sein, ein in die Nacht herübergeschlüpfter Auswuchs ihrer nach wie vor blühenden Phantasie? Nein! Noch einmal würde sie sich nicht auf ein befriedigendes Mittelmaß zurechtstutzen lassen. Lieber eine wutschäumende Fünf als eine lächerliche, hohlwangige Drei. Der lesende Mann vor dem offenen Fenster war kein Produkt ihrer Einbildungskraft gewesen, ebensowenig wie der Schuß, die überhastete Flucht durch die dunklen Gassen, Johnnys Gebrüll.

In der Wohnung war es verdächtig still. Entweder schliefen Tom und Johnny auf der Matratze in Toms Zimmer, oder sie waren beim Einkaufen. Auf dem Küchentisch stand noch das benutzte Frühstücksgeschirr, die Butter mittlerweile in der prallen Sonne. Auf dem Brotkorb fand Ines einen Zettel mit folgender Nachricht:

Sind unterwegs. Genug abgepumpte Milch dabei. Schlaf dich aus und mach dir einen schönen Tag. Wie anno dunnemals. Kuß – Tom (und Johnny).

Unter dem Zettel lagen zwei – na, was, Ines, Brötchen oder Semmeln? Zwei Schrippen, dachte sie, enttäuscht, daß niemand da war. Sie sah aus dem Küchenfenster. Der alte Benz war weg. Entweder war Tom mit Johnny zu seinen Eltern gefahren, oder er machte einen richtigen Ausflug, vielleicht in den Bayerischen Wald. Na dann, gute Fahrt, dachte Ines, plötzlich niedergeschlagen, auch ein wenig eifersüchtig. Sie ging ins Bad, warf einen kurzen Blick in den Spiegel, erkannte, daß sie so aussah, wie sie sich fühlte, sah schnell wieder weg. Sie setzte sich auf den Klodeckel, starrte vergrätzt auf Toms Dunkelkammerausrüstung im Regal zwischen Badewanne und Waschmaschine. Das Zeug hatte er wenigstens weggeräumt. Dafür hatte er die volle Waschmaschine vergessen. Nach dieser überraschend ungestörten, langen Nacht hatte Ines jede Menge Milch, die abgesaugt werden wollte. Ein weicher Kindermund hätte ihr besser gefallen als eine manuelle Milchpumpe. Wenn Ines die Milchpumpe sah, mußte sie immer an eine Kuh an der Melkmaschine denken: Sie, Ines, war die Mutterkuh und pumpte auf Vorrat Milch ab – was ihr umgekehrt diesen unerwartet freien Tag beschert hatte, denn ohne abgepumpte Milch könnte Tom höchstens zwei Stunden wegbleiben. Ines verspürte eine grenzenlose Sehnsucht nach dem Winzling Johnny. Da waren sie also, die ambivalenten Mutterfreuden: Wenn die Kinder da sind, sehnst du dich danach, wieder einmal allein zu sein, und wenn du allein bist, hältst du es vor Sehnsucht kaum aus. Ersatzweise nahm sie die getrockneten Hemdchen, Bodys und Strampelanzüge vom Wäscheständer und hob sogar Toms Socken vom Fußboden auf. Dehnte sich diese Sehnsucht etwa auch auf den Kindsvater aus, der seine Klamotten aus eingeübter Junggesellenfaulheit dort fallen ließ, wo er gerade ging und stand?

Eigentlich herrlich, dachte sie nicht wirklich begeistert, ein ganzer Tag für mich allein, der allererste Tag seit Johnnys Geburt. Aber was tun mit so viel unerwartet freier Zeit? Sollte sie nach nur elf Wochen Mutterdasein schon vergessen haben, wie man so etwas zuwege brachte: einen schönen Tag? Sie tigerte unruhig durch die Wohnung. Wie wäre es mit Lesen? Wenn sie mit dem schlafenden Johnny im Arm ihren Rundgang durch die Zimmer aufnahm, griff sie sich meistens ein Buch, es lagen überall welche herum, ihre persönliche Art von Unordnung. Sie las, wenn sie stillte, las, während sie den Kinderwagen im Schneckentempo durch den Park schob. Jede Minute war kostbar, und das Vergnügen konnte von einer Sekunde zur nächsten vorbei sein. Sie las ohne Kontinuität, ohne systematisch einer Geschichte zu folgen, deren roten Faden sie bei der nächsten Etappe sowieso bereits vergessen haben würde.

Sie las Ausschnitte. Abschnitte. Kapitel. Kurzprosa. Gedichte. Um zu lesen. Um etwas zu tun, das sie auch vorher getan hatte. Ohne Kontinuität, aber wegen der Kontinuität, damit nicht von einem Tag auf den anderen alles, aber auch alles anders war. Irgend etwas mußte sie hinüberretten, wenn sie schon so viel aufgegeben hatte: die regelmäßigen Kinobesuche, die Volleyballmannschaft, die Eineinhalbzimmerwohnung in Berlin, die Freunde, die gewohnte Umgebung – ihr Leben als Frau ohne Kind. Der altgediente Schreibtisch, ein Relikt, das nach dem Studienabbruch eine Zeitlang ernstlich davon bedroht gewesen war, auf dem Sperrmüll zu landen, fungierte jetzt als Wickeltisch. Statt eines bezahlten Jobs hatte sie nun ein Kind. Und was für eins. Und niemand sollte sagen, das sei nicht Job genug. Aber sie konnte nicht mehr bestimmen, wann sie duschen oder kochen oder lesen oder schlafen wollte. Jemand anders war der Bestimmer. Ein winziges Wesen, das von nun an immer dasein würde.

Deshalb: freu dich, Ines, ein freier Tag! Du kannst endlich lesen, ein ganzes Buch sogar, von der ersten bis zur letzten Seite, ohne Unterbrechung, du kannst dich in der vergleichsweise sicheren Umgebung von Buchseiten wiegen, in den Geschichten anderer, auf die kein Einfluß mehr zu nehmen ist, du kannst mit den Geschichten davonfliegen, kannst dich wieder ins Bett legen und träumen und endlich einmal nach Herzenslust ausschlafen. Doch sie verspürte im Grunde gar keine Lust, sich ins Bett zu legen und zu lesen. Bei dem herrlichen Wetter? Sie könnte an einen Badesee fahren – aber Tom hatte das Auto mitgenommen. Außerdem hatte der Arzt vor einer Brustentzündung gewarnt. Zu viele Keime im Wasser. Mit dem Fahrrad an der Donau entlang? Für eine lange Tour fühlte sie sich noch nicht fit genug. Zillefahren? Der Motor war ihr zu schwer. Mit anderen Leuten etwas unternehmen? Sie kannte nur Mütter mit Kindern … Angestrengt überlegte sie, wie sie die kostbare Zeit nutzen könnte: alle Briefe beantworten, die sie schon lange beantworten wollte, sich endlich für die Dutzenden von Strampelhöschen und

Babymützchen zu Johnnys Geburt bedanken, vorher eine Viertelstunde Rückbildungsgymnastik machen, oder lieber gleich eine halbe Stunde? Sie könnte das Gewürzregal aufräumen, die Badewanne putzen, einmal gründlich staubwischen, den Knopf an Toms Hemd annähen – das wurde ja immer schöner! Was war nur mit ihr los?

Die ungeheuerliche Vielfalt der Möglichkeiten verursachte ihr Schwindel. Sie sank auf den Stuhl neben dem Wickeltisch. Wie war das nun mit der blühenden Phantasie? Fiel ihr denn gar nichts mehr ein? Und diese Sache gestern abend? Alles erschwindelt und phantasiert? Ausgeburt der Nachgeburtszeit? Hatte sie nun gesehen, wie dieser Mann am Fenster zusammengebrochen war, oder nicht? Hatte sie einen Schuß gehört, oder war das wirklich nur die Fehlzündung eines Motorrads gewesen? Kurz glaubte sie, daß Tom vielleicht doch recht gehabt hatte. Ihre überschäumende Phantasie hatte ihr einen Streich gespielt, sie war aus dem Land der Milchkühe direkt ins Land der Kriminalromane gesegelt und hatte dabei, wie im Märchen, ein paar Dinge verwechselt: das Brüllen Johnnys war Bestandteil des Krimis geworden, und der Schuß einer Pistole aus Worten und Papier hatte sich geräuschvoll in der Gegenwart materialisiert. Und jetzt war sie so ausgelaugt, daß sich nur noch Dreiminus-Einfälle einstellten ... Zum Zweifel gesellte sich die Versuchung, sich in der weichen Bettdecke einzukuscheln, zu verkriechen. Alles so zu lassen, wie es war oder nicht war. Den Dingen nicht nachzugehen.

Sie gab sich einen Ruck. Wenn sie künftig ein ausschließlich befriedigendes Dreierleben führen wollte, ohne Höhen und Tiefen und dafür schön in Ordnung, dann konnte sie sich gleich die Kugel geben. So nicht! Ein freier Tag – vielleicht, dachte sie, kann ich heute abend einen Erlebnisaufsatz darüber schreiben. Sie schlüpfte in ein buntgeblümtes Sommerkleid, dann in ihre roten Sandalen, schminkte die Lippen in einer dezent dazu passenden Farbe, hielt den Blick in den Spiegel nun schon besser aus: die verwuschelten hellblonden, kurzen Haare auf dem Kopf, die ersten grauen Strähnen an den Schläfen, die blauen Augen, die etwas schiefe Nase. Sie grinste, sagte freundlich: Hallo, Fischkopp. Dann steckte sie den Wohnungsschlüssel ein und warf die Tür hinter sich ins Schloß.

5

Als Ines aus der Roten-Hahnen-Gasse auf den Haidplatz trat, zögerte sie. Am Abend zuvor war sie aus einer anderen Richtung gekommen, aber wo war sie abgebogen? Zwischen der Pizzeria und dem Messergeschäft? Rechts vom Thon-Dittmer-Palais? Sie überquerte den Platz, blickte unschlüssig erst die eine Gasse hinunter, dann die nächste, hielt mit zusammengekniffenen Augen Ausschau nach dem hellgelben Haus, vor dem sie am Abend zuvor gestanden hatte. Sie erinnerte sich an die Katzenfutterdose, tat ein paar Schritte in jede der beiden Gassen hinein, aber keine Spur von einer nächtlichen Speisung, alles war adrett und saubergefegt. Bei Tage zeigten sich die Dinge in einem anderen Licht: Entfernungen, Größenverhältnisse, Dimensionen verschoben sich, wurden zurechtgerückt. Ein Busch war nicht mehr finsteres Versteck für Schattenwesen, sondern grünes Blattwerk mit Lichtreflexen, eine Hauswand war mehr als nur Stadtstaffage mit geschlossenen oder blicklosen Augen und einem erleuchteten Fenster. Hinzu kamen die Geräusche, an denen man sich ebenfalls, wenn auch nicht so offensichtlich, orientierte und die einen zerstreuten.

Sie steuerte das *Café Wichtig* an und hielt ganz am Rand der Tische Ausschau nach einem Platz, wo der Kinderwagen hinpaßte – was für ein Automatismus auch in so banalen Alltagsdingen wie der Auswahl eines Cafétisches, und das nach knapp drei Monaten. Heute war Ines beweglicher, und sie zwängte sich zwischen den Stühlen hindurch an einen Tisch in der dritten Reihe: mittenmang, wie man in Hamburg gesagt hätte.

Das *Café Wichtig* hieß offiziell *Goldenes Kreuz*. Es lag

am Haidplatz an einer der Hauptflanierachsen der Altstadt zwischen Dom und Westnerwacht – ein Platz an der Sonne, wo es nicht erst im August schnell zu heiß wurde. Man saß an runden Tischen hinter Sonnenbrillen, undurchsichtig, verspiegelt, und hatte besten Ausblick auf Spaziergänger, Passanten, Touristen, Flaneure – was zu der irrigen Annahme verführen mochte, man habe den Überblick.

Kurz vor Johnnys Geburt hatten Ines und Tom einander ein Sonntagsfrühstück im *Goldenen Kreuz* spendiert und teilgehabt an der lustigen Leuteschau. Wer da alles am Sonntagmorgen zwischen Kirchgang, Frühschoppen und Rinderbraten mit Semmelknödeln vorbeispazierte: herausgeputzte Familien mit ihren in Kleidchen und Schuhchen und Kniebundhöschen und Rüschenröckchen ausstaffierten Kindern, aufgetakelte Ehepaare, er auf Al Capone oder im Theateraboanzug, sie hochtoupiert oder auf Stöckeltrapez, immer wieder zwischen den Pflasterritzen umknikkend und auch deshalb bei ihm untergehakt, ganze Gruppen von ausgehfreudigen, den Kinderschuhen erst jüngst entwachsenen Sonntagsteens, die zu Markte trugen, was auf dem Markt gerade voguete, dazu Touristen, verschlafene, unrasierte, über den Platz schlappende Einheimische in Jeans oder Trainingshose, der eine oder andere Bekannte von Tom. Die Cafébesucher sahen im übrigen auch nicht viel anders aus. Für die sonntäglichen Flaneure mochte diese mehrreihige Längsfront von spöttisch die Szenerie beobachtenden Sonnenanbetern geradezu einen zombiehaften Eindruck vermitteln, ein Sinnbild des an der eigenen Wichtigkeit erstarrten Lebens. *Café Wichtig* eben. Das Wichtigste daran, fand Ines, war der schöne Schein, der zwei Seiten hatte, die man abwechselnd einnehmen konnte, als Zuschauer oder als unfreiwilliger Akteur. Das Zweitwichtigste war der vorzügliche Walnußkuchen. Ein Stück Walnußkuchen und ein Milchkaffee. Und hinter der Sonnenbrille einen Moment die Augen schließen.

Aus den Gruppen von Passanten lösten sich immer wieder Leute, die auf andere Leute, die an den Tischen saßen, zugingen. Man kannte sich, winkte sich zu, hielt einen kurzen Schwatz, zog weiter. Auch Tom traf auf viele Bekannte von früher, wenn er sich auch nicht sofort an alle erinnerte. Er war fast fünfzehn Jahre fortgewesen, in Berlin, aber Regensburger kannten sich auch dort, im preußischen Exil. Man rückte enger zusammen in der Fremde, pflegte den vertrauten Dialekt, der ein Gefühl von Heimat schuf, ohne daß die Heimat einen tagtäglich bedrückend heimsuchte. Man tauschte Adressen und die immer noch abonnierte heimatliche Wochenzeitung aus, hielt sich wechselseitig auf dem laufenden, informierte die anderen Exilregensburger über Heimreisepläne und Mitfahrgelegenheiten. Die Verbindung zu Regensburg war für Tom auf diese Weise nie abgerissen. Außerdem hatte er schon immer Kneipenjobs gehabt, zeitweilig sogar eine eigene Kneipe. Er kannte viele Leute vom Sehen, vom Bierzapfen, aus der Schulzeit, über die Familie und gemeinsame Bekannte: Der hat früher das und das gemacht, die kenne ich durch den und den, der war mal auf Drogen, ick freß 'n Besen, die hat jetzt schon drei Kinder, die da war früher mit dem und dem zusammen und der da mit der und der, die war übrigens auch kurz in Berlin, mit dem war ich in einer Klasse, dessen Bruder war mal hinter meiner Schwester her, der da ist der Vater von dem und dem, die zwei da drüben kenne ich aus der Tanzstunde. Tom erklärte ihr die Leute wie ein Stadtführer eine Stadt, lieferte Daten und Anekdoten. Aber Ines vergaß Namen, Gesichter und Geschichten, oder sie brachte sie durcheinander, erinnerte sich nur an Fragmente, die sie dann falsch zusammenfügte. Solange sie nicht persönlich mit jemandem zu tun hatte, würde das auch so bleiben.

Sie spürte, wie ihr jemand auf die Schulter tippte. Sie drehte sich um. Eine ihr unbekannte Frau mit Sonnenbrille und Kleinkind auf dem Arm nickte ihr freundlich zu. Ines erkannte weder die Frau noch das Kind. Vielleicht eine von Toms Verflossenen?

»Stichwort Alsterwasser«, sagte die Frau, aus ihrem Mund klang es wie: *Oistawossa*. Sie schob die Sonnenbrille hoch.

»Klar.« Jetzt erinnerte Ines sich an die Frau, die ihr am Abend zuvor aus der Kneipe ein Radler mitgebracht hatte. »Heute bin ich es, die frei hat«, fügte sie hinzu.

»Genieß es«, lachte die Frau und ging weiter.

Ines lehnte sich zurück, sah sich die Leute an, die über den Platz schlenderten. Lauter Unbekannte. Genaugenommen kannte sie in Regensburg nur Leute, die mit Johnnys Geburt und mit Tom und Toms Familie zu tun hatten: die Leiterin des Geburtsvorbereitungskurses, die fünf Frauen und Männer, die ebenfalls an dem Kurs teilgenommen hatten, die Hebamme, die sie und Johnny nach der Geburt zu Hause betreut hatte, Toms Eltern und Toms Schwester samt eigener Familie. Dann noch Carlo, mit dem Tom meistens im *Oblomow* zusammen Dienst hatte, und Franz, einen guten Freund von Tom aus der Schulzeit, der einzige von Toms Freunden, der die Mitglieder der frischgebakkenen Kleinfamilie auch nach Johnnys Geburt für voll nahm.

Unabhängig davon hatte Ines bisher nur zwei eigene Bekanntschaften gemacht: die Frau mit dem Radler und die Nachbarin von unten – ausgerechnet beim Treppenputzen, aber immerhin.

Mit einem Feudel hat alles angefangen, dachte sie, klingt nach Groschenroman. Auch in der Werbung kamen Frauen sich auf diese Weise näher, warum also sollte es in der Realität anders laufen? Die Nachbarin hieß Freya und hatte keine Kinder. Sie war gerade dabei gewesen, ihrer monatlichen Mieterpflicht zu genügen, das heißt, das Treppenhaus vom Scheitel bis zur Sohle zu putzen, war zu diesem Zweck mit einem ausgefransten Lappen in der Hand vor Ines' Wohnung auf den Knien an der Fußleiste entlanggerutscht, als Ines die Tür geöffnet hatte, um den Windeleimer in den Flur zu stellen. Als sie die Frau erblickte, wollte sie den Eimer schnell zurückziehen, doch die Nachbarin hatte abgewinkt und mit dem Kopf auf das Reinigungsmittel gedeutet: »Stinkt auch nicht schlimmer als das Zeug hier. Und ist wenigstens ein hundertprozentiges Naturprodukt.« Ines hatte die Stirn gerunzelt angesichts der kargen Putzausrüstung der Nachbarin: Besen, Schaufel, Lappen, Frosch-Neutral-Reiniger. Das war alles. Kein Handfeger, kein Schrubber, nicht einmal Gummihandschuhe. Sie hatte vorgeschlagen, ihr den Schrubber mit integriertem Feudel zu leihen, einem schlaufenförmig an einem Stiel befestigten, in doppelte Streifen geschnittenen Lappen, der in das Wischwasser getaucht und in einem über den Putzeimer gesteckten, siebartigen Aufsatz ausgedrückt wurde. »Kein Bücken, keine aufgeplatzten Hände, integrierte Sauberkeit.« Die Nachbarin hatte belustigt gefragt, ob Ines Werbetexterin sei. Und Ines hatte geantwortet, aus ihren Worten spreche nur jahrzehntelange Hausfrauenerfahrung: das Gerät sei ein Geschenk der Schwiegermutter zum Einzug gewesen.

»Das fehlt mir gerade noch«, hatte die Nachbarin gegrinst.

»So ein Feudel?«

»Nein, eine Schwiegermutter.« Sie heiße übrigens Freya Jansen.

»Ines Klövenstrüpp«, hatte Ines sich vorgestellt. »Aus Berlin beziehungsweise Hamburg.«

Die Nachbarin kam aus Kiel. Sie hatten noch eine Weile geklönt – *Ratschen* sagte man hier dazu. Dann war Johnny aufgewacht. Aber in Wirklichkeit hat diese Bekanntschaft nicht mit einem Feudel begonnen, dachte Ines. Nicht mit dem Ding, sondern mit dem Wort. Daß die Nachbarin von unten nämlich auf Anhieb verstanden hatte, was ein Feudel überhaupt war. Zwei Außerirdische, die einander über ein Codewort sofort identifizieren konnten. Toms Mutter beispielsweise hätte nachgefragt: »A Feudl? Ja so, an Putzlumpn moanst.«

Sie waren beide Zugereiste. So etwas verbindet.

Soeben schlenderte Gaby mit Florian im Tragetuch vorbei. Sie entdeckte Ines und steuerte auf sie zu, noch bevor Ines sich in Luft auflösen konnte.

Gaby machte große Augen. »Ja, was denn, wie denn, ganz allein unterwegs? Wo hast du Johnny gelassen? Tom dreht wohl grad 'ne kurze Runde mit ihm?« Unaufgefordert ließ sie sich auf den freien Stuhl fallen.

Ines wollte gerade zu der Erklärung ansetzen, als die Untertöne in Gabys Begrüßung – ein Anflug von Neid, Sehnsucht, auch Mißbilligung – sie innehalten ließen. Gabys Mann war ein aufgeschlossener, ehrgeiziger Assistenzarzt, der zwar an einem Geburtsvorbereitungskurs teilgenommen und auch bei der Geburt dabeigewesen war, denn das gehörte beim modernen Mann selbstverständlich zum guten Ton, aber als Kinderbetreuer stand er, wie Ines wußte, nicht zur Verfügung. Mit Sicherheit würde auch Gaby ein paar florianfreie Stunden genießen und wertschätzen.

Ines drückte es anders aus: »Du weißt schon, Johnny mit seinen Blähungen, ich war völlig fertig, und damit ich nicht ganz zusammenklappe, hat Tom ihn mir einmal abgenommen.« Das klang gemäßigter und war außerdem nicht einmal gelogen.

Gaby zeigte sich sofort verständnisvoll und zugleich glücklich darüber, daß ihrem Sohn diese schrecklichen Dreimonatsblähungen erspart geblieben waren. Woraus Ines die Lehre zog, daß man Neid unter Mitmüttern jederzeit umgehen konnte, indem man drohende oder bereits existente Krankheiten thematisierte.

Im Tragetuch begann es zu zappeln. Florian war aufgewacht und wollte trinken, und zwar auf der Stelle. Gaby knüpfte mit gekonntem Griff den BH auf, schob das T-Shirt hoch, Florian begann zu saugen. Prompt schmerzten Ines' Brüste, Milchtropfen rannen ihr über den Bauch. Ach ja, das Land, in dem Milch und Honig fließen … Hatte sie eben noch ihren freien Tag genossen, regte sich jetzt ihrerseits eine Art Neid, nein, Sehnsucht: sie wollte ihr Kind, und zwar sofort. Doch Gaby rettete sie. Froh, eine Mitmutter getroffen zu haben, setzte sie nun an, vom vormittäglichen Besuch beim Kinderarzt zu erzählen, und zwar in allen Einzelheiten: Bei Florian sei die erste Impfung verpaßt worden, er wiege schon dreihundert Gramm mehr als der Durchschnitt und liege auch von der Größe her im oberen Drittel der Skala, dann kam sie auf das Thema Abstillen, welcher Lebensmonat günstig sei, ab wann die Schadstoffe in der Muttermilch angeblich überhand nähmen, ob man als Mutter zur Allergieprophylaxe lieber so lange durchhalten solle wie möglich oder eher nicht und welches Milchpulver von welcher Firma ihr der Kinderarzt empfohlen habe und ob Johnny noch satt werde und überhaupt schon geimpft sei und was Ines zu all dem denke.

Ines dachte gar nichts dazu. Weder jetzt noch sonst irgendwann. Sie hatte nicht den notwendigen Durchblick, um entsprechende Entwicklungsschritte des Kindes im voraus planen und begleiten zu können. Gaby hatte Dutzende von Büchern zum Thema Kinder und Kinderkrankheiten und Entwicklungspsychologie gelesen – Ines kannte keine einzige Zeile zu diesem Thema. Im Gegenteil, sie wußte schon jetzt, daß sie immer hinterherhinken und sich mehr schlecht als recht auf Johnnys Werdegang würde einstellen müssen. Daß sie nie zu denen gehören würde, die Bescheid wußten über die empfehlenswerteste Babynahrung oder die saugfähigsten Windeln oder die kindgerechtesten Übungen, um den Kleinen das Greifen, das Rollen, gar das Laufen beizubringen. Und davon abgesehen, war sie – Sehnsucht hin, Sehnsucht her – zunehmend entnervt von Gabys Geplapper, einem Riesenaufwand an Worten, die in ihr keinerlei Interesse regten und alle Sehnsucht nach Johnny verpuffen ließen. Zumal Ines in diesem Moment allein war, ohne Kind, ein geradezu unglaublicher Zustand, ein schlichtweg anderer weiblicher Aggregatzustand, dessen Wert sie jetzt erst richtig zu schätzen begann.

Ines schwitzte. Hormonschub? Knallende Sonne? Egal, nur schnell weg hier. Sie sah auf die Uhr, tat erstaunt, murmelte etwas von einer Verabredung, kramte Geld hervor, legte einen Zehnmarkschein auf den Tisch und sah zu, daß sie die Kurve kratzte.

6

In den Seitengassen war es kühler als auf dem Platz: kein aufgeregtes Treiben, keine Geschäfte, rechts und links Wohnhäuser, ein schmaler Durchgang zur nächsten Gasse, Kinder auf Mountainbikes, eine offene Haustür. Aufs Geratewohl betrat Ines den kühlen Hausflur voller Fahrräder, der zu einem überraschend üppig bewachsenen Innenhof führte, mit Sitzbänken und einem Sandkasten und einer Tischtennisplatte. Die Häuser rundherum waren offenbar vor nicht allzu langer Zeit restauriert worden. Ines hörte ausländische Stimmen, ein Radio lief, geradeaus führte der Gang weiter zur nächsten Gasse, schräg gegenüber eine offene Haustür, hinter der sich ein weiterer Innenhof vermuten ließ, vielleicht wiederum ein Durchgang, und tatsächlich, den Gassen zeigten die Häuser ihre Fassaden, die Balkone aber lagen zu den Innenhöfen hin, dort hing Wäsche, wucherten Sommerblumen, waren Stimmen zu hören. Die nächste Eingangstür war verschlossen, die übernächste wieder offen, Ines ließ sich durch Innenhöfe, Gassen und Verbindungskorridore treiben, kam am Schaufenster eines skurrilen Second-Hand-Shops vorbei, dann an einem Töpferladen mit verstaubten Keramikschüsseln. Die überteuerten Boutiquen, die Schickimickifriseure, die Juweliere, die Geschäfte mit völlig überflüssigem Inneneinrichtungsinventar und Edelkitsch hatten diese abseits liegenden Gassen noch nicht für sich erobert, statt dessen gurrende Tauben auf Mauerverstrebungen, vereinzelt Fußgänger und Fahrradfahrer, der Eindruck von stinknormalem und erschwinglichem Alltag. Ines ging bergab, ihrem eigentlichen, bislang nur aufgeschobenen Ziel entgegen, kam schließlich zur Keplerstraße, überquerte einen Parkplatz, stieg die Treppen zum Flußufer hinunter, blickte sinnierend in das vorbeirauschende Wasser, folgte der Donau zu Fuß unter der Steinernen Brücke hindurch. Ein Kajakfahrer kämpfte sich durch die Strudel, ein Ausflugsdampfer legte soeben ab. Kurz kam in ihr der Wunsch auf, Fährmann Tom würde mit seiner Zille heranbroddeln und sie mitnehmen, die Königstochter vom anderen Ufer, und sie würden eine Fahrt durch die Stadt hinunter in die Donaulandschaft machen, nur sie und Tom allein, ohne Johnny.

An den Biertischen der *Historischen Wurstkuchl* gleich hinter dem Salzstadl dominierten Bratwurstgeruch und Tagestouristen, Ines entzog sich, kehrte zurück zur Keplerstraße und überlegte, in welche Gasse sie am Abend zuvor eingebogen war. Ihr fiel das Pärchen ein, das sie nach einem Telefon gefragt hatte, es war aus einer Kneipe gekommen. Sie kniff die Augen zusammen, versuchte sich zu erinnern. Ja, hier war es gewesen, die Gasse führte bergauf, schon von der Einmündung aus erkannte sie ein hellgelb getünchtes Haus, es war das vierte auf der rechten Seite.

»Suchen S' wen?« Ein älterer Mann lehnte auf dem Fensterbrett einer im Hochparterre gelegenen Wohnung. Zwischen seinen Fingern qualmte eine Zigarette.

Ines nickte ihm unentschlossen zu. Der Mann trug ein klassisches weißes, geripptes Männerunterhemd und hatte eine Tätowierung auf dem Unterarm. Er wirkte nicht unfreundlich, schien vielmehr interessiert an einem Gespräch. Forsch wies sie auf das hellgelbe Haus, gab sich cool und professionell. »Haben Sie heute nacht zufällig irgend etwas Ungewöhnliches gesehen oder gehört?«

Der Mann musterte sie eine Weile stumm. Dann sagte er, vor ihr seien schon zwei andere dagewesen, von der hiesigen Zeitung. Und natürlich die Kriminalpolizei. Daß sich jetzt auch schon auswärtige Journalisten für den Mord interessierten … Von welchem Blatt sie denn komme.

»Diana« erfand sie aufs Geratewohl und hoffte, daß der Mann nicht sah, wie ihr das Blut in den Kopf schoß.

Also doch. Sie hatte richtig getippt, sie hatte sich richtig erinnert. Der Knall war keine Fehlzündung gewesen, sondern ein Schuß.

Der Mann kostete seine Fensterposition weidlich aus. Von all dem, was er ihr langsam in breiter Mundart erzählte – welcher, konnte sie nicht genau sagen –, verstand Ines so viel: Der ermordete Mann, den sie am Fenster gesehen hatte, war ein stadtbekannter Professor gewesen. Jemand hatte auf ihn geschossen, und zwar aus dem Haus gegenüber, das so gut wie leer stand und demnächst modernisiert werden sollte. Die Tatwohnung gehörte einer jungen Frau, die ihr Geld mit den Seelen der Menschen verdiente. Früher war für solche Dinge der Pfarrer zuständig gewesen. Da hatte auch die Kirche mehr Geld gehabt. Unsereiner. Ein Abwinken mit der Hand. Er könne froh sein, wenn sein Haus so blieb, wie es war, und er nicht auch ausziehen müsse wie die Mieter weiter oben, nach über zwanzig Jahren, sagte der Mann grimmig. »Des is doch a Mordssauerei.«

»Haben Sie gestern abend jemanden beobachtet?« tastete Ines sich weiter vor.

Natürlich: »Uns kummt koana aus. Weiberleit net. Und Manna a net.«

Wie bitte? Ines runzelte die Stirn.

Der Mann freute sich. Die letzten drei Worte artikulierte er besonders deutlich: »Mir seng fei alle, die wo da bei uns langgenga: Frauen und Männer.«

»Frauen und Männer«, wiederholte Ines. »Und der Mörder?« In eine der beiden Kategorien mußte er – oder sie – ja fallen.

»Der is scho a paarmal dagwen, bei ihr«, sagte der Mann. »Des hob i Eana eam Kollegn aa scho gsagt.«

Ines starrte ihn an. Der Mörder des Professors regelmäßig zu Gast in der Wohnung der Psychologin? Und dieser Mann hatte ihn gesehen? Dann war der Fall ja schon gelöst. Oder hatte sie es falsch verstanden?

»Der Professa, moan i.« Der Mann lachte. Er freute sich, daß ihm der Witz gelungen war. Er winkte sie näher heran. Als es draußen knallte, habe er gerade vor dem Fernseher gesessen und eine Talkshow gesehen, sei dann ans Fenster gegangen, um nachzuschauen, ob etwas passiert war. Und er habe den Mörder gerade noch zu sehen bekommen, wie er davongelaufen und rasch um die Ecke gebogen sei.

»Sie wern's ma net glaum, da Mörder hat se mit an Kindawagl tarnt. Da hat er sei Pistoln drinna vasteckt ghabt.« Ein triumphierend erhobener Zeigefinger.

Ines riß die Augen auf. Von allem, was der Mann sagte, verstand sie die Substantive noch am besten, in diesem Fall also: Mörder, Kinderwagen, Pistole. »Nein, so was!« Etwas anderes fiel ihr vor Schreck nicht ein.

Der Mann führte ihre Sprachlosigkeit offenbar auf die skandalträchtige Kombination Mörder plus Kinderwagen zurück, denn wie um seine Beobachtung zu untermauern, fügte er in angestrengtem Hochdeutsch hinzu, erst vor kurzem habe es doch in der Zeitung gestanden: gestohlene Waren im Kinderwagen versteckt, das Diebespärchen sei erst nach einem halben Jahr überführt worden. Bei diesem Mord würde die Polizei hoffentlich schneller vorankommen.

Der für Ines mindestens zu sechzig Prozent unverständliche Wortschwall nahm kein Ende. Sie suchte in ihrem kleinen Rucksack nach einem Stift und einem Block, um so zu tun, als schreibe sie alles auf. Um sich an etwas festzuhalten. Ihr war plötzlich unbehaglich zumute. Der Schweiß rann ihr in kleinen Bächen den Rücken hinunter, obwohl die Gasse im Schatten lag. Sie fühlte sich ertappt – wobei eigentlich, schließlich war es nicht verboten, abends mit dem Kind spazierenzugehen. Außerdem hatte der Mann im Unterhemd sie im Dunkeln wegen ihrer kurzen Haare von hinten für einen Mann gehalten. Und sie nicht einmal ansatzweise wiedererkannt. Kein Grund zur Aufregung also. Sie hatte schließlich niemanden umgebracht. Über den Daumen gepeilt mußte es in Regensburg zur Zeit mehrere hundert Kinderwagenkinder geben. Aber wie viele davon waren in dieser Stadt nachts unterwegs? Würden sich andere Zeugen womöglich ebenfalls an eine Person mit kurzen blonden Haaren erinnern, die zur fraglichen Zeit im Laufschritt mit dem Kinderwagen am Arnulfsplatz, ja sogar an der Polizeiwache vorbei in die Dechbettener Straße geeilt war? Die nicht ein Mann war, sondern eine Frau? Zeigten sich die Dinge – und die Menschen – nachts wirklich in einem anderen Licht? Nun, das würde sich bald herausstellen …

Als der Mann eine Pause machte, bedankte sich Ines für

seine wertvollen Informationen, sagte, sie müsse sich weiter umhören, ging zwei Häuser weiter, sah zum Fenster hoch, das am Abend zuvor hell erleuchtet gewesen war, tat erneut, als mache sie sich Notizen, weil der Mann sie mit Sicherheit weiterhin beobachtete, und betrat dann gegenüber vom Tatort das Haus, an dessen Wand sie beim Zuhören gelehnt hatte.

Die massive Haustür ließ sich nur schwer öffnen, knarrte, fiel dann laut ins Schloß. Es roch muffig nach altem Gemäuer und verlockend nach angebratenen Zwiebeln. Rechts hinter der Haustür hingen in zwei Reihen graue, verbeulte Briefkästen, acht an der Zahl, die jahrzehntelang Post in sich aufgenommen hatten. Acht Mietparteien hatten in dem Haus gewohnt. An einem der Briefkästen fehlte der Name, an einem anderen stand ›Verzogen, bitte nachschicken‹, an einem weiteren klebte die neue Anschrift. Auf dem Fußboden türmten sich unordentlich Werbezettel, Prospekte und kostenlose Anzeigenblätter. Ines lief über Holzdielen mit einem mittlerweile abgetretenen, an einigen Stellen löcherigen grünlichen Linoleum.

Eine nackte Glühbirne beleuchtete das Treppenhaus. An den Wänden blätterte die Farbe ab, Leitungen verliefen über Putz. Im Erdgeschoß konnte Ines nur zwei grau gestrichene Türen ausmachen, eine davon führte hinter der Treppe in den Keller hinunter, eine weitere in einen heruntergekommenen Hinterhof: Taubenschiß, Zigarettenkippen, aufgesprengte Steinplatten, eine riesige Birke, in der Ecke verrostete Fahrräder, eins davon ohne Reifen, ein anderes mit verbogener Gabel, ein Holzstapel, Mülltonnen. Der Hof war rundum begrenzt von einem ungefähr zwei Meter hohen Holzzaun. Darin befand sich eine Gittertür, die in den zur nächsten Häuserreihe gehörenden Hinterhof führte. Ines faßte sich ein Herz, überquerte mit raschen Schritten den Hof, drückte die Klinke herunter – die Tür war nicht verschlossen. Der angrenzende Hinterhof war wesentlich gepflegter und wurde offenbar nur jetzt, in der Mittagshitze, nicht benutzt: in der Sandkiste lag Kinderspielzeug, unter einem Apfelbaum stand eine Sitzgruppe mit Tisch, vor der Hauswand reiften zwei Reihen Tomaten in der Sonne. Sie betrat den kühlen Hausflur, und schon stand sie in der nächsten Gasse. Ein optimaler Fluchtweg.

Mit leichtem Herzklopfen ging Ines wieder zurück. Wenn sie jemand vom Haus aus beobachtete, eine blonde, kurzhaarige Frau? Ach was! Es war doch nicht verboten, sich die Stadt anzuschauen! Vorhin war sie schließlich auch durch die Gassen und Verbindungshöfe gestreift, ohne sich etwas dabei zu denken. Das schlechte Gewissen machte man sich selbst.

Langsam stieg sie die ausgetretenen, unebenen Stufen zum ersten Stockwerk hoch. Sie kannte ähnliche Häuser aus Berlin, dort jedoch aus der Gründerzeit stammend, mit Kohleöfen, Außentoilette auf dem Treppenabsatz, Kisten mit Feuerholz vor den Haustüren, kleinen Regalen für Schuhe, Einkaufsbeutel, Grünpflanzen, die auch im Halbdunkel gediehen. Wenn es stimmte, was der Mann am Fenster gesagt beziehungsweise was sie von seiner Rede verstanden hatte, dann waren in diesem Haus nur noch zwei Wohnungen bewohnt. Die anderen Mieter seien bereits ausgezogen, hatte er gesagt. Hatte der Mörder sich durch den Hinterhof angeschlichen und von einer der leeren Wohnungen aus geschossen? Nur an einer der drei Wohnungstüren im ersten Stock hing noch ein Namensschild. Die drei Wohnungen im zweiten Stock schienen sämtlich leer zu stehen. Im letzten Stockwerk gab es nur zwei Wohnungen, eine davon schien bewohnt zu sein. An der Wand neben der Tür standen Pappkartons, auf denen mit dickem Filzstift geschrieben war: Plastik, Alu, Papier, Flaschen. Ines sah vier Namensschilder an der Tür, ohne sich die Mühe zu machen, die Namen zu entziffern, eine Wohngemeinschaft offenbar. Sie hörte eine Stimme in der Wohnung, Pausen, dieselbe Stimme, die weiterredete, wohl ein Telefongespräch. Schon kam sie sich fehl am Platze vor, wie ein Eindringling. Was wollte sie hier eigentlich? Auf Mördersuche gehen? Bei den Nachbarn klingeln und Privatdetektivin spielen? »Haben Sie etwas Ungewöhnliches bemerkt? Haben Sie jemanden gesehen?« Absurd.

Sie trat den Rückweg an. Als sie den nur halb bewohnten ersten Stock erreicht hatte, wurden gleichzeitig rechts und links die Wohnungstüren aufgerissen. Wie ertappt fuhr sie zusammen. Links stand ein grauhaariger Mann mit Jeans und Birkenstocksandalen in der Tür, und aus der Wohnung, vor der sie selbst sich gerade befand, traten ein Mann in Polizeiuniform, ein zweiter in Zivil.

»Was machen Sie hier?« Der Polizeibeamte schlug einen barschen Ton an.

»Ich suche eine Wohnung«, sagte Ines geistesgegenwärtig und warf mit Unschuldsmiene den Kopf zurück. »Ich habe gehört, daß hier im Haus Wohnungen leer stehen, da dachte ich ...«

»Was immer Sie gedacht haben – es war verkehrt«, schnitt der Polizist ihr unfreundlich das Wort ab. »Das Haus wird saniert. Wenn überhaupt, dann kann dieser Herr hier Ihnen Auskunft geben.« Er wies mit dem Kopf auf den Mann in einem hellen Leinenjackett. Der wiederum starrte den grauhaarigen Mann in Jeans an wie ein Kaninchen die Schlange, wandte sich dann mit einem geübten Griff in die Innentasche seines Jacketts Ines zu und überreichte ihr mit einem zuvorkommenden Lächeln seine Visitenkarte. »Sehr erfreut, Seidl, Immobilienhändler. Rufen Sie mich gerne an. Vielleicht kann ich etwas für Sie tun.«

Ines war sprachlos. Doch ihr blieb keine Zeit, sich zu besinnen oder etwas zu entgegnen, denn der grauhaarige Mann war auf sie zugekommen und hatte ihr seine Hand auf den Arm gelegt.

»Da bist du ja endlich, Maria«, sagte er und schob sie auf seine Wohnungstür zu. Dort war in der Zwischenzeit die Gestalt einer ungefähr fünfzigjährigen, ebenfalls grauhaarigen Frau aufgetaucht. »Edda, Maria ist endlich da«, sagte der Mann zu ihr. Und zu Ines: »Wir haben schon gewartet. Der Kuchen steht auf dem Tisch.«

Mit »Maria« fühlte Ines sich zwar nicht gemeint, aber sie war dankbar für die Ablenkung und zu perplex, um sich zu wehren. Was für ein Spielchen wurde hier gespielt? Und welche Rolle kam ihr darin zu? Der Mann lud den »Herrn Inspektor« und den »Herrn Seidl« mit einer freundlichen Geste ein, ebenfalls auf ein Täßchen Kaffee hereinzukommen. Beide erteilten ihm eine Absage.

»Zum Glück«, sagte der Mann, als Ines ihm durch den halbdunklen Flur folgte. »Sie müssen wissen, daß gestern nacht schräg gegenüber ein Mord verübt worden ist. Und wahrscheinlich wurde von diesem Haus aus geschossen. So etwas kommt schließlich nicht jeden Tag vor. Eine Aufregung ist das!«

Er öffnete die Wohnzimmertür, ließ ihr den Vortritt. »Von unserem Wohnzimmerfenster aus hat man direkten Einblick in die Wohnung gegenüber. Ich bin hier der Hausmeister. Da ist es naheliegend, daß die Kriminalpolizei sich zuallererst an uns wendet. Und natürlich an den Hausbesitzer, Sie haben ihn ja selbst gesehen. Über eine Stunde hat man uns vernommen und immer dieselben Fragen gestellt. Auf die wir immer dieselben Antworten gegeben haben. Welche denn sonst? Wir wissen von nichts. Sie vielleicht?« Er lachte spitzbübisch.

Ines schüttelte verwirrt den Kopf. »Aber warum haben Sie mich zum Kaffee eingeladen, ich meine, Sie kennen mich doch gar nicht.«

»Sie uns ja auch nicht. Was sich übrigens ändern ließe. Ich heiße Xaver, das ist meine Frau Edda. Bitte entschuldigen Sie den kleinen Überfall im Hausflur, der Kuchen steht nicht auf dem Tisch, das war ein kleiner Kunstgriff, aber ich wollte gerade runter in den Hof, eine Zigarette rauchen«, er zuckte entschuldigend mit den Schultern, »ein paarmal am Tag brauche ich meine kleine Dosis Nikotin, und dies hier ist eine Nichtraucherwohnung, sagt meine Frau. Ich hatte den Eindruck, der Herr von der Kripo würde Ihnen eine Reihe unangenehmer Fragen stellen wollen. Genau wie uns. Was Sie hier wollen und so weiter.« Er lachte in sich hinein. »Die Polizei habe ich schon immer gern auflaufen lassen. Alter Trick aus AKW-Zeiten. Denen soll man nichts schenken. Oder? Dem Inspektor war unser

Kaffee vorhin schon zu stark.« Er schnalzte mit der Zunge. »Sie heißen nicht zufällig Maria, oder?«

Ines nannte ihren Namen. Daß der Mann sie vor einem Gespräch mit dem Kriminalbeamten bewahrt hatte, war ihr sehr recht. Vor allem jetzt wollte sie das Augenmerk der Polizei nicht unnötig auf sich lenken. Umgekehrt wäre sie diesem Mann namens Xaver niemals in seine Wohnung gefolgt, wenn sie nicht gewußt hätte, daß die Polizei im Haus ist. Und wenn nicht diese Frau namens Edda in der Tür gestanden hätte.

Aber der Mann hatte auf sie vom ersten Moment an einen sympathischen Eindruck gemacht. Vielleicht wegen seiner tiefen, sanften Stimme. Äußerlich wirkte er, bis auf den Silberring in Schlangenform, der an seinem kleinen Finger steckte, eher unscheinbar, vielleicht lag es an den Grautönen, denn grau waren die Augen, der Schnauzbart und auch die nackenlangen, ehemals dunklen Haare, die ihm ins Gesicht fielen, wenn er sie nicht zurückstrich. Und doch saugte das Grau, wie Ines jetzt im Tageslicht deutlicher erkannte, nicht alles Licht in sich auf. Wenn der Mann lachte, leuchteten seine Augen, und das Gesicht warf Falten, die ihm ein verschmitztes Aussehen gaben.

Das Wohnzimmer, in dem sie jetzt standen, wirkte ebenfalls grau, als läge eine Staubschicht auf allen Dingen, was nicht stimmte, das erkannte Ines mit bloßem Auge, ohne wie Toms Mutter in einem vermeintlich unbeobachteten Augenblick die Fingerkuppe über ein Möbelstück streichen zu lassen. Alles sah irgendwie altmodisch aus. An zwei Wänden Bücherregale der ersten IKEA-Generation, davor Holzkisten vom Großmarkt für großformatige Kunst- und Bildbände. An der Wand hing ein Unicef-Kalender, daneben ein düster wirkender Kunstdruck von Schiffbrüchigen auf einem Floß, in der Ecke ein dunkelbrauner Setzkasten, wie Ines' ältere Schwester Marlen ihn zum Neid der beiden jüngeren Mädchen vor über zwanzig Jahren in ihrem Jugendzimmer hängen hatte, mit winzigen Keramikkatzen und Holzelefanten und Porzellantassen und -tellern. Über dem Sofa lag eine grau-blau-weiß gestreifte griechische Tagesdecke, den Fußboden bedeckte ein großer Flokati, unter dessen Rändern dunkelrot lackierte Holzdielen zum Vorschein kamen. Anrichte, Sofatisch und Blumenständer waren noch älter, vielleicht geerbt oder aber vom Sperrmüll. Das Hausmeisterehepaar hatte entweder kein Geld für andere Möbel oder legte keinen Wert auf zeitgemäße Inneneinrichtung. Das CD-Regal in der Ecke nahm sich in dieser Umgebung ausgesprochen futuristisch aus. In der Küche gurgelte die Kaffeemaschine. Aus dem geöffneten Fenster sah man das gegenüberliegende Haus.

»Ein Mord ...«, begann Ines, »ich hatte ja keine Ahnung. Was genau ist denn passiert? Wer ist das Opfer?«

»Nicht, daß wir etwas gesehen oder gehört hätten«, sagte Edda aus der Küche. »Das habe ich dem Inspektor auch immer wieder gesagt. Ich bin früh ins Bett gegangen, weil ich im Krankenhaus Frühschicht hatte, und mein Mann hat sich die historische Aufnahme eines Jimmy-Hendrix-Konzerts angehört.«

»Auf Wunsch meiner Frau über Kopfhörer, die Wohnung ist sehr hellhörig ...«, ergänzte Xaver.

»Die Kripo geht davon aus, daß aus der Wohnung direkt über uns geschossen wurde.« Edda stellte drei Kaffeetassen auf den Tisch, von denen nicht eine zur anderen paßte. Sie war einen Kopf kleiner als ihr Mann, hatte wie er graue, allerdings kurzgeschnittene Haare, was ihr das Zurückstreichen ersparte, trug Birkenstocksandalen, Jeans, ein weißes T-Shirt. »Mein Mann hat als Hausmeister hier im Haus natürlich die Schlüssel zu allen Wohnungen – als würde das etwas bedeuten! Als hätte er dem Mörder den Schlüssel in die Hand gedrückt! Bei den Wohnungen sind zum Teil sogar die Türschlösser kaputt, wozu soll man die noch reparieren lassen, wenn das Haus sowieso vom Keller bis unters Dach saniert wird, frage ich mich.« Sie stieß verächtlich die Luft aus.

»Wir sind sozusagen die letzten Bewohner hier«, erklärte ihr Mann. »Bis auf die Wohngemeinschaft unter dem Dach. Die anderen Wohnungen stehen bereits leer, das weiß jeder in der Gegend. Da hält sich die Kriminalpolizei natürlich an uns, ob wir etwas gehört oder gesehen haben, auch draußen, auf der Treppe, Fremde im Hausflur und so weiter, wo wir gestern abend waren. Solche Fragen hatte ich schon früher dicke. Die allgemeine deutsche Wach- und Schießgesellschaft. Seit der Hatz auf Terroristen damals ist das wieder groß im Kommen, Wohngemeinschaft, so so, jeder überwacht jeden, und keine falsche Bewegung, ohne daß der Nachbar hinter der Fensterscheibe mitguckt.« Er lachte verächtlich und strich sich die Haare aus der Stirn. »Eine Fremde im Haus in dieser Situation – das ist für die Kripo ein gefundenes Fressen. Übrigens, Sie sind nicht von hier?«

Ines sagte, sie sei gebürtige Hamburgerin und habe die letzten zehn Jahre in Berlin gelebt.

»Über'n s-pitzen S-tein ges-tolpert, was?« Edda sagte fröhlich, sie selbst komme aus Hannover. »Das ist zwar nicht Hamburg, liegt aber für hiesige Verhältnisse auch schon hoch oben im Norden. Was hat Sie hierher verschlagen, wenn ich fragen darf, der Beruf oder die Liebe?«

»Mein Freund ist in Regensburg aufgewachsen.«

»Mein Mann auch«, rief die Frau. »Ich bin ihm genau wie Sie hierher gefolgt.« Sie schenkte den Kaffee ein. »Milch? Zucker?«

»Danke, beides«, sagte Ines. »Und – haben Sie es bereut?«

»Wenn Sie den Ort meinen – nie!« Edda warf ihrem Mann einen spielerischen, herausfordernden Blick zu.

»Was willst du damit sagen ...«, entgegnete Xaver mit seiner sanften, dunklen Stimme.

»Nicht das, was du denkst«, entgegnete sie amüsiert. Dann wurde sie ernst. »Ich lebe gern in der Altstadt. Wohlgemerkt: in der Altstadt. Aber ob ich ebenso gern an den Stadtrand ziehe ... Wir müssen nämlich hier raus, aber das wissen Sie ja schon. Seidl, der Mann im Leinensakko, den Sie draußen gesehen haben, hat das Haus gekauft. Eigentumswohnungen werden daraus. Das können wir uns leider nicht leisten.« Sie klang bitter.

»Wart's ab«, sagte ihr Mann.

»Was soll ich abwarten?« rief sie aufgebracht. »Daß Seidl uns eine Zweizimmerwohnung in der Nähe vom Alex-Center besorgt? Mit Blick auf den Verkehrsstrom stadtauswärts? Danke bestens.«

»Edda, laß doch. Laß mich nur machen. Ich bin sicher, wir bleiben in der Altstadt. Vielleicht sogar hier im Haus.«

»Sollen wir etwa einen Kredit aufnehmen mit dem Verdienst einer Krankenschwester und der Lohntüte eines Hausmeisters?« Sie war ernstlich aufgebracht.

Ihr Mann versuchte, sie zu beruhigen. »Wir haben nun mal keine fünf Mietshäuser geerbt. Wir schaffen es schon. Vertrau mir. Ich finde einen Weg.« Er wandte sich an Ines. »Was für eine Wohnung suchen Sie denn?«

»Möglichst vier Zimmer«, sagte Ines. »Und natürlich möglichst in Fußnähe zur Altstadt.«

»Für Sie und Ihren Mann und Ihr Baby?«

Ines stutzte. Sah man ihr an, daß sie ein Kind hatte? »Wir sind nicht verheiratet«, sagte sie dann mit Nachdruck.

Der Hausmeister lächelte sanft: »Das ist in den meisten Fällen die bessere Lösung.«

Diesmal war es seine Frau, die ihn fragte, was er damit sagen wolle. Und er derjenige, der ihr einen verschmitzten Blick zuwarf. »Ganz sicher nicht das, was du meinst.«

»Glauben Sie denn, daß es sich lohnt, diesen Seidl wegen einer Wohnung anzurufen?« fragte Ines.

Xaver sah sie lange an, ein wenig spöttisch, irgendwie souverän. »Probieren Sie's. Und sagen Sie, ich hätte Sie geschickt.« Er nickte, wie um das Gesagte zu bestätigen.

»Aber Xaver ...«, begann seine Frau.

»Ich geh jetzt eine rauchen«, sagte er und zwinkerte Ines zu. »Hab ich mir lange genug verkniffen.« Und zu seiner Frau: »Eine Wohnung mit Balkon oder Dachterrasse wäre da von Vorteil.«

Edda schüttelte den Kopf. »Jetzt ist er völlig übergeschnappt. Denken Sie sich nichts dabei. Man hat eben so seine Träume.«

»Kannten Sie den Mann, der gestern abend erschossen

worden ist?« Ines wollte das Gespräch zurück auf das Thema bringen, das sie ursprünglich hierhergeführt hatte. Und sie hatte den Eindruck, daß die Frau – Norddeutsche wie sie selbst – offener Auskunft darüber geben würde.

Das tat sie auch. Nur zum Tathergang wußte sie nicht viel zu berichten. Nein, sie habe den Toten nicht gekannt. Er sei Professor gewesen, ein Literaturwissenschaftler, hatte sie von Nachbarn gehört. Die Besitzerin der Wohnung gegenüber kannte sie nur flüchtig, eine Psychologin, die sich nicht lange mit einem Schwatz in der Gasse aufhielt und auf sie eher verschlossen wirkte. Auch die Mitglieder der Wohngemeinschaft hatten nichts beobachtet, jedenfalls nicht vor der Tat, nur danach. Die Kriminalpolizei war bis spät in die Nacht mit der Spurensicherung beschäftigt gewesen. Sie selbst hatte davon, wie gesagt, nichts mitbekommen. Mit Sicherheit aber war der Mörder über den Hinterhof geflohen. Das hatte sie auch dem Inspektor gesagt. Da solle er sich umhören.

Sie beugte sich vor und sagte mit halblauter Stimme: »Ehrlich gesagt, mir ist nicht besonders wohl bei der Vorstellung, daß ich gestern abend wie ein Murmeltier geschlafen habe, während irgendein Verrückter in die Wohnung über uns eingedrungen ist und auf den Ärmsten geschossen hat. Ganz und gar nicht wohl ist mir dabei. Eins sage ich Ihnen: Ich bleibe abends nicht mehr allein in der Wohnung. Die Haustür werde ich ab jetzt eigenhändig abschließen. Die Hoftür auch. Und die Fenster bleiben zu. Sonst schießt womöglich auch noch einer auf uns.«

7

Freya war schon früh auf den Beinen. Sie drehte seit drei Jahren jeden Morgen eine Runde durch den Park. Meistens waren dieselben Läufer unterwegs. Man kannte die anderen nicht beim Namen, grüßte im Vorbeilaufen mit einem Kopfnicken, einem Zucken des Mundwinkels. Der Park war so weitläufig, daß man sich kaum in die Quere kam.

Freya schätzte diese morgendliche Zurückhaltung sehr. Quälend die Vorstellung, sich gleich nach dem Aufstehen in eine überfüllte U-Bahn zwängen, womöglich reden und auf andere Leute reagieren zu müssen. Viktor ging es ähnlich. In dieser Hinsicht paßten sie gut zusammen.

Heute allerdings war Freya ausnahmsweise eine Stunde früher unterwegs. Sie hatte nur drei Stunden geschlafen und fühlte sich topfit. Lag das daran, daß es einen Mordfall zu lösen galt? Oder hatte die Aussicht, eine Woche ohne Viktor zu verbringen, sie so aufgemuntert? Sie hatten sich in bester Laune voneinander verabschiedet. Trennung kann doch etwas Schönes sein, dachte sie, und prompt schwappte eine Welle von Sehnsucht über sie hinweg.

Es war kurz nach sechs und der Park leerer als sonst. Die Vögel meldeten sich um so heftiger zu Gehör. Freya war zu Gast in einer ihr unbekannten Kategorie von Frühaufstehern – als würde sie außer der Reihe an einem anderen Kurs teilnehmen. An die Leute, die zur gewohnten Frühsportstunde im Park auftauchten, hatte sie sich gewöhnt: Sie gehörten sozusagen ebenso zum Inventar des Stadtparks wie die jahreszeitgemäß bepflanzten Blumenbeete, das Pissoir, der Ententeich oder die immer wieder aufs neue mit Farbe verunglimpfte nackte Männerstatue an der Wegkreuzung, die ihre provokative Wirkung ganz offensichtlich nicht verfehlte. Jetzt aber waren andere Leute unterwegs, was Freya leicht irritierte. Sie war versucht, die Unterschiede zu registrieren zwischen dem Sechs-Uhr-Laufen und dem Sieben-Uhr-Laufen, die um Nuancen andere Stimmung im Park, die Geräusche und Töne im Hintergrund. Soeben zog ein hagerer, scheinbar nur aus Haut und Muskeln bestehender älterer Mann im blau-weiß-grünen Jogginganzug konzentriert an ihr vorbei. Sie schätzte ihn auf mindestens fünfundsiebzig. Wie viele Runden er wohl laufen würde … Das geht dich einen feuchten Kehricht an, Freya, sagte sie sich, sei froh, wenn du dich in dem Alter noch ohne Krücken auf den Beinen halten kannst, komm lieber selbst in die Gänge.

Sie blendete die anderen Jogger also aus und achtete nur

auf den Weg, den Trab der Füße, den Atem, Schritt für Schritt, bis der Körper warm gelaufen war und sich wie von selbst bewegte. Das war die Voraussetzung, um in den zweiten Lauf umzusteigen, den Gedankenlauf zu den ungelösten Fällen wie nun dem Mord an diesem Literaturwissenschaftler: eine Art Memory der jeweils aktuellen Kriminalfälle. Mord kam in Regensburg selten vor, vier-, höchstens sechsmal pro Jahr. Nur ungefähr jede zweihundertste Leiche war ein Mordopfer, ansonsten gab es zu etwa gleichen Teilen Totschlag, Selbstmorde, Unfälle, Herzinfarkte, Drogenopfer. Als Freya die Stelle beim K-11 in Regensburg angeboten bekam, hatten die damaligen Münchener Kollegen geringschätzig abgewinkt und ihr geraten, sie solle lieber im Dezernat für Eigentumsdelikte in München bleiben, da werde mehr geboten als in der Provinz. »Von wegen Provinz!« hatte Viktor, mit dem Freya damals schon seit zwei Jahren befreundet war, sich als gebürtiger Regensburger ereifert. »Stadt der Superlative! Weit über hunderttausend Einwohner, Universitätsstadt, freie Reichsstadt, zweitausend Jahre Geschichte, italienisches Flair. Abgesehen davon, wäre es denen lieber, wenn es hier zugeht wie in Los Angeles?«

Wenn Freya sich den Fall Breitkreuz vor Augen führte, dann zeigte der Großteil der Memory-Kärtchen ihr noch die grauweißgerasterte Rückseite. Einige Kärtchen lagen jedoch bereits offen auf dem Tisch und ließen sich zueinander in Bezug setzen. Paul Breitkreuz war neunundvierzig Jahre alt, Vater von drei Kindern, laut Aussage der Frauen aus dem Literaturkreis seit drei Jahren geschieden. Seine Ex-Frau lebte mit dem jüngsten Sohn, Alter acht Jahre, in dem ehemals gemeinsamen Reihenhaus in der Nähe der Universität, Breitkreuz selbst in einem Hochhaus in Königswiesen. Vielleicht war er damals Hals über Kopf ausgezogen und hatte auf die Schnelle nichts anderes gefunden? Freya hatte selbst eine Zeitlang in einem Hochhaus gewohnt, in einer Achtundzwanzigquadratmeterwohnung, mehr konnte sie sich in der Ausbildungszeit nicht leisten, aber immerhin neunter Stock, weiter Blick auf Bahngleise und ein Gewerbegebiet und Wohnhäuser, nachts ein Lichtermeer, das aller Realität zum Trotz die Illusion von großer weiter Welt aufkommen ließ. Sie war damals neu gewesen in Frankfurt, tagsüber die Ausbildung, Schießen, Erste Hilfe, Recht, Sport, zum Teil reaktionäre, zum Teil zotenreißende Mitauszubildende, immerhin gab es darunter einen oder zwei, mit denen eine Unterhaltung möglich war. Abends hockte Freya in der Wohnung im neunten Stock und sah aus dem Fenster oder las Kriminalromane, in denen die Welt noch in Ordnung war, zumindest die Welt der Kriminalpolizei. Sie notierte sich interessante Fälle, nahm sich vor, etwas daraus zu lernen, merkte aber im Lauf der Zeit, wie anders es in Wirklichkeit zuging, langweiliger, härter, schneller, obwohl ja eigentlich die Bücher Zeit rafften und ein Fall an einem Lektüreabend gelöst war.

Wie war sie jetzt auf solches Zeug gekommen? Wieso machten sich ihre Gedanken heute selbständig auf den Weg und blieben nicht beim Thema? Weil es noch so früh war? Weil sie so wenig geschlafen hatte? Sie war erst gegen drei nach Hause gekommen, hatte mit Popp noch ein Bier getrunken, in der einzigen Bar, die um diese Uhrzeit noch geöffnet hatte. Täuschte sie sich, oder schlich sich da in ihre kollegiale Beziehung zu Popp eine ganz neue Note ein? Die den Rahmen der bisherigen Frotzeleien eindeutig sprengte? Er riecht gut, dachte sie. Doch zurück zum Fall Breitkreuz. Wo war sie stehengeblieben?

Königswiesen, der attraktive Professor, seine geschiedene Frau, seine Freundin: die Frau im gelben Kleid, bei ihr konnte Freya anknüpfen. Sie hieß Lea Buchbinder, hatte bei Breitkreuz studiert, war zwanzig Jahre jünger als er und seit vier Jahren mit ihm liiert. Gestern abend hatte sie unter Schock gestanden und kaum eine Frage beantworten können. Alle sechs Frauen aus dem Literaturkreis hatten sich ohne jedes Zögern bereit erklärt, Breitkreuz' Freundin vorübergehend bei sich aufzunehmen. Das sprach eindeutig für sie – für die anderen Frauen auch. Die Beziehung zwischen dem Professor und der ehemaligen Studentin war ein offenes Geheimnis gewesen. Was die Leute miteinander oder gegeneinander trieben, war in Freyas Augen deren Sache – solange dabei niemand zu Schaden kam. Von außen sah man sowieso nur die Fassade. Aber es gehörte nun einmal zu Freyas Aufgaben, jedem Gerücht, jeder Spur nachzugehen und hinter die Fassade zu schauen, auch wenn sie hinterher nicht unbedingt schlauer war und viele unter dem Putz liegende Mißstände unsichtbar blieben. Ein nicht immer angenehmes Geschäft, das in diesem Fall zunächst folgende Fragen aufwarf: War Breitkreuz' Ehe vor vier Jahren wegen seiner Beziehung zu Lea Buchbinder zerbrochen? Wie war die Trennung vonstatten gegangen? War seine geschiedene Frau eifersüchtig gewesen? Hatte sie selbst einen Liebhaber gehabt? Wie war die Beziehung zwischen Professor und Ex-Studentin gewichtet? Gab es da möglicherweise einen Ex-Freund, dem Lea Buchbinder den Laufpaß gegeben hatte? Oder bildeten die elementarsten Bedürfnisse von Leib und Seele nur den Hintergrund eines Szenarios, in dem ganz andere Gewalten den Ton angaben? Gespräche mit der geschiedenen Frau sowie der Freundin des ermordeten Professors würden, so hoffte Freya, mehr Klarheit in die Sache bringen. Und mit Sicherheit neue Fragen aufwerfen. Sie begann zu schwitzen. Was war das nur für ein Beruf, in dem man hinter die Fassaden zu blicken versuchte, ohne deswegen notwendigerweise mehr zu begreifen, ein Beruf, in dem man zehn Fragen stellte, um mit einer Hundertschaft neuer Fragen konfrontiert zu werden, obwohl man nur eine einzige eindeutige Antwort wollte …

Lea Buchbinder wohnte nach eigenen Aussagen nicht weit vom Tatort in einer Zweizimmerwohnung in der Engelburgergasse. Sie hatte den Abend zu Hause verbracht. Weshalb? Warum war sie als regelmäßiges Mitglied dieses Literaturkreises ausgerechnet an diesem Abend nicht zu dem Treffen gegangen? Sie habe Kopfschmerzen gehabt, hatte sie gesagt – als Antwort fadenscheinig genug, um der Wahrheit zu entsprechen. Sie hatte wie versteinert gewirkt, wie eine Puppe, die auf Knopfdruck Auskunft gibt, ansonsten aber weit weg ist, weg vom Fenster, assoziierte Freya, weg vom Fenster, durch das Breitkreuz erschossen worden war ... Die Freundin des Opfers arbeitete ebenfalls an der Universität, aber Freya konnte sich Lea Buchbinder gut als Model vorstellen: sie war schlank, um die eins achtzig groß, hatte lange Beine, grüne Augen, blondes, kurzgeschnittenes Haar, ein ausdrucksvolles Gesicht – eine der landläufigen Meinung nach schöne Frau. Mit einem kleinen Makel, den Freyas Argusaugen sofort erspäht hatten: abgekaute Fingernägel, die, verglichen mit ihrer sonstigen äußeren Erscheinung, wirkten wie Gilb in einer schneeweißen Gardine. Auch schöne Frauen haben eben Sorgen, dachte Freya.

Sie lief nun bereits zum zweiten Mal an der Männerstatue vorbei, eine, wie sie fand, angenehme Begegnung: Der untersetzte, muskulöse, keineswegs dem klassischen Schönheitsideal entsprechende nackte Mann war kein Standbild, er schien vielmehr an der Wegkreuzung zu stehen, um in seiner Unvollkommenheit Aufmerksamkeit zu erregen, ein Parkbesucher wie jeder andere, ein beachtenswerter Männerkörper, der vielleicht deswegen immer wieder mit Farbe bespritzt oder beworfen oder angemalt wurde. Mal war er ganz in Pink gehüllt, dann wieder hatte ihm jemand eine Toga übergemalt, seit ein paar Tagen leuchtete sein Geschlecht knallgelb, auch quer über die Brust verlief ein gelber Streifen. Das Andere, das Abweichende, nicht Typisierte, nicht Normierte, ist immer unerwünscht, dachte Freya. Das durfte man nicht aus den Augen verlieren. Vielleicht hielt sich der bronzene Stadtparkdauergast deshalb hier auf.

Der Kindergarten kam in Sicht. Unter der überdachten Vorhalle des alten malerischen Gebäudes lagen zu ihrer Überraschung in Decken gehüllte Gestalten und schliefen. Wenn Freya eine Stunde später durch den Park lief, war der Platz stets leer. Vermutlich packten die Obdachlosen vor Öffnung des Kindergartens ihre wenigen Habseligkeiten und pennten irgendwo in den Büschen weiter. Aber es waren doch Sommerferien und der Kindergarten geschlossen – nun, auch Obdachlose entwickelten Gewohnheiten, dachte Freya, und: wo schlafen die im Winter? Sie spürte, wie sie sich verspannte. Sie wollte über den neuen Fall nachdenken und nicht darüber spekulieren, wo Obdachlose ihre Nächte verbrachten. Obwohl das durchaus mehr als eine Überlegung wert war. Zum Glück waren die Nächte noch lau – mit diesem Gedankenstrich wischte Freya den Anflug schlechten Gewissens weg.

Los, Freya, eine letzte Runde. Sie legte an Tempo zu, konzentrierte sich. Fall Breitkreuz, Berufsumfeld, erstens: Breitkreuz war seit elf Jahren ordentlicher Professor für neuere deutsche Literaturwissenschaft an der Universität Regensburg. Mit Sicherheit standen also Recherchen an der Universität bevor. Zweitens: Breitkreuz hatte diesen Literaturkreis ins Leben gerufen. Die Frauen waren für den späten Vormittag zu weiteren Vernehmungen aufs Kommissariat bestellt. Drittens: Breitkreuz war auf kulturellem Gebiet sehr umtriebig gewesen. Er hatte einen Studentenförderpreis für Literatur ins Leben gerufen und der Auswahljury vorgesessen. Er hatte beim letzten Bürgerfest eine Mammutlesung aus den Klemperer-Tagebüchern im Justitia-Innenhof organisiert. Er hatte sich öffentlich für die Umbenennung einer Straße eingesetzt, die den Namen eines den Nazis eng verbundenen Schriftstellers trug, Florian Seidl. Das Projekt, für das er sich laut Aussagen der Literaturkreisfrauen am intensivsten eingesetzt hatte, war ein Literaturhaus, das im nächsten Frühjahr eröffnet werden sollte. Insgesamt also ein schillernder Mann, der sich gern einmischte, viel für die Literatur getan hatte und darüber hinaus den Frauen nicht mit Gleichgültigkeit begegnete.

All das verhieß umfangreiche Recherchen. Mit etwas Glück würden sie bald eine heiße Spur entdecken, am ersten, spätestens am zweiten Tag. Danach sah es schlecht aus, die Statistiken bestätigten das. Mordfälle wurden entweder sehr schnell aufgeklärt, oder die Ermittlungen zogen sich ewig hin. Was auch damit zusammenhing, daß Spuren verwischt wurden oder sich von selbst verwischten.

Mit der Erinnerung der Zeugen verhielt es sich ähnlich. Es galt also, sich möglichst schnell ein möglichst umfassendes Bild vom Opfer zu machen. Und von dem sozialen Kontext, in dem es gelebt hatte. Ein Tatmotiv aufzuspüren, auch wenn sich vielleicht später herausstellte, daß es eine falsche Fährte war. Die Frauen aus dem Literaturkreis hatten Breitkreuz sehr geschätzt, wenn nicht sogar verehrt. Keine von ihnen konnte sich so kurz nach der Tat vorstellen, daß er Feinde gehabt haben sollte, die ihm nach dem Leben trachteten. Das passierte häufig. Als würde die Pietät alle Mißklänge in Wohlgefallen auflösen, ein Knopfdruck, und die Schattenseiten des Lebens traten in den Hintergrund. Wenn man aber nachhakte, ließ sich dieser Vorgang auch wieder rückgängig machen. Und das war Freyas heutige Aufgabe.

Sie legte an Tempo zu, Endspurt. Mehr als einmal hatte sie erwogen, diesen zweifachen Frühsport auf die Arbeitszeit anzurechnen – erstens hielt sie sich fit, zweitens leistete sie in dieser Zeit beträchtliche geistige Arbeit, lief sozusagen warm, während andere Kollegen im hellgelb getünchten Beamtenzimmer saßen, Zeitung lasen und das seelenruhig als Presseinformation ausgaben …

Aber was war das? Automatisch verlangsamte sie den Schritt: Stieg da soeben ein männliches Wesen, wie die Natur es erschaffen hatte, in den Springbrunnen hinter dem Museum Ostdeutsche Galerie? War der Bronzemann lebendig geworden, wollte er die gelbe Schmiererei abwaschen? Freya trat auf der Stelle und sah gebannt hinüber. Solch eine Art Wasserspiel gab es nicht alle Tage zu sehen. Auf dem Brunnenrand lag ein Bündel Kleider. Vermutlich nahm einer der Obdachlosen sein Morgenbad. Der Mann, wer immer er auch war, ließ sich das Springbrunnenwasser über Kopf und Körper laufen, hüpfte dabei von einem Bein auf das andere, prustete, schnaubte, rubbelte mit den Händen die Haut ab, es war eine Wohltat, ihm zuzusehen, besonders dann, wenn man selbst einen vor körperlicher Anstrengung hochroten Kopf hatte und durchgeschwitzt war wie Freya, die sich am liebsten in Meeresfluten gestürzt hätte oder in einen kühlen, klaren See oder ihrerseits in den Springbrunnen – einen Moment lang erlag sie der Illusion, der Mann sei Popp, der sich einen Scherz mit ihr erlaubte ... Obgleich sie wußte, daß sie sich täuschte, weil es nur zu menschlich war, sich absichtlich und vorsätzlich täuschen zu wollen, hob sie die Hand, um zu winken. Der Mann im Springbrunnen winkte aus der Entfernung zurück.

8

Die geschiedene Frau von Professor Breitkreuz wohnte in einem Stadtteil mit dem anheimelnden Namen Galgenberg in einem reinen Wohngebiet. Freya bog von der Galgenbergstraße in ein Geäst kleiner Straßen ein, sie fuhr automatisch langsamer, rechts und links Einfamilienhäuser, Zweifamilienhäuser, Reihenhäuser, eine beklemmende Atmosphäre von Gehsteigfegen, Bei-Fuß-Gehen, Luftanhalten. Irgend etwas in dieser Gegend kam Freya verdächtig vertraut vor, vielleicht das Licht, das ihr um ein paar Grade dunkler erschien als an der Hauptstraße, als saugten die Nadelbäume es auf. Zur Straße hin weiß verputzte Mauern oder Jägerzaun oder blickdicht gepflanzte Koniferen. Dahinter Tannengrün, Birken, Fichtengrün. Ein friedlicher, befriedeter Ort. Sie fühlte sich plötzlich unangenehm an irgend etwas aus ihrer Kindheit oder Jugend erinnert. Diese Siedlungen von Reihen- und Einzelhäusern gab es in Regensburg ebenso wie in Duisburg oder Saarbrücken oder in Kiel, wo Freya aufgewachsen war, in einem Häuschen im Ackerwindenweg 3 a. Seit sie und ihr Bruder Uwe ausgezogen waren, wohnten dort nur noch die Eltern. Im Laufe der Jahre war es im Haus so dunkel geworden, daß im Wohnzimmer auch tagsüber das Licht angeschaltet werden mußte, aber wehe, Uwe schlug vor, sie sollten eine der unsäglichen Fichten absägen, die blickdicht das Grundstück säumten, als wollten sie es eines Tages unter ihren Schatten begraben. Es gab stundenlange Grundsatzdiskussionen: Die Bäume stünden dort seit über dreißig Jahren, das sei ihr angestammtes Recht, die Jugend wolle immer die Welt umkrempeln, aber das werdet ihr noch zu spüren bekommen, daß man nicht so einfach die Wurzeln kappen kann und überhaupt: Euer Vater hat sich das mühsam erarbeitet.

Auch wenn all die Fichten und Tannen und Kiefern in Kindheitszeiten viel kleiner gewesen waren, hatte Freya manchmal den Eindruck, als habe sie ihre gesamte Jugend in deren Schatten verbracht. Die zaunumgrenzte, gartenzwergbevölkerte, rasenmähergepflegte, rosenbeetumzäunte Saubermannatmosphäre drang bis in die feinsten Verästelungen der Sinne und der Gedanken. Im Garten die Zwerge, im Haus die Riesen. Aber von trautem Heim und Glück allein konnte keine Rede sein, obwohl – oder gerade weil – hier jeder jeden kannte. Wer mäht am Sonntag den Rasen, wer trocknet vor aller Augen rosafarbene Büstenhalter auf der Wäschespinne im Garten, wer liest statt der *Kieler Rundschau* den verruchten *Spiegel*? Die könnten mal wieder ihre Fenster putzen. Hast du gesehen, Fischers haben ein neues Auto, Opel Kapitän, dabei war er doch nur Vorarbeiter auf der Werft. Daß du mir um zehn zurück bist! Und bring mir ja keinen mit langen Haaren ins Haus! Die Mutter, gelernte Friseurin, verpaßte im Reihenhauswohnzimmer den Nachbarinnen Dauerwellen. Einmal im Monat gab sie eine Tupperparty. Das umfangreiche Sortiment von Schüsseln, Dosen und Bechern, das Freya mit auf den Weg bekommen hatte, als sie die Ausbildung in Frankfurt begann, hatte sämtliche Umzüge überstanden. Viktor machte sich gern lustig, wenn Freya im Prüfeninger Biergarten diese unverwüstliche Aussteuer auspackte. Tupperware und ihr Beruf – Freyas Mitgift. Schon ihr Vater war bei der Polizei gewesen, ein Schutzmann, der auch zu Hause den Verkehr regelte. Auf daß niemand aus der Reihe tanzte. Alles hatte seine Ordnung.

Freya stand in der grellen Sonne und fröstelte. Daß es sie immer wieder einholte! Unversehens und unverschämt über sie herfiel. All dieses Eingemachte, dieses Gestrige, diese Kindheitsphantome. Sie gab sich einen Ruck, warf den

Kopf zurück. Der Kriminalbeamte bewahrt Distanz, der Kriminalbeamte behält den Überblick. Und keine Extrawürste für sensible Beamtinnen, schnarrte der Ausbilder in einem wohltemperierten Winkel ihres Gedächtnisses.

Zum ersten Mal verspürte Freya Sympathie für den toten Professor. War er vielleicht auch vor dem Reihenhaus geflohen, als er sich von seiner Familie getrennt hatte? Vor einem Immerdunkelgrün? Oder vor einer unzufriedenen, zeternden Ehefrau? Die übernächste Straße links war die Schumannstraße. Sie suchte nach der richtigen Hausnummer. Das war in diesen Gegenden gar nicht so leicht. Hausbesitzer betonten den Eigenheimcharakter ungern in übersichtlichen Einheitsnummern, bevorzugten möglichst individuelle schmiedeeiserne, rosenumrankte, selbstgetöpferte, von Efeu umwachsene protzige oder nachdrücklich bescheidene Ziffern. Freya entdeckte die von den Blättern einer Glyzinie überwucherte Siebenundzwanzig. Sie atmete auf. Kein Nadelbaum in Sicht, wenigstens nicht vor diesem Haus. Dafür ein Kinderroller, ein Plastiktraktor und eine rote Vespa. Sollte sie auf eine Wahlverwandte gestoßen sein? Auf dem Namensschild stand *Vera Bach*, darunter *Sebastian Breitkreuz*.

Freya klingelte. Eine zierliche Frau im Morgenrock öffnete. Das Gegenstück zu Lea Buchbinder, dachte Freya augenblicklich. Nicht groß und blond, sondern klein und dunkelhaarig. Als Freya sich als Hauptkommissarin Jansen vorstellte, wurde Vera Bach blaß.

»Ist etwas mit den Kindern?«

Nein, sagte Freya, es gehe um ihren geschiedenen Mann, Professor Paul Breitkreuz.

Die Gesichtszüge der Frau entspannten sich. »Ich dachte schon … Kommen Sie bitte herein. Ich … es sind Ferien, Sebastian hat bei einem Schulfreund übernachtet, und ich bin spät nach Hause gekommen, deshalb … Wenn Sie mich bitte einen Augenblick entschuldigen, ich ziehe mir schnell etwas an.«

Freya wartete im Wohnzimmer, das von der Morgensonne durchflutet wurde. Ein zweigeteilter Raum: in der einen Hälfte herrschte eine Erwachsene, in der anderen ein Kind. Sie trat ans Fenster, blickte hinaus auf die Terrasse und in den Garten, einen typischen länglichen Reihenhausgarten. Zwischen zwei Apfelbäumen war eine Hängematte aufgespannt. Im hinteren Teil des Gartens entdeckte sie ein Baumhaus, darunter lagen ein Roller und buntes Kinderspielzeug im Gras. Eine helle, freundliche Atmosphäre.

Als Vera Bach zurückkam, hatte sie ein leichtes, knöchellanges Sommerkleid an. Ihre schulterlangen, dunkelbraunen Haare glänzten in der Sonne. »Gehen wir doch nach draußen. Es ist so ein herrlicher Morgen.« Sie öffnete die Terrassentür. »Was hat Paul denn verbrochen?« Die Frage klang locker und leichtfertig, als erkundige sie sich bei der Klassenlehrerin nach dem schulischen Verhalten ihres Jüngsten.

»Er ist tot«, erwiderte Freya schlicht und faßte kurz die Ereignisse der letzten Nacht zusammen. »Er wurde erschossen.«

Vera Bach schüttelte ungläubig den Kopf. »Tot? Paul? Erschossen? Das kann doch nicht wahr sein ...«

Sie machte kehrt, sah sich suchend um, verschwand im Haus, kam mit einer brennenden Zigarette in der Hand zurück. Sie sagte noch einmal, mehr zu sich selbst: »Das gibt es doch gar nicht.« Dann starrte sie in eine nur ihr erreichbare Ferne, als blicke sie ihrem geschiedenen Mann nach, wie er immer kleiner wurde und irgendwann auf Nimmerwiedersehen hinter der Grundstücksgrenze verschwand.

Freya wartete ab. Das Überbringen von Todesnachrichten war ein Teil ihrer Arbeit, vor dem ihr mehr grauste als vor dem Anblick der Toten selbst. Die Toten spürten ja nicht mehr, daß ihr Leben vorbei war, während die Lebenden es für sie mit spürten, doppelt und dreifach, und jeder auf andere Weise. Manchmal reagierten die Hinterbliebenen mit traurig stimmender Gleichgültigkeit, oft hatten sie Scheu, sich in Anwesenheit der Polizei gehenzulassen. Dann sah Freya zu, daß sie möglichst schnell das Feld räumte, damit dem Schmerz gebührender Raum blieb. Sie war eine Fremde und wollte sich in diesen intimen Momenten nicht aufdrängen. Und sie konnte die Menschen, die ein Recht auf ihre ganz persönliche Form von Trauer hatten, nicht trösten. Im Gegenteil, sie wollte ja etwas von ihnen, nämlich Informationen, die für die Fahndung von Belang sein könnten. Dabei war es den meisten Trauernden im ersten Moment völlig egal, ob der Täter geschnappt wurde oder nicht. Wut und der Wunsch nach Rache oder Gerechtigkeit stellten sich erst später ein.

Vera Bach schwieg noch immer, starrte in die Ferne, vergaß sogar, an ihrer Zigarette zu ziehen, die Asche fiel auf die Steinplatten. Auch Freya blickte eine Weile schweigend in den Garten. Die Dahlien blühten üppig. Die Tomatenpflanzen in den Töpfen auf der Terrasse waren schon hellrot. Die Bienen schwirrten emsig zwischen den weißen, rosafarbenen, dunkelroten Kosmeenblüten hin und her. Freya bückte sich nach einer Plastikwasserpistole, die unter dem Tisch gelegen hatte. »Sie wohnen hier allein mit Ihrem Sohn?«

Vera Bach nickte. »Meine Tochter Melanie studiert in Italien. Und Alexander lebt in Berlin.«

»Frau Bach, um den Täter oder die Täterin zu finden, müssen wir einfach mehr über Paul Breitkreuz und sein Leben in Erfahrung bringen. Und es wäre sehr hilfreich, wenn Sie mir dazu einige Fragen beantworten könnten.«

»Ich kann es versuchen. Auch wenn ich kaum etwas über sein Leben nach unserer Trennung weiß. Und das interessiert Sie wahrscheinlich am meisten.«

»Mich interessiert alles«, betonte Freya. »Wie lange waren Sie miteinander verheiratet?«

»Einundzwanzig Jahre.«

»Eine lange Zeit.«

Vera Bach verzog den Mund. »Ja und nein. Ehrlich gesagt kommen mir die drei Jahre seit der Scheidung viel länger vor. Breiter. Höher. Auch tiefer. Und voller.« Sie holte tief Luft. »Also, Paul und ich kennen uns seit der Schulzeit, wir waren auf demselben Gymnasium, aber in

Parallelklassen. In der Tanzstunde hat es zwischen uns gefunkt, später haben wir beide in Regensburg das Studium begonnen, ich Germanistik und Musik, er Germanistik, Geschichte und Philosophie, dann kam unser Sohn zur Welt. Am Anfang habe ich noch versucht, das Studium bis zu Ende durchzuziehen, aber es war nicht zu schaffen, nicht mit ihm als Partner, also habe ich aufgehört.« Sie drückte die Zigarette in einem leeren Blumentopf aus. »Unsere Ehe als Kurzfassung.«

»Darf ich Sie fragen, wie Sie das meinen: ›nicht mit ihm als Partner‹? Und woran Ihre Ehe zerbrochen ist?«

Ungute Erinnerungen zogen Schatten über Vera Bachs Gesicht. »Sie dürfen. Sie müssen es vermutlich.« Sie seufzte, verschränkte die Arme im Nacken. »Konkret können Sie sich die Sache so vorstellen: Während die Kinder unten spielen und kreischen und toben, bereitet der Professor, Ehemann und Vater in seinem Arbeitszimmer im ersten Stock sein Hauptseminar zum Thema ›Literatur und Wahnsinn‹ vor. Und während er sich in das Problem von, sagen wir, ›Restauration, Aufbruch, Umbruch in der Literatur der Nachkriegszeit‹ vertieft, vereinbart die Ehefrau und Mutter ein Stockwerk tiefer am Telefon Termine beim Zahnarzt für die Spangenvermessung. Oder sie zerbricht sich den Kopf darüber, welches Werk irgendeines bedeutenden lebenden Schriftstellers sie signieren lassen und ihrem Göttergatten zum vierzigsten Geburtstag überreichen könnte.« Ihr Tonfall wurde zunehmend ironisch. »Oder er stellt mit bildhübschen Studentinnen Gedankengut zusammen über die Revolutionierbarkeit der Gesellschaft mit Hilfe der Literatur, oder er sinniert über den Sinn des Schreibens und die Notwendigkeit eines Literaturhauses in Regensburg. Und zu Hause verbringt die Ehefrau und Mutter ihre Tage mit dem Füllen und dem Leeren von Waschmaschinen, dem Einsortieren von Kindersachen, dem Aus- und Einräumen von Geschirrspülmaschinen, dem Zubereiten und Kaltstellen und Aufwärmen von Speisen. Die ihr verbliebene Kreativität steckt sie in die Hausaufgaben des Nachwuchses, sie zaubert kunstvoll zuckerbäckerverzierte Geburtstagstorten für eine Meute verwöhnter Kinder, organisiert Eierlaufen und Sackhüpfen, putzt Nasen, verteilt Pflaster, schlichtet unentwegt Streit und versucht dabei, so antiautoritär wie möglich und so autoritär wie nötig zu sein.« Sie fixierte Freya. »Und davon abgesehen: Betrogen hat Paul mich von Anfang an. Obwohl – betrügen ist auch so ein dämlicher Ausdruck.«

»Fremdgehen?« schlug Freya vor.

»Wieso denn fremd? Da ist gleich wieder das Fremde, das Nichterlaubte, das Verbotene. Und verboten ist es ja nicht. Im Gegenteil.« Sie funkelte Freya aus ihren dunklen Augen an. »Er hatte immer wieder Liebschaften, konnte die Finger nicht davon lassen, das klingt schon besser, nicht wahr? Aber das macht es nicht besser. Frischgebackene Studentinnen rücken jedes Semester von der Schule nach, ständiger Nachschub, jeden Herbst ein Einführungskurs, von den Hauptseminaren ganz zu schweigen. Da kommt so einiges zusammen. Immer wieder eine Neue, eine Andere, damit das Leben schön spannend bleibt.« Sie zündete sich eine neue Zigarette an, nahm einen tiefen Zug, blies den Rauch langsam in die Luft. »Wissen Sie, wir – also Paul und ich –, wir sind beide mit der Überzeugung in die Ehe gegangen, daß alles möglich sein muß. Daß man alles ausprobieren kann. Wir waren eben gute alte Achtundsechziger.« Sie lächelte ein wenig bitter. »Ich habe jahrelang mitgespielt, aber dabei ständig eine Runde ausgesetzt. Und wer immer wieder aussetzt, der spielt irgendwann nicht mehr mit. Als mir endlich klar wurde, daß ich gar nicht mehr mit von der Partie war, im Grunde meiner Seele aber auch gar keine Lust hatte, seine Spielchen mitzuspielen, daß ich also nicht wirklich über den Dingen stand, was heißt hier über den Dingen ...«

»... haben Sie die Scheidung eingereicht«, ergänzte Freya und ermahnte sich sofort: Laß die Zeugen reden, halt dich raus, sie verplappern sich ganz von allein, hilf ihnen nur auf die Sprünge, wenn du merkst, daß sie nicht weiterkommen, misch dich ansonsten nicht ein: die schnarrende

Stimme ihres Ausbilders. »Tut mir leid. Bitte erzählen Sie weiter.«

»Sie brauchen sich nicht zu entschuldigen. Aber Sie täuschen sich. Paul war es, der zum Scheidungsanwalt gelaufen ist, nicht ich. Die Frau im Hintergrund hatte ihre Rolle nach achtzehn Jahren satt, ist ausgeschert, hat sich einen Job gesucht. Sie hat andere Leute kennengelernt, die ihr Mann nicht kannte, natürlich auch andere Männer. Sie hat ihm diese Bekanntschaften ebensowenig verschwiegen wie er ihr die seinen. Mit dem kleinen Unterschied, daß er es nicht ertragen hat. Zweierlei Maß. Was er darf, darf sie noch lange nicht. Er ist sofort ausgezogen und hat die Scheidung eingereicht.« Sie lächelte. »Ja, so war das. Eine so böse wie altbekannte Geschichte: der Mann macht in Karriere und die Frau in Familie.«

»Hatten Sie selbst damals keine Affären …?«

Vera Bach schüttelte den Kopf. »Damals nicht. Oder können Sie mir vielleicht sagen, wo man als junge Mutter andere Männer kennenlernt? Auf dem Spielplatz mit Sicherheit nicht. Oder beim Einkaufen? Vielleicht der freundliche junge Marktleiter aus dem Supermarkt oder der Bankangestellte oder sonst irgendwelche Feierabendpapis in ihrem Berufsrevier?«

»Ich habe auf dem Gebiet leider keine Erfahrungen«, räumte Freya ein. »Aber ich nehme an, daß Sie einen mächtigen Zorn auf Ihren Mann hatten. Er ist nie da, Sie sind finanziell von ihm abhängig, er pflegt ein reges Liebesleben außerhalb …«

»Falls Sie darauf anspielen – gegen Mordgelüste kann ich Holzhacken wärmstens empfehlen«, fiel Vera Bach ihr ins Wort. »Der Nachteil ist nur: Irgendwann sind alle Nadelbäume gefällt und zerstückelt. Oder sehen Sie hier einen einzigen?«

Freya mußte lächeln. »Nein. Das ist mir sofort ins Auge gefallen.«

»Als wir nach Regensburg zurückkamen und damals hier einzogen, waren es dreizehn Stück. Ich habe sie alle fällen lassen, einen nach dem anderen. Das Holz habe ich anschließend eigenhändig zersägt und zerhackt.« Sie nickte wie zur nachträglichen Bestätigung einer guten Tat. »Kaum zu glauben, was? Paul hat es auch nicht glauben wollen, das hat er zwanzig Jahre lang nicht begriffen. Daß ich so zäh bin. Ihm haben die Tannen und die Fichten zwar auch nicht gefallen, aber sie haben ihn auch nicht groß gestört. Er hat sich nur für seine Sachen interessiert. Bücher, Bücher und nochmals Bücher. Und wir waren sein Refugium. Sein eingebautes, vollautomatisches tagtägliches Professorenerholungswerk. Ob Nadelbäume im Garten standen oder Obstbäume – das war ihm völlig einerlei.«

Sie ballte die Fäuste, hatte plötzlich Tränen in den Augen. »Ach, Paul«, sagte sie dann, schlug die Hände vors Gesicht und fing an zu weinen. Leise sagte sie: »Die Kinder ... Wie sage ich es nur den Kindern?«

Der Gedanke an die gemeinsamen Kinder hatte der Trauer einen Spaltbreit die Tür geöffnet, einer Trauer, die sie zwar offenbar nur bedingt teilte, aber dennoch mit tragen mußte. Der Mensch, mit dem sie über zwei Jahrzehnte ihres wie auch immer gearteten Lebens verbracht hatte, lebte nicht mehr. Vera Bach schüttelte energisch den Kopf. »Erschossen, haben Sie gesagt? Ermordet? Wer sollte Paul denn umbringen wollen?«

»Hatte er Feinde?«

»Wie gesagt, ich weiß kaum etwas über sein Leben in den letzten drei Jahren ...«

»Und früher?«

»Das ist alles so lange her ...«, murmelte Vera Bach ausweichend.

»Denken Sie an eine bestimmte Person?«

»Aber nein.« Sie hörte sich jetzt regelrecht empört an.

»Hatten Sie und Ihr Mann nach der Scheidung noch gemeinsame Freunde?«

»Die haben sich sozusagen mit uns getrennt. Einige Freunde sind zu Paul übergelaufen, andere zu mir. Aus der Zeit kenne ich überhaupt nur ein einziges Paar, das sich nicht ebenfalls hat scheiden lassen. Und im übrigen habe ich darauf bestanden, daß niemand versucht, mir hintenherum Informationen zuzustecken über das, was Paul gerade so treibt, Andeutungen über sein Privatleben und so weiter. Ich wollte es nicht wissen. Wirklich nicht. Nicht mehr«.

»Geht das denn überhaupt in einer so engvernetzten Stadt wie Regensburg?« hakte Freya nach.

»Kommt ganz darauf an, ob man selbst die Innen- oder die Außensicht haben will. Ob man etwas wissen, hören, sehen will oder nicht. Ich für mein Teil wollte nichts mehr wissen über Paul. Während er unentwegt Leute traf und pausenlos mit Klatsch und Tratsch versorgt wurde. Er war eben ein Insider, immer, daraus bestand sein Leben: mitmischen, sich einmischen, sich selbst und alle anderen in Bewegung halten. Er brauchte immer einen neuen Kick, sonst war er nicht froh. Nur nicht zur Ruhe kommen, nur ja nicht einmal innehalten. Dann wäre er womöglich mit sich selbst zusammengestoßen ...«

»Sie waren also sehr froh über die Scheidung«, faßte Freya zusammen.

»Sie sagen es.«

»Und Lea Buchbinder, Ihre Nachfolgerin sozusagen, war nicht der Grund dafür?«

Vera Bach sah sie erstaunt an. »Aber nein.«

»Ist Ihnen der Literaturkreis ein Begriff?«

»Nur dem Namen nach. Eine frühere gemeinsame Freundin nimmt daran teil, Anja Beckmann heißt sie.«

Freya nickte. Das mußte eine der Frauen sein, die am Tatort anwesend gewesen waren und die sie im Anschluß an das Gespräch mit Vera Bach aufs Kommissariat bestellt hatte.

»Als Ihr geschiedener Mann gefunden wurde, hielt er eine Buchseite in der Hand, von einem Autor namens Peter Weiss. Sagt Ihnen der Name etwas?«

Vera Bach mußte unwillkürlich lächeln. »Typisch Paul. Bis zuletzt hält er sich an seinen Büchern fest.« Sie nickte. »Er hat seine Doktorarbeit über Peter Weiss geschrie...«

Ihr Satz ging im einsetzenden ohrenbetäubenden Läuten von Kirchenglocken unter. Vera Bach zuckte die Achseln, wie um zu sagen, daß sie sich in all den Jahren an den Lärm gewöhnt habe. Freya warf einen Blick auf die Uhr, kurz vor zehn schon, für zehn Uhr hatten sie die ersten Zeuginnen einbestellt. Eine entscheidende Frage aber stand noch aus. Wo war Vera Bach am Tatabend gewesen? Sie hatte sehr offenherzig Auskunft gegeben über ihre gescheiterte Ehe. Fast zu offenherzig, fand Freya, auch wenn die Geschichte inhaltlich stimmig klang. Andererseits wirkte Vera Bach nicht wie eine einsame, verbitterte Frau, die ihrem Ehemaligen jeden Blick auf eine andere Frau nachtragen würde, bis er endlich ins Grab sank.

»Darf ich Sie zum Abschluß noch fragen, wo Sie gestern abend gewesen sind«, sagte sie, als die Kirchenglocken verstummt waren. »Eine reine Routinesache. Wir müssen den Kreis von Verdächtigen von vornherein eingrenzen.«

»Ich war mit einem Freund unterwegs«, sagte Vera Bach ausweichend.

»Den ganzen Abend?«

Sie nickte.

»Würden Sie mir bitte seinen Namen angeben?«

»Ungern.« Vera Bach spielte mit dem Feuerzeug.

»Warum?«

»Er ... Er war ein Freund von Paul, und ...« Sie biß sich auf die Lippen. »Ich will nicht, daß das morgen in der Zeitung steht und alle Welt sich das Maul zerreißt. Nicht einmal so sehr wegen mir.«

»Handelt es sich um einen verheirateten Mann?«

»Nein. Aber es ist eine heikle Angelegenheit.«

Es ging noch eine Weile hin und her. Freya ließ nicht locker. Sie versuchte, Vera Bach klarzumachen, daß sie mit ihrer Weigerung, den Namen zu nennen, nur sich selbst schadete und ihrem Freund obendrein. Doch Vera Bach blieb dabei. Sie gab den Namen nicht preis. Auch auf die Gefahr hin, daß sie dadurch in Verdacht geriet.

9

In den Räumen der Mordkommission war es verdächtig ruhig. Die Sekretärin hatte sich mit einer Sommergrippe krank gemeldet. Die Urlauber waren noch im Urlaub und die Hinterbliebenen, wie sie sich ironisch nannten, also Popp, Wegener und Götz, in der Mordsache Breitkreuz unterwegs. Nur Gerstenthaler, der Chef der Mordkommission, saß in seinem Büro. Er lehnte sich gerade, den Telefonhörer ans Ohr gepreßt und ab und zu ein »hmm«, ein »sog i doch«, ein »geh weida« in die Muschel grunzend, in seinem Schreibtischsessel zurück und verscheuchte Freya, die den Kopf zur Tür hereinsteckte, mit einem kaum wahrnehmbaren Wink mit der Hand.

Wie ein Kaiser einen Untertan, dachte Freya. Aber sie war überhaupt nicht beleidigt. Sie kannte und schätzte Alois Gerstenthaler mittlerweile als friedfertigen, demokratisch gesinnten Vorgesetzten, der auf seine Pensionierung hinarbeitete und während der noch dreijährigen Wartezeit die jüngeren Kollegen in Sachen Weisheit, Spitzfindigkeit und Humor anleitete. Manchmal kam er ihr vor wie ein bayerischer Buddha im Vorruhestand. Natürlich war Gerstenthaler mit seinen zweiundsechzig Jahren ein typischer Vertreter der alten Garde und nicht mehr gewillt oder imstande, von dem ihm eingegerbten Rollenverständnis abzuweichen. Frauen waren nun einmal Frauen, und Männer waren Männer. Gleichzeitig aber hatte er es im Leben so weit gebracht einzusehen, daß seine Meinung nicht unbedingt der Weisheit letzter Schluß war und daß andere Menschen, darunter vor allem die Frauen, viele Dinge anders sahen. Und insofern akzeptierte er Freya Jansen als Kommissarin, sie war in seinen Augen sogar eine Bereicherung.

Gerstenthalers Spezialität war das Telefonieren. Er hatte sich in den letzten Jahren mehr und mehr darauf verlegt, Recherchen fernmündlich durchzuführen, und zwar nicht nur wegen seiner Leibesfülle und der daraus resultierenden Bequemlichkeit, sondern weil er im Laufe der Zeit zu der Überzeugung gekommen war, daß er per Telefon am effektivsten zum Einsatz kam. Sein Vater war Richter am Verwaltungsgericht gewesen, die Familie lebte seit vier Generationen in Regensburg. Gerstenthaler kannte nicht nur alle Personen des öffentlichen Lebens, er verfügte über vorzügliche Kontakte in allen Bevölkerungsschichten. Seine Ermittlungen basierten ausschließlich auf Hörensagen, schmunzelte er oft: »Ich höre zu, und die Personen am anderen Ende der Leitung sagen mir, was sie wissen und was sie mir sagen wollen. Ich belästige sie nicht mit meiner persönlichen Anwesenheit, spare Fahrzeit und bin im Handumdrehen, wo ich sein will. Schneller als ein BMW. Und wesentlich diskreter.«

Soeben telefonierte er, wie Freya mitbekommen hatte, mit dem Leiter des Kulturamts.

Sie blätterte flüchtig in der Kopie des vorläufigen Obduktionsberichts, die auf ihrem Schreibtisch lag. Der tödliche Schuß hatte den Professor unterhalb des linken Schulterblatts getroffen. Die Kugel war direkt ins Herz eingedrungen und hatte den sofortigen Tod bewirkt. Die Tatwaffe war eine Beretta, Kaliber 6,35 mm. Die Untersuchungen zu Einschußwinkel und Schußkanal waren noch nicht abgeschlossen.

Sie legte den Bericht aus der Hand: Nebenan warteten bereits alle sieben Frauen aus dem Literaturkreis. Lea Buchbinder und Susanne Riepl hatten die Nacht bei Johanna Auburger verbracht, die in Bach an der Donau wohnte. Breitkreuz' Freundin trug heute statt des hellgelben Kleides Jeans und ein weites T-Shirt. Ihre Augen waren verquollen, sie wirkte aber insgesamt gefaßter als am Abend zuvor. Allerdings gelang es der Kommissarin in dem folgenden Gespräch unter vier Augen nur mühsam, sie zum Reden zu bewegen. Nicht daß Freya ein Geständnis oder eine überraschende Enthüllung erwartet hätte. Ihr ging es nur darum, daß jemand freiwillig Auskunft gab. Es mußte ja nicht gleich ein Redeschwall sein. Es genügte schon, wenn sich eins aus dem anderen ergab und auf Fragen einigermaßen ergiebige Antworten folgten. So wie bei Vera Bach.

Die Freundin des ermordeten Professors tat sich damit an diesem Vormittag aber offensichtlich schwer. Was so verwunderlich nicht war. Erstens hatte sie von Susanne Riepl ein Beruhigungsmittel bekommen. Zweitens wirkte der Schock noch immer. Ihr Geliebter war nun einmal keines natürlichen Todes gestorben. Aber der Aufklärung des Falles konnte man sich nur mit recht vielen Fragen nähern, Stück für Stück, das heißt geduldig, behutsam, aber beharrlich. Manche Fragen mußten zwei-, drei-, viermal gestellt werden, bevor die Antwort befriedigend ausfiel.

Wie zum Beispiel hatte Lea Buchbinder den gestrigen Abend verbracht? Weshalb war sie nicht wie üblich zum Literaturkreis gegangen?

Sie habe erst vor ein paar Wochen ihre Doktorarbeit abgeschlossen, sagte Lea Buchbinder mit monotoner Stimme, die mündliche Prüfung stehe noch aus, sie sei zu Hause geblieben, um zu lernen.

»Ich dachte, Sie hatten Kopfschmerzen«, konterte Freya. »Gestern abend sagten Sie ...«

»Habe ich das gesagt?« Lea Buchbinder konnte sich nicht mehr daran erinnern. »Gut möglich. Intensives Lernen macht Kopfschmerzen. Und das Zeitgefühl kommt einem völlig abhanden.« Irgendwann im Verlauf des Abends hatte das Telefon geklingelt. »Es war Luzia, sie war sehr aufgeregt, hat gesagt, jemand habe Paul ...« Sie brach den Satz ab. »Ich bin sofort aus der Haustür gestürzt.«

»Wie spät war es da?«

»Ich habe nicht auf die Uhr gesehen. Vielleicht elf, vielleicht auch später.«

Freya kannte die genaue Uhrzeit. Der Notruf war um 22.32 Uhr eingegangen. Gleich danach hatte Luzia Vondertann auch Lea Buchbinder benachrichtigt, also gegen 22.33 oder 22.34 Uhr. Diese war nach übereinstimmenden Aussagen gleichzeitig mit der ersten Streife am Tatort eingetroffen, das heißt um 22.38 Uhr, also vier bis fünf Minuten von der Engelburgergasse in die Weingasse – in der Tat ein Katzensprung. Entscheidend war: Lea Buchbinder hatte für den Zeitraum kein Alibi. Theoretisch hätte sie problemlos zwischen 22.25 Uhr, der mutmaßlichen Tatzeit, und 22.33 Uhr, dem Telefonanruf, vom Tatort in der Weingasse zurück in ihre Wohnung in der Engelburgergasse laufen können, um dort den Anruf entgegenzunehmen und sich erneut zum Tatort zu begeben. Rein theoretisch, wie gesagt. Ein Motiv lag zwar bisher nicht vor, aber erfahrungsgemäß ließen sich Motive leichter finden als mögliche Entlastungszeugen.

Freya ließ deshalb nicht locker. Hatte Lea Buchbinder in der fraglichen Zeit vielleicht einen Anruf entgegengenommen? Selbst telefoniert? Hatte eine Nachbarin bei ihr geklingelt? Nichts. Jedenfalls nichts Entlastendes. Lea Buchbinders Antworten fielen allesamt knapp, kraftlos, einsilbig, fast desinteressiert aus. Sie bemühte sich nicht einmal ansatzweise, etwas zu erklären oder sich zu entlasten. Freya hatte den Eindruck, sie nehme die Situation nur halb wahr. Ihr schien entweder nicht bewußt zu sein, daß sie potentiell zu den Verdächtigen zählte, oder sie wollte sich nicht zusätzlich auch noch damit belasten.

Was sollten all diese Fragen nach ihrer Beziehung zu Paul und die hartnäckige Nachfrage, ob sie sich in letzter Zeit gestritten hatten? Jeder hatte irgendwann einmal Streit. Ob Breitkreuz Feinde hatte? Eine Frage, die sie sich nie gestellt hatte. Man vergegenwärtigte sich doch nicht seine Feinde, sondern seine Freunde. Hatte Breitkreuz Probleme an der Universität oder Ärger bei einem seiner Projekte? Nichts, was ihr aufgefallen war. Ob sie wisse, wen Breitkreuz in letzter Zeit getroffen hatte? Sie hatten doch kein Fahrtenbuch geführt ...

Immerhin konnte Freya sich nach einem zähen, eher einseitigen Dialog eine Vorstellung von der Grundstruktur dieser Beziehung machen. Lea Buchbinder und Paul Breitkreuz kannten einander bereits seit über sieben Jahren. Lea Buchbinder hatte damals gerade ihre Zwischenprüfung abgelegt. Sie war die kleine Studentin gewesen und er der große, gutaussehende, engagierte Professor. Sie hatte Seminare bei ihm belegt, ihn ein paar Semester später, in der Examensphase, dann näher kennengelernt, ein paarmal privat getroffen, auch bei Breitkreuz zu Hause, allerdings in Abwesenheit von Frau und Kindern. Der Anfang ihrer Beziehung. Ungefähr zwei Monate später war er – was auch für sie überraschend kam – von einem Tag auf den anderen von zu Hause ausgezogen. Kurze Zeit war er bei Lea Buchbinder untergeschlüpft, dann hatte er in Königswiesen eine eigene Wohnung gefunden. Hatten sie damals in Erwägung gezogen, gemeinsam eine Wohnung zu suchen?

»So schnell? Muß man denn immer gleich zusammenziehen?« platzte es barsch aus Lea Buchbinder hervor, und Freya war an ihrer derzeit empfindlichsten Stelle getroffen. Mußte man natürlich nicht. Die junge Frau hatte recht: getrennte Wohnungen taten es auch, zumal nach zwei Monaten. Aber nach sieben Jahren wie bei ihr und Viktor …? Aufgepaßt, Freya, daß du hier nichts vermischst, deine Frage hat sehr wohl ihre Berechtigung. Denn wenn Breitkreuz sein abwechslungsreiches Liebesleben auch nach der Scheidung pflegen wollte, hätte eine gemeinsame Wohnung das natürlich schnell ans Licht gebracht.

Es war zwar viel verlangt, nur einen Tag nach der Ermordung des Geliebten andere Frauen in die ehemals gemeinsame Welt hineinzulassen, aber Freya konnte die Frage nicht ungestellt lassen. Hatte Breitkreuz auch Lea Buchbinder hin und wieder mit anderen Frauen betrogen?

Erstaunlicherweise erzürnte diese Frage Lea Buchbinder weniger als das Thema einer gemeinsamen Wohnung. »Sie haben es erfaßt: hin und wieder. Paul war ab und zu mit einer anderen Frau im Bett. Und ich mit einem anderen Mann. Und wenn schon …« Sie zuckte nur mit den Schultern.

»Kennen Sie die eine oder andere dieser Frauen?«

Lea Buchbinder schüttelte den Kopf. War sie so cool oder tat sie nur so? War sie eher apathisch? Oder gleichgültig? Schwer zu sagen. Freya beschloß, ihr noch einen Tag Zeit zu geben. Lea Buchbinder war nur halb bei der Sache und auch nur halb bei sich. So hatte es wirklich keinen Sinn.

War es bei anderen Tötungsdelikten, beispielsweise im Dunstkreis von Alkohol, Prostitution oder harten Drogen, manchmal schwer bis geradezu unmöglich, aus Bekannten des Opfers irgend etwas herauszubekommen, weil wohlgewählte Worte nun einmal nicht im Mittelpunkt ihrer Kommunikation standen, vom Mißtrauen aus schlechter Erfahrung mit den »Bullen« ganz zu schweigen, verhielt es sich mit den sechs anderen Damen aus dem Literaturkreis exakt umgekehrt: Worte galten in diesem bürgerlichkulturbeflissenen Milieu mindestens soviel wie Taten.

Außer Lea Buchbinder gehörten folgende Personen zur vor zwei Jahren gegründeten Literaturgruppe: die Buchhändlerin Ramona Lindinger von der Buchhandlung *Lesefluß*, geschieden, 49 Jahre alt; Anja Beckmann, Studienrätin, verheiratet, 52 Jahre alt; Susanne Riepl, Psychologin, Mieterin der Tatortwohnung, ledig, 41 Jahre alt; Angelina Sommer, Besitzerin des Haarstudios »Sommer«, verheiratet und Nachbarin von Breitkreuz in Königswiesen, 38 Jahre alt; Luzia Vondertann, Germanistikstudentin und Ko-Besitzerin einer Zweifrau-Desk-Top-Publishing-Firma, nicht verheiratet, aber fest liiert, 33 Jahre alt; und schließlich Johanna (Hanne) Auburger, 46 Jahre alt, Medizinerin a. D., wie sie sich selbst betitelte, um hinzuzufügen, sie habe nie als Ärztin gearbeitet, gehe aber ihrem Mann, einem Allgemeinarzt, in der Praxis zur Hand. Eine bunt zusammengewürfelte Gruppe also, die sich alle vierzehn Tage versammelte, um über Bücher zu reden und aus Büchern zu lesen.

Freya vernahm die Frauen der Reihe nach. Das Mitteilungsbedürfnis der sechs Literaturfreundinnen ergab wirklich ein Kontrastprogramm zur einsilbigen Lea Buchbinder. Allerdings war es nicht weniger anstrengend. Nach der kurzen Nacht wurde Freyas Konzentrationsfähigkeit auf eine harte Probe gestellt. Selbstverständlich lief das Tonband immer mit. Damit der Chef seinen Instinkt für Untertöne unter Beweis stellen konnte und nichts unbeachtet blieb.

Hätte man Freya gebeten, diese Gespräche mit einer Metapher zu benennen, sie hätte von einer Soße gesprochen, die im Verlauf von gut vier Stunden – gut Ding will

Weile haben und auf kleiner Flamme simmern – von zehn Litern auf ansehnliche siebenhundertfünfzig Milliliter heruntergekocht war. Erstens hatte jede der Frauen ein unumstößliches Alibi vorzuweisen, nämlich die Anwesenheit am Tatort. Keine von ihnen hatte eine so emotionale Bindung zum Opfer gehabt wie Lea Buchbinder. Und dann wußte Freya jetzt, was es mit dieser Literaturgruppe auf sich hatte.

Entstanden war die Idee zwei Jahre zuvor auf einem Gartenfest. Hanne Auburger erinnerte sich an die Gründung des Zirkels. Im »Literarischen Quartett« war damals ein Buch verrissen worden, das sowohl sie selbst als auch Paul Breitkreuz mit Interesse und Vergnügen gelesen hatten. Sie hatten sich mit einigen anderen Gästen darüber unterhalten, man war auf die Eitelkeit der Kritiker gekommen, auf die Auswahl der dort besprochenen Bücher, die Lesevorlieben des einen oder anderen. Irgendwann hatte Paul Breitkreuz vorgeschlagen, man solle eine eigene Literaturgruppe gründen, er kenne noch weitere Interessenten. Im ersten Jahr hatte man sich reihum privat getroffen, seit ein paar Monaten war nun Susanne Riepl die Gastgeberin, und ab kommenden März sollte das Literaturhaus zum ständigen Treffpunkt werden.

Der Ablauf dieser Abende wurde wie folgt beschrieben: Jeder, der ein Buch vorstellen wollte, las zu Beginn eine Passage daraus vor, ohne Weiteres zum Inhalt zu sagen. Danach knüpften die anderen an das gelesene Stück an und stellten Fragen. Das Buch »schälte« sich dann, wie die Buchhändlerin es ausdrückte, aus den Fragen und den Antworten heraus. Man las weltbekannte Autoren in deutscher Übersetzung, aber auch Prosatexte oder Lyrik weniger bekannter Schriftsteller und Dichter. Den Frauen war anzumerken, wie stolz sie auf dieses Vorgehen waren.

Am Ende jedes Treffens las für gewöhnlich Professor Breitkreuz aus einem literarischen Werk seiner Wahl vor. Neuerdings benutzte er dazu das Stehpult, das nicht verrückt worden war, seit Susanne Riepl es angeschafft hatte. Wenn die Kriminalpolizei davon ausging, daß Breitkreuz vorsätzlich erschossen worden war, dann lautete die nächstliegende Frage: Wer hatte gewußt, daß Professor Breitkreuz sich am Sonntagabend in der Weingasse sechzehn aufhalten und vom Stehpult aus vorlesen würde, mit dem Rücken zum Fenster? Keine der Frauen konnte sich erinnern, für diesen Sonntag zusätzliche Gäste eingeladen zu haben, aber andererseits war der Literaturkreis keine Geheimloge, jeder durfte darüber Bescheid wissen. Gut möglich, daß die Friseursaloninhaberin sich beim Strähnchenfärben mit einer Kundin über Bücher unterhalten und ganz nebenbei vom Literaturkreis erzählt hatte. Oder aber Breitkreuz selbst hatte die Einladung irgendeines Kollegen ausgeschlagen, weil am Sonntagabend der Literaturkreis tagte. Im übrigen war die Gruppe jederzeit offen gewesen für neue Mitglieder.

Ramona Lindinger hatte Buch darüber geführt, wann welches Werk bei ihr bestellt und im Zirkel vorgestellt worden war. Sie versprach der Kommissarin, ihr eine entsprechende Liste zukommen zu lassen. Freya wußte allerdings nicht so recht, was sie damit anfangen sollte; sie kannte weder das »Literarische Quartett«, noch griff sie regelmäßig zu Büchern.

Leider hatten aber weder Ramona Lindinger noch eine der anderen Frauen Buch darüber geführt, wer wann und wie oft als »interessierter Gasthörer« zu den Treffen gekommen war. Zumindest wußten sie keinen Namen zu nennen.

Klar war allerdings eines: Die Männer hatten sich rar gemacht. Außer Breitkreuz hatten andere Männer höchstens einmal »reingeschnuppert«, wie Luzia Vondertann es ausdrückte: »Aber keiner von ihnen hat es lange ausgehalten.«

»Was? Das Zuhören und die Fragen?« fragte Freya.

»Uns Frauen. Die Konkurrenz zu Breitkreuz.«

»War er denn so begehrt?«

»Finden Sie mal einen Mann, der zuhört, wenn eine Frau redet. Der sich nicht überlegen fühlt, nur weil er ausgebildeter Literaturkenner ist. Der selbst Fragen hat und die Fragen anderer gelten läßt. Und obendrein noch gut aussieht.«

Breitkreuz, der Hahn im Korb, das roch förmlich nach Eifersucht. Waren die Ehemänner beziehungsweise Partner der Literaturkreisfrauen nicht eifersüchtig gewesen? Ihr Mann habe sich nie für das »Frauenkränzchen« interessiert, sagte beispielsweise Anja Beckmann. Bei Hanne Auburger verhielt es sich ähnlich, hinzu kam, daß ihr Mann Paul Breitkreuz seit Jahren kannte. Außerdem sei sie ja auch nicht eifersüchtig auf die unzähligen Frauen, die ihren Mann täglich in der Arztpraxis aufsuchten. Angelina Sommer räumte ein, ihr Mann habe die vierzehntägigen Literaturkreistreffen jedesmal spöttisch kommentiert, aber Eifersucht, richtig quälende Eifersucht? Dazu bräuchte es wirklich einen konkreteren Anlaß als das gemeinsame Lesen, Reden und Zuhören.

Beeindruckend war die Einhelligkeit, mit der sich die sechs Frauen trotz getrennter Befragung über Breitkreuz äußerten: Er sei charmant gewesen und mit Frauen nun einmal besser klargekommen als mit Männern.

»Ein Bild von einem Mann«, schwärmte Angelina Sommer – eine bemerkenswerte Formulierung, wie Freya fand, zumal es in dieser ersten Phase der Ermittlungen genau darum ging: sich ein Bild von diesem Mann zu machen. Die Frauen beschrieben ihn als sensibel, einfühlsam, romantisch, nachdenklich, engagiert, kritisch, selbstbewußt, offen. Als einen, mit dem man reden konnte. Als einen, der zuzuhören verstand.

Es überraschte Freya zu guter Letzt wenig, daß dieses Mannsbild in seinen nimmermüden Bemühungen um das andere Geschlecht auch vor dem Literaturkreis nicht haltgemacht hatte. Anja Beckmann war im Einzelgespräch – damit keine Mißverständnisse auftraten – unverzüglich auf ihre Affäre mit dem Literaturprofessor zu sprechen gekommen. Sie betonte jedoch, wie wichtig es ihr sei, daß die anderen Frauen davon nichts erfuhren. Die Affäre sei zu kurz und zu unwichtig gewesen, als daß sie es riskieren wolle, die freundschaftliche Atmosphäre im Literaturkreis aufs Spiel zu setzen. Besonders Lea Buchbinder gegenüber wäre es ihr höchst unangenehm. Freya versprach, die Sache diskret zu behandeln, sofern nicht die Aufklärung des Falles dadurch behindert wurde. Eine Dreiviertelstunde später machte Luzia Vondertann, eine ehemalige Kommilitonin von Lea Buchbinder, eine ähnliche Aussage. Ihr Techtelmechtel mit Breitkreuz lag jedoch schon einige Jahre zurück, hatte sich also vor seiner Liaison mit Lea Buchbinder ereignet. Außerdem habe sich dieser »erotische Ausflug«, wie sie es nannte, auf zwei oder drei Begegnungen beschränkt und sei danach in eine rein freundschaftliche Beziehung gemündet. Und natürlich: kein Sterbenswörtchen zu Lea.

Zwei von sechs Frauen, dachte Freya nach den Vernehmungen, kein schlechter Schnitt. An Lea Buchbinders Stelle würde sie von diesen Informationen ehrlich gesagt auch lieber verschont bleiben. Sie selbst hatte eines Nachmittags im Biergarten *Frauenhäusl* Viktors Jugendliebe Anna kennengelernt, die seit langem verheiratet war und in München lebte – trotzdem konnte sie auf eine Ausdehnung dieser Bekanntschaft gut und gerne verzichten, auch wenn diese Anna ihr sympathisch gewesen war. Wenn sie sich allerdings vorstellte, Viktor wäre irgendwann einmal mit drei der neun Frauen aus ihrer Judogruppe ins Bett gestiegen, dann würde sie sich dort nicht mehr so wohl fühlen ... Kriminalistisch gedacht drängte sich Eifersucht als Tatmotiv förmlich auf. Hatte Paul Breitkreuz in letzter Zeit eine oder mehrere Nebenfreundinnen gehabt?

Aber selbst wenn die Literaturkreisfrauen darüber etwas wußten oder vermuteten, dann sagten sie es nicht. Keine von ihnen, obwohl jede der Frauen einzeln befragt wurde. Sie hätten sich getroffen, um über Bücher zu sprechen und nicht über Liebesleid, Urlaubsreisen oder Antifaltencremes, lautete der Kommentar von Angelina Sommer. Und die Psychologin Susanne Riepl hob hervor, daß die Gruppe eben deswegen so gut funktioniere, weil Persönliches ausgeklammert werde. Ihrer Erfahrung nach dürfe man die Ebenen nicht vermischen.

Aus irgendeinem Grund glaubte die Kommissarin trotz der naheliegenden Eifersuchtsthese nicht, daß Lea Buchbinder etwas mit dem Mord zu tun hatte. Vielleicht, weil es zu offensichtlich gewesen wäre. Und Vera Bach? Anja Beckmann war die einzige, die Breitkreuz' geschiedene Frau kannte, seit vielen Jahren, aus den Zeiten ihrer Ehe. Die Geschichte war ihrer Einschätzung nach abgeschlossen. Keinerlei Ressentiments, von keiner Seite. Freya stimmte ihr innerlich zu, ohne das logisch begründen zu können. Sie spürte so etwas – »und auf euer Frauengespür scheißen die Hunde«, klingelte ihr der derbe Spruch ihres Ausbilders wieder einmal in den Ohren: Bei der Kripo wird nicht gespürt, sondern aufgespürt, daß das klar ist. Damals hatte Freya sich gesagt, Augen und Ohren zu und durch, und sie hatte es geschafft und sich trotzdem ihr Gespür für Menschen und Dinge bewahrt. Dieses Gespür war zwar kein Indiz und kein Beweis, aber es täuschte sie fast nie. Dennoch: Es galt, stets alle Möglichkeiten durchzuspielen, auch die Varianten, die sie persönlich für unmöglich hielt.

10

Seit heute morgen kannte Ines wenigstens seinen Namen: Paul Breitkreuz, geschieden, dreifacher Vater, Germanist, eine stadtbekannte Persönlichkeit. Die Zeitung hatte ausführlich über den Mord berichtet. Beziehungsweise spekuliert. So etwas gab es nicht alle Tage. Noch dazu in der Regensburger Altstadt. Noch dazu in einer lauen Sommernacht, ein Schuß durch das offene Fenster, beim Vorlesen aus einem Roman! Die Polizei tappte im dunkeln. Ein möglicherweise wichtiger Hinweis stammte von einem Nachbarn, der kurz nach der Tat beobachtet hatte, wie ein schlanker blonder Mann mit einem Kinderwagen die Weingasse in Richtung Haidplatz hinaufgelaufen war. Hinweise und weitere Augenzeugenberichte nahm jede Polizeidienststelle entgegen.

Als Ines das las, brach ihr wie am Tag zuvor der Schweiß aus. Sie lief zum Spiegel im Flur und stellte alle möglichen Verrenkungen an, um sich von hinten zu sehen, versuchsweise mit den Augen jener Leser der *Mittelbayerischen Zeitung*, die nach der morgendlichen Lektüre nichts anderes zu tun hätten, als sich auf die Suche nach einem blonden Wesen mit Kinderwagen zu begeben. Ines beschloß, sich die Haare rot zu färben, sobald sie von ihrem Treffen mit Cordula zurückkam. Vorerst mußte der schwarze Strohhut mit der breiten Krempe genügen. Ein guter Sonnenschutz obendrein, denn der Tag versprach schon jetzt heiß zu werden.

Beide Springbrunnen auf dem Bismarckplatz waren in Funktion. Zwei Tauben zuckelten über das Pflaster und wichen einem Fahrradfahrer erst im letzten Moment aus. Während Ines auf den Zweier wartete, der nach Toms Auskunft zur Universität fuhr, beobachtete sie zu ihrer Beruhigung, wie eine Frau mit kurzen blonden Haaren und Kinderkarre sich seelenruhig mit einem Verkehrspolizisten unterhielt und dann das Café am Springbrunnen ansteuerte. Ines, die suchen einen *Mann*, sagte sie sich. Es war Nacht. Nicht einmal der Mann am Fenster hat dich erkannt. Ruhig Blut.

Seit Jahren hatte sie kein Universitätsgelände mehr betreten. Genauer gesagt hatte sie nie mehr etwas zu tun haben wollen mit Seminaren und Seminararbeiten, Studienplänen, Examensthemen, Elfenbeintürmen aus Beton, den Gerüchen aus der Mensaküche ab acht Uhr morgens und psychosomatischen Schwindelanfällen angesichts dreier unvollendet gebliebener Hausarbeiten. Schluß damit. Spot aus, Tür zu, für immer. Die Zeit auf dem Campus war in Ines' Requisitenfundus gewandert und lagerte seither in einer der vielen halbdunklen Ecken ihres Gedächtnisses, nicht gänzlich verstoßen, aber auch nicht mehr im Rampenlicht. Eine Kulisse, die sich für sie überlebt hatte. Einzig und allein dem toten Professor war es zu verdanken, daß sie sich erneut auf dieses suspekte Terrain begab.

Den Entschluß hatte sie in der vergangenen Nacht gefaßt, zwischen zwei und vier, als Johnny wieder einmal nicht schlafen wollte. Nicht weil sie unbedingt schon immer einmal einen Mord aufdecken oder Detektivin spielen wollte. Sie war ja rein zufällig in diese Geschichte hineingeraten, und genau das war es, was im Moment vorzüglich paßte. *Paßt scho* ... Das Leben war eine Verkettung von Zufällen, manchmal ließ man Dinge links liegen, und manchmal griff man sie auf, machte sie sich zu eigen, spann sie weiter. Wenn es gerade paßte. Bis jetzt hatte Ines noch keinen Job, keine Pläne, keine Verpflichtungen – nur Johnny. Und auch wenn sie sich manchmal schon morgens ausgelaugt fühlte, war sie dennoch längst nicht ausgelastet. Sie wußte, daß Energien in ihr schlummerten, die nicht angerührt wurden von dem sogenannten »Versorgen« des Kindes, was sich in ihren Ohren eher nach Krankenpflege anhörte. Der Tote am Fenster kam in gewissem Sinne wie gerufen: Ines würde sich – in Johnnys Begleitung, was war unauffälliger und unschuldiger als eine Frau mit Kinderwagen? – auch weiterhin ein wenig umhören. Nach dem Tatort war die Universität an der Reihe. Johnny hatte Bewegung und sie selbst auch. Und vielleicht entdeckte sie obendrein eine heiße Spur.

Es gab noch einen zweiten, prosaischeren Grund, die Universität zu betreten: Ines wollte, mußte, konnte sich gar nicht früh genug um Tippjobs bemühen, die sich nebenbei erledigen ließen: Examensarbeiten, Referate, Aufsätze, eine zukunftsweisende Maßnahme für die Zeit nach den Dreimonatsblähungen, wenn das Kind ruhiger schlafen würde, was hoffentlich bald der Fall war. Weder das Erziehungsgeld noch das Ersparte würden ewig reichen, und Tom gehörte mit seinem Kneipenjob nicht gerade zu den Großverdienern. Was lag näher, als an der Universität entsprechende Zettel mit Telefonnummer zum Abreißen aufzuhängen? Es gab etwas zu tun, und das war es, worauf es ankam. Ines fühlte sich gut dabei. Richtiggehend unternehmungslustig. Ungeteilt.

Früher hatte sie stets gedacht, es sei schwierig genug, sich zu dem *einen* Menschen zu entwickeln, der man war und sein wollte, und alle anderen Menschen, die man zu sein glaubte, hoffte, fürchtete, dafür hinter sich zu lassen. Dann war sie schwanger geworden und hatte ein anderes

Wesen in sich getragen, doch selbst nach Johnnys Geburt war Ines nicht wieder zu der einen Frau geworden, die sie vorher gewesen war. Seither war sie in erster Linie Mutter, eine Daseinsform, die ebenfalls im Laufe der neun Monate unbemerkt in ihr gewachsen war und die sich über alles andere gelegt hatte wie eine neue, zweite Haut. Doch die andere Ines darunter, die von vorher, war ja nicht verschwunden, sie war ebenfalls noch da, und der freie Tag hatte das zum Vorschein gebracht: Ines Klövenstrüpp, fünfunddreißig, geboren in Hamburg, ohne Beruf, in eheähnlicher Gemeinschaft lebend mit Tom Artmann, zweite Tochter von Arnold und Sieglinde Klövenstrüpp, Schwester von Marlen und Karolin, neuerdings auch noch Mutter von Johnny Artmann. Sie war Frau, Freundin, Geliebte, Tochter, Schwester, Mutter in einem. Und ein Teil ihrer Person konnte den anderen nicht ersetzen, höchstens zeitweise in den Vordergrund schieben oder verdecken. Mochten die Tochter und die Geliebte in ihr zur Zeit eine Art Winterschlaf halten – die neugebackene Mutter sollte nicht dauerhaft alles andere vereinnahmen. Denn damit fing es an: daß die Mütter die Frauen in sich kurzerhand schluckten. Und waren die Kinder später einmal aus dem Haus und die Ehe ausgetrudelt, kam die große Ernüchterung und Trauer. Hatte aber die Frau in der Frau nach wie vor eine Chance, dachte sie, und sei es nur als Sehnsucht, dann war ein Gegengewicht da. Ines hatte sich bei allem Mutterglück und allen Mutterpflichten fest vorgenommen, sich selbst nicht aus den Augen zu verlieren.

Der Bus bog um die Ecke. Eine Premiere: Busfahren mit Johnny. Mit Kinderwagen. Die Türen klappten auf. Zugang ins Wageninnere über drei Stufen. Wie sollte sie das Riesengefährt, ein Erbstück diverser Großstadtmütter, allein dort hinaufbugsieren? Zumal als zusätzliches Hindernis in der Mitte der offenen Tür ein Geländer prangte? Ein älterer Herr war aufgestanden und bot sich nun an, Ines zur Hand zu gehen. Trotz zwischenzeitlich beachtlicher Schräglage wurde Johnny nicht wach. Ines erfuhr, die »Niedafluarign« seien besser, aber die würden auf dieser Strecke nicht fahren, Studenten hätten ja noch keine Kinder. Hatte der eine Ahnung! Ines hätte ihm von Marlen erzählen können, die mit achtzehn ein Kind bekommen und trotzdem studiert hatte – Marlen, das große Vorbild, die große Schwester, die immer alles hinbekam, Kind und Studium und Beruf und Karriere. Sogar einen Mordfall hatte sie gelöst, vor ein paar Jahren in Neapel, und Ines dachte in einem Anflug von herausforderndem Trotz: Das schaffe ich auch.

Der Busfahrer drückte auf die Tube, als würde er nach Akkord bezahlt – um an der nächsten Ampel abrupt auf die Bremse zu treten. Ines hielt sich mit einer Hand am Geländer, mit der anderen am Kinderwagen fest. Wie es wohl sein würde, wieder über einen Campus zu laufen … Würde sie sich fehl am Platze, aus der Sache herausgewachsen fühlen, wie bei dem Klassentreffen fünf Jahre nach dem Abitur, als man gemeinsam über den alten Schulhof und durch die ehemaligen Klassenräume geschlendert war, kaum nostalgisch, eher mitleidig, erhaben, erleichtert? War die Unizeit für sie abgeschlossen, war dieser Teil der Vergangenheit wirklich vergangen? Der gute Abschluß der vierten Grundschulklasse war automatisch Eintrittskarte fürs Gymnasium gewesen und das Abitur wenigstens noch die Tür zur Universität, aber die Universität selbst? Die Tür wohin? Ins Leben? Ins Erwachsenendasein? In die Arbeitswelt? Zumal ohne Abschluß? Ines hatte sich damals heillos verfranst.

Immerhin hatte es einen Anfang gegeben, als Vorsatz getarnt: Bei den Arbeitslosenzahlen gehst du am besten in die Wirtschaft, Kind. Sie mußte lächeln. Geh lieber in die Wirtschaft … Hätten die Eltern gewußt, was man hierzulande darunter verstand, hätten sie ihr ein anderes Studienfach anempfohlen. Was macht denn dein neuer Freund? Er arbeitet in der Wirtschaft. … Ach, wie schööön! Du hättest damals eben doch die Zähne zusammenbeißen sollen, Kind … Brav hatte sie sich um einen Studienplatz für Betriebswirtschaft beworben, ohne auch nur einen blassen Schimmer davon zu haben, was sie dort erwartete. Sie hatte all die Fächer belegt, die im Studienplan vorgesehen waren. Abweichungen galten als Umweg, als Zeitvergeudung. Umwege wollte niemand in Kauf nehmen. Zwei Semester lang hatte sie es ausgehalten. Dann hatte sie nebenbei angefangen, Portugiesisch und Russisch zu lernen – wie überflüssig, Kind! Was sollen wir denn mit den Russen reden, und wen interessiert schon Portugal, wenn überhaupt, dann ist Spanisch im Kommen. Irgendwann ließ sie die Vorlesung Recht I sausen, BWL II folgte auf dem Fuße. Schließlich betrat sie das Gebäude für Wirtschaftswissenschaften überhaupt nicht mehr. Versuchte es statt dessen im Betonklotz schräg gegenüber mit einem Proseminar Kunstgeschichte, einer dreisemestrigen Vorlesung über Goethe, einem Philosophiehauptseminar über Adorno. Probehalber. Sie war auf den Geschmack gekommen, sich erst einmal umzusehen, was alles angeboten wurde. Irgendwann würde sie schon das »richtige« Studienfach finden. Doch je mehr sie ausprobierte, desto weniger kannte sie sich mit sich selbst aus. Eine Zeitlang war sie fest davon überzeugt, Gymnasiallehrerin für Russisch und Sport sei der ideale Beruf. Oder sollte sie doch lieber Medizin studieren und als Entwicklungshelferin nach Afrika gehen? Jura, um politischen Gefangenen Rechtsbeistand zu leisten? Lieber gleich Politologie? Oder aber etwas ganz anderes, Musikwissenschaft zum Beispiel? Immerhin war sie musikalisch und hatte im Schulchor mitgesungen …

Ihr Vater hatte ihr vorgeworfen, sie würde ihre Talente zum Fenster hinauswerfen, es mangele ihr an Durchhaltevermögen. Ihre Mutter zog es vor, parteilos zu bleiben. In Konfliktfällen setzte sie sich an die Nähmaschine und ließ das Rattern für sich sprechen. Die große und auch die kleine Schwester stachelten die mittlere Schwester an, endlich erwachsen zu werden und sich für einen Beruf zu entscheiden.

Auf Männer hingegen wirkte ihr unstetes Leben eher anziehend. Sie war keine, die sich festlegte und selbst festlegen ließ. Sie erregte in den Männern nicht die Angst, eingefangen, eingeengt, eingezwängt zu werden. Schließlich verzichtete sie auf die monatlichen Überweisungen des Vaters und zog von Hamburg nach Berlin. Dort schrieb sie sich für Germanistik ein und jobbte Abend für Abend in der Kneipe. Wo sie später Tom kennenlernen sollte. Doch vorher stürzte sie sich mit regelrechtem Feuereifer in die Seminare. Endlich hatte sie das Studium gefunden, das ihren Interessen entsprach, hatte auch erkannt, was ihr den Weg dorthin so lange verstellt hatte: nämlich die Vier in Deutsch, die sie von der fünften Klasse bis zum Abitur nicht losgeworden war. Obwohl es an der Rechtschreibung nicht gehapert hatte. Eher am fehlenden roten Faden. Beziehungsweise daran, daß sie sich nicht mehr zugetraut hatte, ihn überhaupt zu finden – oder aber von vornherein ohne ihn auszukommen. Sie hatte nach Lust und Laune und Tageszeit (frühmorgens nie!) Seminare belegt, die »Gefängnisliteratur« oder »Großstadtprosa« oder »Der junge Brecht« oder »Weibliches Schreiben« hießen. Es wurde über den Zusammenhang von Literatur und dem Zustand der Gesellschaft diskutiert. Man verbündete sich in Arbeitsgruppen, Politgruppen, Schreibgruppen, begab sich auf Wochenendseminare, ging zu Feten. Man hielt sich selbst – und natürlich die Literatur – für unglaublich wichtig und für abgrundtief unbedeutend zugleich.

An wie vielen Tagen jedoch, dachte Ines jetzt auch, war sie von einem Seminar zum nächsten gewankt, ohne zu wissen, zu welchem Ziel und Zweck. Wie oft war sie herausgefallen aus ihrer Rolle als eingeschworene Studentin und hatte gedacht: Spinnen wir denn komplett? In welchen Höhen schweben wir? Und wozu das alles? Der Schaum der Tage war unerschöpflich und unergründlich, im Nu zerplatzt und mit wenigen Worten neu aufgeschäumt.

Bis zu dem Zeitpunkt hatte niemand ihre Qualen beim Verfassen schriftlicher Arbeiten bemerkt oder vermutet, daß der mündlich so souverän auftretenden, diskussionsgewandten Studentin Klövenstrüpp der kalte Schweiß ausbrach, sobald sie ihr Wissen und ihre Gedankengänge schriftlich fixieren sollte. Jeder Satz wurde fünfmal formuliert und fünfmal durchgestrichen. Zu Papier gebracht, bekamen die Worte ein Gewicht, das Ines regelrecht erdrückte, so daß sie keinen klaren Gedanken mehr fassen konnte, sich unter zunehmender Panik in einem undurchdringlichen Gestrüpp aus Thesen und Gegenthesen verirrte. In dem auch der rote Faden verlorengegangen war. Sie hatte es drei Jahre lang versucht, zweimal das Thema der Examensarbeit gewechselt, einmal sogar den Prüfer, zuletzt das Studium ganz abgebrochen. Sie hatte versagt, hatte kein Examen, keinen Studienabschluß, keinen Beruf. Es war ein einziges Debakel, und ihr wurde jetzt noch heiß und kalt, wenn sie daran dachte. Und an die Reaktion ihrer Eltern, die Mischung aus mitleidiger Fürsorge – als wäre sie krank oder nicht ganz zurechnungsfähig – und verbittertem Besserwissen: Ich hab's ja gleich gesagt, Betriebswirtschaft.

Ein paar Monate hatte sie den Kneipenjob aufgegeben und alle möglichen anderen Jobs angenommen, um tagsüber beschäftigt zu sein, so beschäftigt wie möglich, damit sie nicht nachdenken, sich nicht unnötig mit Selbstzweifeln, mit vielem Wenn und Aber quälte, hatte auf Wochenmärkten Käse verkauft, Büroräume geputzt, Verkehrszählungen und Marktforschungsumfragen durchgeführt, Aussiedler aus Polen oder der ehemaligen Sowjetunion in den Umgang mit deutschen Behörden eingeführt. Schließlich war sie in einem Textbüro eines ehemaligen Kommilitonen gelandet – der hatte promoviert, und das hatte ihm auch nichts genützt, wie beide mit Genugtuung feststellten. Eins hatte Ines immerhin gelernt in den langen Studienjahren: das Tippen. Ein Job wie jeder andere auch.

Der Bus fuhr am mächtigen Portal eines großen Friedhofs vorbei. In der Ferne tauchten kastenförmige, funktionale Gebäude auf, die ganz nach Campus aussahen. Sie straffte den Rücken. Ines, dein kleiner Ausflug in die Vergangenheit ist vorerst beendet, jetzt geht es um die Gegenwart, um den Mordfall Breitkreuz, um einen neuen Tippjob – und um Johnny. Sie sah sich nach potentiellen Helfern beim Hinausbugsieren des Kinderwagens um. Der ältere Herr war ausgestiegen. Die beiden alten Damen ganz vorn mochte Ines nicht bemühen, den rot angelaufenen Suffkopf, der unverständlich vor sich hin lallte, noch viel weniger. Also mußte sie doch den Busfahrer fragen. Sie drückte auf den Halteknopf mit dem Kinderwagensymbol.

11

Cordula wartete schon. Sie saß auf den Treppenstufen vor dem Sammelgebäude, gleich gegenüber von der Bushaltestelle, kannst du gar nicht verfehlen, hatte sie Ines am Telefon erklärt. Der Kinderwagen mit Lisa parkte seitlich vor der Treppe im Schatten. Lisa schlief natürlich. Johnny hingegen war beim unsanften Transport aus dem Bus aufgewacht. Er weinte jetzt in Ines' Arm vor sich hin, sie schob mit der freien Hand den Wagen und sprach beruhigend auf ihn ein. Eine Zumutung war das! Der Busfahrer hatte sich zwar mit mürrischer Miene dazu herabgelassen, den Fahrersitz zu verlassen und ihr beim Transport des Kinderwagens zur Hand zu gehen, jedoch unmißverständlich zu verstehen gegeben, was er von dem »Riesentrumm von Kinderwagen« hielt – als sei nicht der Durchlaß an der Bustür zu eng, sondern der Kinderwagen zu breit. Und somit Ines an allem schuld. Und als sie zu widersprechen wagte, hatte er ihr in breitem Bayerisch nahegelegt, das nächste Mal gleich zu Hause zu bleiben.

Erschöpft ließ sie sich neben Cordula auf die Treppenstufe sinken. Gleichzeitig mit einem unverschämten Busfahrer und einem weinenden Johnny zu tun zu haben, überstrapazierte ihr ohnehin dünnes Nervenkostüm. Sobald sie saß, ging Johnnys Greinen stufenlos in ein energisches Schreien über. Er hatte Hunger oder Durst, saugte erst gierig, dann ruhiger an der Mutterbrust. Das Stillen hatte wirklich etwas mit Stillsein und Ruhigwerden zu tun, für beide Beteiligten. Mit dem Unterschied, daß der Durst des Säuglings gestillt wurde, Ines aber beim Stillen stets Durst bekam. Die obligatorische Wasserflasche im Gepäcknetz des Kinderwagens hatte sie in der morgendlichen Aufbruchshektik zu füllen vergessen.

Zum Glück hatte Cordula etwas zu trinken dabei. Sie war gelernte Reisebürofrau, hatte über den zweiten Bildungsweg das Abitur nachgeholt, ein paar Semester Anglistik studiert und arbeitete seit einigen Jahren als Sekretärin bei den Anglisten. Jetzt war sie im Erziehungsurlaub. Cordula war nicht nur eine fürsorgliche, sondern eine souveräne Mutter, und von allen Frauen aus dem Geburtsvorbereitungskurs am allerwenigsten gestreßt. Heute aber wirkte sie unruhig, aufgewühlt. »Hast du schon gehört?«

»Was denn?«

»Breitkreuz ist tot. Unser Breitkreuz!«

Ines tat ahnungslos. »Wer soll das sein?«

Cordula sah sie einen Augenblick verständnislos an. »Stimmt, kannst du ja nicht wissen. Ein C-4-Prof hier von der Uni! Literaturwissenschaftler! Erschossen! Durchs offene Fenster! Während seine Literaturgruppe tagte!« Sie zog die Zeitung aus dem Kinderwagennetz, schlug sie auf, las Ines die wichtigsten Fakten vor, natürlich auch den Hinweis auf einen Mann mit Kinderwagen.

Ines ließ sich nichts anmerken, im Schutz ihres großen Hutes schon gar nicht. »Kanntest du ihn?«

»Ich? Ihn kennen? Na, du bist gut, das Sekretariat der Anglisten liegt im gleichen Stockwerk. Viele unserer Studenten haben Germanistik als Nebenfach und umgekehrt. Außerdem hab ich mal ein Seminar bei ihm mitgemacht, nur so zum Spaß, über Reiseliteratur, Nachwehen zu meiner Zeit im Reisebüro.« Sie schüttelte den Kopf. »Das gibt's doch gar nicht, erschossen«, wiederholte sie aufgebracht, als wäre es ein Skandal, daß ausgerechnet Professor Breitkreuz ermordet worden war, und als hätte es sie weniger empört, wenn es einen anderen Professor getroffen hätte. »Ich muß unbedingt mit Ruth reden«, sagte sie wie zu sich selbst. »Das ist meine Kollegin von den Germanisten«, fügte sie hinzu. Sie wies auf das hinter ihnen befindliche Gebäude. »Wenn du deine Jobzettel aufhängen willst, fängst du am besten gleich hier an.«

Es war der Klassiker schlechthin, das mehrere Meter lange, schwarze Brett, und die Lektüre von Angebot und

Nachfrage ein unverzichtbares Relikt aus Studientagen, genauso wie das hastige Querlesen der Flugblätter, die unter dem Mensatablett hervorschauten. Heute war Ines nicht auf der Suche nach einem WG-Zimmer, einem Auto mit garantiert vollen sechs Monaten TÜV, einer Mitfahrgelegenheit nach Hamburg oder Berlin und noch viel weniger nach einem Mann. Aber sie konnte es sich dennoch nicht verkneifen, wenigstens einige der Zettel aus den Rubriken *Dagobert Duck & Co, Heim und Herd, Von hier nach da* zu lesen, genau wie früher in den Warteschlangen in der Mensa, wo man sich in Stoßzeiten im Schrittempo an Angeboten und Gesuchen von R 4s, WG-Zimmern, Mitfahrgelegenheiten, Reisepartnern und Studentenabos für *Die Zeit* oder den *Spiegel* vorbeigeschoben hatte. Die Automarken hatten sich verändert. Die Preisvorstellungen auch. War nur zu hoffen, daß die Studenten noch genug Geld übrig hatten, um ihre Arbeit zum Tippen wegzugeben. Sie hängte ihren Zettel zu den vielen anderen Angeboten.

Außer den beiden Frauen war an diesem heißen Augustmorgen kaum jemand an der Universität unterwegs. Die Kopfsteinbepflasterung der Wege zwischen den einzelnen Gebäuden erwies sich als ideal. Der Kinderwagen schukkelte Johnny nach dem Stillen sanft und gleichmäßig in den Schlaf. Vielleicht hatten die Architekten bei der Auswahl des Bodenbelags speziell an studierende Mütter gedacht, die in den Pausen zwischen den Seminaren ihre Winzlinge spazierenfuhren? Die vielen Treppen mußten ihnen dabei jedoch entgangen sein. Die Affinität der Planer zu grauem Waschbeton war nicht zu übersehen. Schön hingegen die Grünflächen, der kleine See, das Wasser, der Weg hinauf zum Botanischen Garten, den sie ein Stück weit zurücklegten, bis es in der Sonne zu heiß wurde.

Von Anfang an war und blieb der ermordete Professor Breitkreuz das dominante Thema. Ines brauchte gar nicht groß nachzufragen. Es war Cordula ein offensichtliches Bedürfnis, über Paul Breitkreuz zu reden, ihn sich noch einmal zu vergegenwärtigen, bevor er endgültig aus ihrem Gesichtskreis verschwand. Sie versuchte, Ines begreiflich zu machen, wie beliebt Breitkreuz bei den Studenten gewesen war.

»Er hat seine Seminare offen strukturiert. Bei ihm ist jeder zu Wort gekommen, alle Thesen und Theorien waren akzeptiert, dann erst begann die Diskussion. Jeder hat sich auf seine Weise und nach eigenem Gutdünken an das Thema herangearbeitet. Natürlich kommt damit nicht jeder klar. Wenn du in Bayern zur Schule gegangen bist, mußt du dich erst mal umstellen, nicht nur nach Kanon zu studieren, sondern nach Interesse. Trotzdem – oder gerade deshalb – waren seine Vorlesungen immer rappelvoll und die Plätze in seinen Seminaren heißbegehrt. Während andere Profs mit drei oder vier treuen Hanseln dasaßen.«

Natürlich hatte die Beliebtheit bei den Studenten Breitkreuz im Kollegenkreis nicht nur Sympathien eingetragen. Es gab auch an der Universität viele Möglichkeiten, hochgeistige Kleinkriege anzuzetteln.

»Da denkt schon mal einer laut über die Kompetenz des Kollegen nach und äußert wissenschaftliche Bedenken. In den paar Jahren, seit ich hier arbeite, habe ich da so einiges erlebt«, sagte Cordula. »An Klatsch und Tratsch herrscht bei uns kein Mangel. Na ja, das weißt du ja selbst ...« Sie blieb stehen, starrte in die Wasserfontäne, schwieg eine Weile. »So sympathisch er mir war – manchmal war Breitkreuz auch ganz schön anstrengend. Der konnte gar nicht anders, als sich ständig aufzureiben, neue Projekte anzuleiern. Ein Kämpfer war er. Ein Besessener. Einer, der widerspricht und nicht klein beigibt und immer weiter muß und nicht aufhören kann. Wenn es im Fachbereichsrat Ärger gab, konntest du sicher sein, daß Breitkreuz seine Finger im Spiel hatte. Er hat sich nichts gefallen lassen, hat neue Inhalte reingebracht, die nicht als kanonfähig gelten: Das Dritte Reich, Knastliteratur, Themen, bei denen viele die Nase rümpfen, weil ein Buch erst dann als würdiges Kunstwerk gilt, wenn es ein paar Jahrzehnte im Glasschrank abgelagert ist. Als würde es erst mit den Jahren reifen. Er hat Traditionen einfach ignoriert und es so gemacht, wie er es für richtig hielt, egal wo, ohne Rücksicht auf Verluste und ohne Angst vor eigenen Verlusten, ob im akademischen Senat, im literaturwissenschaftlichen Seminar, in Berufungskommissionen, bei Prüfungen und Gutachten. Das war wahrscheinlich sein Lebenselixier, sich in Sachen Literatur einzumischen, überall dabeizusein, immer gegen den Strom zu schwimmen ... außer bei den Frauen.«

Ein spontaner, chaotischer, leidenschaftlicher Nachruf, wie Ines fand. Professor Breitkreuz, der Tausendsassa. Der Hansdampf in allen Büchern. Der Frauenfreund. Der Macher. Der Querschläger. Auch wenn er sich großer Beliebtheit erfreut hatte – ihr war der Mann fast ein wenig unheimlich. Besonders im Zusammenhang mit dem Mord. Denn dadurch erschien jede Information über Breitkreuz in einem ganz anderen Licht. Alles schien viel bedeutsamer, als es in Wirklichkeit vielleicht war. Der Literaturkreis. Das Literaturhaus. Die Affinität zu Büchern. Laut hatte Cordula den Abschnitt aus der Zeitung vorgelesen, in dem der Journalist Breitkreuz' Wirken an der Universität hervorhob und das Regensburger Literaturhaus als den geheimen Höhepunkt seines unermüdlichen Engagements für die Literatur bezeichnete, einen Höhepunkt, den Breitkreuz selbst nun leider nicht mehr erleben konnte. Die Affinität zu Frauen, die Cordula erwähnt hatte. Ein offensichtlich erfülltes, volles Leben. Und auf einmal wurde der Kelch dieses Lebens umgestülpt und ausgeleert und jede Einzelheit unter die Lupe genommen. Alles konnte verdächtig sein. Ines fand es geradezu schaurig. Für diese Leichenfledderei mochte sie sich nicht hergeben. Dafür war sie nicht obsessiv, nicht skrupellos genug. Ihr würde es reichen, sich umzusehen, umzuhören, aufmerksam zuzuhören, was die anderen Leute über Paul Breitkreuz erzählten. Das war ihre Art, eine Geschichte zu spinnen.

Cordula war nach wie vor unruhig, aufgekratzt, wollte an Ort und Stelle mit jemandem reden, der Breitkreuz ebenfalls gekannt hatte, eine Meinung zu der Sache hatte, sie auf den neuesten Stand der Dinge bringen konnte. Sie steuerte zielstrebig das PT-Gebäude an, das Regensburger Pendant zum dreizehnstöckigen Hamburger Philturm und zu der mit ihren vielen verschachtelten Innenhöfen durchaus lichten Berliner Rostlaube. Die Eingangshalle lag im Halbdämmer. Kein Ort der Besinnung jedoch, die Stimmung war reine Tristesse. Immer mehr Beton, wie es Ines vorkam, schmutziges, stumpfes Grau, in der Ecke eine Art Cafeteria mit dem hochtrabenden Namen *Café Wittgenstein*, runde Tische, runde Hocker, alle fest in den Boden einzementiert, einige wenige Studenten, die mit krummen Rücken über irgendwelchen Aufzeichnungen hockten. Bei diesem strahlenden Augustwetter mußte man schon depressiv, lichtempfindich oder examensgeschädigt sein, um sich in dieses Halbdunkel zu verkriechen. Auf dem Weg zu dem Fahrstuhl entdeckte Ines ein Gestell voller Keramikbecher, von denen jeder einzelne mit einem Fahrradschloß gegen Diebstahl gesichert war. Im Fahrstuhl war nur Platz für einen Kinderwagen. Cordula schickte Ines in den zweiten Stock und kam mit dem nächsten Aufzug nach. Die Flure, von denen rechts und links grünlackierte Türen abgingen, waren noch enger angelegt als in Hamburg und Berlin. An einigen Zimmern hing neben dem Namen des Dozenten ein entsprechendes Foto. Damit die Studenten sich von vornherein darauf einstellen konnten, mit wem sie es zu tun hatten. Vor dem Zimmer von Professor Breitkreuz stand ein Polizist. Er hatte dafür Sorge zu tragen, daß der Raum nicht betreten wurde. Vier Türen weiter befand sich das Sekretariat.

Als Ruth Hinze Cordula samt Kinderwagen erblickte, hellte sich ihre Miene auf. Ines schätzte die Sekretärin auf Mitte bis Ende Fünfzig. Sie war klein, rundlich, trug die grauen Haare in einem Knoten. Sie sah mitgenommen aus, aber jetzt lächelte sie: Das war ja eine Überraschung! Als wäre nichts geschehen, wandte sie sich dem Ereignis zu, das sie alle voraussichtlich länger bewegen würde als der Mord an einem Literaturwissenschaftler: der kleinen Lisa. Das Baby wurde aus dem Wagen genommen und bewundert. Ruth Hinze, selbst Mutter von drei Kindern in Cordulas Alter, wartete sehnsüchtig auf das erste Enkelkind. Ersatzweise drängte sie nun Cordula, deren Ungeduld und Aufregung Ines deutlich spürte, von A bis Z zu berichten, wie die Geburt verlaufen war, wie es mit dem Stillen ging und wie mit den Nächten, wieviel Lisa wog und ob sie schon allein den Kopf halten konnte.

Ines hörte nur mit halbem Ohr zu und sah sich im Sekretariat um. Ein Heine-Plakat an der Wand, viel Papier, stapelweise Fotokopien, ein Regal mit Fächern für die einzelnen Lehrkräfte. Das Fach mit der Aufschrift »Breitkreuz« war leer. Auf einem der drei Schreibtische lag ein Stapel kommentierter Vorlesungsverzeichnisse. Ines blätterte darin herum, suchte nach dem Namen Breitkreuz. Die Veranstaltungen trugen ähnliche Titel wie zu ihrer Studienzeit. Die Tür ging auf, ein etwas kränklich wirkender Student kam herein, sein Gesicht war bleich und voll roter Pickel, vielleicht kam er zu selten an die frische Luft oder das Studieren ging ihm buchstäblich unter die Haut. Er überreichte Ruth Hinze eine daumendicke, grün gebundene Din-A4-Mappe, die sie in ein Fach mit der Aufschrift »Examenskurs« legte, sich dann fürsorglich nach etwaigen Reiseplänen erkundigte, zum Auftanken vor der allerletzten Hürde; doch der Student winkte ab, keine Zeit, der Semesterferienjob fange nächsten Montag an, dann gehe es mit viel Glück endlich in die schriftlichen Prüfungen. Er hob schlaff die Hand zum Gruß: »Pfüat Eana.«

Ines reckte sich. Das Leid der anderen konnte manchmal richtiggehend belebend wirken. Wie gut, daß sie das alles hinter sich hatte. In ihr verbreitete sich das beruhigende Gefühl, daß zwischen ihrer eigenen Studienzeit und heute etwas geschehen war, das sich nicht mehr rückgängig machen ließ. Es war, als hätte sie eine Art Grenze zwischen Spiel und Erwachsensein passiert. Genauer bekam sie das Gefühl nicht zu fassen. Sie steckte das kommentierte Vorlesungsverzeichnis in das Kinderwagennetz.

Wieder ging die Tür auf, ein dunkelhaariger Mann um die Mitte bis Ende Vierzig kam herein. »Wir sind jetzt drüben soweit fertig. Das Arbeitszimmer bleibt bis auf weiteres versiegelt. Falls Ihnen noch irgend etwas einfällt, das Ihnen aufgefallen ist, dann rufen Sie uns bitte sofort an. Meine Karte habe ich Ihnen gegeben?« Rhetorische Frage. Immerhin wartete der Mann noch die Antwort der Sekretärin ab, bevor er sich verabschiedete.

»Das war Hauptkommissar Götz«, sagte Ruth Hinze, als der Mann die Tür hinter sich geschlossen hatte. »Die Kriminalpolizei hat Breitkreuz' Arbeitszimmer gestern stundenlang durchsucht. Kommissar Götz hat alles von mir wissen wollen. Wie Breitkreuz' Verhältnis zu den Studenten und zu den Kollegen war, wie er sich als Prüfer verhielt, ob mir etwas über offene oder verdeckte Feindschaften bekannt ist, wie ich seine Beziehung zu Lea Buchbinder und zu den Studentinnen einschätze.« Tränen traten ihr in die Augen. »Der arme Paul. Ich kannte ihn doch seit über zwanzig Jahren. Als ich hier anfing, hatte er gerade Examen gemacht, damals bei Professor Bauer. Danach ist er für ein paar Jahre weggegangen, ich hatte ihn fast völlig vergessen, als er eines Tages wieder zur Tür hereinspaziert kam, und zwei Jahre später hat man ihn nach Regensburg berufen. Das haben wir damals vielleicht gefeiert. Ich mochte ihn sehr. Und jetzt ist er tot.« Tränen liefen ihr über die Wangen. Cordula legte Lisa in den Kinderwagen und nahm ihre Kollegin in den Arm. »Wie es wohl Lea geht«, sagte sie unvermittelt in die entstandene Stille.

»Ich habe versucht, sie anzurufen, aber sie hat nicht abgenommen. Das wundert mich nicht. Was für ein Schock für sie!« Ruth Hinze schluchzte jetzt schon weniger. Das Leid der anderen war leichter zu ertragen.

Paul Breitkreuz' Freundin war nicht zu beneiden, darüber waren die beiden Sekretärinnen sich einig. Sie hatte mit Paul Breitkreuz nicht nur ihren Freund, sondern zugleich ihren Professor verloren.

»Und ihre Unistelle«, ergänzte Ruth Hinze und nickte ernst.

Cordula runzelte die Stirn. »Wieso denn das?«

»Mich hat es ja auch gewundert, aber Paul hat sie bei der letzten Sitzung vor den Ferien offenbar nicht vorgeschlagen. Ammermeier hat mir das neulich erzählt. Ich wollte Paul darauf ansprechen, weil unter der Hand doch schon seit langem feststand, daß Lea Buchbinder die Assistentenstelle bekommen würde, aber dann ...«

»Weiß Lea es schon?«

»Er wird es ihr vermutlich gesagt haben.« Sie senkte die Stimme. »Offenbar steht sie unter Verdacht.«

»Wieso? Woher weißt du das?«

»Der Kommissar hat es natürlich nicht offen gesagt, aber er hat immer wieder nachgefragt, was ich von der Beziehung zwischen Lea und Paul halte, ob er oder sie manchmal andere Affären hatten, wie sie damit klargekommen sind, daß sie liiert waren und zusammen gearbeitet haben. Und ob es in Pauls Leben in letzter Zeit andere Frauen gab.«

»Und? Gab es welche?«

Ruth Hinze sah Cordula ironisch an. »Man merkt, daß du zwei Monate nicht hier warst.«

»Wer ist es?«

»Kein Kommentar. Ich habe dem Kommissar versprochen, nicht darüber zu reden. Und du weißt doch: Ich kann schweigen wie ein Grab.« Sie seufzte. »Dabei sind die Semesterferien bisher so friedlich verlaufen.«

»Ist in letzter Zeit irgendwas Besonderes passiert, ist Breitkreuz bedroht worden, gab es Streit? Hat er jemanden durch die Prüfung sausen lassen? Ein Referat nicht akzeptiert? Eine Examensarbeit abgelehnt?«

Ruth Hinze wischte sich mit einem Taschentuch über die Augen. »Du hörst dich schon an wie dieser Götz. Das ist doch alles absurd. Alles war so wie immer. Du kennst Paul ja selbst. Daß er sich hier und da gern quergelegt hat. Und daß er gern auf mehreren Hochzeiten gleichzeitig getanzt hat.«

»Vielleicht hat er irgendeinem Studenten die Freundin ausgespannt, und der ist durchgedreht?«

»Du siehst wohl zuviel fern«, empörte sich Ruth Hinze. »Alle denken jetzt nur noch an so was! Eifersucht! Rache! Jeder, der mit Paul etwas zu schaffen hatte, wird jetzt verdächtigt!« Sie putzte sich energisch die Nase. »Und ich finde, das geht zu weit. Außerdem ist das die Angelegenheit der Kriminalpolizei.«

Es ging um Mord, da wurde jeder Bleistift fünfmal umgedreht, jede intime Beziehung ans Licht gezerrt. Dabei wurde nicht nur Staub aufgewirbelt, sondern unvermeidlich auch Dreck. Und jede Menge alte Geschichten.

Cordula ließ sich nicht beirren. »Wenn ich allein an die Stellenbesetzung vor zwei Jahren denke ...« Damals war turnusgemäß die Assistentenstelle bei einem Anglistikprofessor frei geworden, eigentlich keine große Sache. »Gantz ist ein netter, harmloser Prof, der die Stelle mit seinem Wimi-Mann besetzen wollte.«

»Seinem was?« fragte Ines.

»Wissenschaftlicher Mitarbeiter. Der hatte gerade seine Promotion beendet und sollte Assistent bei Professor Gantz werden, um sich auf dieser Stelle zu habilitieren. War alles lange abgesprochen und gebongt. Bis Breitkreuz sich eingemischt hat.« Sie kicherte.

Auch Ruth Hinze mußte lächeln. »Und zwar unter Berufung auf die Frauenquote.«

»Einen Riesenwirbel hat das damals gegeben. Weißt du, wie hoch der Anteil von Frauen in der Dozentenschaft dieser wunderhübschen, funktional aufgestylten, einstmals exemplarischen Reformuni ist?«

Ines hatte keine Ahnung. Selbst an der Freien Universität Berlin waren männliche Seminarleiter mächtig in der Überzahl. Das würde an einer bayerischen Universität bestimmt noch krasser ausfallen. Ines schätzte aufs Geratewohl dreißig Prozent.

»Dreißig Prozent? Bist du verrückt?«

Ines sah Cordula verwirrt an. Wahrscheinlich hatte sie die Fortschrittlichkeit der akademischen Götterwelt unterschätzt, und der Anteil der weiblichen Lehrkräfte lag inzwischen längst bei vierzig oder sogar fünfzig Prozent. Schließlich ging es im Galopp dem dritten Jahrtausend entgegen.

»Ganze zehn Prozent«, dozierte Cordula mit erhobenem Zeigefinger. »Und das ist nur den vielen Assistentinnen und wissenschaftlichen Mitarbeiterinnen zu verdanken. Der weibliche Anteil unter den C4-Professoren liegt bei *einem* Prozent. Im Gegensatz zu vier Prozent an den anderen deutschen Hochschulen. Wir leben in einem katholischen Freistaat. Und da sind seit Menschengedenken die Männer so frei und haben das Sagen. Dabei stehen die Germanisten und die Anglisten an vorderster Fortschrittsfront. Jedenfalls seit Breitkreuz' Einsatz!«

Ruth Hinze nickte bestätigend. »Die Frauen an unserem Fachbereich haben wir hauptsächlich ihm zu verdanken.«

»Und unser hochverehrter Gantz hat seinem Kollegen eine ganz reizende Assistentin zu verdanken, was er mittlerweile durchaus zu schätzen weiß, wie ich übrigens gehört habe ...«, fuhr Cordula fort. »Das war auch so eine Geschichte, bei der Breitkreuz sich quergelegt und eine ungeschriebene Tradition unterlaufen hat: die Hausmacht der Professoren. Ich bin sicher, der eine oder andere hätte ihm das bei der nächsten Berufung heimgezahlt.«

Ines runzelte die Stirn. »Mit Mord?« Komische Usancen hier in Bayern.

Private Beziehungen zwischen Dozenten und Studentinnen waren auch in Berlin an der Tagesordnung gewesen. Täglicher Kleinkrieg am Arbeitsplatz? Ebenfalls. Ines erinnerte sich an Animositäten unter den Professoren und Assistenten, an Feindbilder, Streitigkeiten, Intrigen. Die so abersensiblen Intellektuellen! Schöngeister und vergötterte Experten warfen den Fehdehandschuh! Diese Einsicht hatte Ines in den ersten Semestern in Berlin geradezu schokkiert. Wer mit Literatur zu tun habe, müsse integer sein, hatte sie gedacht. Über Machtkämpfe erhaben. Von wegen. Auch im Götterhimmel der Philologen ging es um Hierarchien und Macht. Welcher der Doktoranden wurde als Assistent übernommen, welcher Assistent erhielt eine Professur? Wer hatte am meisten veröffentlicht und in welcher Zeitschrift? Wer stand politisch wo und welchem Professor nahe? Wer verfügte über anderweitige, womöglich schwerwiegende, womöglich parteipolitische Kontakte? Wer konnte gut mit dem Rektor? Wer mit den Studenten? Und das alles kochte vor allem dann hoch, wenn eine Stelle zu besetzen war. Da brachen flugs alte Feindschaften wieder aus, wurden persönliche Antipathien in die Waagschale geworfen. Es flogen buchstäblich die Fetzen, denn mit Wörtern umgehen konnte jeder der Beteiligten, und das Regelwerk formaler Berufungsgesetzlichkeiten wurde von allen Seiten nach Lücken abgeklopft, die für die eigenen Interessen vorteilhaft waren. Sieger waren diejenigen mit den wenigsten Skrupeln und der größten Berechnungskapazität. Aber Mord? Wie schwer wogen Ehrgeiz, Konkurrenzdruck, Machtsucht, verletzte Eitelkeit, gekränktes Ehrgefühl?

Wegen so einer Geschichte brachte keiner den anderen um, stellte Ruth Hinze mit der ihr eigenen Autorität einer langjährigen Sekretärin klar. Es sei doch ein gewaltiger Schritt von Streitigkeiten zu Tötungsabsichten. Außerdem hatte damals jeder bekommen, was er wollte: Gantz eine Assistentin, der ehemalige Wimi-Mann eine vergleichbare Stelle in Bremen, Breitkreuz die Genugtuung. Und die Universität ein Feigenblatt in Richtung regulärer Erfüllung der Frauenquote. Was wollte man mehr? Aber vielleicht sollte sie Kommissar Götz doch von dieser Geschichte erzählen.

Die beiden Sekretärinnen verfielen nun in ein Insidergespräch über diesen und jenen und dieses und jenes. Wie wohl die Kollegen auf die Nachricht reagieren würden? Die meisten von ihnen waren ja noch im Urlaub, Ruth Hinze zählte auf, wer wohin gereist war, wer im Winter ein Freisemester hatte, welche Kommissionssitzungen vorzubereiten waren, wer wohl den Auftrag erhalten würde, Breitkreuz' Stelle im Wintersemester zu vertreten. Wer rückte in der Auswahlkommission des studentischen Literaturpreises nach?

Ines, die bisher aufmerksam zugehört hatte, fing an, auf ihrem Stuhl hin- und herzurutschen. Das Geschehen an der Universität war ihr nach all den Jahren fremd geworden. Das Gerede darüber auch. Sie fand es abwechselnd lächerlich, unverständlich, bedeutungslos, und umgekehrt schienen sie die beiden Sekretärinnen gar nicht mehr zu bemerken. Cordula und Ruth Hinze, die gewissermaßen am

Nabel des literaturwissenschaftlichen Seminars saßen, die Studenten und Mitarbeiter und Animositäten und Bündnisse und Intrigen kannten, mochten als Insider den Durchblick und sogar den einen oder anderen Verdacht haben und ihr Vergnügen daran finden, eine alte Geschichte nach der anderen auszugraben und durchzuhecheln. Die Gelegenheit war günstig. In Ines' Augen kreiste dabei alles viel zu sehr um sich selbst. Sie hatte hier nichts mehr verloren. Auch nicht die Spuren eines potentiellen Mörders. Schließlich stand es ihr frei zu entscheiden, wo sie sich umhörte, mit wem sie sprach, in welcher Richtung sie ihren roten Faden auswarf.

»Die Frage ist, ob der Mörder überhaupt im Umfeld der Universität zu suchen ist«, hörte sie sich sagen.

Ruth Hinze und Cordula sahen erstaunt auf. Richtig, die Möglichkeit gab es ja auch. Fast hätten sie das vergessen. Johnny kam seiner Mutter zu Hilfe. Es genügte ihm nicht mehr, im Wagen gewiegt zu werden, das Stillsein nach dem Stillen war vorbei, und dem kleinen Kerl war es einerlei, wo er sich befand oder ob jemand ermordet worden war – er hatte Blähungen und begann zu schreien. Ines verabschiedete sich eilig, schob den Kinderwagen hinaus auf den Gang, an Breitkreuz' Zimmer vorbei, vor dem jetzt kein Polizist mehr stand, fuhr mit dem Fahrstuhl hinunter ins Erdgeschoß, ließ auch das schwarze Brett links liegen, nahm den ersten Weg, der von den Gebäuden wegführte, und wurde erst ruhiger, als Johnny sich allmählich beruhigte. Sie verzichtete auf eine erneute Busfahrt und ging langsam in der Mittagssonne, im Schutze ihres großen schwarzen Strohhuts, zu Fuß zurück in die Altstadt. Eine gute Gelegenheit, um nachzudenken. Daß sie bei ihrem eiligen Aufbruch ganz vergessen hatte, Ruth Hinze nach Kandidaten für potentielle Tippjobs zu fragen, fiel ihr erst ein, als sie zu Hause den angenehm kühlen Hausflur betrat. Sie würde das am Nachmittag telefonisch nachholen.

12

Einige der Namen auf der Klingelanlage lasen sich beeindruckend: Kunigunde Wintersdorfer, Augusta Trautner, Theresa Schindler, Dr. Wilhelmine von Maibold, Germana Hartl, Sophonisbona Sonntag – Freya konnte sich gar nicht satt lesen an den altertümlichen Frauenvornamen, die sich wie die Liste der Mitwirkenden in einer antiken Tragödie lasen, auf eine andere Zeit verwiesen, in eine andere Daseinsform. Männernamen gab es kaum. Die Mehrzahl der Männer schien vor den Frauen das Zeitliche zu segnen. Die Frauen blieben übrig. Wer war da zu beneiden? Die Überlebenden, denen der Schmerz blieb, ein im Leben verwurzelter Schatten des Todes? Die Gestorbenen, denen Einsamkeit und menschenunwürdiges Altern erspart wurden?

»Schöner residieren in der Domstadt« lautete die Werbung, und »Seniorenresidenz« nannte sich das große Gebäude direkt am Bahnhof. Das klang zweifellos schöner als Altersheim. Senioren waren stolze, gesetzte Menschen, die verdientermaßen auf dem Höhepunkt ihres Lebens residierten. Altersheim hingegen hörte sich nach Abschiebebahnhof an, nach einem Abstellplatz für alles Alte, Sieche, Gebrechliche, und Heime waren Waisenheime, Erziehungsheime, Kinderheime – die von Freya einst durchlittene wie gefürchtete Seeluftverschickung nach St. Peter Ording zum Beispiel. Bei dem Wort »Altersheim« dachte sie sofort an einen säuerlich-muffigen Geruch, in dem schlechtgelauntes, überfordertes und unterbezahltes Pflegepersonal das Menschenmaterial verwaltete, das sich nicht mehr selbst versorgen, nicht mehr allein wohnen konnte. Älterwerden, gar Altsein war schon lange kein Privileg mehr.

Freya steckte wie alle Menschen voller Vorurteile. Sie hatte in ihrem bisherigen Leben nur ein einziges Altersheim von innen gesehen, das Heim, in dem die Omi, die Mutter ihrer Mutter, die letzten Lebensjahre verbracht hatte. Als Omi starb, war Freya vierzehn gewesen, in einem Alter, wo das Verrinnen der eigenen Lebenszeit überhaupt noch kein Thema war. Ihre Erinnerung an das Altersheim der Oma war rein sinnlicher Natur und speiste sich aus Gerüchen, Farben, Geräuschen und dem Geschmack des Puddings, den die Enkelin aufessen durfte. Die Omi hatte noch nicht einmal ein eigenes Zimmer gehabt, nur ein Bett, einen Nachttisch, eine Schrankhälfte. Sie hatte ein Zimmer geteilt mit zwei anderen alten Frauen, die im Laufe der Jahre wechselten. Entweder sie starben einfach so weg, wie Freyas Mutter den Vorgang zu kommentieren pflegte, oder aber die Omi schaffte es, die Mitbewohnerinnen zu vergraulen, ein letztes Zeichen ihres Lebenswillens.

Was Freya, wenn sie heute darüber nachdachte, nicht im geringsten verwunderte. Wenn sie sich vorstellte, daß sie mit ihren sechsunddreißig Jahren rund um die Uhr ein Zimmer mit zwei anderen Frauen teilen sollte, dann sah sie glasklar Mord- und Totschlag vor sich, und das war nicht auf ihren Beruf zurückzuführen. Man wurde im Lauf der Jahre eigener und eigenartiger, pflegte Vorlieben, Gewohnheiten – eben Eigenarten. Freya hatte zwei Jahre in einer Viererwohngemeinschaft gelebt, aber als sie festgestellt hatte, daß sie sich immer häufiger in ihrem Zimmer aufhielt, Küche und Flur zu meiden begann, hatte sie sich eine eigene Wohnung gesucht.

Weshalb war ihre Omi überhaupt im Altersheim gelandet? Weshalb hatte sie nicht zusammen mit der vierköpfigen Familie im Reihenhaus gewohnt? Freya hatte sich nie Gedanken darüber gemacht und nahm sich vor, die Mutter beim nächsten Telefongespräch danach zu fragen.

Die Seniorenresidenz befand sich gleich hinter den Bahngleisen, und auf dem Grundstück nebenan wurde ein Wohnhaus hochgezogen. Der Lärm war ohrenbetäubend. Freya drückte auf die Klingel neben dem Schild mit der Aufschrift »Dr. Elfriede Breitkreuz«. Die alte Dame hatte die von Popp überbrachte Nachricht vom Tod ihres einzigen Sohnes kommentarlos aufgenommen und zwei Beruhigungstabletten geschluckt. Auch am Tag darauf war sie zu keinem Gespräch zu bewegen gewesen. Erst heute morgen hatte die leitende Pflegerin am Telefon die Auskunft gegeben, Frau Dr. Breitkreuz gehe es besser und sie wünsche eine Unterredung »mit dem Herrn Inspektor Popp«.

Eine verzerrte Stimme drang aus der Gegensprechanlage. Gegen das Kreischen einer Kreissäge nannte Freya ihren Namen. Ein Surren, die Tür ging auf. Ein weißgetünchtes, steriles Treppenhaus mit grau gefliestem Fußboden. Es roch nach Sauberkeit, nach nichts anderem. Ein weißhaariger Mann wartete im Rollstuhl vor dem Aufzug. »Um diese Zeit dauert es immer eine Ewigkeit.« Freya, die schon links an ihm vorbei war und zu Fuß die Treppe hinauf wollte, hielt inne und drehte sich fragend um. Der alte Mann zeigte auf die Armbanduhr. »Zeit fürs Mittagessen. Da sind alle auf den Beinen. Oder auf den Rädern.« Es war der Kommissarin unangenehm, mit flinken Joggerbeinen die Treppe hinaufzusprinten, während der Mann im Rollstuhl geduldig auf den Aufzug wartete. Also wartete auch sie.

»Man muß aus allem das Beste machen«, nickte der alte Mann.

Freya nickte freundlich zurück. »Wohnen Sie hier?« Dumme Frage, dachte sie dann.

Der Mann legte eine Hand hinters Ohr.

»Sie wohnen hier?« wiederholte Freya ihre Frage lauter.

Er nickte. »Seit vier Jahren. Jeden Vormittag fahre ich spazieren. Solange es allein noch geht. Gestatten: Köhler.«

Auch Freya stellte sich vor. »Jansen.« Ihren Beruf nannte sie nicht. »Ganz schön laut hier von der Baustelle.«

»Ich bin zum Glück schwerhörig«, entgegnete der Mann. »Aber meine Nachbarin liegt nachts stundenlang wach, wegen der Güterzüge, wissen Sie, und tagsüber kann sie wegen der Baustelle nicht schlafen. Ich habe ihr gesagt, sie soll sich etwas in die Ohren stecken, aber sie will nicht. Sie sagt, sie hat das noch nie nötig gehabt und das wird sich auch jetzt nicht ändern. Man wird halt stur und eigen im Alter. Da ändert man nicht mehr gern seine Gewohnheiten. So ein Baulärm, der hört auch wieder auf, aber die Bahnstrecke werden sie wegen uns alten Leuten nicht verlegen.« Er kicherte. »Ich bin gut dran mit meiner Schwerhörigkeit. Ich kann immer so tun, als würde ich nicht verstehen, was die Leute sagen.« Er musterte Freya. »Sie habe ich hier noch nie gesehen. Wen besuchen Sie denn?«

»Frau Dr. Breitkreuz. Sie wohnt im zweiten Stock. Kennen Sie sie?«

»Aber natürlich! Die arme Frau Doktor. Eine reizende Person. Und so gebildet. Manchmal sitzen wir mittags zusammen bei Tisch. Jetzt habe ich sie seit ein paar Tagen nicht mehr gesehen. Tja, das wird sie sehr mitgenommen haben, die Sache mit ihrem Sohn. Ich habe es in der Zeitung gelesen. Wie furchtbar! Und auch noch ermordet! Ich habe den jungen Breitkreuz gekannt, wie man sich so kennt, einmal haben wir zusammen auf den Fahrstuhl gewartet, so wie wir beide jetzt, wir haben uns sehr angeregt unterhalten, ich bin passionierter Theaterbesucher, wissen Sie, und wann findet man schon einmal einen gebildeten Menschen, der sich mit den Stücken auf dem Spielplan auskennt. Sind Sie auch aus der Branche?«

Freya verneinte.

»Ein prächtiger Mensch, der Sohn der Frau Doktor«, fuhr Herr Köhler fort. »Freundlich, zuvorkommend und sehr fürsorglich. Sind Sie mit ihm verwandt?«

Freya verneinte erneut. Ein Ding-Dong, die Fahrstuhltür öffnete sich. Herr Köhler ließ Freya den Vortritt und rollte dann selbst in die aluminiummatte Kabine.

»Sie hat sehr an ihm gehangen«, sagte er. »Der einzige Sohn. Eine Tragödie. Da kann man nur hoffen, daß die Polizei den Mörder bald findet. Aber das macht den Sohn auch nicht mehr lebendig.«

»Hat er seine Mutter oft besucht?«

»Öfter, als meine Kinder mich besuchen«, sagte der alte Mann und fügte erklärend hinzu: »Meine Tochter wohnt in Köln. Und mein Sohn in Berlin. Sie sind beide viel unterwegs, mein Sohn fliegt beruflich in der Weltgeschichte umher, da ist er natürlich froh, wenn er mal zu Hause bleiben kann bei seiner eigenen Familie.« Er schwieg leicht verstimmt. »Und ich bin nicht mehr so mobil wie früher. Aber das Leben geht trotzdem weiter.«

Der Fahrstuhl hielt mit einem sanften Ruck, die Türen öffneten sich mit einem weiteren Ding-Dong. »Hier müssen Sie aussteigen. Ich fahre hoch zum Speisesaal. Meine Hochachtung an die Frau Doktor.«

Ein steriler, in künstliches Licht getauchter Korridor empfing Freya, an den Wänden Pinnwände mit Farbfotos von fröhlichen älteren Menschen. »Fahrt nach Weltenburg« stand auf einem bunten Stück Pappe über den Fotos auf einer der Pinnwände, »Wir suchen Ostereier« über einer zweiten. Der Korridor war mit hellgraugesprenkeltem PVC ausgelegt, die links und rechts abgehenden Türen waren dunkelgrau gestrichen. Kein Tisch, kein Stuhl, keine Pflanzen. Freya kam sich vor wie im frisch renovierten Polizeipräsidium oder in der Finanzverwaltung. Neben der dritten grauen Tür entdeckte Freya das Namensschild von Frau Dr. Breitkreuz. Sie klingelte in der Erwartung, in eine Zelle vorgelassen zu werden. Hinter ihr schlurfte jemand sehr langsam den Flur entlang. Es war eine kleine alte weißhaarige Frau, die einen Gehstock benutzte und den langen Flur Schritt für Schritt in Angriff nahm. Ein neugieriger Blick auf Freya, ein zweiter auf die noch immer geschlossene Tür. Freya wollte jetzt in kein Gespräch verwickelt werden, sie wandte sich ab, klingelte erneut. Das Schlurfen wurde langsam leiser. Als Freya ein drittes Mal klingeln wollte, wurde die Tür endlich geöffnet. Freya zeigte ihre Marke und nannte ihren Namen.

Die hagere, hochgewachsene alte Dame zog bei Freyas Anblick die Augenbrauen hoch. »Ich hatte eigentlich den Herrn Oberinspektor erwartet«, sagte sie in deutlich mißbilligendem Ton, als habe sie eine Unterredung mit dem König und müsse statt dessen mit der Kammerzofe vorliebnehmen.

»Ich bin Hauptkommissarin Jansen«, wiederholte Freya sanft. »Mein Kollege, Hauptkommissar Popp, war heute leider verhindert. Ich hoffe, ich komme nicht ungelegen, jetzt, in der Mittagszeit ...«

»Ich gehe fast nie zum Mittagessen«, schnitt Elfriede Breitkreuz ihr das Wort ab und musterte sie mit dem gleichen kritischen Blick wie damals die Schulärztin bei der Einschulung. »Und seitdem ... erst recht nicht.« Sie schloß die Wohnungstür hinter Freya und drehte den Schlüssel zweimal um. »Es ist noch nicht einmal zwölf«, sagte sie voll Verachtung. »Um diese Tageszeit habe ich nie etwas zu mir nehmen können, mein Magen stellt sich nicht nach achtzig Jahren plötzlich um! Und diese alten Weiber im Speisesaal! Ständig plappern sie vom letzten Besuch auf dem Friedhof und von den Blattläusen und daß der Gärtner die Rosenstöcke wieder einmal nicht rechtzeitig gepflegt hat, und dann kommen die Wehwehchen und was Dr. Sowieso gesagt hat an die Reihe und ob die Medizin hilft, und zum Schluß wird aufgezählt, wer alles gestorben ist. Pah!«

Mit vor Verachtung bebenden Nasenlöchern drehte sie sich um und schritt langsam und angesichts ihrer Gehbehinderung so aufrecht und so würdevoll wie nur möglich vor Freya ins Wohnzimmer.

Freya war ein wenig überrascht. Sie hatte eine etwas klapprige, vom Schmerz um den gestorbenen Sohn gebrochene Mutter erwartet. Zumal sie zwei Tage lang für niemanden zu sprechen gewesen war. Entweder hatte die alte Dame sich bereits wieder gefangen, oder sie riß sich soeben enorm zusammen. Oder aber diese hochmütige Art war ihr Umgang mit Trauer. Und was das Dauerthema Tod, Sterben, Krankheiten anging, das ab einem bestimmten Alter zu einem immer dominanteren Gesprächsthema wurde, gab Freya ihr völlig recht. Es war unerträglich, wie selbst Freyas Mutter, die in diesem Jahr erst sechzig geworden war, am Telefon immer häufiger auf unerwartete Todesfälle im nahen und fernen Bekanntenkreis zu sprechen kam. Als wollte sie das Leben gewissenhaft Trauerfall für Trauerfall aus dem Leben herausreden.

»Außerdem würden sie sofort über mich herfallen wie über ein gefundenes Fressen, wegen meines Sohnes«, fuhr die alte Dame ein klein wenig leiser fort. »Ein Skandal, wenn man nicht an Altersschwäche stirbt.« Ihre Stimme zitterte jetzt, und als sie sich zu Freya umdrehte, ähnelte sie auf einmal einem großen, aus dem Nest gefallenen Vögelchen, dem es die Sprache verschlagen hat und das man sehr behutsam behandeln muß. Doch dann, als würde sie sich ihrer Schwäche bewußt, ging ein Ruck durch ihren Körper und verwandelte das Vögelchen in einen Habicht und die alte Dame in eine kurz angebundene Schulärztin: »Setzen Sie sich.«

Freya war angenehm überrascht. Die »Zelle« entpuppte sich als gemütliches Appartement mit Bad, Küche, Teppichen, Bildern, einem großem Bücherregal, einer Eckvitrine, einem Sofa mit Tisch und Stühlen, einem kleinen Sekretär, einem Fernseher und einem weiteren Zimmer. Sie setzte sich an einen ovalen Tisch, auf dem Zeitungen, Zeitschriften, Papiere, Briefe lagen, außerdem verschiedene Stifte, ein Brieföffner, ein Brillenetui, eine Schachtel für die morgens, mittags und abends einzunehmenden Pillen, eine offene, halbvolle Pralinenschachtel, das Fernsehprogramm, die Fernbedienung.

Frau Dr. Breitkreuz holte zwei Gläser, schenkte ungefragt Traubensaft ein und stellte ein Glas vor Freya ab. Dann nahm sie ihr gegenüber Platz und sah die Kommissarin mit hochgezogenen Augenbrauen an, was ihrem Blick fast etwas Arrogantes gab. Erst jetzt bemerkte Freya, daß die Augenbrauen aufgemalt waren. Vielleicht waren auch der Dünkel und die Überlegenheit aufgemalt, fuhr es ihr durch den Sinn.

Die alte Dame saß sehr aufrecht da. Ihre dünnen grauen Haare waren hinter dem Kopf in einem Knoten zusammengefaßt. Sie hatte blaßblaue Augen, eine Hakennase, ein volles Gesicht, ihre Haut im Gesicht war außergewöhnlich glatt.

»Sie wollen also den Mörder meines Sohnes finden?« Es klang, als habe die Patientin eine Krankschreibung verlangt, und die Ärztin zweifele an der Lauterkeit dieses Ansinnens.

»Wir werden den Mörder oder die Mörderin Ihres Sohnes finden«, versicherte Freya. Geduldig führte sie aus, daß sie dabei vor allem auf die Mithilfe der nächsten Verwandten des Opfers angewiesen sei. Jedes Detail sei wichtig. Alles scheinbar Nebensächliche könne zu einer wichtigen Spur führen.

»Haben Sie ihn denn überhaupt gekannt?« fragte die alte Dame mißtrauisch.

»Leider nicht«, entgegnete Freya.

»Woher sollten Sie auch. Mein Sohn hatte noch nie etwas mit der Polizei zu tun. Unsere ganze Familie nicht.« Es klang indigniert, als stehe man unter Verdacht, eine ansteckende Krankheit zu haben.

Freya kannte das bereits. Viele Leute empfanden es als Schande, wenn die Polizei ins Haus kam. Und offenbar verbuchte es die alte Dame ebenso als eine Schande, daß ihr Sohn gewaltsam aus dem Leben befördert worden war. Als würde durch diese Tat auch das Opfer verdächtig, nach dem Motto: Es gehören immer zwei dazu. Und als wollte die Kriminalpolizei den verborgenen Schmutz nun ans Tageslicht befördern. Die Angehörigen konnten ja nie wissen, was dabei zum Vorschein kam, hatten Angst vor unliebsamen Entdeckungen, waren der Polizei gegenüber mißtrauisch.

»Sie kannten ihn also nicht«, wiederholte Paul Breitkreuz' Mutter und fügte hinzu: »Da haben Sie etwas versäumt.« Sie zeigte auf ein Farbfoto an der Wand. »Das ist er. Gut sah er aus, nicht wahr? Genau wie sein Vater. Der ist leider früh gestorben, an den Folgen einer Kriegsverletzung. Paul war damals erst drei.«

Die alte Dame stand auf, ging mit langsamen Schritten hinüber zum Bücherregal, das die ganze Wand einnahm. Sie kam mit einem in rotes Leder eingebundenen Fotoalbum zurück. Freya nippte indessen an ihrem Glas und war erneut angenehm überrascht. Traubensaft hatte sie auch bei ihrer Omi vorgesetzt bekommen, er hatte wie Medizin geschmeckt, aber vielleicht lag das nur an ihrer eigenen Sinnesverwirrung im Altersheim, so daß der Atem der Oma nach verschwitzter Wäsche roch, der Traubensaft nach Medizin schmeckte und die Hand der Großmutter sich so rauh anfühlte wie das Toilettenpapier.

Das Foto, das Freya vorgelegt wurde, zeigte ein Ehepaar mit Säugling: zwei lachende Gesichter und ein schlafendes Bündel auf dem Arm der Mutter. Als nächstes kam der kleine Paul, dann folgten weitere Fotos aus der Kindheit eines Jungen in Lederhosen.

Sie habe ihren Sohn allein aufgezogen und nicht wieder geheiratet, sagte sie.

»Hatten Sie eine Praxis?« erkundigte sich Freya.

»Wie kommen Sie denn darauf?« fragte die alte Dame, jetzt tatsächlich leicht aus der Fassung gebracht. Freya war ihrerseits verunsichert. War Breitkreuz' Mutter denn nicht Ärztin gewesen? »Wegen des Titels?«

Nein, wegen dem Gehabe, dachte Freya boshaft.

»Ich bin Doktor der Biologie«, sagte Frau Dr. Breitkreuz erhobenen Hauptes und zog die Augenbrauen noch höher. »Ich habe Chemie und Biologie studiert. Wir haben uns beim Studium kennengelernt, mein Mann und ich.« Als Studienrätin habe sie sich und das Kind dann, als ihr Mann gestorben war, allein ernähren können. Aber sie habe nie wieder geheiratet. Ein Mann könne den anderen nicht ersetzen. Wie sein Vater sei Paul ein sehr aufgeweckter Junge gewesen. Wenn es nach ihr gegangen wäre – »Aber wann geht es schon nach den Müttern!« –, hätte Paul mit seinem Notendurchschnitt ein naturwissenschaftliches Fach studieren sollen, Medizin oder Zahnmedizin, oder wenigstens Biologie oder Chemie oder Physik. »Aber Paul hielt es schon immer mit den Wörtern«, seufzte sie, halb mißbilligend, halb bewundernd. »Mit fünf konnte er lesen und schreiben, mit sechs hat er schon gereimte Gedichte geschrieben, mit acht Märchen, mit zehn sein erstes Theaterstück.«

Freya konnte sich die erstaunte Frage nicht verkneifen, warum dieses Wunderkind – so drückte sie es selbstverständlich nicht aus, sondern sie sagte »er« oder »Ihr Sohn« oder »der Professor« – nicht ein berühmter Schriftsteller geworden sei.

Paul Breitkreuz' Mutter kniff daraufhin die Augen zusammen, als könne sie nicht richtig entziffern, was die Vergangenheit als Antwort bereithielt. Eine Art Distanznahme, dachte Freya, die Dinge sind verschwommen, und sie rückt sie in das für sie rechte Licht.

»Dann wäre er ja Künstler geworden«, sagte die alte Frau Breitkreuz jetzt geradezu verächtlich. »Das ist ja noch schlimmer als Literaturwissenschaftler.«

»Sie waren mit seiner Berufswahl nicht einverstanden?«

Die alte Frau zögerte. »Er ist immerhin Professor geworden«, sagte sie dann gnädig. »Das ist ja auch etwas.«

Die Stationen der Karriereleiter von Paul Breitkreuz lauteten wie folgt: Promotion mit achtundzwanzig, Habilitation mit dreiunddreißig – »da war das zweite Kind dazwischengekommen« –, dann eine C3-Professur in Tübingen, eine weitere in Marburg und dann endlich der Wechsel nach Regensburg auf die C4-Professur. Überdies zurück in die Heimat zur Mutter. Ob diese Werteskala auch von Sohn Paul geteilt worden war? Vom Musterknaben zum Beinahe-Idealmann, und der war intelligent, strebsam, erfolgreich, gutaussehend. »Paulchen« hatte vielleicht das falsche Fach studiert, darin aber immerhin reüssiert. Und das war es, worauf es in der Welt – jedenfalls in der Welt der Frau Doktor Elfriede Breitkreuz – ankam. Paul Breitkreuz mußte zeit seines Lebens unter immensem Erfolgsdruck gestanden haben. Und offenbar hatte er sich gleichzeitig durch die Wahl seines Studienfaches gegen die Ansprüche der Mutter gewehrt. Hatte er deshalb all diese Projekte angeleiert, protestiert, sich quergelegt, immer auf der Suche nach etwas Neuem, und seien es neue Frauen?

»Hat Ihr Sohn Sie oft besucht?«

»Selbstverständlich. Jede Woche«, sagte die alte Dame stolz.

»Haben Sie sich manchmal gestritten?«

Empörte Reaktion: »Wir? Nie!«

»Wie stehen Sie zu Ihrer Schwiegertochter?«

Auf die Schwiegertochter war Paul Breitkreuz' Mutter

schlecht zu sprechen. Sie habe ihren Sohn von Anfang an gewarnt, sich zu früh zu binden, und ihm das auch immer wieder vorgehalten, und als es dann zu Ende war, nach so vielen Jahren, habe es sie überhaupt nicht gewundert. »Die beiden kannten sich seit der Tanzstunde, und jetzt sagen Sie mir doch einmal, was für eine Menschenkenntnis hat man schon mit fünfzehn, sechzehn Jahren? Die Frau hatte nicht sein Niveau«, lautete der Schlüssel zu ihrer Abneigung. »Abgebrochenes Studium ...«

»Wegen dem Kind?«

»... und jetzt noch diese lächerliche Arbeit am Theater.«

Wäre sie eine Kröte, dachte Freya, wären diese Sätze unverhüllter Verachtung jetzt Gift und Galle, dann müßte ich mich stellvertretend für die Schwiegertochter in acht nehmen.

»Welche Arbeit?« erkundigte sie sich scheinheilig.

»Sie ist Souffleuse«, zischte Mutter Breitkreuz, als handele es sich dabei um eine besonders gewöhnliche und ungenießbare französische Nachspeise. »Am Stadttheater.«

Nahezu Künstlerin, dachte Freya, die sich mittlerweile über den unverhohlenen Dünkel der Frau Doktor Ehrenwürden amüsierte.

»Noch dazu hätte sie ihn fast die Karriere gekostet«, fügte die alte Dame wie als Erklärung hinzu. »Mit vierundzwanzig hatte er die Promotion schon so gut wie in der Tasche, und da haben die beiden nichts Dümmeres zu tun gehabt, als ein Kind zu zeugen. Statt sich erst um die Karriere zu kümmern und dann um die Familie, wie sich das früher so gehörte.«

Freya hätte am liebsten angemerkt, daß es auch zu Paul Breitkreuz' Studentenzeit schon Verhütungsmittel gegeben hatte, schluckte den vorlauten und kontraproduktiven Kommentar jedoch hinunter und erkundigte sich nach den Enkelkindern.

»Die scheinen zum Glück nach Paul zu kommen.« Alexander, der Verhinderer der noch zeitigeren Promotion des Vaters, war offenkundig der Augenstern der Großmutter, er promovierte zur Zeit in Kernphysik und hatte schon eine Stelle in Hamburg in Aussicht. Melanie, die Beinahe-Verhinderin der noch zeitigeren Habilitation des Vaters, studierte Kunstgeschichte in Italien, wo sonst könne man die Geschichte der Kunst überhaupt angemessen studieren. Jonas, der Achtjährige, hatte Probleme in der Schule.

Hatten die Kinder unter der Trennung der Eltern gelitten?

Die Antwort kam wie der Blitz: »Paul hat seinen Vater auch früh verloren. Und aus ihm ist trotzdem etwas geworden.« Als sei es zwangsläufiges Ziel eines jeden Kummers und Leids, mit der Zeit in berufliche Leistung umgewandelt zu werden.

Hatte die alte Dame die Nachfolgerin der Schwiegertochter, Lea Buchbinder, kennengelernt?

Elfriede Breitkreuz war fast empört. »Natürlich nicht! Die Frauengeschichten meines Sohnes haben mich noch nie interessiert. Das ist seine Sache gewesen. Er war ja alt genug, um zu wissen, was er tat.«

»Was tat er denn?«

»Wie meinen Sie das?«

Das Katz-und-Maus-Spiel mit Fragen und ausweichenden Gegenfragen irritierte Freya zunehmend. Schließlich war sie keine Versicherungsvertreterin, der gegenüber jedes unvorsichtige Wort tunlichst zu vermeiden war. Und keine Psychologin, die dafür bezahlt wurde, daß sie Stunde um Stunde Unliebsames aus den Klienten herauskitzelte. Sie sah die alte Dame ernst an.

»Uns ist bekannt, daß Ihr Sohn über Jahre hinweg wechselnde Frauenbekanntschaften pflegte.«

So kann man es auch ausdrücken, dachte sie. Daß er in der Weltgeschichte herumgevögelt hat, was das Zeug hielt, bringt die Sache besser auf den Punkt.

Die alte Dame preßte die Lippen aufeinander. Sie sah an Freya vorbei und sagte nichts.

»Hat Ihr Sohn Ihnen jemals von Ärger berichtet, den er mit seinen Freundinnen oder deren Freunden oder Kollegen oder Studenten hatte?« bohrte die Kommissarin weiter, aber Frau Doktor Breitkreuz war jetzt eine undurchdringliche Mauer und schwieg beharrlich, sie wirkte beleidigt über diese Art von Fragen, die unweigerlich zu weniger leuchtenden Seiten im Leben ihres Sohnes führen würden. »Sehen Sie, wir suchen einfach nach Anhaltspunkten im Leben Ihres Sohnes – der ja so erfolgreich und beliebt war –, nach Hinweisen auf Situationen, in denen er sich Feinde gemacht haben könnte. In denen einmal nicht alles so geklappt hat, wie man es sich wünscht«, erklärte Freya mit betont sanfter Stimme.

Es war ganz still im Raum. Draußen hörte man den Lärm der Baumaschinen, unterlegt vom metallisch kreischenden Bremsen eines Zuges. Die alte Dame schien mit sich zu kämpfen. Der Habicht unterlag, zum Vorschein kam wieder das hilflose, verletzliche Vögelchen.

»Mein Sohn hat mir sehr wenig erzählt«, antwortete sie nach einer Weile leise. Sie zögerte. »Wenn ich ehrlich sein soll, hat er nie viel erzählt. Außer den Dingen, die alle wußten. Er hat von seinen Erfolgen erzählt und von den Widerständen, die er zu überwinden hatte, beruflich, meine ich, ich weiß nicht, vielleicht hat er sogar einmal einen Namen genannt, aber ich habe es überhört.« Ihre Stimme zitterte. »Er hat erzählt, was ich hören wollte.«

Sie sah Freya jetzt direkt an, und diesmal war ihr Blick weder hochmütig oder abschätzig noch hilflos oder traurig, statt dessen spiegelte er ihre Ratlosigkeit. Sie schüttelte den Kopf. »Er hat mich regelmäßig besucht, jeden Sonntag, hat Blumen mitgebracht und Konfekt. Er hat auch viel von den Kindern erzählt, aber von seiner Ehe nie. Und Vera ist nie mitgekommen, am Anfang schon, aber dann nicht mehr. Wir haben über früher geredet. Über die Schulzeit. Über gemeinsame Reisen, über ein Theaterstück, das wir beide gesehen hatten, ich bin seit Jahrzehnten Abonnentin. Über Probleme nie, auch nicht über seine Freunde. Ich – ich habe ihn nie danach gefragt. Und er hat es von sich aus nicht erzählt.«

Gleich fängt sie an zu weinen, dachte Freya, es ist traurig, wenn eine Mutter so wenig über den eigenen Sohn weiß und ihr das plötzlich wie Schuppen von den Augen fällt, zumal sie so viel auf ihn hält, aber das ist nur die Oberfläche, und darunter klafft ein Hohlraum. Und das ist vielleicht viel schrecklicher und schmerzlicher als die Tatsache, daß ihr Sohn tot ist, ermordet wurde, und dann weint und weint sie und hört nicht mehr auf, und ich muß sie trösten und will das gar nicht. Freya überlegte, welche Frage sie stellen könnte, um das peinliche Schweigen zu brechen, um zu verhindern, daß die Trauer im nächsten Moment alle Dämme der Selbstkontrolle brach.

Aber die alte Dame kam ihr zuvor. Erneut ging ein Ruck durch ihren Körper. Sie stand auf, strich mit der Hand erst über die Frisur, dann über den Rock und nahm Haltung an. Ihr Blick festigte sich, die Schultern wurden gestrafft, die Augenbrauen hochgezogen – und Freya hatte einen Augenblick lang ihre eigene Biologielehrerin vor Augen, wie sie die mucksmäuschenstille Klasse ins Visier nahm und sich gleich jemanden herauspicken würde, der die Hausaufgaben vortragen müßte; wie sie von vornherein zu wissen schien, wer unter den Schülern und Schülerinnen bei der Lösung von Aufgaben erfolgreich sein und wer daran scheitern würde. Freya war meistens gescheitert. Die naturwissenschaftlichen Fächer waren nicht ihre Stärke gewesen. Insofern sympathisierte sie mit Paul Breitkreuz.

Auch sie stand auf, nicht um die Frage der Lehrerin an der Tafel zu beantworten, sondern weil die Sprechstunde offensichtlich beendet war.

»Ich kann Ihnen nicht weiterhelfen. Erfolgreich war er, mein Paul, das läßt sich nicht bestreiten«, schnarrte die alte Dame, die ihre Gefühle wieder im Griff zu haben schien und mit stolz erhobenem Kopf vor Freya zur Wohnungstür ging. »Wo Erfolg ist, da ist der Neid nicht weit. Das weiß ich aus meiner eigenen Zeit als Oberstudienrätin noch zu gut. Da ist jeder sich selbst am nächsten. In den letzten Dienstjahren war ich Studiendirektorin und stellvertretende Schulleiterin. Ich weiß, wovon ich spreche.«

Als sie an der Tür standen, sagte sie: »Hier in der Residenz wird übrigens geklaut.« Beim ersten Mal habe sie einen Hundertmarkschein aus ihrer Geldbörse vermißt, beim zweiten Mal einen Ring aus der Schmuckschatulle. Und vor kurzem habe sie absichtlich einen Zwanzigmarkschein offen auf dem Tisch liegengelassen, und als sie vom Mittagessen zurückkam, war der Schein weg.

Sie geht also doch regelmäßig zum Mittagessen und ist meinetwegen hiergeblieben und hat die Comtessa gespielt, dachte Freya und fragte ordnungsgemäß, ob sie Anzeige erstattet habe.

Die alte Dame nickte. Schriftlich. Aber bisher sei noch niemand von der Polizei dagewesen. Und daß das Personal hier ständig wechsele, habe sie auch geschrieben. Dabei bezahle sie sehr viel Geld für eine miserable Betreuung und lauwarmes Essen.

Für Diebstahl sei ein anderes Dezernat zuständig, sagte Freya, versicherte aber, sie werde die Sache weiterleiten. Und wenn der Frau Doktor noch etwas Wichtiges einfalle, könne sie sie jederzeit anrufen. Auch zu Hause. Sie drückte ihr eine Visitenkarte in die Hand.

Frau Dr. Breitkreuz warf einen kurzen Blick darauf, legte die Karte dann zu anderen Papieren in eine Schale auf die Kommode im Flur.

»Alles kann wichtig sein«, sagte Freya erneut. »Bitte, rufen Sie mich an, wenn Ihnen etwas einfällt.«

Als wenig später die Haustür hinter ihr ins Schloß fiel, war sie erleichtert und bedrückt zugleich. Erleichtert, weil sie diesen kalten, grauen Fluren, in denen rein gar nichts zum Stehenbleiben oder zu einem kurzen Plausch mit anderen Heiminsassen einlud, entkommen war. Erleichtert, weil ihre Schulzeit und die qualvollen Biologiestunden schon so lange zurücklagen. Und bedrückt, weil das Gespräch mit der alten Dame ihr vieles ins Bewußtsein gebracht hatte. Was wußte eigentlich ihre eigene Mutter über ihr, Freyas, Leben, und was würde sie wohl antworten, wenn jemand ihr ähnliche Fragen stellte wie sie heute der alten Frau Breitkreuz. Verlorene Kinder, dachte sie, und: verlorene Eltern, und der Gedanke war nicht gerade aufbauend. Sie nahm sich vor, ihre Mutter am Abend anzurufen und möglichst unvoreingenommen mit genug Distanz möglichst viel von sich zu erzählen.

Ein paar Meter hinter der Eingangstür begann es bestialisch zu stinken. Freya hielt sich die Nase zu.

»Das kommt vom Metzger unten im Supermarkt«, wußte eine alte, weißhaarige Dame, die sich mit langsamen, vorsichtigen Schritten auf die Seniorenresidenz zubewegte, vor Freya stehenblieb, sich am Geländer festhielt und mit dem Stock auf eine Reihe niedriger Fenster in Höhe des Gehwegs deutete. »Ekelhaft, nicht wahr? Also, ich bekomme beim Mittag keinen Bissen Fleisch mehr herunter, seit ich hier wohne, auch wenn der Koch das Fleisch von woanders bezieht. Da kann man sich nur die Nase zuhalten. Die Ohren gleich mit dazu. Wie gut, daß man den Mund noch aufmachen darf.« Dann fragte sie neugierig: »Haben Sie jemanden besucht?« Und übergangslos: »Richtig, die Frau Doktor! Sie haben vorhin bei ihr geklingelt, habe ich recht? Ich dachte doch, daß ich Sie schon einmal irgendwo gesehen habe. Jaja, und da sagt man immer, bei uns alten Leuten klappt es nicht mehr so gut mit dem Gedächtnis! Die arme Frau Doktor! Ich habe sie heute beim Essen vermißt. Wissen Sie, wir sitzen immer zusammen an einem Tisch, unsere Söhne sind schon zusammen zur Schule gegangen, und ich sage also immer zu ihr: Die haben gemeinsam die Schulbank gedrückt, und wir drücken gemeinsam die Altenbank, aber das hört sie gar nicht gern, die Frau Doktor, das mit dem Alter und mit den Krankheiten und mit dem Tod, aber ich sage immer, man muß dem doch ins Auge sehen und kann nicht so tun, als würde man immer und ewig leben, man muß seine Angelegenheiten regeln, solange man noch Zeit dazu hat, nicht wahr, die arme Frau Doktor, besonders der arme Herr Doktor ...«

Auf der Baustelle nebenan legte ein Preßlufthammer los. Die Litanei der rückenkranken alten Frau wurde vom Baulärm geschluckt. Freya sah nur noch den Mund, der auf- und zuging, die unzähligen Falten im Gesicht der Frau. Sie bemühte sich um ein Lächeln, sagte unhörbar, sie müsse jetzt weiter, und beeilte sich, diese Dauerattacke auf Nase und Ohren schnellstens hinter sich zu lassen.

Die alte, gesprächige Frau sah ihr verwundert nach. »Na, dann werde ich mal bei der armen Frau Doktor klingeln und schauen, wie es ihr geht«, sagte sie schließlich zu sich selbst, was im Lärm unterging, und setzte sich mit kleinen Schritten in Bewegung.

13

Die Besprechung war für fünfzehn Uhr angesetzt, aber niemand hatte sich darum gekümmert, die leere Kaffeedose aufzufüllen.

»Ohne Kaffee kann's nicht losgehen«, brummte der Chef und sah wie in einem Film aus den sechziger Jahren die einzige Frau in der Runde auffordernd an. »Wenn ich mich nicht täusche, sind Sie heute an der Reihe.«

»Ich kann auch ohne Kaffee nachdenken«, sagte Freya.

Es gehörte zu den unausgesprochenen Übereinkünften, daß in Notfällen jeder aus dem K-11 derlei Besorgungen übernahm – außer dem Chef selbst allerdings, der es im übrigen täglich auf mindestens acht Tassen Kaffee brachte. Was ihn noch mal ins Grab bringen wird, pflegte Götz als überzeugter Teetrinker zu sagen. Was verhindert, daß er am Telefon einschläft, hielt Popp dagegen.

Gerstenthaler sah fragend in die Runde.

»Ich war schon letztes Mal dran«, wehrte Popp ab.

»Ich hab vorgestern Milch geholt«, sagte Götz achselzukkend.

Wegener saß grinsend mit verschränkten Armen da. »Wir wollen hier ja niemanden diskriminieren. Gleiche Rechte – gleiche Pflichten.« Er freute sich sichtlich, daß die vorlaute Kollegin endlich einmal in die Schranken – in *ihre* Schranken – verwiesen wurde. Keine Extrawürste für die Frauen, nicht wahr? Ihr wollt alle Vorteile an Land ziehen, aber die sauren Äpfel laßt ihr zu gern am Wegesrand liegen ...

Auf dem Weg zum Supermarkt ärgerte sich Freya über sich selbst. Solche Provokationen sollten eigentlich an ihr abperlen wie Wassertropfen am frisch gewachsten Auto. Es sollte ihr schnurzpiepegal sein, ob sie für ihre Kollegen Kaffee holte oder nicht, solange niemand auf die Idee kam, sie zum Blankwienern der Dienstwaffe oder der Gürtelschnalle aufzufordern. Es war idiotisch! Dummdreiste Frauenwitze oder Poster mit großbrüstigen Frauen ließen sie mittlerweile völlig kalt. In dieser Hinsicht hatten sechs Jahre Ausbildungszeit sie abgehärtet. Oft fiel es ihr nicht einmal mehr auf, daß sie im Kommissariat für Tötungsdelikte ausschließlich von männlichen Kollegen umgeben war. Conny, die Sekretärin, war die einzige Ausnahme. Aber bei Kleinigkeiten wie dem Kaffeeholen reagierte Freya empfindlich. Es ging gar nicht darum, daß sie wie alle anderen auch an die Reihe kam – was sie auf die Palme brachte, war das Drumherum, waren die Untertöne, die Hintergedanken, das selbstgefällige Feixen Wegeners, der Applaus, den er erhielt, wenn er nach Besprechungen spätabends die leeren Kaffeetassen wegräumte.

Freya sah sich plötzlich in der Reihenhausküche stehen, die Tanne reichte schon bis ans Fenster, es war Sonntagmorgen, die Kirchenglocken läuteten, die Mutter lag wegen einer Mandeloperation im Krankenhaus, der Vater und der Bruder schliefen noch. Freya wollte dem Vater eine Freude machen. Wollte erwachsen sein. Stellvertreterin spielen. Sie hatte den Frühstückstisch gedeckt, das Wasser aufgesetzt, die Pulvermenge exakt mit dem Meßlöffel abgemessen, in die Porzellankanne geschüttet, dann das kochende Wasser aufgefüllt. Der Vater hatte erst gestrahlt, dann die braune Brühe ausgespuckt. Während der Bruder sich ins Fäustchen lachte, hatte der Vater seiner Tochter einen Vortrag über genaues Beobachten gehalten: Du hast den Filter vergessen. Den Filter! Natürlich! Hundertmal hatte sie gesehen, wie die Mutter Bohnenkaffee aufbrühte, war jedoch nie richtig bei der Sache gewesen – wie man eben etwas beobachtet, das einen nicht betrifft, das einen nicht die Bohne interessiert. Noch jahrelang wurde die heitere Episode zur Erbauung von Gästen und Verwandten aufgetischt. Wie niedlich. Freya hatte sich jedenfalls später auf Tee verlegt und erst nach Jahren während einer Italienreise eine Espressokanne erstanden.

Doch das lag lange zurück. Was war am Kaffeekochen so schlimm? Sie wußte es selbst nicht. Man hat eben so seine wunden Punkte, dachte sie auf dem Rückweg, bei der einen ist es das Bügeln, bei der anderen das Kochen, bei der dritten das Aufpassen auf jüngere Geschwister. Ihretwegen sollten sich ruhig auch die Männer die Freiheit nehmen und sich weigern, Müll hinunterzutragen oder Bierflaschen aus dem Keller zu holen oder den Handwerker im Haus zu ersetzen. Viktor beispielsweise weigerte sich, kaputte Glühbirnen auszuwechseln oder Spinnen vor die Tür zu setzen. Und er war es, der nach gemeinsam verbrachter Nacht morgens den Kaffee kochte. Ein Service, der sogar die letzten vier Wochen überlebt hatte – sie hatte es nur nicht entsprechend gewürdigt. Jetzt, auf dem Weg vom Supermarkt ins Kommissariat, holte sie dies im Geiste nach. Als sie fünf Minuten später, das Tablett mit der kompletten Kaffeeausrüstung balancierend, das Besprechungszimmer betrat, lächelte sie absichtlich wie die Gastgeberin beim Jacobs-Kaffeekränzchen.

Popp bemerkte es. »Du bist einfach wunderbar«, grinste er.

»Das macht nur mein Kaffee«, erwiderte sie und stellte das Tablett vor ihm ab.

Wenn sie den Stapel Fotokopien auf dem Tisch im Besprechungszimmer richtig interpretierte, dann ging der Fall Breitkreuz in die Breite: Die Kollegen hamsterten Fakten wie Winterschläfer Futter, um die magere Zeit bis zum ersten Durchblick zu überstehen. Zuoberst lagen eine Kopie des vollständigen und endgültigen Ergebnisses der Obduktion der Pathologie Ritzinger sowie die Berechnungen der Ballistiker.

Mittlerweile hatten die Untersuchungen zweifelsfrei ergeben, daß der Schuß auf den Professor nicht von der Straße aus abgefeuert worden war, sondern aus dem Haus direkt gegenüber.

Wegener hatte sich dort umgesehen und mit den Nachbarn gesprochen. »Die Wohnung, aus der geschossen wurde, steht seit acht Wochen leer«, sagte er. »Das Haus wird grundsaniert, bis auf eine Mietpartei und das Hausmeisterehepaar sind alle anderen Mieter bereits ausgezogen. Die leerstehenden Wohnungen sind theoretisch jedermann zugänglich. Die Haustür läßt sich seit Monaten nicht mehr abschließen, die Wohnungstür stand laut Hausmeister möglicherweise offen. Außerdem kann das Haus auch über den Hinterhof erreicht werden, es gibt einen Durchgang zur Baumhackergasse. Jeder, wirklich jeder hätte die Wohnung zur Tatzeit betreten können.«

»Wo war dieser Hausmeister am Tatabend?«

»Zu Hause, die Ehefrau auch. Keiner von beiden hat den Schuß gehört. Sie lag schon im Bett, er hat sich über Kopfhörer irgendein Popkonzert angehört ...«

»Jimmy Hendrix«, unterbrach ihn Popp, der in seiner Freizeit in einer vierköpfigen Rockgruppe Gitarre spielte. »Legendäre Aufnahme. Habe ich auch angehört, bis ich zum Tatort gerufen wurde. Ich sage euch ...«

Gerstenthaler räusperte sich. »Bitte, Kollege Wegener, fahren Sie fort.«

»Die andere Mietpartei, die noch in dem Haus wohnt, dritter Stock links, ist eine Wohngemeinschaft. Studenten. Drei Männer und eine Frau.«

»Studieren sie vielleicht zufällig Literaturwissenschaft?« fragte Götz.

»Zufällig nicht. Vier angehende Mediziner. Sie kannten Professor Breitkreuz nicht einmal dem Namen nach. Die Studentin sagte mir, sie hätten noch keine neue Wohnung gefunden. Außerdem sind die Vorstellungen der jungen Leute, was die finanziellen Beihilfen bei Aus- und Umzug betrifft, ein wenig überzogen ... Es hat diesbezüglich noch keine Einigung mit Seidl gegeben. Das ist der Bauherr. Mit ihm habe ich ebenfalls gesprochen. Ihm gehört übrigens auch das Haus gegenüber, in dem der Mord stattgefunden hat.«

Gerstenthaler nickte. »Kein Wunder. Er ist dick im Geschäft. Seine Immobilienfirma hat diverse Häuser in der

Altstadt saniert. Ich kenne seinen Vater noch aus dem Anglerclub. Und wo waren diese Studenten zur Tatzeit?«

»Zwei waren im *Spitalgarten*, die anderen beiden waren zu Hause und haben mit Freunden Karten gespielt.«

»Und mit dem Opernglas am Fenster gehangen, um nur ja alles mitzubekommen«, erinnerte sich Freya. »Hat einer von ihnen etwas Auffälliges bemerkt, beobachtet, gehört?«

»Nichts. Nicht einmal den Schuß. Die meisten sind erst ans Fenster oder auf die Straße gelaufen, als die Kollegen und der Notarzt anrückten. Aber es gibt einen möglichen Zeugen.«

Der Chef blickte erstaunt auf. »Und das sagen Sie erst jetzt?«

»Ein Bewohner des Hauses Weingasse Nummer 8, Erdgeschoß, hat ausgesagt, er habe einen Mann beobachtet, der kurz nach der Tat die Weingasse in Richtung Haidplatz hochgelaufen und dann um die Ecke verschwunden ist. Er hatte einen Kinderwagen dabei.«

»Hat er den Mann näher beschreiben können?«

Wegener schüttelte den Kopf. »Nur vage. Es war schon zu dunkel. Mittelgroß, nicht sehr alt, schlank, kurze, vermutlich blonde Haare. Hose, T-Shirt. Eine Angabe, die mindestens auf ein Viertel aller jungen Leute hier in der Stadt paßt.«

»Hat Ihr Zeuge den Schuß gehört?«

»Nein. Aber das Bollern des Kinderwagens in der Gasse.«

Gerstenthaler runzelte die Stirn. »Was haltet ihr davon?«

Popp zuckte die Achseln. »Es gibt Tausende von Kinderwagen in der Stadt.«

»Aber mit Sicherheit nicht so viele Männer mit Kinderwagen.«

»Wer sagt denn, daß der Mörder ein Mann war.«

»Breitkreuz hatte doch immer wieder Frauengeschichten. Vielleicht hat eine seiner Gespielinnen ein Kind von ihm bekommen ...«

»... und er wollte nichts davon wissen, also hat sie ihn kurzerhand aus der Welt geschafft!« ergänzte Freya spöttisch. »Nicht schlecht. Soll ja in den besten Familien vorkommen.«

Gerstenthaler hob die Hände. »Bitte, liebe Kollegen, lassen Sie uns wie immer erst einmal die Fakten zusammentragen. Wir behalten diesen Hinweis im Auge. Wegener, bitte prüfen Sie nach, ob zur Tatzeit eine Person dieser Beschreibung mit Kinderwagen in der Gegend Weingasse, Engelburgergasse, Haidplatz, Ludwigstraße gesichtet wurde. Immerhin war es nach zehn, da dürften Säuglinge und ihre Eltern normalerweise zu Hause sein.«

»Haben Sie eine Ahnung.« Götz, der mittlerweile zwei halberwachsene Söhne hatte, erinnerte sich noch gut an die Zeit, als er hundemüde den Erstgeborenen im Kinderwagen durch die Straßen geschoben hatte, damit das Kind endlich einschlief und er selbst ins Bett gehen konnte.

Gerstenthaler mußte zugeben, daß er auf diesem Gebiet nicht mitreden konnte. »Das ist eine Frage der Generation.«

»Wenn es nur das wäre ...«, sagte Freya.

»Und wieso, bitte schön, kennst du dich da aus?« fragte Popp. »Ich dachte, du hast keine Kinder.«

»Aber meine Nachbarin hat eins. Und es schreit nachts wie am Spieß. Bisher habe ich immer nur sie den Kleinen durch die Gegend schieben sehen.«

Gerstenthaler klopfte, jetzt schon ungeduldiger, mit den Fingerknöcheln auf den Tisch und wandte sich an Götz: »Soweit also der Tatort. Nächstes Thema bitte: Universität.«

Götz war ein zurückhaltender, eher unscheinbarer Kriminalbeamter, an die Einsachtzig groß, schlank, sich lichtende dunkelbraune Haare, Brille. Über sein Privatleben war kaum etwas bekannt. Man wußte nur, daß er geschieden war und zwei fast erwachsene Söhne hatte, die ab und zu bei ihm übernachteten. Götz hielt sich mit Informationen zurück. Freya wußte jedoch, daß er ein begeisterter und hervorragender Tangotänzer war. Sie war ihm in der Tangowerkstatt über den Weg gelaufen, als sie im Frühjahr zusammen mit Viktor einen Wochenendanfängerkurs gemacht hatte, in dessen Verlauf Freya zu dem Schluß gekommen war, Viktor habe kein Rhythmusgefühl, und Viktor wiederum ihr vorgeworfen hatte, sie wolle sich nicht führen lassen. Sie hatten es mit dem einen Kurs bewenden lassen. Die Überraschung des abschließenden Tanzabends aber war Götz gewesen, der wie ein argentinischer Halbgott die Frauen über das Parkett wiegte. Freya hatte gespürt, wie unangehm es ihm gewesen war, ihr dort zu begegnen. Sie hatte es für sich behalten. Aber an jenem Abend hatte ihr bisheriges Bild von Götz einen Sprung bekommen. Sie hatte einen Blick hinter seine Alltagsmaske aus Zurückhaltung und Unauffälligkeit geworfen.

Götz berichtete von seinen Erkundungen an der Universität. Wie bei der Kriminalpolizei war im August die Mehrzahl der Dozenten, von den wissenschaftlichen Mitarbeitern bis zu den C4-Professoren, damit beschäftigt, an Stränden Sandburgen für ihre Kinder zu bauen, bei 35 Grad im Schatten eines Feigenbaumes Examensarbeiten zu korrigieren oder auf dem Rennrad die Alpen zu überqueren. Er hatte aber lange mit der Sekretärin der Germanisten gesprochen. Über Sympathien und Antipathien, vor allem unter den Kollegen, hatte sie sich nicht gern geäußert, um keinen falschen Verdacht zu schüren. Götz hatte sie nur mit viel Geduld und Verständnis davon überzeugen können, daß sie das Vertrauen anderer nicht mißbrauchte, wenn sie der Polizei alles sagte, was zur Aufklärung eines Mordes beitragen konnte. Und dazu gehörten Streitigkeiten unter den Kollegen ebenso wie Probleme mit Studenten. Heute morgen hatte sie ihn angerufen und von einer Stellenbesetzung berichtet, die Breitkreuz vor einigen Jahren vereitelt hatte, die Assistentenstelle bei einem Anglistikprofessor, die damals neu besetzt werden sollte. Der Kandidat stand intern längst fest, war der Wunschkandidat und bisherige wissenschaftliche Mitarbeiter des Professors. Breitkreuz wiederum hatte die Sache unter Berufung auf die Frauenquote an die große Glocke gehängt ...

»Meinen Sie Professor Gantz?« fragte Gerstenthaler trokken.

Götz nickte überrascht. »Woher wissen Sie das denn schon wieder?«

»Ich habe mit ...«, begann der Chef.

»... einem guten Freund telefoniert«, fielen Freya und Popp im Chor ein.

»Woher wissen Sie das jetzt schon wieder?« schmunzelte Gerstenthaler.

Es war, wie gesagt, bekannt, daß er viele Freunde in der Stadt hatte, einige gute, einige sehr gute, die ihm gern einen Gefallen taten oder ihm einen Gefallen schuldig waren oder ihn ihrerseits gern in ihrer Schuld wußten. Es blieb offen, zu welcher dieser Kategorien der »gute Freund« zählte, der genau diese Stellenbesetzung erwähnt hatte, die die Gemüter seinerzeit so erhitzt hatte; zumal dabei die Hausmacht der Professoren in Frage gestellt worden war.

»Die Sache wird Breitkreuz nicht nur Sympathien eingebracht haben«, mutmaßte Popp.

»Wer hat die Assistentenstelle bekommen?« erkundigte sich Wegener.

»Eine gewisse Angela Hausschild«, sagte Götz.

»Und wer hat sie nicht bekommen?«

»Ein gewisser Hubert Wenninger.«

»Der dürfte reichlich sauer auf Breitkreuz gewesen sein«, sagte Freya.

»Er hat kurz darauf in Bremen eine gleichwertige Stelle bekommen«, wußte Gerstenthaler.

»Es scheint mir außerdem sehr weit hergeholt, wegen einer beruflichen Niederlage einen Mord zu begehen«, warf Wegener ein.

»Manche Leute töten für weitaus weniger«, entgegnete Freya.

»Der Arbeitsmarkt für Akademiker wird immer enger«, gab auch Götz zu bedenken. »Blättert nur mal am Wochenende die *Süddeutsche* durch, die *Frankfurter Allgemeine* und, weil wir es mit Akademikern zu tun haben, auch die *ZEIT*: Hunderte von Bewerbern pro Stelle – und ein einziger bekommt sie. Ist das etwa kein Grund, um auszurasten? Wenn du schon 234 Bewerbungen losgeschickt hast, und nie klappt es? Und dann kommst du einmal in die engere Auswahl und machst dir Riesenhoffnungen – und wieder zieht ein anderer das große Los.«

»Beziehungsweise eine andere«, warf Freya ein.

Wegener zuckte unbeeindruckt die Schultern. »Damit muß man sich abfinden.«

»Womit? Daß Frauen auch einmal das große Los ziehen? Bist du etwa neuerdings unter die emanzipierten Männer geraten?« Popps Tonfall war spöttisch.

»Ich meine natürlich, daß man sich bewirbt und die Stelle dann nicht bekommt«, sagte Wegener ärgerlich. »Der Markt verändert sich, darauf hat der einzelne nicht den geringsten Einfluß.«

Wegener war der Pragmatiker in der Abteilung, der mit Vorliebe Alibis nachprüfte und nie den Boden der Realität aus den Augen verlor. Psychologie aber war noch nie seine Stärke gewesen.

»Gerade das ist es doch, was einen wütend macht«, sagte Popp. »Diese Ohnmacht. Diese Willkür. Und in diesem speziellen Fall hat auch noch die Frauenquote diesem Wenninger die Stelle vermasselt.«

»Ist dir das etwa schon mal passiert?« frotzelte Wegener zurück.

»Mir? Nein. Wieso?«

»Weil du dich so aufregst. Man muß seine Wut eben woanders austoben. Im Fitneßstudio, beim Joggen ...«

»Das ist doch nicht dein Ernst!« explodierte Popp.

Der Chef hob beschwichtigend die Hände wie ein Stammeshäuptling. Die Kontrahenten verstummten.

»Bitte, liebe Kollegen. Unser Wahlspruch lautet doch nach wie vor: Keine Theorie ist zu absurd, als daß sie nicht überprüft werden müßte. Aber ich erinnere Sie nochmals daran, daß Herr Wenninger eine gleichwertige Stelle an einer anderen Universität bekommen hat. Wollen wir also bitte nicht an der Sache vorbei und von ihr weg diskutieren. Kollege Götz, bitte fahren Sie fort. Was hat Ihnen die Sekretärin außer dieser Berufungsgeschichte sonst noch verraten?«

»Vor kurzem ist eine Examenskandidatin aufgeflogen, die eine gefälschte Abschlußarbeit eingereicht hat.«

»Wie geht das denn?« erkundigte sich Freya.

»Man läßt sich seine Arbeit von jemand anderem schreiben. Es gibt Adressen, die unter der Hand weitergegeben werden. Ehemalige Studenten und arbeitslose Akademiker leben davon, Schnellforschung für andere zu betreiben. Gezahlt wird nach Arbeitsumfang und Fachbereich. Scheint eine Art Haupterwerbsquelle zu sein. Alte Examensarbeiten werden aufgepeppt, neu durchgemischt und mit Versatzstücken aus der Sekundärliteratur angereichert.«

»Merken die Professoren das denn nicht?«

Das habe er Ruth Hinze auch gefragt, sagte Götz. »Offensichtlich hat kaum ein Professor mehr den Überblick über die zigtausend Examensarbeiten, die jährlich das Licht der Welt erblicken, um dann von den Prüfern gelesen zu werden und auf Nimmerwiedersehen in den Aktenschränken zu verschwinden. Aber manchmal fliegt die Sache eben doch auf, bei der Prüfung zum Beispiel, wenn der Kandidat sich nicht gründlich genug vorbereitet hat. Und das ist vor kurzem einer Examenskandidatin von Breitkreuz passiert.«

»Was hat das für Folgen?«

»Sie ist durchgefallen und wird außerdem exmatrikuliert.«

»Und erschießt hinterher ihren Prüfer?« fragte Wegener ungläubig, ein Blick von Gerstenthaler ließ ihn jedoch verstummen.

»Haben Sie den Namen des Mädels?«

Götz nickte. »Sibylle Eggert.«

Gerstenthaler machte sich ein paar Notizen.

Als nächste war Freya mit ihrem Bericht an der Reihe. Sie schilderte Ablauf und Atmosphäre der Gespräche, die sie in den letzten Tagen mit Breitkreuz' geschiedener Frau, mit seiner Mutter, mit den Literaturkreisdamen und mit Lea Buchbinder geführt hatte. Breitkreuz war offenbar ein Typ Mann, auf den die Frauen abfuhren; er hatte immer wieder nebenbei Bettgeschichten, sogar mit zwei Frauen aus dem Literaturkreis. Eifersucht bot sich als seit jeher ebenso denkbares wie dankbares Motiv deutlich an.

»Vielleicht läßt sich dieses Playboyverhalten innerhalb

seiner Biographie aber auch ganz anders lesen«, fuhr Freya fort. Sie hatte nach den Gesprächen mit Vera Bach und der Mutter den Eindruck erhalten, Paul Breitkreuz habe ständig unter Hochdruck gestanden: »Unter dem Druck, erfolgreich zu sein, aktiv zu sein, mitzumischen, zu produzieren, sich selbst zu produzieren und neue Projekte anzuleiern. Frauen waren ein Teil davon.«

»Die Frau als Projekt? Das klingt ja spannend.«

»Immerhin hat er geheiratet und es beruflich zu etwas gebracht«, warf Wegener ein.

Aber das habe offenbar nicht gereicht, entgegnete Freya. Seine Mutter sei weder mit der Berufswahl ihres Sohnes einverstanden gewesen noch mit der Wahl seiner Frauen.

»Meine auch nicht. Das kennt man doch.« Popp setzte sein liebenswert jungenhaftes Grinsen auf. »Erstens kann man es ihnen nie recht machen, und zweitens habe auch ich in den Augen meiner Mutter noch nicht die richtige Frau gefunden!«

Alle lachten, sogar Wegener konnte sich ein Lächeln nicht verkneifen.

»Als was hätte sie dich denn gern gesehen?« fragte Freya nach. »Richter? Showmaster? Traumtänzer?«

»Als Traumprinz natürlich!« Popp grinste noch breiter.

»Zu dumm, daß das nicht in Erfüllung gegangen ist.«

Wegener schlug mit dem Kaffeelöffel gegen die Tasse. Er verabscheute diese Art Geplänkel zwischen Popp und Freya, die seinem Verständnis nach nur von der Sache ablenkte.

»Was ist mit den Alibis?« bellte er.

Er wartet nur darauf, wieder losziehen und Fakten sammeln und Alibis prüfen zu können, dachte Freya, eine seiner Spezialitäten, das Überprüfen der Wirklichkeit: wer ist wo wann mit wem und womöglich auch warum gewesen, und wie kann man das beweisen. Zweifel an der Wirklichkeit kamen bei Wegener einem Verdacht gleich: War das Alibi wackelig oder nicht vorhanden, mußte man nachhaken. Soweit kriminaltechnisch völlig korrekt. Dennoch war das im wirklichen Leben gar nicht so einfach. Wie oft kam es vor, daß Freya selbst nicht mehr wußte, was sie an diesem oder an jenem Abend gemacht hatte, und wie oft hatte sie abends allein zu Hause gehockt, ohne daß irgendwer dies hätte bezeugen können. Wegener sah die Wirklichkeit als unverrückbares Gefüge mit festen Zeit- und Raumvorgaben, das Alibi als solches siedelte sich naturgesetzartig darin an und wurde entweder durch ein Indiz, etwa eine Kinokarte, oder durch eine Aussage, etwa die des Postboten, der Ehefrau, des Busfahrers, bestätigt. War das nicht der Fall, ließ sich die Lücke nicht schließen, dann kam das so entstandene Loch einer Falle gleich, in der der Täter sich früher oder später verfangen mußte. Popp fragte seinen Kollegen von Zeit zu Zeit gespielt arglos, was er an diesem und jenem Tag zu der und der Uhrzeit gemacht habe, lief aber jedesmal auf: Es gab offenbar keinen Zeitpunkt, den Wegener nicht im Griff hatte und exakt angeben konnte. Er war ein Mann, der es gern konkret hatte. Schwarz auf weiß. Ohne Umwege und kindisches Herumgeplänkel. Kinder hatte er keine. In seinem Leben war weder Platz für Abweichungen noch für spontane Blödeleien.

»Seine Ex-Frau war mit einem Bekannten zusammen. Vermutlich ihr derzeitiger Freund. Sie wollte mir aber seinen Namen partout nicht nennen.«

»Wahrscheinlich ein braver, treuer Ehemann«, spottete Popp.

»Das dachte ich zuerst auch, aber offenbar steckt etwas anderes dahinter. Jedenfalls hat sie Angst, daß es öffentlich wird.«

»Ich bekomme den Namen schon heraus«, bot sich Wegener an.

»Lassen Sie nur«, schaltete Gerstenthaler sich schnell ein. »Ich übernehme das selbst. Ich hab da einen guten Freund ...«

»Ich hatte übrigens den Eindruck, daß die Nachricht vom Tod ihres Mannes Vera Bach wirklich überrascht hat. Und was das Alibi betrifft: Seine Mutter hat angegeben, daß sie jeden Abend vor dem Fernseher sitzt und nach den

Tagesthemen ins Bett geht. Und Lea Buchbinder war zu Hause, das wißt ihr ja schon. Sie hatte nach eigenen Angaben Kopfschmerzen und wollte sich auf die mündliche Prüfung vorbereiten. Deshalb ist sie an diesem Abend nicht zum Literaturkreis gegangen.«

»Kein Alibi also«, frohlockte Wegener.

»Das heißt noch gar nichts.«

»Du hast eben selbst gesagt, daß Eifersucht als denkbares Motiv in Frage kommt. Breitkreuz hat sie nach Strich und Faden betrogen.« Er wandte sich an Götz. »Hat diese Sekretärin nicht zwei junge Damen erwähnt?«

Götz nickte. Ruth Hinze hatte sich nach langem Hin und Her dazu herabgelassen, ihm die Namen von zwei Studentinnen zu geben, mit denen Breitkreuz im letzten Semester »möglicherweise« ein Techtelmechtel gehabt hatte. Er hatte die Studentinnen bisher telefonisch nicht erreicht. Er betonte jedoch, Ruth Hinze habe sich über die Beziehung zwischen Breitkreuz und Lea Buchbinder sehr positiv geäußert. Lea Buchbinder habe von Paul Breitkreuz' Affären gewußt. Sie habe das akzeptiert. Beziehungsweise ignoriert.

»Was denn nun?« fragte Wegener. »Akzeptiert oder ignoriert? Dazwischen liegen doch Welten.«

»Wenn du etwas nur akzeptieren kannst, weil du es nicht ändern kannst, dann mußt du es irgendwann ignorieren, sonst macht es dich fix und fertig«, kam Freya Götz zu Hilfe.

»Oder du änderst es.«

»Stell dir vor, deine Frau betrügt dich mit dem Postboten, aber du willst trotzdem jeden Tag deine Post bekommen«, sagte Popp wie nebenbei.

»Sehr witzig«, fauchte Wegener. »Natürlich kann ich – äh – konnte Lea Buchbinder etwas dagegen tun: ihm den Laufpaß geben ...«

»... dann hätte sie ihre Unikarriere aufs Spiel gesetzt ...«

»... oder ihn ins Jenseits befördern.«

Freya stöhnte innerlich. Für Wegener war die Welt entweder weiß oder schwarz, entweder gut oder böse. Zwischentöne gab es nicht. Daß jemand einen anderen Menschen liebte und nicht verlieren wollte und deshalb zuließ, daß er selbst ständig verletzt oder hintergangen wurde, war seit Menschengedenken ein immer wiederkehrendes Drama. Der tragische Konflikt, der oft genug in Mord oder Selbstmord mündete. Aber nicht immer. Sie glaubte nicht, daß Lea Buchbinder auf Paul Breitkreuz geschossen hatte.

»Vermeiden wir bitte voreilige Schlüsse«, mischte Gerstenthaler sich ein, als habe er ihre Gedanken gelesen. »Auf welche Prüfung hat die Dame sich vorbereitet?«

Sie habe erst vor ein paar Wochen ihre Dissertation fertiggestellt und abgegeben, sagte Götz. Danach folge das sogenannte Rigorosum, die mündliche Prüfung.

»Bei Professor Breitkreuz?«

»Jetzt wird sie sich einen anderen Prüfer suchen müssen«, sagte Götz. »Da fällt mir noch etwas ein. Und zwar im Zusammenhang mit der umstrittenen Stellenbesetzung vor zwei Jahren: Ruth Hinze war sehr verwundert darüber, daß Professor Breitkreuz offenbar nicht die Absicht hatte, Lea Buchbinder für die im nächsten Sommer bei ihm freiwerdende Assistentenstelle vorzuschlagen. Vielleicht hatte er Angst vor einer Retourkutsche von Professor Gantz und wollte seine Freundin nicht in die internen Auseinandersetzungen hineinziehen. Oder er wollte sich nicht dem Vorwurf aussetzen, seinerseits Vetternwirtschaft zu betreiben.«

»Wohl eher Liebeshändel.«

»Wie auch immer. Wir sollten Lea Buchbinder darauf ansprechen. Wußte sie überhaupt, daß sie die Stelle nicht bekommen würde?«

Sie habe mit Breitkreuz' Freundin nicht über ihre Berufskarriere gesprochen, sagte Freya. »Sie war ziemlich neben der Rolle. Ich glaube, sie stand noch unter dem Einfluß der Beruhigungsmittel. Es war schon schwer genug, etwas über ihre Beziehung zu Breitkreuz herauszubekommen. Aber ich kümmere mich darum. Damit wir diesen Punkt abhaken können.«

»Der den Verdacht erhärten könnte«, insistierte Wegener.

Jeder der Kollegen hatte seine Schokoladenseiten, und Gerstenthalers Verdienst bestand darin, die Leute geschickt einzusetzen. War Götz die optimale Besetzung für ein Rechercheumfeld, in dem möglichst unauffällig, aus dem Hintergrund heraus gearbeitet werden sollte, so war Popp umgekehrt dafür bekannt, daß er leichtfüßig mit allen möglichen Leuten ins Gespräch kam und wie nebenbei Informationen aus ihnen hervorlockte. Er war nicht der Typ Kriminalkommissar, der mit ernster Miene Fragen stellte und gewissenhaft Antworten notierte, sondern ein charmanter Gesprächspartner, der überall mitreden konnte und zu allem eine Meinung hatte. Er verwickelte andere in ein Gespräch, das Satz für Satz ins Rollen kam, und ehe man sich versah, war man ihm schon auf den Leim gegangen. Einmal hatte er auf diese Weise sogar einem Bankangestellten den Kontostand des Bankdirektors entlockt. Daß Popp leidenschaftlich gern Gitarre spielte, war im Berufsalltag bisher nur einmal zum Einsatz gekommen, als er bei einer Drogengeschichte zur Tarnung in eine Rockband eingestiegen war. Im jetzigen Fall schien bisher alles recht zivil zuzugehen: weder Geldwäscherei noch Drogenhandel noch Prostitution oder Umweltkriminalität schienen im Spiel zu sein. Nur ein Professor und viele Frauen – und jede Menge Bücher.

Popp hatte sich in der Kulturszene umgehört und Professor Breitkreuz als engagierten Dauerbuhmann geoutet, wie er es ausdrückte. Breitkreuz habe weder zur schweigenden noch zu sonst irgendeiner Mehrheit gehört, sondern sich überall eingemischt und aufbegehrt. Zu seinen Aktivitäten gehörten unter anderem die Initiative zur Umbenennung der Florian-Seidl-Straße, der Kampf zum Erhalt des Velodroms und eine flammende Rede bei der Eröffnung der Ausstellung über die Rolle der Wehrmacht im Dritten Reich. Das Literaturhaus war auch eines seiner Projekte.

»Breitkreuz hatte diesen Traum von einem Literaturhaus in einer vergleichsweise kleinen Stadt wie Regensburg, und ein langjähriger Freund von ihm, Hans Himmelheber, ein hiesiger Zahnarzt, ist auf den Zug aufgesprungen«, berichtete Popp. Laut Himmelheber hatte Breitkreuz schon seit ein paar Jahren beharrlich für ein Literaturhaus plädiert und sich bei der Stadtverwaltung dafür mächtig ins Zeug gelegt. Allerdings erfolglos. Bis Himmelheber eine Immobilie zur Verfügung gestellt hatte, die er vor kurzem gekauft hatte, ein Haus in der Wahlenstraße, das entsprechend umgebaut werden sollte.

»Die beiden kennen sich seit Jahrzehnten. Stammtisch im Hofbräuhaus. Gleicher Jahrgang. Haben zusammen die Schulbank gedrückt, sich beim Studium aus den Augen verloren und wiedergetroffen, als Breitkreuz nach Regensburg berufen wurde. Himmelheber war ziemlich erschüttert vom Tod seines Kompagnons. Aber er will alleine weitermachen. Das Haus in der Wahlenstraße ist um die zwei Millionen wert. Himmelheber hat es dem Literaturhaus e. V. für fünfzig Jahre zur Verfügung gestellt, er trägt auch die Hälfte der Umbaukosten. Die andere Hälfte wird durch Sponsorengelder und ein günstiges Darlehen der Sparkasse finanziert. Der Umbau läuft seit zwei Wochen, das Haus soll im nächsten Frühjahr eröffnet werden. Im Erdgeschoß wird eine Buchhandlung mit Café einziehen, im ersten Stock ...«

Er sah zu Wegener hinüber, der ausführliche Nebeninformationen haßte und bereits nervös mit dem Bein wippte.

»Wo war Himmelheber am Tatabend?« Es war natürlich Wegener, der das fragte.

»Im Kino«, sagte Popp.

»Welcher Film?«

»*Titanic.*«

Wegener stöhnte auf.

»Hast du ihn gesehen?«

»Nein.«

»Warum schnaufst du dann wie ein Blinddarmkranker?«

»Das ist doch kein Alibi!«

Popp machte eine ironische Geste der Entschuldigung. »Ich kann auch nichts dafür, daß der Film vier Stunden dauert. Du meinst, er hätte sich während der Vorstellung herausschleichen können? Tausend Leute könnten sich während der Kinovorstellung mit Messern, Pistolen und Präservativen bewaffnet wer weiß wohin schleichen. Es gehört zum Glück noch nicht zum verschärften Gesetzeskatalog der Bundesregierung, daß man im Kino, im Theater oder in der Oper seine Anwesenheit abstempeln lassen muß.«

Gerstenthaler hob die Hand, um das sinnlose Wortgefecht zu unterbinden. »Deutet irgend etwas darauf hin, daß Himmelheber mit dem Fall in Verbindung stehen könnte?«

»Bisher nicht.«

Alle Kollegen waren mittlerweile erschöpft. Freya massierte sich die Schläfen, Wegener ließ die Finger knacken. Der Chef schob den Unterkiefer vor.

»Wer hat sich in Breitkreuz' Wohnung umgesehen?«

»Wir sind noch dabei zu sichten«, sagte Wegener. »Unmengen an Drucksachen, Büchern, Papierkram, Zeitschriften, Briefen. Ein ziemliches Durcheinander. Aber nicht gewaltsam herbeigeführt. Breitkreuz hatte eine Putzfrau, die einmal pro Woche kam.«

Gerstenthaler verschränkte die Arme vor der Brust und dachte eine Weile nach. »Viel haben wir bisher nicht«, sagte er dann bedächtig, »aber fassen wir es einmal zusammen.« Er fixierte einen Punkt an der gegenüberliegenden Wand. »Breitkreuz war beliebt und als kritischer Bürger bekannt. Es scheint in seinem Leben zwei Leidenschaften gegeben zu haben: Frauen und Bücher. Gehen wir zunächst einmal davon aus, daß der Mord in diesem Umfeld angesiedelt ist. Der Schuß wurde von Unbekannt aus einer leerstehenden Wohnung abgegeben, zu der jedermann Zugang hatte. Ein Zeuge hat einen Kinderwagen gehört und flüchtig eine davonlaufende Person gesehen.«

Er wandte sich an Wegener. »Sie übernehmen die üblichen Überprüfungen und Tatortrecherchen und versuchen, weitere Zeugen für das Kinderwagenphantom zu finden. Das ist bislang noch die konkreteste Spur. Sie, Götz, bleiben an der Universität am Ball. Versuchen Sie, Kontakt zu diesem abgewiesenen Kandidaten in Bremen, zu Professor Gantz und seiner Assistentin, Frau Hausschild, herzustellen. Irgendwann kommt jeder aus dem Urlaub zurück. Sprechen Sie auch mit dieser Examenskandidatin, die die Abschlußarbeit gefälscht hat. Kollegin Jansen, Sie kümmern sich weiter um die Frauen, in erster Linie um Lea Buchbinder, in zweiter Linie um die Frauen in, äh, in zweiter Linie sozusagen ... Popp, sprechen Sie bitte mit der Putzfrau von Professor Breitkreuz und tragen Sie Informationen über dieses Literaturhaus zusammen. Und halten Sie natürlich alle die Ohren offen, ob Breitkreuz sich irgendwo unbeliebt gemacht hat.«

Gerstenthaler erhob sich. Sein Blick blieb an Wegener hängen. »Damit übrigens niemand auf dumme Gedanken kommt, in Sachen Gleichstellung und so weiter: Morgen kochen Sie den Kaffee.«

Freya brummte der Kopf. Breitkreuz hatte in seinem Erwachsenenleben nicht nur vielfach geliebt, gevögelt, gelesen, geplant, gekämpft, er war ein Mann mit vielen Kontakten gewesen. Wer hatte ihn so gehaßt, daß er ihn umbringen mußte? Wem war er zu dicht auf die Pelle gerückt? In einer mittelgroßen Stadt wie Regensburg war böses Blut gar nicht zu vermeiden. Sobald jemand Stellung bezog, trat er entweder in ein Fettnäpfchen oder irgendwem auf die Füße. Andererseits mußte das noch lange nichts heißen. Überall dort, wo Menschen zusammenlebten, gab es naturgemäß Freundschaften, entstanden auch Aversionen. Aber Mord?

»Gehen wir noch ein Bier trinken?« Es war Popp, der das fragte. Die anderen Kollegen hatten das Besprechungszimmer schon verlassen. Er hatte sein Jackett über die Schulter geworfen, stand lässig in der Tür und sah ungeheuer gut aus, wie sie fand. Jungenhaft, männlich, einladend.

»Aber nur unter der Bedingung, daß wir nicht über den Fall Breitkreuz reden.«

»Abgemacht.«

14

Tom war nicht da, als Ines kurz vor zwei nach Hause kam. Auf dem Küchentisch fand sie eine Nachricht: *Deine Schwester hat angerufen. Ankunft 15.27 mit dem Zug. Bitte abholen. Bin mit der Zille unterwegs. Kuß, schönen Tag, bis später – Tom.*

Ines ließ sich auf einen Stuhl fallen. Schwesternbesuch, so eine Überraschung. War nur die Frage, welche Schwester zu erwarten war, Marlen oder Karolin, die größere oder die kleinere – wobei es genauer heißen mußte: die ältere oder die jüngere, denn groß waren sie alle geworden, wenn groß sein Erwachsensein bedeutete ... An Körpergröße überragte Ines ihre beiden Schwestern nämlich, seit sie vierzehn war: stolze Einsfünfundsiebzig im Vergleich zu den läppischen Einsdreiundsiebzig der um sechs Jahre älteren Marlen. Karolin, zwei Jahre jünger als Ines, war immer die »kleine« Schwester geblieben, weil sie die Einssechsundsechzig nie überschritten hatte, allerdings war Amanda in den Augen der Eltern von allen am ehesten »die Größte«. Sie hatte zwei Jahre als Au-pair-Mädchen in England und Frankreich gelebt, erfolgreich eine Ausbildung als Hotelfachfrau absolviert, es folgten zwei Jahre New York, ein Jahr in Tokio, danach Heirat, Jurastudium und kürzlich die Doktorarbeit mit *summa cum laude*. Sie war seit Jahren mit demselben Mann zusammen und Mitbesitzerin eines hübschen Häuschens in Hamburg-Lokstedt. Beruflich und privat ein glatter Durchmarsch. Keine Brüche, keine Schmerzen, keine Narben, keine sichtbaren jedenfalls. Allerdings hatte Karolin keine Kinder, bisher jedenfalls nicht. Und wenn sie welche bekäme, dachte Ines sogleich, würden die Eltern bei ihr mit Sicherheit am Tag nach der Geburt auf der Matte stehen ...

Marlen pflegte Karolin in Schutz zu nehmen: Sie hat uns eben lange genug zugeguckt und aus unseren Fehlern gelernt. Ines spürte, wie die altbekannte Eifersucht wieder in ihr zu keimen begann. Die »Große« nahm die»Kleine« immer in Schutz, zwischen ihnen herrschte eine Vertrautheit, die Ines beiden Schwestern gegenüber nicht verspürte. Sie war immer in der Mitte gewesen, im Vergleich zur einen groß, im Vergleich zur anderen klein, je nachdem, wie es gerade paßte und gebraucht wurde. Sie hatte nach zwei Seiten buhlen oder sich verteidigen müssen und irgendwann Abstand genommen. Von beiden.

Wer also kam heute Nachmittag am Bahnhof an, Karolin oder Marlen? Na Ines, mal ehrlich, wer wäre dir lieber?

Spontan hätte Ines Marlen genannt. Sechs Jahre Altersunterschied waren genug, um Grenzen abzustecken. Und es gab immerhin Berührungspunkte. Während Amanda ihr Leben im Griff zu haben schien, war es bei Marlen genau umgekehrt. Marlen verschwendete keine große Aufmerksamkeit auf Lebensplanung, sondern reagierte auf das, was kam. Mit achtzehn ein Kind? Warum nicht. Ohne Mann? Wäre doch gelacht. Dabei noch ein Studium absolvieren? So jung bin ich nie wieder ... Marlen ließ sich vom Leben treiben – und blieb dabei nach außen trotzdem souverän. Das war es, was Ines an ihr bewunderte, worum sie sie beneidete. Mal überwog das eine Gefühl, mal das andere. Und eine Portion Vorsicht war immer mit von der Partie, zum Schutz vor Bevormundung, die sich hinter jedem guten Ratschlag der größeren Schwester verbergen konnte.

Und wenn es Amanda war? Vielleicht befand sie sich mit ihrem Mann auf der Durchreise gen Süden, zwei Wochen Kroatien in einer Hotelkette der Luxusklasse, in der sie einmal gearbeitet hatte? Unterwegs eingebaut den Besuch bei der Schwester, das neue Kind angucken und nachsehen, ob die geschenkten Strampelanzüge auch getragen werden ... Ines sah sich in der Wohnung um. Schaute wie durch eine Kamera mit entsprechendem Filter, der auf Durcheinander, Unvollkommenheit, Improvisation reagierte und jeden Brötchenkrümel auf dem Teppich, jede Spinnwebe in der Zimmerecke, alle irgendwo vorübergehend abgelegten Gegenstände gnadenlos erfaßte: die frische Pampers auf der Gesamtausgabe von Max Frisch, den Fotoapparat zwischen Sumak und Koriander im Gewürzregal, die noch nicht verschickten Geburtsanzeigen auf dem windschiefen CD-Stapel auf dem Fußboden, die Kontoauszüge in der Obstschale auf überreifen Pflaumen, die Wäscheleine mit Toms neuester Schwarzweißfotoproduktion, die wegen Platzmangel nicht im Badezimmer, sondern im Wohnzimmer aufgespannt war, die Schmutzspuren auf dem Fußboden neben dem Mülleimer, die kahle Glühbirne in der Lampenfassung der Küchendecke, die ungeputzten Fenster, durch die sich vorwurfsvoll die Mittagssonne kämpfte, die Zahnpastaspuren im Badezimmerwaschbecken, die farblich nicht aufeinander abgestimmten Handtücher, den halbmeterhohen Zeitungsstapel neben dem Wickeltisch, die Flügelhemdchen im ehemaligen Bücherregal …

War es hier unordentlich? Na und? Ist doch mein Leben. Wenn es Karolin störte, konnte sie ja ins Hotel gehen. Marlen hingegen würde die Unordnung nicht stören, dachte Ines trotzig. Dafür würde die große die kleine Schwester wie immer in unangenehme Gespräche verwickeln: über die berufliche Perspektive, das abgebrochene Studium, ihre Selbständigkeit als Frau und Mutter, ihr Zusammenleben mit Tom. Sie würde Vorschläge zur Hand haben, denn praktische Vorschläge waren ihre Spezialität – sie hätte Lebensberaterin werden sollen, dachte Ines boshaft –, Marlens Ideenreichtum war enorm, sie konnte sich jede Situation zu eigen machen, Auswege ersinnen, Alternativen entwickeln, erst machst du das und dann das, Schritt eins, zwei, drei. Natürlich, fiel es einem dann wie Schuppen von den Augen, wieso war man nicht selbst darauf gekommen? Aber wieso brauche ich dazu Marlen? Mit diesem Gedanken war dann der schönste Plan hinfällig, denn seine Ausführung wäre nur noch ein Plagiat, die große Schwester hatte ihn zuerst gedacht, es war wie mit den getragenen Kleidern, die nach einigen Wartejahren aus dem riesigen grauen Schrank vom Dachboden geholt wurden, sie waren tadellos, aber eben nicht mehr neu.

Kurze Zeit später eilte Ines mit Johnny im Kinderwagen durch die Allee zum Bahnhof. Sie war zu spät losgegangen, mußte hetzen, kam völlig außer Atem an.

Es war Marlen, die sie auf der Bahnhofstreppe stehen sah, und jetzt war Ines doch erleichtert. Sie winkte. Marlen winkte zurück. Sie umarmten sich.

»Sieh mal einer an: die ersten weißen Haare.«

Ines zuckte zusammen. Hätte Marlen nicht sagen können: Gut siehst du aus. Schön, dich zu sehen. Statt dessen pickte sie sich inmitten der blonden Kurzhaarfrisur ausgerechnet die Partien mit den weißen Haarsträhnen heraus, die Ines ein paar Tage nach der Geburt eines Morgens im Spiegel an den Schläfen und am Haaransatz entdeckt hatte, Anzeichen für den nun sichtbar einsetzenden Alterungsprozeß, die sich auch durch die blonde Kurzhaarfrisur nicht aufhalten ließen. Die Schwelle zur nächsten Generation war überschritten. Auch etwas, womit Ines nicht gerechnet hatte. Davon abgesehen, konnte sie es nicht ausstehen, wenn Leute einen beim Wiedersehen wie mit einem Laserstrahl abtasteten, um sichtbare Veränderungen – Falten, Ränder um die Augen, zwei Kilo mehr auf den Oberschenkeln – unverzüglich zu registrieren und kundzutun. Sie fand dieses verbale Anspringen taktlos.

Marlen hingegen sah aus wie immer. Gesunder Teint, schulterlange, mahagonigetönte Haare. Brechts erbleichenden Herrn Keuner und die eigene Kränkung im Hinterkopf, hütete Ines sich aber, das zu sagen, tönte statt dessen, leicht zickig: »Ich werde eben auch größer, große Schwester.«

Marlen beugte sich über den Kinderwagen. Wehe, sie gibt jetzt auch noch irgendeinen saudummen Kommentar zu Johnny ab, dachte Ines. Wie klein oder groß oder unförmig oder niedlich er ist. Daß er aussieht wie ich oder wie unser Vater. Aber Marlen sagte nichts. Sie lächelte nur, streichelte die kleine, zur Faust geballte Hand. »Kann ich die Reisetasche unten reinlegen?«

»Mein Oldtimer hat jede Menge Platz.« Ines berichtete von ihrer ersten Busfahrt mit dem Kinderwagen, Marlen von der Zugfahrt. Sie war auf dem Weg nach Prag und wollte eine Nacht in Regensburg bleiben. »Geht das?«

»Paßt scho«, grinste Ines.

Marlen sah sie fragend an.

Ines nickte nur.

Als sie an der Ampel standen, brauste ein Krankenwagen mit angeschalteter Sirene vorbei. Johnny wurde jäh wach, begann ebenfalls wie eine Sirene zu schreien. Die Schwestern mußten über diesen Wettbewerb lachen. Marlen versuchte, sich an die Zeit zu erinnern, als Luzie so klein gewesen war, aber die Bilder stammten wiederum von den Babyfotos, die sie selbst gemacht hatte, und die Geräusche und Gerüche hatten sich mit den Jahren verflüchtigt. Am Springbrunnen hinter dem Fürstenpark fanden die Schwestern eine freie Bank. Johnny wurde gewikkelt, gestillt, der Tante in den Arm gelegt. Er verzog sein kleines Gesicht zu einem Lächeln, Marlen schäkerte mit ihm, wußte noch einen Kinderreim, den sie ihm leise vorsummte. In der Reisetasche ganz oben liege ein Geschenk. Ines wickelte ein vier Meter langes, bunt gestreiftes Tragetuch aus. So eins hatte Marlen für Luzie damals auch gehabt. Ines freute sich, sie hatte schon etliche andere Frauen gesehen, deren Babys in diesen Tüchern schlummerten. Nur gestaltete sich das Umbinden des Tuchs als schwierig. Ines bekam es einfach nicht hin, es klappte erst, als sie Marlen das Tuch umband und Johnny hineinlegte. Und siehe da: Er fühlte sich sofort wohl. Langsam gingen sie durch den Alleengürtel zurück zur Dechbettener Straße, um zunächst das Gepäck in der Wohnung abzustellen. Neuigkeiten wurden ausgetauscht. Ines erzählte von der Geburt und wie sie sich in Regensburg zurechtfand, Marlen berichtete von einem lukrativen Auftrag, den sie angenommen hatte, ein Bericht über Broker aus fünf verschiedenen Ländern. Sie kam als freie Journalistin gut zurecht, lebte nach wie vor allein. Luzie war inzwischen dreiundzwanzig, studierte Amerikanistik und hatte ein Jahresstipendium für die Columbia University bekommen. Und wie geht es dir? Wann hast du Mama und Papa zuletzt besucht? Was, sie sind noch nicht dagewesen, um sich Johnny anzusehen? Da werde ich aber mal nachhaken.

»Laß es sein«, sagte Ines.

»Aber wieso denn? Sie sind schließlich die Großeltern, das finde ich höchst merkwürdig ...«

»Sie wollen sich eben nicht aufdrängen. Wenn sie kommen wollen, werden sie schon kommen. Mir macht das nichts aus.«

»Blödsinn«, fauchte Marlen verärgert. »Natürlich macht dir das was aus. Ich werde mal mit Mama reden, was da los ist.«

»Laß es sein«, wiederholte Ines, jetzt einen Ton schärfer.

»Aber warum denn, wir ...«

»Das ist meine Sache, misch du dich da nicht ein.«

Nur aus Höflichkeitsgründen setzte sie ein »bitte« hinzu. Daß die Eltern nicht gekommen waren, war eine Sache. Aber daß Marlen die Fürsprecherin der kleineren Schwester spielen wollte, ging eindeutig zu weit.

»Wie du willst.«

Beide schwiegen, leicht verstimmt. Jede hing den eigenen Gedanken nach. Und in diese Gedanken hinein vernahmen sie plötzlich aus dem Tragetuch ein leises Brummen, Summen, Grunzen, Knarren, Knarzen. Zu jedem Schritt, den Marlen machte, brummte, summte, grunzte, knarrte, knarzte der schlafende Johnny wie eine lange nicht mehr geölte Feder, wie ein Schaukelstuhl aus Korbgeflecht, in dem jemand rhythmisch vor und zurück wippte.

»Es gefällt ihm wohl bei dir.« Ines war fasziniert, Marlen hingerissen. Andächtig lauschten sie, brachen dann in befreiendes Gelächter aus.

Nachdem sie das Gepäck in die Wohnung gebracht hatten, machten sie einen Rundgang durch die Altstadt. Marlen hatte immer in Großstädten gelebt, sie war noch nie in Regensburg gewesen und überrascht, wie gut der Stadtkern aus dem Mittelalter erhalten war und daß die Stadt gar nicht wie eine Puppenstube wirkte, im Gegenteil, sehr lebendig, italienisch. Sie stellte eine Menge Fragen, von denen Ines die wenigsten beantworten konnte. Sie wußte gerade einmal, daß das Gebäude am Bismarckplatz oberhalb des einen Springbrunnens das Polizeipräsidium und dasjenige unterhalb des anderen Springbrunnens das Stadttheater war. Das demnächst umgebaut werden sollte. Daß die Ausweichspielstätte Velodrom hieß. Daß der Springbrunnen abends um zweiundzwanzig Uhr ausgeschaltet wurde. Daß man die Gesandtenstraße kürzlich neu gepflastert hatte. Warum wollte Marlen, die große Schwester und Journalistin, nur immer alles so genau wissen ... Was am Stadttheater gespielt wurde, welche Partei in Regensburg das Sagen hatte, wie der Oberbürgermeister hieß, was das für ein altes, verlassenes Gebäude war, schräg gegenüber von der großen Buchhandlung, ob es in Regensburg Judenverfolgungen gegeben hatte, warum die Stadt im Krieg offensichtlich kaum bombardiert worden war.

Ines fühlte sich, mit der eigenen Unwissenheit konfrontiert, unwohl, sagte spöttisch: »Die reiseerfahrene, polyglotte Journalistin.«

»Wieso, das ist doch Allgemeinwissen.«

Marlens Antwort klang unbekümmert, sie schien die Verunsicherung der kleinen Schwester nicht zu bemerken, war gefesselt von den Fragen, die sich in ihr auftaten. Aber Ines wurde immer einsilbiger, jede ihrer Antworten schien wie mit ausgestrecktem Zeigefinger darauf hinzuweisen, wie wenig sie ihrerseits fragte, wußte, sich umsah oder umhörte. Sie fühlte sich unzulänglich, unwissend, geradezu dumm. Das altbekannte Spielchen mit der großen Schwester. In ihrer Gegenwart kam Ines sich immer sehr schnell so vor, als verplempere sie ihre Zeit, ja, gleich das ganze Leben. Sie waren am *Oblomow* vorbeigegangen, Ines hatte nicht einmal mehr Lust verspürt, Marlen darauf hinzuweisen, daß Tom dort arbeitete, wenn er nicht gerade Zille fuhr oder in der Dunkelkammer saß oder Johnny spazierenschob. Sie lotste Marlen in ein Café, wo man im Schatten sitzen konnte. Johnny lag nach wie vor zufrieden knarzend im Tuch, aber Ines taten die Beine weh, so weit war sie bisher an einem einzigen Tag noch nicht gelaufen. Zwei Tische weiter saß ein Bekannter von Tom. Sie begrüßte ihn kurz.

»Du kennst ja schon Leute hier.«

»Na klar.« Die Antwort klang besonders cool. Und als wollte sie noch eins obendraufsetzen, fügte sie beiläufig hinzu: »Hier um die Ecke ist übrigens vorgestern ein Mord geschehen. Ich habe es beobachtet.«

Marlen starrte sie ungläubig an. »Ist nicht wahr!«

Die Bemerkung stachelte Ines an. »Was heißt hier ›ist nicht wahr‹? Und ob es wahr ist! Ein Literaturprofessor von der Uni. Er stand am Fenster, jemand hat auf ihn geschossen.«

»Hast du das aus der Zeitung?«

Das war ja wohl der Gipfel. Fast bereute sie es schon, hast dich verplappert, Mädchen, um der großen Schwester zu imponieren. Aber jetzt gab es kein Zurück mehr. »Ich stand unten vor dem Haus, als es passierte.«

»Ist er wirklich tot?«

»Ich habe doch gesagt, er ist ermordet worden.«

Einen Augenblick lang war Marlen sprachlos, und Ines genoß diesen Augenblick.

»Bist du zur Polizei gegangen?«

Ines schüttelte den Kopf.

»Hast du den Mörder gesehen?«

Ines schüttelte den Kopf.

»Hat dich jemand gesehen?«

Ines wollte wieder den Kopf schütteln, grinste dann. »Mich nicht, aber einen kurzhaarigen blonden Mann mit einem Kinderwagen, der weggelaufen ist.«

Sie erzählte von den Abendspaziergängen durch die Stadt, von dem Vorleser am Fenster, dem Schuß, der Flucht, den ersten Berichten in der regionalen Presse, erzählte mit wachsender Genugtuung und, zunehmend von sich überzeugt, von dem Gespräch mit dem tätowierten Nachbarn, der sie fälschlicherweise mit einem Mann verwechselt, zum Glück aber nicht wiedererkannt hatte, von dem Gespräch mit dem Hausmeisterehepaar, das in dem Haus gegenüber wohnte, von wo aus geschossen worden war, von ihren Erkundungen an der Universität und vom geplanten Literaturhaus. Der Bericht gab ihr die Möglichkeit, die Gedanken zu sortieren. Und sie genoß Marlens Aufregung, genoß den eigenen Informationsvorsprung. Endlich hatte sie einmal etwas zu sagen! Es war fast wie Weihnachten, wenn sie vor dem Tannenbaum ein Gedicht vortrug und ausnahmsweise einmal alle zuhörten.

Marlen war kaum zu bremsen. Wieso war der Professor ausgerechnet beim Vorlesen erschossen worden? Hatte der Mörder sich die Situation absichtlich ausgewählt? Welches Zeichen wollte er damit setzen? War er ein Konkurrent des Professors von der Universität? Handelte es sich um ein Liebesdrama? Einen Machtkampf? Hatte Ines wirklich niemanden beobachtet? Und dieses Hausmeisterehepaar? Aus welchem Buch hatte der Professor vorgelesen? Sie überschüttete Ines – wie schon zuvor – mit Fragen, die diese – wie schon zuvor – nicht beantworten konnte, und ließ es sich auch nicht nehmen, kurz auf den Mordfall damals in Neapel zurückzukommen, zu dessen Aufklärung sie beigetragen hatte.

Aufgepaßt, Ines, das ist dein Fall, nicht der deiner Schwester, dachte Ines alarmiert.

»Ein Literaturhaus in Regensburg?« Marlen runzelte ungläubig die Stirn. Sie kannte die Literaturhäuser in Hamburg, Berlin, München, Riesenstädte mit einem breitgefächerten kulturellen Angebot. Aber in einer Provinzstadt?

»Regensburg hat immerhin an die hundertvierzigtausend Einwohner«, hielt Ines in einer Anwandlung von neuerwachtem Regionalstolz dagegen. »Es gibt mehrere große und eine ganze Reihe kleiner, dafür feiner Buchhandlungen. Denkst du denn, die Lust auf Bücher geht erst ab einer halben Million Einwohner los und darunter lesen die Leute nur Comics?«

»Das hat doch damit nichts zu tun. Es geht um die Finanzierung. Selbst in München hat es jahrelang gedauert, bis sie das Projekt durchsetzen konnten. Mit Literatur läßt sich kein Geld machen. Wer finanziert denn den Laden? Die Stadt? Oder etwa der Freistaat ...?«

Es ärgerte Ines, daß sie es nicht wußte. Sie setzte daher eine arrogante Miene auf. »Breitkreuz hat es eben durchgesetzt. Im Frühjahr sollte es eröffnet werden. Mitten in der Altstadt, gar nicht weit von hier.«

»Zeigst du mir das Haus? Vielleicht schreibe ich etwas

darüber, wenn es soweit ist.« Marlen legte aufmunternd den Arm um Ines. »Und meine kleine Schwester versorgt mich mit Vorabinformationen. Zeit genug hast du ja, oder?«

Ines lächelte säuerlich. Sie winkte der Bedienung, um zu bezahlen. »Du meinst, das Kind füllt mich nicht aus?«

»Damals, als Luzie so klein war, stand ich mitten im Abitur ...«, fing Marlen an, aber bevor sie die kleine Schwester mit Episoden aus ihrer produktiven Schulabschluß- und Studienanfangsphase an die Wand drücken konnte, schnitt Ines ihr das Wort ab.

»Du hattest Mama«, sagte sie und stand abrupt auf. »Sie hat dir den Rücken freigehalten. Jetzt fang nicht so an wie die Alten: ›früher‹ und ›damals‹ und wie toll sie immer alles hinbekommen haben oder wie schwer sie es hatten, ganz im Gegensatz zu uns.« Nach einer Pause fügte sie stolz hinzu: »Ich komme jedenfalls nicht um vor Langeweile, falls du das befürchten solltest.«

15

Vor einem der Häuser schräg gegenüber vom *Goldenen Turm* standen ein Gerüst und ein Bauzaun, doch von einem Literaturhaus wußten die Bauarbeiter nichts. Die mittelalterliche Latrine, ja, die war hier ausgegraben worden, acht Meter fünfzig unter der Erde. Bierkrüge aus dem sechzehnten Jahrhundert hatte man gefunden und Tierknochen, aber Bücher, nein, die zerfielen doch mit der Zeit, oder?

Offenbar also das falsche Haus, aber welches war das richtige? Ines erkundigte sich in einer kleinen Buchhandlung am Ende der Wahlenstraße.

Der Buchhändler ging mit ihr ans Schaufenster. »Da drüben.« Er zeigte auf eine graugrüne Fassade. Vor dem Haus stand ein Schuttcontainer. »Wo jetzt die Boutique drin ist.«

»Das ist doch sicherlich gut fürs Geschäft, oder?« sagte Ines freundlich. »Ein Literaturhaus gleich vor der Tür.«

Hatte sie den Buchhändler mit ihrer Bemerkung beleidigt? Seine Gegenfrage klang jetzt leicht pikiert. »Sind Sie Touristin? Oder neu zugezogen?«

»Vor drei Monaten. Ich weiß schon, meine Aussprache «.

Das Gesicht des Buchhändlers hatte sich wieder aufgehellt. »Ich dachte schon, Sie nehmen mich auf den Arm.«

»Wieso?«

»Wenn Sie länger in Regensburg wohnen würden, dann wüßten Sie, daß ich in meiner Buchhandlung seit über dreißig Jahren Lesungen veranstalte«, sagte er. »Peter Handke war schon hier, Martin Walser, Hermann Lenz, Eva Demski natürlich, alle großen Autoren.« Er räusperte sich. »Da ist so ein Literaturhaus natürlich in gewissem Sinne eine Konkurrenz. Und vor allem die Buchhandlung, die unten reinkommt. Das wäre dann die dritte in dieser Straße. So viele Leser gibt es selbst in Regensburg nicht.« Er lachte kurz, rückte die Brille zurecht, sah sie skeptisch an. »Aber ich habe zum Glück meine Stammkunden.«

Ines konnte nicht anders. Sie kaufte ein Buch aus dem kleinen Stapel auf dem Verkaufstisch, *Lessings Grab* von Georg Oswald Cott. An der Tür drehte sie sich noch einmal um. »Vielleicht wird ja jetzt doch nichts aus dem Literaturhaus. Wegen dem tragischen Tod von Professor Breitkreuz.«

Der Buchhändler winkte ab. »Das Haus gehört nicht Dr. Breitkreuz, sondern dem Dr. Himmelheber. Den kenne ich seit Jahren, einer meiner Stammkunden, ein richtiger Büchernarr. Was der sich in den Kopf gesetzt hat, zieht er auch durch. Da können Sie Gift drauf nehmen.«

Darauf wollte Ines dann doch lieber verzichten.

Quer über der Fensterscheibe der Boutique im Erdgeschoß des graugrünen Hauses prangte in grellen Druckbuchstaben die Aufschrift »RATZEPUTZ«. Und als Erläuterung für alle, die sich darunter nichts vorstellen konnten: »ALLES MUSS RAUS, TAG X = 31.8.« Die Boutique, die mit diesen Worten ihren eigenen Exodus ankündigte, gehörte nicht zu den Läden, die Ines normalerweise aufsuchte – nicht nur wegen der Technomusik, die ihr aus dem Ladeneingang entgegenstampfte: wie eine Herde

Elefanten, fand Marlen. Durch den Raum war ein in Streifen gerissenes weißes Bettlaken gespannt, darauf stand in großen schwarzen Lettern: »So jung werdet ihr nie wieder, räumt mit uns den Laden aus.«

»Fühlst du dich angesprochen?« grinste Marlen. »Dann los, pack ein, nimm mit, was dir unter in die Finger kommt, das Jahrtausend ist bald vorbei, aber das Leben ist bunt und gratis.«

»Und ohrenbetäubend«, rief Ines zurück.

»Vielleicht finden wir hier etwas für Luzie. Zieht sie so ein Zeug an?« Ines hielt einen hautengen Sommerrolli aus Polyacryl hoch, Girlielook, blaßblau und braun gestreift.

Marlen rollte die Augen. »Wenn, dann muß sie sich solche Fummel selbst kaufen. Da sprühen ja schon beim Anfassen die Funken. Rollkragen im Sommer, und nach fünf Minuten stinkst du wie früher Vater in seinen Nyltesthemden! Und dazu auf zehn Zentimeter dicken Sohlen über das Plateau der Zeit gestakst. Hatten wir alles schon mal, nur damals in echt.«

»Sei nicht so arrogant, große Schwester. Nur weil du vor zwanzig Jahren ...«

»Fünfundzwanzig mindestens!«

»... auch mal sowas angezogen hast.«

»Habe ich nicht. Braun und blau kombiniert? Du spinnst wohl.«

»Ich erinnere mich noch genau an deinen Kampf um die Plateausohlenschuhe, mit dem Zentimetermaß bist du mit Mama in die Läden, weil sechs Zentimeter in ihren Augen das Maximum war.«

Marlen grinste. »Hätte ich eigentlich aufheben können, all die Klamotten von damals. Alles kommt wieder. Anything goes.«

»Nothing goes«, sagte Ines und schnitt ihrem Spiegelbild eine Grimasse. Johnny lag jetzt wieder bei ihr im Tragetuch. »Jedenfalls nicht für Jungmütter. Bei Seidenblusen siehst du die Milchflecken, bei hautengen Tops die Stilleinlagen, meine Sommerkleider lassen sich vorn nicht aufknöpfen. Bleiben also nur weite T-Shirts wie vor zehn Jahren. Wirklich äußerst sexy.«

Die Verkäuferin, Anfang Zwanzig, dunkelbraune, hüftlange Haare, Mittelscheitel, schwarzer, bodenlanger Wikkelrock, glänzende Kunstfaser auf Brust und Bauch, aber freier Nabel, kam wie auf Stelzen herbeigestakst. Sie musterte Marlen und Ines mit Johnny vor dem Bauch und fragte sich offensichtlich, was die beiden Tussis in diesem Laden zu suchen hatten. Das »Kann ich Ihnen helfen?« klang eher aus- als einladend.

»Wir wollten uns erkundigen, ob es schon einen Nachmieter für den Laden gibt«, sagte Marlen.

Das Mädchen ringelte eine Haarlocke um den Finger. »Was wollten Sie denn aufmachen? Betty Barclay? Bogner?«

Ines schnappte nach Luft. So weit war es gekommen, daß sie für eine potentielle Boutiquenbesitzerin gehalten wurde. »Bücher«, sagte sie pikiert.

»Schon wieder«, stöhnte die Verkäuferin. »Was die Leute alle mit Büchern haben, krieg ich echt nicht in die Birne. Ist das die neue Mode, statt Klamotten: Bücher? Drei Türen weiter gibt's 'ne Riesenbuchhandlung, und da drüben sitzt eh schon ein Buchhändler. Das ist doch das reinste Eigentor, hier noch so eine Kiste reinzupflanzen. Aber bitte, wir sind es ja nicht, die dabei pleite gehen.«

»Es gibt auch gleich um die Ecke zwei Riesenkaufhäuser und mindestens zehn weitere Klamottenläden«, hielt Ines dagegen.

»Das ist doch was ganz anderes. Klamotten werden gekauft, Bücher nicht. Bücher halten ewig, Kleider gehen kaputt.« Sie drehte sich halb nach hinten und rief: »Egon, da sind schon wieder zwei wegen dem Laden. Was soll ich ihnen sagen?«

Von Egon war nur eine tiefe Stimme zu vernehmen, von irgendwo hinter dem schwarzen Lackvorhang, der offenbar ein Hinterzimmer vom Laden abtrennte. »Schick sie zu Himmelheber. Wir sind doch keine Agentur. Was ist überhaupt los? So 'ne Totenstille, ist ja nicht zum Aushalten! Ist die Maschine im Arsch oder was?«

»Reg dich ab, geht gleich weiter.« Das Mädchen warf die Haare zurück und sagte: »Er vermißt seinen Sound.« Sie drehte die Musik etwas lauter: »Es haben schon mehrere Leute angefragt. Sie müssen sich an den Hausbesitzer wenden. Himmelheber heißt er. Der entscheidet das.«

»Können Sie uns vielleicht auch sagen, wo dieser Herr Himmelheber zu finden ist?«

»Der kommt fast jeden Tag vorbei.«

»Im Laden?«

»Nein, auf der Baustelle.«

»Und wann ungefähr?«

Das Mädchen zuckte die Achseln. »Unterschiedlich.« Dann grinste sie. »Damit die Jungs oben sich nicht auf seine Besuche einstellen.«

In dem Augenblick setzte irgendwo im Haus ein Preßluftbohrer ein. Das Mädchen verzog das Gesicht, wandte sich ab und drehte die Musik jetzt auf volle Lautstärke, ob gegen den Lärm von der Baustelle, zum Abschrecken oder eher zum Anlocken von Kunden, war nicht ganz klar. Aber die Audienz – denn von Hören und Gehörtwerden mußte das Wort ja abstammen – war damit unmißverständlich beendet.

Der Hausflur war ein schmaler, lichtloser Schlauch. Ines konnte mit beiden Armen die Wände berühren. Gleich neben der Eingangstür hingen noch die Briefkästen der früheren Mieter, vier ausgediente graue Blechschachteln mit zum Teil aufgebogenen Ecken. Sie überflog die Namen: Schwiening, Bartels, Buchenegger, Ratlos GmbH. Was sollte das denn sein, eine Gruppe alternativer Rechtsanwälte? Ein Stuckbogen an der Decke endete auf halber Strecke an der Wand des Hausflurs, die offenbar später eingezogen worden war und hinter der sich der Laden befand. Am Ende des Flurs führte eine Glastür zu einem vier Quadratmeter kleinen, düsteren Innenhof. Die beiden Frauen sahen Mülleimer, einen verbogenen Kleiderständer, einen Karton mit Bügeln, stapelweise leere Kartons mit den Aufschriften von Textilherstellern und ein gläsernes, halb zerbrochenes Ladenschild mit der blauen Aufschrift »Linke – Milch und

Käse«, offenbar der Vorgänger der Boutique. Mit Grundnahrungsmitteln ließ sich heutzutage weitaus weniger Geld machen als mit Oberbekleidung, ja, wovon ernährten sich denn die Leute in der Innenstadt, von hohen Mieten und Taubenschiß und Liebe? Begeistert entdeckte Marlen von hier unten die Glasveranden im ersten und im zweiten Stock des Hauses. »Wie in Italien!«

Auf ausgetretenen Treppenstufen stiegen die Frauen in den ersten Stock. Die kunstvoll gedrechselten Baluster des Treppengeländers waren aufs gräßlichste mit grauglänzender Ölfarbe zugekleistert worden. Staub hing in der Luft. Das Hämmern und Bohren war nun lauter und übertönte jeden Schritt der beiden Frauen auf den alten, knarrenden Holzdielen. Sie gelangten unbemerkt bis ins oberste Stockwerk.

Die Dachwohnung bestand aus einem großen und einem kleinen Zimmer. In einem verschlagähnlichen Raum befand sich die Toilette. Keine Dusche, keine Küche, bisher jedenfalls. Vom größeren Zimmer hatte man Zutritt auf die etwa dreißig Quadratmeter große Terrasse: weiter Blick auf Geschlechtertürme, Häuserdächer, die Donau, die Winzerer Höhen. Wer immer zuvor hier gewohnt hatte, – vielleicht die Ratlos GmbH? – mußte unentwegt hinausgeschaut haben, dachte Ines, so hinreißend war die Aussicht, im Gegensatz zur Innenansicht, denn an den Zimmerwänden klebte eine scheußliche braungelbe Mustertapete, mit der sogar die Dachbalken überklebt worden waren. An einigen Stellen hatte jemand bereits testhalber das Holz freigelegt und Tapeten heruntergekratzt, um zu prüfen, wie viele Lagen es abzulösen galt.

Eine Renovierung würde dem Haus sicherlich gut tun. Andererseits strahlte es, trotz auf Putz liegender Leitungen, schiefer, rissiger Wände und abgetretener Linoleumfußböden einen altertümlichen Charme aus – eine alte Dame in einem abgetragenen maßgeschneiderten Kostüm, die neu bekleidet und geliftet werden sollte.

Im Treppenhaus fiel Tageslicht durch ein mindestens zehn Quadratmeter großes, verschmutztes Fenster in der

Dachschräge herein. Ein großzügiger Lichthof in der Mitte reichte vom Dach bis hinunter in den ersten Stock. Darunter lag der Laden. Jetzt verstand Ines auch, weshalb der Hausflur im Erdgeschoß so schmal war: Wenn man die Flurwand und die Decke des Ladens herausriß, würde der Lichthof vom Dach bis zum Erdgeschoß reichen. Marlen sah das Literaturhaus im Geiste schon vor sich: unten im Lichthof eine offene Buchhandlung, an der Treppe hinter Glas Autorenporträts, im ersten Stock Lese- und Veranstaltungsräume, vielleicht eine kleine Bibliothek, im zweiten Stock ein Büro, unter dem Dach eine Wohnung für den jeweiligen Stadtschreiber. Aber bis dahin war noch einiges zu tun.

Ines und Marlen stiegen hinunter in den zweiten Stock. Bevor sie als ungebetene Besucherinnen entdeckt wurden, machten sie sich lieber gleich selbst bemerkbar. »Hallo!« In einem Raum, der zur Straße hin lag, saß ein junger Mann mit nacktem Oberkörper und Latzhose auf einer Holzkiste. Offenbar hatte er bis vor kurzem Tapeten heruntergerissen und machte jetzt eine Pause. Der junge Mann hatte gerade eine Flasche Bier an die Lippen gesetzt. Daß plötzlich zwei Frauen mit Baby vor ihm standen, schien ihn nicht zu verblüffen.

Ines ergriff als erste das Wort. »Schönes altes Haus.«

»Hier wird nicht mehr vermietet«, sagte der junge Mann kurz angebunden. Nach einem kurzen Blick auf Ines' und Marlens Schuhe fügte er, als ließe sich die Fülle eines Bankkontos vom Schuhwerk ablesen, hinzu: »Eigentumswohnungen sind auch keine zu haben.«

Ines stellte klar, daß sie nicht auf Wohnungssuche waren, sondern sich für das künftige Literaturhaus interessierten. Wie viele Räume in den einzelnen Stockwerken denn entstehen sollten? Ob das wunderbare Treppengeländer drinbleiben würde? Was mit der Terrasse geschehen sollte? Wie viele Leute hier zur Zeit arbeiteten?

Der junge Mann zuckte bei den meisten Fragen mit den Schultern und verwies sie maulfaul an Dr. Himmelheber.

Aber Marlen, die erfahrene Journalistin, ließ sich nicht

so schnell abwimmeln und stellte immer neue Fragen. Ines trat ans Fenster und blickte hinaus auf den sorgfältig restaurierten mittelalterlichen Geschlechterturm schräg gegenüber. Hinter dicken Mauern und gotischen Spitzbogenfenstern sah sie zwei flimmernde Computerbildschirme und eine Frau, die soeben ans Fenster trat und auf dem jahrhundertealten Fensterbrett eine Zigarette ausdrückte. Drei Häuser weiter rechts war vor einer Hausfassade ein Gerüst aufgebaut. Zwei Maler hockten auf den Gerüstplanken, und Ines sah ihnen ein, zwei Minuten dabei zu, wie aus Schmutziggelb Pinselstrich für Pinselstrich ein strahlendes Weiß wurde, es ging flott, abends würden sie sicherlich fertig sein.

Als sie sich wieder umdrehte, war Marlen verschwunden, der junge Mann mit Latzhose saß auf der Holzkiste und las in einem Buch. Ein lesender Handwerker auf der Baustelle im Literaturhaus, das paßte gut. Im Vorbeigehen versuchte Ines, den Titel zu erspähen. Was las er da? Walter Benjamin, *Illuminationen*, entzifferte sie. Das war ja der illuminierende Wahnsinn!

Im ersten Stock fand sie Marlen im Gespräch mit zwei weiteren jungen Männern, die schweißgebadet mit gesenkten Vorschlaghämmern vor einem Loch in der Wand standen, die sie heraushauen sollten. Ines trat zu dem Grüppchen hinzu. »Ganz schön stabile Mauern, was?«

»Kannste wohl sagen. Soll 'n Durchbruch werden. Dabei ist das nicht mal 'ne tragende Wand. Da brauchen wir kein Schwarzeneggerkrafttraining mehr, was Michi?«

Die beiden sahen allerdings weder nach Krafttraining noch nach gestandenem Bauarbeiter aus, fand Ines.

Marlen erkundigte sich, wann der Umbau fertig sein sollte.

»Wenn es nach Himmelheber geht, im Februar«, sagte der Grellblonde namens Michi. »Allerdings braucht er dazu Profis. Aber für die muß er ein paar Scheine mehr locker machen als für uns.«

»Oder er holt sich Schwarzarbeiter aus Tschechien«, sagte der Schmächtige mit dem Pferdeschwanz.

Michi winkte ab. »Das kann er sich nicht leisten. Ist doch ein hochoffizielles Projekt.«

»Seid ihr denn keine richtigen Handwerker?« fragte Ines erstaunt.

»Sehen wir etwa so aus?«

»Nur einer ist wirklich vom Fach«, erklärte Michi mit den gelben Stoppelhaaren und grinste. »Unser Vorarbeiter sozusagen.«

»Ist er heute da?«

»Der hält sich an die Arbeitszeiten. Hat längst Feierabend.«

»Und ihr?«

»Wir werden stundenweise bezahlt. Wenn's sein muß, schufte ich, bis es dunkel wird.«

»Das ist 'n Ferienjob«, ergänzte der mit dem Pferdeschwanz. »Manne oben im zweiten Stock und ich, wir sind über Breitkreuz an den Job rangekommen.«

»Damit ihr nicht nur was in der Birne habt«, spottete Michi. »Der neue, ganzheitliche Mann und so weiter.«

»Ist das der, der gerade die *Illuminationen* von Benjamin liest?« rutschte es Ines heraus.

»Sieh mal einer an.« Der mit dem Pferdeschwanz stieß einen Pfiff aus. »Manne hat also schon Entzugserscheinungen.«

»Wohl eher Muskelkater«, grinste Michi.

»Sonst steht er mehr auf Adorno.«

»Der im zweiten Stock studiert Philosophie und Germanistik«, erklärte Michi, »Ludwig Deutsch und Geschichte und ich Archäologie.«

»Habt ihr so was denn schon mal gemacht? Handwerkerjobs, meine ich?« fragte Ines.

»Bei meinem Alten im Hobbykeller«, grinste Ludwig.

»Wer hat denn gesagt, daß wir wissen, was wir tun« Michi reckte sich. »Der Jurastudent in unserer Truppe hatte gleich am ersten Tag dicke Blasen an den Händen. Ich übrigens auch »

»Quatsch«, sagte Ludwig. »Die Sache ist ganz einfach: Wir sind fürs Grobe zuständig, fürs Kaputtmachen: Tapeten runter, Fußböden raus, Kacheln ab, Mauern weg. Die Abrißtruppe sozusagen. Um den Wiederaufbau kümmern sich andere.«

»Zahlt Himmelheber wenigstens anständig?«

»Geht so«, sagte der eine.

»Nicht übel«, der andere. »Außerdem bist du doch schon lange auf einen Job im Literaturhaus scharf gewesen.«

Ludwig schnitt eine Grimasse. »Sieht wohl jetzt eher mau aus.«

»Wieso?« fragten Ines und Marlen wie aus einem Munde.

»Wohl keine Zeitung gelesen, was? Breitkreuz ist doch weg vom Fenster. Buchstäblich. Den hat jemand abgeknallt. Am offenen Fenster.« Er zündete sich eine Zigarette an. »Eine schöne Scheiße ist das. Auch für mich. Über den hätte ich hier später vielleicht 'nen Job bekommen.«

»Und über Himmelheber läuft das nicht?«

»Zu dem habe ich nicht so den Draht.«

»Warum nicht?«

Ludwig zuckte die Achseln, zog gierig an der Zigarette und stieß den Rauch durch die Nasenlöcher aus, was Ines an den Halbdrachen Nepomuk aus der Augsburger Puppenkiste erinnerte. »Mit Verlaub! Der ist Zahnarzt und Geldgeber von Beruf. Dem steht der Sinn nach Höherem. Nach einem literarischen Salon für den Hochadel des Geistes. Mit Wochenendseminaren über Naturlyrik. Schöngeistiges für Arztgattinnen. Etwas schön Elitäres. Das ganze Projekt geht mit einem Zahnarzt an der Spitze in eine völlig andere Richtung. Breitkreuz hätte gegensteuern können. Aber jetzt ...«

Marlen fragte, wie denn Professor Breitkreuz' Pläne ausgesehen hatten.

»Breitkreuz wollte einen Ort, an dem Bücher und Geschichten im Mittelpunkt stehen. Einen Treffpunkt für die Literatur. Ohne irgendwen oder irgendwas auszugrenzen.

Marlen runzelte die Stirn. Und mit so konträren Ansätzen wollten die beiden Männer gemeinsam ein Literaturhaus aufziehen? War Streit da nicht vorprogrammiert? Überhaupt, woher hatten sie das Geld?

Sie erfuhr, daß Professor Breitkreuz die Idee, nicht aber die nötigen Mittel gehabt hatte. Er hatte schon seit Jahren Anfragen an die Stadt gerichtet, mit allen möglichen Politikern verhandelt, auch schon zu Zeiten der SPD-Stadtregierung, sagte Ludwig.

»Da war nichts zu wollen. Die fanden seine Idee unterstützenswert, rein ideell, versteht sich. Alle wollten sie zur Eröffnung eingeladen werden, aber keiner hätte auch nur den kleinen Finger dafür krumm gemacht. Oder dafür gesorgt, daß ein paar Märker rüberkommen. Wir haben an der Uni oft genug darüber debattiert. Breitkreuz hat einmal ein Berufserkundungsseminar zum Thema ›Buchmarkt – Realität und Möglichkeiten‹ angeboten, wo genau solche Sachen abgecheckt wurden. Was wo geht und mit wem und was nicht.«

»Mit Büchern ist eben kein Staat zu machen«, warf Michi ein. »Das war schon immer so.«

Aber dann sei Himmelheber aufgetaucht, fuhr Ludwig fort, und habe das Haus zur Verfügung gestellt. Breitkreuz hatte sofort zugegriffen. Außerdem hatte sein neuer Kompagnon schon ein paar finanzkräftige Sponsoren an der Hand. »Ich wette, die Hälfte von denen läßt sich bei ihm die Zähne polieren.«

»Dann wird das Literaturhaus mit privaten Geldern finanziert?« Marlen war baff.

Im Tragetuch begann Johnny zappelig zu werden, Ines ging mit ihm auf und ab, um ihn noch eine Weile ruhig zu halten. Sie wollte nichts von dem Gespräch versäumen.

»Sponsoren verteilen ihre Gelder doch sicherlich nicht einfach so«, mutmaßte Marlen. Sie sah schon Werbetafeln von Mercedes im Eingang prangen.

»Literatur wird wieder gesellschaftsfähig«, entgegnete Ludwig und drückte seine Zigarette im Schutt aus. Für einige der Sponsoren ist das Flair literarischer Salons durchaus eine Prestigefrage.«

Michi sah ihn spöttisch von der Seite an. »Du vergißt Tobias Seidl. Der ist im Gespräch als offizieller Programmleiter des Literaturhauses«, erklärte er den beiden Frauen. »Als verlängerter Arm von Himmelheber und Breitkreuz. Jetzt nur noch von Himmelheber. Sein Vater ist Immobilienhai und steht auf der Sponsorenliste ganz oben.«

»Soll das heißen, sein Vater hat ihm die Stelle gekauft?« tastete Marlen sich vor.

Michi hob beschwichtigend die Hand. »So weit würde ich nicht gehen. Tobias Seidl ist ein netter Kerl. Außerdem ist er durchaus qualifiziert für den Job. Soweit ich weiß, ist er promovierter Germanist und hat vorher eine Ausbildung im Buchhandel gemacht. Was will man mehr.«

Ludwig kickte mit dem Fuß ein paar Mauerbrocken weg. »Das ist doch alles eine einzige Inzucht. Wie soll man selbst da je zu was kommen? Ohne die entsprechenden Kontakte? Kaum ist mein Beschützer tot, bin auch ich weg vom Fenster.«

Auf dem Rückweg liefen Marlens Gedanken auf Hochtouren. In einem fort entwarf sie denkbare Tattheorien. Ines hingegen war einsilbig. Marlens Besuch hatte sie nachdenklich gemacht. Die Gespräche im Literaturhaus waren nach dem altbekannten Schema abgelaufen: Marlen hatte die Fragen gestellt, Ines dabeigestanden und zugehört. Selber schuld, dachte sie bei sich, aber um Schuldzuweisungen, ob an sich selbst oder an andere, ging es nicht, sondern um eingespielte Muster und Spielregeln. Um die Wut, die notwendig war, um diese Regeln aufzubrechen. Und um einen Mordfall, an dessen Aufklärung Ines sich herantastete. Man konnte auch beim Zuhören lernen.

»Kein Wort von der Sache zu Tom«, sagte sie plötzlich.

Marlen hielt mitten im Satz inne. »Warum nicht?«

»Weil ich es nicht möchte.« Mit Nachdruck. »Das ist meine Sache.«

Marlen nickte. »Wie du willst.«

Ja, wie ich will, dachte Ines.

Als die kleine Schwester die große am nächsten Morgen zum Bahnhof gebracht und ihr hinterhergewunken hatte, fühlte sie sich ihr innig verbunden. Und zwar um so mehr, je weiter der Zug sich entfernte. Außerdem war sie ihr dankbar. Weil sie nur eine Nacht geblieben war. Weil sie kein

Wort zur Unordnung in der Wohnung verloren hatte. Und weil sie ihr durch die vielen Fragen indirekt auf die Sprünge geholfen hatte.

16

Der Tag fing schlecht an. Ein typischer Schiefgehtag. Oder eher ein Schieflauftag: Freya war beim Laufen über die eigenen Beine gestolpert und hatte sich das Knie aufgeschlagen. Dabei waren die Ermittlungen voll im Gange! Wie konnte das nur passieren? Ihr, Freya Jansen, der durchtrainierten Läuferin?

Seit Viktors Abfahrt drehte sie regelmäßig um sechs Uhr früh ihre Runden durch den Stadtpark, vielleicht weil sie unbewußt darauf wartete, daß der Mann im Springbrunnen sich wieder blicken ließ. War sechs Uhr für sie einfach zu früh? War sie auf der Nase gelandet, weil sie sich nicht auf das Laufen konzentriert hatte, auf den Weg und auf den rhythmischen Trab der Füße? Aber das tat sie doch sonst auch nicht. Wie jeden Morgen hatte sie die Recherchepunkte ordnen und gleichzeitig innerlich Abstand nehmen wollen von dem Fall, an dem sie arbeitete. Sie hatte jedoch nicht über den Mord an Breitkreuz nachgedacht, war statt dessen Traumpfaden mit Schlinggewächsen gefolgt und prompt gestrauchelt.

Nach der Mammutbesprechung am Abend zuvor waren sie und Popp in den Biergarten auf der Tremmelhauser Höhe gefahren. Von dort hatte man einen weiten, unverstellten Blick über die Felder und Hügel bis nach Adlersberg – eine Illusion von heiler Welt, die manchmal sehr gut tat. Unverbaute Natur, im Licht der Abendsonne besonders sattgrün und leuchtend, eine meditative Stimmung, die nur durch die mit ihren Spielzeugtraktoren über den Vorplatz ratternden Kinder durchbrochen wurde. Sie hatten an einem der begehrten Biertische in der ersten Reihe einen Platz ergattert. Und hatten es tatsächlich geschafft, kein Wort über den Mordfall Breitkreuz oder das K-11 zu verlieren. Sie hatten überhaupt nicht viel geredet – zwischen Freya und Popp, dem Sprücheklopferduo der Mordkommission, eine völlig neue Erfahrung. Sie hatten jeder ein Helles getrunken, sich eine Brotzeitplatte geteilt, waren gegen neun wieder nach Hause gefahren. Jeder in die eigene Wohnung. Aber beim Abschied hatten sie sich einen Moment zu lange in die Augen gesehen. Man hatte es förmlich zwischen ihnen knistern gehört. Das war alles gewesen. Aber es reichte, um Freya nachhaltig zu verwirren ...

Zu Hause lag ein Päckchen vor der Tür. Überrascht las Freya den Absender: Buchhandlung *Lesefluß*. Sie hatte doch gar nichts bestellt ... Als Kommissarin mußte sie über Kontroversen, Pläne und Ereignisse in der Stadt auf dem laufenden sein, hatte deshalb die regionale Tageszeitung abonniert und kaufte regelmäßig den *Focus*. Wenn sie überhaupt einmal ein Buch las, dann einen Krimi, allerdings nicht mehr, wie im ersten Ausbildungsjahr in Frankfurt, als eine Art »Lehrbuch«, sondern im Gegenteil zur Ablenkung, um sich aus dem täglichen Geschehen hinauszukatapultieren in eine rundum künstliche Welt, die sie oft herzhaft zum Lachen brachte ... Ramona Lindinger hatte ein Grußkärtchen beigelegt: *Auch wenn es für die Ermittlungen nicht von Belang ist – hier eine kleine Kostprobe der Bücher, die im Literaturkreis gelesen werden. Mit herzlichem Gruß, R. L.*

Weder die Buchumschläge noch die Titel klangen nach Krimi. Ein Taschenbuch hieß: *Das Muschelessen* und zeigte einen Teller mit Miesmuscheln – Freya legte es sofort zur Seite, sie verabscheute Meeresfrüchte. *Katzenauge* klang zwar vielversprechend, das Buch war ihr aber zu dick, und *Lügen in Zeiten des Krieges* schien ihr für diesen so besonders zart ausklingenden Sommerabend zu schwer Um aber das an sich nett gemeinte Buchpaket nicht komplett abzutun, schwankte sie schließlich zwischen zwei Büchern, die beide nicht so umfangreich waren und zum Mordfall Breitkreuz zu passen schienen: Schlinks *Der Vorleser* und *Abschied von den Eltern* von Peter Weiss. Diesen Namen hatte sie sich gemerkt.

Sie setzte sich mit einem Bier auf den winzigen Balkon vor der Küche, stellte eine Petroleumlampe auf den Tisch und schlug das zweite Buch auf. *Abschied von den Eltern*. Die Mutter und der Vater des Erzählers sterben kurz nacheinander, die Geschwister treffen sich im Elternhaus, um die Gegenstände aufzuteilen, aus dem Teilen wird ein Raffen, ein Ansichreißen, aber in den Gegenständen warten die Erinnerungen und ziehen den Erzähler – auch Freya – mit und zurück, hinein in eine Kindheit, die wie ein einziger Mangel erscheint, voll von Ohnmacht, Mißtrauen, unterdrückter Wut, unerkannten und ungestillten Wünschen. Sie sah erst wieder vom Buch auf, als das Licht in der Lampe schwächlich flackerte. Sie war auf Seite siebenundsechzig und wollte gar nicht mehr aufhören, obwohl das nicht ihre Geschichte war – und weil das nicht ihre Geschichte war. Was dieser Peter Weiss da erzählte, hatte nichts mit ihr zu tun und hatte doch etwas mit ihr zu tun, das war das Beunruhigende an der Sache. Ihre Eltern lebten noch, sie und ihr Bruder würden sich nicht streiten um das sowieso armselige Erbe, und in den Gegenständen in dem von Koniferen halb erstickten Reihenhaus wohnten ganz andere Erinnerungen – die sich jedoch zu denen in dem Buch gesellten wie ein Schatten, der ihr gespenstisch aus den Zeilen entgegentrat. Da waren auf einmal zwei Geschichten, die des Autors und ihre eigene, und zum ersten Mal seit langer Zeit spürte sie wieder die Faszination des Lesens. Und auch die Beunruhigung, die von einem Buch ausgehen konnte. Wann hatte sie überhaupt zuletzt so ein Buch gelesen? Wahrscheinlich in der Schulzeit, zum Abitur. Probleme mit den Eltern? Abschied? Quatsch. Nicht nötig. Längst abgehakt. Eine Hürde, die Freya mit Anfang Zwanzig genommen hatte, als sie von zu Hause ausgezogen war. Und doch waren die Eltern, wie sie jetzt bei der Lektüre merkte und auch bei ihrem Gespräch mit der alten Frau Breitkreuz gespürt hatte, immer wieder ein Thema, das unvermeidlich mitschwang.

Ihr fiel ein, daß sie sich eigentlich fest vorgenommen hatte, ihre Mutter anzurufen, um ihr etwas von sich zu erzählen. Sie klappte also das Buch zu, ging zum Telefon, rief zu Hause an. Kurzer Austausch über Befinden und Wetter, dann berichtete sie – und zwar freimütig, wie sie es sich nach der Begegnung mit Frau Dr. Breitkreuz zum Ziel gesetzt hatte –, daß seit einiger Zeit Viktor bei ihr wohnte, erwähnte auch die Schwierigkeiten, die zwischen ihnen auftraten. Sofort stieß sie auf Gegenwehr, oder war da sogar ein leiser Triumph in der Stimme der Mutter, ein rechthaberisches Siehst-du, das sich auf die verpatzte dreijährige Ehe mit Andreas bezog, siehst du, man muß sich eben arrangieren, das hast du ja noch nie gekonnt, dann dieses unausgesprochene: Du weißt ja, was ich von Viktor halte. Freya hatte mit vierundzwanzig geheiratet und sich mit sechsundzwanzig wieder scheiden lassen. Die Scheidung war von ihr ausgegangen. Die Eltern hatten Andreas, den Schwiegersohn, verehrt, einen geradlinigen, gut aussehenden, zuvorkommenden, zielstrebigen jungen Mann, ebenfalls Polizist, der mit Mitte Zwanzig genau vor Augen hatte, wie er mit sechzig leben wollte. Was ihm auch gelingen würde, hatte Freya boshaft prophezeit. Nur sie hatte dem im Wege gestanden. Eine Befreiung für beide demnach, nicht wahr? Die Eltern hatten das bis heute weder begriffen noch überwunden. Mit der Trennung war das potentielle erste Enkelkind wieder in weite Ferne gerückt, der glatte Lebensweg hatte eine Delle bekommen. Vor allem die Schwiegermutter und der Schwiegersohn waren ein Herz und eine Seele gewesen, da hatte kein einziger Nachfolger auch nur die geringste Chance – vor allem Viktor mit seinem unkonventionellen Lebensstil, seinem Taxi und seiner Bruchbude nicht. Kein Wunder also, daß es zwischen ihnen Probleme gab.

»Endlich ist er also doch bei dir untergekrochen ...«

Das war ja wohl der Gipfel! Zumal die Mutter andererseits recht hatte und unbewußt einen der wunden Punkte des Zusammenlebens von Freya und Viktor anrührte. Vielleicht wäre es wirklich eine Lösung, nach einer größeren Wohnung Ausschau zu halten, die sie von vornherein gemeinsam bewohnten. Freya gab sich im Gespräch mit ihrer

Mutter eine Zeitlang aufrichtig Mühe, freundlich und gesprächsbereit zu bleiben, auch wenn ihr nichts als vorgefaßte Meinungen um die Ohren geschleudert wurden. Sie spürte, wie langsam, aber sicher Wut in ihr hochstieg. Unvermittelt und mit gespielt unschuldiger Stimme fragte sie, weshalb die Omi eigentlich damals im Altersheim gewohnt habe und nicht bei ihnen zu Hause im Reihenhaus. Platz genug hätte man doch eigentlich gehabt.

»Aber Kind, wie kommst du denn darauf?«

Die Mutter ging, weil sie sich angegriffen fühlte, zuallererst einmal zur Verkindlichung über. Dann zur Verharmlosung: im Altersheim habe die Omi es doch wirklich schön gehabt. Als auch das nicht fruchtete, folgte der Versuch einer Ausflucht: »Dein Vater und meine Mutter sind leider nicht gut miteinander ausgekommen.«

In Freyas Erinnerung sah das etwas anders aus. War es nicht umgekehrt ihre Mutter gewesen, die nicht mit der eigenen Mutter unter einem Dach hatte wohnen wollen?

»Ich?« rief diese empört aus. »Das bildest du dir ein.«

Morgens beim Laufen im Park hatte Freya an dieses Gespräch zurückgedacht. Sie hätte ja Verständnis gehabt, wenn die Mutter einmal wenigstens ehrlich gewesen wäre. Schließlich ging es ihr selbst nicht anders. Sie würde auch nicht mit ihrer Mutter zusammenwohnen wollen. Wir werden nie unvoreingenommen miteinander reden können, hatte sie gedacht, über sie und mich und Vater und Uwe und Viktor und über früher und über heute, warum sie sich von Andreas getrennt hatte, warum sie zur Polizei gegangen war, warum sie mit Viktor befreundet war und warum sie sich schnell eingeengt fühlte …

In dem Moment war sie gestürzt. Etwas hatte sich ihr boshaft in den Weg gestellt, sie in ihrem eintrainierten Lauf- und Denkrhythmus, der sie sonst sicher über die Runden brachte, gestört. Etwas hatte sie in eine andere Umlaufbahn katapultiert, auf der Gedanken kreisten, die sie sich tunlichst vom Leibe hielt, und dieses Etwas waren das Buch und der vermeintliche Abschied von den Eltern und im Hintergrund auch der Fall Breitkreuz und Viktors Abwesenheit und parallel dazu die zunehmend prickelnde Präsenz von Popp.

Aufgebracht war Freya zur nächsten Parkbank gehumpelt. Das Knie blutete. Sie mußte sofort nach Hause und die winzigen Steine entfernen, die in der aufgeschürften Haut steckten. Das Knie pochte. Die Wunde war tiefer als vermutet. Als Kind war Freya oft hingefallen, Schürfwunden, die langsam abheilten, am Schluß wurde der Schorf abgezogen, zum Vorschein kam eine rosafarbene Narbe, die sich im Laufe der Jahre der Hautfarbe anpaßte und doch immer zu sehen blieb.

Sie haßte es, beim Arzt im Wartezimmer zu sitzen. Noch mehr aber verabscheute sie Krankenhäuser. Aber es war klar, daß sich ein Arztbesuch nicht umgehen ließ. Sie rief im Kommissariat an, um zu sagen, daß sie etwas später komme. Eine Stunde später mußte sie erneut anrufen, um sich zähneknirschend krank zu melden. Der Arzt hatte ihren amateurhaft angelegten Verband kopfschüttelnd entfernt, das Knie vorsichtshalber geröntgt und sie für den Rest der Woche krank geschrieben. Mit Knieverletzungen sei nicht zu spaßen. Vor allem nicht, wenn sie auch zukünftig joggen gehen wollte. Freya war empört. Bis zum Wochenende! Das kam nicht in Frage! Sie wurde gebraucht! Der Fall Breitkreuz mußte aufgeklärt werden, und heute standen verschiedene Gesprächstermine an …

»Das machen wir schon«, beruhigte Gerstenthaler sie. Sie solle sich ausruhen und gesund werden. »Ich bin früher auch mit vierzig Fieber zum Dienst gegangen. Dabei brauchte ich nicht einmal Angst vor einer Kündigung zu haben. Es war nur so: Ich dachte, ohne mich würde nichts laufen. Ich wäre unersetzlich. Dann hatte ich einmal einen Nierenstein und mußte ins Krankenhaus, und in der Zwischenzeit hatten die Kollegen den Fall gelöst, an dem wir schon monatelang dran waren und in den besonders ich viel investiert hatte, weil der Vater eines Klassenkameraden darin verwickelt war. Was habe ich daraus gelernt? Erstens geht es auch ohne mich. Zweitens bin ich ersetzbar. Drittens liebe ich meinen Beruf trotzdem.«

Mit diesem guten Rat versorgt, humpelte Freya nach Hause und legte sich aufs Sofa. Das Knie schmerzte, sie fühlte sich benommen, hatte leichte Kopfschmerzen. Aber nur nicht ins Bett legen, das sah zu sehr nach Krankheit aus. Vielmehr wollte sie in dem Buch weiterlesen, das sie gestern abend begonnen hatte. Sie schlug es auf, konnte sich jedoch nicht konzentrieren, legte es zur Seite. Was Gerstenthaler gesagt hatte, erinnerte sie an ihren Vater. In dreißig Dienstjahren nicht länger als insgesamt drei Wochen gefehlt. Ihr Vater war stolz darauf. War er so selten krank gewesen? Als Kind achtete man nicht darauf, ob die Eltern Fieber hatten oder es als vorübergehende Schwäche herunterspielten. Ihr Vater hatte sich unersetzlich gefühlt. Und diese Wichtigtuerei Pflichtgefühl genannt, das zum Charakterethos erhoben wurde …

Das Klingeln des Telefons machte den unerquicklichen Gedanken ein Ende. Es war Viktor. Der erste Anruf seit seiner Abreise. Er rief aus Český Krumlov an. Die Verbindung war schlecht. Er wollte nur schnell einmal ihre Stimme hören. Und wie es ihr gehe. Optimales Fahrradwetter. Bis auf die Schlaglöcher eine klasse Tour. »Habt ihr den Mörder schon? Und wie geht's sonst? Alles klar, auch ohne mich? Ein Kuß durch die Leitung.« Dann war die Stimme weg, das Knacken in der Leitung auch.

Freya legte den Hörer noch nicht aus der Hand. Sie spürte Enttäuschung und eine Portion Selbstmitleid in sich aufkommen, die der spontanen Freude über Viktors Anruf schnell den Platz streitig machte. Viktor war unterwegs und amüsierte sich. Während sie hier lag und leiden mußte. Wie ungerecht. Sie fühlte sich elend und verlassen. Von wegen: Alles klar, auch ohne mich. Spinnt der denn? Und überhaupt: Woher wußte er, daß sie zu Hause war? Wenn auch das Knie schmerzte – ihr logisches Denken hatte nicht gelitten. Der Radiowecker zeigte neun Uhr achtundfünfzig an. Üblicherweise pflegte sie um diese Tageszeit bereits seit zwei Stunden ihrem Beruf als Kriminalkommissarin nachzugehen. Viktor wußte das. Was bedeutete, daß er genau einkalkuliert hatte, sie nicht persönlich zu erreichen, sondern nur den Anrufbeantworter. Ich wollte nur schnell mal deine Stimme hören ... Na wunderbar! Schöne Ausrede! Ich kann ihm nicht vorwerfen, daß er sich nicht meldet, er kann meine Stimme hören und spart obendrein Telefonkosten ... Wütend verbannte sie das Telefon ins Badezimmer und legte Viktors Bademantel darauf. Dann nahm sie eine Schmerztablette, schloß die Augen und schlief schnell ein.

Als sie aufwachte, war sie schweißgebadet. Sie hatte sich im Traum als kleines Mädchen gesehen, das auf einer Schaukel saß und wunderbar leicht hin- und herschwang, immer höher und höher, doch das Schaukeln hörte nicht mehr auf, sie wollte hinunter und fing an zu weinen, die Schaukel hing irgendwo hoch oben in einem Baum, die Leute standen unten und lachten und schauten zu ihr hoch, sie waren ganz klein, und sie selbst war auch ganz klein, nur die Welt um sie herum war riesig, jemand holte eine Leiter und kletterte zu ihr herauf, es war Viktor, doch kurz bevor er bei ihr ankam war, riß der Strick, an dem die Schaukel hing, Freya fiel tief hinab und landete in einem weiß getünchten Zimmer mit vielen Betten und vielen Kindern, ein Verschickungsheim an der Nordsee, da wurde nicht lange gefackelt, neben ihr auf dem Nachttisch stand ein gigantisches Käsebrot, entweder du ißt es auf, oder du bekommst keinen Pudding zum Nachtisch, sie hatte Windpocken und pulte in der Nase, das Laken war schon blutig, im Bett neben ihr lag ein anderes Kind mit Windpocken und kratzte sich die Pocken auf und weinte, es sollte aufhören zu weinen, sie zog sich die Decke über den Kopf ...

Das Kind weinte noch immer.

Es dauerte eine Weile, bis Freya Traum und Wirklichkeit unterscheiden konnte. Wer da weinte, war der kleine Schreihals aus der Wohnung über ihr. In manchen Nächten wachte sie von dem Lärm auf und bedauerte die nette Nachbarin namens Ines, die sie vor kurzem im Treppenhaus kennengelernt hatte. Sie war heilfroh, daß sie selbst sich unbehelligt auf die andere Seite drehen und weiterschlafen konnte. Das gelang nicht immer. Dann lag sie wach und dachte nach. Auch darüber, ob man mit der Mutterschaft automatisch eine Immunität gegen dieses Geschrei erwarb, gewisse geheime Energiereserven aktivierte. Wie sonst sollte man das aushalten. Ob sie selbst auch einmal in diese Rolle hineinschlittern würde? Wollte sie überhaupt Kinder? Allein oder mit einem Mann zusammen? Der womöglich mit den Windeln so umging wie mit seinen Socken? Viktor? Freya war noch nicht ein einziges Mal in ihrem Leben schwanger gewesen. Lag es daran, daß sie den *richtigen* Mann noch nicht gefunden hatte? *Fand* man den so einfach? Und woher wußte man, ob es der Richtige war? Was hieß das überhaupt – sie wußte es nicht, wußte nur, daß einige ihrer Freundinnen eindeutig den Falschen erwischt hatten. Gab es, so gesehen, verschiedene Männer für verschiedene Zwecke? Den Kindermann, Ausgehmann, Tanzmann, Wandermann, Reisemann, Kinomann, Unterhaltungsmann, Kuschelmann, Bettmann? Und welchem dieser Zwecke war dann Viktor zuzuordnen? Besaß ihre Beziehung überhaupt genügend Reife, um etwas so Fragilem wie einer Familie festen Halt zu geben? Der bloße Gedanke verstärkte ihre Kopfschmerzen. Typischer Hirnzauber. Ein Gewitter lag in der Luft, das auf Entladung drängte. Das mußte es sein, was Ines' Baby so quälte. Es würde noch nicht einmal etwas nützen, mit dem Besenstiel gegen die Decke zu klopfen …

Als Freya zum zweiten Mal aufwachte, zeigte der Wekker schon halb sechs. Ihr Kopf war klarer, die Kindergedanken waren wie fortgespült. Das Knie schmerzte nicht mehr. War das Gewitter in der Zwischenzeit schon niedergegangen? In dem Moment donnerte es in der Ferne.

Sie stand etwas unbeholfen auf und humpelte zum Fenster. Schwere dunkle Wolken waren von Westen aufgezogen. Windböen fegten die staubige, heiße Luft durch die Straßen. Im Garten schräg gegenüber wurde eilig ein Sonnenschirm zugeklappt, der Gartentisch abgeräumt. Die Szene erinnerte sie an irgend etwas. An einen anderen heißen Sommertag, ein anderes aufziehendes Gewitter, einen anderen Sonnenschirm, Hektik, das Knie – sie war fünf oder sechs, es war heiß und schwül, sie und ihr Bruder spielten im Garten, die Mutter saß unter dem Sonnenschirm und stopfte Strümpfe, ging kurz hinein ins Haus, vielleicht weil das Telefon klingelte oder weil sie sich eine Tasse Kaffee aufbrühen wollte, einen Kaffee ohne Kaffeesatz, dachte Freya. Und in der Zwischenzeit zog in Null Komma nichts ein Gewitter auf. Die Kinder waren so in ihr Spiel vertieft, daß sie es gar nicht bemerkten. Mit einemmal donnerte es laut, dann prasselte schon der Regen nieder, die Kinder liefen ins Haus, aber die Sachen waren im Garten geblieben, der Nähkorb, die auszubessernde Wäsche, die Stühle, die Schüssel mit den Keksen, die Limonadengläser. Die Mutter eilte herbei, um die Sachen ins Trockene zu holen, dabei war alles sowieso schon pitschnaß, Freya half und nahm den schweren Nähkorb. Auf dem Steinplattenweg, der ins Haus führte, stolperte sie über die eigenen Beine oder über den Korb oder über die dicken Regentropfen und rutschte der Länge nach aus. Freya konnte sich nicht mehr daran erinnern, wer zuerst aufgehoben wurde, sie oder der Nähkorb – aber sie hörte noch Hunderte von Knöpfen über die Steinplatten klimpern, und das Kind lag da inmitten von Knöpfen, Sicherheits-, Stopf-, Steck-, Nähnadeln, Nadelkissen, Schneiderkreide, ungestopften Socken, Strümpfen, Unterhosen. Der Riß im Knie klaffte tief, sie mußte zum Arzt und bekam einen Verband und durfte drei Tage lang nicht zur Schule. Der Bruder beneidete sie. In Freyas Erinnerung hatte die Mutter mehr Aufsehens um den Nähkorb gemacht als um das Knie der Tochter und ihr obendrein Vorwürfe gemacht, die länger schmerzten als die aufgerissene Haut.

Wieder donnerte es, es begann zu regnen. Freya fiel auf, daß das Kind in der Wohnung über ihr jetzt nicht mehr schrie. Vielleicht, dachte sie, als sie dort am Fenster stand und zusah, wie der Regen auf das staubige Pflaster prasselte, sollte ich aufhören, Fragen zu stellen, auf die ich sowieso keine aufrichtigen Antworten bekomme. Alle Erwartungen begraben. Vielleicht sollte ich statt dessen nur sagen, was ich fühle und was ich mir dazu denke. Die Sache mit dem Nähkorb zum Beispiel.

Wozu manche Bücher einen doch verleiten konnten. Es war wirklich weitaus beunruhigender, als einen Kriminalroman zu verschlingen, der viele Tote und eine wohldosierte Menge Blut und herbe Sprüche zu einem kaltblütigen Mordkomplott verquirlte. Weshalb sie dann manchmal schlecht einschlafen konnte. Aber am nächsten Morgen war diese Geschichte verblaßt und sofort vergessen. Während sie dieses Buch von Peter Weiss nie vergessen, es immer wieder einmal zur Hand nehmen und an irgendeiner beliebigen Stelle aufschlagen würde.

Das Gewitter hing jetzt genau über der Stadt. Der Donner krachte nur Bruchteile von Sekunden nach dem Blitz herunter. Es klingelte an der Tür. Fast hätte Freya es nicht gehört. Wer kam bei diesem Wetter zu Besuch? Vielleicht war es Ines, die Nachbarin von oben? Bei ihrer letzten Begegnung im Treppenhaus hatten sie beschlossen, sich bald wieder einmal auf einen Kaffee zusammenzusetzen. Freya ging an die Tür und öffnete.

Draußen stand Popp. Er war pitschnaß und tropfte und strahlte sein Jungenlächeln und hielt ihr eine feuchte Pizzaschachtel entgegen. Warum sie nicht ans Telefon gegangen sei, sie hätten sich Sorgen gemacht, also habe er sich gedacht, er schaue schnell einmal vorbei.

»Haben die anderen dich geschickt?«

»Ich pflege mich selbst zu schicken.«

Freya bat ihn herein, holte ein großes Handtuch. Viktors Klamotten oder gar seinen Bademantel mochte sie ihm nicht anbieten. Popp verschwand im Badezimmer.

Als er wieder herauskam, sah er anders aus als bei der Arbeit, nicht nur weil er jetzt bis über den Bauchnabel in einem knallgelben Handtuch steckte, über dem eine gebräunte, leicht behaarte Brust zum Vorschein kam. Er sah auch deshalb anders aus, weil sie beide allein waren. Sie sah ihn mit anderen Augen. Sonst begegneten sie sich im Kreis der Kollegen, bei der Arbeit, bei einer Geburtstagsfeier. Der Ausflug in den Biergarten am Abend zuvor war eine Premiere gewesen. Und nun der völlige Ausschluß der Öffentlichkeit ... Eine gänzlich unerwartete Situation, ungewohnt und ziemlich beunruhigend, wenn Freya ehrlich war. Die übliche Sprücheküche zwischen ihnen wollte nicht so recht in Gang kommen. Ohne Publikum, ohne entsprechende Inszenierung waren sie befangen. Kein Wegener, den man ein bißchen schockieren konnte. Und diesmal auch keine idyllische Abendstimmung mit Blick über die Hügel, die jedes weitere Wort überflüssig machte.

Freya war gespannt, was sich zwischen ihr und Popp tun würde, wenn alle gewohnten Strukturen fehlten. Sie humpelte in die Küche, um die Pizza aufzuschneiden, zwei Teller, Besteck und Bier aus dem Kühlschrank zu holen. Popp folgte ihr und erkundigte sich brav nach dem Knie. Freya gab ebenso brav Auskunft. Sie vermied es, nach dem Fall Breitkreuz zu fragen. Er nahm ihr das Tablett ab, aber da sie sich nicht an der Hand verletzt hatte, sondern am Knie, bot er ihr außerdem an, sich bei ihm aufzustützen. Doch jetzt hatte er keine Hand mehr frei, um das locker sitzende Handtuch festzuhalten. Ihm blieb nur die Wahl: entweder fällt das Tablett oder das Handtuch – keine Frage, wofür er sich entschied. Er trug Freya über die Türschwelle ins Wohnzimmer. Weiter kamen sie nicht. Sie liebten sich auf dem weichen Teppich, den Viktor mit in den gemeinsamen Haushalt gebracht hatte. Sie hatten viel Platz. Und ließen sich jede Menge Zeit.

»Willst du nicht wissen, was heute los war?« fragte Popp ein paar Stunden später und zog mit dem Finger Kreise um ihren Bauchnabel.

Freya sah ihn aus halbgeschlossenen Augen an. »Der Chef hat gesagt, ich soll mich ausruhen. Außerdem bist du nicht Popp, und ich bin nicht Jansen. Und wir sind nicht im Dienst.«

Sie war noch nie mit einem Kollegen im Bett gewesen. Strikte Trennung von Arbeit und Privatem, lautete einer der vom Vater ererbten Grundsätze, den sie soeben lustvoll in den Wind geschossen hatte. Um aber wenigstens die Illusion dieser nach wie vor bestehenden Trennung zu bewahren, zog sie es vor, nicht über die Arbeit zu reden. Nicht jetzt, auf dem Bett, nach einer ziemlich erschöpfenden erotischen Eskapade! Jetzt war jetzt und heute war heute und morgen war morgen. Wenn Freya wieder gesund war, würden sie wieder als Kollegen am Fall Breitkreuz arbeiten. Heute aber würden sie genießen, was es aneinander zu genießen gab.

»Hmm.« Popp verteilte einen Sternregen prickelnder Küsse auf ihrer Brust. Kaum auszuhalten, fand sie. Doch dann war er es, der es nicht aushielt: das Abschalten nämlich. Ihm spukte wieder der Tag im Kopf herum.

»Ich hatte ein interessantes Gespräch mit Breitkreuz' Putzfrau«, sagte er zwischen einem Kuß und dem nächsten, als könnte er Freya mit dieser Information verführen. Und gleich eine zweite hinterher: »Breitkreuz und Lea Buchbinder hatten kurz vor seinem Tod einen deftigen Streit.« Na, regte sich etwas? »Die Buchbinder lügt wie gedruckt.« Immer noch nicht? Er begann zu berichten, was er herausgefunden hatte.

Der Streit hatte zwei Tage vor dem Mord stattgefunden, an einem Freitagnachmittag. Frau Bemel, so hieß die Putzfrau, hatte wie jeden Freitag die Wohnung des Professors geputzt. Um kurz vor zwei war Lea Buchbinder gekommen, um kurz nach zwei war Frau Bemel gegangen. Auf dem Weg zum Bus hatte sie gemerkt, daß sie ihre Jacke vergessen hatte, die sie morgens immer anzog, denn gegen acht war es schon wieder recht frisch, und in der Jackentasche steckte die Monatskarte, auf die sie nicht eine ganze Woche verzichten konnte. Frau Bemel war also zurückgegangen und mit dem Fahrstuhl wieder in den vierten Stock hinaufgefahren und hatte gerade klingeln wollen, als sie aus der Wohnung Geschrei hörte, dann ein helles Klirren, wie von zerbrochenem Glas. Der Professor und seine Freundin hatten einander höchst unschöne Dinge gesagt, die Frau Bemel Popp gegenüber nicht gerne wiederholen mochte. Sie hatte vor der Tür gestanden und hin und her überlegt, was sie tun sollte, sich diskret davonstehlen oder klingeln, und hatte sich dann gegen falsche Rücksichtnahme und für Sparsamkeit und Busfahrkarte entschieden. Anderer Leute Streit ging sie überhaupt nichts an. Sie hatte also geklingelt, der Professor hatte ihre Jacke geholt und die Tür schnell wieder geschlossen. Erst als Frau Bemel in der Zeitung von dem Mord gelesen hatte, war ihr die Sache wieder eingefallen. Aber worum es bei dem Streit gegangen war, wußte sie nicht.

»Was hältst du davon? Meiner Meinung nach verschlechtert diese Aussage die Position von Lea Buchbinder erheblich.«

Freya seufzte, setzte sich auf, sah Popp fest in die Augen. »In meinem Kühlschrank ist noch Platz. Können wir den Fall nicht für einen Abend einfrieren?«

»Wir brauchen deine Hilfe, Freya.«

»Meine Hilfe? Hat heute etwa niemand Kaffee gekocht, wie?«

Popp ignorierte den Einwurf. »Du mußt mit ihr reden. Von Frau zu Frau. Männern traut sie nicht über den Weg.«

»Sie wird ihre Gründe haben, oder?« Freya merkte, daß sie anfing, auf ihre Sprüchekiste zurückzugreifen. Und mit diesen Sprüchen war eine bestimmte Haltung verbunden. Die auf kollegiale Distanz hinauslief und sich von einem sinnlichen, erotischen, lustvollen Abend entfernte.

»Wenn sie sich weiterhin so sperrt, macht sie sich nur um so verdächtiger. Ich habe ja heute schon versucht, mit ihr zu sprechen. Ich habe mir wirklich viel Mühe gegeben. Sie läßt einen überhaupt nicht an sich heran. Und streitet die Auseinandersetzung schlichtweg ab. Taktisch höchst unklug. Dabei haben wir eine Zeugin. Es ist zum Haareraufen.«

»Sie hat Angst, noch stärker in Verdacht zu geraten«, sagte Freya, die immer ärgerlicher wurde. Nicht nur war das Thema Breitkreuz als Liebestöter ein Volltreffer – Popps Bericht appellierte auch an ihre Sympathie für Lea Buchbinder und an die Überzeugung, daß diese den Mord nicht begangen hatte.

»Wegener hat heute schon etwas von Haftbefehl gefaselt.«

Popp legte seine Hand auf ihre Hüfte. »Bitte, Freya. Deinem Knie geht es morgen sicherlich wieder besser. Ich lasse dir einen Wagen schicken, du kannst die Vespa stehenlassen. Bitte. Sprich du mit ihr.«

Er küßte ihren Bauchnabel. Sie aber rollte sich zur Seite, stand auf, ging ins Bad, kam mit Viktors Bademantel bekleidet zurück. Sie stand mit verschränkten Armen in der Tür und zitterte ein wenig, doch das kam eher von innen, denn das Gewitter hatte die Luft kaum abgekühlt. Wie fortgeblasen dagegen waren die knisternde, erotische Stimmung, die Hingabe, die Entspannung danach. Popp hatte mit seinem Diensteifer gründlich für Ernüchterung gesorgt. Deshalb also war er gekommen. Das war doch wohl die Höhe! Waren das die berühmten halbseidenen Mittel, mit denen der Kollege seine Recherchen voranzutreiben pflegte? Einlullen bis zum Beischlaf, und dann zurück zum Geschäft? Freya kochte. Und ließ Popp unmißverständlich wissen, wie gründlich er ihr die Stimmung verdorben hatte. Popp blieb unter diesen Umständen, die er selbst herbeigeredet hatte, nichts anderes übrig, als sich anzuziehen, kein einziges, womöglich beschwichtigendes Wort, das Freya mit Sicherheit in den falschen Hals bekommen hätte, zu sagen und das Feld zu räumen.

17

Damit Ines Marlen morgens zum Bahnhof bringen konnte, hatten sie und Tom in der vergangenen Nacht die Johnnyschicht getauscht. Was bedeutete, daß Tom noch und Johnny schon wieder schlief, als sie gegen halb zehn mit frischen Semmeln, soeben eingetroffener Post und der Tageszeitung die Wohnung betrat. Sie schlich sich in die Küche, füllte Wasser und Kaffeepulver in die Espressomaschine, setzte sich auf die Fensterbank in die Sonne, schlug gespannt die *Mittelbayerische Zeitung* auf. Sie überflog die erste, zweite, dritte Seite: nichts. Danach der Politikteil: natürlich auch nichts. Eine Kurznotiz berichtete von zwei

Jugendlichen, die aus Ärger über schlechte Noten die Radmuttern am Auto der Lehrerin gelockert hatten. In Bad Birnbach war ein Neunundneunzigjähriger nach einem Ehekrach verschwunden, nachdem seine vierundneunzigjährige Ehefrau ihm vorgeworfen hatte, er gehe fremd.

Weiter. Bayernteil. Wirtschaft, Wirtschaft plus, eine Seite ALDI-Anzeige, Sport, Sport in der Region, Kultur, alles nicht das Richtige, letzte Hoffnung war der Regionalteil Regensburg. Ines überflog die Überschriften, »Acht Thesen eines SPD-Stadtrats zur Taubenplage«, »Überfall auf eine Rentnerin«, »Klagen über den Busknotenpunkt Albertstraße«. Endlich wurde sie fündig: »Weiterhin keine Spur«.

Mit leiser Genugtuung stellte Ines fest, daß der Verfasser, ein gewisser Richard Baumann, nicht viel besser informiert war als sie selbst. In einer Extraspalte waren in Stichpunkten Professor Breitkreuz' Verdienste um die Universität und das städtische Kulturleben würdigend aufgezählt. Es gab ein Kurzinterview mit Dr. Hans Himmelheber zum plötzlichen Tod seines Kompagnons: Himmelheber war erschüttert, ein guter Freund, so plötzlich, keine Erklärung, nein, das bedeute nicht das Aus für das Literaturhaus. Immerhin hatte Baumann in einem letzten Beitrag die in der Tatnacht anwesenden Frauen aus dem Literaturkreis zu den Ereignissen und ihren Gefühlen befragt. Das klang schon vielversprechender. War es aber leider nicht. Jede Frau bekam generös Platz für eine zweizeilige Miniaussage. Wahrscheinlich hatte man den Artikel gnadenlos zusammengestrichen.

Egal, Ines kannte jetzt die Namen, das Alter und den Beruf der Damen. Sie riß die Seite heraus, suchte im Wohnzimmer nach dem Telefonbuch. Es lag nicht an seinem Platz, sofern es überhaupt einen festen Platz hatte. Schließlich entdeckte sie es inmitten eines Stapels von Illustrierten und Veranstaltungsprogrammen auf der Fensterbank, genau an der Stelle, wo sie eben gesessen hatte.

Zunächst wollte sie versuchen, einen Zahnarzttermin bei Dr. Himmelheber zu bekommen und Kontakt zu Tobias Seidl aufzunehmen. Er stand nicht im Telefonbuch.

Also rief sie kurzerhand im Büro seines Vaters an: K.O. Seidl, Immobilien. Sie gab sich als ehemalige Studienkollegin aus und erfuhr von der Sekretärin, daß der Sohn des Chefs ihres Wissens vor einer guten Woche zum Segeln in die Ägäis geflogen sei. Wie lange er fortbleibe, wisse sie nicht. Ob Ines ihm eine Nachricht hinterlassen wolle? Ines bedankte sich enttäuscht und murmelte, sie würde wieder anrufen. Schade. Falsche Fährte. Mit dem Mord an Breitkreuz hatte Seidl also garantiert nichts zu tun. Weiter, Ines, nicht bei der ersten Schlappe gleich das Handtuch werfen. Die Literaturkreisfrauen. Ramona Lindinger (49), Buchhändlerin, zu finden, war kein Problem, ihr Buchladen befand sich in der Lederergasse. Ines schrieb die Adresse auf. Bei Beckmann gab es insgesamt elf Eintragungen, keine Anja Beckmann jedoch, nur ein A. Beckmann, dessen Telefonnummer Ines notierte. Susanne Riepl (41), Psychologin, war die Mieterin der Tatortwohnung, es gab eine Gemeinschaftspraxis Riepl/Fangauf/Schlüter, Psychotherapie, Psychoanalyse, in der Prüfeninger Straße. Bei Angelina Sommer (38), Friseurin, hatte Ines Glück: Ihr gehörte der gleichnamige Salon in der Hemauer Straße in der Nähe des Bahnhofs. Das paßte ja vorzüglich. Ines würde sich einen Termin zum Waschen, Schneiden und Tönen geben lassen. Sie brauchte sich die Haare nicht selbst zu färben, konnte sich nebenbei verwöhnen lassen. Vondertanns gab es dreimal, aber darunter keine einzige Luzia (33), DTP-Publishing. Ines notierte alle drei Rufnummern. Außerdem konnte sie notfalls immer noch die Desk-Top-Publishing-Firmen in Regensburg durchtelefonieren. Hanne Auburger (46), Hausfrau, fand sie gar nicht. Es gab zwar eine Menge Auburgers im Telefonbuch, auch einen Johann, aber keine Johanna. Vielleicht war der Ehemann von Frau Auburger verzeichnet, möglicherweise wohnten sie außerhalb des Stadtgebiets.

Immer noch alles ruhig in der Wohnung? Da galt es keine Zeit zu verlieren. Ines holte das schnurlose Telefon in die Küche. Beim ersten Gespräch suchte sie noch nach Worten. Spätestens beim dritten Anruf hatte die Aufregung sich gelegt. Das Ganze erinnerte sie an einen Marktforschungsjob in Berlin. Ähnlich cool, professionell und unerschütterlich kam sie sich auch jetzt vor. Nach zwanzig Minuten hatte sie erstens einen Termin bei Dr. Himmelheber und wußte zweitens, daß Luzia Vondertann eine eigene DTP-Firma namens Flying Desk besaß, die in der Oberen Bachgasse residierte. Einen Termin bei der Besitzerin des Friseursalons Sommer zu bekommen, war hingegen schwieriger. Ines mußte sich mit einer Kollegin zufriedengeben, bekam dafür aber schon am nächsten Tag einen Termin. Sie bedankte sich, legte auf. Das wollen wir doch mal sehen, ob die Mutterschaft nicht nur kräftezehrend, sondern auch kreativitätsfördernd sein kann.

Tom schlurfte schlaftrunken an der Küche vorbei ins Bad. Damit war die Telefonaktion vorerst beendet. Gleich würde auch Johnny wach werden, der sich offenbar noch aus seiner Zeit im Mutterleib ein Sensorium für Körperwärme bewahrt hatte. Kaum stand Ines nachts einmal auf, wurde Johnny unruhig. Was zur Folge hatte, daß Ines sich den Gang zur Toilette so lange wie möglich verkniff. Sie seufzte. Sie hätte es nie für möglich gehalten, daß sie sich von einem menschlichen Wesen so würde versklaven lassen wie von Johnny in diesen ersten Wochen nach seiner Geburt. Ihr macht das falsch, hörte sie den Kommentar der Schwiegermutter, das Kind will ja nur was von euch, von Anfang an wissen die doch ganz genau, wie sie die Eltern um den kleinen Finger wickeln – und dann folgte irgendeine Anekdote aus Toms früher Kindheit, die genau das belegte und im nachhinein und im Abstand der Jahre ein Schmunzeln hervorrief, zumindest bei der älteren Generation. Derartige Kommentare hatten zur Folge, daß Ines und auch Tom Johnny, solange er so klein und wehrlos war, nur sehr ungern in der Obhut der Großmutter lassen würden. Sie wußte einfach zu abschreckend genau, was in jedem einzelnen Moment des Lebens zu tun und zu lassen war.

Seinerzeit in Berlin hatten weder Ines noch Tom mit der Verwandtschaft des anderen viel zu tun gehabt. Berlin war eine Insel gewesen für alle diejenigen, die Abstand nehmen wollten: zu den Eltern, zu Westdeutschland, zur Bundeswehr, zu alten Lieben und alten Geschäften. In Berlin hatten Tom und Ines getrennt gewohnt: Tom in einer Zweizimmerwohnung mit Kohleöfen ohne Bad, Ines in einer Eineinhalbzimmerwohnung mit Nachtspeicherheizung und Dusche in der ehemaligen Speisekammer. Es war gut so gewesen, wie es war. Keiner von beiden war auf die Idee gekommen, an diesem Zustand oder gar am dürftigen Komfort etwas ändern zu müssen. Was sich durch Ines' Schwangerschaft schlagartig geändert hatte. Auf einmal stellten sich beide Wohnungen als unzureichend dar, stachen einem die Mängel geradezu ins Auge: das Kohlenschleppen hinauf in den fünften Stock, die undichten Fenster, die fehlende Waschmaschine, die Enge in der Duschkabine, der schiefe Fußboden, die periodisch auf den Plan tretenden Silberfische, die feuchten Flecken an der Wand in der Küche. Und auf einmal war ihnen die gesamte Wohnsituation unzulänglich vorgekommen. Doch hatte es sich ebenso schnell als utopisch herausgestellt, eine größere und bezahlbare Wohnung zu finden. An diesem Punkt war Tom irgendwann auf die Idee verfallen, in seine Heimatstadt zurückzukehren. In Regensburg, davon war er überzeugt, mußte es erschwingliche Wohnungen geben, er kannte von früher noch eine Menge Leute und würde problemlos einen Kneipenjob finden. Es galt nur, Ines von diesem Plan zu überzeugen. Kurz vor Weihnachten waren sie daher probehalber nach Bayern gereist.

Sie erinnerte sich an das feuchtkalte, nebelige Wetter, an ihre permanente Übelkeit, das unmäßige Angebot an Fleisch auf der Speisekarte der Restaurants, besonders im Bayerischen Wald, wo sie die Weihnachtstage verbracht hatten, nicht bei Toms Eltern, sondern in einem Ort namens Schaufling, denn woanders war ohne Voranmeldung keine Unterkunft zu finden. Der Gasthof bot dafür eßtellergroße Wiener Schnitzel und am Heiligen Abend eine Tischrunde aus Familienmitgliedern und drei einsamen Gästen, die sprachlos das Festmahl aus ZDF und Gänsekeule mit

Rotkohl beziehungsweise Blaukraut zu sich nahmen, während draußen der Schnee zu rieseln begann. Als Pluspunkte hatte Ines auf dieser kurzen Fahrt nur drei Dinge verzeichnet: erstens den Blick von der Walhalla auf die Donauebene bei leuchtendblauem Winterhimmel, zweitens den Fluß als solchen und drittens die Kaffeebars in der Stadt.

Als sie dann im Frühjahr tatsächlich nach Regensburg gezogen waren, hatte die Stadt sukzessive jede Menge Trümpfe aus dem Ärmel geschüttelt: zwei weitere Flüsse, den Regen und die Naab, die Gassen der Altstadt, die Innenhöfe der alten Häuser, die Geschlechtertürme, die Steinerne Brücke, die Parks, die Weiher, die Biergärten, die Sonne, den Sommer – und für Tom die Zille. Ines war nur einmal für eine halbe Stunde mitgefahren, hatte Johnny in der Obhut der Großmutter gelassen, die den Kinderwagen am Donauufer entlangschob, während das junge Elternpaar denselben Weg auf dem Wasser zurücklegte, erst mitten auf dem Fluß, dann am nahen Ufer. Ansonsten genossen Ines und Tom beide das Glück, beim Spazierengehen mit dem Kinderwagen nicht auf Schritt und Tritt mit Hundescheiße konfrontiert zu sein wie früher in Neukölln und Kreuzberg. Ein weiterer Pluspunkt: Am Wochenende standen sie nicht erst zwei Stunden im Stau, um aus der Stadt herauszukommen.

Schwierig war für beide die Umstellung auf die gemeinsame Wohnung gewesen. Das war neu. Zwei langjährige Alleinwohner rückten zusammen, es wurde enger. Man mußte sich arrangieren, konnte sich nicht für ein paar Tage in die eigenen vier Wände zurückziehen, wenn einem gerade danach zumute war. Und das war bei Ines und bei Tom immer wieder der Fall. Speziell, seitdem Johnny auf der Welt war. Speziell, wenn sie sich gestritten hatten. Tom verschwand dann im *Oblomow* oder fuhr ein bißchen mit der Zille. Und Ines verlor sich entweder zwischen den offenen Wänden der Altstadt, las ein Buch – oder fegte zu Hause die Scherben zusammen.

Leider war heute so ein Tag. Johnny war bereits quengelig aufgewacht und zappeliger, unzufriedener als sonst. Tom verkroch sich unausgeschlafen hinter der Zeitung, und Ines war in Gedanken bei den bevorstehenden Recherchen. Johnnys Dauergegreine zerrte an ihren Nerven. Sie verspürten beide nicht die Bereitschaft, sich ihrem Sohn mit der gewohnten Hingabe zu widmen – und erwarteten statt dessen, daß der andere das übernehmen müßte .

»Hörst du nicht, dein Sohn schreit schon vor Hunger, vielleicht hättest du endlich die Güte, ihm die Brust zu reichen.«

»Was ist denn mit dir los? Ich habe ihn vor fünf Minuten gestillt, als du unter der Dusche warst. Wenn du ein bißchen mit ihm rumläufst, beruhigt er sich vielleicht.«

»Aber ich mich nicht.«

»Um dich geht es aber nicht.«

»O doch. Um mich geht es in erster Linie.«

»Hört, hört.«

»Wer schafft denn hier die Brötchen an.«

»Heute habe ich sie gekauft, aber lassen wir das.«

»Und daß ich viel mehr mit meinem Kind unternehme als viele andere Väter, hast du wohl auch schon vergessen.«

»Ich dachte, genau diese anderen Väter wären für dich kein Maßstab. Du bist doch sonst immer so stolz darauf, daß wir fifty-fifty machen. Aber ich renne jeden Abend mit Johnny allein durch die Stadt. Auch dann, wenn du freihast und statt hinterm Tresen in der Dunkelkammer stehst.«

»Nicht mal das gönnst du mir also.«

»Was heißt hier nicht gönnen! Du hast deine Kneipe und deine Zille und deine Fotos – und ich?« Den Fall Breitkreuz, dachte sie insgeheim befriedigt, sprach es aber nicht aus. Sie mußte ihm ja nicht alles auf die Nase binden. Auch nicht bei einem Streit.

»Wenn ich vorher gewußt hätte, daß du mich so unter Druck setzt ...«

»Und wenn ich vorher gewußt hätte, daß alles nur hohle Sprüche sind ...«

»Um dir zu beweisen, daß ich keine hohlen Sprüche mache, gehe ich jetzt eine Runde Zille fahren ...«

Der Streit schaukelte sich weiter hoch, Tom fand Ines hysterisch und Ines Tom stur und verbockt, Ines brachte die Liebe ins Spiel, Tom die persönliche Freiheit, das Ganze mündete schließlich darin, daß Ines das Frühstücksgeschirr vom Tisch fegte und Tom türenknallend die Wohnung verließ. Danach war Ines damit beschäftigt, Johnny zu beruhigen, die Scherben aufzufegen und staubzusaugen.

Zwei Stunden später stand Tom mit einer roten Rose in der Tür. In die Versöhnungsumarmung hinein, in die auch Johnny mit eingeschlossen wurde, klingelte das Telefon. Es war Toms Mutter, die in beleidigtem Tonfall nachfragte, wo sie denn blieben, sie würden doch heute zum Mittag erwartet, das Essen stehe schon seit zehn Minuten auf dem Tisch.

Tom schlug sich mit der flachen Hand vor die Stirn. Das hatte er ja völlig vergessen. Als sie in der Agnesstraße vor dem Häuschen parkten, in dem Tom seine Kindheit verbracht hatte, wurde ihm im Nu sonnenklar, weshalb er morgens so schlechte Laune gehabt hatte. »Ich hatte das Mittagessen bei meinen Eltern doch nicht ganz vergessen. Tut mir echt leid.«

Es gab Schweinebraten mit hausgemachten Knödeln, eins von Toms Lieblingsgerichten, hinterher einen Tütenpudding mit Sahne und für Johnny das mittlerweile elfte Kuscheltier. Ines war jedenfalls froh, daß die Schwiegermutter nicht wieder Zwiebelkuchen gebacken hatte wie beim letzten Besuch, um dann extra für die stillende Mutter ein Spiegelei mit Spinat und Kartoffelbrei zuzubereiten.

Als Ines um halb fünf ankündigte, sie müsse jetzt gehen, weil sie einen Zahnarzttermin habe, verzog Tom schmerzlich das Gesicht. Wo tat es ihm denn weh? Er hatte versprochen, seinem Vater bei Reparaturarbeiten im Haus zu helfen und noch bis sechs zu bleiben. Immerhin würde er sich hoch oben auf der Leiter beim Auftragen von Fensterkitt nicht auch weiterhin anhören müssen, wen seine Mutter getroffen hatte, was aus wem geworden und wer erwartet oder aber überraschend gestorben war. In den vergangenen drei Stunden hatte sie wieder einmal die Schlagerparade der erfolgreichen Altersgenossen abgespult: Kinderzahl, Ehestand, Beruf, Erfolg, sonstiges Hab und Gut – was Tom stets mit einer Mischung aus Amüsiertheit und Ärger abtat. Nie würde seine Mutter direkt aussprechen, was sie von Toms mittlerweile beinahe zwanzigjähriger Kneipenkarriere, von seinen langen Koteletten, den zeitweilig gefärbten Haaren, den spitzen Stiefeln hielt. Sie war zu klug, um es auf ein offenes Zerwürfnis ankommen zu lassen, und berichtete statt dessen lieber scheinneutral vom Tierarzt Soundso, dessen Sohn nun doch noch in die Fußstapfen seines Vaters getreten war (Toms Vater war stellvertretender Filialleiter einer Bank gewesen), oder von der um ein paar Ecken mit ihnen verwandten Kusine Soundso mit ihren drei Söhnen, der eine war mittlerweile habilitierter Physiker, der andere Flugkapitän, der dritte Zahnarzt. »Und weißt du, wer das schöne Bauernhaus hinten in Kleinprüfening hat umbauen lassen? Ein Klassenkamerad von Helene, Oskar Zirngibl, an den erinnerst du dich doch bestimmt, er hat ihr eine Zeitlang den Hof gemacht und hinterher eine Kette von Getränkemärkten aufgezogen. Aber du bist ja auch ganz zufrieden, und das ist doch das wichtigste, nicht.«

Tom brachte Ines zur Tür.

»Versprich mir, daß du nie Flugkapitän wirst«, grinste sie.

»Und daß dir der Zahnarzt ja nicht zu tief in die Augen schaut, Kleines …«

18

Um fünf hatte Ines den Termin. Viertel vor sechs wartete sie noch immer. Als sie um sechs ungehalten an der Anmeldung nachfragte, schaltete die Sprechstundenhilfe gerade den Computer aus und schloß die Patientenkarteien weg. Dem Herrn Doktor sei leider ein Notfall dazwischengekommen. Um halb sieben erwog Ines zu gehen. Sie wartete höchst ungern, noch dazu in einem Wartezimmer. Aber sie blieb. Schließlich hatte sie sich diesen Termin einfallsreich erkämpft. Bei ihrem ersten Anruf in der Praxis hatte sie sich noch mit Klövenstrüpp gemeldet und war umgehend abgewimmelt worden. Dr. Himmelheber sei völlig ausgebucht. Rollentausch gefällig? Der Besuch der großen Schwester lag schließlich erst einen Tag zurück, und Ines fand es nur recht und billig, wenn sie dabei etwas hinzugelernt hatte. Also hatte sie ein zweites Mal in der Praxis angerufen, von Anfang an gepokert und sich forsch als Mitarbeiterin der *Brigitte* ausgegeben. Weshalb sollte Himmelheber daran zweifeln, daß eine Serie über die Literaturhäuser in Deutschland in Vorbereitung sei? Im übrigen war das wiederum ein Vorschlag von Marlen, den Ines hier ausbeutete, und zwar mit wachsendem Vergnügen. Der Zahnarzt war offenbar geschmeichelt, denn noch am selben Tag ließ sich ein Termin einrichten. Eitel geht die Welt zugrunde, dachte Ines.

Auch wer Dr. Himmelheber nicht kannte, wußte bei Betreten der Zahnarztpraxis sofort, daß der Zahnarzt ein Literaturliebhaber war. An den Wänden im Flur und im Wartezimmer hingen die Konterfeis berühmter Schriftsteller und Schriftstellerinnen. Ines erkannte Virginia Woolf, Thomas Mann, Max Frisch, Ingeborg Bachmann, Heinrich Böll, Martin Walser. Alle zusammen in einem Raum, ob das gutging? Auf dem Glastisch in der Mitte lagen die üblichen Zeitschriften aus, doch konnte man beim Warten auf die Wurzelbehandlung, sofern man den Zeitrahmen pessimistisch einschätzte, durchaus ganze Bücher lesen. Die Mahagonivitrine in der Ecke suggerierte das zumindest, auch wenn sie sehr edel wirkte, wie ein Ausstellungsstück, dessen Glastür man als Patient wohl nicht einfach so öffnen würde, um einen Band herauszunehmen. Ines tat es trotzdem. Der Bücherschrank enthielt ausschließlich Gedichtbände: von Uhland über Heine und Hesse bis zu Lasker-Schüler, Celan, Benn, Fried, Rühmkorf. Ines nahm zwei, drei der Bücher heraus, blätterte darin herum, las das eine oder andere Gedicht. Das hatte sie seit Jahren nicht mehr getan. Eine gute Idee, die in Wartezimmern zu verbringende Zeit mit Gedichten zu bereichern, vielleicht konnte der Patient eines davon auswendig lernen und still aufsagen, während der Zahnarzt sich mit dem Bohrer in der Hand über ihn beugte, so daß dann die Poesie im Kopf widerhallte und nicht dieses dumpfe Schaben und Kratzen … Aber jetzt war nicht der richtige Zeitpunkt, um Gedichte auswendig zu lernen. Sie ließ auch die *Ermittlung* von Peter Weiss, die sie vorsichtshalber als Köder eingesteckt hatte, falls das Gespräch mit Himmelheber zäh werden sollte, zugeklappt und ging statt dessen noch einmal rasch die Fragen durch, die sie in Stichpunkten notiert hatte.

Beispielsweise die Frage nach der Art von Beziehung zwischen Himmelheber und Breitkreuz. Waren sie gute Freunde gewesen? Nicht nur Stammtischbrüder oder Sportskameraden, nicht nur Männer, die sich Wortgefechte und Papierfliegerschlachten zu liefern verstanden, sondern die tatsächlich Vertrauen zueinander hatten, sich einander anvertrauten? Solche Freundschaften waren unter Männern selten. Oder war Himmelheber nur ein Bekannter, mit dem sich ein Projekt durchziehen ließ, ein Verbündeter und Geldgeber und sonst nichts? Hatte es Differenzen gegeben wegen ihrer konträren Auffassung von Literatur? Welche Rolle würde Tobias Seidl im neuen Literaturhaus spielen? Würde Himmelheber das Projekt ohne Breitkreuz überhaupt weiterbetreiben? Sie überlegte auch, was für ein Typ von Mensch dieser Himmelheber wohl sein mochte: ein Mann mit viel Geld und einer Leidenschaft für Bücher, der sich seinen Lebenstraum verwirklichte? Ein Macher?

In Gedanken ließ sie die Ärzte Revue passieren, die in ihrem bisherigen Leben Einblick in den Zustand ihrer Zahnlandschaft genommen hatten: der väterliche Dr. Strohtmann mit den dicken, warmen Fingern und der großen Nase, der früher die ganze Familie behandelt hatte, dann der stets braungebrannte, fröhliche, jugendlich wirkende Dr. Klinger, die Verkörperung sämtlicher Zahnarztklischees, in dessen Praxis sie sich stets vorgekommen war wie ein irrtümlicherweise in eine Villa geflüchtetes Trümmerkind, zuletzt Dr. Jost-Schmidt, ein wortkarger, hagerer Mensch, der ihr Gebiß zu betrachten pflegte wie ein seltenes Insekt, dem er stumm eine Amalgamfüllung verpassen mußte …

»Frau Artmann?«

Ines zuckte kurz zusammen, sie war nicht daran gewöhnt, mit Toms Nachnamen angesprochen zu werden. Wie unprofessionell! Himmelheber hatte das Wartezimmer lautlos durch eine Seitentür betreten und entschuldigte sich für die Verzögerung – in der Gewißheit, daß die Entschuldigung reine Formsache war: eine Patientin habe sich an einer Donauwelle den Backenzahn ausgebissen, genauer gesagt, an einem Kirschkern. »Die Rechnung müßte eigentlich der Konditor begleichen, finden Sie nicht auch?«

Die Zähne, die er beim Lachen entblößte, waren eine Pracht. Konnte es denn nicht wenigstens einmal einen Zahnarzt mit vorstehenden Vorderzähnen geben? dachte Ines neidisch. Schließlich waren auch Augenärzte nicht vor Brillen gefeit und Kinderärzte weder automatisch geschickt im Umgang mit Kindern noch mit allzeit gesunder Nachkommenschaft gesegnet. Himmelheber ähnelte aber weder ihren verflossenen Zahnärzten noch ihrer Vorstellung von einem künftigen Literaturhausleiter. Dennoch, irgend jemandem sah er ähnlich, doch sie kam nicht darauf, wem. Sie folgte ihm in sein Sprechzimmer.

Himmelheber war nur wenig größer als sie selbst, hatte braune Augen und dunkles, sich deutlich lichtendes Haar, sein Gesicht war gebräunt, seine Nase weder lang noch kurz, seine Stimme weder tief noch hoch. Ein gutaussehender Mann, der gleichzeitig mittelmäßig wirkte. Unauffällig. Nicht uninteressant, aber auch nicht übermäßig interessant. Durchaus sympathisch. Aber nicht einnehmend. Vielleicht war das seine Zahnarztmaske? Professionell, vertrauenswürdig, diskret?

Nochmals entschuldigte er sich dafür, daß er sie so lange hatte warten lassen. »Aber wie ich sehe, haben Sie sich Lektüre mitgebracht.«

»Dabei wäre das gar nicht nötig gewesen«, lächelte Ines

ihn verbindlich an. »Bei dem Angebot im Wartezimmer. Sehr wohltuend, in einer Praxis nicht nur Zeitschriften vorzufinden! Ich durfte den Bücherschrank doch öffnen? Eine ausgezeichnete Idee: die Patientenbibliothek als vorbeugendes Mittel gegen den Schmerz.«

»Das haben Sie schön gesagt«, lobte Dr. Himmelheber geschmeichelt. »Ich sehe schon, ich habe es mit einer gleichgesinnten Literatin zu tun. Darf ich Ihnen etwas zu trinken anbieten? Ein Gläschen Pinot Grigio, einen Cognac, einen Campari? An so einem herrlichen Sommerabend …«

Eine der Türen des anthrazitfarbenen Wandschranks barg einen kleinen Kühlschrank. »Wie jeder ordentliche Handwerker brauche ich nach der Arbeit erst mal ein Bier«, gestand der Zahnarzt. »Aber schreiben Sie das um Himmels willen nicht in Ihren Artikel. Es klingt so abgeschmackt.« Er schüttelte selbstverliebt den Kopf. »Gespräche mit Journalisten sind für mich eher Neuland. Aber der Mensch ist ja ein vernunftbegabtes, lernfähiges Wesen, auch noch in meinem Alter.«

Ines bat schlicht um ein Glas Wasser.

»On the rocks? Sie wollen wohl einen kühlen Kopf bewahren? Wie war gleich Ihr Name? Artmann?«

Sie legte *Die Ermittlung* mit dem Titel nach oben auf den Mahagonischreibtisch, nahm einen Notizblock und einen Stift zur Hand. Er ließ sich ihr gegenüber in einen ledergepolsterten Schreibtischsessel fallen, hob das Glas. »Chin. Dann schießen Sie mal los.«

Sprachliches Feingefühl war Himmelhebers Sache offensichtlich nicht, dachte Ines. Kurz zog sie in Erwägung, die Formulierung aufzunehmen und sofort den Mord an seinem Kompagnon Breitkreuz anzusprechen, entschied sich dann aber dagegen. Der offizielle Anlaß für dieses Interview war ja das Literaturhaus. Und als »gleichgesinnte Literatin« und versierte Journalistin würde sie sich daran halten.

»Sie haben sich eben als Handwerker bezeichnet«, begann sie. »Wenn ich da gleich einmal nachhaken darf: vom Handwerk zur Kunst. Wie kommt ein Zahnarzt zu einem

Literaturhaus? Das ist ja ein ungewöhnlicher Schritt. Wie ist die Idee dazu entstanden, zumal in einer eher kleinen Stadt wie Regensburg?«

»Das Zahnarzthandwerk ist nur mein Brotberuf«, nickte Himmelheber mit aufgesetzter Bescheidenheit. Er lehnte sich zurück, legte die Fingerkuppen gegeneinander, fixierte einen Punkt an der Wand hinter Ines. Punkt eins: Mit Literatur lasse sich nun einmal keine müde Mark verdienen, mit kaputten Zähnen hingegen schon. Punkt zwei: Die Idee des Föderalismus habe sich in Deutschland schon immer bewährt, und seiner Ansicht nach werde das Literaturgeschäft viel zu zentralistisch gehandhabt. Warum nur Literaturhäuser in Hamburg, Frankfurt, Berlin, München? Warum nicht auch in kleineren Städten? An den Lesern liege es sicherlich nicht, denn Literatur sei ein ästhetisches Grundbedürfnis des Menschen. In seinen Augen werde für die Literatur zu wenig getan. Dabei mangele es in Deutschland nicht an guten Büchern und exzellenten Schriftstellern, sondern an den fehlenden finanziellen Mitteln. Die öffentlichen Zuschüsse gingen wie überall zum Großteil an Oper, Theater, Museen, kulturelle Großveranstaltungen. Das sei in Regensburg nicht anders. Die Literatur sei bisher recht stiefmütterlich behandelt worden. Und er habe sich zum Ziel gesetzt, das zu ändern. Er wolle Regensburg zu einer Literaturstadt machen.

Der hat seine Lektion gelernt, notierte sich Ines innerlich. Und mit Sicherheit nicht zum ersten Mal ein Interview gegeben. Von wegen unbeleckter Zahnarzt, der sich unter die Haie im Literaturgeschäft begibt. Der weiß genau, worauf er sich einläßt. Die Bescheidenheit ist reine Tarnung. Masche. Und vermutlich ebenso pressewirksam wie ein Unternehmer, der Romane schreibt.

»Gibt es neidische Blicke oder kritische Stimmen zu Ihrem Projekt?«

»Natürlich. Da schaut jetzt jeder ganz genau hin und sucht nach einem Haar in der Suppe. Und wer sucht, der findet bekanntlich. Nobody is perfect«, lächelte er und ließ erneut seine perfekten Zähne blitzen.

»Was sagen die Buchhändler, die bisher in ihren Buchhandlungen Lesungen veranstaltet haben? Ist das Literaturhaus für sie eine Konkurrenz?«

Himmelheber hob die Arme, ließ sie wieder fallen. »Ich will mit meinem Projekt ja um Himmels willen nicht über Leichen gehen. Ich habe den Buchhändlern bereits ein Gespräch angeboten. Man kann ja schließlich Veranstaltungen gemeinsam durchführen und sich die Kosten teilen.«

»Und die Bücher werden dann in der hauseigenen Buchhandlung gekauft?«

»Dort oder woanders. Ich kann und will niemandem vorschreiben, wo er seine Bücher bezieht. Andererseits, seien wir doch mal ehrlich: Lesungen sind immer ein Zusatzgeschäft.«

Ines erkundigte sich nach der Finanzierung des Projekts.

Die Antwort kam prompt und knapp: »Sponsorengelder und eigene Mittel.«

Was verstand er unter eigenen Mitteln? Und wie war es zu erklären, daß es ihm trotz augenscheinlich geringer Wertschätzung von Literatur gelungen war, Sponsoren für ein Projekt zu gewinnen, das nicht profitorientiert angelegt war?

Himmelheber antwortete, er sei in der glücklichen Lage, die Immobilie aus eigenen Mitteln zur Verfügung stellen und auch für einen Teil der laufenden Kosten aufkommen zu können. »Es ist mir eine Ehre, mit meinem hartverdienten Geld etwas Sinnvolles zu unterstützen. Hundertmal befriedigender, als damit auf dem Aktienmarkt zu spekulieren. Den Kick habe ich nicht nötig. Und ehrlich gesagt, bietet einem gute Literatur einen Kick ganz anderer Art.« Darüber hinaus schätze er sich glücklich über die Sponsorengelder, denn ohne das Engagement zahlreicher Firmen und Einzelpersonen könne das Literaturhaus auf Dauer nicht bestehen. Außerdem habe sich auf diese Weise bereits jetzt gezeigt, daß allen Unkenrufen zum Trotz ein breites Interesse vorhanden sei.

»Kann man sagen, das Literaturhaus ist Ihr Lebenstraum?«

Himmelheber lächelte breit. »Ja, so kann man das ausdrücken.«

»Warum haben Sie überhaupt die Zahnarztlaufbahn eingeschlagen?«

»Ganz einfach: um das nötige Kleingeld zu verdienen. Ich komme aus bescheidenen Verhältnissen.«

»Und Sie wollten schon immer etwas in dieser Richtung machen?«

»Seit ich zehn oder elf Jahre alt war.«

»Eine ganz andere Frage: Kann man ein Literaturhaus hier überhaupt füllen?«

»Sulzbach-Rosenberg ist eine viel kleinere Stadt«, konterte der Zahnarzt. »Man muß halt die großen Namen einladen. ›Provinz ist eine Möglichkeit‹, wie Walter Höllerer so treffend gesagt hat. Und diese Möglichkeit möchte ich nutzen.« Himmelheber rieb sich die Hände.

»Sie werden also auch Autoren aus der Provinz in Ihr Haus einladen?«

»Wenn sie gut genug sind ...«

»Darf ich fragen, wann ein Buch gut ist? Ab einer bestimmten Auflage? Oder wenn es bei einem bestimmten Verlag erscheint?«

Er sah sie erstaunt an, machte eine kurze Pause, als denke er intensiv nach, als suche er nach Worten. »Das ist eine gute Frage: Was ist ein gutes Buch?«

Gute Bücher führten einen an den Abgrund des Daseins, begann er. Sie müßten den Leser entweder verwirren oder verzücken. Denn es gehe beim Lesen nicht um Muße, sondern um die Muse, nicht um Unterhaltung, sondern um Haltung – dabei hob er den Zeigefinger –, letztlich um die Konfrontation mit den Abgründen der menschlichen Existenz. In diesem Zusammenhang ließ Dr. Himmelheber unverhohlen durchblicken, was er von Unterhaltungsromanen, aber auch von sogenannten Gebrauchstexten oder Ichfindungspoesie hielt. Ein Literaturhaus sei nie und nimmer ein Selbstbedienungsladen für Autodidakten und auch keine Anlaufstelle bei Fragen zur Lebensbewältigung, sondern vielmehr ein Hain der Sprachästhetik. Er sagte aber nicht »vielmehr«, sondern »gleichsam«. Die Gleichsam-Redner hatte Ines noch aus ihrer Studienzeit auf dem Kieker. Sie runzelte die Stirn.

Himmelheber fuhr fort, er würde sich umgekehrt ja auch niemals anmaßen, ein Auto reparieren oder einen Computer programmieren zu wollen oder gar – ein verständnisinniger Blick zu Ines – einen Artikel über Literaturhäuser in Deutschland zu schreiben. In diesem Sinne müsse man auch den Dichtern das Dichten überlassen.

Er warf einen Blick auf ihre Peter-Weiss-Lektüre. »Ein guter Handwerker, gewiß, politisch provokativ, durchaus, aber eben kein genialer Poet, kein Sprachästhet. Leider nur B-Klasse. Wenn Sie wissen, was ich meine.« Seine Lippen kräuselten sich kurz wie vom Wind gepeitschte Wellen, dann bildeten sie wieder den perfekten Rahmen für ein vorbildliches Zahnarztlächeln.

»Es wird ein A-Klassen-Haus. Ein Platz für die sogenannte hohe und ernste Literatur. Die Elite. Kurzum: für die E-Literatur, im Unterschied zur reinen Unterhaltungsliteratur.«

Wortreich und in immer neuen Wendungen und Beispielen ließ Himmelheber sich über die Rolle der Literatur aus – ein Mann mit einem festen Weltbild, der sich selbst inszenierte, und zwar gekonnt, selbstsicher, überzeugend. Ob er wohl Mercedesfahrer war? E-Klasse? S-Klasse? Ines verabscheute alle Klassifikationen. Sie lehnte die Unterscheidung zwischen erster und zweiter Klasse bei der Bahn und im Krankenhaus vehement ab, und bei der Literatur war das nicht anders. Sie hätte Himmelheber am liebsten frech gefragt, was er denn von der klassenlosen Gesellschaft halte, verwarf den Gedanken aber als kontraproduktiv.

Ihr Blick fiel auf einen Aufkleber an der Tür, die vermutlich vom Sprechzimmer ins Behandlungszimmer führte: *Sei tapfer*. Sie stellte sich vor, sie liege im Behandlungssessel, zwei Watteröllchen zwischen Lippe und Unterkiefer, die ihre Äußerungen auf Kehllaute und Zeichensprache reduzierten. Himmelheber streifte sich soeben sterile Handschuhe über, nahm den chromgleißenden Bohrer aus der Edelstahlhalterung, beugte sich mit einem strahlenden Lächeln über sie – jetzt wollen wir Ihnen einmal auf den Zahn fühlen –, und während er den hochtourig surrenden Bohrer am kariösen Backenzahn unten links ansetzte, dozierte er über seine Lieblingsautoren und über den Schmerz: die meisten Patienten haben Angst vor Schmerz, dabei ist der Schmerz ein Zeichen dafür, daß wir lebendig sind, wenn ein Zahn nicht mehr weh tut, dann ist er tot, nicht wahr, und die Literatur ist ein gutes Gegenmittel, A-Klassen-Literatur ist Schmerz und Tod und Liebe und Leben in einem, und deshalb: *sei tapfer*, sei ein A-Klassen-Patient, aber mit dem Bohrer im Mund war man ebenso sprachlos wie wehrlos und mußte das After-Shave des Zahnarztes genauso tapfer ertragen wie seine Monologe ... Es tat richtiggehend weh. Nicht das Bohren, das Ines sich soeben im Geiste ausmalte, sondern Himmelhebers unerträglich selbstgefälliges Dozieren. Verlier den roten Faden nicht, Ines, ermahnte sie sich. Bleib am Ball. Sei tapfer.

Bisher hatte Himmelheber seinen toten Kompagnon Breitkreuz mit keinem Wort erwähnt. Statt dessen hatte er sich selbst als alleinigen Begründer und Ideenträger des Literaturhauses dargestellt. Als der Zahnarzt erneut eine Kunstpause einlegte und zum Bierglas griff, nutzte Ines die Gelegenheit, um den Mord an Professor Breitkreuz zur Sprache zu bringen. Das sei doch sicherlich ein großer Verlust für ihn und für das gemeinsame Projekt.

Zum ersten Mal seit Beginn des Gesprächs lächelte Himmelheber nicht, griff er nicht zu jovialen Floskeln und Gesten. Sein Blick trübte sich, er starrte in sein Bierglas, ohne zu trinken, schwenkte eine Weile die Flüssigkeit hin und her, seufzte, sah Ines dann in die Augen. »Natürlich ist es das. Er war nicht nur mein Partner im Literaturhaus, er war auch mein Freund.«

»Woher kannten Sie sich eigentlich?«

»Schon ewig, seit der Schulzeit.«

»Haben Sie denn einen Verdacht, wer diese schreckliche Tat auf dem Gewissen haben könnte?«

Er trank das Glas in einem Zug leer. »Nein. Und das würde ihn auch nicht wieder lebendig machen. Leider.«

»Gibt es möglicherweise einen Zusammenhang zwischen dem Mord und dem geplanten Literaturhaus?«

Der Zahnarzt runzelte die Stirn. »Wie soll ich diese Frage verstehen?«

»Will jemand das Literaturhaus verhindern?«

Der Zahnarzt sah sie erstaunt an, begann dann zu lachen und breitete dazu die Arme aus, als wollte er das Lachen noch weiter dehnen. Die Gedenkminute war vorbei. »Das Literaturhaus wird kommen, gar keine Frage.«

»Sie werden das Projekt also auch ohne Professor Breitkreuz weiterführen?«

»Aber selbstverständlich, ich bitte Sie!«

»Wird Herr Seidl in die Fußstapfen von Herrn Breitkreuz treten?«

»Sie meinen Tobias Seidl? Natürlich nicht. Er ist als Programmleiter vorgesehen und wird diese Stelle erhalten. Sicherlich hat er entsprechende Kompetenzen und wird bei der Programmgestaltung eigene Vorstellungen einbringen können, aber ...« – Himmelheber betonte das letzte Wort, überlegte kurz – »... in die Fußstapfen von Paul wird er mit Sicherheit nicht treten, auch wenn er Germanist ist. Nein, die konzeptionelle Leitung des Hauses muß ich nun wohl ganz allein übernehmen.«

Ob ihm das wirklich so unrecht ist? dachte Ines. Oder ob ihm der Tod seines Kompagnons letztendlich – abgesehen von der freundschaftlichen Beziehung der beiden – nicht in gewissem Sinne sogar gelegen kommt?

Er sah auf die Uhr, lächelte wie am Anfang entschuldigend, stand auf. »Tut mir leid, Frau Artmann, aber ich habe noch einen wichtigen Termin ...«

Auch Ines erhob sich. Sie bedankte sich für das Gespräch. Er begleitete sie zur Praxistür. Auf dem Weg dorthin fragte sie scheinbar arglos, ob er, Himmelheber, eigentlich selbst literarische Ambitionen habe?

Diesmal lächelte er mit unverhohlenem Stolz. Nun ja. Das sei natürlich nicht zu vergleichen mit den großen

Werken, von denen er vorhin gesprochen habe. Aber wenn sie ihn schon darauf anspreche und dies seiner Eitelkeit schmeichele – früher, als Schüler, habe er Gedichte geschrieben, mehrere Jahre lang, altmodische Sachen, aber trotzdem, das eine oder andere lasse er auch heute noch durchgehen, sie seien sogar in der damaligen Schülerzeitung *Tintenfaß* abgedruckt worden, und später während des Studiums in München habe er einige Theaterstücke geschrieben, eins wurde sogar in einem kleinen Vorstadttheater zur Aufführung gebracht, alles nicht der Rede wert, Kleinigkeiten, Jugendstreiche, nichts, das sie in ihrem Artikel erwähnen dürfe, das müsse sie ihm versprechen.

Ines nickte verständnisvoll. »C-Klasse«, sagte sie. Und Himmelheber konnte nicht anders, als ihr zuzustimmen. Allerdings höchst ungern, wie sie mit Genugtuung bemerkte.

Im Fahrstuhl, der sie ins Erdgeschoß brachte, dachte sie: Das Gespräch war zwei minus. Und die Abschlußbemerkung: eine glatte Eins. Und blitzartig wußte sie auch, an wen der Zahnarzt Dr. Himmelheber sie von Anfang an erinnert hatte: an ihren Deutschlehrer.

Als sie aus dem Aufzug trat, wäre sie beinahe mit einem Mann zusammengestoßen, den sie vor kurzem schon einmal gesehen hatte, und zwar in einer ähnlichen Situation, in einem Hausflur. Sie nickte ihm unsicher zu, er nickte zögernd zurück, betrat den Aufzug, die Türen schlossen sich hinter ihm. Jetzt fiel es ihr wieder ein: Es war der Mann, dem das Haus gehörte, in dem Paul Breitkreuz erschossen worden war, der Immobilienfritze, der Vater von Tobias Seidl.

19

Die Zweizimmerwohnung von Lea Buchbinder war regelrecht mit Büchern möbliert. Bücherregale schienen die Tapeten zu ersetzen, in den beiden kleinen Zimmern und sogar im Flur reichten sie bis unter die Decke. Bücherstapel, von denen einige jeden Moment umzukippen schienen, auch auf dem Fußboden, den Fensterbänken, dem Tisch, neben dem Bett. Sogar das Sofa war belegt. Vielleicht war das so üblich bei Wissenschaftlern, die alles sammelten, was mit ihrem Forschungsgebiet zu tun hatte, Schmetterlinge oder Pflanzen oder Gesetzesparagraphen oder Zahlen oder eben Worte und Geschichten ... Freya war beeindruckt, auch ein wenig eingeschüchtert. Wenn diese Bücher alle eine so eindringliche Wirkung hatten wie *Abschied von den Eltern ...*

Vom Abend zuvor hatte Freya noch immer eine gehörige Portion Wut auf Popp im Bauch. Der unfreiwillige Abgang ihres verdatterten Kollegen hatte sie nicht besänftigt, ihr allerdings erst einmal Luft verschafft. Sie mochte eben keine halben Sachen. Sie mochte es nicht, wenn die Ebenen vermischt wurden. Alles zu seiner Zeit. Popp hätte ihr durchaus von seinem unergiebigen Zusammentreffen mit Lea Buchbinder berichten können – ein Gespräch unter Kollegen –, aber er sollte sich nicht einbilden, daß Freya sich bei der Arbeit auf die Brust küssen ließ. Und daß sie nach einem zugegebenermaßen verdammt aufregenden Liebesspiel so mir nichts, dir nichts zur Tagesordnung überging. Nach dem Motto: zwei Stunden körperliche Verausgabung, dann zurück zum Geschäft ...

Popp war zwar leibhaftig gegangen, hatte aber etwas zurückgelassen, nämlich die Tatsache, daß Lea Buchbinder zunehmend verdächtig wurde: kein Alibi, kurz zuvor ein heftiger Streit mit dem Opfer ... Und all das wollte Freya am nächsten Morgen nicht aus dem Kopf gehen. Sie mußte unbedingt noch einmal mit Lea Buchbinder reden. Wenn schon der so geschickte Popp nichts aus ihr herausbekommen hatte, dann würde das auch keinem anderen männlichen Kollegen gelingen. Eine Frau mußte her, und die einzige Frau im K-11 war nun einmal sie. So hatte sie kurz nach acht Gerstenthaler angerufen und sich auch von ihm nicht von ihrem Vorhaben abbringen lassen: Er solle ihr einen Wagen schicken.

Lea Buchbinder war über das erneute Auftauchen der Kriminalpolizei keineswegs überrascht. Sie bat die Kommissarin mit einer kraftlosen, gleichgültigen Geste herein, die besagen mochte: Jetzt ist sowieso schon alles egal, ich gebe mich geschlagen. Die Täterin kurz vor dem Geständnis? Äußerlich ähnelte sie kaum mehr der schönen, blonden Frau im hellgelben Kleid. Sie trug ausgefranste, verwaschene, ein wenig zu große Jeans, ein weites Sweat-Shirt, war ungekämmt – und trotzdem, dachte Freya, sieht sie immer noch extrem gut aus, vielleicht sogar noch attraktiver, als wenn sie sich in hautenge Hosen gezwängt hätte. Spuren von Müdigkeit und Trauer lagen auf ihrem Gesicht. Die Versteinerung hatte sich aufgelöst.

Freya zeigte auf die Bücher. »Haben Sie das alles gelesen?«

Lea Buchbinder winkte ab. »Natürlich nicht. Ich schaffe mir gerne Gesamtausgaben an. Der Vollständigkeit halber. Es ist auch viel Sekundärliteratur dabei.« Sie zeigte auf eine Reihe von Kartons, die hinter der Tür gestapelt waren. »Das erste Zehntel von Pauls, also Professor Breitkreuz' Hinterlassenschaft. Ich habe keine Ahnung, wo ich die Bücher unterbringen soll. Ich werde mir eine größere Wohnung suchen müssen.«

Freya dachte, der Keller tut es doch auch, verschluckte die Bemerkung aber, um die Gesprächsbereitschaft nicht von vornherein aufs Spiel zu setzen. Lea Buchbinder sprach von ihren Büchern fast wie von Kindern, die ein eigenes Zimmer brauchten, weshalb die Familie sich räumlich vergrößern mußte. Ein Frevel, auf die Idee zu kommen, man könnte diese Kinder in Pappkartons im Keller stapeln.

»Aber Sie sind nicht gekommen, um meine Bücherregale zu bewundern.«

Freya nickte. Sehr gut. Wenn Lea Buchbinder von sich aus zur Sache kam, vereinfachte das einiges. »Haben Sie nicht auch einen freien Stuhl?«

Lea Buchbinder entschuldigte sich, räumte einen Stapel Zeitschriften von einem Stuhl. Sie selbst lehnte sich mit verschränkten Armen an die Fensterbank, wirkte nun doch wieder ein wenig feindselig. »Sie wollen von mir wissen, worüber Paul und ich uns gestritten haben, hab ich recht?«

Wenn sie so direkt ist, bin ich es auch, dachte Freya. Keine höflichen Umwege also. »Meinem Kollegen gegenüber wollten sie sich gestern offenbar nicht dazu äußern. Die Putzfrau des Professors, Frau Bemel, hat, wie Sie wissen, den Streit zufällig mitbekommen.«

Lea Buchbinder zuckte die Achseln. »Sie hatte ihre Monatskarte vergessen. Ich hatte gerade ein paar Gläser vom Tisch gefegt. Paul war völlig außer sich. Aber damit auch Sie sich keine falschen Hoffnungen machen: Umgebracht habe ich ihn nicht.«

Freya lächelte. »Streiten ist in diesem Lande nicht strafbar. Glücklicherweise. Aber damit sonst niemand auf die Idee kommt, Sie zu verdächtigen, sollten Sie mir jetzt offen und ehrlich erzählen, worum es bei dem Streit ging.«

Lea Buchbinder begann am Daumennagel zu knabbern, was auf seltsame Weise deplaziert, ja infantil, fast bockig wirkte. Sie antwortete nicht, schien aber mit sich zu ringen.

»Mich interessiert noch etwas ganz anderes«, fuhr Freya fort. »Sie waren bisher wissenschaftliche Mitarbeiterin von Professor Breitkreuz, und im Anschluß daran waren Sie für eine Stelle als Assistentin vorgesehen. Nun hat Frau Hinze ausgesagt, daß Paul Breitkreuz Sie bei dem entsprechenden Gremium offenbar überhaupt nicht für diese Stelle vorgeschlagen hat, die nun jemand anders bekommt. Wußten Sie das? Hatte er Sie darüber informiert?«

»Was hat das mit seinem Tod zu tun?« sagte Lea Buchbinder so leise, als könnte jemand zuhören – und als sei dieser Jemand womöglich sie selbst.

»War es das, was Paul Breitkreuz Ihnen an dem bewußten Nachmittag gesagt hat? Daß Sie die Stelle nicht bekommen würden? Weil der Kollege von den Anglisten, Professor Gantz, ihm sonst Ärger machen würde, ganz ohne Schützenhilfe über die Frauenquote? War das der Anlaß zu dem Streit?« bohrte Freya weiter.

Lea Buchbinder starrte sie völlig perplex an. Dann brach sie in ein hysterisches Gelächter aus, und es dauerte eine Weile, bis sie sich wieder beruhigt hatte. »Falsch. Völlig falsch. Sie kennen Professor Gantz nicht. Der ist zu feinsinnig, um von perfiden Rachegedanken auch nur zu träumen, der ist ein Herr der alten Schule und steht über den Dingen. Gantz hätte nie gegen Paul intrigiert.« Ihr Blick wurde spöttisch. »Außerdem wollte ich diese dämliche Unistelle doch überhaupt nicht! Weder in Regensburg noch sonstwo! Ich bin Ende Zwanzig und habe die letzten zehn Jahre an der Universität zugebracht und vier Jahre lang an dieser Doktorarbeit gesessen und Bücher um Bücher gewälzt und Thesen und Antithesen aufgestellt und mich dabei nur um mich selbst gedreht.« Ein angeekelter Blick auf die eigenen Hände und die abgekauten Fingernägel. »Ich wollte nicht mehr an der Uni arbeiten und in abgeschmackte Intrigen hineingeraten und Seminare abhalten und bei jeder denkbaren und undenkbaren Gelegenheit zeigen, daß ich entweder gescheiter bin als die anderen oder ausgefuchster. Paul wußte das. Er wußte, daß ich nach der Promotion aufhören würde.«

Freya runzelte die Stirn. Dann war ja alles klar, zumindest dieser Punkt konnte abgehakt werden. Aber weswegen hatten Paul Breitkreuz und Lea Buchbinder sich an jenem Nachmittag gestritten? Und weshalb, zum Teufel, sagte Lea Buchbinder nicht einfach frank und frei, was Sache war? Allmählich wurde Freya ungeduldig. Sie wiederholte ihre Frage.

Lea Buchbinder drehte sich von ihr weg, blickte aus dem Fenster. Ihre Schultern unter dem Sweat-Shirt strafften sich, begannen dann zu zucken. Sie lehnte ihre Stirn gegen die Scheibe, weinte jetzt. Zuerst still, als sei es ihr peinlich, vor der Kommissarin zu weinen, dann überwand der Schmerz das Schamgefühl, das Schluchzen wurde lauter, wurde zu einem Wimmern, einem Jaulen, einem Schreien, einer Riesenwelle an Schmerz. Freya war das nicht fremd. Sie hatte auch selbst schon so geweint, aber das war lange her. Ihre aufkeimende Ungeduld war auf einmal wie fortgeblasen. Sie hatte alle Zeit der Welt, sie konnte warten, bis die Welle ausgelaufen war.

Als Lea Buchbinder sich umdrehte, war ihr Gesicht zwar

gerötet vom Weinen, aber ihre Augen waren klar. »Es ging um das Literaturhaus«, sagte sie. »Der Streit. Ich wollte keine Stelle an der Uni, ich wollte eine Stelle im Literaturhaus. Und Paul hatte es mir versprochen. Ich sollte zusammen mit ihm und mit Hans Himmelheber das Programm entwerfen, Schriftsteller einladen, die Gruppen koordinieren, also die gesamte organisatorische Leitung übernehmen.« Leiser fuhr sie fort: »Und ich hatte mich so darauf gefreut.«

Freya war perplex. Niemand hatte bisher auch nur ein Sterbenswörtchen davon verlauten lassen, daß Lea Buchbinder eine Stelle im Literaturhaus bekommen sollte. Aber vielleicht hatten sie einfach vergessen, danach zu fragen?

»Und dann?«

»Dann haben die Mistkerle mir die Stelle nicht gegeben.«

»Wie haben Sie das herausgefunden?«

»Am Freitagmorgen, als Paul an der Uni zu tun hatte, traf ich Himmelheber zufällig bei *Tengelmann* an der Kasse. Ich war guter Dinge und habe ihn gefragt, ob wir nicht zusammen einen Cappuccino trinken wollen. Wir sind dann gleich nebenan ins *Orphée*, ich habe mich erkundigt, wie es vorangeht mit dem Haus in der Wahlenstraße, dann habe ich vorgeschlagen, daß wir uns bald einmal zu dritt zusammensetzen sollten, um über das Konzept zu sprechen und ...« Sie stockte, sah Freya direkt in die Augen. »Da hat Hans Himmelheber es mir gesagt. Daß ich gar nicht vorgesehen bin für die Stelle. Und daß er dachte, Paul hätte es mir längst gesagt.«

Sie verschränkte wieder die Arme. Wie um sich vor der Wahrheit zu schützen.

»Und Sie sind daraufhin zu Ihrem Freund gefahren und haben ihn mit dem Verrat konfrontiert«, sprach Freya aus, was sich logisch aus dem Bericht Lea Buchbinders ergab. Was sie aber viel mehr interessierte: »Wie hat Paul Breitkreuz reagiert? Wie hat er es Ihnen erklärt? Welchen Grund hat er genannt?«

»Den gleichen wie Hans Himmelheber.«

»Und der wäre?«

»Wirtschaftliche Zwänge.« Lea Buchbinder zündete sich eine Zigarette an und sog den Rauch tief ein wie frische Alpenluft. »Er hat völlig zerknirscht getan – das konnte er übrigens ausgezeichnet, damit man ihn sofort in den Arm nimmt und nicht böse ist, obwohl er einem gerade das Messer zwischen die Rippen gestoßen hat – er hat den Zerknirschten gespielt und gesagt, er habe mich dem Literaturhaus opfern müssen. Stellen Sie sich das einmal vor: ›opfern‹ hat er wortwörtlich gesagt, ›er müsse mich dem Literaturhaus opfern‹, ist doch generös, was? Darauf kann ich mir echt was einbilden! Ich, das Opferlamm!«

Freya runzelte verständnislos die Stirn. »Wieso denn opfern?«

»Hans Himmelheber hatte offenbar einen großzügigen Sponsoren an Land gezogen, der das Literaturhaus für das nächste halbe Jahrhundert oder so unterstützen wollte. So einem Finanzmagnaten gegenüber dürfe man nicht kleinlich sein, hat Paul gesagt, zumal dieser einen Sohn habe, der sich als organisatorischer Leiter des neuen Literaturhauses geradezu anbiete ...« Sie stieß den Rauch aus. »Tobias Seidl, ich weiß nicht, ob Sie wissen, wer das ist, ein netter Kerl eigentlich, der auch etwas versteht von Büchern, Sohn vom Immobilien-Seidl, aber dafür kann er nichts.«

»Und Professor Breitkreuz hat einfach klein beigegeben?«

»Sie sagen es: klein beigegeben.«

Freya runzelte erneut die Stirn. »Das deckt sich aber ganz und gar nicht mit dem Bild, das wir uns in den letzten Tagen von Herrn Breitkreuz gemacht haben. Daß er bereit gewesen wäre, eine Idee für Geld zu opfern.«

Lea Buchbinder lachte verächtlich auf. »Richtig. Sie sagen es. Ich bin eben leider keine Idee. Ich bin nur seine Freundin. Gewesen.« Ihre Stimme zitterte plötzlich vor Zorn. »Er hat immer wieder etwas von ›Sachzwängen‹ gefaselt, und ich habe ihm alles mögliche an den Kopf geworfen. Habe ihm vorgeworfen, daß er feige ist. Daß er sich kaufen läßt. Daß er dabei aber mich verkauft. Daß er uns verkauft. Daß ihm die Beziehung zu eng geworden ist.

Daß er mich loswerden will. Daß er ein Scheißkerl ist. Dabei sind ein paar Gläser zu Bruch gegangen. Und einiges mehr. So war das am Freitag nachmittag. Ich … ich hätte ihn umbringen können.« Sie sah Freya in die Augen, ohne ihre Wut, ihre Verletzung zu verstecken. »Aber ich habe es nicht getan.«

Freya schwieg. »Wollte er Sie denn wirklich loswerden?«

Lea Buchbinder schüttelte den Kopf, nickte, schüttelte noch einmal den Kopf, begann wieder zu weinen. »Ich … ich weiß es nicht. Ich weiß es nicht. Ich habe die ganze Zeit darüber nachgedacht, aber ich weiß es nicht. Seit dem Streit hatten wir nicht mehr miteinander gesprochen. Jetzt verstehen Sie vielleicht, weshalb ich am Sonntagabend nicht zum Literaturkreis gehen konnte.«

Freya verstand es. In ihren Ohren hörte sich die Geschichte glaubhaft an. Aber ob Wegener das verstehen würde, war eine andere Frage.

»Was ist für Sie bitterer?« fragte sie nach einer Weile. »Der Verlust von Paul Breitkreuz oder der Verlust der Stelle im Literaturhaus?«

Lea Buchbinder ließ sich mit der Antwort Zeit. »Bevor Sie gekommen sind, hätte ich die Antwort noch ganz genau gewußt. Jetzt bin ich mir da nicht mehr so sicher.«

»Und warum haben Sie all das nicht schon gestern meinem Kollegen erzählt?«

Lea Buchbinder sah sie spöttisch an. »Wissen Sie das wirklich nicht? Glauben Sie denn allen Ernstes, daß er das verstanden hätte? Sobald ich zugebe, daß wir uns gestritten haben, und erzähle, weshalb, rutsche ich doch sofort auf Platz eins der Liste der Verdächtigen. Zumal ich kein Alibi habe.«

Sie hatte recht. Lea Buchbinder rückte langsam, dafür aber stetig auf der Skala der Verdächtigen ganz nach oben. Und die Kollegen, allen voran Wegener, würden in absehbarer Zeit auf Haftbefehl drängen. Es sei denn, ein weiterer Verdächtiger trat auf den Plan. Es sei denn, es fand sich für Lea Buchbinder doch noch ein Alibi.

20

Fast hätte Ines den Friseurtermin verpaßt, so müde war sie. Denn als Johnny um vier Uhr nachts immer noch keine Ruhe gegeben hatte und immer wieder hochgeschreckt war, sobald Tom oder Ines ihn aus dem Tragetuch auf die Matratze verfrachen wollte, hatten sie alle drei kurzerhand eine Nachtwanderung unternommen, vorbei an den um diese Uhrzeit längst geschlossenen Kneipen, mit denen Tom Erinnerungen verband: der erste Vollrausch im *Kneitinger*, existentialistischer Whisky im *Dudelsack*, hippes Insein im *Adabei*, »a dabei«, auch dabei, wie Tom ihr erklärt hatte. Das einstige *Atelier Jean*, die Mutter aller Regensburger Szenekneipen, hieß heute *Hinterhaus*; das *Ambrosius*, Ort legendärer Feten, existierte noch immer unter dem alten Namen, Tom hatte dort eine Zeitlang gearbeitet, im *Bischofshof* mit siebzehn seinen ersten Bierzapfjob gehabt, das *Zarapzapzap* unter der Garage am Peterstor war immer schon eine Disco gewesen und nannte sich jetzt *Neue Heimat*, das *Jenseits* gab es nach wie vor, aber unter einer anderen Adresse, nur wie das *Oma Plüsch* früher einmal geheißen hatte, wußte Tom nicht mehr, und das *Oblomow* hatte es damals noch nicht gegeben. Eine Kneipentour der ganz besonderen Art: rundum nüchtern und todmüde waren sie im Morgengrauen nach Hause gekommen.

Ines hatte gerade drei Stunden geschlafen, als der Wecker klingelte und sie daran erinnerte, daß sie einen Termin hatte. Die Fahrt mit dem Fahrrad durch den Alleengürtel hatte sie ein wenig wacher gemacht. Als sie nun aber spürte, wie das warme Wasser über ihre Haare rann und fremde Hände ihre Kopfhaut zu massieren begannen, schloß sie wohlig die Augen. Ihretwegen könnte das stundenlang so weitergehen. Sie würde langsam wegdämmern und …

»Darf es vor dem Tönen vielleicht eine pflegende Haarkur sein?« Die Friseurin, die sich als Viola vorgestellt hatte, sah sie im Spiegel fragend an.

»Ja, bitte.« Sie konnte einfach nicht wiederstehen.

»Sind Sie zum ersten Mal hier?«

»Ja.«

Sie gab sich einen Ruck. Ines, so geht das nicht. So einsilbig kommst du hier nicht weiter. Ich denke, du willst etwas über die Mordnacht in Erfahrung bringen. Dann gib dir ein bißchen mehr Mühe. Sie ging also auf Violas Gesprächsangebot ein: Ja, sie sei zum ersten Mal hier, ja, sie sei auch neu in Regensburg, ja, das höre jedermann sofort heraus, ja, es gefalle ihr ausgezeichnet, vorher in Berlin, natürlich sei die Stadt hier kleiner, klein, aber fein. Die Reihe von Spiegeln bot die Möglichkeit, die meisten Kundinnen und Friseurinnen in Augenschein zu nehmen. Welche der ausnahmslos extravagant frisierten Damen mochte wohl Angelina Sommer sein, die Chefin? Wer nichts wagt, der nichts gewinnt. Also los.

»Ich habe in der Zeitung von dem Mordfall gelesen. Schrecklich, so etwas.«

Viola nickte. Ihre Chefin sei ja mit dem Opfer bekannt gewesen. »Wieviel kürzer soll es denn werden?« Sie hielt eine Strähne von Ines' sowieso nicht langem Haar hoch. »So etwa?« Sie begann zu schneiden und zu erzählen: »Außerdem war sie an Ort und Stelle, als der Professor erschossen wurde. Das haben Sie vielleicht auch gelesen. Alle Kunden fragen danach. Furchtbar. Es hat sie sehr mitgenommen. Deshalb sind auch im Moment so schwer Termine zu bekommen. Weil wir die Kunden mit übernommen haben. Und die Chefin pausiert zehn, zwölf Tage. Ist es hinten so kurz genug?«

Ines sah prüfend in den Spiegel im Spiegel, den Viola hinter ihren Kopf hielt. »Genau richtig. Kannten Sie diesen Breitkreuz denn auch? Er muß ja in Regensburg bekannt gewesen sein wie ein bunter Hund.«

Viola schüttelte den Kopf. »Ich hab's nicht so mit Büchern. Ich geh lieber ins Kino.« Sie senkte die Stimme, beugte sich etwas mehr zu Ines hinab. »Aber seine Mutter, die kenne ich gut. Sie ist eine Kundin von uns. Kommt jede Woche einmal zum Waschen und Legen. Sie wohnt gegenüber in der Seniorenresidenz. Die Ärmste. Ihr einziger Sohn. Jetzt den Kopf bitte mal geradehalten.«

Im Spiegel ging die Ladentür auf, eine weißhaarige Frau kam mit langsamen Schritten herein. »Ja, grüß Gott, Frau Hartl! Ich bin sofort soweit. Bitte nehmen Sie doch fünf Minuten Platz, gell, ich komme gleich.«

Die Friseurin, die links neben Ines stand, nahm ihrer Kundin den Frisierumhang ab, schüttelte ihn aus, fegte die Haare am Boden zusammen. Die Kundin stand auf, warf sich im Spiegel einen zufriedenen Blick zu und ging zum Bezahlen an die Kasse. Danach geleitete die Friseurin die weißhaarige, alte Dame zu dem freigewordenen Frisiersessel neben Ines. Schwerfällig nahm sie Platz.

Viola trug jetzt das Färbemittel auf, und Ines schloß erneut die Augen. Sie hörte, wie die Friseurin die alte Dame fragte: »Wie gehabt, Frau Hartl?« und wie die alte Dame mit einer dünnen, hohen Stimme antwortete: »Wie immer, Bianca. Same procedure as every year.« Beide lachten.

»Na, na, neunzig sind Sie aber noch lange nicht, gell?«

»Noch zwei Jahre.«

»Jetzt nehmen Sie uns aber auf den Arm!«

»Ich bin achtundachtzig.«

»Was? Das hätte ich ja nie gedacht.«

»Doch, doch. Die Zeit vergeht.«

»Da haben Sie mal wieder recht.« Eine Pause. Dann wieder die Stimme Biancas: »Ist das Wasser warm genug?« Und dann die Stimme Violas: »So, die Tönung muß jetzt dreißig Minuten wirken. Soll ich Ihnen etwas zu lesen bringen? Ach, ich sehe, Sie haben sich selbst etwas mitgebracht. Eine Tasse Kaffee vielleicht?«

Das war eine gute Idee. »Mit Milch und Zucker, bitte.«

Ines nahm das Buch hoch, versuchte zu lesen, konnte sich aber nicht richtig konzentrieren, las gerade zum vierten Mal den Satz: »Die Trauer galt der Erkenntnis eines gänzlich mißglückten Versuchs von Zusammenleben«, der sich auf Peter Weiss und seine Familie bezog, als sie hörte, wie die alte Dame mit nörgelnder Stimme sagte:

»Mein Sohn ist ja mit ihm zur Schule gegangen. Bitte etwas kälter, das Wasser, Bianca, ja, danke, paßt scho. Mit Paul Breitkreuz, mein' ich.«

»Ist ja nicht möglich! Dann haben Sie ihn schon als Jungen gekannt? Mei, die Welt ist klein.« Die Stimme der Friseurin.

»Befreundet waren die beiden nicht so direkt. Da haben die Kinder ihren eigenen Kopf. Der Paul war vielleicht ein-, zweimal bei uns zu Hause. Obwohl, und das sage ich ihm auch immer wieder, meinem Sohn, meine ich, er hätte sich gern eine Scheibe von ihm abschneiden können. Was der alles geleistet hat in seinem Leben, das ist schon bewundernswert.«

Die Friseurin ließ sich mit der Antwort Zeit. Nach einer Weile sagte sie: »Ja, das hat ihm jetzt aber auch nichts genützt, gell. Da ist man halt doch wieder froh mit dem, was man hat. Solang man bloß gesund bleibt und so ein hohes Alter erreicht wie Sie, Frau Hartl.«

»Aber das muß man wirklich sagen, Professor an der Universität, das ist schon was. So weit hat mein Sohn es leider nicht gebracht.«

»Aber, aber, jetzt seien Sie mal nicht so streng, Ihr Sohn hat doch auch einen schönen Beruf.«

»Ich bitte Sie, Bianca.« Die Stimme der alten Dame klang jetzt geradezu empört. »Studiert hat mein Sohn und einen Doktortitel hat er auch. Und dann ist ihm nichts Besseres eingefallen, als sich um die tropfenden Wasserhähne anderer Leute zu kümmern? Also, ich weiß nicht.«

Schon wieder eine nörgelnde Mutter, deren einst vielleicht nur ab und zu klagende Stimme im Laufe der Jahre zum Charaktertonfall geworden war, dachte Ines. Es war nicht auszuhalten, dieses Gewäsch. Am liebsten hätte sie sich woanders hingesetzt. Erst gestern hatte sie sich den halben Nachmittag lang von Toms Mutter die großartigen Leistungen der Söhne von Bekannten, Verwandten, Nachbarn anhören müssen. Wobei natürlich nur solche herausgepickt wurden, die es in den Augen der Mutter zu etwas gebracht hatten. Während ihr Sohn ja nur in der Kneipe arbeitet, hatte Tom geschrien, als Ines gut gelaunt vom Gespräch mit Himmelheber nach Hause gekommen war. Je länger der Nachmittag bei seinen Eltern zurücklag, desto deutlicher hatte sich seine Wut herausgeschält, und als Ines zur Tür hereinkam, hatte er endlich jemanden vor sich gehabt, dem er sie auf den Tisch packen konnte: Er habe es satt, immerzu die Erfolge, die Karrieren, die Kapitalien der anderen vorgehalten zu bekommen, hatte er geschrien, wie in einem Zerrspiegel, der mir einflüstern soll, daß ich auch so werden will, Rechtsanwalt, Aufsichtsratsmitglied, Chefarzt, Forschungsleiter, stellvertretender Direktor, Unternehmensberater, dazu die entsprechenden Häuser, Segelboote, Drittwohnungen, Luxusreisen, kurz mal eine Woche nach Florida rübergejettet wie der Sohn von Tante Hildegard, doch noch Klinikchef geworden wie der Sohn einer Schulfreundin meiner Mutter im Allgäu, na bitte, es geht doch, wenn man nur will – und der eigene Sohn? Ein böses Funkeln in Toms Augen: eine Pflaume, ein Versager, ein Kneipier, noch nicht mal sein eigener Herr, sondern nur angestellt, im Gaststättengewerbe sterben doch die meisten Leute an Lungenkrebs oder an Leberversagen. In Berlin? Dort sei das alles weit weg gewesen und er habe darüber gelacht. Zwei Besuche im Jahr, da habe er die offenen Vorhaltungen und die verdeckten Sticheleien locker wegstecken und in Ruhe verdauen können. Weshalb er nicht jetzt gleich auf der Stelle zu Hause anrief und all das, was er Ines gegenüber abgelassen hatte, an die richtige Adresse umleitete? Da war er baff. Ja, das sollte er eigentlich. Doch bei dem Vorsatz blieb es dann.

Ines hatte überlegt, ob es in ihrer Familie ebenfalls diesen permanenten Druck gegeben hatte, einen prestigereichen Beruf zu ergreifen. Schwerpunkt nicht auf Ausbildung und solidem Einkommen, sondern auf vorzeigbarem gesellschaftlichem Ansehen. Wurden die Erwartungen in einem Haushalt mit drei Töchtern von vornherein und nach wie vor niedriger gehängt? Faßten die Eltern statt akademischer Ehren lieber den soliden Posten der Lehrerin ins Auge? Statt der eigenen Steuerberaterkanzlei lieber die abgesicherte Stellung in einem multinationalen Unternehmen? Nicht das abgebrochene Studium war den Eltern jahrelang ein Dorn im Auge gewesen, sondern das unstete

Leben ihrer Tochter, das damit verbunden war. Ihretwegen hätte sie auch Krankenschwester werden können – Hauptsache, etwas Anständiges. Wenn Ines zu Besuch nach Hause fuhr, warteten auf sie nicht nur der gedeckte Apfelkuchen, eine Packung neuer Handtücher und der nie ausbleibende Vergleich mit den beiden Schwestern, sondern ein ähnliches Gesprächsschema wie bei Toms Eltern, allerdings mit anderem Vorzeichen, veränderter Mischung der Werte. Auch ihr wurden fragmentarische Informationen aus dem Leben anderer Leute aufgetischt – daß die frühere Spielkameradin zum zweiten Mal geheiratet hatte, einen sehr netten Rechtsanwalt nämlich, daß man vor kurzem die Tochter von Frau Soundso mit ihren beiden Kindern getroffen habe, das Mädchen spiele sehr schön Klavier, der Junge sei eine Nachwuchshoffnung im Eishockeyverein, und die Tochter der Nachbarn, ich weiß nicht, ob du dich noch an sie erinnerst, sei jetzt auch endlich mit ihrem Freund, einem bestens verdienenden Informatiker, zusammengezogen, in eine schöne Eigentumswohnung natürlich … Diese Informationshäppchen sollten nicht sagen: Alle Achtung, was aus der geworden ist, sondern: So sieht ein ganz normales Leben aus, und du, wie lebst du? Jahrelang hatten diese Geschichten Ines rasend gemacht. Sie hatte die unausgesprochene Kritik an ihrem eigenen, in den Augen der Eltern nicht gesellschaftsfähigen Leben sehr wohl herausgehört: nicht verheiratet, noch nicht einmal in festen Händen, ein lockeres Leben, ein Lotterleben, immer noch keine Kinder, auch keinen »ordentlichen« Beruf, passend dazu diese schäbige Wohnungsmöblierung, obendrein die Dusche in der Speisekammer, Kind, wann wirst du nur endlich erwachsen? Und da die Eltern sich das nicht freiheraus zu sagen trauten, ließen sie sich statt dessen in epischer Breite über das mustergültige Leben anderer Leute aus.

Ines und Tom hatten den Rest des Abends über die Erwartungen ihrer Eltern gesprochen, die auf völlig anders orientierten Wertmaßstäben beruhten. Sie hatten sich geküßt, so innig wie schon lange nicht mehr.

»Wir lassen uns nicht kleinkriegen«, hatte Ines geflüstert.

»Eigentlich nicht zu fassen, daß wir uns in unserem Alter immer noch mit den Alten herumschlagen.«

»Tröste dich: Manche Leute fangen nie damit an.«

»Dabei hast du das Soll eigentlich erfüllt«, hatte Tom gegrinst. »Du hast jetzt einen Mann ...«

»... der noch dazu in der Wirtschaft arbeitet ...«

»... und ein Kind und eine schöne Wohnung mit Dusche ...«

»... und Badewanne ...«

»... was willst du eigentlich mehr?«

»Wenigstens sind wir nicht verheiratet«, hatte Ines gegluckst. »Das ist sehr beruhigend. Sonst würde ich noch anfangen, an mir zu zweifeln ...«

Die alte Dame saß mittlerweile unter der Trockenhaube und hatte daher das Gespräch mit der Friseurin namens Bianca abgebrochen. Viola tauchte wieder auf, wusch Ines die Tönung aus dem Haar, das jetzt knallrot leuchtete. In dem kleinen Spiegel, den sie zur abschließenden Begutachtung vorgehalten bekam, fielen die ehemals weißen Strähnen an den Schläfen jetzt orangerot aus. Sehr hübsch. Hoffentlich würde Johnny sich nicht erschrecken.

Die restliche johnnyfreie Zeit nutzte Ines für weitere Erkundungen und machte einen Abstecher in das DTP-Büro von Luzia Vondertann. Die schien Ines zunächst abwimmeln zu wollen, tat sehr beschäftigt, gestattete ihr zuletzt gnädig fünf Minuten, die sie dann in einem unentwegten Wortschwall zu einem halbstündigen Gespräch ausdehnte. Es war, als würde sie gar nicht mehr aufhören können zu reden. Vielleicht war das ihre Weise, mit der schrecklichen Geschichte fertig zu werden. Ines kam nicht einmal dazu, ihre vorbereiteten Fragen zu stellen, erfuhr dennoch das meiste von dem, was sie hatte in Erfahrung bringen wollen. Luzia Vondertann schilderte ihr den Verlauf des Tatabends, nannte die Namen aller anwesenden Literaturkreisfrauen, beschrieb das Wohnzimmer, den Standort der Stühle und den Standort des Lesepults, das Susanne Riepl kürzlich bei der Ökoschreinerei *Holzweg* erstanden hatte, nannte ihr die Titel der Bücher, die bei diesem Treffen vorgestellt worden waren. Breitkreuz hatte einen kurzen Vortrag über die Peter-Weiss-Lesegruppen gehalten, die sich nach dem Erscheinen der *Ästhetik des Widerstands* in vielen Städten gebildet hatten, hatte dann angefangen vorzulesen, fünf, acht, zehn Seiten, dann hatte es plötzlich den Knall gegeben, Breitkreuz war erst auf das Pult gesackt, dann auf den Boden gestürzt. Ines könne sich vielleicht vorstellen, was das für ein Schock gewesen sei, hatte Luzia Vondertann gesagt, und daß keine von ihnen im ersten Moment gewußt hatte, was zu tun sei, was überhaupt Sache war, ein Herzinfarkt oder ein Schlaganfall, und ob dieser seltsame Knall etwas damit zu tun hatte oder nicht. Sie hatten sofort den Notarzt gerufen und die Polizei gleich dazu und natürlich Breitkreuz' Freundin Lea Buchbinder, die nur wenige Straßen entfernt wohnte und jetzt unter Tatverdacht stand, auch wenn Luzia Vondertann sie, genau wie die anderen Frauen, für unschuldig hielt. Einen Verdacht, wer der Täter gewesen sein könnte, hatte auch sie nicht.

Niemand hat einen Verdacht, dachte Ines, die nach diesem Bericht nun die Innenansicht zur Außenansicht des Geschehens vor Augen hatte. Doch das half zunächst ihr auch nicht weiter. Sie würde sich schon gedulden müssen, bis sie irgendeinen Fussel des roten Fadens erhaschte.

21

Die Buchhandlung von Ramona Lindinger lag ein wenig abseits vom Zentrum der Altstadt in der Lederergasse. Wenn Ines die Abgase des Rückstaus zwischen Jakobstor und Arnulfsplatz vermeiden wollte, nahm sie den Fußgängerweg zwischen der Allee und einer schmalen Gasse, die linker Hand an einer alten Klostermauer weiterführte. Das angrenzende Viertel gefiel Ines gut, es wirkte belebt, von seinen Bewohnern, nicht von Touristen, die sich selten über den unmittelbaren Altstadtkern hinaus hierher zu verirren schienen, auch wenn die Bebauung hier großteils noch aus dem Mittelalter stammte. Die Häuser waren heruntergekommen, zum Teil saniert, aber nicht überkandidelt, künstlich aufgemotzt. In den wenigen Läden wurden noch Waren verkauft, die von konkretem Nutzen für die Anwohner waren, Lebensmittel, Haushaltswaren, Blumen, Getränke, auch eine kleine Änderungsschneiderei hatte Ines entdeckt, ein Weingeschäft, eine Drogerie, zwei Friseure, einen Bäcker. Allerdings machten die meisten dieser Läden den Eindruck, als würden sie Monat für Monat ums Überleben ringen. Schwer vorstellbar, wie sich da eine Buchhandlung halten sollte, die Ines übrigens bisher noch nie aufgefallen war. Vermutlich hatte Ramona Lindinger ebenso ihr Stammpublikum wie der Metzger, der Friseur oder der Buchhändler gegenüber vom Literaturhaus.

Wie Ines jetzt feststellte, war sie tatsächlich noch nie bewußt durch die Lederergasse gegangen, die parallel zum Fluß verlief, nur einen Häuserblock von der Donau entfernt. Sie hatte die Gasse sicherlich mehrfach gekreuzt, war aber immer weitergegangen, denn der Fluß versprach freien Ausblick auf Wasser und Grün und Boote, der Fluß war ein unentwegt bewegtes und doch beruhigendes Treiben, während die Häuser ruhten. Auch durch das Kuhgässl, das in die Lederergasse mündete, war Ines noch nicht gegangen, aber aus einem anderen Grund: Die Passage war viel zu schmal für einen Kinderwagen. Einmal mehr bewährte sich das Tragetuch. Ob wohl die Hirten früher so magere Rinder durch die Gasse getrieben hatten? Die Buchhandlung befand sich schräg gegenüber. *Lesefluß* stand auf einem Schild über dem Ladeneingang.

Als sie die Buchhandlung *Lesefluß* betrat, war gerade Kundschaft da. Die Buchhändlerin – eine Frau von Ende vierzig mit schulterlangen, eindeutig schwarzgefärbten Haaren und Hornbrille, sie mußte Ramona Lindinger sein – beriet soeben eine Mutter und ihre zwei Kinder. So konnte Ines sich zunächst ein wenig umsehen. Vom Eingangsbereich aus gelangte man in zwei ineinander übergehende

Räume. Im ersten Raum stand ein Regal mit Kinderbüchern, davor ein Tisch mit Malstiften, ein Schaukelpferd, in den anderen Regalen standen Kunstbände, Reisebücher, Kochbücher, Lexika, Sachbücher. Der nächste, etwas kleinere Raum war literarischen Werken vorbehalten, alphabetisch und nach Ländern geordnet, in einer Ecke Kriminalromane, in einer anderen literarische Zeitschriften. An der Längswand stand ein dunkelrotes Sofa, das zum Platznehmen und Darinversinken einlud. Ines' Rücken schmerzte ein wenig vom ungewohnten Tragetuch. Wie gern hätte sie sich jetzt auf dem Sofa ausgestreckt und nach Lust und Laune geschmökert! Aber des Sohnes Schlaf war vorrangig. Mit johnnyfreundlichem, wippendem Gang schritt Ines die Bücherregale im hinteren Raum ab, suchte nach den Titeln, die Luzia Vondertann genannt hatte, fand *Das Fischkonzert* und *Tod im Klassenbuch*, nicht aber *Die schöne Schlafende*, einen Titel, der sich angesichts ihrer durchwachten Nächte besonders verlockend anhörte.

Die Türglocke bimmelte, die Mutter und ihre beiden Kinder verließen den Laden. Dies war der Moment, auf den Ines gewartet hatte, sie betrat wieder den Raum mit den Kinderbüchern – doch offenbar war gleichzeitig ein neuer Kunde hereingekommen, denn sie hörte eine männliche Stimme, wandte sich daher der Ecke mit den Kinderbüchern zu, in absehbarer Zeit würde auch das auf sie zukommen.

»Lange nicht mehr gesehen«, hörte sie im Hintergrund die Stimme der Buchhändlerin. »Bist du etwa zur Konkurrenz übergelaufen?«

»Ich war eine Zeitlang nicht in der Stadt«, antwortete die männliche Stimme, die sich wie Tom Waits oder vielmehr wie ein Reibeisen anhörte. Der Mann raucht und trinkt zuviel, dachte Ines, der in ihrer Berliner Kneipenjobzeit jede Menge solcher Stimmen samt dazugehöriger Männer begegnet waren.

»Vergnügungsreise?«

»So was ähnliches.«

»Auf Entzug?«

»Von dir höchstens.« Der Mann lachte. Es hörte sich an wie ein Bellen.

Die Buchhändlerin schien seine Bemerkung nicht allzu komisch zu finden. »Paul ist tot, weißt du das schon?«

»Ich bin gestern zufällig Armin über den Weg gelaufen, der hat es mir erzählt. Und daß du sogar bei der Lesegruppe warst, als es passiert ist, hautnah am Ort des Geschehens.«

Ines hörte aus dem Nebenraum, wie die Buchhändlerin dem Kunden eine kurze Zusammenfassung der Mordnacht lieferte, die im wesentlichen mit der Schilderung von Luzia Vondertann übereinstimmte. Nur daß Ines mit dem Kinderwagen draußen auf der Straße stand und zuhörte, hatten beide ausgelassen. Abgesehen davon: mit ihren neuen roten Haaren würde niemand mehr auf die Idee kommen, sie mit dem nächtlichen Kinderwagenphantom zu verwechseln.

»Tja, jeden trifft es irgendwann mal«, sagte der Mann lakonisch oder hilflos oder weil ihm nichts Besseres einfiel.

»Scheint dich ja nicht besonders zu berühren.«

»Ich habe schon lange keine Träne mehr vergossen«, sagte der Mann. »Das muß wohl daran liegen, daß die meisten Leute es nicht wert sind. Oder sollte es doch an mir liegen?« Er stieß wieder sein bellendes Gelächter aus, das in angestrengtem Husten endete. »Der große Paul mit dem breiten Kreuz«, fuhr der Mann etwas theatralisch fort. »Zu Lebzeiten verehrt wie im Tode und in Ewigkeit, Amen.«

»Hör auf. Du hast wieder zuviel getrunken.«

»Du weißt doch, Kinder und Betrunkene sagen die Wahrheit. Warum sollte ich also aufhören? Ihr seid ihm alle in den Arsch gekrochen und habt ihn immerzu auf Händen getragen – nur keine Kritik an unserem großen Professor und Weiberhelden.«

Der Mann war offenbar ein alter Bekannter der Buchhändlerin, vielleicht ein Ex-Freund oder ein nie zum Zuge gekommener Verehrer. Offenbar hatte er Professor Breitkreuz gekannt und nicht besonders geschätzt. Die Buchhändlerin schien von dieser Begegnung insgesamt nicht gerade begeistert zu sein, versuchte aber, einen sachlichen

Ton zu finden. »Morgen früh ist die Beerdigung auf dem Bergfriedhof«, sagte sie statt einer Antwort. »Ich gehe auf jeden Fall hin.«

»Wäre eine gute Gelegenheit, dich schon bald wiederzusehen ...«, sagte der Mann. Es war nicht klar, ob er es ironisch oder ernst meinte. »Und ein passender Anlaß zum Tränenvergießen! Fast wie der Fünfzigste von unserem Himmelsvermesser. Den wird er doch wohl jetzt nicht etwa verschieben, oder? Wie ich unser Hänschen-klein-ging-allein kenne, zieht er die Sache trotzdem durch. Sich selbst zuliebe. Ist er übrigens immer noch solo? Armin hat sich erkundigt, ob ich auch hingehe. Was meinst du, bin ich eingeladen oder nicht? Ich hab die Post noch gar nicht durchgeschaut. Ach was, ob mit Einladung oder ohne, das ist nicht weiter interessant, ich bin eine Null und falle deshalb sowieso nicht ins Gewicht, einer mehr, einer weniger, tut nichts zur Sache, aber was ist mit dir, eine wichtige Buchhändlerin, laß mich raten, hat das Himmelheberle dich auf die Liste der erlauchten Gäste gesetzt?«

Die Buchhändlerin konnte sich nun doch nicht mehr beherrschen. Ines hörte es an dem zornigen Zittern in ihrer Stimme. »Werner, was willst du eigentlich?«

»Ach, nur mal sehen, wie es dir so geht.«

»Danke, gut. Dann bis zum nächsten Mal. Auf Wiedersehen.«

»Bei dir kann man sich nicht einmal mehr einen kleinen Scherz erlauben.«

»Bei mir kann man Bücher kaufen.«

»Sonst nichts?«

»Der Spritladen ist um die Ecke.«

»Warum bist du denn heute so unfreundlich zu mir?«

Johnny wurde unruhig. Ihr Sohn sollte, bitte schön, die Klappe halten und weiterschlafen, bat Ines inständig. Sie wollte unbedingt mitbekommen, wie das Gespräch sich entwickeln würde, kam sich ein wenig vor wie eine Spionin, die jeden Moment entdeckt und in ein unterirdisches Verlies geworfen werden konnte. Der Mann stichelte und provozierte ununterbrochen. Was wollte er damit erreichen? Die Buchhändlerin aus der Fassung bringen, auf daß sie ihn beschimpfte und vor die Tür setzte? Alte Rechnungen begleichen, die sowieso nie aufgehen würden? Oder war diese Art von misanthropischer Gesprächsführung mit attraktiven Frauen seine übliche Kontaktaufnahme oder vielmehr -abwehr?

»Haben sie den Mörder denn wenigstens geschnappt?«

»Nein. Aber wenn du der Kripo erzählst, wie wenig du für Paul übrig hattest, dann interessieren die sich mit Sicherheit für deine Person.«

»Da wäre ich aber nicht der einzige«, lachte der Mann, fing dann wieder an zu husten. »Vielleicht haben wir Neider und Mißgönner und Rivalen und Ewigzweiten uns ja alle klammheimlich zusammengetan und Paulchen gemeinschaftlich ins Jenseits befördert ... Hahaha! Eine ausgezeichnete Idee!«

»Ich finde das überhaupt nicht witzig«, fauchte Ramona Lindinger.

Der Mann wechselte seine Strategie, legte jetzt eine Spur Neutralität in seine Stimme. »Und was wird aus dem Literaturhaus?«

Die Buchhändlerin antwortete nicht.

»Das schafft Hans doch nie allein.« Die Stimme klang jetzt wieder spöttisch. »Auch wenn er sich als alleiniger Herrscher des literarischen Firmaments nun sicherlich wie der Großmeister und Magister Ludi höchstpersönlich vorkommt. Ein Himmelsvermesser eben, wenn das bloß nicht zu vermessen ist ...«

»Ruf ihn an, vielleicht kannst du ja als Ersatz für Paul Breitkreuz einsteigen. Dann hättest du endlich was zu tun.«

»Ich und Hans? Der zieht mir nur alle Zähne.« Der Mann lachte über den eigenen Witz. »Viel zuviel Trubel, zu viele langweilige Bücher, zu viele eitle Literaten, zu viele hochgestochene Leser. Ich bin Misanthrop und Einzelgänger, wie du weißt. Und ich habe nicht die Absicht, mich bekehren zu lassen. Das Dutzend Bücher, die mir am Herzen liegen, reicht mir vollauf.«

»Reine Selbststilisierung.«

»Wenigstens mit Stil. Aber was ist mit dir? Kann ich meine Bücher demnächst im *Lesefluß* in der Wahlenstraße kaufen? Hat der Verflossene, äh, der hochehrenwerte Verblichene dir wenigstens den Buchladen verschafft?«

»Danke für dein Interesse an meiner Zukunft, aber ich bin hier sehr zufrieden.«

»Und wer kommt da jetzt rein?«

»Wo?« – »Ins Literaturhaus? Irgendein Laden aus München, mit Zweigstelle in Regensburg. Können wir bitte das Thema wechseln.«

»Ich verstehe. Die zahlen natürlich mehr. Wer ist es denn? Sandbulte? Oder die Buchclub-Kette?«

Ramona Lindinger gab keine Antwort. Beide schwiegen eine Weile.

»Okay, okay«, sagte der Mann. »Ich halte ja schon den Mund. Keine weiteren Fragen zu heißen Themen. Und wie ist sonst so die Stimmung in der Stadt? Sind die Herren Feuilletonisten dem Literaturhaus gewogen?«

»Frag sie doch selbst. Die Buchseite ist in deiner Abwesenheit abgeschafft worden.«

»War der Zeitgeist mal wieder am Werke, haben die Controller die Kontrolle über Inhalt und Form alles Schöngeistigen an sich gerissen und Platz für mehr Eventmarketing freigeschlagen ...«

»Bitte, Werner, ich habe zu tun, und wenn du wissen willst, was in den letzten Monaten in der Stadt los war, dann geh ins *Zappenduster* oder ins *Oblomow*. Oder willst du meinen Lebensunterhalt etwa doch noch mit einem Buchkauf subventionieren?« Sie hatte zu ihrem anfänglichen ironischen Tonfall zurückgefunden.

»Vielleicht fällt dir ja ein nettes Geschenk ein zu Hans Himmelsvermessers Feier zum halben Jahrhundert nach seiner Geburt, zu dem sogar renitentes Fußvolk wie meine Wenigkeit geladen wurde.«

»Also doch. Wenn du angemessen investieren willst, dann kann ich dir bis Samstag morgen jede Gesamtausgabe besorgen, die du haben willst.«

»Wie wäre es mit einer halben Gesamtausgabe, und wenn

er das Jahrhundert vollmacht, bekommt er die zweite Hälfte? Was hältst du von Peter Weiss ...?«

Die Buchhändlerin mußte jetzt doch lachen. »Werner, du bist schrecklich. Ich halte viel von ihm, wie du weißt, aber auf Hans trifft das nicht gerade zu ...«

»Eben. Eine klitzekleine Herausforderung kann nie schaden ... Meine Eltern haben mir auch immer Sachen geschenkt, die ich nicht leiden konnte. Und – hat es mir geschadet? Na ja, ich seh mich mal ein bißchen um, ob ich was hübsch Hochgestochenes finde.«

Ein blasser, hagerer Mann mit Halbglatze und einem Kranz dunkler Haare betrat den Nebenraum. Ines nahm schnell eines der Kinderbücher aus dem Regal, sah zerstreut auf.

Es sollte nicht den Eindruck machen, als habe sie das Gespräch belauscht. Der Mann ging zielstrebig weiter in den nächsten Raum, wollte offenbar nach einem Geburtstagsgeschenk für den Zahnarzt suchen. Ines überlegte fieberhaft, was sie weiter tun sollte: Wie geplant mit der Buchhändlerin reden oder unauffällig diesem Zyniker namens Werner folgen, sobald er die Buchhandlung verließ? War es günstiger, sich an einen Plan zu halten oder diesen Plan, sobald es sich ergab, zu erweitern und abzuwandeln? Keine Frage, Ines, denk zur Abschreckung an deinen Deutschlehrer, laß alle Vorsätze fahren und folge deiner Spürnase. Außerdem lief die Buchhandlung nicht weg, der Mann aber würde über kurz oder lang um die Ecke verschwinden.

Sie ging zur Kasse und erkundigte sich nach der *Schönen Schlafenden*. Sie habe das Buch nicht finden können. Ramona Lindinger nickte. Erst heute morgen hatte sie das letzte Exemplar verkauft, die Nachbestellung aber schon weggeschickt. Als sie die Titel der beiden anderen Bücher sah, die Ines jetzt bezahlte, blickte sie erstaunt auf, musterte die Kundin. Ihre Blicke trafen sich, aber keine der Frauen sagte etwas. Wenn ich wiederkomme, knüpfe ich an diesen Blick an, nahm Ines sich vor.

Es vergingen mehr als zehn Minuten, bis dieser Werner

den Laden verließ. Ines hatte sich nicht zu auffällig postieren wollen. Sie war ein paar Meter weiter gegangen, hatte die Speisekarte eines Lokals namens *Kowalski II* studiert und war in den zugehörigen Hauseingang eingebogen, in dem Veranstaltungsplakate hingen, immer mit einem Seitenblick auf die kaum frequentierte Gasse und die Eingangstür zum Buchladen ungefähr zwanzig Meter weiter unten. Dann war Johnny aufgewacht. Er hatte seit vier Stunden nicht mehr getrunken. Zwar hätte Ines ihn durchaus noch eine Viertelstunde hinhalten können, doch sie wußte ja nicht, wie lange sie würde warten müssen. Und mit einem vor Hunger brüllenden Baby im Tragetuch mußte jede heimliche Verfolgungsjagd zur Farce werden. Also setzte sie sich vor dem *Kowalski II* auf eine Bank und begann Johnny zu stillen. Und natürlich verließ just in dem Moment, als Johnny ruhig aus vollen Zügen zu trinken begann, dieser Mann den Buchladen. Ines ballte unwillkürlich die Faust, aber als sie dann Johnnys kleine geballte Faust sah, die an ihrer Brust lag, mußte sie lächeln. Keine Chance. Und so wichtig war das alles auch wieder nicht. Im Gegenteil, jetzt war Johnny wichtig. Sie war sich auf einmal ganz sicher, daß ihr nichts davonlaufen würde. Und daß die Zeit für sie arbeitete. Morgen war die Beerdigung von Paul Breitkreuz. Ramona Lindinger hatte gesagt, sie würde daran teilnehmen. Vielleicht ließ sich dieser Mann namens Werner ja auch dort blicken. Ines hatte jedenfalls keinen anderen Termin. Und den Bergfriedhof wollte sie sich schon lange einmal ansehen.

22

Popp stieß einen bewundernden Pfiff aus. Von der Terrasse vor Hans Himmelhebers Wohnung hatte man freie Sicht auf die Altstadt: die Steinerne Brücke und den Salzstadel, die Geschlechtertürme, die malerische mittelalterliche Häuserkulisse der ehemals freien Reichsstadt. Unten floß dunkel die Donau.

»Hast du etwa gedacht, ein Zahnarzt wohnt in einer dunklen Einzimmermansarde?« fragte Freya bissig.

Sie hatte nicht damit gerechnet, daß sie Popp gleich heute wieder über den Weg laufen würde – auch nicht als Kollegin. Nach dem Gespräch mit Lea Buchbinder hatte sie sich ins Kommissariat fahren lassen und Gerstenthaler unter vier Augen Bericht erstattet. Danach wollte sie eigentlich wieder nach Hause und sich schonen, wie der Chef ihr gestern noch ans Herz gelegt hatte. Was er heute bereits zu bereuen schien. Er hatte das zwar nicht direkt zugegeben, aber händeringend mehrfach wiederholt, daß die anderen Kollegen noch im Urlaub seien und wie sehr er ihre Arbeit schätze. »Nachtigall, ick hör dir trapsen«, hatte sie gesagt. »Was soll ich tun?« – »Popp bei seiner zweiten Unterredung mit Himmelheber zur Seite stehen.« – »Hat er Sie etwa darum gebeten?« – »Nein. Aber es steht sonst niemand zur Verfügung, und mir wäre es lieber, wenn Sie bei dem Gespräch zu zweit sind.« – »Wenn es sein muß.« – »Dann muß es wohl sein.«

Als Popp sie sah, tat er, als sei nichts geschehen. Entweder er war nicht nachtragend, oder er hatte eine unerträglich dicke Haut, oder die ganze Sache war für ihn nur ein Scherz gewesen, gut für einen deftigen Lacher unter der Dusche im Männerumkleideraum, mehr nicht, ein Gelegenheitstreffer, und daß die Frauen alles immer so ernst nehmen mußten …

Freya war auf der Hut. Sie konnte sich nach wie vor keinen Reim darauf machen, wie es eigentlich gekommen war, daß sie und Popp dieses höchst unsichere erotische Terrain betreten und die solide Kollegenbasis verlassen hatten. Breitkreuz hätte vielleicht zu Lebzeiten darüber Auskunft geben können, wie so eine Liebschaft entstand. In ihrem Fall war das Knie schuld gewesen, wie in den Schlagern aus den Fünfzigern. Oder eher die schwüle Gewitterluft? Ihr Ärger über den Anruf von Viktor? Hatte etwa die Göttin der Nacht eine Wunderkerze durchs geöffnete Fenster geworfen, woraufhin es zwischen Freya und Popp zu knistern und zu knastern begann? Ach was, so etwas ergab sich einfach, ohne Warum und Wieso. Aus Lust und Laune. Sie zog sich nicht vor jedem aus und ließ sich nicht von jedem anfassen. Sie und Popp hatten ein Floß bestiegen und waren in die Nacht geglitten und hatten die Strudel unter der Steinernen Brücke passiert und hätten, wenn es nach Freya gegangen wäre, die ganze Nacht durch die Dunkelheit fahren können – doch dann waren sie auf Grund gelaufen. Besser gesagt, Popp hatte sie auflaufen lassen. Er hatte den Fall Breitkreuz in ihr Bett gezerrt wie eine Wasserleiche auf die Planken, wenn sie schon einmal bei dem Vergleich war. Er hatte sich übergangslos und plump vom Geliebten Popp in den Kollegen Popp zurückverwandelt. Und was, bitte schön, tat ein Kollege in ihrem Bett? Auf ihrem Floß? Raus hier! Runter ins kalte Wasser! Schwimm alleine weiter! Sie nahm es ihm übel, daß er nicht getrennt hatte zwischen Beruf und körperlichen Begierden.

»Ist das Leben nicht ungerecht?« hörte sie Popp mit Wehmut und Neid in der Stimme sagen. Und bevor sie die Bemerkung auf sich beziehen und einen bissigen Kommentar abgeben konnte, fuhr er fort: »Unsereiner wird nie an so eine Wohnung herankommen. Dazu brauchst du das entsprechende Kleingeld. In Momenten wie diesen wird mir immer wieder klar, daß ich den falschen Beruf gewählt habe.«

»Du hättest ja auch Zahnarzt werden können.« Und hättest mir nach dem Vögeln bestimmt etwas von den mageren Einnahmen nach der Gesundheitsreform vorgejammert, dachte Freya boshaft.

»Mein Vater hat mir leider keine Praxis vererbt. Und außerdem …«

»Sag jetzt bloß noch, du kannst kein Blut sehen.«

Popp ging nicht auf ihre Sticheleien ein und verbuchte dadurch ein zartes Plus auf der Skala ihrer Wertschätzung. Beide starrten gedankenverloren in die Ferne.

»Wer sagt denn, daß Himmelheber in seinem Beruf glücklich ist?« sagte Freya nach einer Weile. »Vielleicht würde er viel lieber den ganzen Tag auf dieser Terrasse sitzen und auf den Fluß hinunterblicken und ein paar Verse über die Donau und das Leben an sich aufsaugen und dann auf das Papier tröpfeln lassen ... Aber Inspiration ist ja zum Glück nicht käuflich. Und die Terrasse allein bringt noch lange keine Weitsicht.«

Mit einem Tablett voll klirrender Gläser mit klirrenden Eiswürfeln darin trat nun Hans Himmelheber zu ihnen auf die Terrasse. Man hätte meinen können, drei Freunde säßen am Spätnachmittag nach getaner Arbeit bei einem Glas Weißwein zusammen. Doch nur Himmelheber schenkte sich Weißwein ein. Popp und Freya blieben bei Wasser mit Eis.

»Wir haben gerade die herrliche Aussicht bewundert«, nahm Popp den Faden wieder auf.

»Mein Kollege würde gern mit Ihnen tauschen«, ergänzte Freya.

Himmelheber lachte. Schmeicheleien dieser Art waren ihm offenbar nichts Neues. »Ehrlich gesagt, ich glaube, daß Ihre Arbeit viel spannender ist als meine. Bohren in faulen Zähnen, Zahnersatz, Zahnstein, Zähneziehen – das ist doch nichts gegen die Aufklärung eines Mordfalls.« Er hob sein Glas. »Chin.«

»Noch ist der Fall Breitkreuz nicht aufgeklärt«, sagte Popp. »Aber da Sie es gerade erwähnen: Hätten Sie denn auch lieber einen anderen Beruf erlernt?«

Himmelheber sah ihn aus seinen wasserblauen Augen an. »Die Frage hat sich mir damals nicht gestellt. Ich mußte Geld verdienen. Und ich wollte Geld verdienen. Nicht nur genug, um über die Runden zu kommen, sondern viel mehr. Meine Mutter war Krankenschwester. Ich konnte keinen Tennisunterricht nehmen wie beispielsweise Paul Breitkreuz. Ich habe statt dessen Fußball gespielt und in den Ferien auf dem Bau gejobbt, damit ich im Winter ins Kino konnte.« Er nahm einen Schluck aus seinem Glas und feixte. »Aber das sind alte Kamellen. Ich habe dann in München Zahnmedizin studiert, und jetzt kann ich mir meinen Lebenstraum erfüllen.«

»Das Literaturhaus.«

»Richtig.«

»Bitte skizzieren Sie doch noch einmal, wie die Idee zu diesem Projekt entstanden ist.«

»Das habe ich doch schon getan«, protestierte Himmelheber. »Was soll das be...?«

Popp sah ihn ausdruckslos an. »Hauptkommissarin Jansen war bei unserem ersten Gespräch nicht dabei und würde es gern aus Ihrem Mund noch einmal hören. Wenn es Ihnen nichts ausmacht...«

Entwaffnende Rhetorik, dachte Freya mit gemischten Gefühlen. Popp weiß genau, wie er vorgehen muß, um zu bekommen, was er will.

Auch Himmelheber fügte sich, am Anfang mit zur Schau getragenem Widerstreben, das seine eigentliche Begeisterung jedoch kaum verbergen konnte.

Er war vor knapp einem Jahr in das bis zu dem Zeitpunkt völlig aussichtslose Projekt eingestiegen. Die Idee stammte eigentlich von Breitkreuz. Bei den regelmäßigen Stammtischrunden hatte er wiederholt die vergeblichen Versuche erwähnt, öffentliche Gelder für ein Literaturhaus zu mobilisieren.

Breitkreuz habe die Sache völlig falsch angepackt, sagte Himmelheber. Er sei ein Idealist gewesen und habe bestimmte Entwicklungen nicht realisieren wollen. Der städtische Kulturetat werde von Jahr zu Jahr gekürzt. Wer unter diesen Bedingungen dennoch ein Literaturhaus eröffnen wolle, müsse sich an private Geldgeber wenden, das sei die logische Konsequenz. Breitkreuz hatte sich zunächst dagegen gesträubt, dieses Vorgehen als Ausverkauf der Literatur angeprangert, als Rückkehr zu feudalen Verhältnissen, der Barde und der Fürst, Ende der künstlerischen Freiheit.

Himmelheber lachte. »Er hat sich ein völlig falsches Bild davon gemacht: im Eingangsbereich des Literaturhauses Sparkassen-Werbung und daneben an den Wänden hinter Glas Gedichte von Goethe und der IKEA-Elch aus Pappe auf den Bücherregalen. Ich habe ihm klargemacht, daß Werbung heutzutage erstens subtiler läuft und daß die Literatur zweitens von privaten Geldgebern nur profitieren kann. Warum sollen Privatpersonen statt in Bildende Kunst nicht auch einmal in Literatur investieren? Man muß es ihnen nur schmackhaft machen. Und genau das habe ich getan.« Sein anfänglicher Unmut war nun offener Begeisterung gewichen. Er war in seinem Element, und Breitkreuz wurde – zumindest in dieser Version – immer mehr zur Randfigur, zum weltfremden Theoretiker, dessen Einfluß in dem Moment aufhörte, in dem die Praxis begann. Himmelheber war es gewesen, der die Sponsoren aufgetan hatte: die Sparkasse, ein Autohaus, zwei Modeboutiquen, ein Fotogeschäft, diverse alteingesessene Regensburger Bürger, allen voran K. O. Seidl, den Immobilienmakler, sogar zwei Kollegen von Breitkreuz von der Universität. Himmelheber hatte auch das Haus in der Wahlenstraße gekauft und die notwendigen Umbauten in Auftrag gegeben, er, Himmelheber, der jetzt endlich den Beruf ausüben durfte, den er sich jahrelang verwehrt hatte, was heißt hier Beruf: Berufung.

Freya hakte nach, tat erstaunt. Sie habe es doch hoffentlich richtig verstanden: Breitkreuz und Himmelheber sollten zu zweit als Leiter des Literaturhauses fungieren. Nach seinem Bericht höre es sich nun vielmehr so an, als hätte Breitkreuz sich mit einer Nebenrolle begnügen müssen.

»Aber nein. Da haben Sie mich falsch verstanden«, beteuerte Himmelheber, der bemerkte, daß er sich zu sehr in den Vordergrund gespielt hatte, was nicht opportun war – speziell nach dem Mord an seinem Kompagnon. Breitkreuz habe die Kontakte zur Universität gepflegt und das Stadtschreiberstipendium unter seine Fittiche genommen.

»Das ist nicht gerade viel …«

»Das ist natürlich längst nicht alles!«

»Sollte Tobias Seidl, der Sohn von K. O. Seidl, einige von Breitkreuz' Aufgaben übernehmen?«

»Aber, wo denken Sie hin!« Die Fragen verwirrten Himmelheber, er hatte die Oberhand verloren, wußte nicht, in welche Richtung das Gespräch sich bewegen würde. Er suchte nach Worten. »Seidl kann doch eine kompetente Persönlichkeit wie Paul Breitkreuz nicht ersetzen. Er ... er ist ein junger, talentierter Germanist, promoviert, steckt voller Ideen und Energien. Darüber hinaus hat er eine Buchhändlerlehre und ein Praktikum im Literaturhaus in Berlin vorzuweisen.«

»Und einen spendierfreudigen Vater«, setzte Popp trokken hinzu.

»Aber das eine hat doch mit dem anderen gar nichts zu tun«, wehrte Himmelheber ab.

»War Breitkreuz einverstanden mit dieser Wahl?«

»Er ...« Himmelheber stockte.

Freya ließ ihm diesmal keine Zeit, sich eine Antwort zu überlegen. »Die Freundin Ihres Freundes Paul Breitkreuz, Lea Buchbinder, hat mir von einem Gespräch erzählt, das Sie beide im *Orphée* geführt haben. Offensichtlich war Frau Buchbinder Professor Breitkreuz' Kandidatin für den Posten der organisatorischen Leitung im Literaturhaus. Das haben Sie uns bisher gar nicht gesagt. Tobias Seidl hat also das Rennen gemacht. Offenbar war bei dieser Entscheidung doch Geld im Spiel.« Sie gab ihm mit einer deutlichen Handbewegung zu verstehen, daß sie noch nicht fertig sei. »War Paul Breitkreuz einverstanden mit dieser Wahl?«

Himmelheber hob die Hände, als habe ihm jemand die Pistole auf die Brust gesetzt, versuchte es dann mit einem ironischen Blick. »Er war nicht einverstanden. Aber er hatte keine andere Wahl.«

»Was soll das heißen?«

»Wer das Geld hat, sitzt immer am längeren Hebel.« Himmelheber lehnte sich in seinem Terrassenstuhl zurück, verschränkte die Hände im Nacken. »Man muß die Sache pragmatisch sehen. Seidl unterstützt das Literaturhaus sehr großzügig. Sein Sohn ist qualifiziert. Mag sein, daß Frau Buchbinder genauso geeignet gewesen wäre. Aber sie hat im Gegensatz zu Herrn Seidl kein Geld in das Projekt eingebracht. Das klingt hart, aber es ist realistisch. Und im übrigen – glauben Sie denn im Ernst, ich hätte mir ein Duo vor die Nase setzen lassen, das mich bei allen Fragen überstimmt?« Er lachte ein wenig angestrengt. Auf seiner Stirn hatten sich Schweißperlen gebildet.

»Es gab deswegen Streit?«

»Nicht der Rede wert ...«

»Hat Herr Breitkreuz sich für Frau Buchbinder eingesetzt oder nicht?« Freya beharrte auf diesem Punkt. Sie wollte nach der Unterredung mit Lea Buchbinder stellvertretend für diese wissen, ob Breitkreuz seine Freundin kampflos drangegeben oder ob er wenigstens für sie gestritten hatte. Auch wenn es faktisch nichts am Ergebnis änderte.

Himmelheber nickte nun. »Ein langer, zäher, sehr unangenehmer Streit.«

»Den Sie für sich entschieden haben.«

»Ja.«

»Gab es weitere Streitpunkte zwischen Ihnen und Professor Breitkreuz?«

Himmelheber antwortete ausweichend. »Das ist ganz natürlich bei zwei so verschiedenen Charakteren wie Paul und mir. Aber wir waren seit langen Jahren miteinander befreundet.«

»Worum ging es bei diesen Auseinandersetzungen?«

Beispielsweise um den Namen des Literaturhauses, sagte Himmelheber. Eigentlich nicht der Rede wert. Natürlich sei ein »Peter-Weiss-Literaturhaus« nicht zu vertreten gewesen. *Ästhetik des Widerstands* – so etwas könne man den Sponsoren beim besten Willen nicht zumuten. Aber was seien schon Namen – es ging schließlich um Inhalte, um Ästhetik, wohlgemerkt nicht eine des Widerstands, sondern der Sprache, nicht wahr? Und nach welchem Schriftsteller so ein Literaturhaus nun benannt werde, sei in seinen Augen ziemlich nebensächlich. Himmelheber hatte sich wieder im Griff.

Aber Popp ließ nicht locker. Er hatte sich im Archiv der regionalen Zeitung alle kontroversen Artikel zum Thema Literaturveranstaltungen und Literaturhaus kopieren lassen und war sie gemeinsam mit Götz durchgegangen. »Hätten Sie die Marathonlesung aus den Klemperer-Tagebüchern, die im letzten Herbst im Evangelischen Bildungszentrum stattfand, im Literaturhaus durchgeführt?«

»Soweit ich weiß, hat diese Lesung bereits stattgefunden. Insofern verstehe ich nicht ganz ...«

»Gab es Reibungspunkte darum, welchen literarischen Gruppen Räume zur Verfügung gestellt werden sollten? Oder um die Frage, welche Buchhandlung im Erdgeschoß des Hauses einziehen sollte? Nach unseren Informationen war eine Zeitlang die Buchhandlung *Lesefluß* von Ramona Lindinger im Gespräch.«

Himmelheber machte eine wegwerfende Handbewegung. »Frau Lindinger wäre meines Erachtens überfordert gewesen. Nichts gegen sie persönlich, wir kennen uns seit Ewigkeiten, ich mag sie. Sie führt eine hübsche kleine Buchhandlung. Aber ein großes Projekt wie das Literaturhaus erfordert Umsicht, Überblick, Weitsicht. Das habe ich Paul auch deutlich gesagt.«

»Und wer hat sich in dieser Frage durchgesetzt?«

»Die bessere Buchhandlung.«

»Also Sie.«

Himmelheber zuckte mit den Achseln. Er sah verärgert aus.

»Eine sehr gute Idee mit den privaten Sponsoren«, schlug Popp auch zu Freyas Überraschung einen völlig anderen Ton an. »Meiner Meinung nach genau der richtige Schritt ins Jahr Zweitausend. Wirkliche Kunst wird immer unabhängig bleiben ...«, dozierte er weltmännisch.

Sieh mal einer an, dreht der aber auf, dachte Freya. War das die vielgerühmte Poppsche Fähigkeit, die Gesprächspartner um den Finger zu wickeln?

»... immerhin leistet sich mittlerweile jede Bank eine eigene Reihe von Kunstausstellungen und Kunsteditionen, nur die Schriftsteller bangen um ihre vermeintliche Unabhängigkeit. Geld zu erhalten, muß ja nicht gleich heißen, daß man auch gegängelt wird, nicht wahr?«

Auch Himmelheber sah ihn verwirrt und argwöhnisch an. Er verstand nicht, worauf der Kriminalbeamte hinauswollte oder ob er sich womöglich über ihn lustig machte.

»Wenn man sich einmal ansieht, wieviel Geld Fußballer als Werbeträger bekommen! Oder nehmen Sie Steffi Graf mit ihrer Nudelwerbung!« Popp sah Freya und Himmelheber verschmitzt an, als hecke er gerade einen Streich aus, und fuhr dann unbeirrt fort: »Es macht jedenfalls den Eindruck, als habe Breitkreuz in allen inhaltlichen Fragen den kürzeren gezogen: Namensgebung, Buchhandlung, organisatorische Leitung. Das Haus gehört Ihnen. Die Sponsoren laufen über Sie.« Er zuckte mit gespielter Unschuld die Achseln. »Da hatten Sie in der Tat keinen Grund, ihn aus dem Weg zu räumen.«

»Ich? Meinen besten Freund?« Himmelheber sprang erregt auf. »Sie verdächtigen mich? Das ist ja wohl die Höhe! Ich werde meinen Anwalt ...«

»Nicht nötig, nicht nötig, so war es gar nicht gemeint. Sie hatten wirklich keinen Grund. Und außerdem haben Sie ein Alibi. Im Gegensatz zu Frau Buchbinder. Das wissen Sie sicherlich.«

Freya sah Popp fragend an. Worauf wollte er nur hinaus?

»Aber vielleicht könnten Sie sich doch dazu durchringen, meiner Kollegin den Namen der Dame zu verraten, mit der Sie am Tatabend im Kino waren.«

Himmelheber schwieg.

»Nein? Dann tue ich es an Ihrer Stelle.« Popp sah Freya an, und in seinen Augen glitzerte es verdächtig. »Herr Dr. Himmelheber war nämlich mit Frau Bach verabredet. Mit der geschiedenen Frau seines ermordeten Freundes, um genauer zu sein.«

»Woher wissen Sie das?« explodierte Himmelheber.

Popp warf ihm einen arroganten Blick zu. »Ich bin Kriminalkommissar, das sollten Sie nicht vergessen. Und es ist im Sinne der Ermittlungen, daß derlei Heimlichkeiten zur Sprache kommen. Sie haben seit ungefähr einem Jahr ein Verhältnis mit Vera Bach. Paul Breitkreuz durfte natürlich nichts davon erfahren, sonst wäre die Hölle los gewesen. Sein bester Freund und seine Ex-Frau ... Womöglich wäre dabei das Literaturhausprojekt geplatzt. Also haben Sie, so gut es ging, versucht, die Sache geheimzuhalten.« Himmelheber starrte ihn böse an. »Außerdem weiß ich gar nicht, weshalb Sie sich so aufregen: Vera Bach gibt Ihnen ein Alibi. Und Sie geben Ihr umgekehrt auch eins. Das ist doch wirklich praktisch, nicht wahr?«

Auf dem Rückweg schwiegen sie. Popp saß am Steuer, Freya auf der Rückbank, ihr Knie schmerzte nach dem langen Tag nun doch wieder ein wenig, sie hatte das Bein hochgelegt, die Augen geschlossen. Jetzt ist Himmelheber alleiniger Gott im Literaturhaus, dachte sie im Halbschlaf. Er hat keine Konkurrenz mehr. Breitkreuz ist tot. Und alle Hinweise zielen auf Lea Buchbinder. Himmelheber scheint bisher von allen am meisten vom Tod des Professors zu profitieren. Vera Bach ist seine Geliebte. Dieser Fall ist wirklich ein Faß ohne Boden. Bei diesem Gedanken döste sie ein.

Sie hörte, wie Popp den Motor abstellte, die Handbremse anzog, die Tür öffnete, ausstieg.

»Wenn ich diesmal dir an die frische Luft verhelfen dürfte...«

Sie riß die Augen auf, sah Grün und darin Popps sonnengebräuntes Gesicht. Der Wagen stand am Ende eines Schotterwegs. »Was ist denn jetzt los?«

»Nur zur Orientierung. Wir befinden uns auf der Donauinsel in Höhe des Hafens«, sagte er und strahlte sie an. »Schreien ist zwecklos, der Weg zurück zu weit, das Picknick vorzüglich und die Möglichkeiten der Liebe unbegrenzt.« Er half ihr aus dem Auto, holte die Kühltasche, eine Decke und einen Wäschekorb aus dem Kofferraum. »Oder willst du etwa Einspruch erheben?«

Sie lächelte entwaffnet. Popp war wirklich unglaublich. Er bekam schon wieder, was er wollte. »Und Himmelheber? Und der Bericht?«

Er legte den Finger auf die Lippen. »Wir sind nicht im Dienst. Kein Wort über den Mordfall Breitkreuz.«

23

Die Nacht war lang gewesen. Beziehungsweise kurz. Lang an Vergnügen, kurz an Schlaf. Am Himmel die Sterne, drei Meter entfernt das plätschernde Donauwasser, ab und zu der Motor eines vorbeifahrenden Schiffes. Neben ihr Popp. Auf dem Klapptisch die Überreste der eingelegten Tomaten und gebratenen Zucchini, der drei Sorten Oliven, des Parmesans, der Weintrauben, Feigen waren keine übriggeblieben, die Flasche Wein war leer. Popp hatte Isomatten ausgepackt, Decken, Kissen, einen Doppelschlafsack, zwei Fackeln, die die ganze Nacht hindurch brannten. Der große Entführer. Der große Verführer. Freya und Popp auf der einsamen Donauinsel. Zwei Erwachsene, die Abenteuer spielen.

Freya fühlte sich um fünfzehn Jahre zurückversetzt, vielleicht waren es auch nur zehn – in jedem Fall lag das letzte ähnliche Erlebnis mindestens ein Lebensalter zurück. War sie so alt geworden? Oder weshalb wirkten derlei Ausbrüche aus ummauerten Schlaf- und Wohnzimmern und festgesteckten Verhaltensmustern wie ein Ausflug in die pubertäre Unvernunft? Wie ein Rückfall in infantile Spielwelten? Weil man das nicht tat? Weil man aus solchen Kindereien herausgewachsen war? Weil man nicht mehr kicherte, sondern lachte und nicht mehr in Sperrmüllmöbeln wohnte, sondern in pseudoedlem Design? Weil man nicht mehr im Freien übernachtete, sondern im Hotelbett? Weil man sich nicht mehr auf offener Straße küßte, sondern hinter verschlossener Haustür? Weil man es womöglich schlichtweg verlernt hatte? Oder hatte man es nur aus den Augen verloren? Wirkte die Nacht mit Popp auf sie wie ein Spiel – das sie im übrigen gern mitgespielt hatte –, weil sie Jungsein aufgeführt oder weil sie sich einen unüblichen Aufführungsort ausgesucht hatten? Zumal derlei Aufführungen stets einmalig waren?

Auch als sie am nächsten Morgen in ihrer Wohnung in der Dechbettener Straße unter der Dusche stand, war Freya noch immer mittendrin in diesem Stück, in dem gemeinsamen Nachtstück. Kein guter Tag, um an einer Beerdigung teilzunehmen, aber das konnte man sich schließlich nicht aussuchen. Außerdem würde auch Popp kommen. Sie legte eine Salsa-Kassette ein, tänzelte durch die Wohnung, das Knie tat kaum mehr weh. Sie fühlte sich wie damals mit sechzehn, als es endlich einmal einen für sie akzeptablen Grund gegeben hatte, morgens zur Schule zu gehen, nämlich Martin, eine Bereicherung aus der Klasse über ihr. Alle Mädchen waren in ihn verknallt gewesen, aber egal, es hatte im Bauch gekribbelt. Und es kribbelte auch jetzt. Sie konnte nicht einmal sagen, ob mehr im Bauch oder mehr in den Fingern. Sie fühlte sich, so absurd sich das auch anhörte: verjüngt. So verjüngt, wie man sich fühlt, wenn man verliebt ist. Aber sie weigerte sich entschieden, sich ernstlich die Frage zu stellen, ob sie nun eher in Popp verliebt war oder in die vermeintliche Verjüngung oder in das abenteuerliche Nachtstück an sich.

Freya bestellte ein Taxi. Kaum hatte sie den Hörer aufgelegt, klingelte das Telefon. Diesmal war es aber nicht wieder Viktor – die Uhrzeit hätte gepaßt, dachte sie –, sondern eine Frau, von der sie seit Jahren nichts mehr gehört hatte, eine Klassenkameradin, Julia Wagner. Sie war zufällig auf dem Weg nach München, Freyas Eltern hatten ihr die Telefonnummer der Tochter gegeben, Regensburg lag auf dem Weg, und da hatte sie gedacht, ein Wiedersehen nach so langer Zeit ... Freya sagte zu, sie am Sonntagvormittag am Bahnhof abzuholen. Im Treppenhaus fiel ihr ein, daß sie nicht einmal eine Vorstellung davon hatte, wie Julia jetzt eigentlich aussehen könnte.

Als sie vor die Tür trat, war das Taxi schon da – ausgerechnet einer von Viktors Kollegen. Er habe über Funk die Adresse gehört und sich gedacht, die kenne ich doch, also nichts wie hin und mal hören, wie es Viktor beim Radeln im Böhmerwald so ergeht ... Michael grinste sie neugierig an. Freya weilte in Gedanken an allen möglichen Orten: auf der Donauinsel, auf Himmelhebers Terrasse, auf dem Schulhof ihres alten Gymnasiums am Steinweg in Kiel – aber nicht im malerischen Tschechien, an der Moldau, in Český Krumlov oder sonstwo. Außerdem war sie nicht auf dem laufenden. Sie antwortete so knapp wie möglich und so freundlich wie nötig. Um weitere Fragen im Keime zu ersticken, erkundigte sie sich unverbindlich nach Michaels Reiseplänen. Es funktionierte. Der Taxifahrer war beglückt, sich auf der Fahrt von der Dechbettener Straße zum Bergfriedhof schon einmal per Gedankenflug für eine Woche nach New York begeben zu können. Und Freya ließ ihn gewähren, froh, dem Thema Viktor ausgewichen zu sein. Doch sie war auch beunruhigt, das Kribbeln im Bauch nahm zu. Durch das unerwartete Wiedersehen mit Julia Wagner würde ihre Jugend auf ganz andere Weise Einzug in ihr jetziges Leben halten als durch die kurze, lange Nacht mit Wolfgang Popp. Je länger sie an Julia dachte, desto präsenter wurde diese. Und mit ihr Situationen, die sie gemeinsam erlebt hatten. Und als Freya um Viertel vor zehn am Bergfriedhof aus dem Taxi stieg, wußte sie wieder, daß Julia eine Zeitlang ihre allerbeste Freundin gewesen war. Über den Daumen von fünfzehn bis siebzehn. Danach war Julia in eine andere Stadt gezogen, sie hatten einander gründlich aus den Augen verloren. Und wie es so treffend hieß: aus den Augen, aus dem Sinn. Wie war das nur möglich gewesen?

Paul Breitkreuz' Beerdigung riß sie aus derlei Gedanken heraus. Auf dem Friedhof hatte sich bereits eine größere Menschenmenge versammelt. Mindestens hundert Leute, schätzte sie. Sie hielt Ausschau nach Popp, Götz, Wegener und Gerstenthaler. Popp war nicht zu sehen. Die anderen drei Kollegen hielten sich ein wenig abseits. Was ihnen fehlte, war der persönliche Bezug zu dem Mann, der unter die Erde gebracht wurde, und genau das ermöglichte ihnen, die Dinge mit offeneren Augen zu beobachten als die übrigen Trauergäste. Wer mit wem sprach und wer wem aus dem Weg ging. Welche Grüppchen sich bildeten, welche Personen gekommen und welche nicht gekommen waren. Wen man selbst kannte und mit wem man sich gerne unterhalten würde. Daß die Mannschaft des K-11 eine so heterogene Gruppe war, konnte dabei nur von Vorteil sein. Jeder reimte sich im Geiste seine eigene Geschichte zurecht. Und meistens waren nicht die Schnittmengen das Entscheidende, sondern die Lücken. Wenn die Lücken sichtbar wurden, wußte man, was man bisher übersehen hatte.

Die Beerdigungen der Mordopfer stellten, wie Freya wußte, einen der wenigen offiziellen Anlässe dar, zu denen Gerstenthaler sich überhaupt vom Telefon weg und aus dem Sessel hinter dem Schreibtisch hochzuhieven pflegte. Der Chef der Mordkommission war weder religiös noch ein Liebhaber von Orgelmusik und Trauerreden. Er vertrat auch nicht etwa die Meinung, im Angesicht des Todes trete die Wahrheit unweigerlich ans Licht. Gerstenthaler war Realist. Im Verlauf seiner Karriere bei der Kriminalpolizei hatte er eine Illusion nach der anderen zu Grabe getragen, die da gelautet hatten: »Die Menschen sind im Grunde ihres Herzens gut.« »Es gibt nur eine Wahrheit.« »Der Mörder kehrt immer an den Tatort zurück.« Gerstenthaler machte keinen Hehl aus seiner Ansicht, er habe seinen Realismus weniger der werten Altersweisheit zu verdanken als der kontinuierlich zunehmenden Bereitschaft zu Gewalt bei proportional abnehmender Wertschätzung des Lebens. Des Lebens der Opfer, aber auch des Lebens der Täter. Und wo das Leben an Wert verlor, da verloren auch der Tod – und das Töten – an Schrecken. Dennoch hielt Gerstenthaler, wie an seinem Feierabendbier, an der Gewohnheit fest, sich auf den Beerdigungen der Opfer blicken zu lassen. Schon löste er sich aus der Dreiergruppe und steuerte auf einen kleinen weißhaarigen Herrn zu. Freya beobachtete, wie der alte Herr einen Moment zögerte, ehe er Gerstenthaler dann kräftig die Hand schüttelte. Obwohl der Chef sich wie ein Braunbär zu einem Wiesel hinunterbeugte, hatte das Wiesel sichtlich die Oberhand. Der weißhaarige Herr gestikulierte lebhaft, winkte dann einen weiteren Bekannten heran: Himmelheber. Gerstenthaler und Himmelheber schüttelten einander nun ebenfalls die Hand. Das Wiesel hob den Zeigefinger, der Erste Kriminalhauptkommissar und der Zahnarzt hörten aufmerksam zu. Wie Schüler einem Lehrer, dachte Freya. Ein weiterer Mann und eine Frau gesellten sich zu der Gruppe, Gerstenthaler verabschiedete sich und begrüßte zwei Herren in Schwarz, die nach offiziellen Abgesandten der Stadt aussahen.

Freyas Blick glitt über die Menge der Trauergäste. Sie kannte die wenigsten vom Sehen. Viele junge Leute waren gekommen, vermutlich Studenten und Studentinnen, aber weil es sich um einen Mordfall handelte, auch Schaulustige, Zeitungsleser, die einmal live dabeisein wollten, wenn sonst schon nichts passierte im August. Popp war immer noch nicht in Sicht. Götz drängte sich zu Freya hindurch und machte sie auf den Rektor der Universität sowie einige Kollegen von Breitkreuz aufmerksam, darunter auch Professor Gantz, der unverzüglich seinen Urlaub abgebrochen hatte, als er die Nachricht vom Mord an seinem Kollegen erhielt. Götz sagte, er habe am Nachmittag mit ihm einen Termin. Jetzt entdeckte Freya auch einige der Frauen aus dem Literaturkreis, teils mit, teils ohne Begleitung. Lea Buchbinder hatte sich bei Luzia Vondertann und Anja Beckmann untergehakt – ausgerechnet bei ihren Nebenbuhlerinnen, dachte Freya, und wirkte ernst und gefaßt. Sie trug ein schlichtes schwarzes Leinenkostüm. In Trauerkleidung veränderten sich die Menschen zu ihrem Vorteil oder zu ihrem Nachteil. Lea Buchbinder sah heute gut aus, fand Freya. Wie ein Tugendengel. Oder hatte Freya nur deshalb diesen Eindruck, weil sie von Lea Buchbinders Unschuld überzeugt war? Mit wie vielen der weiblichen Trauergäste hatte Paul Breitkreuz wohl zu Lebzeiten ein wie auch immer geartetes Verhältnis gehabt? War Annette Grafenwalder, die laut Ruth Hinze zeitlich letzte Favoritin, von ihrem Ferienjob in München nach Regensburg angereist, um ihrem Liebhaber und Professor das letzte Geleit zu geben? Vera Bach jedenfalls stand – weit von Himmelheber entfernt – mit ihren drei Kindern vor dem Eingang der Kapelle. Die beiden erwachsenen Kinder hatten ihre Großmutter in die Mitte genommen und sich bei ihr eingehängt, als müsse sie die Enkel stützen und nicht umgekehrt. Die alte Frau Breitkreuz wirkte heute noch unnahbarer als im Seniorenheim. Sie ging kerzengerade und hatte die Lippen aufeinandergepreßt. Ihre aufgemalten Augenbrauen verschwanden unter einem großen schwarzen Hut. So viel Stolz läßt selbst den Tod erschaudern, dachte Freya. Nicht aber eine andere alte Frau mit Hut, die sich mühsam am Stock vorwärts bewegte und jetzt etwas zur alten Frau Dr. Breitkreuz sagte – die wie eine abgesetzte Gräfin reagierte, die sich anläßlich des Todes ihres Sohnes widerwillig mit dem Fußvolk abgeben muß. Und mit der ungeliebten Schwiegertochter, dachte Freya. Dann fiel ihr ein, wo sie die alte Frau am Stock schon einmal gesehen hatte, nämlich vor dem Seniorenheim am Bahnhof: eine Mitbewohnerin, die Anteil nahm. Und die den anderen Senioren beim Abendessen im *Castra Regina* von der Beerdigung berichten würde wie früher vielleicht den Freundinnen von einem Sommerfest.

Die Trauergäste hatten jetzt die Begräbniskapelle betreten. Freya blieb draußen. Sie fand es pietätlos, bei einem Beerdigungszeremoniell in einer der hinteren Bänke zu stehen und die Reaktionen der Trauergäste zu beobachten, zu registrieren, wer die meisten Tränen vergoß, wer zu wem hinschielte, wer sich eine Trauerkappe aufsetzte, wer die Gesänge auswendig konnte und ob der Pfarrer sich etwas Originelles hatte einfallen lassen oder nicht. Über den Toten sowieso nur das Beste. Sollten ihre Kollegen das übernehmen. Außerdem war es oft viel aufschlußreicher, was sich hinter den Kulissen abspielte, also in diesem Moment: auf dem fast leeren Friedhof. Und vielleicht würde Popp doch noch kommen.

Sie war nicht die einzige, die sich der tränenfördernden Potenz von Orgelmusik und Predigt entzogen hatte. An der Längsseite der Kapelle, neben dem Wasserbecken, saß ein Mann mittleren Alters auf einer Bank und las. Freya merkte jetzt erst, wie übernächtigt sie war. Es ging auf Mittag zu und wurde immer schwüler. Schuld daran war das Hoch »Paul«, wie sie seit ihrem Aufenthalt im Wartezimmer des Arztes vor zwei Tagen wußte. Sie setzte sich neben den Mann.

»Wußten Sie, daß ausgerechnet das Hoch ›Paul‹ an dieser Hitze schuld ist?«

Der Mann fuhr aus seiner Lektüre hoch und sah sie verwirrt an, als habe er geträumt und müsse sich erst wieder orientieren. Er war Mitte bis Ende Vierzig, hatte graue, halblange Haare, die er jetzt, beim Heben des Kopfes, mit den Fingern zurückkämmte.

»Wie bitte?« sagte er mit weicher, dunkler Stimme.

Sie winkte ab. Es war überhaupt nicht wichtig. Aus der Kirche war jetzt leise Orgelmusik zu vernehmen.

»Ein absurdes Ende«, sagte der Mann. »Ich bin sicher, er hätte sich eine Urnenbestattung gewünscht. Und die Asche hätte in alle vier Himmelsrichtungen verstreut werden sollen. Wenn er die Zeit gehabt hätte, ein Testament aufzusetzen.«

»Kannten Sie Professor Breitkreuz?«

Jetzt war es der Mann, der abwinkte. Er strich sich erneut die Haare zurück. »Kennen ... Wer kennt den anderen schon wirklich. Aber eines weiß ich: Paul hat ebensowenig an Gott geglaubt wie ich. Das haben wir uns schon mit sechzehn abgewöhnt. Das da« – er wies mit dem Kopf in Richtung Kapelle – »ist eine Inszenierung für die Überlebenden. Ich brauche das nicht. Und er hätte das auch nicht gebraucht.« Er blickte wieder in sein Buch.

Jetzt erst fiel Freya auf, daß der Mann keine Trauerkleidung trug. Helle Hose, einfaches, gestreiftes Sommerhemd. Immerhin schwarze, blankpolierte Schuhe.

»Sie kannten Paul Breitkreuz von früher?«

Der Mann sah wieder von der Lektüre auf. »Wir waren Schulkameraden und Ministranten. Und wir haben uns auch gemeinsam von der Kirche verabschiedet.« Er lächelte vor sich hin. »Damals haben wir nächtelang debattiert, über Gott und die Welt, im wahrsten oder unwahrsten Sinnes des Wortes. Kein Pfaffe sollte sich mehr an unseren Phantasien ergötzen. Und kein Gott sollte für sich beanspruchen, der Alleinige zu sein. Wir haben Nietzsche gelesen, Sartre, Hesse, Marx, Brecht.«

»Dann waren Sie also ein richtig guter Freund von ...«

»Nein.« Der Mann hob den Finger und sagte nachdrücklich: »Wir haben zusammen die Schulbank gedrückt. Wir haben uns intellektuell aneinander gerieben. Später habe ich ihm Nachhilfeunterricht gegeben, damit er das Matheabitur schafft. Und er hat mir dafür die Mädchen ausgespannt.« Er breitete die Arme aus. »Wie Sie sehen, nicht unbedingt gute Rahmenbedingungen für eine Freundschaft.«

»Aber Sie sind zu seiner Beerdigung gekommen«, insistierte Freya, die immer noch nicht verstand, in welchem Verhältnis dieser Mann und der Tote nun eigentlich zueinander gestanden hatten. Der Mann sah sie erstaunt an.

»Warum denn nicht?«

Er hatte recht. Eine dämliche Feststellung. Aber eine bessere fiel ihr nach der schlafarmen Nacht offenbar nicht ein. »Immerhin hat er Ihnen die Mädchen ausgespannt ...«

Man konnte es ja einmal versuchen.

Der Mann sah sie erstaunt an, fing dann an zu lachen. Und Freya begann sich zu ärgern. Wollte dieser Kerl sich über sie lustig machen? Aufgeblasener Nihilist. Was las er da überhaupt? Natürlich, schon wieder dieser Peter Weiss. *Der Schatten des Körpers des Kutschers* entzifferte Ines auf dem Umschlag des dünnen Bändchens.

Der Mann zog entschuldigend die Schultern hoch. »Ich will Sie nicht ärgern. Aber Beziehungen lassen sich nicht immer so glatt definieren.«

»Da haben Sie leider recht«, seufzte Freya und dachte an Viktor und an Popp und wurde schlagartig müde, wie so oft, wenn sie über etwas nachzudenken begann, das sich nicht einfach vor ihrem inneren Auge entblätterte, sondern erst mühselig Stück für Stück zusammengetragen werden mußte. Viktor und Popp und Popp und Viktor, auch die Wiederholung brachte keine Klarheit. Die Orgelmusik wurde lauter, jetzt wurde dazu gesungen. Der Mann hatte das Buch wieder dort aufgeschlagen, wo er den Daumen hineingelegt hatte, und las nun halblaut vor sich hin. Die einzelnen Worte waren kaum mehr zu unterscheiden, die Wortfolgen hörten sich an wie ein monotoner Trauergesang. Freya nickte ein.

Als die Orgelmusik lauter wurde und die ersten Trauergäste die Kapelle verließen, schreckte sie auf. Der Mann hatte das Buch zugeschlagen, war aufgestanden, wünschte ihr einen angenehmen Tag. Dann verschwand er in der Menge der Menschen, die auf Paul Breitkreuz' Grab zuströmten.

»Wer war das denn?« Popp hatte sich von hinten genähert und stand nun neben Freya. Mit der Hand streichelte er unauffällig ihren Nacken.

»Keine Ahnung.«

Wie peinlich! Sie hatte den Mann nicht einmal nach seinem Namen gefragt! War das das Unheil, das angerichtet wurde, wenn Kriminalbeamte sich nachts erotisch verausgabten? Legte Leidenschaft die für aufmerksame Ermittlung vorgesehenen Gehirnzellen lahm? Ihr fiel zum Glück ein, daß sie die alte Frau Dr. Breitkreuz nach dem Mann fragen konnte, auch wenn sie innerlich ganz steif bei dem Gedanken wurde, sich noch einmal mit dem Abbild ihrer ehemaligen Biologielehrerin unterhalten zu müssen. Klassenkamerad und Ministrant, da dürften nicht so viele in Frage kommen.

Sie legte den Kopf in den Nacken und auf Popps Hand. »Bist du auch so müde?«

Gemeinsam beobachteten sie, wie ein Trauergast nach dem anderen eine Schaufel Erde oder eine Blume auf den Sarg warf. Es dauerte lange. Viele ließen sich Zeit. Einige weinten. Ramona Lindinger ließ als Totengabe ein Buch in das offene Grab hineingleiten, was nicht nur auf stummen Beifall stieß, sondern auch auf stumme Ablehnung. Wie man doch auch ohne Worte sprechen konnte! Freya registrierte außerdem, daß Hans Himmelheber seiner Geliebten, der ehemaligen Ehefrau seines ehemaligen Kompagnons, formvollendet kondolierte und dann rasch in Begleitung einiger Herren dem Ausgang zustrebte. Daß sich nach dem Beisetzungszeremoniell zwei Gruppen um Vera Bach und Lea Buchbinder bildeten und einige Trauergäste unentschlossen waren, zu welcher von Breitkreuz' Frauen sie sich gesellen sollten – aus Furcht vor einem insgeheim ersehnten Eklat? Daß Götz die beiden erwachsenen Kinder des Ermordeten kurz beiseite nahm und offenbar einen Gesprächstermin vereinbarte – der immer wachsame Kripobeamte. Daß ihr die jüngere Frau mit den knallroten kurzen Haaren und dem greinenden Baby im Tragetuch, die sich eher abseits hielt, von irgendwoher bekannt vorkam – eine von Breitkreuz' Liebschaften? Dann erkannte sie, daß es Ines war, ihre Nachbarin, die sich die Haare frisch gefärbt haben mußte, denn gestern waren sie doch noch blond gewesen. Was tat sie denn hier auf dem Friedhof? War ihr Lebensgefährte vielleicht mit Breitkreuz verwandt? Oder, was wahrscheinlicher war, hatte er bei ihm studiert? Den Mann von der Bank mit dem Schlangenring und den hellen Kleidern sah sie nicht mehr. Er hatte sich schon auf seine Weise vom Toten verabschiedet, mit einer Lesestunde. Auch eine Art zu trauern.

24

Es war nicht schwer gewesen herauszufinden, für wieviel Uhr die Beerdigung von Professor Breitkreuz angesetzt war. Ines hatte ihre schwarze Hose und ein weites schwarzes Leinenoberteil angezogen, um nicht aus der Menge der Trauergäste hervorzustechen. Das Tragetuch war jedoch so bunt wie immer – und Johnny unzufrieden. Die nun schon über zwei Wochen anhaltende Hitzewelle setzte ihm genauso zu wie den Erwachsenen. Sicherlich verfügten so winzige Menschen wie er über ein viel feineres Sensorium für atmosphärische Spannungen, ob sie nun über ganz Regensburg in der Luft lagen oder nur in der Wohnung in der Dechbettener Straße. Er bekam immer genau mit, ob Ines, wenn sie ihn stillte, guter Dinge war oder angespannt, ob Tom sich, wenn Johnny nachts nicht einschlafen konnte, darüber freute, daß es auch ein Leben jenseits des *Oblomow* gab oder nicht. Heute vormittag hing er wie ein Känguruhjunges vor Ines' Bauch und greinte lange Zeit unzufrieden vor sich hin. Erst als sie die Steinerne Brücke überquerten, verwandelte sich sein leises Gejammer endlich in ein wohliges Geknarze.

Die Strecke zum Bergfriedhof war länger, als Ines angenommen hatte. Sie hätte gleich den Eisernen Steg nehmen sollen, statt den längeren Weg über die mittelalterliche Steinbrücke einzuschlagen. Beim Anstieg zu den Winzerer Höhen kam sie richtig ins Schwitzen, vor allem an Bauch und Brust, wo Johnny hing.

Als sie den Bergfriedhof betrat, war der Gedenkgottesdienst bereits vorbei, die Trauergäste strömten aus der Kapelle, machten sich auf den Weg zum offenen Grab. Paradoxerweise war eine Beerdigung ja zugleich ein sehr intimes und ein öffentliches Ritual, die persönliche Trauer trat zutage – und das Vermögen oder Unvermögen, auch in schwachen Stunden mit anderen Menschen zusammenzukommen. Zwei Beerdigungen hatte Ines bisher miterlebt: die der Direktorin des Gymnasiums und vor wenigen Jahren die ihres Großvaters väterlicherseits. Beide Trauerfeiern waren sehr förmlich abgelaufen, zurückhaltend, beinahe kühl, man hielt die Tränen zurück, die Trauerbekundungen, das Herzliche am Beileid, sprach kein Wort zu viel und blieb keine Minute zu lang. Vollzogen wurden nur die wirklich unabdingbaren Bestandteile des Rituals, auf das andererseits niemand vollständig verzichten mochte. Oder hatte es an der Jahreszeit gelegen, beide Male war Winter gewesen? Oder an den nüchternen Gepflogenheiten der Protestanten?

Professor Breitkreuz war nicht irgendwer gewesen und hatte sich nicht auf natürliche Weise aus dem Leben verabschiedet, wie es so schön hieß. Es waren sehr viele Menschen gekommen. Ines hätte es taktlos und obendrein unklug gefunden, sich mitten unter die Trauergesellschaft zu mischen. Sie hielt sich lieber am Rande, die Bäume dort spendeten ein wenig Schatten. Von dort aus konnte sie vor allem besser beobachten. Was genau, würde sich zeigen. Sie war nicht wenig erstaunt, als sie merkte, daß sie eine ganze Reihe von Leuten schon einmal gesehen oder gesprochen hatte. Und das nach so kurzer Zeit in Regensburg? Nicht schlecht …

Sie erkannte die Buchhändlerin und die dynamische Luzia Vondertann, die in Begleitung eines Mannes gekommen war. Natürlich befand sich Zahnarzt Himmelheber unter den ungefähr drei Dutzend männlichen Trauergästen, und auch die drei Studenten aus dem Haus in der Wahlenstraße erkannte Ines wieder. Sie hielt nach dem Zyniker aus der Buchhandlung Ausschau, konnte ihn in der Menge der Anwesenden aber nicht entdecken. Dafür war sie gleich am Eingang dem Hausmeister aus der Weingasse begegnet, der ohne seine Frau gekommen war. Ihr fiel auf, daß er keine Trauerkleidung trug, und es wunderte sie, daß er die Trauerfeier bereits verließ. Umgekehrt war er erstaunt gewesen, ausgerechnet sie dort zu treffen. Gänzlich überrascht war sie hingegen, ihre Nachbarin Freya Jansen hier zu sehen. Und jetzt erkannte Ines auch, mit wem sie sich unterhielt: Das war doch der Kommissar, der seinen Kopf zur Tür hereingesteckt hatte, als Ines zusammen mit Cordula bei Ruth Hinze im Sekretariat gewesen war. Regensburg war wirklich klein. Freya Jansen gehörte also auch zum Bekanntenkreis des ermordeten Professors. Gut, daß sie in ein und demselben Haus wohnten. Wenn Ines irgendwann nicht mehr weiterkam, brauchte sie nur ein Stockwerk tiefer zu klingeln und die Nachbarin nach ihrer Bekanntschaft mit Professor Breitkreuz auszufragen. Manchmal war das Nahe ja wirklich näherliegend als alles andere. Jetzt hatte auch Freya Jansen Ines gesehen und nickte zum Gruß mit dem Kopf. Ines wollte winken, hielt sich aber noch rechtzeitig zurück. Weiter vorn ging Ruth Hinze zwischen einigen älteren, professoral wirkenden Herren. Nur gut, daß Cordula nicht gekommen war. Wie hätte sie ihr erklären sollen, weshalb sie an dieser Beerdigung teilnahm? Mit ihrer unstillbaren Neugier vielleicht?

Auf dem Weg zum Grab warf ihr immer wieder jemand einen kurzen neugierigen Blick zu. Meinen sie mich oder das Kind, überlegte Ines irritiert. Oder bilde ich mir nur ein, daß sie speziell mich aufs Korn nehmen? Die sehen mir an der Nasenspitze an, daß ich mich eingeschlichen habe, dachte sie. Wahrscheinlich kennen die sich alle untereinander, nur ich gehöre nicht dazu, bin wieder einmal die Zugereiste, eine Breitkreuzfremde. Oder gerade nicht? Dachten diese Leute vielleicht, sie sei eine der vielen Geliebten des Professors, womöglich sogar mit fruchtbarem Ausgang, früher hielten sich alle Potentaten jede Menge unehelicher Kinder …

Sie konzentrierte sich auf die anderen Menschen, das war nicht nur lehrreich und interessant, sondern auch heilsam gegen Hirngespinste und übertriebene Selbstbezogenheit. Erst später wurde ihr klar, daß es ihre frisch getönten, in der grellen Sonne leuchtenden Haare waren, die als roter Farbblitz inmitten der von Grau, Schwarz, Dunkelblau dominierten Farbkulisse auffielen, so daß man unwillkürlich zu ihr hinüberschauen mußte, ob man wollte oder nicht. Ruth Hinze war es, die sie indirekt darauf aufmerksam machte, denn als Ines sie später ansprach, erkannte die Sekretärin sie zunächst gar nicht wieder, bis Ines sie an den Besuch mit Cordula erinnerte. »Hatten Sie da nicht eine andere Frisur?« fragte die Sekretärin erstaunt – Ines fiel es wie Schuppen von den Augen: Sie hatte sich mit dem auffallenden Rot ihrer Haare eine Art augenfällige Tarnkappe zugelegt. Deshalb hatte auch Himmelheber, als ihre Blicke sich einmal kurz trafen, mit keinem Zeichen zu erkennen gegeben, daß er sich an sie erinnerte, was Ines jedoch dem Kind vor dem Bauch zugeschrieben hatte oder, wenn sie boshaft sein wollte, der wachsenden Aura des künftigen Literaturhausmachers, der sich nicht unnötig an Interviewpartner erinnern konnte, die ihm nur Mittel zum Zweck waren. Wer sie hingegen grüßte – vielleicht weil sie sich an die prägnante Haarfarbe erinnerte oder weil sie die Welt scharf beobachtete, um sich nichts entgehen zu lassen –, war die achtundachtzigjährige alte Dame aus dem Friseursalon *Sommer*, die sich im Frisierstuhl über ihren erfolglosen Sohn beklagt hatte, während bei Ines das Tönungsmittel einwirkte. Die alte Dame schüttelte der jungen Mutter die Hand und schien überhaupt nicht erstaunt zu sein über das Wiedersehen bei dieser Gelegenheit. Sie sei zusammen mit einigen Damen aus dem Seniorenheim gekommen, um der armen Mutter des armen Professors beizustehen und dem Professor das letzte Geleit zu geben, sagte sie, und daß man zusammenhalten müsse angesichts des Todes und auch danach. Ines konnte nicht nachfragen, was genau sie meinte, den eigenen Tod oder den der anderen, weil eine zweite weißhaarige ältere Dame zum Aufbruch drängte.

Bei der »armen Mutter des armen Professors« mußte es sich um die hochgewachsene, eigenartig starr wirkende alte Dame mit dem schwarzen Hut handeln, die als erste eine Schaufel voll Erde in das offene Grab warf. Nach ihr folgten eine junge Frau und ein junger Mann, die die alte Dame später wieder in ihre Mitte nahmen, vermutlich ihre Enkel, die Kinder des Ermordeten. Die zierliche Frau mit den dunklen Haaren, die sich den beiden jungen Leuten anschloß, mußte Breitkreuz' geschiedene Frau sein, denn der kleine Junge an ihrer Hand war – außer Johnny – das einzige Kind weit und breit, und in der Zeitung hatte gestanden, daß der Professor zwei erwachsene Kinder und einen achtjährigen Sohn hinterlasse. Aber welche der sechs Frauen – Ines zählte genau –, die eine rote Rose in das Grab fallen ließen, war Lea Buchbinder, Breitkreuz' letzte Freundin, die laut Aussage von Luzia Vondertann von der Polizei verdächtigt wurde? Etwa die große blonde Frau im schwarzen Leinenkostüm, die Luzia Vondertann und ihr Begleiter jetzt in die Mitte genommen hatten? Die Buchhändlerin warf statt eines Blumenstraußes oder einer Rose ein Buch auf den Sarg, was unter den Umstehenden ein leises Raunen hervorrief. Was war als Grabbeigabe aussagekräftiger, eine tränenbenetzte Rose oder ein Buch, und warum wurde in diesem Zusammenhang eine Rose unumwunden als Herzensangelegenheit gedeutet und ein Buch als Regelverstoß?

Attraktive Frauen waren, wie Ines fand, bei der Beerdigung in großer Zahl vertreten, wobei sie Frauen zugegebenermaßen grundsätzlich attraktiver fand als Männer. Wenn sie früher in Berlin in einer bestellfreien Minute von der Theke aus die männlichen Kneipengäste abgecheckt hatte, dann war fast nie ein Mann darunter gewesen, mit dem sie gern nähere Bekanntschaft geschlossen hätte. Das war ja das Problem: gut aussehende, interessante Männer, zu denen offensichtlich auch dieser Breitkreuz gezählt hatte, waren schlichtweg eine Rarität, da gab es nichts zu deuten und zu werten. Aber wie machten die Männer das bloß, so herzlich wenig Wert zu legen auf ihr Aussehen, ihren Körper, ihre Kleidung, ihre Seelen- und Gedankenwelt? Waren sie so selbstgenügsam, so sehr von sich überzeugt, so uneitel? Oder traf eher das Gegenteil zu? Man mußte sich nur diese Männer in Aufsichtsräten oder Bundestagsdebatten, auf Zeitungsfotos oder auf Wahlplakaten vor Augen führen, alle uniform in Anzug und Krawatte. Diese Männer trugen ihre innere Erstarrung, ihre Unsinnlichkeit zur Schau, als wären es Selbstverständlichkeiten, ja Privilegien. Und solche Masken regierten dieses Land – doch das war ein Trauerspiel ganz anderen Kalibers.

Wie war Ines jetzt darauf gekommen? Richtig, die weiblichen und die männlichen Trauergäste. Wenn nur einer der sogenannten Gehörnten ausgerastet war … Fast jede Woche konnte man von diesen meist tödlichen Rasereien in der Zeitung lesen, die Männer griffen zum Brotmesser, zur Whiskyflasche, zum Jagdgewehr, oder sie nahmen die eigenen Hände zu Hilfe. Warum also nicht auch im Fall Breitkreuz? Hatte ein eifersüchtiger Freund oder Ehemann vom Haus gegenüber auf den lesenden Professor geschossen? Eifersucht als Mordmotiv – durchaus denkbar. Und statistisch höchst wahrscheinlich.

Die Trauergäste bewegten sich jetzt in unterschiedlichem Tempo dem Ausgang entgegen. Ein wenig enttäuscht schloß Ines sich ihnen an. Sie war keinen Schritt vorangekommen. Vielleicht war es der falsche Ansatz gewesen. Was sollte sich auch auf einer Beerdigung an großartigen Enthüllungen ergeben? In dem Moment erkannte sie den Mann im dunklen Anzug, der ein paar Meter vor ihr ging und sich soeben von zwei anderen Trauergästen verabschiedete. Das war doch der Kerl aus der Buchhandlung, dieser Werner. Diesmal wollte sie sich ihm aber an die Fersen heften. Sofern er zu Fuß gekommen war. Die Mehrzahl der Friedhofsbesucher bewegte sich auf den Parkplatz zu, der große Mann mit der Halbglatze schlug tatsächlich zu Fuß den Weg durch das steile, schattige, urwaldähnliche Nadelöhr am Pfaffensteiner Hang ein.

Die Straße war hier so eng, daß Autos nur abwechselnd in je einer Richtung hindurchfahren konnten. Eine Ampel regelte den Richtungswechsel. Der Mann ging schnell, hatte schon den für Fußgänger abgeteilten Seitenstreifen jenseits der Ampel erreicht. Ines folgte in gebührendem Abstand. Jetzt kam ein Auto nach dem anderen vom Bergfriedhofparkplatz herangerollt, vor der roten Ampel würde es einen größeren Stau geben.

Ines hörte, wie jemand »Hallo!« rief. Aus dem Fenster eines roten Kastenrenault, der als zweites Auto an der Ampel wartete, winkte ihr jemand zu. »Soll ich Sie in die Altstadt mitnehmen?«

Ines wollte schon dankend ablehnen, als sie sah, wer in dem roten Auto am Steuer saß: die Buchhändlerin Ramona Lindinger. Das Angebot konnte sie in der Tat schwerlich ausschlagen. Sie stieg ein, schnallte sich an, ein ungutes Gefühl wegen Johnny, der ohne den Maxi-Cosi unzureichend geschützt war, flackerte auf, aber es ging ja nur um eine kurze Strecke. »Danke.«

»Kundendienst«, lächelte die Buchhändlerin.

Eine Minute später fuhren sie an dem Mann mit der Halbglatze vorbei. Ines sah, daß Ramona Lindinger im Seitenspiegel zurückschaute.

»War das nicht auch ein Kunde von Ihnen?«

Ramona Lindinger warf ihr einen amüsierten Seitenblick zu. »Von wegen Kundendienst, meinen Sie? Ich bin aus Prinzip ungerecht. Sie haben ihn ja gestern selbst gehört. Werner ist ein Zyniker, wie er im Buche steht, und außerdem ein ehemaliger Klassenkamerad. Da braucht es keinen Sonderservice. Aber jetzt sagen Sie doch mal offen und ehrlich – was haben Sie eigentlich mit der ganzen Geschichte zu schaffen?«

Auch auf die Gefahr hin, sich lächerlich zu machen, erzählte Ines es ihr.

25

Normalerweise waren Bombendrohungen nicht Sache der Mordkommission. Aber in diesem Fall klingelte Gerstenthaler Hauptkommissar Popp per Telefon aus dem Bett. Und – ohne es zu wissen – Hauptkommissarin Jansen gleich dazu. Er entschuldigte sich für die samstägliche Störung, aber die Sache sei dringend, und er habe bisher vergeblich versucht, die Kollegen aus dem K-4 zu erreichen: Götz sei mit seinen Söhnen über das Wochenende nach München gefahren, bei Wegener nehme niemand ab, bei Jansen habe er nur den Anrufbeantworter erwischt. Die Sache sei nämlich die: Dr. Himmelheber habe vor zwei Stunden eine Bombendrohung erhalten. Heute abend würde er anläßlich seines fünfzigsten Geburtstags ein großes Fest geben, in einem italienischen Restaurant namens *La Bocca*. Die Kollegen vom K-9 waren bereits unterwegs. Da möglicherweise eine Verbindung zum Fall Breitkreuz bestand, wollte Gerstenthaler wenigstens einen aus dem K-11 dabeihaben.

Popp zog sich widerwillig an. Er war nicht gerade begeistert von dieser Störung. »Wir hätten mit den Vögeln aufstehen und an den Almer Weiher fahren sollen. Dann hätte er uns genausowenig erreicht wie die anderen.«

»Es riecht nach Gewitter«, sagte Freya. Sie stand nackt am offenen Fenster und sah hinaus. Popp wohnte im obersten Stock eines Jugendstilhauses in der Roritzerstraße. Es war die erste Nacht, die sie mit Popp in seiner Wohnung verbracht hatte.

»Du kannst gerne hierbleiben ...«

»Ich komme mit.«

Der Vorschlag war nett gemeint, aber für ihr Empfinden eine Stufe zu rasant, zu vertraut. Nur weil sie und Popp seit vier Jahren locker und kollegial zusammenarbeiteten, bedeutete das noch lange nicht, daß sie es sich locker in seiner Wohnung gemütlich machen würde, während er seiner Pflicht als Kriminalbeamter nachging. O nein. Sie hatte keineswegs vor, übergangslos aus dem Leben des einen

Mannes in das eines anderen zu wechseln. Wozu ist diese Geschichte dann gut? fragte ihre innere Dialogpartnerin. – Ein wunderbares Abenteuer. – Und wie lange dauert so ein Abenteuer? – Das werden wir schon sehen. Bis wir den Schatz gefunden haben. Bis Viktors Ferien zu Ende sind. Bis die Lust aneinander im Alltag versickert. Was weiß ich.

Zum *La Bocca* brauchten sie zu Fuß knapp zehn Minuten. Beamte in Zivil waren bereits dabei, das Restaurant zu durchsuchen. Zwei Sprengstoffspürhunde waren im Einsatz. Man hatte die Gasse vorsichtshalber für den Durchgangsverkehr gesperrt. Die Beamten waren angewiesen worden, keine Auskunft über den Einsatz zu geben. Himmelheber hatte darum gebeten, die Angelegenheit mit größter Diskretion zu behanden.

»So diskret, wie eine Bombe nur sein kann«, sagte Sinhuber, der Chef des K-9, bekannt für seinen trockenen Humor.

Hans Himmelheber saß abseits an einem Tisch. Er sah aus wie ein Politiker nach einer Wahlniederlage: blaß, ernst, aber gefaßt und bereit, sich nicht unterkriegen zu lassen. Der Anruf war am Vormittag gekommen. Das Telefon hatte pausenlos geklingelt: Gäste, die absagten, Gäste von auswärts, die sich nach dem Anfahrtsweg zum Hotel erkundigten, der Koch vom *La Bocca*, der ihm mitteilte, daß er nicht genügend frischen Büffelmozzarella habe auftreiben können, der Chef der Musikband, der wissen ließ, daß der Schlagzeuger erkrankt sei, und anbot, sich nach Ersatz umzusehen. Anrufe dieser Art waren auch auf dem Anrufbeantworter gewesen, den Himmelheber nach seinem täglichen Inspektionsrundgang im Literaturhaus abgehört hatte. Darunter – die Bombendrohung.

Der Bericht hatte ihm den Schweiß auf die Stirn getrieben. Er wischte ihn mit dem Taschentuch weg, trank einen Schluck Wasser.

Der Anrufer war ein Mann gewesen. Er hatte mit verzerrter Stimme angekündigt, die Bombe würde um Punkt zweiundzwanzig Uhr hochgehen. Es sei sinnlos, nach ihr zu suchen. Zum Schluß hatte er hinzugefügt: »Fast hätte ich es vergessen: Herzlichen Glückwunsch zum Geburtstag.«

Himmelheber sah Freya und Popp fragend an. »Ob das als schlechter Scherz gedacht ist?«

»Das wäre dann aber einer von der allermiesesten Sorte.«

»Ist gar nicht so selten«, klärte einer der Kollegen vom K-9 ihn auf. »Jemand will sich wichtig machen. Mit minimalem Aufwand, einem einzigen Telefonanruf oder einem anonymen Brief kann man eine Riesenmaschinerie in Gang setzen und die Leute in Angst und Schrecken versetzen. Man weiß ja nie, ob es nur ein Bluff ist oder tödlicher Ernst. Allerdings sind anonyme Drohungen meistens mit politischen oder finanziellen Forderungen verknüpft. Man denke an den Erpresser der Bahn. Er hat ein Maximum an Sicherheitsvorkehrungen ausgelöst, Züge wurden umgeleitet, ausgesetzt, ausgeladen, ganze Bahnhöfe evakuiert, dabei gab es nie eine reale Bedrohung. Zum Glück, kann man nur sagen. Aber das weiß man eben vorher nicht. Der Anrufer hat keinerlei Forderungen an Dr. Himmelheber gestellt. Er droht – aber er fordert nichts im Austausch zur Entschärfung der Lage. Das läßt mehrere Schlüsse zu, erstens: Der Anrufer zieht seine Befriedigung bereits aus der Tatsache, Dr. Himmelheber aus dem Gleichgewicht gebracht zu haben. Wenn er wirklich die Absicht hätte, eine Bombe hochgehen zu lassen und Menschenleben aufs Spiel zu setzen, hätte er entweder Forderungen gestellt oder aber keine Vorwarnung abgegeben. Zweite Variante: Er meint es ernst und will sein Opfer vorher quälen und zappeln lassen. Er gibt ihm, wie beim russischen Roulette, eine Chance, die daran geknüpft ist, ob die Bombe gefunden wird oder nicht. Daran schließt sich eine dritte Variante an: Die Tötungsabsicht besteht weiterhin und wird bei anderer Gelegenheit ausgeführt.«

»Wie hoch ist die Wahrscheinlichkeit, daß der Sprengstoff von Ihren Leuten gefunden wird?« fragte Freya.

»Neunundneunzig Prozent«, sagte der Kollege vom K-9, ohne mit der Wimper zu zucken. »Ein Prozent Restrisiko bleibt immer.«

Popp wandte sich an Himmelheber, den die Neunundneunzig-Prozent-Angabe ein wenig zu beruhigen schien. »Haben Sie die Stimme am Telefon erkannt?«

Himmelheber schüttelte den Kopf.

»Das Band wird gerade analysiert«, sagte ein anderer Kollege vom K-9. »Eine künstlich verzerrte Stimme, vermutlich männlich. Wir haben das Band ins Labor gegeben.«

»Können Sie sich vorstellen, wer Ihnen so spinnefeind ist, daß er Ihnen diesen runden Geburtstag gründlich vermiesen will?« fragte Freya.

Wieder schüttelte Himmelheber den Kopf. Das überstieg sogar seine Vorstellungskraft.

»Ein unzufriedener Patient? Jemand, dem es eine große Genugtuung wäre, Ihnen einen Schrecken einzujagen?« fragte Popp.

»Vielleicht haben Sie irgendwen auf Ihrer Einladungsliste vergessen? Schon bei Dornröschen ging das voll ins Auge.«

Himmelheber fiel auf Anhieb niemand ein. Er hatte das Fest seit Monaten geplant und vorbereitet. Sein eigentlicher Geburtstag war bereits am 4. August gewesen. Er war alleine nach Eilsbrunn gewandert und hatte den Abend in Begleitung einer Bekannten verbracht ... Freya und Popp wußten, wen er meinte. Popp erkundigte sich nach der Einladungsliste und schickte Himmelheber los, um sie von zu Hause zu holen. So war er beschäftigt und aus der Schußlinie.

Dann machten Popp und Freya einen Inspektionsrundgang durch das Restaurant. Freya war bisher erst einmal dort gewesen – Viktor hatte sie an ihrem fünfjährigen Jubiläum zum Essen eingeladen. Das *La Bocca* gehörte einem launischen Römer, der exzellent zu kochen verstand und einen äußerst talentierten Koch eingestellt hatte. Die Preise waren gesalzen, aber es lohnte sich, fand auch Popp. Man zahlte hier nicht für Inneneinrichtung und Insidertum, sondern für die Qualität der Küche. Über dem Hauptsaal spannte sich ein gotisches Kreuzrippengewölbe. Wie eine Informationstafel neben der Eingangstür besagte, befand sich das Restaurant in den Räumen einer ehemaligen

Hauskapelle der Wohnung einer reichen Patrizierfamilie. Der nur für Privatfeiern zu mietende Saal im ersten Stock, den weder Freya noch Popp bisher betreten hatten, war noch prachtvoller als das Gewölbe unten. Es wäre ein Jammer, wenn diese wunderbaren Gewölbe, die sogar den zweiten Weltkrieg überstanden haben, bei einer Sprengstoffexplosion zerstört würden. Aber es gab genug Verrückte, die solche Überlegungen einen Dreck scherten.

Das Lokal war in der vorigen Nacht gegen halb drei geschlossen worden. Als letzte waren die Kellner gegangen. Morgens um halb acht war die Putzfrau gekommen. Zwei Beamte hatten bereits mit ihr gesprochen. Frau Vogler hatte wie jeden Tag ihre Arbeit getan und nichts Auffälliges bemerkt. Während ihrer Arbeitszeit hatte niemand das Lokal betreten, jedenfalls nicht, solange sie im unteren Saal zugange gewesen war. Um halb zehn war der Koch gekommen. Sie hatten zusammen einen Espresso getrunken. Um elf war sie nach Hause gegangen.

Die Suchtrupps waren nun schon seit anderthalb Stunden dabei, das gesamte Gebäude auf den Kopf zu stellen, und zwar so effektiv, so unauffällig und so behutsam wie möglich. Alle Gegenstände, die in Vorbereitung für das Geburtstagsfest in das Lokal gebracht worden waren, Bierfässer, Weinkisten, Blumenarrangements, die Koffer mit den Musikinstrumenten, wurden durchsucht und von den Schäferhunden abgeschnüffelt. Bei einem großen, länglichen Karton schlugen die Hunde an, was vorübergehend Alarm auslöste. Schnell stellte sich heraus, daß in dem Karton Feuerwerkskörper lagen, die Himmelheber mit einer Sondergenehmigung nach Mitternacht hatte in die Luft jagen wollen.

Sinhuber, der Chef vom K-9, kochte vor Wut. Darüber hätte dieser Zahnarzt sie aber wirklich vorher in Kenntnis setzen können. Als die Feuerwerkskörper entdeckt wurden, war Himmelheber gerade auf dem Weg nach Hause und bekam deshalb die Wut des Kommissars nicht direkt zu spüren. Als er mit der Gästeliste zurückkam, hatte Sinhuber den Ärger bereits produktiv umgewandelt. Der explosive Fund hatte ihn auf eine gute Idee gebracht, wie sich die Gefahr minimieren ließ: Das Feuerwerk wurde einfach auf zweiundzwanzig Uhr vorverlegt – die vom anonymen Anrufer angekündigte Uhrzeit. Nach Absprache mit dem Besitzer des *Oblomow* würde das Spektakel auf dem kleinen Platz vor der Kaffeebar am Ende der Gasse stattfinden. Auf diese Weise konnte man das *La Bocca* unauffällig und vor allem komplett räumen. Wenn auch das Personal von Himmelheber persönlich zur Teilnahme am Feuerwerk eingeladen wurde, würde niemandem auffallen, daß das Restaurant in Wirklichkeit evakuiert wurde. Denn auf keinen Fall sollte auch nur ein Sterbenswörtchen über die Bombendrohung nach außen durchsickern, sonst würde Panik aufkommen und das Fest platzen – und dann hätte er es gleich ganz abblasen können, fand Himmelheber zu Recht. Und damit hätte der unbekannte Anrufer genau das erreicht, was er erreichen wollte. Nein, den Gefallen wollte er ihm, wer immer es auch war, nicht tun.

Die Suchtrupps brachen nach zweieinhalb Stunden ihre Arbeit ab. Keine Spur von Sprengstoff im Lokal und im Hinterhof. Mit neunundneunzigprozentiger Sicherheit hatte Himmelheber demnach eine leere Drohung erhalten. Was schlimm genug war. Blieb ein Prozent Restrisiko. Aber obwohl das Ergebnis der Durchsuchung kaum besser hätte ausfallen können, legte der Besitzer des *La Bocca* Luigi Cannolini nun auf einmal übertriebene Panik an den Tag. Sein Lokal! Wer für den Schaden aufkomme! Wer die Garantie übernehme! Himmelheber nahm ihn zur Seite, nach wenigen Minuten waren sie handelseinig. Ein gewisses Extrasümmchen hatte auf Cannolini wie Baldrian gewirkt, weitaus beruhigender als die Zusicherung Sinhubers, alle nur denkbaren Schutzmaßnahmen zu ergreifen.

»Sie sagen die Feier also nicht ab?«

»Um Himmels willen!« Der Zahnarzt war jetzt nicht mehr blaß im Gesicht, sondern puterrot. »Ich kann unmöglich über hundert Leuten so kurzfristig absagen. Was glauben Sie denn, wer alles eingeladen ist! Wie würde ich dastehen, vor meinen Patienten, vor den Sponsoren, vor dem

Kulturamtsleiter, vor der Öffentlichkeit! Als künftiger Leiter des Literaturhauses ...«

Was für ein Gockel, dachte Freya, ein aufgeplusteter Gokkel, der sich nicht einmal als Suppenhuhn eignet. Gut, Himmelheber sollte sein Fest haben. Aber er mußte sich darüber im klaren sein, daß eine Handvoll Zivilbeamte unter den Gästen weilen würden. Und daß er, ob er wollte oder nicht, auch um das Kriminalerduo Jansen/Popp nicht herumkam. Die sich am Abend unter die Gäste mischen, sich umsehen und umhören würden. Speis und Trank inbegriffen.

26

In der Tändlergasse verspürte Ines die ersten Tropfen und legte einen Schritt zu, am Alten Rathaus fing es stärker an zu regnen. Sie begann zu laufen und stellte sich kurz im Eingang des Thon-Dittmer-Palais unter, beschloß in Anbetracht des ersten laut herunterkrachenden Donners aber, das Gewitter nicht hier abzuwarten, sondern schnell bis zum *Oblomow* zu laufen. Zum Glück hatte sie heute wieder den Kinderwagen im Einsatz, nachdem es ihr gestern mit Johnny im Tragetuch zu heiß und zu eng geworden war. Die Straßen hatten sich geleert. Ein vereinzelter Fahrradfahrer raste mit zusammengekniffenen Augen über das Kopfsteinpflaster. Das Kinderwagenverdeck hielt dicht, nur Ines und die Decke wurden naß. Johnny schien die rasante Fahrt und das Geprassel zu genießen. Vielleicht behandeln wir ihn viel zu sehr wie ein zerbrechliches Etwas, dachte Ines im Laufen. Vielleicht mag er handfestere Unternehmungen.

Als sie bei der Pizzeria um die Ecke bog, versperrte ihr ein Polizeiwagen den Weg. Zwei Polizeibeamte, die geschützt im Inneren der Autos saßen, ließen Ines durch das heruntergekurbelte Fenster wissen, daß die Gasse bis auf weiteres gesperrt sei.

»Ist etwas passiert?«

»Bitte gehen Sie weiter. Hier kann im Moment niemand durch.«

»Aber ich will nur schnell ins *Oblomow*«, protestierte Ines.

»Tut uns wirklich leid, aber wir können niemanden durchlassen. Gehen Sie bitte weiter.«

Das war doch nicht zu fassen! Saßen diese Kerle im Trockenen und schickten sie und den Kinderwagen in den Regen. Was war denn los? Ines sah weder einen Notarztwagen noch ein Feuerwehrauto. War etwa wieder jemand ermordet worden? Womöglich wieder durchs offene Fenster? Sie hatte keine Lust, sich im Regen lange mit dem Polizisten herumzustreiten, machte kehrt, lief zurück auf den Haidplatz, bog in die nächste Gasse links ein, es war die Weingasse, die Tatortgasse, doch das interessierte sie in diesem Moment herzlich wenig, der nächste Donner krachte, sie rannte – vielleicht noch schneller als am Mordabend, aber in umgekehrter Richtung – mit dem Kinderwagen die Gasse hinunter bis zur Keplerstraße, dann wieder links die nächste schmale Gasse hinauf, um von hinten ans *Oblomow* heranzukommen. Zum Glück hatte die Polizei nicht auch hier eine Sperre eingerichtet, und sie kam unbehindert durch. Dafür war sie, als sie endlich vor dem *Oblomow* stand, außer Atem und naß bis auf die Haut. Der Regen prasselte auf die große grün-weiß gestreifte Markise.

Zweihundert Meter weiter unten stand noch immer der Streifenwagen mit den Polizisten, die Ines zu diesem Umweg genötigt hatten. Bei dem Wetter war keine Menschenseele unterwegs. In fünf Sekunden hätte ich auf direktem Wege und halbwegs trocken hiersein können, dachte Ines. In diesem Moment trat eine Gruppe von Männern auf die Straße, sie kamen aus dem italienischen Restaurant. Von ihren nächtlichen Rundgängen durch die Stadt erinnerte Ines sich an die *bocca della verità* gleich neben dem Eingang, die eingemauerte Kopie des Mundes der Wahrheit in Rom, der Lügnern angeblich die Hand abbiß. Sie hatte spaßeshalber einmal die Hand hineingesteckt und bei der Gelegenheit die Speisekarte studiert – nach den Preisen und Toms Kommentar zu schließen ein Restaurant für hochkarätige Anlässe. Die Männer, die jetzt halb unter dem

Vordach, halb im Regen standen, machten nicht den Eindruck, als hätten sie sich mit kulinarischen Köstlichkeiten verwöhnt, exquisiten Wein dazu getrunken, zur Verdauung einen Grappa und zum Abschluß einen doppelten Espresso. Sie sahen eher geschäftig und angespannt aus. Vier von ihnen führten Schäferhunde an der Leine. Nicht gerade alltäglich für Feinschmecker. Einer lief jetzt durch den Regen zum Streifenwagen, besprach dort etwas, lief dann wieder zurück zum Lokal. Der Streifenwagen ließ den Motor an, setzte zurück, fuhr davon. Die haben die Gasse mit Sicherheit nicht wegen einer Betriebsfeier des Kommissariats abgesperrt, sondern weil in dem Lokal irgend etwas los ist, dachte Ines. Vielleicht wußte Tom oder Carlo mehr.

Sie kam nicht sehr oft hierher. Das lag keineswegs daran, daß ihr das *Oblomow* nicht gefallen hätte. Unter anderen Umständen – was in ihrem Fall hieß: ohne Kind und ohne Tom hinter der Theke – hätte diese Kaffeebar vielleicht sogar zu ihrer Stammkneipe werden können. Man konnte regionale und überregionale Zeitungen und Zeitschriften lesen, die Musik kam nicht, von hysterischer Werbung oder penetrant gutelaunetönenden Sprechern unterbrochen, aus dem Radio, sondern vom Band, kein Fernseher lief in der Ecke mit wie ein stummer Begleiter, dem man automatisch von Zeit zu Zeit einen Blick zuwerfen mußte. Es gab zwei Stehtische, man konnte auch an der langen Fensterfront sitzen, die sich im Sommer zu dem kleinen Platz am Ende der Gasse öffnen ließ, und auf den Barhockern kam man sich nicht vor wie in einer deutschen Eckkneipe. Um die Angelegenheit rund zu machen, war auch der Milchkaffee ausgezeichnet, und seit kurzem wurden sogar Tramezzini angeboten, die laut Toms Berichten reißenden Absatz fanden. Kurz: Das *Oblomow* war ein Ort, an dem man gern kurz vorbeischaute, keine düstere Hinterhofkneipe zum Abhängen, kein rauchvernebelter Bierpalast zum Vollaufenlassen, auch nicht eine hochstilisierte italienische Kaffeebar – eher eine Art Knotenpunkt, an dem sich die Wege vieler kreuzten.

Würde Ines täglich ins *Oblomow* gehen, wüßte sie bald,

wer zum Stammpublikum gehörte und wer nicht, wer vorzugsweise was trank, aß oder las. Sie würde sich bald zugehörig fühlen und irgendwann tatsächlich mit dazugehören, der Übergang war fließend. Aber sie hatte keine Lust, Tom bei der Arbeit auf die Finger zu schauen. Umgekehrt würde sie es ebensowenig schätzen, wenn es Tom einfiele, zu jeder beliebigen Tages- und Nachtzeit unerwartet an ihrem Arbeitsplatz aufzukreuzen – sofern sie einen hätte. Das konnte schnell lästig werden und als eine Art getarnte Kontrolle wirken. Also dosierte sie ihre Besuche im *Oblomow*. Abends war sowieso keine Rede davon, sich mit Johnny in das bis auf den letzten Stehplatz gefüllte Lokal zu drängeln, zumal Tom, von der Theke vor den sich lauthals verständigenden Leuten geschützt, hin und her wirbelte, Bestellungen aufschnappte, Gläser füllte, zehn Arme zu haben schien wie ein buddhistischer Tempeltänzer und gleichzeitig auch noch lockere Sprüche in die Menge warf wie Konfetti. Ines kannte das noch aus Berliner Kneipenzeiten – und konnte gut und gern darauf verzichten.

Durch die gläserne Eingangstür sah sie ihn hinter dem Tresen stehen. Er hatte sie noch nicht entdeckt, schaute nicht hinaus auf die Straße, sondern war in ein angeregtes Gespräch mit einer dunkelhaarigen Frau verwickelt. Für einen kurzen Moment fühlte Ines sich wie eine Ehefrau, die ihren Mann in flagranti ertappt hat. Es war ein Flash von der Sorte, wie sie in schlechten wie in guten Filmen zu haben sind und oft unerwartet auch mitten im wirklichen Leben – nur daß man sich dann wünscht, es wäre ein Film, und die Augen schließt und auf das gute Erwachen wartet, doch man kann so oft umschalten, wie man will, es bleibt dabei, heute gibt es nur ein einziges Programm und kein angenehmes.

Carlo, der gerade einen Tisch abräumte, kam ihr zu Hilfe. Er hielt die Tür auf, sie schob den Kinderwagen mit einem dankbaren Nicken hinein. Johnny gab zufriedene, glucksende Laute von sich. Paolo Conte brachte in der Kehle ein paar rostige Nägel zum Vibrieren. Jetzt sah Tom sie auch. Ines tropfte. Sie ging mit hauteng anliegenden nassen Kleidern und einem Divalächeln auf die Theke zu.

»Hallo.«

Tom grinste. »Frisch geduscht?« Er verschwand in der Küche, kam mit einem Handtuch zurück, das er ihr zuwarf. Dann stellte er die beiden Frauen einander vor. »Hannelore, eine Sandkastenfreundin. Ines. Und das da ist unser Sohn Johnny.«

Die Frauen nickten sich artig zu. Entschlossen nahm Ines Johnny aus dem Wagen und reichte ihn Tom über den Tresen. Auf diese Weise hatte er etwas zu tun und wurde unmißverständlich zugeordnet.

»Ich wußte gar nicht, daß du ein Kind hast«, sagte die Frau namens Hannelore überrascht und etwas maniriert, während Ines sich die Haare trockenrubbelte. »Tom the Wild Thing als Ehemann und Vater – das hätte ich nie gedacht.«

»Ich auch nicht.« Tom ließ Johnny über seinem Kopf schweben. Johnny gluckste vor Vergnügen.

»Es ist auch alles nur halb so schlimm«, kommentierte Ines. »Wir sind nicht verheiratet.«

Hannelore lachte maliziös. »Das kann ja noch kommen.«

»Ist das jetzt ein guter oder ein böser Wunsch?«

Hannelore zog geziert die Augenbrauen hoch. »Das kommt ganz auf die Beteiligten an.«

Hexe, dachte Ines.

Tom erklärte, Hannelore spreche aus Erfahrung. Sie sei zum zweiten Mal verheiratet. »Wie lange bist du denn diesmal schon unter der Haube?«

Sie streckte ihm die Zunge heraus, frech, vertraut, für Ines' Geschmack ein bißchen zu vertraut. »Dann hast du deine wilden Jahre also jetzt hinter dir.« Ihr bedauernd-spöttischer Tonfall ließ deutlich werden, daß sie es einerseits schade um Tom fand und daß sie andererseits dem vormaligen Wild Thing die neue Rolle nicht so recht zutraute.

Ines verdrehte die Augen, Carlo warf ihr einen aufmunternden Blick zu und schlug vor, sie solle sich wenigstens ein trockenes T-Shirt anziehen. Eines mit *Oblomow*-Emblem. Sie nahm das Angebot dankend an.

»Nein, ich bin jetzt erst so richtig mittendrin«, hörte sie Tom noch sagen, bevor sie in der Küche verschwand, um sich umzuziehen.

Die Antwort beruhigte sie sehr, denn damit war auch sie gemeint. Wilde Jahre mit Kind? Warum nicht? Man gab doch nicht automatisch alles auf, wenn ein Kind auf die Welt kam. Kinder als Notbremse gegen wilde Jahre? Nein, danke. Allein schon die Vorstellung, ›wilde Jahre‹ wären etwas, das der Vater und damit reifer gewordene Mann abgeklärt hinter sich ließ wie ein Paar ausgediente, durchlöcherte Tennisschuhe, verursachte ihr Brechreiz. Hörner abgestoßen, Schwanz abgestoßen, genügend Frauen gevögelt, genügend Biere gesoffen, genügend Schwachsinn gelabert, genügend schlechte Witze erzählt, vielleicht einmal nach Indien getrampt oder den schwierigsten Wildwasserfluß der Welt hinuntergepaddelt, in Mittelamerika Revolution gespielt, den wilden Mann markiert – und dann, nach diesem kurzzeitigen Ausbruch aus dem geregelten Leben: der Rückzug in den lauwarmen, einschläfernden Schoß einer neugegründeten Familie, Schwanz weggepackt für besondere Gelegenheiten, ebenso wie die Indiendias, die alle paar Jahre hervorgeholt werden, später nur noch an einsamen Abenden, weil keiner sie mehr sehen will, die Che-Guevara-Mütze ein begehrtes Faschingsrequisit, der Kajak wie eine heimliche Trophäe in der Garage versteckt, wo der Passat-Kombi vor Wind und Wetter gehütet wird, damit er nur ja den Listenpreis bringt: zum Kotzen. Daß Tom sein Kneipenleben an den Nagel hängen und mit Anzug und Krawatte tauschen könnte, war Ines ebenso unvorstellbar wie der Gedanke, sie sollte als Hausmütterchen den privaten Familienteil managen, Topfkuchen backen und auf die Uhr schielen, ob der Ehemann rechtzeitig nach Hause käme. Mochten diese altbackenen Rezepte von heiler Familie auch hierzulande noch nicht ausgedient haben, ihr kamen sie höchstens vor wie Kasperlestücke aus der Gruselkiste: eine zahme, krawattengeregelte Musterexistenz wäre der Tod ihres Zusammenlebens. Und sollte Tom sich wirklich einmal in so unvorteilhafter Weise verändern, dann wäre mehr Mißtrauen angesagt als jetzt bei seinem Wortgeplänkel mit Hannelore. Waren die zwei früher einmal miteinander ins Bett gestiegen? Warum nicht? Früher war früher, und heute war heute, und Ines war froh, daß Tom sie nicht als »Ines, meine Freundin« oder »Ines, die Mutter meines Sohnes« oder »meine Lebensgefährtin Ines« vorgestellt hatte. Für ihn war sie »Ines«, und das reichte.

Als sie in weißem XXL-T-Shirt die Kaffeebar wieder betrat, hechelten Tom und Hannelore gerade die gemeinsamen Bekannten durch. Wer wen geheiratet und sich von wem getrennt hatte, wer wo wohnte und wovon lebte. Sie waren gerade bei einem ehemaligen Verehrer von Hannelore angelangt, der wie Tom erst in diesem Jahr nach Regensburg zurückgekehrt war. Hannelore stieß einen spitzen Schrei aus. »Der Leutner-Fritz ist wieder im Lande? Den habe ich ja seit zwanzig Jahren nicht mehr gesehen. Ist er immer noch so dick?« Sie kicherte verschwörerisch.

»Hat reichlich abgespeckt«, hörte Ines Tom sagen. »Steht ihm nicht schlecht. Sieht aus wie frisch von der Frankfurter Börse eingeflogen. Handy, Armani-Anzug, Seidensokken, alles vom Feinsten.«

Carlo schob Ines unaufgefordert einen Multivitaminsaft hin. »Hat dein Liebster dich etwa noch nicht versorgt?« Er schnalzte mißbilligend mit der Zunge, goß Milch in ein Alukännchen, klopfte den Kaffeesatz aus, füllte frisches Pulver ein, die Espressomaschine begann zu röhren.

Ines zog sich einen Barhocker heran. Sie blendete die Stimmen von Tom und Hannelore aus. In das Brodeln der Espressomaschine drang das helle Gelächter von zwei Frauen, die mit halbvollen Sektgläsern an einem der Stehtische lehnten und sich bestens zu amüsieren schienen. An einem Tisch in der hintersten Ecke saß ein Pärchen, jeder in die eigene Zeitungslektüre vertieft. Das *Oblomow* war ziemlich leer. Ines schrieb es dem Gewitter und der Uhrzeit zu, dieser angenehmsten, blausten Stunde des Tages, dem Übergang zur Nacht.

Carlo winkte ab. »Schon die ganze letzte Woche ist so wenig los. Es ist zu heiß, die Leute sind alle draußen an irgendeinem Weiher. Die speichern jeden Sonnenstrahl, damit sie Weihnachten nicht frieren müssen. Gott sei Dank ist Ende August, in einer Woche steht der Winter vor der Tür, dann läuft der Laden wieder.«

Der Milchkaffee tat nach der unfreiwilligen Dusche gut. Ines starrte in den Spiegel, sah ihr eigenes Gesicht darin, die roten Haare, weiter rechts Toms kurzgeschorenen Hinterkopf, seinen Rücken, einen Fuß von Johnny, Hannelores dunkelroten Mund, der wie eine Amöbe ständig die Form änderte. Im Hintergrund sah sie die Markise und die leeren Tische, den vorderen Teil der regennassen Gasse. Sie wartete, bis Carlo in Sicht kam, winkte ihn heran, erzählte, weshalb sie pitschnaß geworden war. »Hast du eine Ahnung, was da draußen los ist?«

Carlo beugte sich zu ihr vor. »Die sind schon seit heute vormittag da und durchsuchen das *La Bocca*«, sagte er mit leiser Stimme. »Mindestens fünfzehn, zwanzig Leute, alle in Zivil. Spürhunde haben sie auch dabei. Eine Drogengeschichte, vermute ich mal. Vielleicht sogar eine Mafiasache. Wenn die nachher weg sind, geh ich gleich rüber. Ich kenn den Koch von früher, wir haben ein paarmal zusammen im *Bischofshof* gejobbt. Vielleicht weiß er Näheres.«

Jemand küßte Ines von hinten auf den Hals. Es war Tom. »Na, schöne Frau ... Darf ich bitten ... Ich glaube, dein Sohn hat Hunger.«

Carlo schnitt eine Grimasse. »So bringt man die Frauen ab vom rechten Weg: Wenn's spannend wird, hat der Sohn Hunger.«

Alle drei lachten. Tom legte Johnny Ines in den Arm, und Johnny drückte seinen zahnlosen Mund wie auf Kommando suchend gegen ihr T-Shirt. Hannelore verabschiedete sich von Tom mit zwei hingehauchten Wangenküssen. Genau so sieht sie auch aus, dachte Ines boshaft. Alles nur Luft und hohle Geste. Da lobe ich mir den guten alten sozialistischen Bruderkuß.

Als die Tür hinter Hannelore zugefallen war, warfen Tom

und Carlo sich einen vielsagenden Blick zu. »Der reinste Wahnsinn.«

Gemeinsam machten sie sich daran, die restlichen Gläser abzutrocknen und die Vitrine mit frischen Tramezzini aufzufüllen.

»Wie die Leute sich verändern! Die Geier-Hannelore!« Tom lachte. »Mit der hab ich schon im Sandkasten gespielt, und einer ihrer Brüder war bei mir in der Klasse.«

»Kennst du diese Hannelore denn auch?« fragte Ines Carlo erstaunt.

Der nickte. »Klar. Von Feten und Festen. Die rote Lore. Die kannte doch jeder. In der frühen *Zarapzapzap*-Zeit war sie jede Nacht bis zur Sperrstunde mit dabei. Die war eigentlich ganz in Ordnung. Jedenfalls bis sie diesen Typen geheiratet hat, ihren ersten Mann, ein Staatsanwalt, ich sage euch, das reinste Brechmittel. Die Ehe hat auch nicht lange gehalten.« Er grinste. »Aber irgendwas muß abgefärbt haben.«

»Achtung, gleich protestiert Ines«, warnte Tom, »von wegen Eigenständigkeit der Frauen und so.«

Ines lachte. »Ihr seid gemein.«

»Dachtest du etwa, nur Frauen können lästern?« Tom fand seinen Witz gut. Die beiden Frauen, die ihren Sekt bezahlen wollten, auch.

»Hast du übrigens den Leutner-Fritz vorhin erkannt?« fragte Carlo, als sie gegangen waren. »Ich nicht. Nicht in diesem Aufzug.«

Tom sagte, er und Fritz seien eine Zeitlang dicke Freunde gewesen. Damals hätten sie noch kurze Hosen getragen. Fritz hatte Astronaut werden wollen und er selbst Naturforscher. Das sei lange vor der Anlage des Donauparks am Baggersee gewesen, vor der Begradigung der Donau.

»Und dann?« fragte Ines.

»Nichts dann.«

»Wieso wart ihr dann irgendwann nicht mehr befreundet? Das muß doch Gründe haben.«

»Gründe?« Tom strich sich über die kinnlangen Koteletten. »Nicht daß ich wüßte. Später hatten wir eben jeder unseren eigenen Freundeskreis. Wahrscheinlich wollte Fritz irgendwann nicht mehr der Mann im Mond werden und ich nicht mehr Käfer sammeln. Nach dem Abi ist er nach München gegangen. Und ich nach Berlin. Das ist alles.« Er zögerte. »Nein, nicht ganz. Jetzt stehe ich hier hinter der Theke und verzapfe dies und das und bin froh, wenn ich mir davon eine Zille kaufen kann, und muß mir von meiner Mutter in einer Tour anhören, was ich alles nicht geworden bin im Leben, und der Leutner-Fritz ist mittlerweile einer der Obermacker bei Siemens und hat ein Haus mit Donaublick und eine Ferienwohnung am Gardasee und ein Segelboot und eine Harley Davidson und Armani-Anzüge und eine Frau und zwei Kinder ...« Ein gewisser Neid in Toms Stimme war nicht zu überhören, auch wenn er einen launigen Ton anschlug.

»Hat er dir das alles bei einem Espresso erzählt?«

»In zwei Nebensätzen«, sagte Tom abschätzig.

»Und wie sieht es aus, möchtest du mit ihm tauschen?« fragte Ines herausfordernd.

»Ich meine ja nur«, druckste Tom. »Wegen der Kohle. Also ein bißchen mehr Luxus ...«

Ines zählte auf: »Anzug, Krawatte, um sieben ins Büro, mit anderen Krawattenmännern telefonieren, um sieben wieder nach Hause, die Tulpen im Garten zählen, den Kindern den Kopf tätscheln, der Ehefrau ein Küßchen auf die Stirn, fünfmal im Jahr nach Chicago, dreimal im Jahr nach Brasilien, Indien, China, abgehetzt hin, abgehetzt wieder zurück, vor lauter Jetlag schon ganz jeck im Kopf, einmal im Jahr ins *Oblomow* und dort sehnsüchtig vom Haus am Gardasee erzählen und von alten Zeiten schwärmen ...«

»Danke, es reicht«, grinste Tom. »Du hast mich fürs erste kuriert.«

»Nur wir bleiben die Immergleichen, die nicht erbleichen, was?« lachte Carlo. »Wie Brecht es sich gewünscht hat.«

»Bist du sicher?«

»Daß er es sich gewünscht hat oder daß wir uns nicht verändert haben? Also ich hab schon vor zwanzig Jahren die gleichen Klamotten getragen wie jetzt. Fahrzeugmäßig bin ich vom Käfer zum Cinquecento mit Klimaanlage und CD-Wechsler aufgestiegen. Und was ich im *Oblomow* an Geld raushole, reicht für den Friseur und drei Wochen Urlaub im Jahr. Mir fehlt nichts.«

Er und Tom schlugen einander gönnerhaft und solidarisch auf die Schulter. »Übrigens hat er uns eingeladen«, sagte Tom. »Für morgen nachmittag, zu einer kleinen Grillparty.«

»Meinst du etwa mich?« fragte Carlo erstaunt. »Zu mir hat er doch gar kein Sterbenswörtchen gesagt.«

»Ich meine natürlich die glückliche, strahlende Jungfamilie«, sagte Tom. »Aber wenn du willst, kann ich ja ein gutes Wort für dich einlegen.«

Carlo grinste. »Danke bestens. Echt nicht meine Wellenlänge, der Typ. Aber ich bin jetzt schon scharf auf eure Berichterstattung.«

»Vielleicht fragst du mich erst mal, ob ich überhaupt Lust habe mitzukommen«, protestierte Ines.

»Sonst beschwerst du dich immer, du würdest hier keine Menschenseele kennen ...«

Carlo sagte zu Tom, er könne ebensogut eine Stunde früher aufhören und sich mit seiner Kleinfamilie einen netten restlichen Samstagnachmittag machen. Das bißchen Arbeit packe er auch alleine. Und um sechs kamen sowieso die Jungs von der Abendschicht. Tom nahm das Angebot dankend an. Er hätte da sowieso noch ein paar Fotos von der Zillentour, die er dringend entwickeln wolle ...

»Nichts da!« funkte Ines dazwischen. »Hast du nicht gehört, was Carlo gesagt hat? Ein Nachmittag ›mit der Kleinfamilie‹ ...«

In der Tür stießen sie fast mit einem Mann zusammen, den Ines sofort erkannte. Es war der Hausmeister aus der Weingasse. Er trat zur Seite, strich sich die grauen, halblangen Haare aus der Stirn. »Hallo. Wir laufen uns ja wohl ständig über den Weg. Gestern auf dem ...«

»Zufall«, unterbrach Ines ihn schnell, sie hatte Tom nach wie vor nichts von ihren Recherchen erzählt: »Haben Sie schon eine Wohnung gefunden?«

»Sieht ganz so aus«, sagte der Hausmeister und zwinkerte zuversichtlich. »Vielleicht ließe sich für Sie auch etwas arrangieren. Kommen Sie doch mal wieder vorbei. Meine Frau würde sich freuen.«

Tom war von den Socken. »Woher kennst du denn *den* Hänger?« fragte er, als sie ein paar Meter gegangen waren.

Ines tat, als habe sie den abfälligen Ton nicht gehört. Wenn sie ehrlich war, fand sie diesen Hausmeister gar nicht so unsympathisch, im Gegenteil, ein wenig schräg, ein wenig grau, *Oblomow*-Kunde, sicherlich interessanter als manch anderer Gast.

»Oh, ich kenne inzwischen eine Menge netter Leute ...«

»Und was meint er damit, daß er für dich etwas tun kann?« Tom war völlig perplex.

»Abwarten«, lächelte Ines geheimnisvoll und nahm sich vor, Edda und ihrem Mann – wie hieß er gleich? ach, diese schlaflosen Nächte – in den nächsten Tagen einen Besuch abzustatten.

27

Wieder einmal mußte Freya feststellen, daß Kopfsteinpflaster und hochhackige Schuhe nicht kompatibel waren. Ihre schwarz-gelb gestreiften Pumps, ein Ausverkaufsschnäppchen aus dem extravagantesten Schuhgeschäft der Stadt, wurden heute abend zum ersten Mal auf Bruchsicherheit geprüft und bestanden den Test bravourös. Auf den letzten hundert Metern zog Freya sie trotzdem aus und ging barfuß. Popp, der Freya zu Hause abgeholt hatte, sagte, nackte Füße seien ohnehin das Plusquamperfekt der Sinnlichkeit.

»Das Nonplusultra«, korrigierte ihn Freya.

»Nein, das Plusquamperfekt«, insistierte Popp. »Steigerung von perfekt. Nach dem Motto: Weniger ist mehr. Denn nach Enthüllung streben wir Kriminalbeamten kraft unseres Amtes und unserer Leidenschaft, und bei den Füßen fängt alles an ...«

»Aber der Spaß hört auf, wenn mir jemand auf die Füße

tritt«, versetzte Freya gutgelaunt. »Und bei über zweihundert geladenen Füßen ist die Wahrscheinlichkeit erstens groß. Zweitens liegt mir die Aschenputtelrolle nicht. Drittens müßte ich ständig zu Boden schauen, um aufzupassen: was für eine Verschwendung kriminalistischer Energie.«

»Möchtest du vielleicht lieber die dreizehnte Fee spielen?« alberte Popp. »Schließlich warst auch du auf Himmelhebers Einladungsliste nicht vorgesehen. Vielleicht reichen die goldenen Tellerchen selbst beim fleißigsten Zahnklempner nicht.«

»Meine Traumrolle ist eher Dornröschen.«

»Das sich vom Prinzen wach küssen läßt ...«

»... und ihn dann zum Teufel jagt.«

Popp ließ sich nicht verschrecken. »In dem Fall spiele ich gern den Teufel.«

»Heute abend bist du aber der Bedienstete, vergiß das nicht.«

»Darf ich Gnä' Frau noch ein letztes Glas Wein anbieten, bevor die Bombe hochgeht?«

»Da muß ich erst meinen Mann fragen ...«

Der kam soeben schnellen Schrittes im dunklen Anzug über den Bismarckplatz auf sie zu. Freya machte Rilke ein Kompliment und hakte sich bei ihm ein. Popp enthielt sich der Stimme und ging neben den beiden her wie der getreue Freund des Hauses.

Kurz vor acht kamen die ersten Gäste. Himmelheber begrüßte jeden persönlich an der Eingangstür des *La Bocca*. Auch das Dreiergespann hatte er mit makellosem Lächeln willkommen geheißen – aber seine Hand war feucht gewesen. Ein weißhaariger Herr klopfte Himmelheber gönnerhaft auf die Schulter. Freya hörte, wie er ihm zuraunte: »Nur Mut! Man wird zum Glück nur einmal fünfzig.«

Die Kommissarin hielt sich, ein volles Glas Sekt in der Hand, im dezenten Zwiegespräch mit dem Gatten für einen Abend in der Nähe der Tür auf. Sie hatte die gestreiften Schuhe wieder angezogen, trug dazu ein Jackenkleid aus hellgelber Rohseide. Ein distinguiertes Ehepaar mit langjähriger Partyerfahrung, mochte man denken. Der Herr im dunklen Anzug an Freyas Seite, Rilke, hatte in der einen Woche seit dem Mord an Professor Breitkreuz den ganzen ersten Band der *Ästhetik des Widerstands* gelesen und freute sich als passionierter Hobbyleser, auf diese Art und Weise den künftigen Leiter des Literaturhauses kennenlernen zu dürfen. Für ihn stand außer Zweifel, daß jede Menge interessanter, belesener, kultivierter, gebildeter Gäste auf Himmelhebers Geburtstagsfest erscheinen würden. Und er konnte mitreden. Er würde einmal nicht der mißtrauisch beäugte Polizeibeamte sein, der in seiner Freizeit Bücher las – jetzt bot sich ihm die Gelegenheit, bei Gesprächen endlich einmal aus dem vollen zu schöpfen. Jedenfalls nach 22.00 Uhr. Denn zunächst hatte er die Aufgabe, die Augen offenzuhalten und gleichzeitig angeregt, aber unaufdringlich mit seiner Gattin zu plaudern, während Freya die Ohren spitzte, um mitzubekommen, wen Himmelheber mit welchen Worten jeweils begrüßte.

Der mimte jetzt nicht mehr den aufgeblasenen Gockel, sondern den weltgewandten Freund und Entertainer, der über Trauerfälle, Verdächtigungen, persönlichen Kummer und dergleichen mehr erhaben war. Jeder der Gäste mußte den Eindruck gewinnen, auf diesem Geburtstagsfest ganz besonders willkommen zu sein. Im Hintergrund wartete eine junge Frau im schlichten Schwarzen mit einem Tablett voll Sektgläser. Eine zweite Frau, blond, schwarzer Hosenanzug, enganliegender armloser Seidenrolli, eine Kollegin aus dem K-9, nahm Himmelheber mit gebührender Vorsicht die Geschenke ab. Sie wurden in einen angrenzenden kammerartigen Raum gebracht und dort auf einem feierlich hergerichteten, langen Tisch gestapelt – das Geschenkezimmer, eine der Sicherheitsvorkehrungen, denen Himmelheber hatte zustimmen müssen. Wenn das Fest im Gange war, konnte man unauffällig die Tür zu diesem Raum schließen und erneut die Sprengstoffspürhunde einsetzen. Denn die Bombe konnte ja ebensogut erst im Verlauf des Abends in das Lokal geschleust werden, in hübsches Goldpapier gewickelt und mit großer Schleife versehen. Sämtliche Handtaschen zu durchsuchen, ohne daß es auffiel, war dagegen unmöglich. Ein Restrisiko blieb. Aber das überdurchschnittlich zahlreich vertretene Personal setzte sich zur Hälfte aus Polizeibeamten mit Argusaugen zusammen. Einer von ihnen war Popp, der den Gästen soeben auf einem Tablett Parmesan und frischgebackenes toskanisches Brot anbot. Er lächelte Rilke zu und sagte halblaut: »Nun, mein Lieber, heute der Gemahlin neue Schuhe gekauft?«

Rilke lächelte zuckersüß zurück und ließ ein Stück Parmesan in seinem Mund verschwinden. »Ich habe meinen Beruf heute abend an der Garderobe abgelegt, und Sie?«

»Sehr vernünftig, mein Schatz«, sagte Freya affektiert. »Sonst reden die Männer nur noch über die Arbeit. Und wir wollen uns doch amüsieren ...«

Popp trat ihr kurz auf den großen Zeh. »Oh, pardon, Gnä' Frau ...« Leise fügte er hinzu: »Wie gut, daß Sie nicht barfuß gekommen sind ...«

Kurz nach halb neun – Freya hatte einhundertneun Gäste gezählt, Rilke einhundertelf, Vera Bach war natürlich so kurz nach der Beerdigung nicht gekommen – standen alle Gäste dicht gedrängt im unteren Teil der einstigen Thomaskapelle im *La Bocca* und lauschten der Begrüßungsrede des Jubilars. Himmelheber begann mit einem Gedicht, das, wie sich herausstellte, aus eigener Feder stammte, noch aus der Schulzeit (die Frau neben Freya schmunzelte, sie war vermutlich nicht die einzige), kam dann auf seine »selbst während des Studiums nie hintergangene und nie erkaltete« Liebe zur Literatur zu sprechen, die vielleicht so manch andere Liebe in seinem Junggesellenleben verhindert habe (vereinzelte Lacher), es folgte ein schwärmerischer Schlenker zum geplanten Literaturhaus, der Erfüllung seines Lebenstraumes (einige Gäste fühlten sich angesprochen und nickten, Augen glänzten), und faßte, »hoffentlich stellvertretend für alle richtigen Fuffziger« (Gelächter), den Vorsatz, »in der zweiten Lebenshälfte« keine halben Sachen mehr zu machen: »Einzige Ausnahme: halbe Helle und halbe Dunkle.« Der Vorschlag fand einhelligen Beifall. Um die Gäste untereinander bekannt zu machen, fuhr Himmelheber fort, habe er sich etwas Besonderes einfallen lassen: So wie andere in ihrer Freizeit Sandburgen, Gartenhäuser oder Kartenhäuser bauten, teils mehr, teils weniger haltbar, habe er sich sein Literaturhaus gebaut. Dazu brauche es nicht nur Phantasie, Bücher, Ausdauer und auch Geld, sondern vor allem jede Menge Leser, Schreiber, Helfer und Helfershelfer. Mit anderen Worten: »Euch, meine lieben Freunde.«

Als nächstes wurde nun ein Gast nach dem anderen aufgerufen und bekam, je nach Beruf, Hobby, Fähigkeiten und Eigenschaften, eine Aufgabe in Himmelhebers papiernem Literaturhaus zugewiesen. So erhielt der Rechtsanwalt Prins einen Posten als Rechtsberater (»er soll uns beraten, welche Bücher links eingeräumt werden und welche rechts«), seiner Gattin (»Gärtnerin aus Liebe«) wurde die Ausstattung der Räume mit Pflanzen angetragen, Zahnarzt Dr. Petersdorf aus Weiden (»ein talentierter Freizeitmaler«) sollte die Räume streichen, und der Regensburger Kollege Dr. Lübbe (»wie wir alle wissen, ein begeisterter Bergsteiger und Kletterer«) die Malerarbeiten an den Außenwänden übernehmen. Anja Beckmann, von Beruf Mathematiklehrerin, würde selbstverständlich die Buchhaltung führen (ein Zwischenrufer: »Wie viele Bücher kann sie denn halten?«), Hans Matte, Redakteur bei der Regionalzeitung, wurde berufsgemäß mit ausgewogener Berichterstattung beauftragt. Alf Schindler von der Rosenapotheke, einer der Sponsoren, sollte eine kräftige Kräutermischung für Notfälle zusammenstellen – »falls der neue Wondratschek jemanden umhaut«.

In diesem Stil ging es immerfort weiter, Gast für Gast, Paar für Paar. Einige Ideen waren spritzig, andere weniger gelungen, manche dümmlich, etliche schlicht langweilig. Freya hatte den Eindruck, Himmelheber halte sich bei seinen offiziellen Gästen eher zurück, während er den langjährigen Freunden und Bekannten in seinem imaginären Literaturhaus auch unattraktive Posten zumute, eine Gruppe von Studienfreunden, die sich, wie er sagte, im Studium als Putzkolonne Geld dazuverdient hatten, sollten beispielsweise die Gebäudereinigung übernehmen. Allmählich griff Himmelhebers Idee, die Gäste wurden langsam warm miteinander, die Kommentare zu den einzelnen »Mitarbeitern« lauter und dreister. Von der Inneneinrichtung über die Programmauswahl bis zur Kachelung der Toiletten – Himmelhebers Gäste deckten alle Eventualitäten ab. Ein Mann, dem Freya jeden Morgen kurz nach sieben beim Joggen im Stadtpark begegnete, ein Richter beim Oberverwaltungsgericht, wie sie heute erfuhr, wurde damit betraut, »orientalische Läufer« für die Künstlerwohnungen im Dach auszusuchen; Immobilienmakler Seidl, der als tatsächlicher Sponsor natürlich nicht fehlen durfte, hätte dafür Sorge zu tragen, daß die Konkurrenz nicht schräg gegenüber ein zweites Literaturhaus eröffnete, dafür sei er und niemand sonst der richtige Mann. Freya sah, wie der Angesprochene säuerlich lächelte und dann in das allgemeine Klatschen einfiel.

Der einzige, der bei diesem Wortschwall nach einer Weile überhaupt noch den Überblick hatte, war Himmelheber. Er stand auf einem Stuhl und war von sich und seinem Spiel begeistert. Niemand, der nicht eingeweiht war, würde auch nur im entferntesten vermuten, wie leichenblaß der schwungvolle Redner noch vor wenigen Stunden gewesen war. Von dem Verdacht einer Bombendrohung ganz zu schweigen. Aber Himmelheber verlor das Maß aus den Augen – oder er hatte zu viele Leute eingeladen. Seine Vorstellung dauerte fast eine Dreiviertelstunde. So lange mochten sich die wohlgesonnensten Gäste nicht konzentrieren, vor allem, wenn Sie selbst schon genannt worden waren. Jeder stand sich eben doch am nächsten. Oder dem Vorspeisenbuffet. Einige Gäste stibitzten bereits etwas von den silbernen Platten.

»Zuerst kommt das Fressen, dann kommt die Moral«, kommentierte Rilke, der sich bereits zwei in Parmaschinken gewickelte Grissini geschnappt hatte und seiner Gemahlin eines davon offerierte. Zu schade, daß er bei dem Projekt nicht ebenfalls bedacht worden war.

»Als Bücherwurm oder als …«

Weiter kam Freya nicht, denn wieder war ihr jemand auf den Fuß gestiegen, diesmal jedoch nicht Popp – die Gäste eroberten das Buffet, nachdem Himmelheber endlich mit seiner Rede fertig war und allen einen vergnüglichen Abend gewünscht hatte. Das erleichterte Aufatmen vieler ging, wie es sich gehörte, in lautem Applaus unter. Und im einsetzenden Gedrängel in Richtung kaltes Buffet. Keine Spur von gesitteter Annäherung an Speis und Trank. Freya schwankte zwischen Staunen und Widerwillen. Jeder, auch die Dame mit dem Diamantkollier, der Herr Rechtsanwalt, der Herr Sparkassenleiter mit Fliege, die Gattin des Tennisclubvorsitzenden im Versace-Kleid, all diese distinguierten Herrschaften und Damenschaften versuchten jetzt so schnell wie möglich so viel wie möglich auf den Teller zu bugsieren, als hätten sie seit Tagen nichts Eßbares mehr zu sich genommen. Wer groß war und lange Arme hatte, schaffte es auch aus der zweiten Reihe, einen Löffel Auberginen oder zwei Scheiben Mozzarella zu ergattern, sich dann weiterzuschieben, um auch an die eingelegten Sardinen, den Meeresfrüchtesalat, die Artischockenherzen, des Carpaccio mit Steinpilzen, die Bressaola und die Grissini mit Parmaschinken heranzukommen. Es ging zu wie bei der Eröffnung des Sommerschlußverkaufs, nur daß die Drängler vor dem Antipasti-Buffet jedes Wühl- oder Raffverhalten mit Sicherheit weit von sich weisen würden. Hier war man unter sich, hier konnte man es sich leisten. Freyas Appetit hatte sich spätestens in dem Moment irreversibel auf den Rückzug begeben, als ein wohlbeleibter Herr sich mit einem randvollen Teller mit in Öl eingelegten Köstlichkeiten unweit von ihr an einen Tisch gesetzt und alles in Null Komma nichts vertilgt hatte. Sein Doppelkinn glänzte vom Olivenöl, als er sich zum zweiten Mal zum Buffet durchdrängelte, um einen Nachschlag zu ergattern. Erst kommt das Fressen und dann das Ende der Manieren, dachte Freya.

In solchen Momenten brach in ihr die kleinbürgerliche Erziehung durch. Die riet ihr, sich in acht zu nehmen vor Protz und Prunk und Überfluß, statt dessen zufrieden beim eigenen Leisten zu bleiben – man bestach nicht mit teuren Kleidern, sondern durch gutes Benehmen, man gab nicht mehr Geld aus, als auf dem Konto lag, man schwelgte nicht, sondern genoß in Maßen, und nicht die Fassade zählte, sondern die inneren Werte. So instruiert, fühlte sie sich fehl am Platze inmitten dieser schlingenden, plaudernden, lachenden Geburtstagsgäste, denen man ansah, daß sie keine halsbrecherischen Sparpläne aufstellen mußten, um über Ostern nach New York zu fliegen oder dem Sohn zum Abitur ein Cabrio zu schenken und der Tochter zur Kommunion ein eigenes Pferd. Sie mußten nicht – wie früher Freyas Vater – jeden Monat vom Gehalt eine gewisse Summe abzweigen, damit die Familie sich neben der Abzahlung der Hypothek fürs Reihenhaus einen zweiwöchigen Urlaub an der Nordsee leisten konnte.

Du bist nur neidisch, Freya, sagte sie sich. Du würdest auch gern aus dem vollen schöpfen und dich nach Herzenslust danebenbenehmen und mit großen Scheinen um dich werfen, ohne das Wechselgeld zu zählen. Gib's doch zu. Und schieb nicht deine tannenbaumbewehrten Eltern vor. Aber ich würde nicht gern meine Zeit in Gesellschaft dieser Leute verbringen, hielt sie dagegen. Und ich wäre nicht einmal scharf darauf, all diese vermutlich schönen, großteils trotzdem völlig nutzlosen Gegenstände zu besitzen, die im Geschenkezimmer darauf warten, von Himmelheber ausgepackt zu werden – Überfluß aus Überdruß und Überschuß. Vielleicht, dachte Freya süffisant boshaft, ist auch die Bombendrohung ein Teil davon: das oberextravagante Pendant zum Bungee-Springen oder zum Abenteuerwochenende für Manager in der Wüste, der ultimative Kick. Tod oder Leben? Russisches Roulette für die Upper-Class: Herzlichen Glückwunsch zum Geburtstag!

Sie wünschte, es wäre endlich 22.00 Uhr und dann 23.00 Uhr und dann Mitternacht und sie könnte endlich gehen. Sie hielt Ausschau nach Popp, konnte ihn im Gedränge aber nirgendwo entdecken. Hinter ihr fachsimpelte eine Gruppe Männer über italienische Weinanbaugebiete, Rebsorten, Jahrgänge, Lagerungszeiten. Drei Frauen im besten Alter mit dezentem Designerschmuck tauschten Erfahrungen mit Bioläden aus. Neben ihr wetteiferten ein Mann und eine Frau um die wirklichkeitsgetreuere Beschreibung eines während der Urlaubsreise verübten Einbruchs in ihrem Landhaus; die Alarmanlage hatte nicht funktioniert, natürlich lagen alle Wertsachen im Tresor, die Täter kamen »ganz bestimmt« aus Osteuropa, man denke nur an die rumänische Parkuhrenknackerbande oder an die russische Mafia. Es war absehbar, in welche Nebenarme sich der Hauptgesprächsfluß bald verzweigen würde, nämlich in einen über Ausländerkriminalität, einen zweiten über Alarmanlagen und mögliche Schutzvorrichtungen, einen dritten über die vergangene und die kommende Urlaubsreise. Weitere Verzweigungen würden sich wie von selber ergeben. Echter Small talk eben.

Rilke schlenderte von Grüppchen zu Grüppchen, hörte hier und da zu, war überrascht, daß der Literaturredakteur der Regionalzeitung nicht etwa über den neuen Roman von Martin Walser diskutierte, sondern mit der vollschlanken Frau eines Zahnarztes schäkerte und daß der Kulturamtsleiter mit einem Bildhauer über die kommende Fußballsaison debattierte. Popp war, wie Freya jetzt sah, damit beschäftigt, halbvolle Teller einzusammeln und dabei unauffällig nach auffälligen Objekten Ausschau zu halten. Ramona Lindinger kam auf Freya zu – inmitten der aufgestylten Gäste war die Buchhändlerin eine angenehm unaufdringliche Erscheinung. Sie war erstaunt darüber, die Kommissarin hier zu sehen.

»Dr. Himmelheber hat mich freundlicherweise eingeladen«, schwindelte Freya. »Es war mir eine Ehre.«

»Kommen Sie«, sagte die Buchhändlerin, »mir brauchen Sie nichts vorzumachen. Sie gehören nicht zu den Leuten, die sich auf solchen Festen von einem Grüppchen zum nächsten durchhangeln und sich dabei bestens amüsieren. Warum sind Sie wirklich hier? Immer noch mit dem Fall Breitkreuz beschäftigt?«

Freya nickte. Die Direktheit der Buchhändlerin war erfrischend. »Und in welcher Beziehung stehen Sie zu Dr.

Himmelheber? Wie ich gehört habe, hat er Sie bei der Vergabe der Literaturhausbuchhandlung ganz schön auflaufen lassen.«

Ramona Lindinger nickte. »Erinnern Sie mich nur nicht daran. Zuerst war ich im Gespräch, dann ist mir nichts, dir nichts eine Buchladenkette aufgetaucht, die eine deutlich höhere Miete geboten hat. Das war für mich das Aus. So einfach ist das, und so schnell geht das.«

» Sie sind heute trotzdem gekommen.«

»Vielleicht ist es besser so. Ich bin nicht nachtragend. Außerdem kenne ich Hans Himmelheber seit Ewigkeiten.«

Freya fiel ein, daß sie sich noch nicht für das Bücherpaket bedankt hatte. Sie sagte, sie lese nicht viel, aber der Roman von Peter Weiss sei ihr nahegegangen.

»Manche Bücher erwischen einen auf dem richtigen Bein und andere auf dem falschen. Man muß sich Zeit lassen, abwarten können, bis der richtige Moment gekommen ist. Sonst steht man vor dem Buch wie vor einer verschlossenen Tür. Und kennt das Zauberwort nicht.«

Freya nickte. So hatte sie die Sache noch nie betrachtet. »Und was halten Sie eigentlich vom Literaturhaus?«

Ramona Lindinger zuckte mit den Achseln. »Besser, es gibt eins als keins.«

»Gut für den Verkauf von Büchern?«

»Für meine Buchhandlung macht das keinen Unterschied. Gut für die Präsenz von Literatur in der Öffentlichkeit ist es allemal.«

»Wußten Sie, daß Lea Buchbinder sich Hoffnungen auf eine leitende Stelle im Literaturhaus gemacht hat?«

Ramona Lindinger nickte. »Ja. Sie hatte mir davon erzählt.«

»Hat sie Ihnen auch erzählt, daß daraus nichts wird?«

Die Buchhändlerin sah Freya verwundert an. »Nein. Aber wieso denn? Weil Paul Breitkreuz nicht mehr mit von der Partie ist?«

»Offenbar gab es schon seit längerem einen anderen Kandidaten, einen, der Geld als Mitgift einbringt. Ähnlich wie bei der Wahl der Buchhandlung.«

»Ach so ist das«, sagte Ramona Lindinger und zog die Augenbrauen hoch. »Sollte mich eigentlich nicht wundern. Aber für Lea tut es mir leid. Sehr leid sogar. Auch das noch. Vermutlich wissen Sie auch, wer dieser andere Kandidat ist?«

»Seidl«, sagte Freya.

»Wußte ich's doch, daß ich dich heute hier treffe«, unterbrach sie ein Mann, der hinter Ramona Lindinger aufgetaucht war und jovial den Arm um sie legte, dem sie sich geschickt entzog. »Ich bin gerade erst gekommen. Hab ich was verpaßt?«

»Nicht wirklich. Allerdings hättest du hören können, was für einen Posten Hans dir in seinem imaginären Literaturhaus zugedacht hätte.«

»Nachtwächter wahrscheinlich«, feixte der Mann.

Noch bevor sie weiterreden konnten, tauchte Popp neben Freya auf und flüsterte ihr etwas ins Ohr. »Sieh mal einer an, noch ein Kollege«, sagte die Buchhändlerin. »Sie sind auffällig zahlreich vertreten heute abend. Was wird hier eigentlich gespielt?«

»Ein fünfzigster Geburtstag, weiter nichts.« Vom Eingang her ertönten jetzt laute und schräge Trompetenklänge. Freya sah auf die Uhr. Es war zehn vor zehn. Die Trompeter schmetterten erneut eine Fanfare in den Raum.

»Himmelheber bläst zur Jagd«, spottete Popp. »Ist nach den Vorspeisen etwa eine Schnitzeljagd geplant?«

Alle Gespräche waren verstummt. Der Gastgeber kündigte eine Unterbrechung der Gaumenfreuden an, das Fest nehme nun draußen in der Gasse seinen weiteren Verlauf, nämlich mit einem kleinen Feuerwerk. Es folgte lautes Ah und Oh. Er sei zeitlich leider an die polizeilichen Bestimmungen gebunden, müsse die Mitternacht vorverlegen, und deshalb bitte er jetzt alle, ihm zu folgen wie dem Rattenfänger von Hameln. Seine Stimme hatte zum Schluß ein wenig gezittert, Schweißperlen standen ihm auf der Stirn. Aber nur die Eingeweihten wußten, weshalb. Der für die Untersuchung der Geschenke Verantwortliche teilte Freya leise mit, man habe keinen Sprengstoff gefunden, werde die Hunde aber, sobald die Gäste das Restaurant verlassen hätten, noch einmal durch die Räumlichkeiten führen. Er glaube kaum, daß es tatsächlich zu einer Explosion kommen würde. Aber sicher war sicher.

Als um 22.00 Uhr die ersten Feuerwerkskörper mit lautem Zischen in die Luft gejagt wurden, zuckte Himmelheber, wie Freya beobachtete, zusammen und sah mit ängstlichem Blick die Römergasse hinunter zum *La Bocca*. Er war kreidebleich, aber die violetten, blauen, grünen, roten Kugeln, die zu seinen Ehren über den Himmel zogen, gaben seinem Gesicht ein wenig Farbe.

28

Nach dem Feuerwerk wurden die Gäste in den oberen Teil der Thomaskapelle gebeten. Dort stand ein Flügel, auch eine kleine Bühne war aufgebaut. Verschiedene Gruppen hatten Einlagen vorbereitet, die nun – als textreduzierte Beilage zur Hauptspeise, wie Rilke anmerkte – zu Ehren des Geburtstagskindes aufgeführt wurden.

Den Anfang machte eine achtköpfige Gruppe, die sich kabarettistische Szenen zu Himmelhebers Leben als Zahnarzt ausgedacht hatte. Ein Lacherfolg, denn auch wenn Zahnschmerzen, kaum daß sie behoben waren, vergessen wurden, kannte doch jeder sattsam die Atmosphäre im Behandlungszimmer: das Sirren des Bohrers und das Schlürfen des Absaugers, die knappen, mehr oder weniger verschlüsselten Mitteilungen des Zahnarzts an die Arzthelferin, die beruhigenden Kommentare für den Patienten, der nur den Mund aufreißen und röcheln oder unartikulierte Laute ausstoßen konnte. All das und dergleichen mehr also auf der Bühne, Klischees im Doppelpack, angereichert durch Sketche: Zahnpastawerbung, Besuche von Pharmavertretern und Telefongespräche mit Krankenkassensachbearbeitern. Die vier Männer waren Studienkollegen von Himmelheber und aus ganz Bayern angereist. Die dazugehörigen Ehefrauen mimten die Zahnarzthelferinnen und sorgten für die Gesangseinlagen, natürlich wollten sie alle keinen Cowboy als Mann, sondern einen Zahnarzt, und den hatten sie ja auch bekommen.

Himmelheber wirkte zunehmend entspannt. Sein Blick sagte: Seht ihr, ich lasse mich von nichts ins Bockshorn jagen. Die Zweiundzwanzig-Uhr-Hürde ist genommen, jetzt geht der Spaß erst richtig los.

Die Gedichteinlage, die als nächste Darbietung folgte, war allerdings weniger spaßig: eine Art Potpourri quer durch den deutschen Dichtergarten. Wenn Rilke, der jetzt wieder neben seiner Pseudogemahlin stand, einen Gedichtanfang erkannte, flüsterte er: »Heine« oder »Goethe« oder »Fried«. Auch Rilke, der Dichter, wurde zitiert, und Rilke, der Polizist, wurde ganz rot vor Freude. Die meisten Gäste langweilten sich. Gedichte waren nicht spaßig, es sei denn, sie stammten aus der Feder von Wilhelm Busch. Auf einem fünfzigsten Geburtstag hatte es hoch herzugehen, da war des Bürgers Bildungsgut fehl am Platze. Himmelheber aber war von dem brav vorgetragenen Potpourri ebenso gerührt wie von dem anschließenden Liedervortrag eines befreundeten Ehepaars, er Gitarre, sie Gesang: *Mit fünfzig fängt das Leben erst an*. Dann: *Mit fünfzig hat man noch Träume*. Himmelheber sang laut mit.

Währenddessen wurde im Hintergrund eine Leinwand entrollt, das Licht ging aus, die Inkognitopolizisten erhöhten automatisch ihre Wachsamkeit, die Spannung stieg. Zwei mit lila Perücken und schrägen Sonnenbrillen ausstaffierte Männer – offenbar ehemalige Klassenkameraden – zeigten eine Diashow über die gemeinsame Schulzeit. Launige Kommentare im Radioberichterstatterjargon zu alten Fotos, Zeugnissen, Schnappschüssen: Himmelheber in Lederhosen als Untertertianer, drei Jungs, offenbar die Dia-Macher und Himmelheber, Grimassen schneidend auf Klassenfahrt, ein Lehrer, der den Klassenraum betrat – das Gesicht kam Freya bekannt vor, ein schlanker schwarzhaariger Mensch mit einem Wieselgesicht, richtig, das war ja der weißhaarige alte Mann, mit dem Gerstenthaler und Himmelheber sich auf der Beerdigung unterhalten hatten.

Es folgten Bilder vom ersten Klassenfest, Himmelheber rauchend, Himmelheber mit Bierflasche am Mund, Himmelheber und ein Mädchen, Arm in Arm, dazu gab einer der Diamacher Kostproben aus Himmelhebers Zeugnissen zum besten: »Der Schüler Hans Himmelheber ist im Unterricht sehr zurückhaltend. – Seine schriftlichen Leistungen sind insgesamt befriedigend. – Mündlich könnte er sich allerdings mehr beteiligen.« Auf den nächsten Dias sah man eine Gruppe Jugendlicher in einem Boot, dann drei Jungs am Lagerfeuer, einen Moment lang wurde es im Saal mucksmäuschenstill.

»Paul Breitkreuz«, flüsterte eine Frau, die neben Freya stand, ihrem Mann zu, man hörte das erneute Klicken des Projektors, die bedrückende Erinnerung auf der Leinwand wurde durch ein anderes, erheiterndes Bild ersetzt.

Es folgten eine Reihe von Aufnahmen aus dem Fußballverein, Himmelheber im Tor in gespannter Erwartung eines Elfmeters, zur Überraschung aller hielt er dabei ein Buch im Torwarthandschuh, lautes Hoho aus dem Publikum, Himmelheber vor einem Bücherregal, Himmelheber joggend, nicht etwa mit Walkman, sondern wieder mit Buch in der Hand, Himmelheber wie ein RAF-Häftling mit einem Schild vor der Brust, darauf, schwarz auf weiß: »Ein falsches Wort, und du bist tot«, Himmelheber im weißen Kittel, statt mit einem Bohrer natürlich wieder mit einem Buch in der Hand, zum krönenden Abschluß Himmelheber und eine Freundin in der Tanzschule, er liest hinter ihrem Rücken ein Buch. Die Leute amüsierten sich königlich. Natürlich handelte es sich um Fotomontagen. So auf die Leinwand projiziert, konnte Himmelheber einem direkt sympathisch werden, fand Freya. Doch sympathisch war vor allem die Inszenierung. Die beiden Dia-Show-Master hatten selbst den größten Spaß dabei und wurden gebührend mit Applaus und Hoch-Rufen bedacht.

Aber der heimliche Höhepunkt des Abends stand – was offenbar auch den Gastgeber überraschte – erst noch bevor. Es wurde nun völlig dunkel, die Polizisten holten wieder tief Luft, man konnte seinen Nachbarn nicht mehr erkennen, aus den Boxen ertönten laut die ersten Takte des Joe-Cocker-Songs aus dem Film »Neuneinhalb Wochen«, ein Spot richtete sich auf die kleine Bühne, auf der nun – die Kriminalbeamten atmeten auf – eine Frau in einem silbergrauen, zweiteiligen, hautengen Kleid aufreizend, gekonnt und mit eindeutigem Ziel zu tanzen begann. Nach und nach ließ sie die Hüllen fallen, sah dabei unentwegt Himmelheber an, als gelte ihr Strip ihm ganz allein und als sei außer ihnen beiden niemand im Raum. Als sie den BH abwarf, kam auf der rechten Brust eine glitzernde Fünf zum Vorschein, auf der linken Brust eine glitzernde Null. »*You can leave your hat on*«, sang Joe Cocker mit kehliger Stimme, und die Gäste fielen in den Refrain ein. Die Stripperin hielt sich an den Songtext. Zum Schluß hatte sie nur noch den Hut auf dem Kopf, den sie dann abnahm und vor die Scham hielt. Die Musik war zu Ende, der Scheinwerfer ging aus, die Leute klatschten, pfiffen, johlten, riefen nach einer Zugabe. Statt der schönen Stripperin hatten sich, als das Licht wieder anging, jedoch fünf Männer auf der Bühne eingefunden – offenbar die großzügigen Spender –, die ein lautstarkes »Happy Birthday« anstimmten, in das jedermann, ob er wollte oder nicht, mit einstimmte.

Himmelheber hielt eine kurze Dankesrede und forderte seine Gäste auf, sich nun dem mediterranen Nachspeisenbuffet hinzugeben, das in der Zwischenzeit im unteren Saal aufgebaut worden sei. Hier oben würde in wenigen Minuten die Kapelle zum Tanz aufspielen. »Freunde, tanzt bis zum Morgengrauen, wir sind nie wieder so jung wie heute.« Leih-Ehemann Rilke setzte sich ins Erdgeschoß ab. Er tanzte höchst ungern und war noch immer auf der Suche nach interessanten Gesprächspartnern. Freya blieb, wo sie war. Sie lehnte an einem Pfeiler und sah zu, wie Himmelheber im Gespräch mit den beiden Dia-Machern unter viel Gelächter die lilafarbene Perücke aufsetzte. Jetzt, ohne Verkleidung, kam es Freya auch so vor, als habe sie zumindest einen der beiden Männer bei der Beerdigung gesehen. Andererseits: Männer in einer bestimmten Alters- und Wohlstandsschicht sahen einander oft zum Verwechseln ähnlich, zumal im dunklen Anzug. Neben ihr stritt sich ein Pärchen über die Stripteasenummer, die Frau fand diese Art Geschenk hochnotpeinlich, während der Mann sagte, er würde sich zu seinem Sechzigsten in zwei Jahren mit Vergnügen so eine Einlage schenken lassen.

»Warum nicht gleich einen Gutschein für den Puff!« rief seine Frau daraufhin empört und rauschte die Treppe hinunter ins Erdgeschoß, während ihr Mann sich mit einem Achselzucken ein weiteres Glas Sekt holte.

Die Musik fing an zu spielen. Freya stellte sich an den Rand, gähnte herzhaft. Sie sollte bald nach Hause gehen. Eigentlich war ihr Auftritt hier beendet.

»Küss' die Hand, Frau Kommissarin, lassen Sie auch einmal fünfe gerade sein?« sagte eine Männerstimme neben ihr.

Sie drehte sich um, runzelte die Stirn. Sie kannte diesen Mann nicht. Hätte sie ihn kennen müssen? Ach ja, das war dieser Bekannte der Buchhändlerin, mit dem sie vorhin kurz gesprochen hatte.

»Werner Simrock.« Der Mann verbeugte sich leicht und geriet dabei ins Wanken. Er schien nicht mehr ganz nüchtern zu sein. Freya haßte es, sich mit Betrunkenen zu unterhalten. Außerdem war der Mann – groß, blaß, Halbglatze – nicht ihr Typ. Provozierend fragte er: »Und – hat die Fleischbeschauerschau Ihnen gefallen?«

»Eine nackte Frau als Geschenk – recht eigenartig«, sagte Freya kühl. Und fragte, um das Thema zu wechseln: »Sind Sie ein Freund von Hans Himmelheber oder von Ramona Lindinger?«

»Von beiden. Sagen wir lieber: Wir haben zusammen die Schulbank gedrückt. Und so eine Schulzeit, die verbindet.« Er lallte jetzt stärker, wies mit dem Kopf auf das Grüppchen um Himmelheber. »Wir sind doch eine einzige große Familie, Hans, Paul, Ramona, meine Wenigkeit, sonst noch der eine oder andere, der heute abend anwesend ist, wir haben uns die Lehrer geteilt und die Mädchen, später die Frauen, nur die Jobs nicht, nein, die Jobs nicht, wir trauern zusammen, und wir feiern zusammen.

Eine große Familie«, wiederholte er mit zunehmend schwerer Zunge. »Die wird man nicht wieder los, ob man will oder nicht, genauso, wie man mich nicht wieder los wird.« Sein Lachen endete in einem Husten. »Da wird man reingeboren und hat entweder Glück oder Pech. Mit der Schulklasse ist es genauso. Auch zum Fünfzigsten hockt man wieder beieinander. Die reinste Inzucht.« Er musterte Freya mißbilligend. »Sie trinken ja gar nichts. Warten Sie, das muß sich ändern. Bin gleich wieder da.« Er wankte davon, Freya beschloß, sich schnell aus dem Staub zu machen, doch bevor sie an der Treppe war, kam er ihr schon wieder entgegen. »Wo wollen Sie denn hin? Hier spielt die Musik.« Er stieß mit ihr an. »Auf alle Fünfzigsten dieser Erde. Aber Sie sind noch lange nicht so weit, stimmt's? Und Sie sind nicht von hier, hab ich recht?«

Freya nickte.

»Lassen Sie mich raten – Preußin?« Er wankte, stützte sich kurz an der Wand ab.

»Schleswig-Holsteinerin.«

Er lachte. »Da nehmen wir es hier südlich vom Weißwurstäquator nicht so genau.«

»Wir Nordlichter schon.« Freya warf den Kopf in den Nacken. Zu so viel Heimatverbundenheit ließ sie sich sonst nur von Viktor provozieren, wenn er zu ungebrochen den Bayern hervorkehrte. Plötzlich hatte sie Sehnsucht nach ihm. Nicht weil sie sich wegsehnte aus dem Gespräch mit dem Betrunkenen, sondern einfach so. Ohne offenkundigen Grund.

Der Mann rückte ihr immer dichter auf die Pelle. Um ihn auf Abstand zu halten, fragte sie ihn, ob er immer in Regensburg geblieben sei.«

»Bis auf kurze Aufenthalte im feindlichen außerfreistaatlichen Ausland: ja. Hier weiß man wenigstens, was man hat«, sagte er spöttisch. »Auf dem Donaumarkt trifft man den alten Lateinlehrer, im Theater die beleibten Klassenkameraden samt Ehefrauen, in der Unteren Bachgasse in Begleitung von Tochter und Enkelkind das Mädchen, in das man als Siebzehnjähriger verliebt war, und wenn man sich einsam fühlt, geht man in den *Lesefluß* zu Ramona Lindinger oder zum Stammtisch ins *HB*.« Die Verachtung war deutlich zu hören. »Heimatliche Bande ... du entkommst ihr nie.«

Die fünfköpige Jazzband begann jetzt zu spielen, zwei Paare fingen an zu tanzen. Auch Freya fand die Vorstellung, ihr würde die Vergangenheit von Kindheitsbeinen an in Gestalt von Lehrern, ehemaligen Freunden und Freundinnen, alten Feinden und Feindinnen, Geliebten, Konkurrenten und Konkurrentinnen unablässig über den Weg laufen, schlichtweg schauderhaft. Sie fühlte sich schon bei Simrocks gehässig intonierten Worten unangenehm in die Enge getrieben. Unablässig an früher erinnert zu werden, an alte Mißerfolge, verjährte Schlappen, Dummheiten, mißglückte Beziehungen, Kränkungen, die Eltern – wie qualvoll! Ihr reichte es schon, wenn sie sich von Zeit zu Zeit an irgendein blamables Ereignis von früher erinnerte, das unversehens, aus welchem Grund auch immer, hochgespült wurde. Wo blieb denn da noch Platz für Neues?

»Die Zugereisten sind unser Frischfleisch.« Simrock mußte seine Stimme heben, um gegen die Musik anzukommen, sein Kommentar klang genau so ordinär, wie er es beabsichtigt hatte. »Entschuldigen Sie vielmals, Frau Kommissarin, ich wollte ihnen natürlich nicht zu nahe treten ...« Er schwankte erneut auf Freya zu, würde mit Sicherheit nach zwei weiteren Gläsern gänzlich die Kontrolle über seinen Körper verlieren. Jemand packte ihn am Arm, richtete ihn auf, schob sich energisch zwischen ihn und Freya. Es war Popp.

»Der Gatte?« fragte Werner Simrock erstaunt.

Freya lachte befreit. »Das fehlte gerade noch. Trotzdem, schönen Abend noch.«

Sie folgte Popp ins Erdgeschoß. »Danke. Das war Rettung in letzter Minute.«

»Wieso hast du dich von dem überhaupt so vollquatschen lassen?«

Sie zuckte die Achseln. »Würdest du mir glauben, wenn ich dir sage, daß ich ihn unwiderstehlich fand? Nein. Also lieber gleich die Wahrheit: meine Widerstandskraft sinkt rapide. Zu viele Leute.« Sie gähnte. »Außerdem, die letzten Nächte waren sehr kurz.«

Im Erdgeschoß war es fürchterlich eng inmitten der über hundert Gäste, die alle gleichzeitig aßen, tranken, lachten, redeten, atmeten. Freya sehnte sich danach, sich in ihrem eigenen Bett auszustrecken und nirgendwo anzustoßen, nicht an Viktors Körper, auch nicht an Popps Körper, nicht an den Fall Breitkreuz und nicht an irgendwelche unangenehmen Träume.

29

Ines fühlte sich jetzt schon wie besoffen, aber nicht wegen eines rauschenden Festes. In der vergangenen Nacht hatte sie drei Stunden geschlafen, dann drei Stunden gewacht. In den frühen Morgenstunden hätte sie noch einmal zwei Stunden schlafen können, sich aber statt dessen von einer Seite auf die andere gewälzt. Selbst unter einem Laken als Zudecke war es unter dem Dach zu heiß gewesen. Das Gewitter am Tag zuvor hatte kaum Abkühlung gebracht, und die Temperaturen in der Dachwohnung kamen mittlerweile denen im Vorraum zum Fegefeuer verdächtig nahe, fand Tom. Ines, die sich mit katholischen Jenseitsmetaphern nicht auskannte, reichte der Vergleich mit einer Sauna. Sie mußten tatsächlich dringend nach einer neuen Wohnung Ausschau halten, und sie nahm sich vor, gleich am Montagmorgen erneut diesen Seidl anzurufen, diesmal nicht wegen seines Sohnes.

Vielleicht war die Hitze der Grund für Johnnys nächtliches Gewimmer. Sie hatten ihn abwechselnd durch die Wohnung getragen und dabei Hunderte von Kilometern zurückgelegt, sie fühlten sich jedenfalls wie nach einem Marathonlauf. Um Ines aufzuheitern, hatte Tom prophezeit, sie hätten in dieser Nacht mit Sicherheit das Finale der Dreimonatsblähungen erlebt, ein ordentlicher Schlußakkord, das Kind legte noch einmal einen Zahn zu, und das war's dann.

Davon abgesehen, begann der Sonntag friedlich. Spaziergang im Dörnbergpark, eine halbe Stunde Schlummern auf der Wiese, während Tom Johnny durch den Park schob. Um drei machten sie sich auf den Weg zum Grillfest von Fritz Leutner. Sie nahmen den alten Benz, der zum Glück in einer schattigen Nebenstraße stand.

Außerhalb der Altstadt wurde Regensburg schnell zu einer x-beliebigen mittelgroßen deutschen Stadt, eine Reihung von Mietshäusern, Hochhäusern, Reihenhäusern, Einrichtungshäusern, Autohäusern, und mittendrin eine Umgehungsstraße, die in südlicher Richtung an den Kasernen vorbei in die Vororte und zu zahlreichen Weihern führte, in nördlicher Richtung über die Nibelungenbrücke zum Donaueinkaufszentrum. Tom bog bei der ersten Kreuzung links ab, blieb auf der Hauptstraße, überquerte den Regen. Ines dachte schon, er würde durch das Nadelöhr zum Bergfriedhof hinauffahren, aber dann ging es doch linker Hand in Serpentinen, vorbei an idyllisch gelegenen Einzelhäusern, den Pfaffensteiner Hang bergan. Die Straßen waren nach den ehemaligen deutschen Ostgebieten benannt, von der Ostpreußenstraße zweigten der Pommernweg, der Stettiner Weg, der Sudetenweg ab. Die Leutners wohnten am äußersten Ende des Königsberger Wegs in einer wohldimensionierten, dezenten Villa aus den zwanziger Jahren. An der Vorderseite des Hauses rankten zwei riesige Rosenstöcke bis unters Dach. Der Eingang, eine Glas- und Stahlkonstruktion, war ebenso wie der Wintergarten an der Ecke offensichtlich erst vor kurzem angebaut worden.

»Du mußt erst mal den Garten sehen«, sagte Tom. »Erste Sahne.«

»Woher weißt du das? Warst du denn schon mal hier?«

»Das ist sein Elternhaus«, erklärte Tom. »Als Junge habe ich öfter mal bei Fritz gespielt. Hinten im Garten stand damals ein riesiger Walnußbaum mit einem Baumhaus. Und hinter dem Grundstück fängt gleich die Wildnis des Berghangs an. Es war wirklich herrlich. Die Mutter ist schon vor ein paar Jahren gestorben, im letzten Jahr hat es auch den alten Leutner erwischt. Fritz ist das einzige Kind und war etliche Jahre für Siemens im Ausland. Und jetzt ist er wieder da.«

»Der verlorene Sohn?«

Tom schüttelte den Kopf. »Eher die wiedergefundene Heimat. Du wirst staunen, was für einen großartigen Blick man von hier oben hat: auf die Donau, die Altstadt, Königswiesen – und natürlich auf Siemens ...«

Er hatte nicht zuviel versprochen. Aber nicht nur die Aussicht war eindrucksvoll, sondern schlichtweg alles, was hier geboten wurde. Der Tisch war einladend gedeckt, das Fleisch vorzüglich gewürzt, die Salate reichlich, die Saucen fein abgeschmeckt, das Bier frisch gezapft, der Wein eisgekühlt, die Leute nett, die Stimmung fröhlich. Entsprechend üppig blühten die Blumen, umflatterten Dutzende Schmetterlinge die betörend duftende Buddleja. Der ganze Garten wirkte angenehm gepflegt, angefangen beim immer noch existenten Walnußbaum mit dem inzwischen für die eigenen Kinder ausgebesserten Baumhaus bis zu den Sitzgruppen, eine auf der Terrasse, eine zweite in einer von Clematis umrankten, romantischen Laube, eine dritte neben einem sanft plätschernden Springbrunnen, eine vierte unter dem Apfelbaum, alle Gartenmöbel natürlich witterungsbeständige Holzensembles und massives Eisengestühl. Vom Haus selbst hatte Ines bis jetzt auf einem Gang zum Händewaschen nur den Eingangsbereich, den Wintergarten und die Gästetoilette zu sehen bekommen, doch von den mit Solnhofener Platten ausgelegten Fußböden, der Kommode aus hochglanzpoliertem Kirschholz und den Seifenstückchen in Muschelform sowie den farblich darauf abgestimmten Gästehandtüchern ließen sich gewisse Schlüsse auf das Niveau der restlichen Einrichtung ziehen.

Sie kam sich vor wie zu Besuch bei ihrer kleinen Schwester, der Frau Dr. jur. Bremer, mit ihrem Ehemann, dem jungdynamischen Aufsichtsratsmitglied in einem Energieversorgungsunternehmen. Mit anderen Vergleichen konnte sie nicht aufwarten. In dieser Gesellschaftsschicht verkehrte sie, wie man so schön sagte, üblicherweise nicht. Selbst das Haus von Toms Eltern mit dem überdachten Schwimmbad im Garten wirkte vergleichsweise bieder, altbacken, ganz zu schweigen von dem backsteinroten Wohnblock, in dem Ines und ihre Schwestern aufgewachsen waren. Und ihre Freunde und Freundinnen sowie die Leute, mit denen sie und Tom in Berlin zu tun hatten? Die lebten in Altbauwohnungen, Wohngemeinschaften, Fabriketagen, neuerdings auf dem Land in einem alten Bauernhof oder einem halbfertigen Einfamilienhaus mit häßlichen Badezimmerkacheln, zusammengestückelter Kücheneinrichtung und nicht zwei zueinander passenden Frühstückstellern. Im Vergleich dazu nahmen sich die Platzteller auf dem hübsch gedeckten, langen Tisch auf der Terrasse langweilig uniform aus. Langweilig, aber teuer. Inbegriff der deutschen Überflußgesellschaft, jedenfalls in Ines' Augen, die im übrigen auch Platzdeckchen ablehnte. Aber was zählten derlei Äußerlichkeiten, wenn die vor den Platztellern platznehmenden Menschen sich etwas zu sagen hatten.

Fritz Leutner hatte alle ehemaligen Klassenkameraden eingeladen, die er so kurzfristig hatte erreichen können. Die Überraschung war gelungen. Insgesamt waren zehn Ehemalige gekommen – samt Anhang, versteht sich. Es gab ein großes Hallo, in dessen Mittelpunkt eindeutig die beiden »Heimkehrer« Fritz Leutner und Tom Artmann standen. Schulterklopfen, ein ungläubiges »Was, du bist das?«, »Lange nicht gesehen«, »Mensch Fritz, du hast dich gar nicht verändert«. Und schon waren sie mittendrin im Früher und im Erkunden des gegenwärtigen Status quo, standen zu zweit und zu dritt zusammen, ließen ehemalige Lehrer und nicht anwesende Mitschüler in der Erinnerung aufleben. Der Sohn des Rechtsanwaltes wurde inzwischen von demselben Mathe- und Physiklehrer getriezt wie einst sein Vater. Rolf Richter war zum dritten Mal verheiratet und lebte jetzt in Düsseldorf. Die Schwester von Maxl Hinterberger war mit einem Freund von Uli Burger liiert. Was Walter Eichinger beruflich machte, wußte niemand so ganz genau, er sei viel im Nahen Osten unterwegs, hatte einer gehört, ein anderer wollte wissen, daß Walter, der schon als Schüler einen Hang zur Mystik gehabt hatte, zum Islam übergetreten sei. Der sympathische Lateinlehrer hatte Selbstmord begangen, einer aus der Parallelklasse hatte sich zu Tode gesoffen, von einem weiteren Klassenkameraden, der jedoch nach der elften abgegangen war, wußte man, daß er bei einem Motorradunfall ums Leben gekommen war. Und wie geht es deinem Bruder, deiner Schwester, wißt ihr noch, damals, als sie mich fast von der Schule geworfen hätten, haha, und was machst du jetzt so, ach ja, aha, soso.

Nach dem ersten Überschwang des Wiedersehens wurde auch der Anhang vorgestellt, dann von Hilde Leutner über das Grundstück geführt. Die Frauen waren zwischen Ende Zwanzig und Anfang Vierzig. Ines besetzte mit ihren fünfunddreißig Jahren also die sogenannte goldene Mitte. Etwas an den Rand rutschte sie allerdings durch ausgefallene Haarfarbe und Kleidung, beides unecht, wie sie keck versicherte. Zu Hause hatten Tom und Ines nach kurzer Beratung beschlossen, daß es nicht in Frage kam, sich zu einer Gartenparty, mochte sie noch so schick sein, in Schale zu werfen. Tom trug also seine üblichen spitzen Schuhe, schwarze Jeans, T-Shirt, ärmellose Weste, Ines einen blauweiß gestreiften Minirock, ein dunkelblaues Spaghettiträgershirt und darüber eine kurzärmelige blaue Seidenjacke, die jedoch einen Fettfleck hatte, wie sie erst jetzt bemerkte. Die Gastgeberin hatte sich in ein Dirndl gezwängt, während ihr Mann leger in Shorts und ausgeblichenem T-Shirt durch den Garten lief. Den Kleidergeschmack der anderen Frauen teilte Ines nur ansatzweise, allerdings war deutlich – und das sollte es ja auch sein –, daß es sich ausnahmslos um Edelklamotten handelte. Und wo das nicht auf den ersten Blick zu erkennen war, sprachen der geschmeidige Ledergürtel, das dezente Goldarmband, die edle Handtasche für sich. Eine Zeitlang kreisten die Gespräche um die Kinder, die einige mitgebracht, andere bei Freunden gelassen hatten, manche waren schon erwachsen. Erfahrungen mit Lehrern wurden ausgetauscht, Reiterhöfe, Tennis- und Fußballclubs verglichen. Man redete auf Ines ein, erinnerte sich an die viele Arbeit, die so kleine Kinder machten, es würde eher mehr werden, auch die Sorgen: Ines solle erst einmal abwarten, sagte eine der Frauen fast schadenfroh. Eine andere nickte: Da bleibe für einen selbst kaum jemals Zeit übrig, sie jedenfalls sei froh, daß ihre Kinder aus dem Gröbsten heraus seien, jetzt könne sie sich endlich ganz dem Garten widmen. Ines habe doch sicherlich nicht die Absicht, sich so bald nach einem neuen Arbeitsplatz umzusehen?

Ines ging das ganze Gerede ziemlich auf die Nerven. Sie hatte nicht vor, hier die Mittelschichtdame oder Luxusmutter zu spielen. Und obwohl sie keinen »vorzeigbaren« Beruf hatte und das Tippen von Texten keinesfalls ihr Traumjob war, hatte sie sich doch jahrelang damit über Wasser gehalten.

Sie entgegnete also so gelassen wie möglich, es sei nicht nur eine Frage des Wollens, sondern auch eine des Müssens, und außerdem gehöre in ihren Augen Arbeiten zur Selbstverwirklichung, und ein Kind sei schließlich nicht die einzige Quelle des Glücks.

Betretenes Schweigen. An einem der voraussichtlich letzten sonnigen Sonntagnachmittage solche Grundsatzdebatten anzuzetteln, kam fast einem Affront gleich, das Leben war ein Spiel, und die Schattenseiten blieben bitte gefälligst draußen vor der Gartentür. Um die peinliche Situation zu retten, erkundigte sich die Gastgeberin – was ebenso peinlich war –, was Ines denn beruflich mache, obwohl alle stumm, aber deutlich zum Ausdruck brachten, daß es wohl nichts Großartiges sein konnte, bei dem Outfit und mit einem Mann als Kneipenwirt, höchstens Künstlerin oder Serviermamsell.

»Ich schreibe Texte …«, rutschte es Ines kühl heraus, und noch bevor sie konkretisieren konnte, daß es sich um Texte anderer Leute handelte, um einen schnöden Tippjob und oftmals ebenso schnöde Examensarbeiten, fiel eine Frau namens Josefine ihr ins Wort: »Sie schreiben, nein wirklich, wie interessant!«

Sie nahm Ines zur Seite, sagte, sie selbst habe angefangen zu malen, als die Kinder in die Schule gekommen waren, und im vergangenen Jahr sei sie sogar eine Woche zu einem Malkurs nach Capri gefahren, ein Kunstprofessor aus München miete jeden Sommer die Villa von Malaparte an, eine wirklich malerische Gegend, die auch jeden Dichter beflügeln müsse. Sie strahlte Ines in unverstellter Begeisterung an. Aber zum Glück wurde in dem Moment zu Tisch gebeten, so daß Ines nicht in die Verlegenheit kam, das Mißverständnis aufzuklären oder ihre Geschichte auszuschmücken.

»Na, amüsierst du dich gut?« fragte Tom leise, als sie vom Baumhaus zur Terrasse schlenderten.

»Haben die uns zur allgemeinen Erheiterung eingeladen oder als Tischgarnierung?« fragte sie patzig zurück. »Früher haben sie sich bei Hof Narren gehalten, heutzutage pickt man sich unter den Klassenkameraden die bunten Vögel heraus …«

»Lebenskünstler eben. Aber einige sind doch ganz nett, oder?«

Ein Mann, der herangeschlendert kam und sich selbst als Karl vorstellte, ersparte ihr die Antwort. »Fühlen Sie sich wohl bei uns in Regensburg?«

Ines grinste ihn an. »Aber natürlich.« Sie hatte schon gelernt, daß auf diese Frage keine allzu differenzierte Antwort erwartet wurde. Und ein Nein wäre beleidigend gewesen. Abgesehen davon, daß es nicht stimmte.

Der vierzehnjährige Sohn des Hauses war für das Fleisch und die Würste auf dem gigantischen Holzkohlegrill zuständig, die zehnjährige Julia lief in Hot pants mit einem Tablett herum und bot den Gästen einen Sommercocktail an. Nachdem alle das Fleisch probiert, für ausgezeichnet befunden und sich über die Rangfolge der diversen Metzger in der Stadt geeinigt hatten, hielt Fritz Leutner eine kurze Tischrede, die im Kern um seinen Weggang und seine Rückkehr nach Regensburg kreiste. Schmunzelnd sagte er, beim Umzug sei ihm eine Kiste mit alten Dokumenten aus der Schulzeit in die Hände gefallen: »Schulhefte aus der Grundschule, die Lesefibel, der erste Füller, ein blauer Brief, der Diercke-Schulatlas ...«

»... mit Deutschland in den Grenzen von 1937, was?« fiel ihm der Rechtsanwalt ins Wort.

»... und meinen schulischen Leistungen in den Grenzen von 1977«, konterte Fritz Leutner. Alle lachten. Zur Feier des Tages habe er sich etwas ganz Besonderes herausgesucht, nämlich den Jahresbericht von 1975. Er hielt ein vergilbtes Heft im DIN-A5-Format hoch. »Ich zitiere ...«

Und dann las er eine Reihe von Namen vor, die Ines alle nichts sagten, bei der Hälfte der Anwesenden aber haltlose Heiterkeit, Gekicher, hämische Kommentare auslösten. Die Namen standen für etwas, das nur Eingeweihten zugänglich war, vermutlich waren es die Pauker gewesen. Sogar um Toms Mund zuckte es verdächtig. Anschließend las Fritz Leutner unter stets auffrischenden Lachsalven einige Passagen aus dem »Schulleben 1974/75« sowie Abschnitte über »religiöse Erziehung«, »Schülerfürsorge«, »Gesundheitspflege« vor: »Der Schularzt, Herr Obermedizinalrat Dr. Brandt, hielt vor sämtlichen Schülern der Oberklassen einen Vortrag über Geschlechtskrankheiten und die Gefahren des Alkohols und Nikotins.« Grund genug, erheitert die Gläser zum Klingen zu bringen. Zum krönenden Abschluß trug Fritz Leutner schließlich mit getragener Stimme die Themen der deutschen Haus- und Schulaufgaben vor: »Erstens, Gesinnungsaufsatz, Jugend von heute: a) Stimmt es, daß die heutige Jugend keine Ideale mehr hat? b) Die Studentenproteste im Rückblick – ein Slogan, eine Gefahr, eine Aufgabe? c) Soll ein junger Mensch Ihres Alters regelmäßig Zeitung lesen?« Wieder wurden die Gläser gehoben. Das Heft wurde herumgereicht, und überall am Tisch gab es Gelächter.

Das Gespräch in ihrer Ecke des Tisches war mittlerweile umgeschwenkt auf das Thema Regensburg, Ostbayern und die Ostöffnung, die alle begrüßten. Ein Architekt namens Wolfgang, den die anderen Wolle nannten, betrieb seit über vier Jahren ein Zweitbüro in Dresden und pendelte regelmäßig hin und her; der Tennisplatzbauer erzählte von seinem Großprojekt in Prag, einer riesigen Anlage für ATP-Turniere, wußte auch zu berichten, daß man im Osten günstig Kunstobjekte einkaufen konnte, wer Interesse habe, dem könne er ein paar gute Adressen geben – Fritz Leutner, der von seinen Geschäftsreisen nach Südamerika und Ostasien einige wertvolle Stücke mitgebracht hatte, zeigte sich interessiert. Schräg gegenüber von Ines unterhielt sich eine Vierergruppe darüber, weshalb A. und B. seit zwei Jahren zerstritten waren, es ging um Ehefrauen, uneheliche Kinder, Seitensprünge, Ines kannte die Beteiligten nicht. Hilde Leutner sagte gerade vernehmlich, sie habe die Nase voll von der ewigen Umzieherei, die Frau des Internisten widersprach, sie stelle es sich spannend vor, ein paar Jahre in China zu leben, ihr Mann entgegnete trocken, er gehe lieber bergwandern in den Alpen. Tom sagte, im Moment sei er schon zufrieden, wenn er mit der Zille auf der Donau spazierentuckern könne. Auf das Thema Zille sprangen ausnahmslos alle Männer an, offenbar ein kollektiver Traum aus Kindheitstagen, der Onkel des Zahnarztes hatte eine Zille gehabt, der Großvater des Apothekers war noch Donaufischer gewesen, mehrere erzählten, wie sie als Zehnjährige immer in den Holzkähnen gespielt hatten, die oft wochenlang unbenutzt an den Ufern der Naab oder der Donau im Wasser lagen und prächtige Piratenschiffe abgaben. Alle wollten sie einmal mit Tom mitfahren, am liebsten gleich bis nach Wien, mit Zelten und Lagerfeuer, meinten die einen, nein, lieber doch mit Übernachtung in komfortablen Gasthäusern, meinten die anderen. Kurz flackerte Pfadfinderstimmung auf, danach zerfiel das gemeinsame Gespräch zunehmend in kleinere Gesprächsrunden. Nur Tom und Fritz Leutner unterhielten sich weiter über die Zille. Ines hörte, wie Tom sagte, er habe zwar genug Zeit zum Zillefahren, aber nicht genug Geld, um sich einen leiseren Motor zu kaufen, und Fritz Leutner hielt dagegen, er habe zwar das Geld, aber nicht die Zeit: sein Segelboot liege auf dem Chiemsee, »aber was nützt mir das, wenn ich geschäftlich in Chicago oder sonstwo bin«, ereiferte er sich. Ein Schulkamerad namens Eberhard, Physiker am Max-Planck-Institut in München, gab zu bedenken, das eine könne nicht durch das andere auf- oder abgewertet werden, es sei eben eine Frage des Lebensentwurfes und ob man in seinem Beruf glücklich sei. Schattenseiten gebe es überall.

»Hört, hört, der Physiker wird philosophisch«, mischte sich ein weiterer Klassenkamerad ein.

In den letzten fünf Minuten waren überraschend dicke, schwarze Wolken von hinten über die Winzerer Höhen herangezogen, die ersten Windböen fegten über den Garten. Das Gartenfest wurde in die Innenräume verlagert. Alle standen auf, die Teller wurden eingesammelt, sogar die Männer halfen mit. Johnny schlief noch im Kinderwagen, den Tom während des Essens mit einer Hand geschukkelt hatte. Ines hatte also Zeit, eine Weile durch die großzügigen, geschmackvoll eingerichteten Räume zu schlendern und all die schönen Gegenstände zu betrachten: Schalen, Kerzenleuchter, Tabletts, Skulpturen, Figuren, von denen sie gerne die eine oder andere besessen hätte, aber nur eine, nicht alle auf einmal. Ähnlich ging es ihr, wenn sie sich die Partygäste besah. Sie hätte allenfalls Lust auf ein Gespräch unter vier oder maximal sechs Augen gehabt, mied tunlichst die Nähe der Capri-Malerin, spazierte mit starrem Lächeln von Gruppe zu Gruppe wie vorher von Gegenstand zu Gegenstand und fühlte sich immer elender, nicht zugehörig, wie irrtümlich von einem fremden Planeten eingeflogen. Drei Männer tauschten mit ernster Miene Sorgen über die Talfahrt der Börse in Tokio aus, eine andere Gruppe amüsierte sich königlich beim lauten Verlesen von Artikeln aus alten Schülerzeitungen, die Fritz Leutner beim Umzug gefunden hatte, der Alkohol trug sichtlich zur allgemeinen Erheiterung bei. Ines war nüchtern, ging ziellos umher.

So geht das nicht weiter, Ines, gib dir ein bißchen Mühe, schalt sie sich, sei freundlich, fang ein Gespräch an. Mir fällt aber nichts ein. Dann stell dich einfach zu irgendwem dazu. Ich will aber nicht. Mach wenigstens gute Miene. Aber sie wollte gar nicht hineingezogen werden in diese

Kreise, in denen ebenso gewandt wie unverbindlich über Theater und Gartenpflege, über das Internet, Zahnspangen oder Platzteller geplaudert wurde. Sie hielt überall Ausschau nach Tom, um ihn trotz Gewitter zum Aufbruch zu bewegen, konnte ihn nirgendwo entdecken. Vielleicht war auch ihm alles zuviel geworden, und er hatte sich auf die Gästetoilette zurückgezogen und studierte nun einen alten *Spiegel* von der ersten bis zur letzten Seite. Nach zwanzig Minuten war er immer noch nicht wieder aufgetaucht, dafür war aber Johnny aufgewacht. Sie ging mit ihm vor die Tür, um frische Luft zu schnappen, und fand Tom hinter dem Haus unter dem Vordach allein auf einer Bank sitzend. Sie setzte sich neben ihn. Beide kommentierten das Geschehen mit keinem Wort, lehnten sich aneinander. Johnny war wach und brabbelte vor sich hin. Er erzählte ihnen etwas, und sie hörten aufmerksam zu. Nach den wochenlangen Strapazen des Schlafmangels und der unwilligen Einsicht in die Zwänge des neuen Dauerverzichts hatten sie bisher noch keinen so schönen Moment zu dritt erlebt. Es lag wohl daran, daß sie endlich einmal völlig ungestört zu dritt zusammensaßen. Schon drei Monate um? Nicht ganz, aber fast. Als Johnny jetzt heftig auf Toms Daumen herumzukauen begann, spürte Tom den ersten Zahn. Johnny hatte in der vergangenen schlimmen Nacht also wahrhaftig einen Zahn zugelegt …

30

Es herrschte die trügerische Ruhe vor dem Sturm. Freya fühlte sich erstaunlich gelassen, durch und durch im Einklang mit sich und der Welt, geradezu stoisch: Baldrian in den Adern, Elefantenhaut, ein Felsmassiv in der Brandung. Sie erinnerte sich nur entfernt daran, daß sich solch ein Zustand in dieser Deutlichkeit und Klarheit erfahrungsgemäß meist dann einstellte, wenn ihr inneres Gleichgewicht bedroht war. Wenn sie sich einbildete, die Dinge im Griff zu haben. Immer wenn sie sich rundum zufrieden fühlte, hatten die Zweifel längst zu nagen begonnen. Nur daß sie es nicht sofort merkte. Es war wie mit einer Tüte Eiscreme: Während man noch genußverloren schleckte, schmolz das Eis zwischen den Fingern, dort, wo sie die Waffel umschlossen, bereits dahin, und wenn man nicht aufpaßte und weiter träumte, tropfte es einem klebrig auf die Schuhe.

Sie brachte Julia um kurz vor acht zum Zug und fuhr von dort direkt ins Kommissariat. Die Kollegen hatten sich bereits im Besprechungszimmer versammelt – bis auf Gerstenthaler. Der Montagmorgen war immer hart. Popp fand, man solle die Woche grundsätzlich am Dienstag beginnen, Götz murmelte etwas von »Verschiebung des Problems«, Wegener sortierte stumm seine Unterlagen. Nach dem Besuch ihrer Freundin aus alten Tagen fühlte Freya sich wie von einer Welt in eine andere hineinkatapultiert. So kraß erlebte sie den Wochenanfang selten. Sie hatte Mühe umzuschalten, verzog sich, solange Gerstenthaler noch nicht da war, ins Büro, sichtete die Post, die in ihrer Abwesenheit am Donnerstag und am Freitag eingegangen war, war aber in Gedanken woanders.

Überraschend schnell hatte sich zwischen ihr und Julia die alte Vertrautheit wieder eingestellt, vor allem, wenn gemeinsame Erinnerungen zur Sprache kamen, bestimmte Lehrer, die Klassenreise nach Sylt, die erste Zigarette, Schülerstreiche, die Jungs aus der Klasse. Doch dann rissen diese Fäden unvermittelt, und die Frauen waren einander wieder fremd. Das Weißt-du-noch, das kurze Aufblühen ihrer Freundschaft im gemeinsamen Rekonstruieren von Personen und Erlebnissen war eine Gemeinsamkeit, die auf wackeligen Füßen stand. Dazwischen lagen an die zwanzig Jahre, in denen sie keinen Kontakt miteinander gehabt, aber viel erlebt hatten. All das sträubte sich gegen jede schnell dahinerzählte Kurzfassung. Freya hatte Julia die Stadt gezeigt und beim Schlendern von Brücke zu Brücke, von Kirche zu Kirche, beim Reden über Banalitäten und Erinnerungen hatten sie sich aneinander herangetastet. Julia hatte keine Kinder, war zweimal geschieden und lebte seit Jahren mit einem Mann zusammen. Freya hatte davon erzählt, daß weder sie noch Viktor sich je dazu hatten durchringen können, die eigenen kleinen Freiheiten und Gewohnheiten zugunsten einer ständigen Auseinandersetzung und räumlicher Nähe aufzugeben; daß das derzeitige Zusammenleben in Freyas Wohnung sich in kürzester Zeit zu einer einzigen Qual ausgewachsen hatte; daß es ganz so aussah, als hätte keiner von beiden besonders viel dazugelernt. Und zu ihrer eigenen Überraschung hatte sie Julia dann auch von Popp erzählt und von der Nacht an der Donau. Statt einer Antwort hatte Julia Freya gefragt, ob sie sich auf Viktors Rückkehr freue?

Diese Frage hallte auch jetzt, am Schreibtisch im Kommissariat, noch in ihr nach. Sie hatte mit der Antwort gezögert, dann mit den Achseln gezuckt, und hinter diesem Achselzucken, das für Außenstehende lässig wirken mochte, vielleicht aber auch ein wenig hilflos, war der Anpfiff längst ertönt, stand die Beziehung bereits auf dem Spiel, die Jas und die Neins balgten sich um die Oberhand, wer ist am Ball, Sehnsucht, Wut, Gleichgültigkeit, Gewohnheit, Liebe womöglich, da war auch die Angst vor dem Verlust, vor dem Neustart, vor der Verlängerung, die in einem desaströsen Elfmeterschießen enden könnte, zu lange hatten sie vor sich hin gedribbelt, jeder im eigenen Strafraum, Ausweichmanöver, du hier, ich da, die Kühnheit der Anfangsspielzüge war längst verpufft, jeder spielte sein eigenes Spiel, der Rahmen war bekannt, der Ball bekanntlich rund, so konnte es immer weitergehen, und Popp tauchte als Austauschspieler für die letzten zehn Spielminuten auf … Doch umgekehrt fand sie die Vorstellung, Popp könne dauerhaft in das Spiel einsteigen, noch viel unerträglicher. So ging es nicht weiter. Es war an der Zeit, etwas zu verändern, aber was und wie? Natürlich steckte ausgerechnet in dem Moment Popp den Kopf zur Tür herein, um ihr zu sagen, daß der Chef jetzt da sei. Er wollte sie schnell noch unter vier Augen küssen, aber sie drehte den Kopf weg und murmelte: »Jetzt nicht.«

Gerstenthaler war verstimmt. Auf dem Weg ins Kommissariat hatte er einen VW-Passat an der Stoßstange gestreift, weil er schlaftrunken auf den Verkehrsfluß vertraut und die Bremslichter des Vordermanns übersehen hatte. Das kam vor. Nur hatte der Passatbesitzer penibel auf dem Austausch der Versicherungsdaten bestanden. Dabei war wirklich nur ein Kratzer zu sehen, den man mit einem Hundertmarkschein mehr als großzügig hätte aus der Welt schaffen können. Gerstenthaler war verstimmt. Wenigstens war die Sekretärin wieder gesund, der Kaffee stand bereits dampfend auf dem Tisch, und Popp zauberte sofort einen entsprechenden Witz aus dem Hut: »Trunkenheit am Steuer ... Wieviel Promille Schlaf hatten Sie denn intus?« – der Gerstenthaler immerhin ein müdes Lächeln abrang. »Was gibt's Neues im Fall Breitkreuz?«

Freya und Popp berichteten von der Bombendrohung und von Himmelhebers Geburtstagsfest. Götz hatte mit Professor Gantz, mit den beiden erwachsenen Kindern des Opfers und mit einer der beiden Studentinnen gesprochen, mit denen Breitkreuz entsprechend Ruth Hinzes Vermutungen in den letzten Wochen eine Affäre gehabt hatte. Wegener hatte weiter nach möglichen Zeugen und Indizien gefahndet und im engeren Umkreis der Weingasse systematisch an einer Wohnungstür nach der nächsten geklingelt, was ihm Popps scherzhafte Anfrage einbrachte, ob er unter die Klinkenputzer gegangen sei. Wegener verzog bei dieser Bemerkung keine Miene. Er hatte zwei Leute ausfindig gemacht, die gesehen hatten, daß eine unbekannte Person gegen halb elf, also kurz nach der Tatzeit, mit Kinderwagen durch das Einhorngäßchen gelaufen war, das von der Weingasse in Richtung Engelburgergasse führte.

»Und jetzt hast du alle amtlich registrierten Kinderwagen der Stadt Regensburg überprüft?« stichelte Popp.

»Das war gar nicht nötig.« Wegener war sichtlich obenauf. »Im Hausflur des Hauses in der Engelburgergasse, in dem Frau Buchbinder wohnt, steht ein Kinderwagen. Er gehört einer Nachbarin, die ein sieben Monate altes Kind hat. Der Wagen wird für gewöhnlich unter der Treppenstiege abstellt, so daß ihn sich theoretisch jeder, ich wiederhole: jeder ausleihen könnte. Besonders abends. Am vergangenen Sonntag ist die Nachbarin gegen sieben Uhr abends heimgekehrt und hat das Haus danach nicht mehr verlassen. Zwei Tage später hat sie festgestellt, daß eine Achse des Kinderwagens angebrochen ist.« Er sah siegesgewiß in die Runde. »Lea Buchbinder hatte es eilig, als sie am Tatabend von der Weingasse zurück nach Hause lief, um den Anruf abzuwarten ...«

»Moment, Moment!« riefen Popp und Götz gleichzeitig. »Hast du auch geprüft, in wie vielen Hausfluren zwischen Weingasse und Engelburgergasse abends Kinderwagen abgestellt werden?«

Gerstenthaler mischte sich ein. »Haben Sie jemanden gefunden, der bezeugen kann, daß am Tatabend eine unbekannte Person mit Kinderwagen das Haus, von dem aus geschossen wurde, betreten hat?« Seine Stimme klang streng, wie immer, wenn ein Verdacht sich aus der Masse des Materials herauszuschälen begann und er ihn nach allen Seiten auf Schwachstellen hin abklopfte.

»Bisher noch nicht«, räumte Wegener ein. »Aber es gibt, wie gesagt, den Zeugen am Fenster, der kurz vor der Tat eine kurzhaarige Person mit Kinderwagen beobachtet hat. Dazu kommen die beiden Zeugen aus dem Einhorngäßchen ... Und Lea Buchbinder hat doch kurze, blonde Haare, oder etwa nicht?«

»Meine Nachbarin hat auch kurze, blonde Haare, das heißt, inzwischen sind sie rot, und sie geht auch jeden Tag mit dem Kinderwagen spazieren, manchmal sogar abends«, sagte Freya unwirsch.

»Ihr Name?« fragte Wegener mit gezücktem Kugelschreiber.

Freya verdrehte die Augen. »Das war doch nicht ernst gemeint. Eben verdächtigst du noch Lea Buchbinder, und jetzt willst du doch wohl nicht allen Ernstes meine Nachbarin mit ihrem schreienden Winzling ins Visier nehmen ...«

»Welche wäre dir denn lieber?« fragte Wegener maliziös. »Frau Buchbinder oder diese Nachbarin mit den neuerlich rot gefärbten Haaren? Da fällt mir übrigens ein, auf dem

Friedhof habe ich eine Frau mit Kind und knallroten, kurzen Haaren gesehen ...«

Ich auch, dachte Freya, und ihr war nicht ganz wohl bei dem Gedanken, daß Wegener theoretisch durchaus recht haben konnte. Ihre Nachbarin Ines drehte tatsächlich abends oft noch eine Runde mit ihrem Kleinen, sie war ihr einige Male gegen neun, halb zehn auf der Treppe begegnet. Es war nicht unmöglich, daß Ines sich an jenem Abend zufällig in der Weingasse aufgehalten hatte, als der Mord geschah. Vielleicht hatte sie jemanden gesehen? War sie deshalb zu der Beerdigung gekommen? Freya nahm sich vor, sie gleich nach der Arbeit danach zu fragen.

»Nach allen bisherigen Erkenntnissen hat Lea Buchbinder als einzige ein klares Mordmotiv«, faßte Gerstenthaler ruhig zusammen.

»Und nicht nur eins«, mischte Wegener sich ein. »Breitkreuz hat sie ständig betrogen: erstens mit anderen Studentinnen und zweitens um die Stelle im Literaturhaus.« Er zählte es an allen fünf Fingern vor: »Sie haben sich darüber gestritten. Die Putzfrau hat es bezeugt. Lea Buchbinder hat kein Alibi. Die Wohnung, aus der der Schuß abgegeben wurde, steht leer und ist für jedermann zugänglich. Sie hätte es zeitlich bequem schaffen können, von der Weingasse zurück in ihre Wohnung zu laufen, sich sogar noch umzuziehen und dann seelenruhig auf den Anruf zu warten.«

Er hatte leider recht, und Freya hatte nichts dagegenzusetzen als das sichere Gefühl, daß diese Version nicht stimmte. »Lea Buchbinder wäre nicht so dumm, einen Mord zu begehen, ohne sich vorher ein Alibi zu organisieren«, platzte es schließlich hitzig aus ihr heraus.

»Für einen Haftbefehl reichen die Indizien sowieso nicht aus. Der Haftrichter würde uns in der Luft zerpflükken ...«, beschwichtigte Gerstenthaler. »Lassen wir mal einen Augenblick Frau Buchbinder aus dem Spiel.« Er sah zu Popp. »Sie hegen mittlerweile einen Verdacht, der in eine ganz andere Richtung geht?«

Popp nickte. »Großer Lauschangriff sozusagen. Kehren

wir noch einmal zurück zum Geburtstagsfest von Zahnklempner Himmelheber. Es ist ungefähr halb zwei Uhr nachts. Kollegin Jansen hat sich bereits ernüchtert auf den Heimweg gemacht, die noch anwesenden Gäste trinken, was das Zeug hält, Aushilfskellner Popp ist gerade dabei, Stehtische abzuräumen. Habt ihr die Szene vor Augen?« Er feixte, genoß den Bericht sichtlich. »Als ich also die Gläser auf ein Tablett stelle, werde ich zufällig Zeuge eines Gesprächs, was heißt zufällig, das war gar nicht zu überhören, sieben, acht Leute, darunter auch Himmelheber, die lautstark alle möglichen Filme durchhecheln, irgendwann ist auch *Titanic* an der Reihe, ob das nun das Traumliebespaar des Jahrhunderts ist oder nicht und ob es langweilig ist, wenn man von Anfang an weiß, wie ein Film ausgeht, oder nicht, ich spitze automatisch meine Ohren, und irgendwann sagt Himmelheber, was für ein großartiger Film über ein tragisches Schiffsunglück das sei, spannend von der ersten bis zur letzten Minute, und da lacht eine Frau auf und sagt, du hast ihn doch gar nicht ganz angesehen, du bist doch vorher rausgegangen.«

Popp sah die Kollegen an. »Ehrlich gesagt, mir wäre fast das Tablett aus der Hand gefallen.«

»Und dann?«

»Ich habe ihn später zur Seite genommen und mit der Falschaussage von ihm und Vera Bach konfrontiert. Er hat sofort zugegeben, daß er die Filmvorstellung nach der Hälfte des Films verlassen hat. Er war kreidebleich im Gesicht. Als wäre eine zweite Bombendrohung eingegangen.«

»Hat nur er den Kinosaal verlassen, oder ist seine ›Bekannte‹ mitgegangen?«

»Er ist allein rausgegangen. Direkt nach Hause. Er hat gesagt, er hätte Kopfschmerzen gehabt.«

»Wie Lea Buchbinder«, sagte Wegener.

»Irgendwelche Zeugen, die Himmelheber auf dem Heimweg gesehen haben?«

»Bisher nicht.«

»Also hat Vera Bach gelogen«, sagte Freya nachdenklich. »Warst du schon bei ihr?«

Popp nickte. »Gestern. Es war ihr sehr unangenehm. Sie hat gesagt, schon bei dem Gespräch mit Kollegin Jansen habe sie ziemlich schnell gemerkt, daß Himmelhebers Aufbruch zeitlich ungefähr mit der Tatzeit übereinstimmte. Sie wollte ihn vor einer möglichen falschen Verdächtigung schützen.«

»Und wenn der Verdacht sich als richtig erweisen würde?«

»Frau Bach hat diese Möglichkeit weit von sich gewiesen.«

»Aber auch ihm muß doch klar gewesen sein, daß das falsche Alibi früher oder später auffliegen würde.«

»Er hat gesagt, er habe Angst bekommen, als er merkte, daß er für die Tatzeit kein Alibi vorzuweisen hatte. In letzter Zeit hatte es mit Breitkreuz wegen des Literaturhauses des öfteren Streit gegeben. Und dafür gab es mehrere Zeugen. Außerdem sagt er, er habe gehofft, wir würden den wahren Mörder schneller finden.«

»So kann man sich täuschen«, brummte Wegener. »Aber das Motiv, bitte schön.«

»Herrschsucht«, sagte Freya.

»Geltungsbedürfnis«, sagte Popp.

»Das Begleichen einer alten Rechnung vielleicht«, sagte Götz.

»Wie sieht es mit der Bombendrohung aus?« fragte Gerstenthaler. »Haben Sie die Stimme analysieren lassen?«

»Himmelheber selbst war es jedenfalls nicht. Obwohl ich es eine Weile durchaus für möglich hielt, daß er die Geschichte mit der Bombendrohung selbst inszeniert haben könnte. Um von sich abzulenken, weil er kein Alibi hat.«

»Dann war es also doch ein böser Geburtstagsscherz.«

Wegener mahlte mit dem Unterkiefer und klopfte ungeduldig mit den Fingerknöcheln auf den Tisch. »Dann sollten wir diesen Zahnarzt aber noch einmal in die Mangel nehmen, und zwar gründlich. Und Frau Bach am besten gleich dazu.«

In dem Moment klingelte das Telefon. Es mußte dringend

sein, denn normalerweise fing die Sekretärin bei Dienstbesprechungen alle Anrufe ab.

Gerstenthaler nahm ab, zog die Augenbrauen hoch, nickte, sagte kurz: »Sind schon unterwegs.« Dann sah er resigniert in die Runde. »Soviel zu bösen Scherzen und am Eisberg zerschellten *Titanic*-Alibis.«

»Was ist los?«

»Himmelheber ist ermordet worden.«

31

Er lag nahe am Ufer im Gebüsch wie eine leere, achtlos entsorgte Zigarettenschachtel. Vom See aus konnte man die Stelle nicht einsehen, und vom Fußweg, der um den See herumführte, war sie durch einen kleinen Teich und die Igelhecke getrennt. Ein Spaziergänger hatte die Leiche entdeckt, besser gesagt: sein Hund.

Dem Hundebesitzer war es ein wenig peinlich, daß er seinen Hund am Baggersee frei hatte laufen lassen, die Ufer standen unter Naturschutz, Hunde mußten an die Leine genommen werden, um die Wasservögel, die Höckergänse, die Enten, Igel, Biber nicht zu gefährden oder auf Nimmerwiedersehen zu verscheuchen. Er lasse Wimpie, den Hund, im gesamten Donaupark frei herumlaufen, gestand der Mann. Wo sonst solle das arme Tier sich austoben?

Das war den Streifenbeamten in diesem Moment herzlich egal. Sie hatten es mit einem Toten zu tun, mit einer Leiche im Ufergebüsch. Der Hundebesitzer war ein braungebrannter, älterer Mann mit ärmellosem T-Shirt, knielangen Hosen, leichtem Bauchansatz und Halbglatze. Er hieß Schneider, Norbert Schneider, seit über dreißig Jahren verheiratet, von Beruf Busfahrer, seit einem Jahr frühpensioniert, so seine freiwilligen Angaben zur Person. Er wohne in einem der Wohnblocks in der Alfons-Bayerer-Straße, seine Frau schicke ihn jeden Morgen mit dem Hund los, damit er etwas zu tun habe – Gassigehen von Herr und Hund in freier Wildbahn.

»Jetz im Somma gibt's da fei sauba was zum Seng«, sagte er und zwinkerte den Beamten vieldeutig eindeutig zu. Er selbst mache es sich meistens unten an der Donau gemütlich, oder auch auf einer Bank am Baggersee, es gebe mehr als genug zu sehen, Enten, Joggerinnen, erneutes Zwinkern, andere Leute, die ihre Hunde spazierenführen. Er lasse sich die Sonne auf den Pelz brennen und löse Kreuzworträtsel, sein Hobby.

»Und wenn's ma z' hoaß ward, na hupf i in 'd Donau eine. As Handtiachl hob i eh allawei dabei.« Und der Hund schwimme mit. Doch, doch, das könne er. Auch wenn manche Leute sich aufregten, wenn er ihnen mit pitschnassem Fell über Badetuch und Liegedecke rannte ... Wimpie bliebe manchmal eine ganze Stunde weg. Wozu heiße es sonst Auslauf? Auch heute sei der Hund herumgetollt wie immer, habe hier und da sein Revier markiert, da und dort geschnüffelt, dann sei er abgezogen. Herrchen habe wie immer an einem Kreuzworträtsel getüftelt.

»Aber komisch is gwen, daß a glei wieda zruckkemma is.« Er habe ihn immer wieder weggeschickt, und er sei auch brav los, muß er ja, wenn Herrchen das sagt. Aber nach ein paar Metern sei er wieder umgedreht, habe gebellt, sei ein paar Meter gelaufen, zurückgekommen, habe ihm mit der Pfote gegen das Heft gestupst. Zum Zeichen, daß Herrchen mitkommen solle. »Irgendwos hat eam net paßt.« Norbert Schneider kannte seinen Hund genau. »Und na san mer los, er z'erscht, i hintaher, ume zum Baggasee und nei in die Büsch.«

Schneider fühlte sich wichtig. Er war der erste, er hatte die Leiche ja schließlich gefunden. Er wollte nichts verkehrt machen und der Polizei zu Diensten stehen wie sein Hund dem Herrchen. Andererseits hatte er nicht viel zu berichten. Und so erzählte er wieder und wieder von seinem Hund Wimpie und wie der Hund aufgeregt schnüffelnd zwischen den Büschen und dem ihm folgenden Herrchen hin und her gelaufen war. Bis Herrchen den Joggingschuh entdeckte, der von den tiefhängenden Zweigen eines Strauchs verdeckt wurde. Mit dem Wimpie nicht spielen konnte, weil noch ein Fuß dran war. Und an dem Fuß ein Bein. Das nächste Telefon war ein paar hundert Meter entfernt am Westbad, die er im Laufschritt zurückgelegt hatte. Fünf Minuten später war die Polizei schon da. »Des war fei fix, Reschpekt!« wiederholte Schneider, als lobe er seinen Hund. Der auf jeden Fall die versprochene Riesenknackwurst bekommen würde, Finderlohn, Ehrensache. Zwischendurch habe er Angst gehabt, daß der Tote vielleicht gar nicht mehr da liege, wenn die Polizei kam. Daß der nur seinen Rausch ausgeschlafen habe. Da hätte er schön dumm dagestanden. Er lachte verlegen. »Wissen S' scho, wer's is?«

Der Streifenbeamte und seine drei Kollegen wußten genausoviel oder genausowenig wie Schneider. Sie hatten alle Hände voll damit zu tun, neugierige Spaziergänger (vor allem ihre Hunde), Jogger, Mütter mit Kinderwagen und Kinder mit und ohne Fahrrad vom Fundort abseits des Fußwegs fernzuhalten. Nach dem Wärmegewitter am Abend zuvor kündigte sich ein weiterer heißer Tag an, dreiunddreißig Grad sagten die Radiosender voraus, der wohl letzte Sommertag in dieser Saison. Entsprechend viele Menschen waren unterwegs. Noch stand nicht mit hundertprozentiger Sicherheit fest, ob der Tote eines natürlichen oder eines gewaltsamen Todes gestorben war. Der Fundort sprach allerdings für ein Verbrechen. In einem schwarzledernen Jogginghüftgurt des Toten fanden sich ein BMW-Autoschlüssel, eine Sonnenbrille, ein Stofftaschentuch mit den Initialen J. H. und die Brieftasche. Der Tote war nicht ausgeraubt worden. Laut Personalausweis handelte es sich um Johannes Himmelheber, geboren am 4. August 1948 in Regensburg.

Inzwischen waren auch die Kollegen von der Spurensicherung sowie – direkt aus der Montagmorgenbesprechung – Freya, Popp und Wegener am Fundort eingetroffen.

»Der Kollege vom K-9 hatte also recht«, stellte Popp fest. »Denkmöglichkeit Nummer drei – ich zitiere: ›Die Tötungsabsicht besteht weiterhin und wird bei anderer Gelegenheit ausgeführt.‹«

»Womit wir deine Mordthese getrost zu den Akten legen können«, bemerkte Wegener mit nicht überhörbarer Genugtuung.

Popp tat, als habe er das nicht gehört. Und Freya hoffte inständig, daß Lea Buchbinder wenigstens für diesen Mord ein Alibi vorzuweisen hätte. Allen dreien war eines klar: Himmelheber war weder ertrunken, noch hatte er einen Herzinfarkt erlitten, noch lag er rein zufällig im Gebüsch. Er trug ein grau changierendes Edel-Joggingoutfit, das Popp als Aschenputteldreß bezeichnete.

Freya belehrte ihn. »So ein Outfit ist jetzt in.«

»Was denn nun: out oder fit oder in?« spottete Popp. »Läufst du etwa auch so rum, wenn du joggen gehst?«

Sie hielt es für unter ihrer Würde, auf diesen plumpen Spruch zu antworten.

»Wußtest du, daß Himmelheber joggen ging?«

Freya zuckte die Achseln. »Ich glaube, über ihn wissen wir so einiges nicht. Den Dias zufolge, die auf dem Fest gezeigt wurden, hat er diesen Sport schon vor dreißig Jahren betrieben, als man noch ›Dauerlauf‹ dazu sagte.«

Popp grinste. »Außerdem sieht man den Leuten nicht an, welche Sportart sie betreiben. Nimm zum Beispiel Schwertfeger aus dem K-1. Der dreht viermal in der Woche seine Runde um den Baggersee – und wird seinen Bierbauch trotzdem nicht los. Kein Wunder, wenn er sich hinterher im *Kneitinger* vier Halbe reinschüttet, um den Flüssigkeitsverlust auszugleichen ...«

Wegener wandte sich ab und ging zu dem Mann, der den Toten gefunden hatte. Norbert Schneider wiederholte eifrig, ja beflissen seine Aussage. Freya und Popp blieben bei der Leiche stehen. Zwei Kollegen von der Spurensicherung drehten den Toten soeben auf den Rücken. Jetzt sah man das Einschußloch ganz deutlich. Himmelheber war von vorn erschossen worden. Vermutlich hatte er sogar gesehen, wer auf ihn gezielt hatte. Sein Augenausdruck zeigte noch jetzt die Überraschung. Weil er den Täter kannte? Weil er erstaunt war, daß eine Drohung in die Tat umgesetzt wurde? Weil ihm plötzlich bewußt geworden war, daß er sterben mußte?

Die Obduktion würde ergeben, aus welcher Waffe, zu welchem Zeitpunkt und aus welcher Entfernung man auf ihn geschossen hatte. Es war anzunehmen, daß der Mörder Himmelheber auf dem Fußweg erwischt hatte, der um den Baggersee herumführte und auf dessen Dolomitsplitt Abend für Abend ganze Bataillone von Joggern ihre Runden drehten. Der Täter mußte die Leiche in die buschbewachsene, naturgeschützte Uferzone geschleift haben, damit sie nicht sofort gefunden wurde. Und wäre Wimpie, der Hund, nicht gewesen, hätte der Tote gut und gerne noch eine ganze Weile unbemerkt dort liegen können. Der Wolkenbruch hatte sämtliche Fußspuren, Schleifspuren und Sohlenabdrücke verwischt. Aus den Gras- und Sandpartikeln, die sich in den Rillen der Sohlen der Joggingschuhe des Toten befanden, würden sich nach chemischer Analyse genauere Schlußfolgerungen ziehen lassen.

Was den Zeitpunkt des Mordes betraf, war es unwahrscheinlich, daß der Täter das Opfer mitten am Sonntagnachmittag auf dem vielbewanderten Uferweg um den Baggersee völlig unbemerkt erschossen hatte. Ein Schuß hingegen, der bei strömendem Regen zeitgleich mit einem Donnerknall abgegeben wurde, war nicht so auffällig. Wann genau war das Gewitter niedergegangen? Freya und Julia waren im Biergarten in Matting davon überrascht worden, irgendwann zwischen sieben und neun, sie hatten nicht auf die Uhr gesehen. Erst nach Einbruch der Dunkelheit waren sie auf der Vespa zurückgefahren. Demnach wäre Himmelheber nicht länger als fünfzehn, sechzehn Stunden tot. Seine Kleider waren noch feucht.

Hatte der Mörder das Gewitter eingeplant? War er mit Himmelheber zusammen unterwegs gewesen? Sie mußten schnellstmöglich versuchen, Zeugen aufzutreiben, die am frühen Sonntagabend so kurz vor Ausbruch des Gewitters noch hier draußen im Donaupark unterwegs gewesen waren. Die gesehen hatten, daß Hans Himmelheber – allein oder in Begleitung – aus dem Auto gestiegen war, das eine Streife soeben auf dem großen Parkplatz beim Westbad entdeckt hatte. Auf dem Rücksitz des BMW hatten die

Beamten eine Sporttasche mit zwei großen Handtüchern und Duschutensilien gefunden. Offenbar wollte Himmelheber nach dem Laufen in die Sauna. Das erklärte auch, weshalb er extra zum Baggersee fuhr, um joggen zu gehen. Denn er hätte ebensogut gleich vor der Haustür starten, am RT-Bad vorbei bis zum Wehr an der Donau laufen können und am Kanal wieder zurück. Oder einmal um den Rockzipfel. Möglicherweise ging Himmelheber regelmäßig am Baggersee joggen. Und der Mörder – oder die Mörderin – hatte das gewußt und einkalkuliert. Jogger hatten ihre Lieblingstouren, das wußte Freya aus eigener Erfahrung.

Sie und Popp würden sich ein wenig in Himmelhebers Wohnung umsehen. Vielleicht fand sich dort irgendein Hinweis.

»Zwei Tote in einer Woche«, sagte Freya nachdenklich, als sie im Dienstwagen saßen, Popp hinter dem Lenkrad.

»Wir leben eben in der Stadt der Superlative«, alberte Popp. »Weit über hunderttausend Einwohner, zweihunderttausend Studenten, dreihundert Wirtshäuser, fünfzig Biergärten, zehn Kinos, drei Flüsse, drei Autobahnen, zwei Morde in einer Woche, eine Steinerne Brücke, ein Fürstenschloß – was wollen wir mehr?«

Freya schwieg. Wieso gingen ihr Popps Sprüche heute nur so auf die Nerven? Wieso fühlte sie sich nicht mehr so unwiderstehlich zu ihm hingezogen wie in den vergangenen Tagen und Nächten? Er kam ihr vor wie ein großer Junge, mit dem man herrlich spielen konnte. Aber mehr auch nicht. Täuschte sie sich willentlich? Hatte ihr jemand die rosarote Brille weggenommen, war es Julia gewesen oder doch sie selbst. Hatte sie ein schlechtes Gewissen? Oder blätterte etwa nach den paar romantischen Nächten bereits der Lack ab, hatte sie entdeckt, daß auch Popp nur mit Wasser kochte und wie jeder andere Kerl mit dem Schwanz vögelte?

»Wahrscheinlich hängen beide Morde zusammen«, unterbrach Popp ihre Überlegungen. »Ich bin gespannt, ob die Schüsse aus derselben Waffe abgegeben wurden. Was wissen wir eigentlich über Himmelhebers Privatleben? So gut wie nichts. Die Praxis lief blendend, der Rest seiner Zeit gehörte dem Literaturhaus. Und offenbar, sehr diskret, Vera Bach, der geschiedenen Frau seines besten Freundes. Aber sonst?« Er sah Freya an. »Du bist so still heute. Du bist schon den ganzen Vormittag so anders – so reserviert. Ist etwas los? Ist dein Freund zurückgekommen?«

Freya schüttelte den Kopf. »Ich bin noch müde«, sagte sie ausweichend. »Montagmorgensyndrom. Wir müssen Vera Bach informieren. Die Ärmste, zwei Männer in einer Woche verloren.«

»Vielleicht ist doch Eifersucht im Spiel«, sagte Popp. Er legte seine rechte Hand auf ihren Oberschenkel. Sie nahm sie nicht weg. Aber sie legte ihre Hand auch nicht auf seine.

32

Dem Gewitter waren kühlere Luftschichten gefolgt, und zum ersten Mal seit Wochen schliefen sie nicht bei weit geöffnetem Fenster. Die Nacht verlief ungewohnt ruhig. Johnny wurde nur einmal wach und fiel nach dem Trinken sofort wieder in einen tiefen, ungestörten Schlaf. Insofern war es erstaunlich, wie schlecht gelaunt Tom morgens aufwachte.

»Du bist nicht mehr daran gewöhnt, so lange zu schlafen«, lachte Ines ihn aus. »Das sind jetzt deine Nachwehen.«

»Das Wort zum Montag«, brummte Tom. »Wie immer sprach zu Ihnen: Madame Neunmalklug.« Dann verschwand er unter der Dusche, vermutlich wollte er versuchen, die Lebensgeister zu wecken. Als er jedoch eine Viertelstunde später unrasiert und nach wie vor im Schlafanzug in der Küche auftauchte, wurde Ines klar, daß mit ihm wirklich etwas nicht stimmte. Denn sonst war Tom erstens morgens springlebendig, und zweitens haßte er es, im Schlafanzug zu frühstücken.

»Du hast völlig recht«, sagte er und starrte blicklos auf das Glas mit der Erdnußbutter. »Von wegen Nachwehen.

Der Nachmittag gestern ist mir nicht gut bekommen. Liegt mir ganz schön auf dem Magen.«

»Das Fleisch oder eher der Alkohol?«

»Die Leute. Das Ambiente. Dieser ganze selbstverständliche Luxus!« Er fuchtelte mit den Händen in der Luft. »Ich komme mir vor wie der letzte Idiot! Wie ein beschissener Versager!«

»Gestern abend warst du doch bester Laune.«

»Gestern abend, gestern abend!« äffte er sie nach. »Was meinst du denn eigentlich, wie großartig ich mich fühle unter all diesen stinkreichen, erfolgreichen Klassenkameraden? Architekten, Rechtsanwälte, Ärzte, Unileute, Unternehmer, Direktoren, Knete links und Knete rechts – und Tom, der Kneipenwirt, ein extracooler Beruf, um allen zu zeigen, was eine Harke ist: Bei mir trinkt ihr nach Feierabend euer Bier, Leute.« Er schlug einen absichtlich ätzenden Ton an: »Was machst du denn inzwischen? Hast du in Berlin studiert? Ach, nein? Wolltest du nicht immer Naturforscher werden? Ach so, du bist Kneipenwirt, ja, im Dienstleistungsgewerbe geht's in Regensburg voll bergauf, in letzter Zeit werden ja in einer Tour neue Kneipen aufgemacht, welcher Laden gehört dir denn? Verstehe, hmm, ja, da muß man sich natürlich erst nach einem geeigneten Objekt ... äh, rede doch mal mit Wolle, der ist gut im Geschäft und weiß als Architekt garantiert, wo demnächst was Interessantes angeboten wird ...« Er funkelte sie mit wilden Augen an.

»Jetzt redest du genauso, wie deine Mutter denkt«, sagte Ines lakonisch.

Tom starrte sie verblüfft an. Und auf einmal sah er nicht mehr aus wie ein Drache, der im nächsten Moment Funken sprühen wird, sondern eher wie einer, dem soeben das Feuer ausgegangen ist. »Stimmt«, nickte er düster. »Stimmt haargenau.«

»Hättest du etwa Lust, den ganzen Tag lang irgendwelchen alten Leuten den Blutdruck zu messen und dir dazu ihre Leidensgeschichten anzuhören oder aber sechzig Stunden die Woche Gewinnspannen zu maximieren und Bilanzen zu frisieren oder zwölf Jahre hintereinander achtundzwanzig Schulaufgaben zum Thema ›Dreißigjähriger Krieg‹ zu korrigieren?«

»Ja. Nein. Vielleicht doch. Ich weiß es nicht. Ich möchte einfach mehr Geld haben.«

»Soviel wie deine Klassenkameraden?«

»Ja, und noch fünf Mark mehr!«

»Und darf es vielleicht auch eine andere Frau sein? Im Dirndl oder im Leinenkostüm? Wie hätten Sie's denn gern?«

Tom mußte grinsen. »Landhauslook. Das war schon immer meine geheime Leidenschaft.«

Dann wurde er wieder ernst. Er konnte nicht einmal unterscheiden, ob die ehemaligen Klassenkameraden ihn den kleinen, aber feinen Unterschied hatten fühlen lassen oder ob der Sozialneid ganz von selbst zu nagen angefangen hatte oder ob einfach unversehens der kritische Blick seiner Mutter mit dem eigenen verschmolzen war.

»Wer weiß, ob Fritz und Franz und Hinz und Kunz und wie sie alle heißen in ihren Berufen innerlich genauso glücklich wie äußerlich erfolgreich sind«, gab Ines zu bedenken. »Du kannst wenigstens immer zillefahren, wenn du willst. Fast immer, jedenfalls. Und außerdem willst du mir doch nicht weismachen, daß du aus der ganzen Klasse der einzige bist, der nicht einen dieser traditionellen Berufe mit automatisch eingebautem Prestigekäppi ergriffen hat.«

»Einer ist Sozialarbeiter geworden, ein anderer Taxifahrer.«

»Na siehst du.«

»Das ist nicht der Punkt«, schrie Tom, jetzt wieder aufgebracht.

»Was denn dann?« schrie Ines zurück.

»Die waren ja nicht mal eingeladen gestern! Oder sie haben von sich aus darauf verzichtet, sich dort blicken zu lassen. Und die bekommen das auch nicht ständig vorgehalten! Beim sonntäglichen Mittagessen kriegst du's von der Mutter fingerdick aufs Brot geschmiert, bei der Grillparty von den Schulkameraden. Die einzigen Sorgen, die die haben, laufen darauf hinaus, wie man sein Geld mit der größtmöglichen Steuerersparnis anlegt und wie man am besten die Leute übers Ohr haut.«

»Auch wenn du jetzt ungerecht bist: Wäre das etwa dein Lebensziel?«

»Nein.«

»Na also.«

»Nichts mit ›na also‹. Ich bin ungerecht, und ich will auch ungerecht sein! Mensch, kapier das doch! Mit Fritz habe ich an der Donau Maikäfer gesammelt, Wolle und ich waren 'ne Zeitlang zusammen im Schülerrat, politisch eine heiße Phase, da sind nur so die Fetzen geflogen, und Reinhard war mal in dasselbe Mädchen verliebt wie ich, mit Hubi habe ich Steine und Mineralien gesammelt, unser ganzes Taschengeld haben wir dafür draufgegeben, mit den anderen hatte ich weniger zu tun, aber trotzdem: Wir haben etliche Jahre die Schulbank im selben Klassenzimmer gedrückt und zusammen Abitur gemacht, und jetzt sind auf einmal zwanzig Jahre vergangen.« Er zuckte ratlos mit den Schultern. »Wir sind allesamt noch so ziemlich genau die, die wir damals waren, und zugleich sind wir völlig andere Leute geworden. Und eigentlich habe ich mit ihnen überhaupt nichts mehr zu schaffen. Wenn wir beide in Berlin geblieben wären, dann würde ich denen auch nicht ständig über den Weg laufen, und das wäre gut so. Verdammt, ich fühle mich wirklich wie der letzte Arsch!«

Ines versuchte, seinem Groll auf die Spur zu kommen. Sie kannte diese Mischung aus hochschäumendem Haß und niederschmetternden Selbstvorwürfen vor allem aus ihrer eigenen Familie. Nimm dir ein Beispiel an Marlen, nimm dir ein Beispiel an Amanda – der permanente Dauerklageton der Mutter. Amanda hatte es zu einem dicken, fetten Wohlstandspolster gebracht, Marlen dafür zu einem interessanten Beruf, und an manchen Tagen fühlte Ines sich durch und durch kläglich. Was hatte sie schon erreicht in ihrem bisherigen Leben? Das Maß waren in solchen Momenten die anderen und nicht sie selbst. Nicht mehr die von Zufällen und mehr oder weniger bewußten Entscheidungen geprägten Schritte, die sie in ihrem bisherigen Leben gegangen war, sondern der jeweilige Standort der anderen, obwohl sie wiederum ja gar nicht wußte, welche Umwege die anderen ihrerseits hatten gehen, welche Gräben sie hatten überwinden müssen. Wenn solche Vergleiche angestellt wurden, blieben Feinheiten stets außer acht, es zählten nur der Glanz des Augenblicks, der Schein der blankpolierten Oberfläche, die duftenden altenglischen Rosen von *Manufactum*, die Doktortitel, die Platzteller. Dennoch, es war ebenso illusorisch zu glauben, das Maß seines Lebens könnte jeder selbst bestimmten. Man bezog sich auf die anderen und auf die Maßstäbe der anderen, um sich davon abzugrenzen oder sie zu übernehmen, die Maßstäbe der Eltern, der Lehrer, der Mitschüler, der Freunde, der Feinde, der Politiker, der Fernsehpappnasen, nicht zuletzt der Werbung. Wünsche wurden umgelenkt oder künstlich erzeugt, Sehnsüchte teils erfüllt, meist jedoch verdeckt, abgewürgt. Man selbst befand sich inmitten dieses Geflechts aus unvereinbaren Maßnahmen und Maßstäben. Manchen fiel es leicht, sie sich zunutze zu machen und auf ihnen durchs Leben zu gleiten, manche stürzten ab, irrten im Kreis. Ines' Vater hatte es ungemein beruhigt zu hören, Tom arbeite in der ›Wirtschaft‹. Toms Mutter suchte – wie der Fleischbeschauer nach Trichinen – immer nach Nuancen sozialer Rangfolgen. Ines selbst machte es immer wieder zu schaffen, daß sie keinen Studienabschluß hinbekommen hatte. Fritz Leutner schielte neidisch auf Toms Zillefahrten. Vielleicht hätte sich seine Frau den Mut gewünscht, mit roten Haaren herumzulaufen wie Ines. Deshalb war der Appell, der Schuster solle bei seinem Leisten und der Blick allzeit hübsch auf den eigenen Suppenteller gerichtet bleiben, moralisch und wirklichkeitsfremd. Der Blick aufs Leben der anderen war immer auch ein Blick in das eigene Leben, ein Zweifel, eine Erschütterung, eine Selbstvergewisserung, eine Möglichkeit zum Aufbruch. Insofern hatte der Neid – wie alle unangenehmen Gefühle – seine Berechtigung, sollte aufflackern, hochlodern dürfen.

Gestern abend, als sie nach Hause gekommen waren, hatte auch Ines sich ungewollt einen fremden Blick zum

Maßstab gemacht, den Amandas beziehungsweise den der Gastgeberin im Turbodirndl. Sie hatte sich vorgestellt, all diese Klassenkameraden samt Ehefrauen wären bei ihr und Tom eingeladen und würden die Wohnung begutachten – was fiele wohl zuerst ins Auge, der fleckige Teppich, der mit Fettaugen übersäte Wasserkessel, die nackte Glühbirne, das nicht zugegipste Bohrloch in der Wand? Dann aber hatte sie sich an eine Fahrt nach Frankreich erinnert, Freunde von Tom wohnten in der Nähe von Tours in einem Häuschen an einer vielbefahrenen Route Départementale, Ines hatte über die mit verschiedenartigsten Tapeten beklebten Wände gestaunt, über die nicht zusammenpassenden Stühle, den in der Sonne knochentrocken ausgedörrten Garten, die routinierte Art zu improvisieren, die selbstverständliche, vorbehaltlose Gastfreundschaft. Leute über Leute waren unangekündigt vorbeigekommen, es gab für jeden genug zu essen und irgendeinen wackeligen Stuhl und irgendeinen Teller mit abgestoßenem Rand, auf der Terrasse war statt Sonnenschirm oder Markise ein Bettlaken aufgespannt, der Grill bestand aus aufeinandergeschichteten Ziegelsteinen, als Rost diente ein ausgemustertes Drahtgitter, das sich früher im Kühlschrank nützlich gemacht hatte. Ines hatte den Eindruck gehabt, gerade weil nichts zusammenpaßte, fühlten sich alle wohl, wichtiger als äußerer Glanz und Schein bei Tisch waren die Gespräche am Tisch und das buchstäblich zwanglose Beisammensein, auch ohne tiefschürfende Themen und schicke Einrichtungsgegenstände. Als sie dann von dieser Reise nach Berlin zurückgekehrt war, war ihr ihre kleine Wohnung vergleichsweise perfekt vorgekommen und die Anschaffung sechs gleicher Sektgläser vergleichsweise lächerlich. Der Blick mußte sich nach solchen Ausflügen in andere Welten erst wieder einpendeln auf das eigene, so fragwürdige wie fragile Maß.

Sollte Ines jemals nach Hamburg zurückziehen, würde sie vielleicht irgendwann zwei oder drei ehemaligen Schulkameraden über den Weg laufen, die ähnlich lebten wie sie, ähnliche Kneipen aufsuchten, ähnliche Kinogewohnheiten hatten. Aber allen anderen, hatten sie nun Karriere gemacht oder nicht, würde sie in der Großstadt gar nicht erst begegnen, und von ihnen wußte sie allenfalls Abstraktes, Angaben zu Berufsstand, Hausstand, Ehestand. Die Gefahr, daß Sozialneid zu nagen begann, beschränkte sich auf einen nicht an eine konkrete Person gebundenen Mix aus Bewunderung und Traumgespinsten, wenn man einen Elbspaziergang machte, an den an der Alster gelegenen Villen vorbeiflanierte oder in Berlin mit dem Schiff über die Kette der kleineren Seen südlich des Wannsee entlangpaddelte. Kaum vorstellbar, daß Fritz und Hilde Leutner sich nach Kreuzberg in den *Mauersegler* verirrt hätten, die Kneipe, in der Tom zuletzt gearbeitet hatte. Man konnte sich allenfalls noch vorstellen, Wolle, dem Architekten, zufällig in einer Bauhausausstellung zu begegnen. Während sich ihre Wege mit denen des Tennisplatzbauers Reinhard wahrscheinlich nie gekreuzt hätten. Die sozialen Gruppen waren in der Großstadt viel deutlicher voneinander getrennt, überschnitten sich nur randlich. In Regensburg war das anders. Im Biergarten saß jedermann auf harten Holzbänken dicht an dicht gedrängt, und beim Bockanstich in Adlersberg trafen sich der Kneipenwirt und der Zahnarzt, der Krankenpfleger und der Richter und – sein Henker, dachte Ines. Ganz schön eng hier.

Tom hat es schwerer als ich, dachte sie weiter. Für mich ist alles fremd, für ihn hingegen altbekannt. *Back to the roots*, eine Schnapsidee? So wie heute morgen hatte Ines Tom jedenfalls noch nie erlebt. Nicht so unzufrieden und nicht so erschüttert von diesen Lebensentwürfen der anderen, die nicht zu kopieren er sich vor vielen Jahren bewußt oder zumindest ansatzweise bewußt entschieden hatte.

Eigentlich hatte Tom den Vormittag mit Johnny verbringen sollen. Ines befand jedoch, eine Fahrt mit der Zille wäre die eindeutig aussichtsreichere Medizin. Sie würde in der Zwischenzeit mit Johnny an der Donau spazierengehen. Ihr war nämlich ein Gedanke gekommen, der sie nicht mehr losließ. Und dieser Gedanke knüpfte an einige unscheinbare Nebeninformationen aus Nebensätzen an, deren mögliche Tragweite ihr erst durch das Gespräch mit Tom bewußt geworden war. Die gemeinsame Schulzeit ist der Knackpunkt, dachte sie. Sie mußte dringend konzentriert nachdenken, und zwar allein. Tom nahm Ines mit dem Auto mit und setzte sie nebst Kinderwagen am Wehr ab.

33

Als erster hatte der Zahnarzt Dr. Himmelheber es erwähnt: Er und Paul Breitkreuz seien seit der Schulzeit miteinander befreundet gewesen. Als zweite hatte die alte Dame im Friseursalon, der Ines auf der Beerdigung wiederbegegnet war und deren Name ihr nicht mehr einfiel, davon gesprochen: Ihr Sohn habe mit dem ermordeten Professor die Schulbank gedrückt. Die sympathische Buchhändlerin Ramona Lindinger war die dritte im Bunde, und der Zyniker Werner Simrock Numero vier.

Vier Klassenkameraden. Das mußte an sich nichts zu bedeuten haben. Regensburg war nun einmal engmaschiger gestrickt als Berlin oder Hamburg – man kannte sich, selbst wenn man nicht dieselbe Schule besucht hatte, kannte sich über die Geschwister, die Freunde der Geschwister, die Freunde der Eltern, kannte Nachbarskinder und deren Nachkömmlinge, die Kinder aus der Parallelklasse, die Geschwister der Parallelklassenkinder und so fort. Insofern war es nur folgerichtig, daß auch im Umkreis eines Mordfalles und auf der Beerdigung des Opfers eine Reihe ehemaliger Schulfreunde anzutreffen waren.

Und dennoch – Ines starrte konzentriert vor sich hin und nahm ihre Umgebung kaum mehr wahr, nicht den Donaufußweg, nicht die Spaziergänger, Fahrradfahrer, Jogger, die ihr entgegenkamen, erst als ihre Füße naß wurden, merkte sie, daß sie soeben mitten durch eine Pfütze gelaufen war. Johnny brabbelte unterdessen zufrieden vor sich hin und spielte mit seinen bunten Holzmännchen, ein Geschenk von Carlo – und dennoch, je länger Ines darüber nachdachte, desto überzeugender und auf verblüffende Weise naheliegend fand sie ihre Überlegungen: Es mußte ein Klassenkamerad sein, der Breitkreuz auf dem Gewissen hatte.

Beispielsweise Himmelheber: Sozialneid fiel in dieser Konstellation flach. Außerdem hatte Himmelheber bewußt und konsequent die Verwirklichung seines Lebenstraumes vorangetrieben und stand Breitkreuz in dieser Hinsicht in nichts nach. Es sei denn, er hätte der alleinige Herrscher über das Literaturhaus werden wollen. Was Machtkämpfe und entsprechende Intrigen anbelangte, bildeten weder die Universität noch das Kulturmilieu eine glorreiche Ausnahme. Andererseits glaubte Ines nicht, daß ein Mensch einen hinterhältigen Mord begehen würde, nur um Literaturpapst in Regensburg zu werden. Nein, bei diesem Mord mußte irgendeine tiefgehende Kränkung mit im Spiel sein, eine Zurücksetzung, etwas, das uralten, jahrzehntelang vor sich hin glimmenden Groll aktiviert hatte.

Wie war es in dem Zusammenhang mit diesem Werner Simrock, dessen seltsames Gespräch mit der Buchhändlerin Ines belauscht hatte? Simrock, hatte Ramona Lindinger nach der Beerdigung im Auto erzählt, sei der tragische Fall eines gescheiterten Überfliegers. Zu gescheit, um sich im Regenbogenspektrum seiner vielen Möglichkeiten für einen Beruf zu entscheiden. Abiturschnitt eins Komma null, mathematisch begabt, sprachbegabt, zwischenmenschlich allerdings eher untalentiert. Zu allem Elend hatte seine Mutter ihm soviel Geld vererbt, daß er nicht zu arbeiten brauchte. Simrock war ein Eigenbrötler, der periodisch zu tief ins Glas schaute und seit dreißig Jahren in den Tag hineinlebte, ohne dabei jedoch besonders glücklich zu sein. Unbeirrbar, aber erfolglos machte er Ramona Lindinger seither den Hof. Die Lektüre von Romanen und philosophischen Schriften hatte ihm in dieser Hinsicht auch nicht weitergeholfen, eher temporäre geistige Verirrungen gefördert, wie Ramona Lindinger es genannt hatte: zu viele Denkmodelle, zu viele faszinierende Charaktere, zu viele schöne Worte. Ab und zu verreiste Simrock. Und wenn er nicht verreist war, kam er einmal pro Woche in die Buchhandlung, um eines seiner anstrengenden Gespräche anzuzetteln, zu denen die Buchhändlerin manchmal mehr Lust hatte und manchmal weniger. Hatte sich Simrock im Buchladen nicht auffallend abfällig über die beiden Literaturhausleiter geäußert? War er neidisch auf ihren Erfolg, ihren Pragmatismus, ihre Freundschaft, vor allem auf ihr leichtes Händchen im Umgang mit Frauen?

Ramona Lindinger selbst kam in Ines' Augen als Täterin nicht in Frage. Davon abgesehen hatte sie ein hieb- und stichfestes Alibi. Und Mister Unbekannt? War auch er auf der Beerdigung gewesen? Ines erinnerte sich gut daran, wie abfällig die alte Frau im Friseursalon über ihren Sohn geredet hatte, daß sie nicht zufrieden war mit seinem beruflichen Werdegang – ihr diesbezügliches Genörgel hatte trefflich an den Besuch bei Toms Eltern angeknüpft.

Je länger Ines den Gedanken drehte und wendete, desto stimmiger fand sie ihn – besonders nach ihren Erlebnissen auf der Grillparty.

Aber würde beispielsweise Tom im Rahmen eines vulkanartigen Gefühlsausbruchs wie heute morgen wirklich einen Mord begehen? Ines konnte und mochte diese Überlegung nur weit von sich weisen. Tom hatte zur Zeit daran zu knabbern, daß er Kneipier war und nicht Dr. Irgendwas. Die Rückkehr in seine Heimatstadt hatte ganz offensichtlich eine mittelschwere Krise ausgelöst, die Grillparty das Faß zum Überlaufen gebracht. Tom war in die Luft gegangen, hatte ausgesprochen, was ihn quälte. Damit war die Angelegenheit nicht geklärt oder bereinigt oder gelöst, aber entschärft. Tom hatte einen Teil seiner Wut abgelassen. Nicht an Ines, sondern bei Ines, und das war vollkommen in Ordnung. Die Zillefahrt würde dazu beitragen, die Welt wieder zurechtzurücken. Aber nur einmal angenommen, Tom hätte eine Mordswut im Leibe, für die er nirgendwo ein Ventil fände. Er würde in seinem Wahn doch nicht einen Klassenkameraden nach dem anderen wegputzen, es sei denn, er lief Amok und würde sich am Ende selbst … Eine schreckliche Vorstellung.

Zunächst mußte Ines mehr über Mister Unbekannt in Erfahrung bringen. Und natürlich auch über die anderen ehemaligen Klassenkameraden. Überhaupt wußte sie nicht einmal, auf welches Gymnasium Breitkreuz, Himmelheber & Co gegangen waren.

Sie hatte den Ruderclub inzwischen weit hinter sich gelassen. Linker Hand lag der Baggersee. Bis zur Eisenbahnbrücke weiter flußaufwärts zu gehen war ihr zu weit. Außerdem war die Wahrscheinlichkeit groß, daß Tom mit seiner Zille dort herumkurvte, und er sollte die Auszeit genießen, ohne gleich wieder an Frau und Kind erinnert zu werden. Ines drehte daher um und beschloß, auf der donauabgelegenen Uferseite des Sees zurückzugehen. Doch sie kam nicht weit. Nach ungefähr zwanzig Metern war der Uferweg von der Polizei abgesperrt worden. Eine Reihe Schaulustiger hatte sich vor der Sperre versammelt. Ines ging näher heran und erkundigte sich, was los sei.

»Ein Toter«, sagte ein Mann gewichtig. »Im Gebüsch.«

»Der ist erstochen worden«, sagte eine Frau.

»Nein, das ist garantiert eine Wasserleiche«, wußte ein zweiter Mann. »Das habe ich schon immer gesagt, daß hier auf dem Grund des Baggersees welche liegen.«

»Hier kommen Sie im Moment nicht durch«, wandte sich nun auch der Polizist an Ines. »Bitte nehmen Sie die andere Uferseite.«

Ines wollte der Aufforderung schon nachkommen – ein zweiter Mordfall überstieg ihre Kapazitäten nun doch –, doch dann blieb sie wie angewurzelt stehen. Die Frau, die soeben in Begleitung eines anderen Mannes aus dem Gebüsch trat und von der abgesperrten Seite des Uferwegs auf sie zukam, war unverkennbar ihre Nachbarin Freya Jansen. Was hatte sie denn hier zu suchen? Sie wirkte nicht gerade erschüttert. Ines spitzte die Ohren, um mitzubekommen, was die Nachbarin zu dem Polizisten an der Sperre sagte, konnte aber nichts verstehen. In dem Moment kam Johnny ihr zu Hilfe. Er begann unvermittelt zu plärren, die Nachbarin sah hoch, erkannte Ines, sagte noch etwas zu dem Polizisten und kam dann auf sie zu.

»Was treibst du denn hier?« fragte Ines, die Johnny aus dem Wagen genommen hatte, damit er sich beruhigte.

»Ein Mordfall.«

»Bist du etwa Ärztin?«

Freya lächelte. »Sehe ich so aus? Nein, ich bin bei der Kripo.«

Ines riß die Augen auf. »Im Ernst?«

»Ganz im Ernst.«

»Darf man fragen, wen ihr da aus dem Wasser gezogen habt? Oder ist das ein Geheimnis?«

»Die Presse weiß es sowieso schon«, sagte Freya etwas leiser, »der Name wird dir nichts sagen: Himmelheber, ein stadtbekannter Zahnarzt. Leider ist er nicht ertrunken, sondern beim Joggen erschossen worden.« Sie streichelte Johnnys geballte Faust, warf dann einen Blick auf Ines' rote Haare. »Übrigens, bist du heute abend da? Ich wollte dich nämlich etwas fragen ...«

»Wie wäre es um sechs im *Spitalgarten*?«

Freya nickte. »Paßt scho. Ich muß wieder an die Arbeit ...«

Ines grinste. »Denn man to.«

So ist das also, dachte sie auf dem Weg zurück in die Stadt: Freya Jansen arbeitet bei der Kriminalpolizei und ermittelt im Mordfall Breitkreuz – deshalb ist sie auch bei der Beerdigung gewesen.

Aber was viel schockierender war: Jetzt hatte es bereits den zweiten Klassenkameraden erwischt. Was Ines' These bestätigte. Und Himmelheber als potentiellen Täter von der Liste strich. Die Frage war nur: Wer würde der nächste sein? Wer kam überhaupt in Frage? Als Täter und als Opfer?

34

Bei ihrem ersten Besuch hatte Hans Himmelheber sie zügig durch den Flur auf die Terrasse geführt. Diesmal sahen Popp und Freya sich die Wohnung genauer an. Die Längsseite des Flurs wurde von einem überdimensional langen, hüfthohen Schrank eingenommen, den Freya als eine Art Anrichte bezeichnet und eher in ein elterliches Wohnzimmer verfrachtet hätte, während Popp das Möbelstück mit Kennerblick als maßangefertigten Schuhschrank identifizierte. Der Schrank hatte vier Türen. Popp öffnete die erste Tür, und tatsächlich wurden durch einen Drehmechanismus acht Paar Schuhe herausgeklappt, die, blankgewienert und mit Schuhspanner versehen, in Reih und Glied nur darauf warteten, einmal im Monat ausgeführt zu werden – wenn überhaupt so oft, denn in den anderen drei Klappen kamen jeweils weitere acht geputzte und gespannte Schuhkollegen zum Vorschein. Im rechten unteren Fach außerdem zwei weitere Paar Joggingschuhe.

»Jedes Paar ist mindestens dreihundert Mark wert«, bemerkte Popp. »Der Mann hatte offenbar einen Schuhtick. Man lernt doch nie aus.«

Auf dem Schuhschrank standen Telefon und Anrufbeantworter. Der Anrufbeantworter verzeichnete sechsundzwanzig Anrufe, neunzehn Nachrichten waren auf dem Band. Vierzehn männliche respektive weibliche Stimmen bedankten sich für die wunderbare Feier. Ein gewisser Alf kündigte einen dringenden Besuch in Himmelhebers Praxis an und teilte durch die Blume mit, er habe nicht viel Zeit und erwarte, bevorzugt behandelt zu werden. Eine gewisse Annemarie Perle erzählte dem Apparat, sie könne diese Woche nicht zum Saubermachen kommen, weil sie einen Hexenschuß habe. Die letzten Anrufe stammten von der Sprechstundenhilfe, die mehrfach versucht hatte, den Zahnarzt zu erreichen, der um neun Uhr noch immer nicht in der Praxis erschienen war.

»Ist die Praxis schon benachrichtigt worden?« fragte Popp.

Freya nickte. Gerstenthaler hatte sich darum gekümmert.

Die erste vom Flur abgehende Tür führte in ein Arbeitszimmer. Nüchterne Stahlregale, in den Regalen zahnmedizinische Fachzeitschriften, fein säuberlich gestapelt, Aktenordner mit den Aufschriften »Steuer«, »Versicherungen«, »Praxis«. Heller Buchenschreibtisch, Schreibunterlage, Telefon, Faxgerät, in einem Glaskästchen Schreibutensilien. Das Zimmer sah aus wie ein Büro für Yuppies in einem

Hochglanzkatalog. Ähnlich schick, aber uneinladend wirkten das Schlafzimmer und der große, helle Wohnraum. Die Möbel waren sichtlich teuer, aber ohne Sinn für innenarchitektonische Arrangements zusammengestellt, um nicht zu sagen, zusammengewürfelt. Sie erfüllten ihre Funktionen, ohne sich ästhetisch zu ergänzen oder einander allzu gräßlich in die Quere zu kommen. Marmorfußboden, Ledergarnitur, offener Kamin, orientalischer Teppich, dunkelrotes Sofa, Glastisch, eine Glasvitrine mit verschiedenen erlesenen Schachspielen, eine riesige Zimmerpalme.

Als Junggeselle hatte Himmelheber jede Menge Platz gehabt; Freya schätzte die Wohnung auf mindestens zweihundert Quadratmeter. Doch sie kam ihr eigentümlich leer vor. Unbewohnt. Seelenlos. Keine Obstschale, kein voller Aschenbecher, keine halbleere Rotweinflasche, keine Zeitung oder Zeitschrift auf dem Tisch. Kein einziges Buch! Nicht einmal ein paar trockene Ficusblätter auf dem Marmorfußboden. Nur der lange Shakertisch im Eßzimmer, auf dem sich die zumeist noch unausgepackten Geschenke von der Geburtstagfeier stapelten, und die bequem aussehenden Holzstühle wiesen darauf hin, daß hier wirklich jemand gewohnt hatte. Entweder räumte Himmelheber jeden Tag zwanghaft auf. Oder er war selten zu Hause. Oder jemand anders hatte alle Spuren fein säuberlich getilgt.

Im geräumigen Kühlschrank in der geräumigen Küche stand – immerhin! – eine geöffnete Flasche Champagner. Außerdem zehn Flaschen Bier, drei Flaschen Weißwein, eine Flasche Mineralwasser. Zwei alte, gelbbräunliche Zitronen rollten schrumpelig und steinhart durchs Gemüsefach. An Eßbarem fanden Freya und Popp ein halbleeres Senfglas und eine Flasche Tomatenketchup. Im Gefrierfach lag eine Pizza mit abgelaufenem Haltbarkeitsdatum.

»Sieht nicht so aus, als hätte er oft gekocht«, sagte Freya.

Popp schüttelte fassungslos den Kopf. »Was macht so jemand mit so einer riesigen Wohnung?«

»Platz haben. Reich sein. Frauen beeindrucken. Champagner trinken.«

»Und sich aus der *Wurstkuchl* Bratwürste holen und

mit Senf und Ketchup aufpeppen? Zum Nachtisch ein Scheibchen Zitrone?« Popp trat auf den spiegelsauberen Alutritteimer, zog eine leere Tüte Kartoffelchips heraus, darunter lagen vertrocknete Apfelschalen. »Vielleicht war er Vegetarier.«

»Bist jetzt wohl nicht mehr so scharf darauf, hier zu wohnen?«

Popp verzog den Mund. »Die Aussicht ist eindeutig das Beste hier oben.«

Der Vollständigkeit halber öffneten sie auch noch die letzte Tür, die vom Flur abging. Und blieben wie angewurzelt stehen. Freya dachte automatisch, sie wären aus Versehen in die Nachbarwohnung geraten. Der Raum – ebenfalls sehr groß, an die fünfunddreißig bis vierzig Quadratmeter – sah zur Abwechslung überraschend bewohnt aus. Freya dachte schon, sie hätten sich in das Zimmer eines bisher unerwähnt gebliebenen Untermieters verirrt.

»Vielleicht hat er ein Au-pair-Mädchen, das jeden Morgen mit der Zahnbürste die Wohnung schrubben muß«, witzelte Popp.

Er ging zum Schreibtisch, nahm wahllos Briefumschläge und Anschreiben in die Hand. Sie waren allesamt an Dr. Johannes Himmelheber adressiert. Es bestand also kein Zweifel: Dieses Zimmer war Himmelhebers Reich. Es wirkte allerdings eher wie eine Studentenbude: zeitlos unordentlich, provisorisch, belebt und entsprechend gemütlich. Hier fanden sich endlich auch die Bücher des künftigen Literaturhausleiters, die Freya in den restlichen hundertsiebzig trostlosen Quadratmetern vermißt hatte. Die Wohnung eines Büchernarren und Literaturhausleiters ohne Bücher – da wäre Freya sich in der Tat wie im falschen Film vorgekommen. Die ganze Zeit über hatte sie gespürt, daß in der Wohnung irgend etwas grundlegend falsch war. Hier lag die Lösung: Dies war das Zimmer, in dem Himmelheber wirklich gelebt hatte. Der Rest der Wohnung diente Repräsentationszwecken. Und der schönen Ausssicht. Seht her, der reiche Zahnarzt! Seht her, das turmreiche Regensburg! Dieses Zimmer war sein Refugium gewesen. Der Ort, an dem er sein anderes Ich ausleben konnte. Während es drüben kalt, steril, offiziell zuging, die Zähne gezeigt, gefletscht, gebleckt wurden, war hier Wärme zu spüren, Privatheit, Leben. In einer Ecke befanden sich ein Waschbecken mit Seife, Zahnbürste, Zahnpasta, Handtuchhalter. Auf einer Couch ein paar Zeitschriften, eine zerknüllte Wolldecke, ein Handy. Mitten im Zimmer stand ein riesiger Ohrensessel, der einen neuen Bezug nötig gehabt hätte. Über dem Schreibtisch hing eine Pinnwand, die in mehreren Schichten mit Notizzetteln bespickt war. Der Schreibtisch selbst war das krasse Gegenstück zu dem Yuppieschreibtisch im Hochglanzarbeitszimmer. Hier herrschte ein einziges Durcheinander von Schriftstücken, Fotokopien, Papieren, Briefen, Zeitungen, Büchern, über das viele Papier ragte der schlanke Stiel eines halbvollen Rotweinglases empor, in der Ecke stand, halb von einem Faltblatt bedeckt, eine Untertasse mit einem angetrockneten Rest Senf. Auf dem Fußboden Brötchenkrümel. Neben dem Schreibtisch Aktenordner: »Sponsoren«, »Briefwechsel allgemein«, »Verträge«.

»Offenbar hatte die Putzfrau hier keinen Zutritt«, folgerte Freya. »Sein Literaturhauszimmer. Sein Heiligtum.«

»Kenne ich von mir selbst«, grinste Popp. »An meinen Schreibtisch lasse ich auch keine Frau ran.« Er sah ihren säuerlichen Blick und wollte sie in den Arm nehmen. »Aber bei dir mache ich vielleicht eine Ausnahme.« Er kniff die Augen zusammen. »Was ist heute eigentlich mit dir los? Stimmt was nicht? Du bist die ganze Zeit so abweisend.«

»Wir sind im Dienst«, sagte Freya, ohne ihn dabei anzusehen, und wandte sich dem Schreibtisch zu. Wonach sie eigentlich suchen sollte, wußte sie selbst nicht. Sie zog die Schreibtischschubladen auf, überflog zwei Kostenvoranschläge von Malerfirmen für die Innenarbeiten im Literaturhaus, nahm Rechnungen in die Hand, Briefe von Sponsoren, Programme anderer Literaturhäuser. Eine Frau namens Demski bedankte sich in einem kurzen Brief für die Einladung, am Eröffnungstag des Literaturhauses aus ihrem neuen Buch *Mamma Donau* zu lesen.

Freya fiel ein schwarz eingebundenes Buch mit roten Ecken ins Auge, das sie an ihre eigenen Tagebücher erinnerte. Es gab diese Bücher mit den eierschalenfarbenen, linierten leeren Seiten in Asienimport-Läden zu kaufen, ebenso wie Riemchensamtschuhe und stoffbezogene Adreßbücher mit chinesischen Mustern. Himmelhebers Buch war größer, DIN-A4-Format. Sie schlug es auf, überflog ein paar Notizen:

24. 3. 98 Endlich. Kaufvertrag unter Dach und Fach. Konnte Frau Roß doch noch um Fünfzigtausend runterhandeln. Jetzt kann's losgehen. Die zweite Eintragung, eine Woche später, lautete: *Paul überlegt noch. Habe ihm Frist gesetzt bis nach Ostern. Mit oder ohne Paul – die Sache läuft.* Darunter: *17. 4. Er macht mit. Kluge Entscheidung. Übermorgen Treff im HB, Klärung inhaltlicher Fragen. – Freue mich mehr, als ich dachte.*

Offensichtlich handelte es sich um eine Art Notizbuch rund um das Literaturhaus. Freya blätterte weiter, las aufs Geratewohl die eine oder andere Eintragung.

2. 5. Drei Entwürfe von Innenarchitekten angefordert. Millimeterpapier gekauft. Der Laie legt los. So gut war ich schon lange nicht mehr drauf. Monika und Ingeborg befürchten schon, daß ich die Praxis aufgebe. – 16. 5. Die Sponsorensuche ist angelaufen. Paul an der Uni, ich in der Praxis. Schuster und Oberdorfer interessiert. Professoren bisher eher zurückhaltend. Da sieht man's mal wieder. – 21. 6. Erste Antwort von Seidl. Na großartig. Besser geht's nicht. – 4. 8. Mein Geburtstag. Runde Fünfzig. Nach Eilsbrunn gewandert und wieder zurück, allein durch den Wald, tat gut. Der Schweinsbraten beim Röhrl auch. Kein Bedarf an Rummel. Der wird am 26. nachgeliefert. – 12. 8. VS Ostbayern hat Gruppenlesung bei Eröffnung angeboten. Nicht schlecht, um regionale Verankerung zu zeigen. Vielleicht als »Vorgruppe« zur Demski? Honorarhöhe aushandeln …

Das Klingeln des Handy riß Freya aus der Lektüre heraus. Am Apparat war Gerstenthaler. Er wußte Neues zu berichten. Erstens: Die Ballistiker hatten schnell gearbeitet. Himmelheber war mit derselben Waffe getötet worden wie Breitkreuz. Zweitens: Lea Buchbinder hatte für die Tatzeit am Sonntagabend – auch wenn der exakte Zeitpunkt noch nicht endgültig feststand – ein Alibi. Sie war am Sonntagvormittag mit Anja Beckmann aus dem Literaturkreis zu einer Lesung nach München gefahren und erst spät abends mit dem letzten Zug heimgekehrt.

Freya fiel ein Riesenstein vom Herzen. Denn durch die Bestimmung der Schußwaffe war auch die Verdächtigung wegen des Mordes an Breitkreuz vom Tisch.

»Womit wir wieder ganz am Anfang wären«, seufzte Popp.

»Das glaube ich nicht.«

»Was glaubst du denn?«

»Daß wir etwas übersehen haben«, sagte sie. »Irgend etwas, das uns zu selbstverständlich vorkommt ist, um uns damit zu befassen.«

»Vielleicht die Frauen?«

Freya fand den Witz ziemlich mies und gab Popp das auch unmißverständlich zu verstehen.

Er zuckte mit den Schultern. »Bist du heute empfindlich ... Ich meinte doch nicht dich. Wo er wohl Vera Bach verführt hat?« überlegte er laut weiter. »Auf dem roten Sofa im schönen, abstrakten Teil der Wohnung drüben oder hier auf dem Teppich inmitten von Weingläsern, Kekskrümeln, Bücherstapeln? Eine reichlich schizophrene Wohnung, wenn du mich fragst. Ein Leben als Zahnarzt und ein Leben als Literaturfanatiker. Verrückter Typ.«

»Die Frage ist zum Beispiel, in welchem seiner beiden Leben des Rätsels Lösung zu finden ist.«

»Was sagt dir denn deine weibliche Intuition?« Eine spöttische Anspielung auf die Montagmorgenbesprechung.

Popp war eindeutig verwirrt. Er wußte nicht, wie er Freya ansprechen, ja, wie er überhaupt an sie herankommen sollte, und fischte daher im trüben. Ein paar Köder hatte er schon ausprobiert: die Hand auf dem Knie, nur notdürftig verklausulierte Hinweise auf künftige Zweisamkeit, zarte bis deftigere Anspielungen, eine allgemein gehaltene Frage nach ihrer weiblichen Intuition, zugegebenermaßen in Spott verpackt – aber der Fisch biß einfach nicht an. Vielleicht mußte er Freya heute einfach in Ruhe lassen.

35

Als Ines auf der Höhe des Herzogsparks angekommen war, gedankenverloren aufs träge braungrau dahinfließende Donauwasser schaute und Toms Wutausbruch sowie die Grillparty noch einmal Revue passieren ließ, kam ihr eine glänzende Idee. Hatte nicht Fritz Leutner seinen größten Lacherfolg mit dem Verlesen dieser alten Jahresberichte erzielt? Wenn es stimmte, was Tom ihr abends erzählt hatte, dann existierten solche Berichte auch für alle anderen Schülerjahrgänge aller Regensburger Gymnasien. Sie begann nachzurechnen: Laut Zeitung war Breitkreuz neunundvierzig Jahre alt gewesen, als er erschossen wurde. Somit war er entweder Jahrgang 1948 oder 1949, je nachdem, in welchem Monat er geboren war. Wenn er mit zehn Jahren auf die Höhere Schule gekommen war, mußte seine Gymnasialzeit, großzügig berechnet, zwischen 1957 und 1969 liegen. Wenn Ines also die jeweiligen Jahresberichte einsehen konnte, würde sie irgendwann auf Breitkreuz, Himmelheber, Lindinger, Simrock stoßen – und auf die Namen aller anderen Klassenkameraden. Wo aber wurden diese Jahresberichte aufbewahrt? Mit Sicherheit in den jeweiligen Gymnasien.

Sie mußte dann allerdings bis zur Post am Domplatz gehen, bevor sie ein vollständiges Regensburger Telefonbuch fand. Die schwarzen Pappordner in den Telekomzellen am Fischmarkt waren längst geplündert worden, und das *Oblomow* war für diese Art Recherche ein zu intimer Ort. Ines wußte, daß Tom das Albrecht-Altdorfer-Gymnasium besucht hatte. Sie suchte unter »Albrecht«, dann unter »Altdorfer«, fand aber zwischen »Altbauer« und »Alte Kapelle« keinen Eintrag. Also versuchte sie es mit »Schulen« und »Allgemeinbildende Schulen«: Abendgymnasium, Abendrealschule, Wirtschaftsschule, Musikgymnasium, Mädchenrealschule, da: Pindl, endlich ein »Gymnasium«, aber nur ein einziges. Dann kamen bereits die »Berufsschulen«. Ein wenig merkwürdig war das schon. Ratlos stellte sie sich an einem der Schalter an, kaufte bei der Gelegenheit gleich eine Telefonkarte und fragte den Postangestellten, unter welchem Stichwort er im Telefonbuch eine Schule suchen würde.

»A Schul? Na, unter Schul halt.«

Nicht wahr, das fand sie auch. Aber was nicht ist, das ist nicht, und man muß das Beste aus dem machen, was man hat. Sie rief also bei Pindl an.

Nach langem Läuten meldete sich eine Frauenstimme. Das Mißverständnis war schnell behoben. In breitester Mundart klärte die Frau Ines darüber auf, daß Pindl eine Privatschule sei. Im übrigen würde sie bei den städtischen Gymnasien zur Zeit niemanden erreichen, erst wieder Mitte September, nach den Sommerferien. Ihr Sohn sei noch nicht schulpflichtig, und sie selbst sei nicht in Bayern aufgewachsen, entgegnete Ines freundlich, sie kenne sich deshalb mit den Ferienzeiten nicht aus. Dann erklärte sie kurz, wonach sie suchte. Die Frau am anderen Ende der Leitung wurde nun ihrerseits freundlicher. Sie war in Regensburg zur Schule gegangen und kannte diese Jahresberichte. Aber wo wurden sie aufbewahrt? Vielleicht in der Stadtbücherei am Haidplatz? Oder in der Staatsbibliothek in der Gesandtenstraße?

Von der Dompost aus lagen beide Bibliotheken auf dem Heimweg. Zunächst aber mußte Johnny dringend gestillt werden. Ines suchte sich eine einigermaßen ruhige Ecke in der Gasse vor der Dombauhütte und wickelte Johnny im Kinderwagen. Nach dem langen Donauspaziergang spürte auch sie jetzt deutlich ihren Hunger. Also machte sie sich im Laufschritt, weil Johnny bereits höchst ungnädig sein Mahl einforderte, auf den Weg zu einer der Pizzerien auf dem Haidplatz. In der Tändlergasse kam ihr Cordula mit Lisa entgegen. Die Gasse war viel zu eng, um jemanden geflissentlich zu übersehen, noch dazu, wenn einer oder zwei Kinderwagen im Spiel waren. Ines gab vor, in großer

Eile zu sein, und Johnny unterstützte sie, wenn auch aus anderen Gründen, aus Leibeskräften. Trotzdem fühlte Ines sich verpflicht, Cordula kurz von dem Tippjob – eine Studentin hatte angerufen, sie wollte ihre Magisterarbeit abtippen lassen – zu berichten, den offenbar Ruth Hinze ihr vermittelt hatte, und sich natürlich gebührend zu bedanken. Außerdem wäre es allzu unhöflich gewesen, sich nicht wenigstens der Form halber nach Cordulas Befinden zu erkundigen. Die beklagte sich darüber, daß Lisa seit ein paar Tagen sehr schlecht schlafe. Das gab Ines Gelegenheit, gleich Johnnys ersten Zahn zu erwähnen. Ja, nahm Cordula den Faden auf, daran habe sie auch schon gedacht und bereits in der Engelapotheke eine Veilchenwurzel gekauft, auf der die Kleine herumkauen könne. Ines trat von einem Fuß auf den anderen, hörte ungeduldig die Zahl der diversen Mittel gegen Zahnungsbeschwerden unablässig wachsen, holte innerlich tief Luft, klopfte Cordula dann freundschaftlich auf die Schulter. Sie habe noch etwas Dringendes zu erledigen. Vielleicht bei anderer Gelegenheit.

»Tschüs dann.«

»Pfüatdi.«

Am Kohlenmarkt lief ihr einer der beiden Studenten über den Weg, die Breitkreuz für die gröbsten Abrißarbeiten im Literaturhaus angeheuert hatte. Sie verzichtete darauf, ihn über Himmelhebers Ableben zu informieren. Der arme Kerl würde es noch früh genug erfahren. Spätestens morgen früh war es mit dem Ferienjob vorbei. Und was aus dem Literaturhaus werden würde, stand vermutlich ebenfalls in den Sternen. Schließlich traf sie kurz hinter dem Alten Rathaus zu allem Überfluß noch Ute, die Frau des Tennisplatzbauers. Man tat erfreut, blieb kurz stehen, versicherte, wie froh man sei, die gegenseitige Bekanntschaft gemacht zu haben, und daß man sich bei anderer Gelegenheit gewiß wieder begegnen würde, Regensburg war ja im Grunde ein Dorf.

Nach dieser Begegnung holte Ines die Sonnenbrille aus dem Rucksack, als würde sie dadurch, wenn schon nicht unsichtbar, so doch wenigstens unnahbar. Nun konnte sie gezielt an Leuten vorbeischauen, ohne daß es groß auffiel. Endlich spazierte sie nicht einfach durch die Stadt, sondern hatte ein konkretes Ziel, eine dringliche Aufgabe vor Augen – und schon stellte sich eine Verzögerung nach der anderen ein. Es war seltsam: Noch vor einer Woche hatte sie sich an manchen Tagen sehnlichst gewünscht, eine Bekannte zu treffen, in einer der kopfsteingepflasterten mittelalterlichen Gassen stehenzubleiben und ein paar Gedanken oder wenigstens Freundlichkeiten oder ihretwegen sogar Nichtigkeiten auszutauschen. Und jetzt fühlte sie sich regelrecht bedrängt. Sie beschloß, den ärgsten Hunger mit einem belegten Brötchen zu stillen und sich mit Johnny auf die Stufen des Haidplatzbrunnens zu setzen – und zwar auf die von der Flaniermeile abgewandte Seite.

Der Informationstisch in der Stadtbücherei war nicht besetzt. Die Dame am Rückgabeschalter schickte Ines, die Johnny vom Kinderwagen in das Tragetuch umgebettet hatte, zu einer Bibliothekarin in der Kinderbuchabteilung. Ja, die Jahresberichte der Schulen und auch die Schülerzeitungen wurden hier gesammelt, und zwar in der Abteilung für Sachliteratur im hintersten Raum. Die Dame zeigte Ines, wo die Hefte standen, und überließ sie dann sich selbst.

Die Jahresberichte waren nach Schulen geordnet. Ines nahm die in Frage kommenden Ordner aus dem Regal und setzte sich an einen Tisch. Sie hatte feuchte Hände bekommen vor Aufregung, fand im ersten Jahresbericht von 1964 das Schülerverzeichnis nicht sogleich, blätterte hektisch vor und zurück, bis sie endlich die richtige Seite aufgeschlagen hatte. Breitkreuz mußte damals – sie rechnete zurück – in der neunten oder zehnten Klasse gewesen sein. Aber was war denn das, die zehnte gab es gar nicht? Im Gymnasium? Hatte sie den Jahresbericht einer Realschule erwischt? Nein, auf dem Umschlag stand »Albrecht-Altdorfer-Gymnasium«. Aha, die Zählweise ging von eins bis neun, die 1a war also die fünfte Klasse und die 9a die dreizehnte. Die Namen waren alphabetisch geordnet. 4a, 4b, 4c, 5a, 5b, 5c – Fehlanzeige. Kein Breitkreuz, kein Himmelheber, offenbar die falsche Schule. Als nächstes nahm sie sich den Ordner über das Albertus-Magnus-Gymnasium vor, ging erneut stichprobenartig die entsprechenden Jahrgänge durch – wieder nichts. Es war frustrierend, aber wenigstens war sie inzwischen ein bißchen ruhiger geworden. Eigentlich konnte nichts schiefgehen. Allein schon die akribische deutsche Bürokratie bürgte dafür. Breitkreuz' Name mußte irgendwo in einem dieser Berichte stehen, schließlich war er einst im Freistaat Bayern Schüler gewesen. Nächster Ordner: Oberrealschule Regensburg. Diesmal preschte Ines vor bis zum Jahresbericht für 1966, ging die Namen der Klassen 7a, 7b, 7c, 8a, 8b durch – da, da stand es: Breitkreuz, Paul, dahinter das Geburtsdatum: 13.12.48. Weiter, ihr zitterten die Hände, die Buchstaben tanzten vor ihren Augen, sieben Zeilen tiefer: Himmelheber, Hans: 4.8.48, auch Lindinger, Ramona: 20.3.49 und, ganz am Ende der Liste: Simrock, Werner: 7.7.50.

Sie streckte sich, verspürte einen genüßlichen Triumph. Sie sah wieder in das Heft. Die anderen Namen sagten ihr alle nichts: Braun, Anton, Donner, Hildegard, Geißler, Johannes, Haas, Michael, Hartl, Franz Xaver, Krogler, Anna Maria, Pinkofer, Sepp, Prillwitz, Erwin, Zitzelsperger, Johanna – sie ging die Liste noch einmal durch, stutzte, Moment mal, Hartl Franz Xaver, sie wiederholte den Namen mehrmals lautlos, Franz Xaver Hartl, hmm, so herum hörte es sich schon bekannter an, irgendwo hatte sie den Namen gelesen, aber wo? Sie kniff die Augen zusammen, deckte mit dem Zeigefinger den Nachnamen ab. Franz Xaver. Franz war ihr geläufig, aber Xaver? Kroetz, natürlich, Franz Xaver Kroetz. Hieß nicht der Hausmeister aus der Weingasse Xaver? Sie war bei ihm in der Wohnung gewesen, und bei der Gelegenheit hatte seine Frau, die Edda hieß, daran erinnerte sie sich genau, ihren Mann mit Xaver angesprochen. Vorsicht, Ines, nichts überstürzen! Der Männername Xaver klingt vielleicht nur in deinen Ohren ungewohnt und auffällig, genauso wie Eginhard oder Maximilian oder Rupert, womöglich heißt in Regensburg jeder vierte so. Und bevor du dich in eine fixe Idee verbeißt, solltest du unverzüglich klarstellen, ob dieser Xaver aus der Weingasse tatsächlich Hartl mit Nachnamen heißt. Ein Kinderspiel, das zu überprüfen.

Sie klappte die Jahresberichte zu, nahm sie unter den Arm, ging nach vorn zum Ausleih- und Rückgabeschalter. Die Bibliothekarin war ein wenig irritiert über die Anfrage, ob sie auch ein Telefonbuch habe, obwohl doch Telefonbücher vermutlich zu den am meisten gelesenen Büchern gehörten, so Ines leicht ungeduldig. Woraufhin die Dame das gewünschte Buch wie eine hochgeheime Akte unter dem Tisch hervorzog. Ines ging damit zur Fensterbank, schlug es hastig auf. H, Habestolz, Harth, oje, eine lange Liste mit Hartls, Hartl, Anton, Hartl, Elvira – da war er: Hartl, Franz Xaver Dr., Weingasse 17. Sie lieh sich von der Bibliothekarin Stift und Notizzettel und notierte die Telefonnummer. Beim zweiten Blick auf die Eintragung stutzte sie. Wieso Dr.? Gab es vielleicht noch einen zweiten Franz Xaver Hartl? Nein. Nur einen einzigen: Doktor Franz Xaver Hartl. Ein Arzt? Ein Rechtsanwalt? Ein Wissenschaftler? Irgendwie paßte das alles nicht zusammen. Ein promovierter Hausmeister? Nun Ines, warum nicht, in Berlin gab es doch ebenfalls unter den Taxifahrern und Kneipenaushilfen Akademiker zuhauf. Bei der Überlegung drängte sich die Bemerkung der alten Dame aus dem Friseursalon auf, ihr Sohn trage einen Doktortitel, und hatte die Friseurin nicht »Grüß Gott, Frau Hartl« gesagt? – oder schlug die Phantasie Ines nur wieder einmal ein Schnippchen, weil sich auf diese Weise die einzelnen Puzzleteile eins nach dem anderen zusammenfügen ließen? War die alte Frau Hartl – wenn sie, Ines, ganz verwegen weiterspekulierte – womöglich die Mutter des Hausmeisters in der Weingasse? Hör auf, Ines, bei der Menge Telefonbuch-Hartls dürfte die Namensgleichheit purer Zufall sein.

Wie auch immer, Mutter hin, Mutter her – entscheidend war, daß Ines Franz Xaver Hartl, den ehemaligen Klassenkameraden von Breitkreuz und Himmelheber, kannte und bereits mit ihm gesprochen, ja sogar seine Wohnung betreten und seine Frau kennengelernt hatte. Andererseits hatte Franz Xaver Hartl mit keinem Wort erwähnt, daß er das Opfer aus der Schulzeit kannte. Versehen oder Absicht? Hatten er und Breitkreuz vielleicht nur ein Jahr lang dieselbe Klasse besucht, weil einer von beiden sitzengeblieben war? Oder vielleicht die Schule gewechselt hatte? Nun, auch das ließ sich schnell herausfinden. Ines gab das Telefonbuch wieder ab und begab sich erneut in den hinteren Lesesaal, um die übrigen Jahrgänge der Jahresberichte durchzusehen. Kein Irrtum möglich: Von der ersten bis zur neunten Gymnasialklasse tauchten Paul Breitkreuz, Hans Himmelheber und Franz Xaver Hartl in ein und derselben Liste auf, während Werner Simrock erst in der sechsten und Ramona Lindinger in der siebten Klasse des Gymnasiums dazugestoßen waren.

Doch weshalb hatte der Hausmeister seine jahrzehntelange Bekanntschaft mit Breitkreuz verschwiegen? Die meisten Menschen hätten doch in einer solchen Situation nichts Besseres zu tun gehabt, als in theatralisch inszenierter Traurigkeit damit zu prahlen, das Opfer persönlich gekannt zu haben. Er aber hatte sich mit keinem Wort dazu geäußert. Das mußte seinen Grund haben. Und vermutlich war auch die vorgegebene »Neugier« nicht der einzige Grund dafür gewesen, daß es den Hausmeister zu Breitkreuz' Beerdigung hingezogen hatte. Andererseits – warum hätte dieser Hausmeister einer ihm unbekannten jungen Frau, die in dem von ihm betreuten Gebäude nach einer Wohnung suchte, überhaupt auf die Nase binden sollen, daß er den Toten gekannt hatte? Und wäre die Polizei, sofern er wirklich der Mörder war, ihm nicht längst auf die Schliche gekommen – zumal er in dem Haus wohnte, von dem aus auf Breitkreuz geschossen worden war? Aber vielleicht gehörte der Mann bisher gar nicht zum Kreis der Verdächtigen?

Ines versuchte, sich an den Tag vor genau einer Woche zu erinnern, an dem sie Franz Xaver Hartl zum ersten Mal begegnet war. Er hatte sie in die Wohnung gebeten, um sie vor unangenehmen Nachfragen durch diesen Kriminalbeamten zu schützen, was ihr in dem Moment sehr recht gewesen war. Die Ausrede, sie sei eine Freundin, die eine Wohnung suche, mußte glaubwürdig klingen, zumal in Gegenwart dieses Immobilienfritzen. Sie wiederum hatte dem Mann seine aus friedensbewegten Zeiten stammende Abneigung gegen die Polizei ohne weiteres abgenommen. Seine Frau Edda hatte dann Kaffee gekocht. Sie hatten über steigende Mieten und sinkende Wohnqualität geplaudert und darüber, daß auch er und seine Frau sich eine neue Wohnung suchen mußten. Und natürlich über die Anwesenheit der Kripo im Haus und den Schuß, den beide angeblich nicht gehört hatten. Edda sei müde gewesen und habe sich kurz nach neun mit Ohropax ins Bett gelegt, weil sie am nächsten Tag in der Frühschicht arbeitete. Sie war somit auch als Zeugin aus der Schußlinie. Und ihr Mann habe sich, um sie nicht zu stören, über Kopfhörer ein Popkonzert angehört und sei erst durch die Polizeisirene auf das Geschehen im Haus gegenüber aufmerksam geworden. Angeblich jedenfalls, dachte Ines. Es war ebenso gut denkbar, daß er seine Wohnung leise verlassen und die leerstehende Wohnung ein Stockwerk höher betreten hatte. Schließlich verfügte er als Hausmeister über Zweitschlüssel, und vielleicht waren die Wohnungen, zumal sie leerstanden, nicht einmal verschlossen. Er hätte in aller Seelenruhe das Fenster öffnen, seinen ehemaligen Klassenkameraden erschießen und auf Zehenspitzen wieder in die eigene Wohnung zurückkehren können. Niemand hatte Franz Xaver Hartl gesehen – aber er hatte jemanden gesehen, und dieser Jemand war sie selbst. Und zwar mit Johnny im Kinderwagen. Woher hätte der Mann sonst wissen sollen, daß sie ein kleines Kind hatte? Jetzt hatte sie die Situation in der Wohnung des Hausmeisters wieder deutlich vor Augen, das Gespräch und Hartls Bemerkung fielen ihr wieder ein und daß sie zunächst gestutzt und dann ein wenig schnippisch geantwortet hatte, sie sei nicht verheiratet. Es war der Tag nach dem Mord und Ines' erster Tag ohne Kind gewesen, deshalb hatte sie weder Johnny noch einen leeren Kinderwagen dabeigehabt – aber dieser Hausmeister hatte ihr auf den Kopf zugesagt, daß sie ein Baby habe. So etwas sah man einer Frau doch nicht an der Nasenspitze an, oder? Es gab nur eine Erklärung: Franz Xaver Hartl mußte sie vom Fenster aus mit dem Kinderwagen beobachtet haben. Am Tatabend. Natürlich. Wenn er auf Breitkreuz schießen wollte, mußte er tunlichst einen Moment abpassen, in dem sich in der nächtlichen Gasse keine ungebetenen Zeugen aufhielten. Aber dann war diese Frau mit dem ratternden Kinderwagen aufgetaucht, die direkt unter seinem Fenster haltmachte und dem Vorleser zuzuhören schien und einfach keine Anstalten unternahm weiterzugehen. Irgendwann hatte er nicht mehr länger warten können oder wollen – und abgedrückt. Und der Mann gegenüber war am Fenster zusammengesackt, und Ines war aus einer Art Halbschlaf hochgeschreckt, und Johnny hatte zu schreien begonnen. So ähnlich mußte es sich abgespielt haben. Wenn das, was Ines sich jetzt zusammenreimte, stimmte, dann hatte Franz Xaver Hartl sie aller Wahrscheinlichkeit nach absichtlich zu sich in die Wohnung gebeten. Aber weshalb? Und vor diese Überlegung schob sich eine viel wesentlichere Frage: Aus welchem Grund hätte er Paul Breitkreuz umbringen sollen? Wo war das Motiv? Und wieso stand im Telefonbuch Dr. Franz Xaver Hartl?

Ihr kam eine Idee. Die Frau aus der Privatschule hatte außer der Stadtbücherei auch die Staatsbibliothek in der Gesandtenstraße genannt. Ines stellte die Jahresberichte zurück an ihren Platz, verließ die Stadtbücherei und ging durch die Rote-Hahnen-Gasse zur Gesandtenstraße. Sie brauchte nicht lange zu suchen, bis sie das Schild mit der Aufschrift »Staatliche Bibliothek Regensburg« gefunden hatte. Sie hievte den Kinderwagen vier Stufen hoch in die Eingangshalle, ging mit Johnny im Tragetuch die Treppen hinauf in den ersten Stock. Ihre Schritte hallten auf dem blankgewienerten Fußboden, sie kam sich vor wie in einem Museum. Die Zettelkästen und der elektronische Katalog befanden sich zu ihrem Erstaunen draußen in der Vorhalle.

Es dauerte nicht lange, bis sie im elektronischen Katalog fündig wurde. Die Eintragung lautete: Hartl, Franz Xaver, *Zum Verhältnis von Malerei und Literatur in der ›Ästhetik des Widerstands‹ von Peter Weiss*, Diss., Universität Regensburg 1978, dann die Signatur. Als nächstes gab Ines den Namen »Breitkreuz« ein. Diesmal erschienen auf dem Bildschirm nicht nur einer, sondern gleich mehrere Titel: eine Veröffentlichung Breitkreuz' zur Exilliteratur, eine weitere zur deutschsprachigen Literatur der 80er Jahre, eine Biographie zu Hubert Fichte, und da war es: Breitkreuz, Paul, *Peter Weiss, ein Schriftsteller zwischen Ästhetik und Engagement*, Diss., Regensburg 1978.

Ines atmete tief durch. Sehr interessant. Die Sache nahm Gestalt an. Dr. Franz Xaver Hartl war demnach wie Breitkreuz Germanist. Und mehr noch: Er und Breitkreuz hatten sich vor rund zwanzig Jahren in ihrer Dissertation mit demselben Autor befaßt. Vermutlich sogar bei ein und demselben Doktorvater. Breitkreuz war danach Professor geworden – und Hartl Hausmeister. Wieso nur? Und hielt die Antwort darauf möglicherweise auch eine Antwort auf die Frage nach dem Mordmotiv bereit? Späte Rache könnte es lauten.

35

Im Morddezernat ging es rund. Sogar Gerstenthaler, der in seinem Chefsessel sonst stets die Ruhe behielt, war nervös und ließ die Finger knacken. Es war allmählich höchste Zeit, daß die Kollegen aus dem Urlaub zurückkamen.

»Stellt euch vor, wie die hier hereinplatzen«, frotzelte Popp, »braungebrannt, erholt, entspannt, voll cool, während wir Ringe unter den Augen haben, tiefe Falten um die Mundwinkel und aussehen wie Frankensteins Urenkel – aber«, ergänzte er stolz, »wir haben dafür zwei Mordfälle gelöst.« Er sah triumphierend in die Runde. »Und wir können uns auf die Schulter klopfen und die Überstunden bei Regen und Schnee im Stadtmuseum oder im Westbad abbummeln. Wäre das nicht wunderschön?«

Die Gesichter der Kollegen wurden lang und länger.

»Man darf doch wohl noch träumen.«

»Laß uns erst mal einen der beiden Fälle aufklären«, schlug Götz vor. »Dann können wir die Klappe hinterher immer noch aufreißen.«

Der Mord an Himmelheber warf ein deutlich anderes Licht auf den Mord an Breitkreuz. Die Karten mußten völlig neu gemischt werden. Himmelheber fiel als potentieller Mörder weg, Lea Buchbinder hatte für Sonntagabend ein Alibi und war durch die Tatsache, daß beide Morde mit ein und derselben Waffe verübt worden waren, ebenfalls aus dem Spiel – was Wegener zur Kenntnis nahm, ohne die Miene zu verziehen, er nahm nie etwas persönlich, was ausnahmsweise einmal sympathisch war.

Mit ziemlicher Sicherheit hatten sie es mit einem Mann zu tun, und sofern dieser Mann identisch war mit dem Mann auf dem Anrufbeantworter, der gedroht hatte, auf dem Geburtstagsfest eine Bombe hochgehen zu lassen, hatte die Kripo sogar seine Stimme auf Band. Sehr leichtsinnig von dem Mörder. Aber jeder machte Fehler. Was fehlte, war die Tatwaffe. Lag sie auf dem Grund des Baggersees? Hatte der Täter sie in die Donau geworfen? Trug er sie immer noch bei sich? Würde er womöglich ein drittes Mal zuschlagen? Wer würde das nächste Opfer sein? Und würde die Kriminalpolizei vor allem schnell genug arbeiten, um das verhindern zu können?

Himmelheber war – ebenso wie Breitkreuz, wenn auch auf andere Weise – eine ambivalente und schillernde Figur gewesen. Ein parkettsicherer Macher, der allein durch den Wald nach Eilsbrunn wanderte, ein Einzelgänger und Junggeselle, der ein Verhältnis mit der geschiedenen Frau seines besten Freundes und Partners hatte, Eigentümer einer Luxuswohnung, von der er nur ein Zimmer wirklich bewohnte, in bescheidenen Verhältnissen aufgewachsen, aber als Zahnarzt vermögend genug, um ein Haus in begehrter Altstadtlage zu kaufen, und zwar wohlgemerkt für ein ehrenvolles Projekt, das keinen Pfennig einbrachte, ein idealistischer Pragmatiker, der Sponsoren von seinem Projekt zu überzeugen verstand. Und – vielleicht am erstaunlichsten: ein Mann, der seine Träume in die Wirklichkeit umgesetzt hatte, der sie sich über Jahrzehnte hinweg erhalten hatte, der sie sich nicht von sogenannten Realitäten oder Zwängen hatte abtrotzen lassen.

Sie mußten Gemeinsamkeiten zwischen Himmelheber und Breitkreuz auf Bruchstellen und Anknüpfungspunkte abklopfen. Wem waren die beiden möglicherweise im Weg gewesen? Gab es außer der Schulzeit, dem Literaturhaus und Vera Bach noch weitere Überschneidungspunkte? Weitere Freundinnen? Freunde? Feinde? Welche? Vielleicht mußten die Informationen, die die Kriminalpolizei bereits gesammelt hatte, nur anders gewichtet werden? Beispielsweise das Literaturhaus, das ehrgeizige gemeinsame Projekt von Himmelheber und Breitkreuz, bei dem diverse Streitpunkte und Kontroversen aufgetreten waren – versuchte irgend jemand, das Literaturhaus zu verhindern? Jemand, der womöglich andere Interessen mit dem Haus in der Wahlenstraße verfolgte? Jemand, dem das Literaturhaus ein Dorn im Auge war? Oder, ganz andere Denkrichtung, Vera Bach, die sowohl mit ihrem Ex-Mann als auch mit ihrem späteren Liebhaber bereits seit der Schulzeit bekannt war – hatte sie die Hände mit im Spiel? Hatte sie das gemeinsame, für Himmelheber bereits brüchig gewordene Alibi womöglich selbst dazu genutzt, ihrerseits das Kino vorzeitig oder auch nur vorübergehend zu verlassen, in die Weingasse zu laufen, ihren Ex-Mann zu erschießen und dann wieder ihren Platz im dunklen Kinosessel einzunehmen? Welches Motiv hatte sie dafür? Und welches Alibi für den Zeitpunkt des Mordes an Hans Himmelheber?

Popp brachte wiederum eine andere Idee ins Spiel: Vera Bach, die begehrte Frau zweier Männer, Breitkreuz und Himmelheber – gab es da möglicherweise einen unbekannten dritten Mann, der die Nebenbuhler ausschalten wollte?

»Aber warum Paul Breitkreuz?« hakte Götz sofort ein. »Der war doch schon lange nicht mehr aktuell.«

»Späte Rache vielleicht«, tippte Popp. »Ist ja nur so eine Idee, die wir als Reserve im Hinterkopf behalten können. Für den Fall, daß Frau Bach ein Alibi hat.«

Gerstenthaler nickte. »Würden Sie und Frau Jansen es übernehmen, Vera Bach die Nachricht vom gewaltsamen Tod ihres Liebhabers zu überbringen? Und sich bei der Gelegenheit eingehender mit ihr zu unterhalten?«

Popp nickte. Freya zögerte. Im Moment wollte sie es möglichst vermeiden, allzu eng mit Popp zusammenzuarbeiten, ständig seine fragenden Blicke und seine unterschwelligen Erwartungen zu spüren. Sie wußte selbst nicht genau, was sie von ihm wollte. Und bevor sie sich nicht im klaren darüber war, hielt sie lieber gebührenden Abstand. Doch diesen Grund konnte sie natürlich kaum vor versammelter Mannschaft vortragen. Also brachte sie die Ausrede vor, nur äußerst ungern schon wieder die Botin einer Todesnachricht spielen zu wollen, zumal davon auszugehen war, daß die Nachricht vom Mord an Hans Himmelheber Frau Bach wesentlich mehr erschüttern und verletzen würde.

»Dann übernimmt Popp das allein«, entschied der Chef ohne weitere Diskussion.

Das ist es, was ich an ihm so mag, dachte Freya erleichtert. Daß er klare, eindeutige Entscheidungen trifft. Daß er ein Gespür hat für Untertöne.

»Ein zweiter handfester Ansatzpunkt«, fuhr Gerstenthaler fort, »ist die umfangreiche Einladungsliste zu Himmelhebers fünfzigstem Geburtstag. Wegener und Götz, bitte nehmen Sie eine Überprüfung sämtlicher Gäste vor: ein komplettes Who is Who, Beruf, Art der Verbindung zu Himmelheber und so weiter, natürlich unauffällig, wenn's geht, ohne direkte Anfragen, das sind zum Teil hochkarätige und entsprechend empfindliche Leute. Versuchen Sie herauszubekommen, wer davon nicht nur mit Himmelheber, sondern auch mit Breitkreuz bekannt, befreundet, verbrüdert, verfeindet war. Da sollten sich verschiedene Überschneidungen ergeben, meine ich.«

Freya meldete sich zu Wort. »Auf dem Fest waren eine Reihe ehemaliger Klassenkameraden eingeladen. Breitkreuz und Himmelheber sind zusammen zur Schule gegangen. Auch dieser Stammtisch wird immer wieder erwähnt. Das ist uns nichts Neues, im Gegenteil, es sind uralte Geschichten, aber nicht nur in dieser Stadt verlaufen die Grenzen zwischen Früher und Heute fließend. Sie selbst« – sie sah jetzt Gerstenthaler an – »haben auf der Beerdigung mit einem Ihrer ehemaligen Lehrer gesprochen. Vielleicht sind das alles mehr als bloße Hintergrundinformationen.«

»Sie haben recht. Den Punkt haben wir bisher in der Tat vernachlässigt, vielleicht weil er uns zu selbstverständlich erscheint. Ich habe meinerseits bereits mit einem alten Klassenkameraden telefoniert, der am Goethe-Gymnasium tätig ist, der ehemaligen Oberrealschule, an der sowohl Himmelheber als auch Breitkreuz Abitur gemacht haben.« Gerstenthaler schob Freya ein paar Fotokopien über den Tisch. »Das hier sind die Abiturlisten von anno 1967, Himmelheber und Breitkreuz waren in der b-Klasse, Sie finden sich da sicherlich zurecht. Die Gästeliste vom fünfzigsten Geburtstag liegt Ihnen ja bereits vor. Es dürfte nur wenige Minuten dauern, die beiden Listen zu vergleichen. Versuchen Sie auch herauszubekommen, welche der ehemaligen Mitschüler regelmäßig zu diesem Stammtisch im Hofbräuhaus gingen. Sprechen Sie mit den Leuten. Finden Sie heraus, was wer wann und warum mit Himmelheber und mit Breitkreuz zu schaffen hatte. Was beim Stammtisch ablief. Außer Biertrinken, versteht sich. Ihre weibliche Spürnase hat sich schon einmal als richtig erwiesen.«

»Meine Intuition«, korrigierte Freya lächelnd.

»Kollege Götz geht Ihnen dabei zur Hand. Wir sollten schnellstens die Presse informieren, um mögliche Zeugen zu finden, die Himmelheber gestern abend beim Joggen am Baggersee gesehen haben. Und – das wäre natürlich das Allerschönste – den Mörder gleich noch dazu.«

Die beiden Listen waren in der Tat schnell verglichen: hundertzehn geladene Gäste, zweiundzwanzig Abiturienten, acht Namensübereinstimmungen, Paul Breitkreuz inbegriffen. Himmelheber hatte die Einladungsliste offensichtlich lange vor dem Mord angefertigt und dann vergessen, den Namen zu streichen. Die acht Namen lauteten: Dr. Alfons Aschenbrenner, Armin Prins, Ramona Lindinger, Werner Simrock, Michael Haas, Dr. Cornelius Weigert, Paul Breitkreuz und Prof. Dr. Dr. Heribert Kupitz.

Daß Himmelheber über dreißig Jahre hinweg zu mehr als einem Drittel der Abiturklasse den Kontakt gehalten hatte, fand Freya enorm. »Denk nur an Gerstenthaler«, sagte Götz. »Der zehrt bei seinen tagtäglichen Ermittlungen in erster Linie von alten Bekanntschaften und Freundschaften. Im Grunde ist diese Stadt ein einziges dicht gewobenes Netz aus sich kreuzenden Lebenswegen, Kreuzwegen, Irrwegen, Abwegen. Nichts ist so abwegig, daß es hier nicht Wirklichkeit werden könnte. Und sich nicht irgendwann in diesem Spinnennetz verfängt.«

»Was ist übrigens mit den Frauen?«

»Wie meinst du das?«

»Ramona Lindinger ist ledig und hat daher ihren Namen behalten. Sie muß aber nicht unbedingt die einzige Frau aus der Abiturklasse sein, die auf dem Fest war. Die Frauen, die geheiratet haben und einen anderen Namen tragen, gehen uns auf diese Weise durch die Lappen.«

»Frauen genießen eine Reihe Vorteile, von denen sie gar nichts ahnen«, sagte Götz völlig ernsthaft. »Außerdem suchen wir einen Mann.«

Wenn sie Paul Breitkreuz und Ramona Lindinger außen vor ließen, blieben von den acht Namen sechs übrig. Götz würde sich um Weigert, Kupitz und Simrock kümmern, Freya übernahm es, mit Dr. Aschenbrenner sowie mit Armin Prins und Michael Haas zu sprechen, den beiden Dialeuten vom Geburtstagsfest.

Die Praxis von Kinderarzt Dr. Aschenbrenner war am Montag und am Freitag nachmittags nicht besetzt, erfuhr Freya durch den Anrufbeantworter. Auch bei Aschenbrenners Privatanschluß war die Abwimmelmaschine eingeschaltet. Wenigstens konnte Freya Namen, Nummer und Anliegen auf Band sprechen. Bei Michael Haas ging niemand an den Apparat. Armin Prins hingegen nahm persönlich ab und zeigte sich sofort sehr kooperativ. Sie verabredeten sich um vier in seiner Rechtsanwaltskanzlei gleich beim Neupfarrplatz.

Es war mittlerweile zwanzig vor vier. Wenn Freya sich beeilte, schaffte sie gerade noch im Stehen einen *caffe latte* im Café vor dem Neupfarrplatzbrunnen. Der frisch gepflasterte Neupfarrplatz sah aus wie eine irrtümlich in die Horizontale verlegte, aus faden, eckigen Rittersportriegeln zusammengefügte Kaufhausfassade. Was auch erklärte, weshalb keine Bäume auf dem Platz zu finden waren – man hatte sie nicht etwa vergessen, sondern wohlüberlegt ausgespart, Fassaden waren eben keine Orte der Begegnung, sondern Flächen zum Abgleiten und Darüberhuschen. Ob zu Fuß oder mit den Augen, spielte da keine Rolle. War es wirklich erst eine Woche her, daß sie mit Viktor an einem der Tische gesessen hatte? Es kam ihr vor wie ein ganzer langer Sommer, so viel war seither geschehen: der Fall Breitkreuz, die Affäre mit Popp, der Besuch von Julia, der Mord an Himmelheber. Umgekehrt gedacht: Wenn es schon eine Woche zurücklag, dann bedeutete das auch, daß Viktor morgen oder übermorgen zurückkommen würde. Und sie hatte in der Zwischenzeit, die im Nu von einem langen Sommer auf wenige gehetzte Stunden zusammenschrumpfte, nicht ernsthaft darüber nachgedacht, wie ihre Beziehung sich fortan gestalten könnte. Sie hatte gespielt, sich amüsiert, sich fallen gelassen, sich hingegeben; sie spürte, daß es so wie bisher keinesfalls weitergehen konnte und daß es das sichere Ende der Beziehung bedeuten würde, wenn sie und Viktor weiterhin auf all den Eigenheiten beharren würden, die sie sich im Laufe der Single-Wohn-Jahre angewöhnt hatten. Gleichzeitig spürte sie deutlich, daß Viktor ihr nach dem erotischen Ausflug mit Popp keineswegs gleichgültig geworden war, im Gegenteil. Und dieses Gefühl war wichtiger als jede einseitig herbeigedachte, im Kopf konstruierte Entscheidung. Blieb nur die Frage, ob Viktor ihre Unsicherheit, wie es weitergehen könne, und ihre Gewißheit, daß es weitergehen solle, seinerseits auch teilte.

An sich wäre Freya nie und nimmer auf die Idee gekommen, daß Rechtsanwalt Armin Prins – klassisch gestreifte Krawatte, solides englisches Schuhwerk, unaufdringliches Rasierwasser, blaugraue Augen, farblich darauf abgestimmt der Anzug – identisch sein könnte mit einem der beiden Männer, die bei Himmelhebers Geburtstag den Diavortrag gehalten hatten: in ausgefranster Jeans, mit lila Pilzkopf-Perücke und dunkler Sonnenbrille als launiger Abiturient des Jahres 1967 verkleidet, eine Mischung aus Beatles und Blues Brothers. Jeder einzelne Mensch barg viele Facetten in sich – es war gut, sich das immer aufs neue vor Augen zu halten. Rechtsanwalt Prins bemühte sich, Freyas Fragen gewissenhaft und so ausführlich wie möglich zu beantworten. Daß nun auch Hans Himmelheber erschossen worden war, machte ihn sichtlich betroffen.

Prins war die ganze Gymnasialzeit hindurch mit Himmelheber und Breitkreuz in eine Klasse gegangen. Allerdings hatten sie nach Unterrichtsschluß nur wenig miteinander zu tun gehabt. Andere Cliquen, andere Interessen, von Anfang an. »Wir hatten früher nicht die gleiche Wellenlänge. Als Erwachsener ist man weniger fundamentalistisch«, sagte Prins. »Toleranter. Man interessiert sich auch für das, was jenseits des eigenen Tellerrands passiert.« Einmal war er zusammen mit Himmelheber auf eine Skihütte gefahren. Seine Tochter war eine Zeitlang mit Breitkreuz' Tochter im Ruderclub gewesen. Wenn Prins Zahnprobleme hatte, wandte er sich an Himmelheber, umgekehrt hatte Himmelheber sich bezüglich des Literaturhauses bei ihm verschiedentlich Rechtsberatung geholt. Das war alles. Eine lockere Freundschaft. Prins frequentierte nicht den Ehemaligenstammtisch im Hofbräuhaus, sondern den Stammtisch der Rechtsanwälte im Bischofshof. Was den Stammtisch anbelangte, sei Michael Haas sicherlich ein besserer Informant.

Freya entgegnete, sie habe ihn bisher nicht erreichen können.

»Stimmt«, erinnerte sich Prins. »Er ist ja am Sonntag zu einer Schmuckauktion nach London geflogen. Aber Mittwoch oder Donnerstag ist er bestimmt wieder zurück.«

Bis dahin haben wir den Fall hoffentlich gelöst, dachte Freya. Laut sagte sie, im Zusammenhang mit den ehemaligen Klassenkameraden interessiere sie sich besonders für die Diashow auf Himmelhebers Geburtstagsfest. Wie waren er und Michael Haas überhaupt an die entsprechenden Fotos herangekommen?

Prins sagte schmunzelnd, er und Haas hätten sich mittlerweile als Diaspezialisten des Abiturjahrgangs geoutet und schon eine Reihe von Klassenkameraden mit ihrer Show beglückt. Normalerweise nahmen sie rechtzeitig – und natürlich heimlich – Kontakt mit Freunden und Familienangehörigen der Geburtstagskinder auf, ließen sich Anekdoten aus Kindheit und Jugend erzählen, fotografierten alte Fotos ab, fertigten Fotomontagen an, dachten sich humorige Kommentare und Texte aus. Sie hatten immer großen Spaß dabei. Bei Himmelheber aber war es nicht leicht gewesen, Fotos zu bekommen – eine regelrechte detektivische Herausforderung für die beiden Diamacher. An wen sollten sie sich wenden? Himmelheber war ein uneheliches Kind gewesen, seine Mutter bereits verstorben, Geschwister hatte er keine. Er war auch nicht verheiratet gewesen oder seit Jahren mit ein und derselben Frau liiert. Er war ein Einzelgänger. Ihnen war also gar nichts anderes übriggeblieben, als bei anderen ehemaligen Klassenkameraden auf Fotosafari zu gehen. Wer bot sich da mehr an als Paul Breitkreuz, der schon zu Schulzeiten Himmelhebers bester Freund gewesen war? Ihn selbst konnte man nicht fragen, sein Fünfzigster stand noch aus. Vera Bach, Breitkreuz' geschiedene Frau, hatte Prins und Haas abgewimmelt. Dennoch war es den beiden gelungen, zwei Fliegen mit einer Klappe zu schlagen – und obendrein einer alten Dame einen abwechslungsreichen Nachmittag zu schenken: Die Dias, die sie am Samstagabend auf dem Geburtstagsfest gezeigt hatten, stammten überwiegend aus den Fotobeständen der alten Frau Doktor Breitkreuz. Leider hatte ihr Sohn seinen eigenen Fünfzigsten nun nicht mehr erlebt.

Und wer war auf den Gruppendias abgebildet?

»Warten Sie mal.« Der Rechtsanwalt hatte die Dias in der Kanzlei selbstverständlich nicht zur Hand. Aber er verfügte über ein gutes Gedächtnis. Er legte die Handflächen wie zum Beten aneinander, berührte die Lippen, schloß die Augen. Dann folgten im Stakkato Namen, die er aus seinem Gedächtnis fischte, während er die Dias durchging.

»Paul Breitkreuz – Hans Himmelheber – Vera Bach – Werner Simrock – Michael, also Michael Haas – K.O. Seidl – Anna Maria Krogler – einmal sogar ich – wieder dieselben, ohne Rainer und Hubert – wieder dieselben, ohne Vera – Thomas Ratzinger – Alfons Aschenbrenner – Ramona Lindinger – dann, warten Sie mal, wie hieß er noch, Johannes, und weiter? Ich weiß nicht mehr, der ist in der zehnten Klasse runter von der Schule und nie wieder zu einem Klassentreffen aufgetaucht – Heribert Kupitz – Cornelius Weigert – wieder dieselben, es sind in anderer Kombination immer dieselben – Ramona Lindinger und Susi Konrad, noch andere Mädels – ich glaube, das war's.«

Freya hatte die Namen notiert, die er genannt hatte. Sie würde sie später mit den Listen vergleichen. War Armin Prins eigentlich auch auf Breitkreuz' Beerdigung gewesen? Wenn ja, dann war er ihr nicht aufgefallen.

Der Rechtsanwalt schüttelte den Kopf und stand auf. Er habe am Freitag einen wichtigen Termin mit einem Mandanten gehabt und daher leider nicht am Begräbnis teilnehmen können.

Schade, sagte Freya, denn andernfalls hätte er ihr sicherlich sagen können, wer der Herr im hellen Anzug gewesen war, mit dem sie sich eine Zeitlang unterhalten hatte, ein Mitschüler und Mitministrant von Paul Breitkreuz.

Armin Prins schüttelte lächelnd den Kopf. Seine Familie sei evangelisch gewesen, die Mehrheit der Mitschüler hingegen katholisch. In Kirchendingen kenne er sich nicht aus, das habe ihn auch früher schon nicht interessiert.

»Aber warum fragen Sie nicht seine Mutter? Die alte Frau Breitkreuz hat ein exzellentes Gedächtnis. Sie kann sich mit Sicherheit daran erinnern, mit wem Paul damals befreundet war.«

Natürlich. Unter diesen Umständen kam Freya um einen zweiten Besuch bei der alten Dame nun doch nicht mehr herum.

37

Frau Dr. Breitkreuz hatte im Radio bereits von dem zweiten tragischen Mordfall gehört und erwartete die Kommissarin um sechs. Bis dahin hatte Freya noch eine Stunde Zeit. Sie setzte sich auf eine Bank im Alleengürtel und nahm sich das schwarze Buch mit den roten Ecken vor: Himmelhebers Aufzeichnungen zur Entstehung des Literaturhauses, die sie bisher nur flüchtig durchgeblättert hatte. Den Anfang kannte sie bereits. Kaufvertrag, Zusammenarbeit mit Breitkreuz, Freude über das gelungene Projekt. Die ersten Sponsoren, die Höhe der in Aussicht gestellten finanziellen Unterstützung. Vorläufige Programmentwürfe, Wochenendliteraturwerkstätten, Vorträge, mögliche Themen. Die Liste der Autoren, die Himmelheber gern zu einer Lesung einladen würde. Freya kannte die wenigsten Namen, stellte aber fest, daß sich darunter nur eine einzige Frau befand. Überlegungen, im Keller des Hauses eine kleine Druckerei einzurichten und vier bibliophile Bücher pro Jahr herauszubringen. Erste Kalkulationen. Auch kurze Notizen zu aktuellen Meinungsverschiedenheiten zwischen Himmelheber und Breitkreuz. Und zwischendurch Kommentare wie:

Schreiben, Handwerk oder Kunst? Kein Zweifel. Beides. Das eine ist nicht ohne das andere denkbar.

Oder: *Pressereaktionen gemischt, euphorisch bis skeptisch, Tenor: ein Zahnarzt und ein Professor, was dabei wohl herauskommt? Neue Löcher oder neue Füllungen? Amalgam oder Elfenbein? – Wer zuletzt lacht …*

Oder: *Ob wir die hohen Erwartungen erfüllen können?*

Ob die Regensburger das Literaturhaus annehmen? Ob das Ganze nicht zwanzig Jahre zu spät kommt? Oder zu früh? Falscher Zeitpunkt, falscher Ort, falsche Besetzung?

Oder: *Stichwort Creative Writing. Dringend darüber informieren, wie das in den USA läuft.* Am 16. Juli hatte Himmelheber verzeichnet: *Paul versucht, Lea Buchbinder für die Programmleitung zu lancieren. Bin meinerseits eher skeptisch. Eine Frau und zwei Männer, ein Pärchen und ein Junggeselle. Ein Mann wäre mir eindeutig lieber.*

Fünf Tage später fand Freya die Fortsetzung: *Tobias Seidl jetzt im Gespräch. In meinen Augen die bessere Lösung. Leider heftiger Streit mit Paul.*

30. Juli: HB-Treff, Paul immer noch verstimmt. Neue Dissenzen über die Namensgebung. Unverständnis bei Albrecht und Hubert. Soviel Energie für die Kunst? Gut, daß immerhin der Ossi voll hinter uns steht. Vor allem finanziell.

Und dann, am 21. August: *Heute mit Lea im Orphée. Bei einem Cappuccino reinen Tisch gemacht. Sie war völlig am Ende, hatte bereits allerlei Ideen auf Lager. Tat mir wirklich leid. Paul, dieser Feigling.*

Die nächste Eintragung folgte erst am 26. August, drei Tage nach Paul Breitkreuz' Ermordung: *Heute Termin mit dem Ossi wegen der Finanzen. Jetzt will er plötzlich selbst mitmischen! In Pauls Fußstapfen treten! Der hat ja wohl einen Vogel! Wir spielen doch nicht Monopoly, es geht hier um Bücher, und davon hat er keine Ahnung! Abgelehnt, setzen, sechs! Entsprechend verstimmt zog der Ossi ab. Hoffentlich zieht er jetzt nicht das Geld wieder raus.*

Freya runzelte die Stirn. Wer zum Teufel war denn dieser Ossi? Irgend jemand aus den neuen Bundesländern? Vielleicht einer der ehemaligen Klassenkameraden? Klar, es mußte jemand sein, der sich finanziell im Osten engagiert und bereichert hatte, ab und zu seinen Heimaturlaub antrat und sich bei dieser Gelegenheit beim Stammtisch im Hofbräuhaus sehen ließ. Es bestand kein Zweifel daran, daß der Mann Geld besaß. Es konnte sich demnach um einen der Sponsoren handeln. Und wenn Freya die Eintragung vom Mittwoch dieser Woche richtig interpretierte, dann hatte dieser Sponsor Interesse an einer Mitarbeit im Literaturhaus als Nachfolger von Paul Breitkreuz, was Himmelheber absurd fand und mit »Sechs« benotete – eine Anspielung auf die gemeinsame Schulzeit? Zu dumm, daß die Sponsorenliste im Büro auf dem Schreibtisch lag. In der Ferne hörte sie ein Donnergrollen. Sie stand auf und ging mit schnellen Schritten am Bahnhof vorbei in die Seniorenresidenz.

Frau Dr. Breitkreuz wirkte heute weniger verletzlich als vor einer Woche – und auch weniger starr. Als Freya um Punkt sechs an der grauen Wohnungstür im Seniorenheim klingelte, wurde sie wesentlich freundlicher empfangen als bei ihrem ersten Besuch. Daß nun auch Hans Himmelheber einem Mord zum Opfer gefallen und der Fall Breitkreuz somit zu einem Fall Breitkreuz-Himmelheber geworden war, machte die Angelegenheit allem Anschein nach weniger privat und auch weniger peinlich. Zwei Tote waren mehr als ein tragischer Trauerfall, sondern eine zunehmend ernste öffentliche Angelegenheit. Die Mithilfe aller war gefordert. Die alte Dame hatte einen Eistee zubereitet, auf dem Tisch lockte eine frische Konfektschachtel, aus der bereits zwei Pralinen entnommen waren, vielleicht, um diesbezügliche Hemmungen beim Gast abzubauen. Auch die Fotoalben lagen diesmal bereit. Die alte Dame stand der Kommissarin voll und ganz zur Verfügung.

Daß Himmelheber und Breitkreuz seit der Oberrealschule miteinander befreundet gewesen waren, wußte Freya. Allerdings war ihr die Intensität dieser Jungenfreundschaft neu. Frau Dr. Breitkreuz berichtete, Hans und Paul seien zusammen durch dick und dünn gegangen, zwar nicht ununterbrochen von der ersten bis zur neunten Gymnasialklasse, auch gute Freunde stritten sich hin und wieder, aber doch über einen langen Zeitraum hinweg. Vielleicht habe dabei auch eine Rolle gespielt, daß beide Jungen ohne Vater aufgewachsen waren. Damals sei eine alleinerziehende Mutter noch eine Rarität gewesen. Und es sei für sie selbstverständlich gewesen, der Mutter des besten Freundes ihres Sohnes unter die Arme zu greifen – natürlich nicht finanziell, obwohl Frau Himmelheber finanziell schlechter dastand als die Oberstudienrätin. Aber moralisch. Oder auch einmal mit einer neuen Hose, wenn die Jungen sich beim Klettern wieder nicht in acht genommen hatten. Auch habe Hans regelmäßig einmal pro Woche im Hause Breitkreuz zu Mittag gegessen. Und einmal habe sie den Jungen in den großen Ferien sogar auf einen Bauernhof nach Kärnten mitgenommen.

»Und aus beiden Buben ist etwas geworden«, sagte Frau Dr. Breitkreuz stolz, als stünden sie noch mitten im Leben. »Auch ohne Väter und obwohl ihre Mütter arbeiten gingen.« Insgeheim habe sie zwar bedauert, daß ihr Paul nicht auch ein Medizinstudium aufgenommen hatte wie Hans. Und sie habe es sich nicht verkneifen können, ihm das ab und zu vorzuhalten. »Ein Doktor med. ist eben doch etwas Nobleres als ein Doktor der Literaturwissenschaft«, sagte sie diesmal unumwunden, fügte aber rasch hinzu: »Aber im Tode sind alle gleich.«

Freya brachte das Gespräch auf die Fotos, die die alte Dame Armin Prins und Michael Haas für ihre Diashow zur Verfügung gestellt hatte. »Wenn man den Fotos glaubt, dann waren Paul und Hans oftmals nicht nur zu zweit unterwegs, sondern auch in einer größeren Clique.« Die Kommissarin nannte einige der Namen, die der Rechtsanwalt ihr genannt hatte: »Werner Simrock, Anna Maria Krogler, Alfons Aschenbrenner, Ramona Lindinger, Susi Konrad – wer gehörte sonst noch dazu? Erinnern Sie sich zufällig an einen gewissen Ossi?«

»Der Ossi? Aber natürlich erinnere ich mich an ihn. Paul hat ihm damals eine Zeitlang Nachhilfeunterricht gegeben, in Englisch und Mathematik, der Ossi war versetzungsgefährdet, und von dem Geld hat Paul sich mit sechzehn ein Moped gekauft. Aber auch der Ossi hat es weit gebracht seither.«

»Aber wieso denn Ossi?« Freya war verwirrt. »Waren seine Eltern Flüchtlinge aus der DDR?«

Die alte Dame sah sie erstaunt an, fing dann herzhaft an

zu lachen. Das Lachen ging über in ein Husten. Freya rutschte ungeduldig in ihrem Sessel vor und zurück.

»Der war doch nicht aus der Ostzone«, fuhr die alte Frau Breitkreuz fort, als ihr Husten sich gelegt hatte. »Wie kommen Sie nur darauf, der wurde doch nur so genannt. Warten Sie mal, wie hieß er eigentlich richtig? K. O. Seidl, das O steht für Oswald, und das K steht für, richtig, für Konrad. Aber seine Freunde nannten ihn damals alle Ossi, so heißt Oswald auf bayrisch.«

Freya starrte sie an und war einen Augenblick sprachlos. Der »Ossi« aus Himmelhebers Notizbuch war identisch mit dem Immobilienhändler K. O. Seidl? Nicht zu fassen. O wie Ossi ...

»Was schauen Sie mich denn so an? Was ist an diesem Namen so ungewöhnlich?« Sichtlich ungehalten zog die alte Dame ihre aufgemalten Augenbrauen hoch.

Seidl gehörten die Häuser in der Weingasse. Seidl war ein gewichtiger Sponsor des Literaturhauses. Seidls Sohn Tobias hatte Programmleiter im Literaturhaus werden sollen. Seidl hatte offensichtlich dafür bezahlt. Nach Breitkreuz' Tod hatte Seidl sich selbst als dessen Nachfolger ins Spiel bringen wollen, aber Himmelheber hatte ihn eiskalt abblitzen lassen. Seidl war mit Himmelheber und Breitkreuz in eine Schulklasse gegangen. Seidl war auf Himmelhebers fünfzigstem Geburtstag eingeladen gewesen, also stand er auch auf der Gästeliste. Aber weshalb hatten sie ihn dann nicht auf der Klassenliste gefunden? Kam Seidl als möglicher Täter in Frage? All das schoß Freya in Sekundenschnelle durch den Kopf. »Sie sagten eben, Seidl und Ihr Sohn gingen zusammen in einer Klasse?«

»Genau das sagte ich. Was ist daran so merkwürdig?« Die Frage klang fast ein wenig patzig.

»Weil ...« Freya erklärte ihr, sie hätten im Zuge der Ermittlungen die Abiturlisten der b-Klasse vom Jahrgang ihres Sohnes überprüft, einen Konrad Oswald Seidl jedoch nicht darauf gefunden.

Frau Dr. Breitkreuz sah sie vorwurfsvoll an. »Na, sitzengeblieben ist er eben, der Ossi, und deshalb mußte er von der Schule abgehen, seine Eltern wollten das so. Nach der zehnten oder nach der elften Klasse.«

Natürlich. Auf diese Idee hätten sie aber wirklich von selbst kommen können.

»Manche Kinder sind nun einmal auf dem Gymnasium fehl am Platze. Das war im Albrecht-Altdorfer-Gymnasium, an dem ich tätig war, nicht anders, aber die meisten Eltern wollen das nicht wahrhaben, und das Kind quält sich nur unnötig ab, wie der Ossi damals, obwohl Paul sich bei den Nachhilfestunden so viel Mühe gegeben hat.«

»Waren Ihr Sohn und Hans Himmelheber denn mit Konrad Oswald Seidl befreundet?«

Nein, so könne man das wiederum auch nicht sagen. Der Ossi sei zwar eine Zeitlang jeden Nachmittag bei ihnen vorbeigekommen, nicht nur zu den Nachhilfestunden, und er habe immer Geld in der Tasche gehabt und Süßigkeiten oder die neuesten Schallplatten mitgebracht. »Sein Fahrrad war immer eine Nummer schicker und teurer als das von Paul«, sagte die alte Dame. »Außerdem hatte ich immer den Verdacht, daß der Ossi es war, der damals die ersten Zigaretten eingeschmuggelt hat. Er wollte um jeden Preis mit dazugehören und hat sich entsprechend lieb Kind gemacht bei Hans und Paul. Aber die zwei haben sich nicht bestechen lassen und zusammengehalten wie Pech und Schwefel.« Sie sah Freya an und lächelte ein verliebtes Mutterlächeln. »Sie waren beide Bücherwürmer, sind eine Zeitlang jeden Tag in die Stadtbücherei, haben sich Gedichte vorgelesen und große Pläne zu irgendeinem literarischen Werk geschmiedet, das sie schreiben wollten. Kindereien eben. Jugendträume. Aber den anderen Mitschülern ist es nie gelungen, sich zwischen sie zu schieben. Und wenn es jemand versucht hat, dann haben sie ihn abblitzen lassen. Bis zur Tanzschulzeit ging das so. Danach sahen Hans und Paul sich nicht mehr täglich. Als die Mädchen ins Spiel kamen, Vera und Johanna und Anja und wie sie alle hießen.«

»Wissen Sie zufällig, wie es mit Herrn Seidl weiterging, als er die Schule verlassen mußte?«

»Paul hat ja nie viel erzählt. Aber es dürfte für den Ossi kein Beinbruch gewesen sein, er stammt schließlich aus einer angesehenen, alteingesessenen Regensburger Familie, der eine Reihe von Häusern in der Altstadt gehören, also, arm waren die nicht, der Großvater war schon Richter, der Vater Staatsanwalt, nach dem Krieg ist er in die Politik gegangen.«

»Wissen Sie, ob Ihr Sohn später wieder mit Seidl Kontakt hatte?«

»Das ist gut möglich. Paul hat einmal diesen Ehemaligenstammtisch erwähnt. Außerdem steht der Name Seidl ja im Zusammenhang mit Altbausanierungen ständig in der Zeitung.«

»Hat Ihr Sohn sich mit ihm getroffen?«

Frau Dr. Breitkreuz runzelte jetzt deutlich entnervt die Stirn. »Ich habe Ihnen doch schon gesagt, daß mein Sohn mir sehr wenig erzählt hat. Außerdem dachte ich, Sie seien wegen der Fotos gekommen. Und jetzt hört es sich auf einmal so an, als würden sie Herrn Seidl verdächtigen, einen stadtbekannten Mann. Was soll denn der Ossi um Himmels willen mit dem Tod von Paul und Hans zu tun haben?« Frau Dr. Breitkreuz war alarmiert. Das Gespräch nahm eine Wendung an, die ihr nicht gefiel. Der Schulkamerad von einst, dem sie sicherlich mehr als einmal ein Glas Limonade eingeschenkt hatte, noch dazu eine Stütze der Gesellschaft – stand er denn womöglich im Verdacht, ihren Sohn erschossen zu haben?

Freya versuchte sie zu beruhigen. Niemand stehe unter Verdacht, sie sammele nur Informationen über ehemalige Klassenkameraden. Aber die Kriminalpolizei sei froh über jeden noch so kleinen Hinweis. Vielleicht könne Frau Dr. Breitkreuz ihr beispielsweise auf die Sprünge helfen, wer dieser Mann im hellen Anzug auf der Beerdigung ihres Sohnes gewesen sei, mit dem sie sich eine Weile unterhalten hatte. »Er hat gesagt, er sei ein ehemaliger Mitschüler und ›Mitministrant‹ Ihres Sohnes.«

»Der Hartl-Xaver natürlich.« Das kam wie aus der Pistole geschossen. »Mitministrant« war das Schlüsselwort. »Seine

Mutter lebt auch hier im Seniorenheim, am Ende des Flurs.« Frau Dr. Breitkreuz zog die Augenbrauen hoch und verwandelte sich augenblicklich von einer würdevollen alten Dame in eine hochmütige Gräfin. »Seit dem Tod ihres Mannes wohnt sie hier, seit über zehn Jahren, schon viel länger als ich. Sie müßten sie gesehen haben, sie war zur Beisetzung gekommen. Frau Hartl redet mir zu viel. Aber der Sohn ist ein netter Mann. Er besucht sie regelmäßig zweimal in der Woche.«

Natürlich. Freya erinnerte sich an die alte Frau vom Friedhof, die sie draußen vor der Tür nach ihrem ersten Besuch im Seniorenheim in ein Gespräch verwickelt hatte. Und sie erinnerte sich auch an die unerträgliche Mischung aus ekelerregendem Fleischgeruch, Baustellenlärm und großer Erschöpfung nach dem ersten Gespräch mit Paul Breitkreuz' Mutter. Paul und mein Sohn haben zusammen die Schulbank gedrückt, hatte die gehbehinderte alte Frau gesagt.

»Herr Hartl hat mir auf dem Friedhof erzählt, er sei eine Zeitlang eng mit Ihrem Sohn befreundet gewesen. Sie hätten über Gott und die Welt diskutiert. Aber wenn ich Sie richtig verstanden habe, sagten Sie vorhin, außer der Freundschaft mit Hans Himmelheber ...«

Unwirsch unterbrach die alte Dame sie. »Paul hat ihn jedenfalls nie zu uns nach Hause mitgebracht. Und über alles weitere bin ich nicht im Bilde. Alles, was ich über Xaver Hartl weiß – vollständig heißt er ja Franz Xaver Hartl, ein Zungenbrecher, finden Sie nicht? –, weiß ich von seiner Mutter. Verdächtigen Sie ihn etwa ebenfalls? Suchen Sie gleich zwei Mörder?«

Franz Xaver Hartl, überlegte Freya, jetzt, wo sie den Zungenbrechernamen hörte, klang er vertraut, vertrauter jedenfalls als in gedruckter Form auf der Abiturliste, wo sie ihn mit Sicherheit gelesen hatte, ohne darüber zu stolpern.

»Er hat mit Paul zusammen studiert«, fuhr Frau Dr. Breitkreuz fort, vielleicht um auch diesen Verdacht vorbeugend zu entschärfen. »Er trägt sogar einen Doktortitel. Aber nach der Promotion hat er über Nacht alles hingeschmissen. Später hat er eine Stelle als Hausmeister oder so etwas Lächerliches angenommen. Frau Hartl leidet noch heute darunter. In der Beziehung ist sie wirklich nicht zu beneiden.«

Diesmal lautete das Schlüsselwort »Hausmeister«. Franz Xaver Hartl hieß doch der Hausmeister aus dem Haus in der Weingasse, von dem aus der tödliche Schuß auf Breitkreuz abgegeben worden war. Der Hausmeister aus der Weingasse – ein Klassenkamerad von Breitkreuz und Himmelheber? Warum nicht. Schließlich brachte eine Abiturklasse nicht nur Juristen, Mediziner, Architekten, Professoren, Wissenschaftler hervor. Da waren auch die Buchhändlerin, der Goldschmied, der Taxifahrer. Und eben ein Hausmeister. Nur daß Freya und ihre Kollegen in ihrem eigenen unterschwelligen Dünkel nicht darauf gekommen waren.

Frau Dr. Breitkreuz hatte sich keineswegs getäuscht. Seidl und Hartl waren durch die von ihr gelieferten Informationen gleichermaßen in den engeren Kreis der Verdächtigen aufgerückt. War nur zu hoffen, daß nicht beide Spuren wieder im Sande verliefen – beziehungsweise mit einem weiteren Mord endeten.

Freya bedankte sich bei der alten Dame für ihre Bemühungen, ließ sich zum Abschied noch eine Praline aufnötigen, stand auf und warf automatisch einen Blick auf die Uhr. Halb acht! Siedend heiß fiel ihr ein, daß sie um sechs mit Ines im *Spitalgarten* eine Verabredung gehabt hatte. Das hatte sie im Eifer des Gefechts völlig vergessen. Wie peinlich! Wie unangenehm! Sie selbst haßte es, versetzt zu werden. Die regennasse Straße jedoch erinnerte sie daran, daß sich während ihres Gesprächs mit der alten Dame ein heftiges Gewitter über der Stadt entladen hatte. Wahrscheinlich war Ines gar nicht in den *Spitalgarten* gegangen, dachte sie halbwegs beruhigt.

38

Als Ines nach Hause kam, war sie außer sich vor Aufregung. Tom hatte Pflaumenkuchen gekauft, der hierzulande Zwetschgendatschi hieß, aber beides, der Kuchen wie diese merkwürdige Bezeichnung, ließ sie völlig kalt, ebenso Toms farbenfrohe Schilderung der Zillefahrt: der Motor war auf der Höhe vom Schwalbennest ausgegangen und nicht wieder angesprungen, weshalb Tom den Rückweg paddelnderweise zurücklegen mußte. Dabei sei er seinen Zorn im Schweiße seines Angesichts losgeworden, sagte er. Sollten die anderen doch so viele erstklassige Berufe, Zweitboote, Dritthäuser und Viertfrauen haben, wie sie wollten – er sei mit dem glücklich, was das Leben ihm biete, mit Ines, Johnny, dem *Oblomow*, der alten, neuen Heimatstadt, mit der Zille natürlich, aber auch mit den vielen Umwegen und Unwägbarkeiten des eigenen, wohlgemerkt: des eigenen Weges.

Ines war zwar froh, daß Tom sein inneres Gleichgewicht wiedergefunden hatte, in Gedanken aber war sie viel zu sehr mit einem anderen Mann beschäftigt, der sich offenbar nicht so leicht mit seinem Schicksal ausgesöhnt hatte.

»Weißt du noch, vorgestern, als wir vom *Oblomow* nach Hause gegangen sind, da ist uns doch in der Tür so ein Typ begegnet.«

»Ja und, was ist mit dem?«

»Du hast gesagt, er sei ein ›Hänger‹. Was hast du damit eigentlich gemeint?«

»Na, ein Hänger ist doch jemand, der ständig rumhängt und nichts auf die Beine stellt.«

»Meinst du beruflich?«

»Was soll das denn auf einmal?« Tom schlug spielerisch einen drohenden Tonfall an. »Willst du mir meine gute Laune etwa gleich wieder mit norddeutscher Pingeligkeit verderben?«

»Ich möchte nur wissen, wer der Typ ist.«

»Ich dachte, du kennst ihn.«

»Nur vom Sehen.«

»Er kommt fast jeden Tag vorbei, trinkt Milchkaffee, liest Zeitung, geht wieder. Wohnt wohl irgendwo in der Nähe.«

»Das ist alles? Ich dachte immer, hier kennt jeder jeden.«

»Sehr witzig.«

»Trotzdem finde ich es nicht fair, wenn ausgerechnet du ihn Hänger nennst, nur weil er in deinen Augen nichts Sichtbares auf die Beine gestellt hat.«

Tom nahm sie fest in die Arme, sah ihr in die Augen: »Wo du recht hast, hast du recht. Auch wenn es mir nicht immer recht ist. Aber was soll's. Ich werd's nie wieder sagen. Sonst nennst du mich irgendwann auch noch so. Und ein Hänger« – er küßte sie – »will ich wirklich« – er küßte sie wieder – »nicht sein.« Dann küßte er sie lange.

Es tat gut, so hatten sie sich lange nicht mehr geküßt. Unter anderen Umständen hätte sie jetzt alles um sich herum vergessen können. Unter anderen Umständen, wie gesagt. Jetzt jedoch konnte Ines es kaum erwarten, daß Tom und Johnny gegen drei endlich Leine zogen.

Zuerst telefonierte sie mit Ruth Hinze aus dem literaturwissenschaftlichen Seminar und bedankte sich für die Vermittlung des Tippjobs. Dann erkundigte sie sich wie nebenbei danach, ob Ruth Hinze sich eigentlich noch an einen gewissen Franz Xaver Hartl erinnern könne. Der sei ihr einmal auf einem Symposium in Berlin über den Weg gelaufen, log sie. Er habe damals einen interessanten Vortrag über Peter Weiss gehalten.

Selbstverständlich erinnerte sich die Sekretärin noch an »den Hartl«. Es habe ihr damals ja so leid getan, daß er gegen Paul Breitkreuz den kürzeren gezogen hatte. Aber schließlich hatte nur einer der beiden Doktoranden die Stelle als wissenschaftlicher Mitarbeiter bekommen können. Franz Xaver Hartl habe das nur schwer verkraftet. Es sei immer wieder traurig, wenn jemand so hart an einer Sache gearbeitet hatte und dann nicht den gewünschten Erfolg verbuchen konnte. Aber es gebe nun einmal nur wenige Stellen an der Universität, da könnten nicht alle zum Zuge kommen, manchmal spielten Beziehungen eine Rolle, manchmal war einfach Glück mit im Spiel.

Und damals? Was hatte damals eine Rolle gespielt? Glück, Beziehungen, Qualität?

Das wisse sie jetzt nicht mehr so genau, erwiderte Ruth Hinze ausweichend. »Das ist ja alles schon so lange her. Zwanzig Jahre mindestens. Wenn nicht noch länger. Da fließt viel Wasser die Donau hinunter. Aber es beruhigt mich doch sehr zu hören, daß der Hartl am Ball geblieben ist. Zuerst sah das nämlich ganz anders aus, er hatte Depressionen, wir haben uns alle Sorgen um ihn gemacht, aber plötzlich war er wie vom Erdboden verschluckt.« Berlin habe Ines gesagt? Also hatte er an einer anderen Universität eine Stelle bekommen. Wie schön. Daß Breitkreuz ihr das nie erzählt hatte.

Das nächste Telefonat in Angriff zu nehmen, fiel Ines bedeutend schwerer.

Ein Treffen mit Franz Xaver Hartl würde sich zweifelsohne in einer der folgenden Varianten abspielen: Version eins: Sie sitzen einander gegenüber wie zu einem Pläuschchen beim Kaffee, sie stellt bei der zweiten Tasse ihre Mordthese in den Raum, so wie sie zuvor das Stückchen Würfelzucker im Türkentrank versenkt hat, und der Hausmeister zieht daraufhin ebenso seelenruhig die Pistole unter dem Sofakissen hervor, zielt, drückt ab, nicht auszudenken ... Version zwei: Er sitzt auf dem Sofa, starrt vor sich hin, ist geradezu zerschmettert von den beweiskräftigen Indizien, sieht sich einer Schuld überführt, die ihm erst jetzt in ihrem vollen Ausmaß bewußt wird, er wirkt apathisch, jemand muß sich um ihn kümmern, vielleicht sollte sie den Arzt holen – was hat sie nur angerichtet, ein Leben zerstört, die Trümmer treffen auch sie ... Version drei: Gänzlich unerschüttert, mustert er sie ein wenig mitleidig, als habe er noch nicht entschieden, ob er sie eher für unzurechnungsfähig oder für latent gewalttätig halten soll, ihre Anwürfe platzen wie Seifenblasen – und sie kommt sich ausgesprochen dämlich vor ...

Seine Reaktion war schlichtweg nicht vorherzusehen. Wenn Ines ihre Phantasie spielen ließ, geriet die Konfrontation ihr allzu folgenreich. Sie zog die räumliche Distanz vor, schlich dann aber noch lange Zeit um das Telefon herum, sah aus dem Fenster, legte sich Sätze zurecht, die sie dann wieder verwarf.

Sollte sie sagen: »Ich weiß jetzt, daß Sie Franz Xaver Hartl heißen und mit Paul Breitkreuz in eine Klasse gegangen sind. Warum haben Sie mir das bei unserer ersten Begegnung verschwiegen?«

Er würde antworten: »Warum sollte ich es erwähnen? Das ist doch kein Geheimnis!«

Sie könnte sagen: »Ich weiß jetzt, daß Paul Breitkreuz Ihnen vor vielen Jahren eine Stelle an der Uni weggeschnappt hat.«

Er würde abwinken: »Aber das sind doch Kamellen von vorvorgestern. Worauf wollen Sie hinaus?«

»Sie sind danach Hausmeister geworden, nicht wahr?«

»Ja.«

»Haben Sie da nicht unterschwellig einen großen Groll auf den in vieler Hinsicht erfolgreicheren Professor Breitkreuz gehegt, mit dem Sie seinerzeit im gleichen Startloch hockten?«

Er, belustigt: »Sie meinen, ich hätte ihn so gehaßt, daß ich zwanzig Jahre lang warte, bis ich ihn erschieße? Diese Genugtuung hätte ich ein wenig früher haben können, finden Sie nicht? Wenn jeder gleich jeden erschießen wollte, der ihm einmal eine Stelle vor der Nase weggeschnappt hat, dann gäbe es sicherlich keine Arbeitslosen mehr.«

Sie, listig: »Es wundert mich sehr, daß Sie beide gleichzeitig über denselben Schriftsteller promoviert haben. War das als Art Wettkampf gedacht?«

Er, belehrend: »Ein Schriftsteller wie Peter Weiss bietet genügend Diskussionsmaterial für Dutzende Promotionen.« Dann larmoyant und selbstgefällig: »Paul Breitkreuz hat allerdings die wahren Dimensionen im Werk von Peter Weiss nie verstanden. Für ihn war es nur ein Karrieresprungbrett.«

»Und Sie sind untergegangen?«

»Ich habe ein zweites Leben als Hausmeister begonnen.«

Sie könnte es auch komplett anders anfangen. Zum Beispiel so: »Woher wußten Sie, daß ich ein kleines Kind habe?«

»Das haben Sie doch selbst erwähnt.«

»Habe ich nicht.«

»Na gut, vielleicht haben Sie recht, Sie haben das wirklich nicht erwähnt. Wahrscheinlich habe ich Sie schon einige Male mit dem Kinderwagen in der Altstadt gesehen. Die roten Haare fallen auf.«

»Bei unserer ersten Begegnung waren sie noch blond.«

»Ach ja? Nachts sind alle Katzen grau.«

»Nachts? Sie haben mich also vom Fenster aus beobachtet, als ich Breitkreuz zugehört habe, stimmt's?«

»Eins zu null für Sie. Ich habe ja selbst auch zugehört. Mit großem Genuß. Paul konnte so wunderbar vorlesen.«

»Sie haben über Peter Weiss promoviert?«

Er, gebauchpinselt: »Interessiert es Sie? Wenn Sie möchten, gebe ich Ihnen meine Arbeit gern zu lesen.«

Völlig lächerlich. Eine andere, nicht weniger absurde Variante:

Er: »Seit jenem Abend weiß ich, daß auch Sie gern zuhören, wenn jemand vorliest. Vielleicht könnten wir uns gegenseitig ... Wissen Sie, meine Frau schläft immer sofort ein.«

Sie, den Hinweis aufgreifend, knallhart: »Wie am Tatabend. Und das haben Sie benutzt, um sich aus der Wohnung zu schleichen.«

Er: »Aber wo denken Sie hin.«

Ja, wo dachte sie hin, während sie weiterhin ihre Kreise um das Telefon zog, so wie sie sonst mit Johnny vor dem Bauch durch die Zimmer lief – als wollte sie etwas in sich besänftigen und in den Schlaf wiegen, ihre Angst vielleicht. Und die kurzen Szenen, die sie dazu erfand, dienten der Beschwörung durch Worte, sollten die Furcht verjagen.

Es könnte beispielsweise auch so laufen: Sie sagt mit zitternder Stimme, weil es nur zur Hälfte stimmt und weil schon diese Hälfte ihr Schwindel bereitet und die Angst eben doch nicht schläft: »Ich weiß jetzt alles. Fast alles.«

Er rettet sie. Nach kurzem Schweigen sagt er auf klassische, gefaßte, wortkarge Weise mit seiner dunklen Stimme: »Das ist gut so. Ich habe auf Sie gewartet.«

»Aber warum ausgerechnet Breitkreuz?«

»Er hat mein Leben zerstört.«

Ein wenig Melodramatik schadete nie. Jedermann liebte das.

»Ist dafür nicht jeder selbst verantwortlich?«

»Na ja …«

»Und Himmelheber?«

Sie möchte eine Antwort, das vor allem – aber viel mehr noch als eine Lösung der Geschichte und das Dingfestmachen des Verantwortlichen möchte sie eine Erklärung.

Er tut ihr den Gefallen, ist jetzt mitteilungsbedürftig, möchte sich erklären, eine Beichte ablegen: »Wissen Sie, wie das ist, wenn einem die Mutter jahrein, jahraus unter die Nase reibt, wie erfolgreich die anderen sind, haben Sie so eine Mutter, kennen Sie das, dieses dauernde Nörgeln, dieses Vergleichen, und man selbst ist natürlich der Schlappschwanz, der Idiot, der Dummkopf, von Anfang an, nie kann man es ihr recht machen, sie zaubert immer wieder einen aus dem Hut, der strahlender glänzt, mal ist es Himmelheber, mal Breitkreuz, während man selbst in einer Tour kaputte Glühbirnen austauscht, verstopfte Toiletten wieder funktionstüchtig macht und sich zu allem Überfluß auch noch das Gemecker der Mieter anhören muß.«

»Wie wäre es mit einem Abschied von den Eltern?«

»Mir fehlen die Fluchtpunkte.«

»Vielleicht fehlte Ihnen eher der Mut, in eine andere Stadt aufzubrechen, woanders ganz neu anzufangen?«

»Ich wollte nie in einer anderen Stadt leben als in dieser.«

»Sie hätten einen anderen Weg suchen können.«

»Ich wollte auch nie einen anderen Weg.«

»Als zum Mörder zu werden?«

Und schon wäre er überführt. Bliebe nur noch die Frage nach der Tatwaffe.

»Seit der Ostöffnung kein Problem.«

»Und wo ist die Waffe jetzt?«

»In der Donau …«

Ines stöhnte auf, ließ sich in den Sessel fallen. Schlecht, superschlecht – das waren alles nur kitschige Dialogfetzen aus banalen Fernsehfilmen, eine spießige Wohnung, ein dunkler U-Bahn-Schacht, ein verlassener Nordseestrand im Januar, die Möwen kreischen, eine Welle rollt heran, zwei Menschen allein vor Gott und der Welt und dem Bildschirm, Schnitt, Ort der Handlung jetzt Regensburg, neue Kameraeinstellung: Steinerne Brücke, Begegnung bei Nacht, in der Tiefe gurgeln die Strudel, und dann diese zurechtgefeilten Geständnisse, damit zu guter Letzt und nach begangenen Untaten alles wieder seine Richtigkeit hat, damit die Geschichte rund wird und der Faden rot, die Täter einen Hauch Menschlichkeit zugewiesen bekommen, aber wirklich nur einen Hauch, denn man will zwar ihr Tatmotiv wenigstens ansatzweise nachvollziehen, sich gleichzeitig aber davon distanzieren können, und plötzlich ertönt ein Schuß, einer der beiden kippt über das Geländer, Selbstmord oder ein weiterer Mord, oder anders, kein Schuß, die beiden gehen auseinander, einer, in diesem Fall ein Mann, in die eine Richtung, der andere, in diesem Fall eine Frau, in die andere Richtung, Musik setzt ein, die wie aus der Donau aufzusteigen scheint, Kamerafahrt über den Fluß bei Nacht – stille Wasser, die sind tief.

Er war es nicht, Ines. Mach dir nichts vor. Dein vermeintlicher roter Faden ist nichts weiter als eine Folge locker verknüpfter Beobachtungen.

Aber er hätte so leicht Zutritt zu der Wohnung gehabt. Und einen idealen Fluchtweg. Und ein nachvollziehbares Motiv!

Vergiß nicht den Mord an Himmelheber.

Ich frage ihn einfach, wo er gestern abend gewesen ist.

Du nimmst jetzt den Hörer und wählst die Nummer der Kriminalpolizei und verlangst deine Nachbarin, und dann erzählst du ihr alles, was du herausgefunden hast. Vielleicht helfen deine Beobachtungen ja wirklich weiter.

Und wenn nicht?

Dann warst du immerhin eine aufmerksame Bürgerin,

hast gut beobachtet, scharf kombiniert, aber den Rest überläßt du besser den Profis. Du hast wirklich dein Bestes gegeben.

Mein Bestes? Drei plus zur Abwechslung, willst du wohl damit sagen.

Ines nahm den Hörer ab und begann zu wählen. Dann überlegte sie es sich anders. Sie sah auf die Uhr. Es war jetzt Viertel nach vier. Halb sechs wollte Tom mit Johnny zurück sein. Um sechs hatte sie eine Verabredung mit Freya im Biergarten. Solange konnten die Enthüllungen warten. Und bis dahin blieb noch Zeit für einen kleinen Spaziergang in die Weingasse ...

39

Es hatte am späten Nachmittag wieder ein Gewitter gegeben. Diesmal jedoch war die Luft hinterher spürbar abgekühlt. Angenehm nach der langen Hitzeperiode, aber auch ein erster Hauch von Herbst. Freya saß in Hose und Pullover auf dem kleinen Küchenbalkon. Sie mußte dringend in aller Ruhe nachdenken, wenigstens den Versuch machen, Ordnung in die Informationen, Beobachtungen, Indizien und Namen zu bringen, die sich in der ganzen letzten Woche, ja vor allem im Verlauf dieses einen Tages angesammelt hatten. Ein Hund bellte. Ab und zu tauchten die Scheinwerfer eines Autos auf und verschwanden wieder in der Nacht. Im Grunde tappen wir nach wie vor im dunklen, dachte Freya. Ab und zu gibt es ein Zeichen, das kurz aufleuchtet und dann wieder verblaßt. Eine Art Sternschnuppe. Was darf ich mir wünschen? Wer soll heute der Mörder sein?

Seidl, den bisher niemand auf der Rechnung hatte, der im Literaturhaus bei zwei ehemaligen Klassenkameraden für seinen Sohn einen Job besorgt, dabei Lea Buchbinder ausbootet, und schließlich im Literaturhaus an Himmelhebers Seite in Breitkreuz' Fußstapfen treten will? »Er stammt aus einer angesehenen, alteingesessenen Regensburger Familie«, hörte Freya im Geiste die alte Frau Dr.

Breitkreuz noch einmal auf ihre dünkelhafte Manier sagen, »arm waren die nicht, der Großvater war schon Richter, der Vater Staatsanwalt, nach dem Krieg ist er in die Politik gegangen.« Und was war die Mutter, dachte Freya automatisch, nichts zum Eindruckschinden vermutlich, Hausfrau und Mutter, ohne Doktortitel. Doch diese Auslassung fiel nicht weiter auf, nicht einmal dieser gebildeten, beruflich erfolgreichen, ehemals alleinerziehenden Frau Doktor der Naturwissenschaften fiel das auf, und Freyas Mutter, gelernte Schneiderin, und ihr Vater redeten genauso: Im Urlaub lernte man einen Herrn Doktor Soundso kennen, der war Internist, oder einen Herrn Doktor Anderswo, der war ein hohes Tier bei einer großen Firma, einen Oberst a. D. Niemals waren es Bäcker, Kraftfahrzeugmechaniker, Taxifahrer oder Briefträger, von denen nach einer Urlaubsreise berichtet wurde, obwohl sie vermutlich ähnliche Reiseziele ansteuerten. Aber man strebte eben nach Höherem und schmückte sich gern damit, vermeintlich wichtige, erfolgreiche, wohlhabende Leute zu kennen, Männer, versteht sich – ihre Ehefrauen waren natürlich ebenfalls im Urlaub mit dabeigewesen, doch die wurden allenfalls in einem Nachsatz erwähnt. Der Erfolgsdruck hinter dieser Haltung war immens – und nicht jeder hielt diesem Druck stand. Breitkreuz jedenfalls hatte sich geweigert, die ambitionierten Karriereträume seiner Mutter zu erfüllen, und den Ehrgeiz und Erwartungsdruck auf andere Ebenen verlagert. Himmelheber hatte sich als unehelicher Sohn einer Krankenschwester nach dem Studium hochgearbeitet und sich auf dem Gipfel des Ruhms für die Verwirklichung seiner wahren Leidenschaft entschieden. Und »Ossi«, K. O. Seidl, Sohn reicher Eltern, der von diesen schon nach einmaligem Sitzenbleiben dazu gezwungen worden war, das Gymnasium zu verlassen, was war mit ihm?

Ist Hartl der Mörder, Hartl, Hausmeister in einem Altstadthaus, das Seidl vor kurzem gekauft hat, um es in Luxuseigentumswohnungen zu verwandeln, Hartl, der im hellen Anzug auf Beerdigungen erscheint und sich bei den

Vernehmungen mit keinem Wort dazu äußert, daß er das Mordopfer aus der Schulzeit, ja sogar vom Studium her kennt? Auf der Gästeliste des fünfzigsten Geburtstags hatte Freya ihn jedenfalls nicht gefunden, was sie nicht weiter verwunderte. Er wäre nicht »salonfähig« gewesen. Noch einer, der dem permanenten Druck nicht standgehalten hatte, dachte sie. Aber was hatte Hartl dazu gebracht, nach der erfolgreichen Promotion ausgerechnet eine Stelle als Hausmeister anzunehmen? Hatte er an der Uni nichts gefunden und sich deshalb pragmatisch einen anderen Job gesucht, der für ihn über die Jahre zum Dauerarbeitsplatz geworden war?

Vera Bach, die »femme fatale« zweier Schulfreunde, wie Popp sie genannt hatte, die nun innerhalb einer Woche gleich zwei Männer verloren hatte und deren Alibi zwischenzeitlich ins Wanken geraten war, kam mittlerweile als Täterin nicht mehr in Betracht. Kurz nachdem Freya nach Hause gekommen war, hatte Popp angerufen, um sie über das Gespräch mit Vera Bach zu unterrichten. Die diesmal ein todsicheres Alibi hatte: Sie war am Sonntagabend im Kreise ihrer drei Kinder zu Hause gewesen. Die Nachricht vom gewaltsamen Tod Hans Himmelhebers hatte sie, wie Popp sich ausdrückte, »regelrecht umgehauen«. Die Kinder hatten einen Notarzt gerufen, der ihr Beruhigungsspritzen geben mußte.

Götz hatte sich ebenfalls vor einer halben Stunde gemeldet und von Werner Simrocks offener Verachtung für Breitkreuz und Himmelheber erzählt, die Simrock jedoch zu unverhohlen äußerte, um Verdacht zu erregen. Professor Dr. Kupitz, Chirurg am Uniklinikum, habe etwas von Obsession für Literatur gesagt. »Wenn Sie nach einer Gemeinsamkeit der beiden Opfer suchen, dann suchen Sie nicht nach einer Frau. Die Obsession für Literatur ist es, die sich in einer Linie von damals bis heute durchzieht.«

Schön und gut. Gut und schön. Aber was sollte Freya damit anfangen, abgesehen davon, daß ihr der Satz nicht mehr aus dem Kopf ging und ihre Intuition beim Chef derzeit hoch angeschrieben war? Was konnte sie, eine Krimileserin mit einem nicht unbedingt überwältigenden Hang zu Obsessionen, mit dieser Aussage anfangen? Das Wort erinnerte sie an Viktors Aftershave – bei einer Fahrradtour offenbar entbehrlich, er hatte es im Badezimmer vergessen, und sie stellte fest, daß der Gedanke an Viktors Rückkehr sie über alle Maßen zu freuen begann. Wenn nur die beiden Morde bis dahin aufgeklärt waren …

Was war denn wirklich wichtig! Breitkreuz' Frauengeschichten, Himmelhebers Büchergeschichten? Mögliche Widersacher oder Konkurrenten? Die Universität? Das Literaturhaus? Die gemeinsame Schulzeit? Knutschereien, Keilereien, Klassenpartys, Klassenkämpfe, Klassenbücher, Bootsfahrten und Lagerfeuer an der Donau, Fahrradausflüge, Kinobesuche, Tennisunterricht, Fußballtraining, Ministranten, Obsessionen – das Baby von oben begann zu schreien und erinnerte Freya wieder daran, daß sie ihre Nachbarin heute schnöde versetzt hatte, Gewitter hin oder her.

Als Freya kurz vor acht nach Hause gekommen war, hatte sie unverzüglich bei Ines geklingelt. Sie hatte sich entschuldigen und erklären wollen, weshalb sie die Verabredung im Biergarten vergessen hatte. Doch es hatte niemand geöffnet. Sie hatte daraufhin einen Zettel durch den Briefschlitz geworfen. Inzwischen mußte oben jemand nach Hause gekommen sein und ihre Nachricht vorgefunden haben. Na egal, die Frage nach der rothaarigen oder hellblonden Zeugin mit Kinderwagen hatte auch bis morgen Zeit.

Das Telefon klingelte. Es war noch einmal Popp, der aus einer Kneipe anrief. Im Hintergrund hörte Freya Stimmengewirr und laute Musik.

»Ich versteh kein Wort!« schrie sie. »Kannst du nicht rausgehen?«

»Warte mal.«

Sie hörte ein Klappern, der Hintergrundlärmpegel nahm ab. »Gibt's was Neues?«

»Nein.«

Freya hielt den Hörer in der Hand, sagte aber nichts und

fragte nichts. Auch Popp schwieg. Jeder schien vom anderen zu erwarten, daß er beziehungsweise sie an ihre leidenschaftliche Begegnung anknüpfte, die nur zwei Tage zurücklag. Doch wenn Freya sich Popp am anderen Ende des Telefons leibhaftig vorstellte, war der Liebhaber völlig in den Hintergrund gerückt, und sie hatte statt dessen den gewitzten, liebenswürdigen Kollegen vor Augen, den großen Jungen, der den beruflichen Alltag mit seinen pfiffigen Kommentaren ein wenig angenehmer machte. Sie brach das Schweigen als erste. »Wo bist du überhaupt?«

»Im *Orkan*. Und du?«

»Sehr witzig. Zu Hause natürlich.«

»Willst du nicht auf ein Bier vorbeikommen?«

»Ich trinke gerade Weißwein.«

»Dann eben auf einen Wein.«

»Lieber ein andermal.«

»Lieber so wie früher?« fragte er nach langem Schweigen.

»Ich weiß es nicht.« Das war gelogen. Sie wußte es sehr wohl. Und er wußte es vermutlich auch.

»Dann bis morgen.«

»Ja, bis morgen.«

Kaum hatte Freya aufgelegt, klingelte das Telefon erneut. Diesmal war es Viktor. Er kündigte ihr ohne viele Worte seine Rückkehr an. Seine Stimme klang vertraut. Und sie klang, als würde er sich aufrichtig freuen. Sie verabredeten sich um sechs im *Oblomow*. Hoffentlich kommt mir bei diesem Termin nicht wieder etwas dazwischen, dachte Freya, als sie aufgelegt hatte.

40

K. O. Seidl bewohnte eine luxuriöse Villa im Westen der Stadt, wußte Popp auf der Hinfahrt zu berichten. Mit Blick auf die Donau und die Winzerer Höhen. Rosengarten, Tennisplatz, überdachtem Swimmingpool. Zwölf Zimmer, eine Ehefrau, zwei Kinder, einer davon Tobias Seidl, zur

Zeit auf Segeltörn in der Ägäis, ein Hausmädchen, aber keine Haustiere. Von wem er diese Informationen habe?

»Gerstenthaler weiß alles, und wenn nicht, führt er mal wieder ein paar Telefonate ... Seidl hat schon mit zwanzig bei ungefähr zwei Millionen angefangen. Immobilien. Du kannst dir an allen zehn Fingern abzählen, wo er dreißig Jahre später steht. Er ist ein cleverer Geschäftsmann, seine Sanierungen laufen aber offenbar sauber ab. Keine halbseidenen Geldanlagegeschäfte, keine krummen Versicherungsdeals, keine Billigsanierungen. Im Immobiliengeschäft gibt es Haie und Wale und kleine Fische. Seidl ist kein Hai. Er ist eher der hiesige Moby Dick. Und er macht das, worauf unsere Gesellschaft letztlich insgesamt basiert: Ankauf, Verkauf, Gewinn. Hat Häuser aufgekauft, saniert, weiterverkauft. Das ist völlig legal. Seit dem Mauerfall hat er sich selbstverständlich auch im Osten engagiert, der ›Ossi‹...«

»Wen hat er dabei verschlungen?«

»Privatleute aus dem Westen, die über Nacht zu Grundbesitz gekommen waren, aber kein Geld für die Sanierung hatten. Ostler, die sich mit Krediten übernommen hatten und ihre halbfertigen Objekte nicht weiterbauen konnten.«

»Aber es geht alles mit rechten Dingen zu«, nickte Freya spöttisch.

»Vor allem mit rechten Dingen. Und natürlich im Rahmen einer entsprechenden Gesetzgebung.«

Es begann zu nieseln. Die heißen Tage schienen für dieses Kalenderjahr der Vergangenheit anzugehören. Freya und Popp fuhren am ehemaligen Rennplatz entlang. Das ehemals Trab- und Galopprennen vorbehaltene Areal der Familie Thurn und Taxis bestand seit einigen Jahren aus luxuriösen Mietwohnungen, Reihen- und Einzelhäusern fürs Bürgertum – Dächer über dem Kopf zu gesottenen Preisen. Freya fiel ein, daß Viktor manchmal von der Zeit erzählte, als auf dem Rennplatz noch Pferderennen stattgefunden hatten. Er war als Kind oft mit dem Fahrrad hergeradelt und zu den Ställen gelaufen, hatte sich bei den Trabrennen zwischen den Beinen der Zuschauer bis ganz nach vorn an die Absperrung aus Holzbalken durchgezwängt. Freya dachte auch daran, daß Viktor eine Zeitlang mit dem Gedanken gespielt hatte, das Taxifahren an den Nagel zu hängen und statt dessen im neu gestalteten Rennplatz-Einkaufszentrum einen italienischen Lebensmittelladen aufzumachen: Antipasti, Weine, Öl, Pasta, und jeden Mittag zwei, drei Tagesgerichte. Ein paar Ladenlokale standen auch jetzt noch leer. Viktor hatte sich Hals über Kopf in die Idee hineingesteigert, Einkaufsmöglichkeiten in Italien ausgekundschaftet, Rezepte studiert, Speisepläne entworfen, Preise kalkuliert, mögliche Umsätze auf fünf Jahre hochgerechnet – doch nach dem ersten Ideenrausch hatte die Vorstellung, jeden Morgen ab fünf Uhr früh auf den Beinen zu sein und sechs Tage in der Woche im Laden zu stehen, ihn rasch ernüchtert. Obwohl der Laden – davon war sie überzeugt – am Rennplatz der Renner geworden wäre.

Sie freute sich auf das Wiedersehen mit Viktor. Um sechs im *Oblomow*, dachte sie. Die Stimmung zwischen ihr und Popp hing hingegen in jeder Hinsicht in der Schwebe. Beide waren unsicher, wußten nicht so recht, wie sie ihren heißblütigen Ausflug in erotische Gefilde zurückverwandeln konnten in ein kollegial-freundschaftliches Verhältnis. Freya tat sich schwer damit, so mir nichts dir nichts wieder zur Tagesordnung überzugehen, zum netten Geplänkel zwischen zwei Kollegen – und was vorvorgestern war? Schwamm drüber. Sie hatte aber ebensowenig eine Vorstellung davon, was an die Stelle der alten Umgangsweisen treten könnte. Weshalb nur hatte Gerstenthaler heute früh darauf bestanden, daß ausgerechnet Popp sie auf der Fahrt zu K. O. Seidl begleiten solle? Und Götz und Wegener zu Hausmeister Hartl geschickt?

Popp warf ihr von der Seite einen kurzen Blick zu. »Das Beste weißt du noch gar nicht.«

Statt einer frotzeligen Erwiderung, wie es früher zwischen ihnen üblich gewesen wäre, wartete sie ab. Die Fortsetzung ließ nicht lange auf sich warten: »Weißt du, wer heute morgen den Hörer abgenommen hat, als ich bei Seidl anrief, um unseren Besuch anzukündigen?« Noch vor einer Woche hätte Popp Freya raten lassen, hätten beide sich einen Jux daraus gemacht. Heute verzichtete er darauf: »Anja Beckmann.«

Freya sah ihn überrascht an und verpaßte dabei die Abzweigung in die Trabrennstraße. Sie trat auf die Bremse, fuhr rechts ran, schaltete den Warnblinker ein. »Sag das noch mal.«

Er tat ihr den Gefallen. »Anja Beckmann aus dem Literaturkreis. Sie ist mit Seidl verheiratet.«

»Sie ist was?«

»Die Ehefrau von K. O. Seidl.«

Freya schüttelte entgeistert den Kopf. »Aber sie heißt doch Beckmann.«

Popp sah sie belustigt an. »Vielleicht findet sie Doppelnamen geschmacklos. Beckmann-Seidl. Däubler-Gmelin. Leutheusser-Schnarrenberger. Eine Kollegin aus dem K-3 heißt Hartenstein-Schneefelder. Oder wie findest du Strothmann-Holzscheck, so hieß eine Lehrerin in meiner Schule in Amberg? Tatsache ist, daß Anja Beckmann und der Immobilienheini im letzten Jahr silberne Hochzeit gefeiert haben. Was sagst du nun?«

»Ich bin platt. Wieso kommen wir erst jetzt darauf?«

»Wieso hätten wir früher darauf kommen sollen?«

»Na hör mal, Anja Beckmann hätte uns bei der ersten Vernehmung doch sagen müssen, daß ihr Mann und Breitkreuz Klassenkameraden waren.«

Popp zuckte mit den Achseln. »Erstens ist das über dreißig Jahre her. Zweitens hast du doch selbst gesagt, daß er nach der Elften runter mußte vom Gymnasium.«

»Moment, das muß ich erst mal sacken lassen.«

Wenn das wirklich stimmte – und es gab gar keinen Zweifel daran, daß es stimmte, die Frage nach der Stimmigkeit war nur eine papierne Gedankenschleife, die das noch auszuwickelnde Seidl-Päckchen zierte und Freya Zeit gab, sich über die Konsequenzen dieser an sich so simplen Information klarzuwerden – wenn das wirklich stimmte, überlegte Freya laut, dann hatte Seidl erstens gewußt, daß der Literaturkreis am Sonntagabend tagen würde.

Zweitens hatte er als Besitzer des Sanierungsobjekts in der Weingasse ungehinderten Zugang zu den leerstehenden Wohnungen. Drittens hatte seine Frau, wie sie bei der allerersten Vernehmung ja sofort ungefragt eingeräumt hatte, kurze Zeit mit Breitkreuz ein Verhältnis gehabt – was ihrem Mann vielleicht gar nicht so gleichgültig gewesen war, wie sie behauptet oder angenommen hatte. Hatte möglicherweise zwischen Anja Beckmann und Hans Himmelheber ebenfalls eine Liaison bestanden? Also doch Eifersucht als Motiv? Viertens hatte Himmelheber K. O. Seidl abblitzen lassen und seiner Verachtung in seinem schwarzen Notizbuch beredten Ausdruck verliehen: »Wir spielen doch nicht Monopoly« und: »abgelehnt, setzen, Sechs.« Wenn er sich auch Seidl gegenüber so abfällig geäußert hatte, mochte sich die Kränkung durchaus zu einer Frage von Sein oder Nichtsein zugespitzt haben. Andererseits – wenn jeder jeden umbringen wollte, der den anderen einmal gekränkt hatte, dann wäre die Welt wesentlich dünner besiedelt.

Freya sah Popp fragend an. »Habe ich etwas vergessen?«

»Paßt scho. Fahr weiter. Sonst ist er womöglich nicht mehr da, wenn wir kommen.«

Freya wendete, bog in die Trabrennstraße ab. Die Gegend wurde zunehmend nobel, die Häuser großzügiger, die Grundstücke weitflächiger.

»Ich habe übrigens alle Stimmen aufgenommen«, sagte Popp unvermittelt.

»Wovon sprichst du?«

Popp sagte, ihm sei am Abend zuvor nach dem dritten Bier – »nach unserem Telefongespräch übrigens, Frust macht kreativ«, er grinste – die Idee gekommen, die Stimmen aller männlichen Schulkameraden überprüfen zu lassen. Er hatte also bei allen Nummern angerufen und entweder ein kurzes »Routinegespräch« oder aber die »Abwimmelansagen« auf Band aufgenommen. »Ich habe sie alle aufgenommen, Aschenbrenner, Prins, Haas, Weigert, Kupitz, Simrock, Seidl. Nur Franz Xaver Hartl hatte ich zu dem Zeitpunkt noch nicht auf der Palette. Bin gespannt auf das Ergebnis.«

Am unteren Ende der Straße lagen die auch architektonisch auffälligsten Häuser, in großzügige, parkähnliche Gärten eingebettet. Hier wohnte man tatsächlich fürstlich, dachte Freya. Hinter den Villen folgten nur noch die Felder, der Donauradwanderweg, der Fluß selbst. Beste Regensburger Lage – wenn man den Gebäudekomplex von Siemens, der sich weiter östlich anschloß, ignorierte.

»Übrigens nicht weit zum Baggersee«, bemerkte Popp, als sie fünfzig Meter vor dem Haus aus dem Wagen stiegen und im Nieselregen an der weinlaubbewachsenen Grundstücksmauer entlang die kurze Strecke bis zur Einfahrt im Laufschritt zurücklegten.

»Würdest du auch hier gern wohnen?« fragte Freya.

»Du etwa nicht?«

Beide lächelten sich vorsichtig und freundschaftlich an.

»Hatten wir das nicht schon mal?«

»Ein dankbares Thema«, nickte Popp. »Träume und Schäume.«

»Und was man aus ihnen macht«, ergänzte Freya. Sie dachte dabei an sich und Popp, an sich und Viktor, aber auch an Dr. Franz Xaver Hartl und an K. O. Seidl.

Sie klingelten, Anja Beckmann öffnete. Sie bat die beiden Kommissare herein und führte sie in den zur Donau gelegenen Wintergarten. Ihr Mann sei noch nicht vom Joggen zurück.

Die beiden Kollegen warfen sich einen vielsagenden Blick zu.

»Joggen, bei dem lausigen Wetter?«

»Mein Mann läuft jeden Tag. Kann ich Ihnen solange weiterhelfen?«

»Wir haben auch an Sie einige Fragen.«

»Gern.«

Freya kam ohne lange Vorrede auf die Affäre Frau Beckmanns mit Paul Breitkreuz zu sprechen. Hatte sie möglicherweise auch mit Hans Himmelheber ein ähnliches Verhältnis gehabt?

Die Antwort kam prompt. »Um Himmels willen! Wie kommen Sie denn darauf?«

»War Ihr Mann eifersüchtig auf Breitkreuz?«

Anja Beckmann wiegelte zunächst ab und wahrte die Contenance. »Ein bißchen. Ein bißchen Eifersucht ist ganz natürlich, denke ich. Warum fragen Sie?«

»Wann hat Ihr Mann von Ihrem Seitensprung mit Breitkreuz erfahren? Sofort danach oder erst ein paar Monate später?«

»Erst vor ein paar Wochen. Ich ...« – es war deutlich, daß Anja Beckmann nun doch mit sich rang – »es ist mir bei einem Streit einfach so herausgerutscht. Ursprünglich hatte ich ihm überhaupt nichts von der Geschichte erzählen wollen, sie lag ja zu dem Zeitpunkt schon über ein Jahr zurück. Hätte ich es ihm bloß nicht erzählt. Er hat getobt. Er war außer sich vor Wut. So zornig hatte ich ihn noch nie erlebt.«

»Bei unserem ersten Gespräch haben Sie das aber etwas anders dargestellt«, sagte Freya sachlich. »Können Sie uns sagen, wo Ihr Mann am Sonntagabend gewesen ist, als Sie und Frau Buchbinder in München waren?«

Anja Beckmann zog ungehalten die Stirn kraus. »Zu Hause natürlich. Wir haben ja miteinander telefoniert.« Sie sah von Popp zu Freya und von Freya zu Popp. »Wieso? Sie haben ihn doch nicht etwa in Verdacht? Sie glauben doch nicht im Ernst, daß mein Mann Paul erschossen hat, weil seine Ehefrau, also ich, anderthalb Jahre vorher mit ihm eine Affäre hatte? Das ist doch absurd.« Sie trat ans Fenster und sah in den Garten hinaus. »Gerade in den letzten Monaten hat er sich doch oft mit Paul und mit Hans getroffen. Unser Sohn Tobias ... Sie wissen wahrscheinlich, daß er im Literaturhaus ...« Ihre Stimme brach ab.

Freya sah von der Seite, daß Anja Beckmann nicht weinte, sich aber nur schwer beherrschen konnte. Sie sah auf die Armbanduhr, begann, nervös im Raum auf und ab zu gehen. Die Fragen hatten sie sichtlich aus der Fassung gebracht. Die Kriminalpolizei verdächtigte ihren Mann, soviel hatte sie begriffen, auch wenn keiner der beiden Kommissare es bisher offen ausgesprochen hatte. »Ich verstehe wirklich nicht, wo er so lange bleibt. Er müßte längst ...«

»Wußten Sie, daß Vera Bach und Hans Himmelheber eine Liebesbeziehung miteinander hatten?«

Abrupt blieb sie stehen. Ihr Gesicht zeigte aufrichtige Überraschung. »Nein. Das wußte ich nicht. Das ist ja wirklich ...« Sie brach den Satz ab, nestelte an ihrem seidenen Halstuch, warf einen unruhigen Blick aus dem Fenster. Es regnete inzwischen in Strömen.

»Hat Ihr Mann Ihnen von seiner Absicht erzählt, im Literaturhaus die Nachfolge von Professor Breitkreuz anzutreten?«

Jetzt blickte Anja Beckmann abrupt auf. »Oswald? Im Literaturhaus? Das ist ja ... lächerlich ... Woher wollen Sie das wissen? Hat er Ihnen das erzählt?«

»Frau Beckmann, wie lange kennen Sie Ihren Mann?«

»Achtundzwanzig Jahre. Im letzten Jahr hatten wir silberne Hochzeit.«

»Und Sie wollen wirklich nicht gewußt haben, daß er und Paul Breitkreuz Klassenkameraden waren? Zumal Ihr Mann Ihren Sohn im Literaturhaus unterbringen und Breitkreuz und Himmelheber diesen Plan mit einer großzügigen Geldspritze schmackhaft machen wollte? Kommen Sie, Frau Beckmann, das ist wirklich nicht sehr glaubhaft.« Popp begann, sie unter Druck zu setzen.

»Ich ...«

»Sie wohnen in einer traumhaften Gegend«, fuhr Popp nun in einem weichen Tonfall fort. »Sie haben alles, was das Herz begehrt. Als Kind habe ich auch Tennis gespielt – natürlich hatten wir keinen eigenen Tennisplatz.«

»Wir auch nicht«, unterbrach ihn Anja Beckmann überraschend heftig. »Ich komme aus sogenannten einfachen Verhältnissen. Mein Vater war Dorfschullehrer.«

»Was ist Ihr Mann ursprünglich von Beruf?« mischte sich Freya ein.

»Er ist in der elften Klasse von der Schule abgegangen, danach hat er zwei Jahre in Chicago gearbeitet, im Betrieb eines Studienfreundes seines Vaters. Als er wieder nach Regensburg zurückkam, ist er ins Immobiliengeschäft eingestiegen. Dann haben wir uns kennengelernt.« Bei den letzten Worten hatte ihre Stimme zu zittern begonnen.

»Ist Ihr Mann glücklich?«

»Wie meinen Sie das?«

»Ihr Mann ist nicht nur beneidenswert reich, sondern auch beneidenswert erfolgreich. Er hat ein Haus mit herrlichem Donaublick, Tennisplatz, großem Garten, eine erwachsene Tochter, einen wohlgeratenen Sohn, eine kluge, gutaussehende Ehefrau, eine Menge netter Klassenkameraden.«

»Hören Sie doch endlich auf.« Anja Beckmann hatte sich gefangen. Ihre Stimme zitterte nicht mehr, sie klang jetzt beherrscht und kalt. Sie sah an Freya vorbei in den Garten. »Nein, ich glaube nicht, daß mein Mann glücklich ist. Er trägt eine Grundunzufriedenheit in sich, die sich durch äußeren Reichtum nicht stillen läßt. Sein Leben langweilt ihn im Grunde. Und ich glaube, er müßte sehr weit in seine Kindheit zurückgehen, um in Erfahrung zu bringen, woran das liegt. Was ihm fehlt. Wonach er sich sehnt. Etwas, das mit Geld nicht zu bezahlen ist, das nur aus ihm allein heraus kommt und sein Leben für ihn sinnvoll macht. Eine Leidenschaft zu irgend etwas, ich weiß nicht, wie ich es anders nennen soll. Etwas, das keine Frau ihm geben kann.« Sie schüttelte den Kopf, ihre Stimme wurde leiser. »Er täuscht sich. Er täuscht sich schon sein ganzes Leben lang. Sechsundzwanzig Ehejahre lang.« Jetzt lächelte sie sogar, aber es war ein müdes Lächeln, ein Lächeln, das Tränen und Wut hinter sich gelassen hat und für das Wissen steht, daß sich nichts mehr ändern kann.

Sie sah Freya jetzt direkt an, hatte für Popp keinen einzigen Blick übrig. »Sie denken natürlich, er hat Paul aus Eifersucht umgebracht. Das wäre – falls er es getan hat – nicht wirklich der Grund. Oder höchstens die Hälfte der Wahrheit. Der wirkliche Grund wäre Vera Bach. Paul Breitkreuz hat sie ihm damals ausgespannt, in der Tanzstunde. Das hat er nie verwunden. Seit über dreißig Jahren schwirrt sie ihm durch den Kopf. Und nun war auch Hans zum Zuge gekommen.« Ihre Augen wurden ganz schmal. »Sie oder keine. Immer. All die Jahre über. Er hat sie nie vergessen, sonderbar.« Ein kurzes, triumphierendes Lächeln. »Aber er ist auch nie mit ihr im Bett gewesen. Nicht einmal für eine einzige Nacht. Die schöne Vera. Die unerreichbare Vera. Sie war seine wahre Obsession. Sie und sonst niemand.«

»Und Sie selbst?«

Anja Beckmann seufzte. »Mich hat er geheiratet. Vielleicht hat er geglaubt, er könne Vera auf die Weise vergessen. Ich habe einen Fehler gemacht. Ich hätte darauf drängen sollen, daß wir aus Regensburg weggehen. Beruflich wäre das kein Problem gewesen. Aber ich dachte, Vera Bach sei eine alte Geschichte, eine Jugendliebe. Und ich ...«

»Frau Beckmann«, Freyas Stimme klang ernst und ruhig. »Halten Sie es für möglich, daß Ihr Mann Paul Breitkreuz und Hans Himmelheber erschossen hat?«

Anja Beckmann sah sie ebenso ernst und ruhig an. »Ich hoffe, daß er es nicht getan hat. Aber da Sie mich nicht nach meinen Hoffnungen gefragt haben, sondern nach den Möglichkeiten ...«

Das Telefon klingelte. Erleichtert über die Unterbrechung ging Anja Beckmann an den Apparat. »Für Sie«, sagte sie, als sie wiederkam, und reichte Popp das schnurlose Telefon.

Freya sah, wie Popp mehrere Male ernst nickte, ihr einen langen Blick zuwarf, das Gespräch mit einem »ja« und einem »bitte sofort« beendete.

»Wann, hatten Sie gesagt, wollte Ihr Mann zurück sein?« fragte er Anja Beckmann, als er ihr das Telefon zurückgab.

»Normalerweise läuft er nicht länger als eine gute halbe Stunde, aber jetzt ist er schon über eine Dreiviertelstunde fort ...«

Freya hatte ein ungutes Gefühl dabei, Anja Beckmann jetzt allein zu lassen, allein mit dem schlimmen Verdacht und allein mit der allmählichen Einsicht in die bittere Wahrheit. Hoffentlich ist nicht noch eine Leiche gefunden worden, dachte sie, als sie im Regen zum Auto liefen. »Also, was ist los?«

»Erste Neuigkeit: die Stimmenanalyse steht. Seidl hat die Bombendrohung auf dem Gewissen. Er wollte Himmelheber offenbar ein wenig Angst einjagen. So kurz nach dem Mord an Breitkreuz ist das wirklich eine Erzschweinerei.«

Freya wollte etwas fragen, aber Popp stoppte sie mit einer Handbewegung. »Zweite Neuigkeit: Der Hausmeister hat ausgesagt, er habe Seidl am Tatabend im Treppenhaus beobachtet.«

»Und warum hat er das nicht gleich zu Protokoll gegeben?« fragte Freya ungläubig.

»Keine Ahnung.«

»Sollen wir hier auf Seidl warten?«

»Glaubst du etwa, daß er überhaupt noch kommt?«

Sie schüttelten beide gleichzeitig den Kopf.

41

Götz und Wegener hatten bei Franz Xaver Hartl leichteres Spiel. Der Hausmeister stand den Kriminalbeamten Rede und Antwort. Wegener konfrontierte Hartl gleich zu Beginn damit, daß er Paul Breitkreuz erstens schon seit der Schulzeit gekannt und diese Tatsache zweitens der Kriminalpolizei verschwiegen hatte. Was drittens zu der Annahme führen könnte, er unterschlage noch weitere Informationen, um es wohlwollend zu interpretieren.

So unter Druck gesetzt, erzählte Hartl schließlich von der zwanzig Jahre zurückliegenden Konkurrenz um die Assistentenstelle an der Universität, in deren Folge Breitkreuz Professor geworden war und er selbst Hausmeister. Hartl hatte sämtliche Kontakte zu Breitkreuz abgebrochen und sich konsequent bemüht, Breitkreuz' Erfolge und sein Engagement im städtischen Kulturleben zu ignorieren, was ihm auch lange Zeit gelungen war. Vor einiger Zeit, Ende Juli ungefähr, hatte er eines Abends am offenen Fenster Breitkreuz' Stimme gehört, die aus dem gegenüberliegenden Haus zu ihm herüber drang. Vierzehn Tage später hatte sich das wiederholt. Der Hausmeister hatte sich danach für diese Sonntagabende etwas anderes vorgenommen, entweder den Fernseher eingeschaltet oder seine Mutter besucht. An dem Abend, an dem Breitkreuz erschossen wurde, hatte er sich ein Rockkonzert im Radio angehört. Ein in seinen Augen mehr als dürftiges Alibi. Und warum er seine langjährige Bekanntschaft mit Breitkreuz bei der ersten Vernehmung unterschlagen hatte? Er hatte Angst gehabt, die Kriminalpolizei könnte irgendwann diese alte Geschichte wieder ausgraben – und gegen ihn verwenden.

Und weshalb hatte er gleichermaßen verschwiegen, daß er Konrad Oswald Seidl am Tatabend im Hausflur begegnet war? Er habe sich nichts weiter dabei gedacht, lautete Hartls lapidare Antwort. Seidl habe nicht ertappt oder erschrocken gewirkt, sondern habe ihn im Gegenteil jovial gegrüßt, schließlich gehörte ihm das Haus. Außerdem sei er Seidl gleich am nächsten Morgen in Begleitung der Kriminalbeamtin begegnet, damit war der Fall für ihn erledigt. Erst nach hartnäckigem Nachfragen Wegeners gab Hartl schließlich zu, er habe Seidl nicht unnötig einem falschen Verdacht aussetzen wollen. Und im übrigen habe Seidl ihm zwei Tage später versichert, die Hausmeisterstelle bleibe auch nach der Sanierung des Gebäudes erhalten und er könne auch, wenn er wolle, eine der Eigentumswohnungen beziehen …

Was die Tatzeit für den zweiten Mord betraf, konnte Hartl ein einwandfreies Alibi vorweisen: Jeden letzten Sonntagabend im Monat verbrachte er regelmäßig bei seiner Mutter. Er war am Nachmittag zum Kaffeetrinken zu ihr gefahren und hatte sie erst nach dem Sonntagabendkrimi wieder verlassen.

K. O. Seidl wurde am Münchener Flughafen verhaftet, als er gerade für den Flug nach Paris einchecken wollte. Er hatte kein Gepäck bei sich. Den Anzug, den er trug, hatte er eine halbe Stunde vorher in einem Nobelgeschäft am Flughafen erstanden. Er wollte sich mit einem dringenden Geschäftstermin in Paris herausreden, konnte die Beamten damit aber nicht von ihrem Vorhaben abbringen. Als er am frühen Nachmittag zur Vernehmung ins Polizeipräsidium gebracht wurde, verweigerte er die Aussage. Er wollte sich ohne Anwalt nicht dazu äußern, wo und – wenn überhaupt – in wessen Gesellschaft er die beiden aufeinanderfolgenden Sonntagabende verbracht hatte, an denen zuerst Paul Breitkreuz und eine Woche später Hans Himmelheber erschossen worden waren. Auch als er mit dem Ergebnis der Stimmenanalyse konfrontiert wurde, rückte er nicht davon ab. Erst als Wegener ihm die Aussage von Dr. Franz Xaver Hartl vorlas, kam Leben in den Immobilienhändler. Zunächst bekam er einen Tobsuchtsanfall und beschimpfte den ehemaligen Klassenkameraden, dann brach er zusammen. Zwei Stunden später legte er ein umfassendes Geständnis ab. Die Tatwaffe hatte er in die Donau geworfen. Anja Beckmann erlitt einen Schock und wurde von der mehr erleichterten als erschütterten Lea Buchbinder in deren Wohnung aufgenommen.

Am späten Nachmittag saßen Gerstenthaler, Popp, Götz, Wegener und Freya um den Tisch im Besprechungszimmer. Der Chef hatte vom *Café Pernsteiner* eine ganze Agnes-Bernauer-Torte bringen lassen. Nicht jeder war von dieser Auswahl begeistert, Freya zum Beispiel fand die Eiweißmasse zu süß, Popp haßte Torten, aber keiner mekkerte. Alle waren sie einerseits vollkommen erschöpft, andererseits in Hochstimmung. Popp hatte ja vorhergesagt, daß sie den Fall lösen würden, bevor die anderen Kollegen erholt und voller Tatendrang aus dem Urlaub zurückkamen. Gerstenthaler sprach wiederholt ein Lob auf die weibliche Intuition aus, an der die Männer sich ein Beispiel nehmen sollten. Wenn Kollegin Jansen nicht darauf bestanden hätte, die Schulkameraden der beiden Opfer unter die Lupe zu nehmen, wären sie jetzt immer noch keinen Schritt weiter. Auch Popp wurde gelobt, weil er die Stimmen der möglichen Verdächtigen aufgezeichnet hatte. Wegener brummte, er begreife das Mordmotiv nicht, und Götz versuchte mit der ihm eigenen Engelsgeduld, es ihm zu erklären: Seidls

Schulzeit und die nie erwiderte Leidenschaft zu Vera Bach, die seit Jahrzehnten gärende innere Unzufriedenheit und der Seitensprung seiner Frau, der Versuch, über den eigenen Sohn und mit Hilfe von Geld an die bereits vor über dreißig Jahren mißglückte Dreierfreundschaft anzuknüpfen, dann die Tatsache, daß Himmelheber überdies gelungen war, was Seidl nie geschafft hatte, nämlich ein Verhältnis mit Vera Bach anzufangen, als Krönung all dieser Kränkungen die eiskalte und arrogante Abfuhr, die Himmelheber Seidl vor wenigen Tagen erteilt hatte.

»Du meinst, er hat die beiden wegen dieses Literaturhauses abgeknallt? Einfach so?«

»Nein, nicht einfach so.«

Popp verdrehte die Augen, er wollte schon etwas deutlich Unfreundliches erwidern, aber Gerstenthaler winkte ab.

»Der Mörder ist ausnahmsweise einmal der, den alle beneiden«, sagte Freya nachdenklich. »Nicht der Gärtner, nicht der vermeintlich Erfolglose, der Hausmeister, sondern der vermeintlich Erfolgreiche. Der das, was er haben wollte, nicht bekommen hat. Und keine Freude hat an dem, was er hat.«

»Wer erbt eigentlich Himmelhebers Vermögen?« erkundigte sich Götz. »Immerhin hinterläßt er im Gegensatz zu Breitkreuz keine bedürftigen Kinder, sondern eine Zahnarztpraxis, Wertpapiere, ein Haus in der Regensburger Altstadt, eine traumhafte Wohnung, viele Bücher ...«

»Er hat kein Testament hinterlassen. Seine nächste Verwandte ist eine Kusine, die in San Francisco lebt«, sagte Gerstenthaler.

»Näher ging's wohl nicht, was?«

»Und was wird aus dem Literaturhaus?«

»Vielleicht kommt ja mal wieder einer, der seinen Lebenstraum verwirklichen will.«

»Wie wäre es mit Rilke«, schlug Freya vor.

»Also, wenn ich diese Kusine wäre ...«, begann Popp.

»... dann würdest du das Haus an einen wie diesen K. O. Seidl verkaufen und dir von dem Geld ein Häuschen im Grünen mit Dachterrasse und Tennisplatz ...«

»Was weißt du denn von meinen geheimen Wünschen«, unterbrach Popp sie einen Deut zu scharf. »Eben gar nichts«, gab Freya zu und sah ihn offen an.

Er erwiderte ihren Blick. »Vielleicht ist das der Grund«, nickte er nach einer Weile.

»Der Grund wofür?« mischte Wegener sich von der Seite ein, der offenbar immer noch damit zu kämpfen hatte, daß das Mordmotiv in seinen Augen unlogisch war und Lükken aufwies, die er mit seinem zwanghaften Sinn für Vollständigkeit, Lückenlosigkeit und hieb- und stichfeste Alibis im allgemeinen und besonderen einfach nicht stopfen konnte.

Doch weder Popp noch Freya reagierten. Sie sahen einander lange an, begannen dann zu lächeln, bis sie es nicht mehr aushielten und laut loslachten.

»Was ist denn jetzt wieder so komisch?« erkundigte sich Gerstenthaler arglos, mußte sich aber damit abfinden, keine Antwort zu erhalten.

42

Es regnete schon seit dem frühen Morgen. Der letzte Hauch von Sommer wurde fortgewaschen, die Herbstauslagen in den Modegeschäften kamen endlich richtig zur Geltung. Die Farben der Hosen, Mäntel, Pullover versprachen allerdings nicht gerade heitere Wintertage.

Ines, die mit dem Schirm über dem Kopf und dem wohlig knarzenden Johnny vor dem Bauch in Richtung *Oblomow* unterwegs war, ließ sich von grauen Aussichten nicht die gute Stimmung vermiesen. Das Wasser pladderte nach den langen Wochen der Trockenheit vom Himmel wie eine auf mittleren Strahl vorprogrammierte Dusche. Die Regentropfen vermischten sich mit dem Wasser der beiden Springbrunnen am Bismarckplatz. Alle Caféstühle waren zusammengeklappt, diesmal ließ niemand seine Beine vom Brunnenrand baumeln.

Es hatte sich einiges verändert im Verlauf der letzten zehn Tage. War Johnny heute tatsächlich drei Monate alt geworden? Ines und Tom hatten gar nicht darauf geachtet – und das nach dem wochenlangen Gejammer von jung und alt. Seit der erste Zahn sich durch Johnnys Zahnfleisch geschoben hatte, waren die Nächte ruhiger geworden, genaugenommen: die letzten zwei Nächte. Länger währte die Ruhepause noch nicht, und doch kam es Ines und Tom bereits vor wie das Paradies. Wie sich die Vergleichsmaßstäbe veränderten. Und erst die Ansprüche.

Ines war auch in anderer Hinsicht erleichtert. Seit dem Gespräch mit Franz Xaver Hartl war ihr ganz persönlicher »Fall Breitkreuz« abgeschlossen. Nicht einmal die ausführliche Berichterstattung über den Mord an Zahnarzt Dr. Himmelheber hatte neues Detektivfieber in ihr ausgelöst. Kein Fall für Ines, dachte sie. Und: Wie gut, daß sie nicht mit Freya Jansen über ihren Verdacht gesprochen hatte. Wofür indirekt das Gewitter verantwortlich zeichnete. Sie mußte lachen. Sie hatten sich gegenseitig versetzt. Freya Ines und Ines Freya.

Am Montagnachmittag war Ines mit sehr gemischten Gefühlen erst zwei-, dreimal unschlüssig durch die Weingasse gelaufen, bis sie zu guter letzt allen Mut zusammengenommen und Franz Xaver Hartl mit der neu erworbenen Telefonkarte vom Haidplatz aus angerufen hatte. Ihr Vorschlag lautete, sie sollten sich im *Oblomow* treffen. »Jetzt, sofort.« Das *Oblomow* war ein hinreichend neutraler, öffentlicher Ort, der sie und auch ihn vor womöglich nicht einschätzbaren Reaktionen beiderseits schützen würde. Daß Tom plötzlich auftauchte, war kaum zu erwarten, er war mit Johnny zum Kaffeetrinken bei den Großeltern. Xaver und Ines fanden einen Tisch in einer ruhigen Ecke, und Carlo sorgte dafür, daß die beiden nicht gestört wurden.

Franz Xaver Hartl hörte sich Ines' Überlegungen und Schlußfolgerungen ernst und ohne sie zu unterbrechen bis zu Ende an. Danach war er an der Reihe, so hatten sie es am Anfang ihres Gesprächs vereinbart. Erst sie, und dann er. Er fing jedoch nicht dort an, wo sie aufgehört hatte, nämlich bei dem folgenreichen Verdacht, und tat zunächst nichts, um ihre Argumente zu entkräften oder gar zu widerlegen. Nein, er machte sich daran, seine Lebensgeschichte zu illustrieren, in groben Zügen zwar, aber so vollständig, wie es ihm nötig erschien. Gewöhnliche Kindheit in kleinbürgerlichen Verhältnissen, Vater Angestellter beim Gartenbauamt, Mutter Hausfrau, im Wohnzimmerregal die Bibel, drei Readers-Digest-Bände und eine Jubiläumsausgabe von Grimms Märchen, Schulzeit ohne nennenswerte Probleme, zum Leidwesen der Mutter dann Studium der Literaturwissenschaft, die ganze Ausbildung in den Wind geschossen, die ganze Fürsorge und Vorsorge mit Füßen getreten – Bücher, Junge, was willst du nur damit, davon kannst du dir kein Brot kaufen. Ausgesprochen infam nahm sich in Ines' Ohren die Episode um den Konkurrenzkampf Hartl – Breitkreuz wegen der Peter-Weiss-Dissertationen und der Assistentenstelle aus. Folge war der völlige Abbruch des Kontakts zwischen Hartl und Breitkreuz einerseits und Hartl und sämtlichen Akademikerkreisen andererseits gewesen. Ausgesprochen erniedrigend erschien Ines in dem Zusammenhang auch die Dauernörgelei der Mutter, aus dem Sohn sei nichts Richtiges geworden – ein Verhalten, das sie selbst durchaus kannte, wenn auch nicht in der von Hartl erwähnten Intensität und Niedertracht. Sie verstand, weshalb Franz Xaver Hartl nach dem Bruch mit der Universitätskarriere längere Monate in einer Depression verharrt war. Dieses Nichtstun markierte einen Nullpunkt, von dem aus er nach einem neuen Ausgangspunkt suchen konnte. Schließlich hatte er seine Leidenschaft für Literatur ein für allemal als erwerbsuntauglich erklärt, sich von jeder Art beruflicher Karriere verabschiedet und kurz entschlossen eine in der Zeitung annoncierte Stelle als Hausmeister angenommen. Seine Wut richtete sich – wenn überhaupt – nicht gegen den erfolgreichen Literaturprofessor Breitkreuz, sondern gegen die eigene Mutter. Zum besseren Verständnis der Lage hatte Hartl Ines die Lektüre von Eckhard Henscheids Geschichte mit dem schönen Titel »Die Wurstzurückgehlasserin« empfohlen. Ines hatte den Band, in dem diese Kurzgeschichte abgedruckt war, heute vormittag bei Ramona Lindinger bestellt. Der Titel des Buches hieß: *Frau Killermann greift ein.* Hartl und Ines waren einander überraschend nahe gekommen in diesem Gespräch, das ihn bis an seine Wurzeln zurückgeführt und sie davon überzeugt hatte, daß der Mörder jemand anderer war, nicht dieser Hausmeister mit den unauflösbaren Knoten im Lebenslauf.

Der rote Faden, den Ines gleichzeitig weitergesponnen und weiterverfolgt hatte, hatte zum Freispruch eines von ihr fälschlich Verdächtigten geführt. Das war in ihren Augen nur recht und billig. Eins plus geradezu! Sie war erleichert, der Mann war ihr auf Anhieb sympathisch gewesen, es wäre ihr fast wie ein Verrat an der eigenen Sache vorgekommen, ihn im nachhinein als Täter zu entlarven. Denn sie wollte niemanden entlarven. Sie wollte den Täter nicht finden, sondern wie gehabt ihrem Knäuel bunter Fäden folgen – Deutschlehrer hin, Deutschlehrer her.

Sie hatte Hartl ein wenig befangen von dem lang zurückliegenden Schultrauma erzählt, und er hatte sich nicht darüber lustig gemacht. Und selbst wenn die Geschichte um den Mord an Breitkreuz in eine völlig andere Richtung gelaufen war, als sie angenommen hatte, dann war es trotzdem auch ihre Geschichte, ihr ganz persönlicher roter Faden. Sie entschied, was geschah, und sie reagierte auf das, was von außen an sie herantrat. Es war ein Wechselspiel, in dem sie weder herrschte noch beherrscht wurde.

Er hatte eingeräumt, er selbst hätte damals durchaus die Wahl gehabt, hätte eine ganz andere Entscheidung treffen können, als ausgerechnet Hausmeister zu werden. Er hätte sich auf die Hinterbeine stellen und aus Regensburg weggehen und sich um eine andere Unistelle bewerben können. Er hätte versuchen können, auf eigene Faust an einer Habilschrift zu arbeiten, um dann als Privatdozent Aufsätze in wissenschaftlichen Zeitungen zu veröffentlichen und ab und zu eine Vertretungsprofessur zu übernehmen. Er hätte eine Umschulung zum Versicherungskaufmann machen können. Alles denkbar. Aber er hatte es nicht gewollt. Er hatte sich dazu entschieden, Hausmeister zu werden, und die einzigen, die unglücklich damit waren, waren die anderen.

Als Ines jetzt, einen Tag nach diesem Gespräch, wieder das *Oblomow* betrat, unterhielt Tom sich gerade mit einem Bekannten. Ines nickte Carlo zu, entdeckte dann zu ihrer Überraschung an einem Tisch am Fenster ihre Nachbarin, Freya Jansen, die Kommissarin.

Sie ging zu ihr hin. »Ein schönerer Treffpunkt als das Treppenhaus.«

Freya grinste. »Und trockener als ein Biergarten bei Regen.«

»Ich war gestern auch nicht da«, gestand Ines. »Bei Regen bleibt die Löwenmutter in der Höhle.«

»Und ich dachte schon, du wärst mir böse.«

»Das dachte ich von dir auch.« Sie sahen sich an und brachen beide in ein befreiendes Gelächter aus.

»Und ein schönerer Treffpunkt als der Tatort«, nahm Freya den Faden auf. »Was macht dein Kleiner? Oder besser gesagt: Was machen die Nächte? Ich habe ihn heute nacht gar nicht gehört.«

»Paßt scho«, grinste Ines und bekam die Intonation ihrem Empfinden nach ausgesprochen gut, fast schon originalgetreu, hin. »Jetzt kommen die Zähne an die Reihe. Daß das allerdings eine geräuschärmere Epoche wird, dafür kann ich leider nicht garantieren. Ich hoffe, es wird nicht so schlimm, daß du dir eine andere Wohnung suchen mußt.«

»Wenn, dann jedenfalls nicht deshalb« sagte Freya leise. Und fügte ebenso leise hinzu: »Der Mordfall Breitkreuz ist übrigens geklärt.«

»Wer war es denn?«

»Ein ehemaliger Klassenkamerad.«

»Was denn für ein Klassenkamerad?« Ines fuhr zusammen. Das war doch nicht möglich! Sollte sie sich doch getäuscht haben? Sollte Hartl sie belogen haben? Sie holte einmal tief Luft: »Wer war es? Doch nicht etwa der Gärtner?«

Freya schüttelte den Kopf. »Nein, der Immobilienmakler.«

Ines atmete spürbar auf. »Na, dann ist ja alles gut.«

»Ganz meine Meinung. Und meine Kollegen brauchen

sich nicht mehr den Kopf darüber zu zerbrechen, wer wohl die am Anfang noch blonde, dann rothaarige Frau mit Kinderwagen war, die in der Tatnacht in der Weingasse gesichtet wurde.«

Ines lächelte sie verschmitzt an. »Das trifft sich ja wirklich gut.«

Beide sahen hinüber zur Theke, wo Tom und Viktor in ein angeregtes Gespräch vertieft waren. »Der da ist übrigens Viktor«, sagte Freya.

»Der andere ist Tom. Die zwei scheinen sich zu kennen.«

Freya verzog schmerzlich das Gesicht. »Sie waren Schulkameraden ... aber lassen wir das lieber.«